Ulla Mothes

Flüchtiges Glück

Weitere Titel der Autorin:
Geteilte Träume

Über die Autorin:
Ulla Mothes, 1964 geboren, wuchs in der Mark Brandenburg sowie in Ostberlin auf. Als Studentin stellte sie einen Ausreiseantrag, weil sie nicht wollte, dass ihre Kinder mit einem Maulkorb aufwachsen müssen. Es folgten Exmatrikulation, Arbeit als Garderobenfrau, Ausreise 1986. Heute lebt Ulla Mothes als Lektorin, Autorin und Schreibcoach in Berlin. Ihre zwei erwachsenen Kinder durften und dürfen sagen, was sie wollen.

ULLA MOTHES

FLÜCHTIGES GLÜCK

ROMAN

Lübbe

Die Bastei Lübbe AG verfolgt eine nachhaltige Buchproduktion. Wir verwenden Papiere aus nachhaltiger Forstwirtschaft und verzichten darauf, Bücher einzeln in Folie zu verpacken. Wir stellen unsere Bücher in Deutschland und Europa (EU) her und arbeiten mit den Druckereien kontinuierlich an einer positiven Ökobilanz.

MIX
Papier | Fördert gute Waldnutzung
FSC® C014496
FSC www.fsc.org

Vollständige Taschenbuchausgabe
der bei Bastei Lübbe erschienenen Paperbackausgabe

Lektorat: Dr. Stefanie Heinen
Umschlaggestaltung: Johannes Wiebel | punchdesign, München
Einband-/Umschlagmotiv: © Volodymyr (Vladimir) Nikulin – stock.adobe.com; dieter76 - stock.adobe.com; pikselstock – stock.adobe.com; daboost – stock.adobe.com
© ClassicStock / Alamy Stock Photo
Satz: Dörlemann Satz, Lemförde
Gesetzt aus der Adobe Caslon
Druck und Verarbeitung: GGP Media GmbH, Pößneck

Printed in Germany
ISBN 978-3-404-19273-1

2 4 5 3 1

Sie finden uns im Internet unter luebbe.de
Bitte beachten Sie auch: lesejury.de

All jenen, die schwimmen,
wenn sie ins Wasser geworfen werden.

Die persönliche Freiheit ist nicht die Freiheit
des Einzelnen.
Mechthild Katzorke

1

Berlin, April

»Willst du meine Frau werden?«, fragte Navid.

Milla sog scharf die laue Abendluft ein. Es war einer der ersten Frühlingstage, und Navid war mit ihr auf den Teufelsberg gestiegen. Er stand hinter ihr und umfasste ihre Hände mit seinen großen feingliedrigen. Milla wiederum hielt die Schnur des Drachens, der hoch über ihnen schwebte. Wofür Navid sorgte, indem er ihre Bewegungen im Wind leitete.

»Willst du meine Frau werden und mit mir unter diesem unendlichen Himmel tanzen wie unser Drachen? Willst du mit mir durchs Leben fliegen? Willst du dich mir anvertrauen, wie wir unseren Drachen in den Wind stellen, der ihn trägt?«

Navid überließ die Schnur ihren Händen und trat vor sie, um sie anzuschauen. Zwischen ihren erhobenen Armen sah sie sein Gesicht: Seine dunkelbraunen Augen, deren warme Farbe jetzt einem harten Ebenholzton gewichen war, der von seiner Anspannung zeugte. Seinen dunklen Teint, seine schwarzbraunen Haare, die vom Wind verwuschelt einen weichen Kontrast zu seinem markanten Gesicht bildeten. Und seine geschwungenen Lippen. Vor ihrem inneren Auge sah sie sich selbst: hellbraunes Haar, im Sommer eher blond, Sommersprossen auf blasser Haut, einen Herzmund und ein spitzes Kinn. Und sie stellte sich eine Mischung von beidem vor.

»Ich bin schwanger«, platzte Milla heraus, und weil sie über diese Antwort selbst erschrak, hätte sie beinahe die Schnur losgelassen.

Im letzten Augenblick griff Navid wieder nach ihren Händen

und umschloss sie. So standen sie sich gegenüber, mit zum Himmel erhobenen Armen, Hand in Hand, Brust an Brust, Aug in Aug, und der Drachen tanzte über ihnen im Wind.

»Wirklich?«, fragte Navid, und seine Augenfarbe wechselte wieder zu dem weichen Braun, das für Milla zur Farbe der Liebe geworden war.

»Ja«, sagte sie und verspürte Erleichterung, dass es ihr herausgerutscht war und sie nicht im Stillen für sich entschieden hatte, ob sie das Kind zur Welt bringen würde oder nicht. Die Erleichterung zeigte ihr, dass es richtig war, sich Navid anzuvertrauen. Deshalb sagte sie noch einmal, bestimmter: »Ja.«

Er ließ ihre Hände los, umfasste ihre Taille, wirbelte sie jubelnd herum, und der Drachen trudelte in einem halsbrecherischen Kreis am Himmel um sie, bis Navid Milla wieder auf dem Boden absetzte und ihn einholte.

»Es ist ein bisschen früh«, sagte Milla, nachdem sie den Drachen weggelegt hatten und aneinandergelehnt auf ihrer Picknickdecke saßen.

»Für mich nicht«, sagte Navid schlicht.

Milla glaubte es ihm. Navid war vor sechseinhalb Jahren als Fünfzehnjähriger aus Kundus geflüchtet. In der Woche davor waren seine Eltern und seine drei Geschwister von den Taliban hingemetzelt worden, dazu die Familie seines Onkels und die Großeltern. Navid war als Einziger davongekommen, weil er nicht zu Hause gewesen war und sich verstecken konnte. Er hatte die geschändeten, abgestochenen, enthaupteten oder von Kugeln durchsiebten Verwandten begraben und war losgezogen. Navid hatte so viele Tote zu beklagen, dass ein neu entstehendes Leben für ihn der Himmel auf Erden sein musste. Auch wenn sie beide erst einundzwanzig waren, Navid fast zweiundzwanzig. Er hatte gerade seine Ausbildung zum Physiotherapeuten beendet und in diesem Monat seine erste Stelle in einer kleinen Praxis angetreten.

Für ihn ist alles ganz einfach, dachte Milla. Geld verdienen,

Frau, Kind, fertig. Sie dagegen machte sich tausend Sorgen, seit sie am Vorabend einen Schwangerschaftstest gemacht hatte, weil ihre Periode ausgeblieben war. Er war ihre erste richtige Liebe – und sie seine. Konnte das gutgehen? Waren sie nicht viel zu jung? Sie studierte Siedlungswasserwirtschaft, und weil es ein duales Studium war, arbeitete sie gleichzeitig bei den Berliner Wasserbetrieben. Und dann ihre Mutter, die nicht müde wurde zu sagen, dass die erste Liebe nun mal schiefgehe, die sei viel zu romantikbeladen. Sie wartete nur darauf, dass Milla Navid den Laufpass gab. Wie sollte da ein Baby reinpassen?

»Du machst dir Sorgen, nicht wahr?« Navid zog sie enger an sich.

»Was wird aus meinem Studium?«, fragte Milla.

»Ich arbeite nur fünf Tage die Woche«, sagte Navid. »Die in der Praxis freuen sich riesig, wenn ich die Spätschichten übernehme und keine einzige frühe will, weil du dann in der Hochschule bist oder bei den Wasserbetrieben.«

»Und meine Mutter …«

»Ja«, sagte Navid und schaute in die untergehende Sonne. »Das müssen wir in Angriff nehmen.« Er zeigte auf den roten Ball, der im Westen den Horizont berührte, und streifte mit seinen Lippen genauso zart Millas Schläfe. »Ein Kind braucht eine glückliche Familie, um zu gedeihen. Deine Familie ist nicht glücklich. Jedenfalls nicht deine Mutter.« Er wandte sich ihr nun ganz zu. »Ich wünsche mir eine glückliche Familie. Nichts mehr als das.«

Wieso sollte ihre Mutter nicht glücklich sein? Merkwürdig, dachte Milla. Aber egal. *Gedeihen.* Lieber spürte sie diesem schönen altmodischen Wort nach. Navids Sprachlehrer nach seiner Ankunft in Deutschland war ein älterer Universitätsdozent gewesen, und Navids Deutsch wirkte deshalb manchmal etwas gestelzt. Ja, ihr Kind sollte gedeihen, unbedingt. Die Sonne küsste den Horizont nun heftiger, und Milla presste ihre Lippen ebenso auf Navids.

»Ich weiß, dass deine Mutter mich nicht will«, sagte Navid, als sie sich zwei Tage später nach Kreuzberg aufmachten, um mit Millas Mutter Jola zu Abend zu essen und ihr die Neuigkeit persönlich zu verkünden.

Milla ließ die Haltestange der U-Bahn los und strich ihm über den Arm. »Nimm es nicht persönlich. Sie meint es nicht so. Ich glaube, sie hat nichts gegen dich, nur gegen …« Die Bahn ruckelte, weil sie in eine Kurve fuhr, und Milla fiel an Navids Brust.

Er legte schützend den Arm um sie. »Gegen uns.«

»›Liebe ist Opium für das Volk‹ ist ihr Spruch. Frei nach Karl Marx.«

Navid schnaubte. »Na, das passt ja! Ich komme aus einem der Länder, die das feinste Opium überhaupt herstellen.«

Milla sah das Blitzen in seinen Augen und seufzte theatralisch. »Jaaa«, sagte sie so verrucht wie möglich. Dass es wohl nicht besonders sündig geklungen hatte, sah sie an dem Lächeln, das über Navids Gesicht huschte.

Er wurde gleich wieder ernst und strich gedankenverloren über ihren Rücken. »Wie auch immer deine Mutter zu so einer traurigen Erkenntnis gelangt ist – die ist für eine Familie giftiger als Opium.«

»Ich habe es gut gehabt«, widersprach Milla. »Mama ist einfach unromantisch.« Sie überlegte, wollte es nicht so negativ ausdrücken. »Pragmatisch eben.«

Navid sagte trocken: »Da habe ich ja Glück, dass ich meine Ausbildung fertiggemacht habe.«

Milla hob den Zeigefinger. »Und einen Job hast, vor allem.«

»Damit ich dich und das Kind ernähren kann.«

»Nee.« Milla schüttelte energisch den Kopf. »Meine Mutter tickt anders. Damit du mir nicht auf dem Sofa in der Quere sitzt, würde sie sagen.«

»Das gefällt mir«, sagte Navid, gab ihr einen Kuss und schob die Hand unter ihre abgeschabte Lederjacke und das Shirt mit den Kräuselsäumen. Milla liebte romantische Klamotten und freute sich schon darauf, im Sommer Blümchenkleider zu tragen. Die Schwangerschaft würde man vermutlich erst im Herbst richtig sehen, und ihre zwei Lieblingskleider fielen locker. Um in ihnen nicht zu niedlich zu wirken, trug sie meistens ihre uralte »Kreuzbergjacke« darüber. Die dunkelbraune Lederjacke besaß sie bereits seit ihrer Schulzeit. Auch klobige Schuhe mit dicken Plateausohlen trug sie. Mit ihnen war sie genauso groß wie Navid, nämlich knapp eins achtzig. Das war beim Küssen perfekt. Was sie auch gleich noch mal ausprobierte.

Als Navid ihre nackte Haut in der Taille kitzelte, biss sie ihn sanft in die Unterlippe und kniff ihn beherzt in den Hintern, was keiner sehen konnte, weil Navid an einer Trennwand lehnte. Sie beendete den Kuss, schaute an ihm vorbei mit gelangweiltem Blick zu einem Bildschirm, auf dem das *Berliner Fenster* irgendwelche Fußballergebnisse bekanntgab, und ließ ihre Hand wandern. Das war ihr U-Bahn-Sport: übergriffig sein, ohne dass es auffiel.

Navid sog zischend die Luft ein und ließ auch seine Hand wandern, aber da mussten sie aussteigen.

»Ich hatte es richtig gut«, knüpfte Milla auf dem Weg zu Jolas Wohnung an das Gespräch in der U-Bahn an. »Es gab nie Elternkrach. Wenn Toni und Dirk sich gezofft haben, war Mama nicht beteiligt. Deshalb ging das an mir vorbei. Anders als bei meinen Freundinnen.«

Wider Erwarten lächelte Navid nicht. »Ich hätte deiner Mutter mal einen richtigen Streit gewünscht«, sagte er. »Wegen der Versöhnung.« Er kniff die Augen zusammen und blickte in den Himmel, so wie er manchmal einen seiner selbstgebauten Drachen ansah. Milla nannte es seinen Heimwehblick. Als sei die Drachenschnur so lang, dass sie um die Erde herum viereinhalbtausend Kilometer bis nach Kundus reichte. »Wenn ein Paar sich versöhnt, na ja … dann gewinnt es irgendwie seine Liebe zurück«, sagte er stockend. »Meine Eltern wussten das, und so wie sie sich angeschaut haben, wenn sie sich nach einem Krach versöhnt haben, das war …« Navids Stimme brach.

Milla schob ihre Hand in seine. Navids Eltern mussten sich sehr geliebt haben. »Das verstehe ich, glaube ich zumindest«, sagte sie sanft. »Und ich werde daran denken.«

»Hat deine Mutter denn die ganzen Jahre keinen Partner gehabt?«

Milla schürzte die Lippen. »Es ist irgendwie nie etwas draus geworden. Sie hatte hin und wieder mal einen Freund, hat aber nie einen mit nach Hause genommen. Sie pennte dann ein paar Wochen öfter aushäusig und war viel unterwegs. Toni hat es immer ihre ›wilden Wochen‹ genannt. Ich hab diese Freunde höchstens beim Badengehen oder Eisessen kennengelernt. Zwei, drei waren dabei, die mochte ich gern, und einer war sogar ganz vernarrt in mich. Aber den hat Mama recht schnell abserviert.«

»Dabei ist deine Mutter wirklich eine schöne Frau. Du hast ihr dichtes Haar geerbt. Es ist genau wie deins, nur rötlicher.« Er zog zärtlich daran, und als Milla nachgab und den Kopf nach hinten legte, mussten sie einander gleich wieder küssen.

Milla machte sich jedoch schnell los. »Komm, sie wartet bestimmt schon.«

Jola wohnte seit mehr als zwanzig Jahren am Chamissoplatz in einer Wohngemeinschaft mit Toni und Dirk, einem schwulen Pärchen. Sie teilten sich eine riesige Gründerzeitwohnung mit knarrendem Parkett, Balkon und Erker. In dem stand Jola und schaute in Erwartung ihrer Tochter und deren Freund hinunter. Ihr Blick schweifte über den Spielplatz, auf dem viel los war. Milla hatte schon als kleines Mädchen, wann immer sie wollte, dort spielen gehen dürfen, weil Jola ihr Umsicht auf der Straße zutraute wie ihre Eltern in ihrer Wolfener Wohnsiedlung seinerzeit ihr selbst.

Allerdings war Milla damals praktisch das einzige Kind gewesen, dessen Mutter nicht am Rand des Spielplatzes herumsaß, und auch heute hockten dort fast genauso viele Mütter, wie Kinder auf dem Platz tobten. Jola war Lebensmittelchemikerin und arbeitete ganztags in einem Labor, in dem die Zulassung neuer Produkte geprüft wurde. Wenn Milla aus der Schule gekommen war, waren entweder Toni oder Dirk da gewesen, die gemeinsam ein Steuerbüro betrieben und sich bis zu Millas Teenageralter nachmittags dort abgewechselt hatten. Jola hatte die beiden bei der Wohnungssuche kennengelernt, und sie hatten sich auf Anhieb verstanden und aus der Zwei-bis-drei-Zimmer-Wohnung, die das Pärchen und die schwangere Jola jeweils suchten, die aber Ende der Neunziger kaum zu bekommen gewesen war, eine Fünfzimmerwohnung gemacht.

Eine solche ergatterten sie am Chamissoplatz. Eine Win-win-win-Situation, wie Dirk immer sagte. Sie hatten Platz, und zwar bezahlbar. Toni und Dirk bekamen ein Kind und Jola gleich zwei Väter, die auf ihre Tochter aufpassten, wenn sie studieren und später arbeiten war. Im Kreuzberger Kinderladen störte sich kein Mensch daran, dass Milla im Wechsel von zwei schwulen Vätern und ihrer Mutter abgeholt wurde.

Jetzt sah Jola ihre Tochter mit ihrem Freund um die Ecke biegen. Er griff ihr ins Haar, und sie küssten sich. Das gab Jola einen Stich. Genauso hatte Raik damals ihre Haare … Stopp, befahl sie sich, ging in die Küche und kippte die Salatsauce über den Rucola, dass es spritzte. Aber es half nicht.

* * *

Leipzig, September 1989

»Wir sind das Volk!« Jola sah Raik an, der an ihrer Seite lief, und holte mit ihm zusammen tief Atem. »Wir sind das Volk!«, riefen sie mit allen anderen auf der Montagsdemo, blickten sich dabei in die Augen und rempelten aus Versehen die vor ihnen Laufenden an.

»Entschuldigung«, sagte Raik.

Jola kicherte.

Sie waren mit Raiks Vater Matthias nach Leipzig gefahren, zum Ärger von Jolas Mutter. Der geht jetzt die Muffe, dachte Jola kurz. Wenn die Leute hier wüssten, was meine Mutter macht, die würden mich lynchen. Aber es war ihr egal. Sie war dreizehn, genau wie Raik. Eigentlich war ihr auch die Montagsdemo egal. Nicht egal war ihr Raik.

Der Demonstrationszug stockte. Aus dem Augenwinkel sah Jola, wie aus einer Seitenstraße Polizisten gerannt kamen.

Raik griff nach ihrer Hand. »Weg!«, zischte er. Sein Vater hatte darauf bestanden, dass sie immer ganz am Rand des Zuges liefen, damit sie gegebenenfalls abhauen konnten. Im entstehenden Knäuel verloren sie Raiks Vater, aber Raik hielt Jolas Hand fest und entwischte mit ihr in eine andere Seitenstraße. Als ihnen auch dort Polizei entgegenkam, zog Raik Jola in einen Hauseingang, in den Flur, die Treppe hinauf bis ganz oben. Zwischen den Dachbodentüren ließen sie sich auf den Absatz plumpsen.

»Scheiße«, flüsterte Jola und horchte angstvoll.

»Finde ich nicht«, sagte Raik.

Sie sah ihn an, und selbst im Halbdunkel entdeckte sie die Grübchen, die immer erschienen, wenn er lächelte.

»Finde ich überhaupt nicht«, bekräftigte Raik, schob seine Hand in ihr Haar, wartete einen Augenblick.

Jola rührte sich nicht.

Da küsste Raik sie. Ganz zart. Lippen auf Lippen.

Jola rührte sich immer noch nicht. Mein erster Kuss, dachte sie überwältigt. Endlich.

Raiks Mund hatte sich nur Millimeter von ihrem entfernt. Er wartete. Sie reckte den Kopf vor, und ihre Lippen trafen sich erneut.

An diesem Abend in einem feuchtkalten Leipziger Treppenhaus brachten die beiden Teenager einander das Küssen bei. So ausgiebig, dass Raiks Vater, als sie endlich am Auto erschienen, wie es für den Notfall verabredet war, schimpfte und beim Einsteigen zitterte.

»Meine Mutter hätte uns schon rausgeholt«, sagte Jola, als sie zurück in ihre Siedlung fuhren.

»Dich bestimmt«, sagte Raiks Vater, holte Luft und schwieg dann.

»Raik auch.« Jola griff nach dessen Hand.

Matthias schnaubte nur. »Hunger?«, fragte er und reichte gleichzeitig Käsebrote nach hinten.

Jola fand das nicht ganz fair, denn Matthias' neues Auto war ein Trabant, der von Bekannten, die sich in die Prager Botschaft der BRD abgesetzt hatten, einfach stehen gelassen worden war. Ihre Mutter hatte dafür gesorgt, dass er wegen des fingierten Kaufs keinen Ärger bekam, aus alter Freundschaft mit seiner Frau. Aber Jola sagte nichts, sie wollte Matthias nicht noch mehr gegen ihre Mutter aufbringen, auf die er seit Renates Tod nicht gut zu sprechen war.

Vier Tage später, als Jola nach der Schule und einem Abstecher in die Fuhneaue zwecks weiteren Kusstrainings nach Hause kam, standen drei Rucksäcke im Flur.

Ihre Mutter trat aus der Küche. Statt wie sonst Kostüm und Hauslatschen hatte sie eine sportliche Hose und Schnürschuhe an. »Zieh dich um«, sagte Agnes. »Liegt alles oben. Wir gehen in den Westen.«

»Wie bitte?«, rief Jola, aber da kam auch ihr Vater Franz aus der Küche.

»Diskussion im Auto. Ab jetzt.«

Jola stand da und konnte es nicht fassen. Ihre Mutter, die Personifizierung von »Schild und Schwert der Partei«, wollte abhauen. Es musste richtig schlimm stehen mit der DDR. Viel schlimmer als gedacht. Sie schaute ihrer Mutter in die Augen und sah Angst darin. Viel mehr Angst, als am Montagabend in den Augen von Raiks Vater gestanden hatte. Und diese Angst sorgte dafür, dass ihr die Widerworte im Hals steckenblieben.

Die Familie flüchtete über die grüne Grenze in Ungarn. Das Auto ließen sie an einem Feldrand stehen wie so viele andere vor ihnen auch. Herzklopfen, feuchte Hosenbeine vom Tau und ein paar Kratzer vom Huschen durch Brombeerhecken im Morgengrauen, dann kamen sie auf einer österreichischen Landstraße heraus.

Franz hatte eine Großtante in Berlin-Zehlendorf, die kinderlos und verwitwet war, ein Haus besaß und ihren Großneffen samt Familie aufnahm. Dort landete Jola mit ihren Eltern an einem regnerischen Abend Anfang Oktober. Sie bekam ein eigenes Zimmer, das die alte Hertha für sie hergerichtet hatte. »Willkommen in der freien Welt«, sagte sie, bevor sie Jola dort zum Auspacken allein ließ.

Aber Jola fühlte sich weggesperrt. Weggesperrt von Raik. Sie wusste, dass sie ihm nicht schreiben durfte. Das sei viel zu gefährlich für ihn, sagte ihre Mutter.

»Wir fangen jetzt ein neues Leben an. Denk nicht zu viel an das alte. Sonst fehlt dir die Kraft«, sagte Jolas Vater an einem der nächsten Abende beim Gutenachtsagen. »Sonst blutet dir das Herz aus.«

Dann umarmte er sie ganz fest, und Jola spürte, wie sein Herz blutete. Vielleicht hat er recht, dachte sie.

Die Kinder in ihrer neuen Zehlendorfer Schulklasse waren ganz anders als ihre Schulkameraden in Wolfen. Braver und gleichzeitig unbesonnener, irgendwie leichtherzig ging es zu. Wenn sie mit ihnen mithalten wollte, musste sie sich ganz und gar darauf einlassen. Ein Sonderling wollte sie nicht werden, ihr Anhaltisch war schon schlimm genug. Wie ihren Dialekt musste sie sich Wolfen abtrainieren und auch Raik. Sie hätte sich sonst teilen müssen in Ost und West, und das hätte sie nicht geschafft.

Hertha brachte Jolas Eltern im Zehlendorfer Schützenverein unter, in dem auch ihr Mann gewesen war. Franz und Agnes waren gute Schützen, er hatte das Schießen als Mitglied der Betriebskampfgruppe der Filmfabrik gelernt, sie in ihrer Ausbildung an der Hochschule für Staatssicherheit. Der gesellige Franz lebte sofort auf.

An dem Abend, als Jolas Eltern das zweite Mal im Verein waren und Jola verdrossen aus dem Küchenfenster starrte, trat Hertha zu ihr. Die alte Dame mit den wöchentlich frisch gelegten weißen Locken, reichlich Schmuck und stets manikürten Fingernägeln erzählte ihr von den Emigranten der Nazizeit, die sich umbrachten, obwohl sie es geschafft hatten zu fliehen. Klaus Mann, der aus dem alten Deutschland kam und im neuen nicht Fuß fassen konnte, Walter Benjamin, der schon in Spanien angekommen war. Stefan Zweig in Brasilien und Kurt Tucholsky in Schweden. Sie waren in Depressionen verfallen. »Man muss sich ganz auf das Neue einlassen«, sagte Hertha, »sich neu erfinden. Wir änderten nach 1945 die Dirndl der NS-Frauenschaft, färbten die Braunhemden. Wir trennten die Nazizeit von uns ab wie die Embleme von der Kleidung und wurden Demokraten. Alles halb so schlimm, wenn man nach vorn gucken kann. Und das kannst du.«

Jola nickte. Sie wollte nicht in Traurigkeit versinken. Sie sah aus dem Fenster auf das rote Dach gegenüber – rote Dächer waren früher das Zeichen für sie gewesen, dass es in die Ferien ging, denn in Wolfen und Umgebung waren sie rußschwarz – und schnitt ihre Vergangenheit ab. Bereits Ende Oktober hörte man ihr Anhaltisch kaum noch, und im Schutz einer Zehlendorfer Hecke küsste sie Torsten aus der Klasse über ihr im Bemühen, die Küsse des Ostens zu überdecken. Das gelang mehr schlecht als recht, aber Raik zu schreiben, schloss die Dreizehnjährige in einem letzten heftigen Anflug von romantischer Scham aus. Den

Mauerfall zehn Tage später verbrachte sie konsequent hinter den Zehlendorfer Hecken.

* * *

Berlin, April

Es gab ein großes Hallo, als Milla den Crémant ablehnte, den Toni als Aperitif aus dem Kühlschrank der WG-Küche holte. »Unsere Sprotte kriegt ein Spröttchen!«, grölte Dirk wie immer eine Spur zu laut los. Aber die Zartheit, mit der er Milla in den Arm nahm, sprach eine andere Sprache, das sah Navid sofort. Dirk vergötterte seine Ziehtochter, genau wie Toni.

»Eine Sprotte ist sie dann wohl endgültig nicht mehr«, sagte Jola heiser, und in diesem Augenblick war Navid froh, dass Toni und Dirk da waren und sie ihr die Nachricht von dem Baby nicht allein überbringen mussten.

Er holte tief Luft. »Ich habe Milla gebeten, mich zu heiraten, und sie hat Ja gesagt.«

»Ihr müsst wegen dem Baby nicht heiraten«, sagte Jola zu Milla, und es klang in Navids Ohren wie: Heiratet bloß nicht wegen des Babys.

»Navid hat mich vorher gefragt«, sagte Milla schnell. »Er hat es noch gar nicht gewusst.«

Jola zog die Augenbrauen hoch und öffnete den Mund, um etwas zu erwidern, doch in diesem Augenblick knallte der Korken, und Dirk rief: »Gläser, schnell!«

Toni hielt das erste unter die sprudelnde Flasche.

»Findest du es zu früh?«, fragte Milla Jola, und Navid sah die Unsicherheit in ihren Augen. Es tat ihm weh.

Über Jolas Gesicht breitete sich angesichts der Pein ihrer Tochter ein mütterliches Lächeln aus. »Wenn du es willst, kriegen wir das Baby auf jeden Fall durch.«

Navid fiel auf, dass sie die Hochzeit ignorierte.

»Klar kriegen wir das durch«, sagte Dirk. »Wir arbeiten wieder halbtags im Wechsel, stimmt's, Toni?«

Toni nickte und reichte Milla ein Glas. »Komm, einen Schluck zum Anstoßen.«

»Deinen alten Kinderladen gibt es auch immer noch«, sagte Dirk. »Wir müssen hier um die Ecke eine Wohnung für euch suchen.«

Navid kam sich ein wenig vor wie zu Hause. In Afghanistan hatten die Alten genauso über das Leben ihrer erwachsenen Kinder entschieden, und er hatte eigentlich gedacht, dass er das in Deutschland hinter sich gelassen hätte. Aber da hatte er mit Toni und Dirk die Falschen erwischt. Die beiden waren die reinsten Glucken. Er sollte wohl lieber die Klappe halten und nicht erwähnen, dass Milla zwischen ihrer Fachhochschule in Potsdam und verschiedenen Standorten der Berliner Wasserbetriebe pendelte. Sollten sie eine größere Wohnung suchen, dann im Süden Berlins, in der Nähe der S-Bahn nach Potsdam.

Jola hatte sich umgedreht und die Lammkoteletts in der Pfanne gewendet, während Toni auch Dirk und Navid ein Glas Crémant reichte. Jetzt wischte sich Jola die Hände an der Küchenschürze ab und griff nach dem letzten Glas. Sie nahm Milla in den Arm, schaute in die Runde und sagte feierlich: »Auf das neue Leben!«

»Auf das junge Paar, die glücklichen werdenden Eltern«, sagte Toni, und Navid fing dankbar seinen Blick auf. Dass Toni ihn einbezog, tat ihm gut.

Dann setzten sie sich zu Tisch. Es schmeckte, wie immer bei Jola. »Eine Lebensmittelchemikerin weiß, was zusammenpasst«, hatte sie irgendwann einmal gesagt, als Navid die geschmackliche Ausgewogenheit ihrer Gerichte aufgefallen war. Jolas Kreationen waren beinahe zu ausgewogen, fand er, dafür immer verlässlich und bekömmlich. Heute gab es Rucolasalat mit Orangensauce, Backkartöffelchen und Lammkotelett.

»Jola hat übrigens auch Kotelett gemacht, als wir uns getroffen haben, um zu gucken, ob wir als WG zusammenpassen«, erzählte Toni.

»Genau«, tönte Dirk mit vollem Mund. »Und da war die Sache eigentlich geritzt.«

»Das hast du von Oma gelernt, oder?«, fragte Milla.

»Ja«, sagte Jola. »Schweinekotelett war in meiner Kindheit ein gängiges Sonntagsessen. Omas Trick war damals eine Kunsthonig-Kräuter-Mischung, in der sie das Fleisch zwei Stunden mariniert hat. Der Kunsthonig sorgt für ein leichtes Karamellisieren. Dadurch wird die Kruste schön kross, und der Saft bleibt im Fleisch.«

»Kunsthonig? Was ist das?«, fragte Navid, damit Jola mit ihrem lebensmittelchemischen Wissen glänzen konnte.

»Das ist eine Saccharoselösung, die mit einer Säure aufgespalten wird, zum Beispiel Milchsäure. Dann kommt noch Stärkesirup dazu und als Aroma ein bisschen echter Bienenhonig.«

»Iiih«, machte Milla und verzog den Mund.

»Ich hab Ahornsirup genommen, keine Sorge«, sagte Jola. »Ich weiß gar nicht, ob es Kunsthonig noch gibt. Das war in der DDR der Honigersatz.«

»Wieso hattet ihr denn keinen echten Honig? Bienen muss es doch gegeben haben«, sagte Milla.

»Ging in den Westen.« Jola zuckte mit den Schultern.

Nach dem Kotelett verabschiedeten sich Toni und Dirk ins Kreuzberger Nachtleben, und Navid fragte Jola nach Familienfotos.

»Das alte Zeug«, sagte Jola.

»Mama!«, widersprach Milla. »Wir werden Navids neue Familie.«

»Wenn ihr unbedingt wollt …«

»Wollen wir«, sagte Milla. »Vor allem aus deiner Kindheit.«

Also holte Jola einen großen Karton, in dem sich unter vielen unsortierten Fotos ein weinrotes Kunstlederfotoalbum mit Kinderfotos von Jola samt Bildunterschriften in der gestochenen Schrift ihrer Mutter Agnes befand.

Milla griff nach dem Album und schlug es auf. *Gartenfest zu Vatis 10-jährigem Jubiläum bei der Werkfeuerwehr 1980: Vati, Matthias, Jola, Sandra, Raik.* Auf der Farbfotografie leuchteten Jolas rote Zöpfe. Sie backte mit einem lockigen, spindeldürren Jungen, der nur von hinten zu sehen war, im Buddelkasten Sandkuchen, während ein ebenfalls bezopftes Mädchen traurig und vergessen von den beiden zusah.

»Da war ich vier.« Jola lächelte.

Milla legte das Album weg und zog einen Stapel Fotografien aus der Kiste, auf denen Jola im Studentenalter war.

»Wer ist das?«, fragte Navid und tippte auf einen jungen Mann, der ein klappriges Rad mit schiefhängendem Vorderlicht an eine Mauer stellte. Sie war übersät mit Löchern von Granatsplittern, was Navid daran erinnerte, dass die Deutschen auch einen Krieg vom Zaun gebrochen hatten. Aber das geisterte nur am Rande durch sein Hirn. Der Grund dafür, dass er das Bild aus dem Stapel herausgezogen hatte, war eine überraschende Entdeckung gewesen. Das Lächeln des jungen Mannes: die Augen wie Halbmonde und Grübchen in den Mundwinkeln. Solche Grübchen hatte Milla ebenfalls, wenn auch nur ansatzweise, aber diese Halbmondaugen, der Blick … Navid zog das Foto ganz aus dem Stapel. Milla hatte solche Halbmondaugen, wenn sie ihn verliebt anlächelte.

Der Blick des jungen Mannes auf dem Foto fiel auf Jola, die im Vordergrund stand und dem Fotografen oder der Fotografin eine Grimasse zog.

Jola nahm Navid das Bild aus der Hand und schob es unter den Stapel. »Raik Hader«, sagte sie. »Gehörte eine Weile zur Clique an der Uni. Will jemand Eis?«

»Ist das derselbe Raik wie der auf den Wolfener Gartenfotos?«, fragte Milla.

»Ja, er hat später auch in Berlin studiert.« Jola schob den Stapel zusammen und ging zum Gefrierschrank. »Wer will denn nun Eis?«

»Ich«, sagte Milla.

»Ich auch. Danke.« Navid zog das Foto wieder unter dem Stapel hervor und reichte es ihr. »Ich finde, du siehst dem total ähnlich.«

Milla beugte sich über das Bild und schürzte die Lippen. »Mama, kann das mein Papa sein?«

Jola schob die Fotos erneut zur Seite und stellte dafür Untertassen mit kleinen Eishörnchen vor Milla und Navid. »Ach, du weißt doch, ich habe damals sehr frei gelebt. Ich werde jetzt nicht anfangen, Spekulationen anzustellen. Du hast zwei Väter, was willst du mehr.«

Dann biss sie ein dermaßen großes Stück von ihrem Eishörnchen ab, dass Navid unwillkürlich die Luft anhielt. So viel Kälte auf einmal im Mund musste doch wehtun.

Prompt machte Jola »Öööh!« und fächelte sich warme Umgebungsluft in den Mund. »Jetzt war ich wohl zu gierig. Wie du als Kind immer, weißt du noch?« Sie sah ihre Tochter mit aufgerissenen Augen an.

Milla lachte und klärte Navid darüber auf, welch ein Drama das Eisessen mit ihr als Kleinkind gewesen war. »Ich mochte Eis und verstand einfach nicht, dass ich nur lecken durfte.«

»Es gab jedes Mal Tränen. Aber sobald es im Mund wärmer und süß wurde, schmatzte sie und wollte mehr. Und zwar viel mehr, und dann ging es von vorne los«, erklärte Jola. Und weil sie einmal dabei waren, redeten sie weiter über Millas Kindheit.

Obwohl Navid sich freute, dass Jola ihm von seiner künftigen Frau erzählte, wurde er das Gefühl nicht los, dass der Biss ins Eis ein Ablenkungsmanöver gewesen war.

»Aufstehen, meine Süße. Wenn wir noch frühstücken wollen, wird es Zeit.«

Mit diesen Worten weckte Navid Milla am Samstag darauf. Er strich mit der Nase über ihre Wange und schnupperte.

Sie knurrte. »Wir wollen nicht frühstücken. Opa sitzt garantiert Punkt zehn gestriegelt und geschniegelt und nach Rasierwasser stinkend hinterm Lenkrad, und auf dem Rücksitz steht ein so riesiger Picknickkorb, dass wir platzen werden.«

»Wenn wir was runterkriegen bei all dem Rasierwasser.«

»Ach, lass mal, das Auto riecht dann ganz schnell nach Jagdwurst.« Milla öffnete die Lider. Wenn sie ehrlich war, liebte sie die Ausflüge mit ihren Großeltern, Agnes' altmodische Thermoskanne und Franz' Spieltrieb, der auch im Rentenalter noch nicht erloschen war.

Sie schob einen Fuß unter der Decke hervor und kitzelte Navid mit den Zehen zwischen den Beinen. Navids Augen wurden sofort dunkler, er rächte sich süß, und als Milla endlich ausgehfertig war, war definitiv keine Zeit mehr fürs Frühstück.

Vierzig Minuten später fanden sie die Großeltern genauso vor wie vorhergesagt: Franz saß hinterm Lenkrad des hochgelegten weißen Golfs, den er für seine Frau gekauft hatte. Die fünf Jahre ältere Agnes, die jetzt mit großer Sonnenbrille neben ihm wartete, war in letzter Zeit ein wenig steif geworden. Sie freute sich darüber, nicht zu tief in einen Sitz sinken zu müssen.

»Sie hatte eigentlich nie Probleme beim Einsteigen«, hatte Franz Milla zugeraunt, als das Auto neu war. »Aber es ging nicht mehr so elegant, und wenn Agnes nicht elegant sein kann, leidet sie.«

Kaum waren sie losgefahren, wühlte Navid schon im Picknickkorb. Der Junge hat einfach immer Hunger, dachte Agnes. Dabei war er schlank wie ein Vierzehnjähriger. »Tatsächlich. Jagdwurst«, sagte er und biss herzhaft in das Mischbrot. »Noch jemand?«

Franz wollte, und Milla auch, und so duftete das Auto wenig später nach den Leckereien des Zehlendorfer Traditionsfleischers.

Agnes machte es sich zufrieden auf dem Beifahrersitz bequem. So mochte sie es. Ihre Lieben putzten vergnügt weg, was sie vorbereitet hatte. Ein Glück, dass Navid erklärt hatte, er sei nicht besonders religiös und esse alles. Das machte die Sache unkompliziert.

Sie waren unterwegs nach Wolfen. Franz hatte darauf bestanden, seinem Schwiegerenkel in spe zu zeigen, wo die Familie seiner Braut herkam: »Aus einem Landstrich, in dem der Boden fruchtbar ist und es immer viel Handel gab und Industrie. Anders als in dieser Arme-Leute-Gegend hier weiter nördlich. Das prägt die Menschen.«

»Na ja, der Boden ist zwar vielleicht fruchtbar, aber das Grundwasser …« Milla ließ den Satz in der Luft hängen.

»Kind«, sagte Agnes zur Windschutzscheibe hin.

»Könnten wir bitte an diesem Silbersee vorbeifahren?«, bat Milla. Sie scherte sich nicht um den pikierten Einwurf ihrer Großmutter. »Ich schreibe eine Seminararbeit über Schwermetallablagerungen und würde dort gern Bodenproben nehmen.«

»Na, da kommt wenigstens was raus, wenn du die analysierst«, sagte Franz. »Machen wir. Ist nur ein kleiner Abstecher.«

»Silbersee?«, fragte Navid.

Agnes drehte sich um. »Das ist eine Sondermülldeponie. So viel zur Romantik deiner Braut.«

»Hast du deshalb die Gummistiefel mitgenommen?«, fragte Navid.

Milla nickte.

»Und wir anderen müssen Schmiere stehen«, informierte Franz und zwinkerte seiner Frau zu. »Ist nämlich verboten, da rumzulaufen.«

Agnes schwieg. Sie dachte an die Zeit, in der die Giftbrühe der Filmfabrik Wolfen tankweise in die alte Grube Johannes gepumpt wurde, die im Volksmund deshalb nach wie vor »Silbersee« hieß. Noch viel giftigere Abfälle waren in die Grube Antonie oder »Freiheit III« gelassen worden. Und sie dachte, wie immer in solchen Momenten, an Renate.

* * *

Wolfen, Sommer 1978

Am späten Nachmittag tauchte Renate mit ihrem Sohn Raik an der Hand bei Agnes auf. Sie hatten sich kennengelernt, als ihre Kinder zugleich in die Krippe gekommen waren, und dabei hatte sich herausgestellt, dass ihre Männer schon die eine oder andere Havarie in der Filmfabrik zusammen durchgestanden hatten: Agnes' Mann Franz bei der Werkfeuerwehr, Renates Matthias als Anlagentechniker.

Renate war gleich in den Garten durchgegangen. Das war eigentlich nichts Besonderes, denn die Frauen, deren Häuser kaum hundert Meter voneinander entfernt lagen, besuchten einander häufig, und Renate hatte wie die meisten kein Telefon, um sich vorher anzukündigen. An den ausholenden Schritten der Ärztin merkte Agnes jedoch, dass sie aufgewühlt war. Das war ungewöhnlich für Renate; sie war eine besonnene Person, die so leicht nichts vom Hocker warf, was Agnes sehr an ihr schätzte.

Sie selbst war vor einer Viertelstunde von ihrer Hallenser Arbeitsstelle nach Hause gekommen und saß mit einem Krug, einem Keramikbecher und einer Zeitschrift am Gartentisch. »Hallo, Renate. Der Tee ist noch heiß.«

Raik machte sich los und rannte auf seinen kurzen Beinchen auf Agnes' Tochter Jola zu, die vertieft in ihre ersten Sandkuchenversuche im Buddelkasten saß.

»Setz dich«, sagte Agnes zu Renate und wies auf den Gartenstuhl ihr gegenüber. Sie trug ein marineblaues Kostüm. Anders als viele Wolfener Frauen, die zu Hause in Kittelschürzen herumliefen, zog sie sich nie um, wenn sie von der Arbeit kam. Agnes war immer elegant, auch im Garten. Sie schob die *Pramo* zur Seite, die sie sich gerade angeschaut hatte.

»Ist ein schöner Schnitt drin?«, fragte Renate, während sie sich niederließ. Agnes nähte ihre Kostüme selbst, oft nach Schnitten aus dieser Modezeitschrift.

»Nee.« Agnes schüttelte den Kopf, verschwand kurz im Haus und kam mit einem zweiten Keramikbecher, einem Löffel und der Zuckerdose für Renate zurück. Sie goss ihr Pfefferminztee ein.

»Der kleine Thomas ist gestorben«, platzte Renate heraus.

»Der Weißblonde aus der Krippe?«

»Zwei Jahre! Er hatte es von Anfang an mit den Bronchien. Tja, und dann Pseudokrupp. Genauso alt wie Raik und Jola.« Renate sah hinüber zum Buddelkasten, in dem nun auch Raik Sandkuchen buk. Agnes beobachtete Renate und bemerkte Angst, ja, Entsetzen in ihrem Blick.

Renate wandte sich wieder zu Agnes. »Heute war sein Vater bei mir.«

»Werner Hübner«, warf Agnes ein, weil sie trainiert darauf war, sich Namen einzuprägen.

»Ja«, sagte Renate. »Der in der Spinnerei arbeitet. Er hockte völlig ausgemergelt und zusammengesunken da. Hat grottige Leberwerte und heftigen Tremor.«

Agnes merkte auf. Renate war viel zu professionell, um unbedacht Diagnosen auszuplaudern. Offenbar hatte der Tod des Jungen sie besonders mitgenommen. Sie lehnte sich zurück. Sie kannte Werner Hübner vom Sehen. Er war schon Mitte vierzig, sehr spät Vater geworden. Seine erste Frau war 1968 bei dem großen Bitterfelder Chemieunfall mit über vierzig Todesopfern umgekommen. Meistens hatte er Thomas aus der Krippe abgeholt, weil dessen hübsche junge Mutter Verkäuferin war und abends länger arbeitete. Seine Haut war ganz grau und in den Mundwinkeln eingerissen, das weißblonde Haar dünn, strähnig und stumpf. Seine Hände waren zittrig wie bei manchen, die schon lange in der Faser arbeiteten, wie die schadstoffreiche Kunstfaserproduktion des Werks von allen genannt wurde. Thomas war ein spillriger Junge gewesen, recht klein für sein Alter wie viele Wolfener und Bitterfelder Kinder. Die Familie wohnte unweit der Grube Antonie, jenseits der Bahngleise, auf denen die Züge mit den Tankwagen hielten, deren stinkender Inhalt in die Grube geleitet wurde.

»Ich habe ihm gesagt, dass ich ihn aufgrund seiner Urin- und Blutwerte für einen Schonarbeitsplatz vorsehe«, fuhr Renate fort. »›Wieso das denn?‹, hat er mich gefragt. ›Ich will hier sein. In meinem Kollektiv. In meiner Hausgemeinschaft. Das tut mir gut. Ich gehör hierhin‹, hat er gemeint. ›Hier finde ich Trost, und mir ist scheißegal, was mit meinem Urin ist. Ich hab mir hier was aufgebaut. Ich brauch meine Zulage.‹«

Renate rührte Zucker in den Tee. »Ich habe ihm erklärt, in den zwei Jahren, die er seine Zulage noch kriegt, kann er sich weiterbilden. Er wäre mir fast an die Gurgel gesprungen. Erst sein Kind tot, und jetzt solle er auch noch rausgerissen werden aus allem, was ihn hält.« Sie schnaubte und rührte weiter. »Weißt du, auch ich gehöre hierhin. Ich verstehe den Hübner. Ich würde auch nicht woanders sein wollen. Aber es geht so nicht. Unsere Reihenuntersuchungen sind gut, ich kann Maßnahmen verordnen, von der Kur bis zur Versetzung, auch an andere Orte in der Republik. Aber es darf nicht so viel geben, was die Leute krank macht. Wir müssen was tun. Damit langjährig Beschäftigte in der Faser oder Handwerker, die überall rumkrauchen, nicht so gefährdet sind. Damit es weniger Lungenkrankheiten gibt. Damit Raik und Jola gesund bleiben.«

Oje, dachte Agnes. Ihr war der Wechsel von »ich« auf »wir« nicht entgangen. Und natürlich auch nicht der Appell, der im Nennen ihrer Tochter versteckt war. Die Ärztin hatte leider einen wunden Punkt getroffen. Der war allerdings nicht direkt Jola, sondern etwas anderes.

Renate drehte ihren Becher auf dem Tisch hin und her. »Ich muss dich was fragen.«

»Schieß los«, sagte Agnes und warf nun ihrerseits einen Blick zum Buddelkasten, in dem Jola und Raik inzwischen fröhlich herummatschten, weil Raik die Regentonne entdeckt hatte.

»Matthias hat mir erzählt, dass ihr überall Inoffizielle Mitarbeiter habt, die über die Zustände im Kombinat berichten.«

Agnes setzte sich gerade hin. Renate gehörte zu den wenigen, die wussten, dass sie bei der Staatssicherheit arbeitete.

»Die berichten doch bestimmt auch über den Zustand der Anlagen, über die Lecks, über den Gestank und den giftigen Staub und dass bei Nebel die Filter in den Schornsteinen umgedreht und durchgepustet werden, weil es dann nicht auffällt …« Renate schwang die Hand durch die Luft.

Agnes zuckte mit den Schultern.

»Es werden einfach zu viele krank. Lunge, Leber, Nieren, Schwermut. Und eben Atemwegserkrankungen wie bei Thomas«, erklärte Renate.

»Thomas war erst zwei. Er hat nicht in der Chemie gearbeitet«, sagte Agnes.

Renate wischte mit dem Zeigefinger über eine Leiste an ihrem Stuhl und hielt ihn Agnes hin. Er war schwarz von Ruß. »Mensch, der war genauso alt wie Raik und Jola!«

Agnes trank einen großen Schluck Pfefferminztee und gab sich einen Ruck. Die Arbeitsmedizin in Wolfen war vorbildlich. Nur leider stützten sich die menschlichen Kleingeister, die die Macht im Staat hatten, nicht auf dieses verlässliche System. Sie waren zu feige. »Du sprichst mein größtes Problem an«, sagte sie und lächelte schmerzlich. »Wir sind über die Zustände informiert und leiten das mit entsprechenden Empfehlungen nach Berlin weiter. Aber … tja.«

»Wie – tja.« Renate verstand nicht.

»Wir finden kein Gehör«, sagte Agnes. »Solange in der Bevölkerung alles ruhig ist … oder relativ ruhig ist –«

»Ausgemergelte Gestalten wie der Hübner können auch nicht viel Lärm machen, der Mann hatte kaum Kraft genug, um aus dem Arztzimmer zu wanken«, warf Renate patzig ein.

»Du willst jetzt aber nicht deine Patienten aufhetzen, oder?«, fragte Agnes.

Renate sah abrupt auf, und Agnes versteckte ihren prüfenden Blickschnell hinter einem vagen Lächeln.

»Nein. Ich hetze keine Patienten auf. Ich heile sie. Wenn ich kann.«

Agnes goss sich Tee nach. Renates Becher war noch fast voll. »Unsere Chemie ist Grundlage für praktisch die ganze industrielle Produktion der DDR. Fast in allen Produkten steckt etwas aus Wolfen oder Bitterfeld. Wenn wir hier runterfahren und sanieren, ist Ende Gelände. So einfach ist das, Renate.«

Renate schnaubte.

»Den meisten geht es doch gut«, beschwichtigte Agnes. »Und die Löhne hier sind höher als anderswo.«

»Schmerzensgeld«, sagte Renate.

»Immerhin«, erwiderte Agnes.

»Vati!«, rief Jola und kletterte aus dem Buddelkasten. Um die Hausecke kam Franz in hellen Stoffhosen, Nietengürtel und kariertem Hemd, was ihn nicht daran hinderte, die sandige Jola aufzufangen und durch die Luft zu schwenken.

Renate lächelte, was Agnes nicht entging. Es war Renates erstes Lächeln heute.

Franz sah gut aus, durchtrainiert. Die junge Ärztin mochte den lebensfrohen Mann, das war kein Geheimnis.

Franz ließ seine Tochter hinunter und trat an den Gartentisch. »Na, meine Hübschen?«

Während er seine Frau küsste, sah er zu Renate hinüber. Agnes bemerkte es, weil sie die Augen nicht ganz geschlossen hatte, sondern zwischen den Wimpern hindurchlugte.

»Ich schaue mal nach Raik«, sagte Renate schnell.

Braves Mädchen, dachte Agnes.

* * *

Wolfen, April

Puh, das stinkt aber, dachte Milla, als sie mit dem langen Löffel, den sie bei ihrer Lieblingseisdiele geborgt hatte, im Schlamm des Silbersees herummatschte. Ihr war schlecht, und langsam ahnte sie, dass das nicht von den Wurstbroten im Auto kam.

Sie richtete sich auf und ging ein paar Schritte weiter. Hier waren rötlich braune Ablagerungen. Sie bückte sich erneut und schraubte den Deckel des nächsten ausgewaschenen Kaperngläschens auf. Gut, dass Navid Kapern liebte. Diese kleinen Gläschen eigneten sich perfekt zum Probennehmen. Tief tunkte sie den Löffel in den stechend riechenden Schlamm. Eine Windböe lief über die Wasserfläche und die Mondlandschaft drum herum und brachte den Geruch von faulen Eiern mit. Wo ihr Gummistiefel ein Stück eingesunken war, blubberte es gelblich.

Die Übelkeit wurde schlimmer, und Milla konnte sich gerade noch mit den Händen auf den Knien abstützen, ehe sie sich übergab und einen Matsch aus Brötchen und Wurst in den schwefligen Schlamm spuckte. Aber es wurde nicht besser wie sonst nach dem Erbrechen. Ihr wurde schwindlig, und sie musste sich setzen. Mitten in den stinkenden Modder. Oma lässt mich garantiert nicht mehr ins Auto einsteigen, dachte sie, dann wurde ihr schwarz vor Augen.

Als Milla wieder zu sich kam, lag sie oben an der Böschung im Gestrüpp am Zaun und schaute in den Aprilhimmel, über den die Wolken nur so flogen.

»Milla!«, rief Navid, der neben ihr hockte und stank. Offenbar hatte er sie aus dem Schlamm gezerrt. Gut, dass er es sich nicht hatte nehmen lassen, mit ihr über den Zaun zu steigen und sie zumindest die Böschung hinunterzubegleiten. Er sah so ängstlich aus, wie Milla sich fühlte.

»Ich habe geträumt«, sagte sie. »Mein Fruchtwasser war trüb.«

»Gottlob gibt es im ersten Monat noch so gut wie kein Fruchtwasser«, bemerkte Agnes vom Wendehammer auf der anderen Seite des Zauns aus.

Navid sagte nichts, aber Milla las an seinen zusammengepressten Lippen ab, dass er sie verstand. Er half ihr hoch und stützte sie beim Zurückklettern über den Zaun.

»Wir sollten vorsichtshalber ins Krankenhaus«, sagte Franz, als Milla sich erschöpft auf dem Schotter auf der anderen Seite niederließ.

»Wir sollten sie vor allem mit dem nächstbesten Gartenschlauch abspritzen.« Agnes zog Milla sanft und gleichzeitig so geschickt mit spitzen Fingern die Gummistiefel aus, dass sie sich die Hände nicht schmutzig machte. Dann warf sie diese kurzerhand in hohem Bogen über den Zaun. Danach bekam Milla einen Becher Pfefferminztee, um sich den Mund auszuspülen, und sowohl ihre als auch Navids Hände wurden mit in Tee getunkter Küchenrolle gereinigt.

Franz holte die Rettungsdecke aus dem Erste-Hilfe-Kasten, legte damit die Rückbank aus, und dann ging es mit offenen Fenstern ins Bitterfelder Krankenhaus.

An diesem sonnigen Samstagvormittag war in der Notaufnahme nichts los. Milla durfte gleich in ein Behandlungszimmer durchgehen. Ein weißhaariger Arzt trat ein und stutzte noch in der Tür. Milla sah, wie seine Knöchel weiß wurden, als er die Klinke umklammerte. »Renate«, flüsterte er.

»Wie bitte? Ich heiße Milla. Milla Reinhoff.«

Der Arzt war ganz blass.

»Ist etwas? Stinke ich wirklich so sehr?«

»Dr. Kröpfer. Guten Tag.« Er hatte sich offenbar gefangen. »Sie müffeln nur ein bisschen. Lassen Sie mich raten: Sie haben sich irgendwo aufgehalten, wo Sie nichts zu suchen hatten«, fügte er aufgeräumt hinzu, wohl um den merkwürdigen ersten Moment zu überspielen.

»Ja«, sagte Milla. »Und offenbar ein bisschen zu lange. Ich bin ohnmächtig geworden. Außerdem bin ich schwanger. Deshalb wollte meine Familie, dass ich das abklären lasse.«

»Wo waren Sie denn?«

»Am Silbersee. Ich studiere Siedlungswasserwirtschaft und habe Bodenproben genommen. Ich hab einfach nicht daran gedacht, dass da auch giftige Dämpfe … Ist das gefährlich für das Baby?« Milla biss sich auf die Unterlippe.

Der Arzt schluckte und schwieg. Dann nahm er einen Plastikbecher aus einem Schrank, füllte ihn mit Leitungswasser, reichte ihn Milla und setzte sich zu ihr. »Trinken Sie das. Und am besten gleich noch einen Becher. Ich messe Ihren Blutdruck.«

Milla trank brav, er legte ihr die Manschette an und pumpte.

»Hundertfünfzehn zu sechsundsiebzig. Ist bestens. Wie lange haben Sie denn da rumgebuddelt?«

»Höchstens zehn Minuten«, sagte Milla.

»So kurz nur! Dann machen Sie sich mal keine Sorgen. Sie können sich in der Apotheke Klettentee holen, aus der Wurzel der großen Klette. Oder Brennnesseltee. Die entgiften. Das bisschen schlechte Luft stecken Sie aber auch so weg. In welchem Monat sind Sie denn?«

»Noch im ersten.«

Er winkte lächelnd ab, füllte Millas Becher nach und gab ihn ihr wieder. »Unser Trinkwasser kommt von weither. Das wird auch noch ewig so bleiben. Unser Grundwasser …« Er stockte.

»Das Zeug aus den Giftdeponien sickert ein, oder?«

Dr. Kröpfer nickte.

»Da muss man doch was machen!«, sagte Milla.

Er sah auf. »Sie erinnern mich an jemanden.«

»Eine Renate?«, fragte Milla.

Er nickte. »Eine Kollegin. Ist schon lange tot. Sie hat zu DDR-Zeiten die Umweltzerstörung angeprangert und sich dabei zu weit aus dem Fenster gelehnt. Es hat tödlich geendet.«

»Was?«, fragte Milla entsetzt.

Dr. Kröpfer schnaubte. »Mittlerweile lagern die schlimmsten Altlasten tief unter der Erde. Aber sie treffen den, der gräbt. Das ist heute nicht anders als damals. Die wirtschaftlichen Interessen haben sich nicht geändert. Hier unbefugt Proben zu nehmen ist noch niemandem gut bekommen. Wenn Sie meinen Rat wollen«, er deutete auf Millas Tasche, aus der ein Schlammgläschen herauslugte, »werfen Sie sie weg, und tauchen Sie hier nicht wieder auf.«

Er nahm ihr den Becher ab, erhob sich und öffnete ihr die Tür. »Kommen Sie. Waschen Sie sich vorn im Besucher-WC noch den Dreck von der Haut. Das sollte reichen.« Er wies den Gang zurück Richtung Warteraum. »Alles Gute für Sie und Ihr Kind.«

Milla hatte das Gefühl, hinausgeworfen zu werden, und sah dem weißhaarigen Arzt nach, als der vor sich hin murmelnd mit großen Schritten in die andere Richtung davonging.

Im Wartezimmer stand Navid. Er war schon auf dem Besucher-WC gewesen und sah wieder einigermaßen zivil aus.

»Und?« Er kam ihr entgegen. »Alles gut mit dir und dem Baby?«

»Ist nichts«, sagte sie und ließ das Geborgenheitsgefühl seiner Umarmung kurz in sich einsinken. Sie merkte, dass er in diesem Moment bewusst sie und ihr gemeinsames Baby umschlang, und das machte sie glücklich. »Der Arzt hat mich angesehen, als sei ich eine Wiedergängerin«, fuhr sie dann fort. »Ich habe ihn an eine Kollegin erinnert, die während der DDR-Zeit in dieser ganzen Umweltverschmutzung hier rumgestochert und das mit dem Leben bezahlt hat.« Sie schauderte. »War irgendwie gruselig.«

Navid schaute sie aufmerksam an. »Hat er gesagt, wie sie hieß?«

»Also wirklich!«, mischte sich Agnes ein, die hinzugetreten war. »Wenn der zu DDR-Zeiten schon hier gearbeitet hat, ist er wahrscheinlich senil. Komm, geh dich waschen. Ich gucke währenddessen, ob ich die Schlammkrusten wenigstens ein bisschen aus deinen Sachen rauskriege.« Sie nahm Milla am Arm und schob sie Richtung Besucher-WC. »In unsere Siedlung und zu den Muldeauen fahren wir ein andermal. Eure Klamotten stinken, dass es Gott erbarm, und du brauchst eine Zahnbürste und eine Dusche und solltest dich auch erst mal ausruhen.«

* * *

Berlin, April

»Hallo!«, rief Milla zwei Tage später von der Tür ihrer kleinen Wohnung aus. Sie klang atemlos. »Ich war heute im Labor. Der Hammer!«

Navid trat aus dem Wohnzimmer, wo er sich über Wirbelsäulenverschiebungen in Spätschwangerschaften informiert hatte, über die Gefahr eingeklemmter Nerven und Möglichkeiten, Betroffenen per Massage sowie Dehnübungen Erleichterung zu verschaffen.

Millas Wangen waren gerötet, von der frischen Luft und der Aufregung. Navid wurde von einer Glückswelle überschwemmt, als er sie im Flur stehen sah. Ihre wasserblauen Augen leuchteten unternehmungslustig. Mit zwei großen Schritten war er bei ihr und küsste sie zur Begrüßung. Und dann noch ein bisschen mehr.

Sie machte sich frei. »Du kannst dir gar nicht vorstellen, was da alles drin war.«

»Im Schlamm vom Silbersee.« Navid wollte sichergehen, obwohl er es sich schon dachte.

»Genau.« Milla warf ihre Plateauschuhe von sich, dass es rumpelte.

»Du hast hoffentlich mit Handschuhen und Mundschutz gearbeitet«, sagte er und folgte ihr in die Küche.

Milla strebte sofort zum Brotkorb und schnitt sich eine dicke Scheibe Vollkorn-Sonne ab. »Klar«, sagte sie. »Jedenfalls mit Handschuhen. War doch nicht viel drin in den Gläschen. Hat aber gereicht. Mein Professor hat sich gar nicht wieder eingekriegt. Ich habe nach jedem Schwermetall, das in Bodenproben drin sein kann, gefahndet, und es gab einen Treffer nach dem anderen.«

Sie nahm vegetarischen Aufstrich und Käse aus dem Kühlschrank. Das kam aufs Brot, und als sie abbiss, flutschte der Aufstrich heraus, sodass sie ihn mit dem Finger auffangen musste. »Für die Seminararbeit reicht, dass ich die richtigen Tests kenne, um die Giftstoffe und Schwermetalle nachzuweisen, aber …«

Sie zuckte mit den Schultern, und Navid sah, wie widerstreitende Gefühle über ihr Gesicht huschten. Er umschlang ihre Taille, gab sie jedoch gleich wieder frei, weil er spürte, wie steif sie war.

»Iss erst mal dein Brot«, sagte er. »Tee dazu?«

Sie nickte, biss ein weiteres Mal ab und kaute lange. Erst als sie aufgegessen hatte und sich mit dem Tee, den Navid ihr reichte, an das alte abgeschliffene Küchenbüfett lehnte, redete sie weiter. »Normalerweise machen wir alles Praktische bei den Berliner Wasserwerken. Aber in der Region Bitterfeld-Wolfen ist es besonders interessant zu sehen, was im Grundwasser landet, denn solche Deponien sind eigentlich nie dicht. Untersuchungen von Grundwasserkontamination durch Fließgewässerproben sind im übernächsten Semester dran, und angesichts der Konzentrationen im Silbersee und in den anderen Deponien finde ich garantiert was im Flusswasser der Mulde. Da wäre anhand geologischer Karten sehr leicht etwas nachzuweisen. Ich könnte schon mal vorarbeiten, weil doch dann das Kind kommt. Und ich habe einen Hinweis darauf bekommen, dass das Grundwasser dort verseucht ist.« Sie schwieg einen Augenblick und fügte dann hinzu: »Einen sehr komischen Hinweis.«

Sie schaute Navid an, und er strich ihr eine Strähne ihres dicken hellbraunen Haars hinters Ohr.

»Na ja, es war eher eine Warnung.«

»Von dem Arzt, oder? Der meinte, dass du ihn an eine ehemalige Kollegin erinnert hast.«

Milla nickte. »Aus der DDR-Zeit. Die in dem Schlamm rumgestochert hat wie ich und das mit dem Leben bezahlt hat.«

Navid goss sich selbst Tee ein, trank einen Schluck und wartete. In solchen Augenblicken ließ er ihr Zeit. Je weniger er selbst sagte, desto mehr fühlte sie sich in Zugzwang.

»Er war ziemlich eindringlich. Bloß die DDR gibt es doch schon ewig nicht mehr.«

»Nein«, sagte Navid. »Aber die Menschen.«

»Die sind doch jetzt alle uralt«, sagte Milla.

»Umso mehr hängen sie an dem, was sie sich aufgebaut haben.«

»Hatten. Ist doch alles weg.«

»Aber nicht in ihren Köpfen und Herzen.«

Milla trank ihren Tee. Sie wirkte nachdenklich. »Oma und Opa reden nie über ihre Zeit in Wolfen. Na ja, Opa manchmal. Von den Gartenfesten. Die müssen legendär gewesen sein. Viel lustiger als in Zehlendorf.«

Navid fiel ein, wie Agnes gesagt hatte, der alte Arzt müsse senil sein, wenn er damals schon in der Klinik gearbeitet hätte. Dann müsste aber auch Agnes selbst senil sein, und die war glasklar im Kopf.

»Also, ich hätte schon Lust, ein bisschen Wasser aus der Mulde und den anderen kleinen Flüsschen in der Gegend zu nehmen, wenn wir den Ausflug zu Omas und Opas Siedlung nachholen.«

Millas Augen begannen wieder zu leuchten wie bei ihrer Ankunft vorhin.

Navids Herz klopfte. Er fand es sexy, wenn sie so begeistert von ihrem Studium war.

»Du bist eine scharfe Braut«, sagte er, hob sie hoch und trug sie zum Bett. Agnes hatte bestimmt einfach nur weggewollt. Dreck und Gestank waren der eleganten Frau ein Graus, das sah man ihrem Haus an, in dem nirgendwo ein Stäubchen war.

Glücklicherweise war ihre Enkelin nicht so penibel, schon gar nicht im Bett. Da, fand Navid, war sie herrlich ausgelassen.

Wie viel Wolfener Chemiedreck wohl inzwischen im Berliner Grundwasser gelandet war? Agnes musste unwillkürlich lächeln bei diesem Gedanken, der sie ihrer Enkelin nahe sein ließ. Sie legte gerade die Fußmatten zurück ins Auto, auf die ausreichend Silberseeschlamm getropft war, um den Innenraum zu verpesten. Franz hatte die Sitze glücklicherweise abgedeckt, aber die hinteren Fußmatten hatte sie im Garten kräftig abspritzen und später mit Teppichschaum bearbeiten müssen.

Vor das Bild ihrer Enkelin, die mit Probengläschen durch den Uferbereich der Deponie stakste, schob sich ein anderes. Eines, das sie nie gesehen hatte, das ihr aber trotzdem vor Augen stand. Das Bild einer Ärztin, die ebenfalls Proben nahm. Die Blut abnahm, Uringläschen beschriftete und ins Labor gab. Wobei ihre blonden Locken schwungvoll gewippt haben dürften.

Agnes verzog unwillig die Lippen, schob eine der Rücksitzmatten zurecht und glättete sie säuberlich.

Sie wurde wohl langsam sentimental, sodass diese nutzlosen Erinnerungen in ihre Gegenwart einsickerten. Doch die Gedanken an einen Abend vor vielen, vielen Jahren ließen sich nicht vertreiben.

* * *

Wolfen, Spätsommer 1978

»Tschüss!« Renate drehte sich noch einmal um und winkte. »Denk dran!«

Agnes winkte zurück, ohne dass ihre zwei schmalen Armreifen dabei klimperten. Sie sah dem ungleichen Paar nach, das sich den kurzen Weg zu Fuß bis zu seinem Haus entfernte. Der große schlaksige Matthias umgriff seine viel kleinere rundliche und beschwipste Frau und hielt die Nase in ihre blonden Locken. Raik, der im Sportwagen unter seiner Gardine gegen Flugasche eingeschlafen war, schob er mit der anderen Hand vor sich her.

»Woran sollst du denken?«, fragte Franz, der mit Agnes am Gartentor stand, ohne den Blick von Renates drallem Hintern zu wenden.

»Ach, nichts«, sagte Agnes und wünschte sich, von Franz auch einmal so angepackt zu werden, wie Matthias seine Renate hielt. Aber seit sie Jola abgestillt hatte, war ihr schöner Apfelbusen – oder vielmehr Äpfelchenbusen – dahin. Auf den hatte Franz immer am meisten gestanden. Wie der Schwerenöter jetzt auf Renates Rundungen blickte … Matthias merkte natürlich nichts. Der war verliebt in seine Frau und sein Verstand irgendwie rein technisch. Verheiratet zu sein war für ihn wie eine Zahnradeinstellung. Eingehakt, festgestellt, fertig. Dreht sich für immer im Gleichklang. Langweiler.

Sie stieß Franz an. »Komm, wir kegeln darum, wer heute Nacht bestimmen darf.«

Dafür war Franz sofort zu haben. »Drei Runden.«

Sie stellten die leeren Flaschen der Abendeinladung auf dem Rasen auf und nahmen Jolas kleinen Ball. Agnes kämpfte hart, aber Franz gewann klar fünfzehn zu neun.

Als ihr Mann eine Stunde später tief und fest schlief, stand Agnes leise auf und ging in die Küche hinunter. Sie nahm sich des Tellerstapels und der Töpfe an, schaute in den nächtlichen Vorgarten.

Renate hatte ihre Ankündigung wahrgemacht und angefangen, sämtliche Patientenakten aus ihrem Werksambulatorium auszuwerten. Die ersten Ergebnisse hatte sie Agnes heute mitgebracht, und sie hatte sie gebeten, sie über ihre »Kanäle« nach Berlin zu leiten. In ihnen zeichnete sich schwarz auf weiß ab, was jeder wusste: Die maroden Anlagen der Chemie in Bitterfeld und Wolfen forderten ihren Tribut. Die Leute waren hier kränker als anderswo.

Agnes' Chef in der Bezirksverwaltung für Staatssicherheit, der nach Berlin zu berichten hatte, was die von ihr geführten Inoffiziellen Mitarbeiter zusammentrugen, würde alles andere als begeistert sein. Denn es war wie immer im Leben: Der Bote mit den schlechten Nachrichten musste dran glauben. Und Renate war nicht einmal eine Inoffizielle Mitarbeiterin. Sie hatte sich nicht werben lassen.

»Spinnst du?«, hatte Renate gesagt, als Agnes es versucht hatte.

Agnes hatte geschwiegen.

»Nichts für ungut«, hatte Renate eingelenkt und war rot geworden. »Aber das kommt nicht infrage.«

»Wieso hast du dich dann an mich gewendet?«, hatte Agnes gefragt. »Weil ich dir dafür gut genug bin, aber der Staatssicherheitsdienst ansonsten unter deiner Würde?«

»Weil ich Ärztin bin und weil ich als Ärztin Geheimnisse habe, die mit einer Verpflichtung für die Staatssicherheit unvereinbar sind«, hatte Renate begütigend gesagt.

Natürlich war das eine Ausrede gewesen. Agnes hatte es dabei bewenden lassen. Sie mochte Renate, deren Frische, deren Unvoreingenommenheit. Außer vielleicht gegenüber ihrem Ministerium. Das kannte Agnes schon. Dass ein Staat ohne einen Sicherheitsdienst, der ihn sauber hielt, nicht existieren konnte, wollte so mancher nicht sehen.

Agnes hatte nicht viele Freundinnen. Sie arbeitete in Halle und war meistens erst spät zu Hause. Sie war immer eine der

Letzten, die ihr Kind abholte, wenn Franz das nicht übernahm, weil er seine fünf durchgehenden Tage auf der Wache hatte. Alle anderen Kontakte, die Agnes in Wolfen hatte, liefen über ihn. Und die Frauen der Werkfeuerwehrleute waren herzlich, aber einfach. Eine Mischung, die Agnes im Geheimen verachtete.

Sie nahm das Geschirrtuch und trocknete die Gläser ab. Der Vorgarten war in Mondlicht getaucht, aber es war nicht silbern wie in Halle, sondern krankenwagenbeige von dem Dunst, der über der Stadt lag.

Sollte sie sich wegen Renate unbeliebt machen? Ihre Freundin hatte ja recht. Was Agnes alle paar Tage an Asche von der Vortreppe fegte, war eine Schande. Und Jola war noch so klein und zart. Sie würde Renates Aufstellungen nach Halle mitnehmen und auf eine günstige Gelegenheit warten.

Agnes wischte über die Arbeitsflächen und schaute sich um. Nichts störte mehr, keine Gerüche von kalter Grillwurst und vollen Aschenbechern. Wenn sie morgen früh aufstand, würde sie mit ihrer verschlafenen Tochter auf dem Arm in eine saubere Küche kommen und als Erstes Kaffee und Grießbrei kochen. Diese Duftmischung von Kleinkind, warmer Milch und Bohnenkaffee aus der Kaufhalle ihrer Dienststelle in Halle war das Schönste überhaupt.

»Ich bin eine glückliche Frau«, flüsterte sie dem schlafenden Franz zu, als sie wieder ins Bett schlüpfte.

2

Berlin, Mai

Schade, dachte Navid, als Agnes ihnen eröffnete, dass Franz im Schützenhaus war. Milla und er waren zum Abendessen bei den Großeltern eingeladen, schon lange, und das Vorstandstreffen des Zehlendorfer Schützenvereins war kurzfristig anberaumt worden.

»Der Verein ist Franz' Ein und Alles. Wisst ihr doch. Seit er in Rente ist, noch mehr«, entschuldigte Agnes ihren Mann.

Navid konnte das gut verstehen. Der Schützenverein war für den geselligen Franz ein Lebenselixier. Trotzdem bedauerte er es, dass Millas Großvater nicht da war, denn der einfache, warmherzige Mann erinnerte ihn sehr an seinen Onkel, den er in Kundus begraben hatte.

»Irgendwie braucht er das«, meinte Milla, als sie Navids enttäuschte Miene sah.

»Ja«, sagte Agnes. »Es geht dort sehr ungezwungen zu. In Wolfen war die Werkfeuerwehr wie eine Familie, wie die Kollektive eigentlich überall. Da trennte man nicht so zwischen beruflich und privat. Diese Einbettung hat ihm hier immer gefehlt, obwohl die Werkfeuerwehr von Schering auch eine gute Truppe war.«

Der Abend war warm, und Agnes führte die beiden auf die Terrasse. Bei Millas Großeltern fand immer alles im Garten statt, wenn es irgend ging. Navid mochte das, denn der Duft von frischem, saftigem Grün betörte ihn. Vielleicht, dachte er, kommt das daher, dass ich im fruchtbaren Tal des Kundus gewohnt habe. Der Fluss hatte seiner Stadt auch den Namen gegeben, und das saftige Grün des Frühlings hielt sich an seinen Ufern viel länger als in anderen Gegenden Afghanistans.

»Den Grill habe ich nicht angeworfen«, entschuldigte sich Agnes. »Aber die Bockwürste und Knacker von unserem Fleischer sind auch gut. Müssten gleich warm sein.«

Der große runde Terrassentisch mit dem weißen, leicht schnörkeligen Metallgestell war gedeckt, mit Agnes' so schlichtem wie gutem Kartoffelsalat, einer Porzellansenfdose, einem Tellerchen mit Paprika, Gurke und Cocktailtomaten sowie der unvermeidlichen Teekanne, daneben standen Bier- und Saftflaschen in einem Eimer mit kaltem Wasser.

Navid legte afghanisches Fladenbrot dazu, das er gebacken hatte. Es war das Einzige, was er von früher wirklich konnte. Er hatte versucht, die afghanischen Gerichte zu kochen, die seine Mutter zubereitet hatte, aber es hatte einfach nicht nach Zuhause geschmeckt, und da hatte er es aufgegeben. Dass er es nicht so hinbekam wie seine Mutter, ließ seinen Schmerz nur neu aufleben. Milla und er aßen trotzdem viel Reis, Bohnen und sonstiges Gemüse. Gegen den Zehlendorfer Fleischer hatte Navid allerdings noch nie etwas einzuwenden gehabt.

»Die sind aber schön!«, sagte Milla und zeigte auf die zarten Blüten der Anemonen, die sich in einem der Beete wiegten, die die große Rasenfläche umgaben.

Agnes nahm sie bei der Hand, sie gingen die Natursteinstufen von der Terrasse hinunter und traten zu dem Beet. »Riech mal an der hier.« Sie zeigte auf eine andere Blüte dazwischen. »Ist die letzte.«

Milla hielt die Nase daran, und Navid, der den beiden gefolgt war, tat es ihr nach.

»Riecht nach Jolas Parfum«, sagte er überrascht.

»Ja«, sagte Agnes. »Irisduft ist ein sehr beliebter Bestandteil von Parfums.«

»Mama hat uns neulich Fotos gezeigt, aus Wolfen, als sie noch ein Kind war«, sagte Milla.

»Ach«, machte Agnes. »Wie kamt ihr denn darauf?«

»Hat sich Navid gewünscht.«

Agnes' Blick wanderte zu Navid.

»Ich wollte Millas Familie besser kennenlernen, wenn wir doch jetzt heiraten und ein Kind kriegen.« Er kam sich unter Agnes' Blick so vor, als müsse er sich rechtfertigen.

Agnes zögerte kurz, dann sagte sie leichthin: »Ach, da habe ich bestimmt auch noch Fotos. Die zeige ich euch gern. Navid, wenn du den Topf mit den Würstchen rausträgst, suche ich sie schnell raus.«

»Mach ich.«

»Ich hole den Untersetzer«, sagte Milla.

Wenig später saßen sie am Gartentisch, und neben Agnes lag ein ähnlich großes Kunstlederfotoalbum wie das von Jola, dazu einige neuere Steckalben.

»Habt ihr die Alben damals auf eurer Flucht mitgenommen?«, fragte Milla und zeigte auf das kunstlederne.

»Ja, dieses und Jolas hatte Franz in seinem Rucksack. Da kannte er nichts.«

Navid kniff die Lippen zusammen. Er hatte kein einziges Foto von seiner Familie. Die Taliban hatten das Haus angezündet, es war alles verbrannt. Da spürte er Millas weiche Hand auf seiner und entspannte seinen Mund sofort.

Sie aßen Würstchen mit Kartoffelsalat, und Agnes sagte irgendwann zu ihrer Enkelin: »Als deine Mutter so alt war wie du, war sie ein ganz schöner Feger.«

»Ein was?«, fragte Navid.

»Sie war umtriebig«, erklärte Agnes. »Eigentlich schon die ganze Teenagerzeit über.« Sie nahm ein Steckalbum zur Hand und schlug es auf. »Da, das ist an ihrem vierzehnten Geburtstag. Wir waren erst ein Dreivierteljahr hier. Sie hat die halbe Klasse eingeladen. Glücklicherweise war es warm.«

Navid beugte sich mit Milla über das Foto. Er erkannte ihre Mutter zwischen den Mädchen und Jungen sofort. Vor allem deshalb, weil ihr Blick herausstach wie ein kalt glitzernder Brillant zwischen Kieseln. Jola war einsam, das sah Navid, der selbst furchtbar einsam gewesen war, bis er sich in Millas Herz aufwärmen konnte, sofort.

Es gab mehrere Fotos von der Feier, und Jola lachte und scherzte, vor allem mit den Jungen. Aber die Kälte in ihren Augen ließ Navid einen Schauer über den Rücken laufen.

»Da sind ganz schön viele Jungs dabei«, sagte Milla. »Als ich vierzehn war, habe ich nur Mädchen eingeladen, und die anderen Mädchen auch.«

»Ja, so war sie«, sagte Agnes. »Auch auf den Festen vom Schützenverein war sie immer mittendrin.« Sie blätterte weiter, und Navid sah Urlaubsfotos von Mittelmeerstränden und Gebirgswanderungen, auf denen meistens Franz und Jola abgebildet waren – in dieser Familie war eindeutig Agnes die Fotografin. Wenn einmal Franz oder Jola den Apparat benutzt hatten und Agnes, die damals um die fünfzig gewesen sein musste, mit drauf war, wirkte sie immer drahtig und streng, aber auch mondän wie ein Fotomodell. Jola hatte es als Teenager bestimmt nicht leicht gehabt mit dieser Mutter.

Aus dem Album rutschten zwei Fotos heraus und fielen auf den Boden.

»Das ist vor der Humboldt-Uni«, sagte Milla, die sie aufhob.

Agnes warf einen Blick darauf. »Ja, da war sie Studentin.«

Auf beiden war neben Jola ein junger Mann zu sehen. Er hatte Sommersprossen wie Milla und auch ihre Haarfarbe.

»Der lacht sie ganz schön verliebt an«, bemerkte Navid und tippte auf das Foto, auf dem beide vor der Uni standen, Jola mit ihrem Fahrradschloss in der Hand. Sie guckte auch verliebt, aber irgendwie schien sie nicht ihn anzusehen.

Auf dem zweiten Foto waren sie hier im Garten. Der junge Mann spritzte Jola mit dem Schlauch nass, und man hörte sie förmlich kreischen.

»Ich will ja nichts sagen«, meinte Agnes. »Aber ein bisschen ähnlich siehst du dem schon. Wie hieß er doch gleich …« Sie trank einen Schluck Tee.

Milla schnappte sich das Foto, und Navid schaute auch noch einmal genauer hin. Ausgeschlossen ist das nicht, dachte er.

Agnes hob den Finger, wackelte damit, holte Luft, kniff die Augen leicht zusammen und sagte dann: »Ingo. Der hieß Ingo. Und das war auf jeden Fall Ende der Neunziger. Dieses Federballspiel haben wir ungefähr da gekauft, weil unser altes kaputtgegangen war.« Sie zeigte auf einen Schläger, der im Anschnitt auf dem Gartentisch zu sehen war, an dem sie gerade saßen.

»Du meinst, das kann mein Vater sein?«, fragte Milla und fremdelte ganz eindeutig mit dem Bild.

Navid verstand das. Millas Väter waren Toni und Dirk, so empfand sie es jedenfalls. Aber das stimmte nun mal nicht. Wenn er der Sache auf den Grund gehen wollte, musste er sich an diese Geschichte offensichtlich sehr vorsichtig herantasten. Und irgendwie wollte er das. So schrecklich es war zu wissen, dass seine Eltern tot waren, so wichtig war es für ihn, einen klaren Abschluss zu haben. Er fand es ungut, dass Jola ihre Tochter der Belastung aussetzte, nicht zu wissen, von wem sie abstammte. Er selbst hätte es wie eine Beleidigung empfunden. Warum tat sie das nur?

»Ja«, sagte Agnes. »Nach meiner Erinnerung waren die beiden jedenfalls ineinander verschossen.«

Nein, dachte Navid, der sich die Bilder genauer ansah. Verliebt sahen auf dem Foto an der Uni beide aus, das stimmte, aber Jola hätte schielen müssen, wenn ihr Blick Ingo gelten sollte.

»Aber was heißt das schon.« Agnes steckte die Fotos ins Album zurück und blätterte zu Jolas Kindheit. »Wenn deine Mutter nicht weiß, wer dein leiblicher Vater ist, dann war er es auch nicht wert. Toni und Dirk sind es zehnfach. Du hast eine sehr moderne Mutter, Milla, und du kannst stolz auf sie sein.«

Während sie das sagte, blickte sie nachdenklich auf eines der vielen Gartenfotos aus Wolfen. Darauf waren ganz am Rand ihr Mann Franz zu sehen und eine Frau, die von hinten fast genauso aussah wie Milla, jedenfalls was ihre Sanduhrsilhouette betraf, nur dass sie wilde blonde Locken hatte und kleiner war. Sie und Franz standen sehr nah beieinander, und sein Handrücken berührte ihren Oberschenkel.

Navid warf einen Blick auf Agnes' Profil. Eine harte Linie hatte sich neben ihrem Mundwinkel eingegraben. Konnte es sein, dass sie bei »nicht wert« an Franz gedacht hatte? An ihren geselligen Ehemann, der auf diesem Bild eindeutig eine Spur zu gesellig wirkte?

»Habt ihr die Federballschläger noch? Die auf den Fotos mit diesem Ingo drauf waren?«, fragte Milla.

»Bestimmt«, sagte Agnes, und die harte Linie verschwand. »Wahrscheinlich im Keller.« Sie wies auf die Treppe, die neben der Terrasse hinunterführte.

»Komm, wir gucken nach«, sagte Milla, und Agnes nickte und stand auf.

Als die beiden weg waren, holte Navid die Ingo-Fotos noch einmal aus dem Album und fotografierte sie ab. Dann steckte er sie zurück und stapelte die Alben wieder neben Agnes' leerem Teller.

»Wir haben sie!«, rief Milla von der Kellertreppe und winkte mit den Schlägern. »Los!«

Das ließ sich Navid nicht zweimal sagen. Er lieferte sich mit Milla auf der Wiese ein ebenso erbittertes wie lustiges Match – wenn einer den Ball fünfmal nicht getroffen hatte, musste er den anderen dahin küssen, wo der es wünschte, zum Beispiel ins Nasenloch oder in die verschwitzte Achselhöhle.

Agnes sah von der Terrasse aus zu und trank Pfefferminztee. Ihre Gedanken wanderten zurück zu ihrem ersten Frühling in Herthas Haus und Garten.

* * *

Berlin, Mai 1990

»Das Kind ist viel zu schwermütig für meinen Geschmack«, sagte Hertha. »Ich bewundere dich dafür, wie du das alles wegsteckst.« Franz' alte Großtante putzte mit Agnes Spargel für das Abendessen. Jola saß oben in ihrem Zimmer und machte Hausaufgaben, Franz war noch nicht aus dem Wedding zurück, wo er mittlerweile bei der Werkfeuerwehr von Schering angefangen hatte.

»Vielleicht wäre es gut, sie würde mal nach Wolfen fahren und ihre alten Freunde besuchen. Geht doch jetzt.«

Agnes versteifte sich. »Das sagst ausgerechnet du? ›Ein Besuch des alten Zuhauses verstärkt das Heimweh nur‹, das ist immer deine Rede gewesen. Was ich im Übrigen zutreffend finde.«

Hertha schälte schweigend ihre Stange zu Ende. »Ja, schon. Aber Franz leidet auch.«

Agnes holte tief Luft und schaute auf die Vergissmeinnicht, deren fröhlich hellblaue Miniblüten aus Herthas Rabatten hervorlugten. Die ersten Erdbeeren bekamen auch schon Farbe. »Hertha, wir haben es hier geschafft, dank deiner Hilfe. Unseren alten Bekannten in Wolfen geht es schlecht. Die Chemie hat inzwischen die Treuhand, die Werke werden privatisiert. So marode, wie sie sind, wird nicht viel übrig bleiben. Die wissen alle, dass sie arbeitslos werden. Wir haben da nichts zu suchen – mit Arbeit. Im Westen.«

Agnes verschwieg, dass sie als geflüchtete Mitarbeiterin des Ministeriums für Staatssicherheit schon gar nichts dort zu suchen hatte. Hertha wusste nur, dass sie in der Bezirksverwaltung Halle gearbeitet hatte – in welcher Bezirksverwaltung ahnte sie nicht.

Hertha schälte die nächste Stange, Strich für Strich mit dem Schäler.

Agnes redete weiter: »Franz wird jetzt aufleben. Dass ihm Olli vom Schützenverein die Stelle bei Schering verschafft hat, war ein Glücksfall. Er wird bei der Werkfeuerwehr dort ein neues Zuhause finden, das zeichnet sich schon ab.«

Hertha wiegte den Kopf. Agnes nahm sich die Kartoffeln vor. »Und für Jola machen wir ein tolles Geburtstagsfest, ein richtig großes. Mit einem schönen Erdbeerkuchen. Sie darf die Erdbeeren selbst pflücken.«

Hertha schaute irritiert auf. »Eine Vierzehnjährige willst du mit Erdbeerpflücken erfreuen?«

»Ja, will ich«, sagte Agnes. »In Wolfen war es so dreckig, dass wir kein Obst im Garten hatten. Wenn wir an der Ostsee im Urlaub waren, hat Jola begeistert Heidelbeeren oder Brombeeren gepflückt, wo immer sie welche kriegen konnte. Einen eigenen Erdbeerkuchen für ihre Freundinnen zu belegen wird ein Fest für sie sein.« Agnes zwinkerte Hertha zu. »Solange wir den Boden machen und den Guss und die Schlagsahne.«

Hertha lächelte zurück. »Das sollte keine Hürde sein.«

»Und sie darf ganz viele Gäste einladen. Ist dir das recht?«

»Klar«, sagte Hertha. »Ich freue mich so, dass Leben in der Bude ist. Ich habe mir immer ganz viele Kinder gewünscht, aber als mein Herrmann aus der Kriegsgefangenschaft kam, war nicht mehr viel von ihm übrig. Jedenfalls nicht mehr genug, dass Kinder kamen.«

Agnes legte kurz den Arm um die alte Frau. Sie war knochig geworden in diesem Frühjahr. Lange würde sie vielleicht nicht mehr leben.

»Immerhin kam er wieder, mein Herrmann«, sagte Hertha und straffte sich.

Agnes sah auf. Das klang nach Durchhalteparole. Ob Hertha es im Nachhinein besser gefunden hätte, wenn ihr Herrmann nicht wiedergekommen wäre und sie sich einen gesunden Mann hätte nehmen können und Kinder kriegen? Hertha wäre mit dem großen Haus in Zehlendorf keine schlechte Partie gewesen. Sie kam erstaunlich gut mit der pubertierenden Jola zurecht und verwöhnte sie, wo sie konnte, allerdings nie maßlos.

Auf jeden Fall wäre sie eine bessere Mutter gewesen, als ich es war, dachte Agnes. Sie hatte selten mit ihrer Tochter gekuschelt und noch seltener wirklich mit ihr gespielt. Es lag ihr einfach nicht. Glücklicherweise war das bei Franz ganz anders, und so war Jola ein richtiges Vaterkind geworden.

Agnes hatte das nie wirklich gestört. Für sie waren diese Zärtlichkeit und Nähe neben ihr genug. Sie strahlten aus und wärmten ihr Herz. Immerhin hatte sie Franz halten können, und darauf war sie stolz. Sie würde Jola ein richtig großes Geburtstagsfest organisieren, mit der halben Klasse, mindestens. Herthas Haus und Garten waren selbst für Zehlendorfer Verhältnisse repräsentativ, und das würde Jola Ansehen verschaffen.

Sie würde den Teufel tun und eine Tür zur Vergangenheit in Wolfen aufmachen. Wer wusste schon, was da ans Licht käme oder in falschem Licht erschiene! Auf jeden Fall nichts, was irgendjemanden von ihnen glücklich machen würde.

* * *

Berlin, Mai

»So ein Mutter-Tochter-Nachmittag ist das Beste«, sagte Jola und sah zu Milla hinüber, die ihr Erdbeereis in sich hineinspachtelte. Sie hatten in Kreuzberg in der Markthalle eingekauft und saßen nun gleich daneben am Marheinekeplatz in der Sonne.

Jola selbst gönnte sich ein Stück Rhabarberkuchen. »Da werde ich also Oma«, sagte sie und schaute auf das Ultraschallbild, das Milla ihr mitgebracht hatte. »Ich bin die Erste weit und breit.«

»Hä?«, machte Milla.

»Na ja, meine Kolleginnen haben – wenn überhaupt – mit Mitte vierzig alle noch ziemlich kleine Kinder.«

»Schlimm?«, fragte Milla und aß eine Erdbeere. Ihre Mutter war nach wie vor ziemlich flippig, und Oma zu werden passte vielleicht nicht so gut dazu.

Jola schüttelte den Kopf und sagte mit vollem Mund: »Ach

was. Diese alten Eltern denken immerzu furchtbar viel nach. Und heraus kommen dann selbstverliebte Blagen, die sich schrecklich wichtig nehmen. Wenn man so jung ist wie du – und wie auch ich es war –, macht man einfach. Das ist wesentlich gesünder fürs Kind.«

»Hast du eigentlich überlegt, mich abzutreiben?«, fragte Milla.

»Nö.« Ihre Mutter führte schnell ihre Kaffeetasse an den Mund.

»Glaube ich dir nicht«, sagte Milla, als sie die hastige Bewegung sah.

Jola trank noch einen zweiten Schluck Kaffee.

»Ich meine, wenn du wirklich nicht wusstest, wer der Vater war …«

Ihre Mutter stellte die Kaffeetasse ab und nahm Millas Hand. »Du warst mir willkommen, mein Kind. Ich habe dich vom ersten Augenblick an geliebt. Du warst richtig.«

»So geht es mir auch«, sagte Milla. »Aber das liegt auch an Navid. Als ich den Test gemacht habe, habe ich erst mal gedacht: Auweia. In meinem Bauch habe ich mich irgendwie gefreut, doch eigentlich wollte ich darüber nachdenken, ob ich es kriegen will. Dann ist mir, als Navid mich gefragt hat, ob ich ihn heiraten will, rausgerutscht, dass ich schwanger bin. Und beim Blick in Navids Augen, also in diesem Augen-Blick wusste ich, dass ich es behalten will.«

»Das hast du schön gesagt.« Jola lächelte.

»Ja, er –«

»Dass du dich in deinem Bauch gefreut hast, meine ich«, sagte Jola brüsk. »So war es bei mir auch. Und das war mit Sicherheit ein Grund, weshalb ich nicht abgetrieben habe.«

Ein Grund, nicht der Grund, dachte Milla.

»Wenn man das nicht fühlt, muss es ziemlich scheiße sein«, sagte Jola.

Was für einen Grund gab es noch, dass sie mich wollte? Milla kratzte nachdenklich ihren Eisbecher aus. Sie dachte an die Ingo-Fotos auf ihrem Handy. Navid hatte sie ihr auf seinem gezeigt, sobald sie nach dem Besuch bei Agnes zu Hause angekommen waren.

»Zeig die doch mal deiner Mutter, und frag sie, ob Ingo dein Vater ist«, hatte er gesagt.

»Wieso denn?«, hatte Milla erwidert. »Mama wird nicht begeistert sein.«

»Sie wird Oma. Da weiß man nie.« Navid hatte Milla die Fotos aufs Handy geschickt.

Milla hatte ihr Telefon ungehalten in ihre Tasche gesteckt, als der Eingangston für die Nachricht erklang. Ohne die Nachricht zu öffnen. Sie lief jeden Tag mit dieser Tasche herum. Sie war riesig und genauso abgeschabt wie ihre Kreuzbergjacke, nur nicht aus braunem Leder, sondern aus schwarzem Velours. Milla verstand nicht, dass fast alle Frauen, die sie kannte, ständig ihre Taschen oder Rucksäcke wechselten. Wenn sie ihren Kram andauernd hätte umräumen müssen, wäre sie verrückt geworden.

Jetzt zog Milla ihre Fransentasche, die sie auf den freien Stuhl neben sich gestellt hatte, zu sich, holte ihr Telefon heraus, öffnete die Nachricht mit den zwei Fotos und legte das Handy auf ihr Ultraschallbild neben Jolas Kaffeetasse.

»Guck mal, kann das mein Vater sein?«

Ihre Mutter beugte sich vor und runzelte die Stirn, als sie das erste Foto betrachtete, es war das vor der Humboldt-Uni. »Woher hast du das denn?«, fragte sie verdattert.

Milla wischte weiter. Jola nahm das Telefon und betrachtete das andere Foto aus Agnes' Garten. »Von Oma?«, fragte sie ungläubig.

Milla wunderte sich. Ihre Mutter schien völlig irritiert zu sein. Wieso? »Ja«, sagte sie. »Die hat Oma gemacht. Erinnerst du dich gar nicht daran?«

Jola lehnte sich zurück, wischte hin und her und sagte eine

ganze Weile nichts. Nur eine steile Falte auf ihrer Stirn zeugte davon, dass es dahinter arbeitete. Irgendwann schüttelte sie den Kopf. »Oma hat damals viel fotografiert.«

»Aber du musst doch Abzüge davon haben. Die Fotos hat Oma doch nicht für sich gemacht.«

Jola zuckte mit den Schultern. »Ist einfach lange her.«

»Und?«, fragte Milla. »Kann das mein Vater sein?«

Jola schaute sich die Fotos noch einmal an. »Na ja, die Haarfarbe stimmt und das Temperament vielleicht auch. Aber …« Sie drehte das Handy um, klatschte es auf den Tisch und nahm Millas Hände. »Ich weiß nicht mal mehr seinen Nachnamen. Er ist es aller Wahrscheinlichkeit nach nicht. Bitte, Milla, verzeih mir, und akzeptiere, dass ich nicht suchen will.«

Milla holte Atem, aber Jola ließ sich nicht unterbrechen.

»Was soll es denn bringen, jetzt irgendwen mit einer biologischen Vaterschaft zu konfrontieren? Du hast Toni und Dirk, die besten Väter der Welt. Sollen die jetzt auf einmal in der zweiten Reihe stehen? Willst du das?«

Nein, das wollte Milla nicht. Das wäre tatsächlich ungerecht, und das wollte sie Toni und Dirk auch nicht antun. Sie schwieg.

Jola drückte ihre Hände, ließ sie los und sagte sanft: »Das kommt von Navid, oder?«

Milla nickte vage.

»Lass dich von ihm nicht verrückt machen. Es ist verständlich, dass jemand, der aus einem so patriarchalen Land kommt und seine ganze Familie verloren hat, nach einer Familie sucht – und besonders nach dem Vater seiner Braut.« Jola zog das Ultraschallfoto von Millas Baby unter dem Handy hervor und tippte darauf. »Das da hat einen Vater, einen wunderbaren Vater, der gleich vom ersten Augenblick an zu ihm gestanden hat. Das sollte genügen, auch Navid.«

Dann zückte sie ihr Handy. »Darf ich das abfotografieren? Für Toni und Dirk?«

Milla nickte.

»Die werden sich einen Wolf freuen«, sagte ihre Mutter.

Da musste Milla lachen. Denn eins war klar: Ihr Baby würde zwei Großväter bekommen, die sich für es die Beine ausrissen. Das würde auch Navid merken, und es würde ihn glücklich machen.

»Lauf!«, rief Navid und warf den neuen Drachen hoch.

Milla lief ein Stück rückwärts, und der Wind auf dem Teufelsberg riss den Drachen in die Lüfte. Der Saum ihres sommerlichen Kleides mit vielen kleinen bunten Blümchen flatterte. Sie blieb stehen, schaute hoch, und dabei wehten ihr ihre dicken hellbraunen Haare ins Gesicht. Unwillig schüttelte sie den Kopf hin und her, wodurch der Drachen ins Schwanken kam, aber es half nichts.

Navid trat hinter sie, strich ihr das Haar aus dem Gesicht und raffte es im Nacken zusammen.

Jetzt konnte Milla zum Drachen hochschauen, und Navid nahm, als er ihr über die Schulter blickte, ihre kleinen Grübchen wahr. Sie lächelte über sein neuestes Fluggerät, dessen papierene Fläche einen Storch von unten zeigte, der ein Tuch mit einem Baby im Schnabel hatte. Die im Flug nach hinten gestreckten Beine waren der Drachenschwanz.

Navid schlang die Arme um seine Braut, legte ihr die Hände auf den Bauch und presste seine schlanken, noch jungenhaften Oberschenkel gegen Millas feste runde. Der Drachen kam prompt wieder ins Trudeln, aber Milla biss sich auf die Lippe und brachte ihn ins Gleichgewicht. Da blieb er auch, und Navid betrachtete das als Herausforderung, als er seine Hände höherwandern ließ.

Sie standen nahe genug an der Kante des Gipfelplateaus dieses Westberliner Trümmerbergs, sodass niemand sie von vorn sah und Navid Millas volle Brüste von unten umfassen konnte. Waren sie größer geworden? Jetzt schon? Er streichelte und prüfte. Waren sie.

Der Drachen stand nach wie vor wie eine Eins in der Luft.

Navid küsste Millas Hals hinauf, und als der kühle Maiwind auf die warme feuchte Spur traf, zog sie eine Schulter hoch, was den Drachen zum Zittern brachte.

Er sah sich um. Die Luft war rein, die wenigen Leute, die heute hier oben waren, saßen weit genug weg. Und so ließ er seine Hände ungeniert wandern und nutzte aus, dass Milla zum ersten Mal eines ihrer sommerlichen Blümchenkleider trug. Normalerweise kostete sie seine Zärtlichkeiten aus, doch heute zitterte der Drachen kaum, egal, was Navid tat. Milla musste mit den Gedanken sehr weit weg sein. Er zog seine Finger aus absolut nicht jugendfreien Regionen zurück, streichelte sanft weiter und wartete.

»Als ich Mama die Bilder von ihr und Ingo gezeigt habe, hat sie sich total gewundert.«

»Wieso?«, fragte Navid, während er Millas Hüften umfasst hielt und mit den Mittelfingern ihr Becken nachzeichnete.

»Sie wusste erst mal gar nicht, wer das Foto vor der Uni gemacht hat, und offensichtlich kannte sie keines der Bilder.«

Navid hielt in seiner Bewegung inne. »Und?«

Milla schüttelte den Kopf und begann, den Drachen vorsichtig einzuholen, wie sie es von Navid gelernt hatte. Er half ihr. Sie legten den Drachen windsicher auf den Boden, und Navid breitete ihre Decke aus, die er sofort um Millas nackte Beine schlug, als sie sich gesetzt hatten.

»Also ist der nicht dein Vater«, sagte er. Er hatte Millas Kopfschütteln nicht recht deuten können. Nur dass sie ungehalten war, schwante ihm, weil sie den Drachen eingeholt hatte, statt sich wie sonst auf sein herausforderndes Streicheln einzulassen.

»Wahrscheinlich nicht«, sagte Milla und sah ihm fest in die Augen. »Mama möchte nicht nach meinem leiblichen Vater suchen. Sie hat mich gebeten, das zu akzeptieren. Was soll es auch nützen, jetzt den Mann zu belämmern, der mich gezeugt hat?« Sie sah ihn an. »Was sollen Toni und Dirk davon halten? Ich will sie nicht zurücksetzen.«

Navid schwieg.

»Warum soll ich meine Mutter jetzt quälen?«

»Deine Mutter quält sich so, wie es jetzt ist, mehr.«

»Quatsch.« Milla klang mürrisch.

Eine Weile herrschte ein ungemütliches Schweigen.

»Agnes muss Jola hinterherspioniert haben. Das ist die einzige Erklärung«, sagte Navid nüchtern.

»Wie bitte?«, fragte Milla verstimmt.

»Das Bild vor der Uni. Wenn Jola nicht mal weiß, dass ihre Mutter dort war, dann hat Agnes ihr hinterherspioniert.«

»Du spinnst doch.«

Aber Navid verfolgte seinen Gedanken unbeeindruckt weiter. »Warum hat sie das getan? Und warum riskiert sie, dass Jola das nach so vielen Jahren herauskriegt, indem sie uns die Fotos zeigt?«

»Das ist jetzt aber sehr um die Ecke gedacht«, sagte Milla ärgerlich. »Du rennst da einer fixen Idee hinterher. Meine Oma wusste weder, dass wir die Fotos mitnehmen, noch, dass ich sie Mama zeige. Hätte ich das bloß nicht gemacht!«

»Es waren die einzigen Fotos, die lose in dem Album lagen. Und sie sind herausgerutscht, als Agnes darin geblättert hat.«

»Moment mal. Du glaubst, die Fotos sind ›absichtlich‹ rausgerutscht?« Milla begleitete das Wort »absichtlich« mit Luftgänsefüßchen.

Navid hob die Schultern und riss kurz die Augen auf.

»Du verrennst dich total. Vergiss das mal! Mama und mir geht es bestens. Und das Baby hier«, sie wies auf ihren Bauch, »hat einen Vater. Darauf kommt es an.«

»Mag sein«, lenkte er ein. »Trotzdem, Agnes hat eine Leiche im Keller. Das hab ich im Gefühl.«

Er sah das Entsetzen in Millas Augen. Offensichtlich waren ihr seine Gedanken völlig fremd. Doch ehe er einlenken konnte, klingelte ihr Handy. Es war Franz, und Milla stellte laut.

»Wir müssen jetzt endlich mal eure Verlobung feiern«, polterte er mit der Tür ins Haus fallend. »Nächstes Wochenende soll es warm werden. Wir machen eine Gartenparty. Jola, Toni und Dirk kommen auch. Samstag?«

»Samstag ist gut«, sagte Milla, und Navid registrierte, dass sie ihn nicht gefragt hatte, ob ihm das passte. Das hätte sie normalerweise getan.

Nachdem sie aufgelegt hatte, sagte sie: »Mir ist kalt.«

Also packten sie zusammen, stiegen den Berg hinunter und radelten zurück zu ihrer kleinen Hinterhauswohnung in der Nähe des S-Bahnhofs Charlottenburg.

In dieser Nacht schreckte Milla auf. »Navid!«, flüsterte sie, und er hörte, sofort hellwach, das Entsetzen in ihrer Stimme.

»Ja, meine Süße«, raunte er zurück, wandte sich ihr zu und zog sie ein Stück zu sich heran. Sie war ganz steif.

»Ich habe schon wieder geträumt, mein Fruchtwasser ist trüb. Ich hab Angst.«

»Es ist alles gut. Ich bin da. Wir sind da. Unser Baby ist geborgen in deinem wunderschönen Bauch.«

Sie nickte an seiner Brust, und er streichelte sie so lange mit der Nase in ihren Haaren, bis sie sich entspannte und ihr Atem wieder ruhiger wurde.

»Ich halte zu dir«, flüsterte er. Doch das fiel ihm zum ersten Mal nicht leicht. Denn eins wusste Navid, und er flüsterte es Milla zu. »Blut ist dicker als Wasser. Ein Arm des Blutflusses in deiner Familie ist abgebunden worden, so wie der Fluss meiner Familie in der Erde in Kundus versickert ist, bis auf die paar Tröpfchen in mir, die sich nun mit deinem zu einem neuen Bächlein vermischen. Wenn aber eine Blutflussader zu lange abgebunden wird, entsteht eine Blutvergiftung. Deshalb –«

»Navid«, sagte sie schlaftrunken. »Es ist wirklich lieb, dass du für mich so ein Flussbild wählst, aber …« Sie erschauerte.

»Okay, entschuldige.« Es war zu viel für sie gewesen, merkte Navid. Für ihn war es ja eigentlich auch zu gruselig. »Schlaf, meine Süße.«

Sie drehte sich um, zog seinen Arm über sich, und es dauerte nicht lange, da war sie eingeschlafen.

»Viel Glück und viel Segen auf all deinen Wegen …«

Als Jola am 28. Mai morgens in die Küche trat, stimmten ihre Mitbewohner den *Geburtstagskanon* an. Tonis weiche Singstimme war so anbetungswürdig, dass der sonst eher laute Dirk sich zurückhielt. Sie strahlte eine Wärme aus, die Jola brauchte und sie wie ein Kind in ein Kuschelkissen bettete.

Tonis Stimme klang schon beim Sprechen so freundlich, dass er der »Finanzamtsabgeordnete« des Steuerbüros war, also der, der immer zum Feind geschickt wurde, wenn es etwas Heikles zu regeln gab. Dirk hatte einmal erzählt, dass er sich zuerst in Tonis Stimme und dann in Toni verliebt hätte, als sie sich kennengelernt hatten. Als er ihn kurz darauf in der Kirche singen gehört hätte, sei es gänzlich um ihn geschehen gewesen.

So ging es auch Jola, die in den letzten Tagen etwas unausgeglichen gewesen war. Dass Milla jetzt auf einmal nach ihrem Vater fragte, beunruhigte sie. Es brachte sie aus dem inneren Gleichgewicht, das sie sich geschaffen hatte und das nötig gewesen war, um Milla in Ruhe und Geborgenheit großzuziehen. Bei Tonis Gesang entspannte sie sich.

Auf dem Tisch dufteten fünfundvierzig Rosen in beinahe ebenso vielen Rosa-, Lachs- und Rottönen. Toni und Dirk mussten sämtliche Blumengeschäfte des Viertels abgeklappert haben, um dieses Farbspiel zusammenzukriegen.

»… und Freude sei auch mit dabei.« Toni machte das Abschlusszeichen.

»Wie schön!«, sagte Jola. »Wenn ich euch nicht hätte! Ihr seid die Besten.«

»Und du die Schönste«, sagte Toni und goss Kaffee ein.

Jola steckte die Nase in die Rosen und seufzte glücklich, dann setzten sie sich an ihren WG-Tisch, und Dirk reichte die Brötchen herum. Wie immer konnte Toni kaum erwarten, dass Jola ihr Geschenk öffnete, und kaum hatte sie zweimal von ihrem Honigbrötchen abgebissen, drängelte er: »Mach doch endlich auf.«

Jola zog das Päckchen zu sich, dessen Papier fast dieselbe Farbe hatte wie ihre rötlichen Haare. Sie öffnete es mit ihren geschickten schmalen Fingern und gab ein genießerisches Summen von sich, als sie einen Blick auf den Stoff darin erhaschte, der die sanften Grüntöne ihrer grün-braunen Augen aufnahm.

»Wie habt ihr die gefunden?«, fragte sie, nachdem sie das Geschenk aus dem Papier gezogen hatte, das sich als sommerliche Bluse entpuppte.

»Dirk hat zuerst das Papier entdeckt«, sagte Toni. »Damit sind wir dann durch die Läden gehirscht. Hat echt Spaß gemacht.« Er sah Dirk verliebt an, und der richtete sich stolz im Sitzen auf. Jola wusste, dass sie es beide liebten, schöne Klamotten zu kaufen, und diese Leidenschaft für ihre Mitbewohnerin auslebten, weil die Qual der Wahl bei Frauenkleidung groß war und man die Sache herrlich diskutieren konnte. Behauptete jedenfalls Toni.

Jola ging kurz in den Flur und hielt sich die Bluse an. Ihre rötlichen Haare schienen gleich zu leuchten, während das Grün ihrer Augen als Kontrast hervortrat. Dann trat sie mit der vorgehaltenen Bluse wieder in die Küche, und Dirk sah zu Toni hinüber, der seinen Blick auffing und den Daumen hob. »Einwandfrei.«

»Ich habe auch was für euch.« Jola holte ihr großes Portemonnaie, in dem sich ein halbes Büro tummelte. Sie zog ein quadratisches Stück Papier heraus, faltete es auf und schob es über den Tisch.

»Was ist das?«, fragte Dirk. »Ein Radarbild?«

»Ein Ultraschallbild«, antwortete Jola. Sie hatte das Foto für Toni und Dirk bei sich im Labor fein ausgedruckt und ausgeschnitten.

»Unser Sprottenspröttchen!«, rief Toni.

»Wirklich?«, fragte Dirk und zog das Bild zu sich heran. »Wo ist es denn?«

Jola tippte auf etwas Amöbenartiges in einem schwarzen Loch inmitten des Strahlungssektors. »Da.«

»Unser Sprottenspröttchen«, sagte Toni noch einmal so verliebt, dass Jola beinahe eifersüchtig geworden wäre. Dirk legte seinem Mann die Hand aufs Bein, das sah sie über den Tisch hinweg.

Sie hatte die Kaffeetasse gehoben, trank aber nicht, sondern fuhr mit den Zähnen auf ihrer Unterlippe hin und her. Ihre beiden Mitbewohner hatten ihre Tochter mit aufgezogen, wie es viele leibliche Väter nicht taten, und Millas …

Sie schaute hoch und fing einen scharfen Blick von Dirk auf. »Wieso zeigst du uns das erst jetzt? Hast du Milla nicht schon vor ein paar Tagen getroffen?«

Jola hob die Schultern und senkte sie wieder. So genau wusste sie das auch nicht.

»Ab wann kann man sehen, ob es ein Mädchen oder ein Junge wird?«, fragte Toni, der nach wie vor verzückt das Bild betrachtete.

»Weiß ich nicht so genau«, sagte Jola.

»Wenn alles dran ist, vermutlich.« Dirk rutschte mit seiner Hand auf Tonis Bein ein Stück höher, nahm sie dann aber weg und schaute wieder zu Jola.

»Ziegenkäse?«, fragte sie, um sich von ihren Gedanken abzulenken, die in die Vergangenheit geschweift waren, in die Zeit, als ihre Tochter so eine Amöbe gewesen war.

Dirk schüttelte den Kopf. »Nein, danke. Ich nehme mir noch

Marmelade. Sag bloß, du hast Schwierigkeiten damit, mit fünfundvierzig Oma zu werden. Könnte ich ja verstehen, in deinem Alter hüten manche Frauen heutzutage ihr erstes Kleinkind auf dem Spielplatz.«

Jola schüttelte den Kopf und hielt sich mit den Augen an der Kerze vor ihrem Teller fest. Als Kind hatte sie einen Kerzenkranz gehabt.

* * *

Wolfen, 28. Mai 1989

Jola guckte in die Flammen. Dreizehn Kerzen und eine Lebenskerze. In drei Jahren würden die beiden Geburtstagskerzenringe voll sein. Und dann? Offenbar war man dann zu groß für so was. Während der Geruch des Wachses in ihre Nase stieg, überlegte Jola, ob sie das gut oder schlecht finden sollte. Wahrscheinlich hätte sie mit siebzehn genug von ihrem Geburtstagskerzenring. Aber gerade war sie froh darüber, dass das noch ewig dauern würde. Fürs Erste genoss sie es, mit ihren Eltern am Frühstückstisch zu sitzen, heißen Kakao zu trinken und die allererste Rosenblüte aus dem Garten vor sich stehen zu haben.

Dieses Jahr fiel ihr Geburtstag auf einen Sonntag, und sie musste nicht in die Schule. Dafür würde sie mit Sandra und Raik aus ihrer Klasse den Partyraum herrichten – die Garage, die Raik seinem Vater abgeschwatzt hatte und in der Jolas erste Fete ihres Lebens stattfinden sollte.

Matthias war seit dem Tod seiner Frau Renate im letzten Jahr wie ausgewechselt. Aus Raiks stillem und stetem Vater war ein rastloser und fahriger Mann geworden. Raik durfte mittlerweile fast alles tun, was er wollte, Matthias sagte immer nur »Ja, ja«. So hatten sie auch die Garage erobert, denn seit Renates Unfall mit Totalschaden war sowieso kein Auto mehr da.

»Komm, wir spielen 66«, sagte Jolas Vater, als sie zu Ende gefrühstückt hatten. »Wer gewinnt, darf bestimmen, welches Geschenk ausgepackt werden darf.«

Da gab es keine Widerrede, das wusste Jola. Unglücklicherweise war sie so nervös, dass sie verlor und verlor und verlor. Deshalb blieb ausgerechnet das Päckchen, in dem sie eine Wrangler-Jeans aus dem Intershop vermutete – Franz traf sich einmal im Jahr heimlich mit seiner alten Tante aus Westberlin in Ostberlin, und da wanderte immer Geld in seine spezielle Sparbüchse – bis zum Schluss liegen.

Jolas Mutter durfte als Mitarbeiterin der Staatssicherheit keinen Westbesuch bekommen, das hätte nur Ärger gegeben, weshalb ihr Vater seine Tante allein in Berlin traf.

»Sechsundsechzig!«, rief Jola, ließ ihre Karten fallen und schnappte sich das Päckchen.

Ihr Vater lächelte, und ihre Mutter, die inzwischen den Frühstückstisch abgeräumt hatte, lehnte im Türrahmen, als Jola die heißersehnte Karottenjeans auspackte. Sie zog sofort ihre JuMo-Jeans aus und trällerte ihr Lieblingslied der neuesten Silly-Platte, die ebenfalls auf ihrem Geburtstagstisch gelegen hatte. »*Paradiesvögel fängt man nicht ein. Paradiesvögel fliegen zu dir von ganz allein …*« Den Song kannte sie schon aus dem Radio. Dazu hüpfte sie im Zimmer herum und schwenkte das Plattencover vor ihrem Bauch hin und her. »Darf ich los?«, fragte sie schließlich atemlos.

»Erst pusten«, sagte ihr Vater.

»Stopp!« Ihre Mutter zog etwas hinter ihrem Rücken hervor. »Ich glaube, das passt dazu.«

»Das ist doch das rosa Laken«, sagte Franz.

»Es ist vor allem reine Baumwolle.« Agnes zwinkerte Jola zu.

Franz stand auf dem Schlauch.

»Solche Baumwollsachen kriegt man doch nicht zu kaufen«, erklärte Jola, deren Herz beim Anblick des weiten kastenförmigen Oberteils, das Agnes für sie genäht hatte, wild pochte.

»Fetzig!«, rief sie. »Danke, Mutti!« Und schon flog auch ihr Pullover in die Ecke, und sie grabschte nach dem Oberteil. Wenn sie das und die Jeans heute Abend trug, würde Raik Augen machen, und vielleicht … »Kann ich los?«, fragte Jola noch einmal.

Ihre Mutter nickte. »Aber wenn du in Haders Garage rumwerkelst, ziehst du noch mal die alten Sachen an.«

Das war okay, fand Jola.

»Pusten!«, erinnerte Franz.

Jola pustete ihre dreizehn Kerzen plus die fürs neue Lebensjahr aus und wünschte sich beim Anblick des Kräuselrauchs, dass Raik sie in diesem neuen Lebensjahr küsste. Am besten schon heute, dachte sie. Aber Raik war nicht so einer, der das vor anderen tun würde wie Oliver aus ihrer Klasse, der sogar auf dem Schulhof mit Katrin rumknutschte.

Als sie die hundert Meter bis zu Raiks Haus gegangen war, ließ Sandra gerade Wasser aus dem Gartenwasserhahn in einen leeren Farbeimer laufen, um die Rügener Kreidefarbe auszuwaschen. Als sie Jola sah, winkte sie.

»Hallo, Jola! Wir müssen nur noch die Lampen anschrauben. Herzlichen Glückwunsch zum Geburtstag!«

»Ich hab die Silly-Platte gekriegt!«, rief Jola und winkte damit zurück.

»Dann überspielen wir noch ein paar Titel für die Disco heute Abend«, sagte Raik, der hinter Sandra aus der Tür getreten war.

»Auf der Kassette mit den Madonna-Liedern ist noch Platz«, sagte Sandra und reichte Jola ihr Geburtstagsgeschenk. Es war eine weiße Spitzenbluse ihrer Oma. Die war kürzlich gestorben und hatte noch altes Baumwollzeug aus ihrer Aussteuer besessen, in dem die Mädchen hatten stöbern dürfen. Sandra hatte offenbar bemerkt, wie sehr Jola die Bluse gefallen hatte. Darauf lag noch ein fast golden glänzender Holzarmreif, den Sandra im Hobbyraum ihres Vaters selbst hergestellt hatte. »Ist von dem Kirschbaum meiner anderen Oma in Radebeul. Da ist letztes Jahr ein Ast abgebrochen. Der war schon hohl. Ich musste nur feilen. Und mein Vater sagt, Kirschholz ist was ganz Besonderes.«

»Das stimmt«, sagte Raik und sah Sandra bewundernd an, was Jola einen Stich versetzte. Aber sie musste zugeben, dass er recht hatte.

Sandra hatte den Armreif sogar mit Bienenwachs poliert, er duftete und sah aus, als käme er aus Ungarn oder aus dem Westen. »Ich hab den Gleichen«, sagte sie.

»Dann tragen wir ihn heute Abend beide.« Jola bedankte sich. Sandra fertigte alles Mögliche aus Holz, davon abgesehen fand Jola sie ziemlich langweilig, und nur weil sie alle drei nahe beieinander wohnten und Sandra keine richtige eigene Freundin hatte, war sie immer mit von der Partie, wenn sich die Clique um Jola und Raik traf. Jola war es fast peinlich, von Sandra gleich zwei Geschenke zu bekommen, und dann auch noch ein so aufmerksames wie die Bluse.

»Ich hab auch was für dich«, sagte Raik mit seiner Männerstimme, die seit dem Stimmbruch im Winter immer tiefer zu werden schien.

Er führte Jola in sein Zimmer, während Sandra die Garage nach dem Malern gestern wischte. Er überreichte ihr ein großes, längliches Geschenk. Es war schwer und in mit Blumen verziertes Packpapier eingewickelt. Weil Raik das Papier selbst bemalt hatte, wollte Jola es nicht zerreißen und versuchte, das Band darum aufzuknoten. Sie fummelte und fluchte innerlich, weil der Knoten zu fest war.

»Hast du eine Schere?«, fragte sie, und Raik reichte ihr seine Papierschere.

Die musste er schon seit der ersten Klasse haben, denn sie war total stumpf. Und als Jola endlich die Strippe mehr aufgesägt als durchgeschnitten hatte, erschien Sandra in der Tür.

Zu spät, dachte Jola, die so etwas wie ein Dankesküsschen hatte inszenieren wollen. Vielleicht wäre daraus ja wirklich ein richtiger Kuss geworden. Trotzdem war sie neugierig und schlug das Papier sorgfältig zurück.

»Eine Lichtorgel!«, quietschte Sandra, die ihr über die Schulter geblickt hatte. Sechs farbige Birnen waren auf einem Brett aufgereiht.

Jola strahlte, und als sie ihren Blick zu Raik hob, lächelte der zurück, und sie fühlte sich auf einmal ganz flattrig.

»Die Leitungen und den Schalter hab ich aus einem verfallenen Haus«, sagte Raik stolz.

»Die müssen wir sofort ausprobieren!«, quietschte Sandra weiter.

Jola stieß den Atem aus. »Ich werde die tollste Geburtstagsfete des Jahres haben«, sagte sie und hielt Raiks Blick dabei fest.

Die bekam sie tatsächlich. Einen Partyraum hatten bisher nur Frank aus der Zehnten, und Katrin, die nicht bloß mit Oliver, sondern auch mit anderen rumknutschte, hatte erzählt, dass es da »übelst abging«. Raik besaß darüber hinaus ein richtiges Mischpult, das er mit seinem Vater gebaut hatte, und mit zwei Kassettenrecordern, die er daran anschloss, konnte er nahtlos Musik spielen mit Überblendungen wie im Radio.

Als Nachteil erwies sich, dass Raik dadurch die ganze Zeit hinter dem Mischpult stand. Jola spürte jedoch seine Blicke, wenn sie tanzte, und das war fast genauso toll, wie wenn er bei ihr gewesen wäre. Außerdem war sie schrecklich aufgeregt. Ihr erster Geburtstag, der kein Kindergeburtstag mehr war, ohne Spiele, die sich ihr Vater ausdachte, sie musste ganz allein für Stimmung sorgen. Aber alle ihre Freundinnen tanzten und sangen die Hits mit, und Jola war glücklich. Davon würden morgen in der Schule alle reden.

Irgendwann ließ sich Raiks Vater kurz blicken. Er war den ganzen Tag in Leipzig gewesen. Raik hatte erzählt, dass es bei den

Kommunalwahlen Anfang des Monats wohl Wahlfälschungen gegeben hatte. Die hatten Bürgerrechtler aufgedeckt, und Matthias hatte sich ihren Protesten angeschlossen.

»Hat er keine Angst?«, hatte Jola ihn gefragt.

Raik hatte nur mit den Schultern gezuckt. »Er meint, in der Tschechoslowakei haben sie sogar Václav Havel wieder freilassen müssen. Die da oben kriegen jetzt langsam selbst Angst.«

Jola tanzte und musste an ihre Mutter denken. Ob die jetzt ebenfalls Angst bekam? Sie wusste bestimmt, was Matthias machte, auch wenn seit Renates Tod der Kontakt ihrer Eltern zu Raiks Vater fast abgebrochen war. Sie trafen sich nicht mehr wie früher im Garten, obwohl Matthias das, allein, wie er war, bestimmt gebraucht hätte. Eigentlich komisch, dachte sie, aber dann wurde sie gefragt, ob noch Cola da sei, und sie musste ihren Pflichten als Gastgeberin nachkommen, eine neue Getränkekiste herbeischleifen und Salzstangen auffüllen.

Als ihr Vater sie um zehn abholte, redete er ganz normal mit Raiks Vater. Vielleicht hatte sich Matthias auch einfach nur zurückgezogen. Er sah jedenfalls ganz schön verhärmt aus, seitdem seine Renate tot war.

Wie auch immer, das Küssen mit Raik musste sie ein andermal einfädeln. Hoffentlich deutete sie seine Blicke richtig. In der kühlen Nachtluft sang sie sich selbst Mut zu. »*Like a virgin, touched for the very first time. Like a vihihihirgin …*«

»Jola!«, zischte Franz.

»*When your heart beats next to meieieieieine …*«

»Lass das.« Franz griff seine Tochter am Arm, blieb stehen und drehte sie zu sich herum. »Brauchst du wirklich so einen Jungfrauenkitsch aus dem Westen?«

»Was?«

»*Virgin* heißt doch Jungfrau, oder?«

Jola wurde rot. »Na und? Bin ich doch auch.«

»Du bist ein Mädchen und auf dem Weg, eine Frau zu werden.

Einfach eine Frau. Wer du bist und was du leistest, hat nichts damit zu tun, ob du schon mal Sex gehabt hast oder nicht. Ganz im Gegenteil. Beziehe dich in deinem Selbstverständnis nie auf einen Mann, mein Kind. Das wäre sehr unklug.«

»Vati!« Jola sah das Gesicht ihres Vaters im Licht der Mondsichel über ihnen kaum. Doch der ließ sich in seiner Rede nicht beirren, einer Rede, wie er sie noch nie gehalten hatte.

»Du musst selbst etwas werden, mein Kind. Schau dir Mutti an. Die würde mir nie hinterherdackeln. Und genau deshalb liebe ich sie. Lass dich nicht von diesem bürgerlichen Kitsch einwickeln.«

»Aber das Lied ist schön, Vati. Und …« Jola stockte. Nein, sie würde ihrem Vater ganz bestimmt nicht erzählen, dass es mit Raik irgendwie anders geworden war, und schon gar nicht von dem flattrigen Gefühl. Sie besann sich auf den Rat ihrer Mutter. »Dreh den Spieß um, wenn du ins Hintertreffen gerätst«, hatte die ihr beigebracht.

»Wie war das eigentlich, als du und Mutti euch verliebt habt?«, fragte sie.

Franz überlegte kurz. »Deine Mutter war ja schon etwas älter, aber bei mir … Vielleicht war ich da die Jungfrau. Es war alles neu und noch nie da gewesen. Also, wenn man das so interpretiert …« Er zog die Augenbrauen zusammen.

»Like a virgin«, sang Jola leise. Und ihr Vater stimmte zuerst noch unsicher mit seinem sehr deutsch klingenden Englisch ein: *»Touched for the very first time.«* Sie öffneten das Gartentor und schmetterten: *»Like a vihihihirgin …«*

»Da seid ihr ja endlich!« Die Stimme ihrer Mutter klang ungehalten. »Ich wollte gerade los, ich habe mir Sorgen gemacht. Und was soll bitte dieser Kitsch?«

Franz und Jola kicherten, und Jola trällerte: *»When your heart beats next to meieieieieine!«*

Während dessen trat Franz zu seiner Frau an die Haustür und

drückte sie an sein Herz. »Erinnerst du dich noch daran, wie es bei uns damals war?«

Jola sah an dem versonnenen Lächeln ihrer Mutter, dass sie sich an irgendwelche romantischen Geschichten mit ihrem Vater erinnerte. Da war sie definitiv überflüssig. Sie machte, dass sie ins Haus kam.

* * *

Halle, 1974

Agnes zog es an die Saale. Das mochte mit ihrer Kindheit in Dresden zu tun haben. Der Fluss, dort war es die Elbe, war auch damals ihr Trost gewesen. Und Trost war etwas, das Agnes brauchte. Denn so klug sie war, im Herzen war ihr kalt.

Sie hatte gerade ihre erste Stelle in der Bezirksverwaltung des Staatssicherheitsdienstes in Halle angetreten und an dem neuen Ort noch keine Freunde.

An jenem Tag unternahm sie einen ihrer vielen Stadtspaziergänge, am Hochufer gegenüber der Burg Giebichenstein. Sie führte ihren neuen orange-braun-weiß gemusterten Silastikhosenanzug mit dem schicken großen Revers aus, den sie von ihrem ersten Gehalt gekauft hatte. Von hinten hörte sie ein Fahrrad klappern und trat zur Seite, aber der Radfahrer fuhr schnell, rutschte unmittelbar neben ihr auf einer Wurzel weg, kam ins Schleudern und erwischte sie unsanft an der Schulter.

»Ey!«, machte Agnes.

Der Radfahrer war schon abgestiegen. »Entschuldige. Tut mir leid. Ich war wohl ein bisschen schnell.«

Sie sah ihn an. Ein junger Mann, kräftiger Oberkörper, blondes Haar mit rötlichem Stich und Sommersprossen. Ohne Jacke, obwohl es kühl war an diesem Herbsttag. Auch auf der Brust hatte er Sommersprossen, das sah sie, weil sein verblichenes beigefarbenes Hemd halb aufgeknöpft war. Außerdem hing es aus seiner blauen Trainingshose, zu der es überhaupt nicht passte. Der Mann hatte offenbar keinen Geschmack, aber Hitze. Jünger als sie, definitiv.

Er schob das Rad zurück und griff zart nach ihrer Schulter. »Tut es weh?«

»Geht schon«, sagte Agnes, die die Wärme seiner Hand durch den Stoff ihrer Jacke spürte. Seiner großen, breiten Hand, wie sie nachspürte, ohne hinzusehen.

»Ich trainiere hier ein bisschen«, sagte er.

»Ein bisschen ist gut.« Hier oben über dem Amselgrund war es felsig, und das Ufer fiel steil zur Saale ab. Eigentlich fuhr kein Mensch hier Rad, es war viel zu unwegsam.

»Ich bin bei der Feuerwehr, und wenn man da auf halber Höhe der Leiter schlappmacht … Ich heiße übrigens Franz.« Er nahm die Hand von ihrer Schulter und hielt sie ihr hin.

Sie gab ihm ihre. »Ich bin Agnes.«

»Du hast aber kalte Hände«, sagte er mit Blick auf ihre knochigen Finger. »Komm, wir gehen ein Stück zusammen weiter, damit dir nicht noch kälter wird.«

Sie waren fast gleich groß, deshalb passte ihre Schrittlänge perfekt zueinander. Es stellte sich heraus, dass Franz in Kröllwitz eine Tante besucht hatte und nun auf dem Rückweg nach Wolfen war, wo er wohnte.

»Fährst du den ganzen Weg mit dem Rad?«

»Sind nur dreißig Kilometer«, sagte er. Und dann: »Du hast wunderschöne Augen. Waldfarben. Wenn ich von vorn gekommen wäre, hätte ich dich mit Absicht angefahren.«

»Meine Augenfarbe hättest du doch gar nicht gesehen«, sagte Agnes trocken.

Franz guckte kurz in die Gegend, blieb stehen, hielt sie zurück und sagte: »Was zu beweisen wäre. Ich sehe eine Maus. Zwei Meter vor uns. Du auch?«

Agnes schaute auf den Wegesrand. Nichts.

Da trat Franz vorsichtig neben sie, legte ihr den Arm, mit dem er nicht das Rad hielt, um die Schulter, drehte sie ein Stück nach links und zeigte mit dem Finger in Agnes' Augenhöhe auf einen Laubhaufen am Fuß eines Baumes. Jetzt sah sie es auch. Zart bebten ein paar Blätter, und dazwischen schaute gleich darauf das Köpfchen einer Haselmaus hervor.

»Wie süß«, flüsterte sie.

»Braune Knopfaugen«, raunte er zurück.

»Das wusstest du. Alle Mäuse haben braune Augen.«

»So wie meine Waldfee Waldaugen hat, genau«, erwiderte Franz stoisch.

Da musste Agnes kichern, die Maus verschwand, und Franz drehte sie gänzlich zu sich um. Sein Lächeln war warm und zuversichtlich. Auf einmal wünschte sich Agnes, auch so lächeln zu können. Sie standen da, Brust an Brust, Herz an Herz, und Franz' vertrauensvoller Blick – und vielleicht auch seine völlig unbedarfte Kleidung – verursachte einen Kloß in ihrer Kehle, sodass ihre Augen in Tränen schwammen.

»Agnes«, sagte er erschrocken und trat einen Schritt zurück. »Ich wollte nicht …«

»Hast du auch nicht«, sagte sie, und es gelang ihr, dass keine einzige Träne die Wange hinunterrollte. »Danke, dass du mir die Maus gezeigt hast.«

»Komm.« Er schob sein Rad wieder an. »Ich sehe was, was du nicht siehst, und das macht Muh.«

Sie passierten gerade eine Stelle, an der sich der Wald lichtete und den Blick auf den Fluss und die Giebichensteinbrücke mit den großen steinernen Skulpturen von Gerhard Marcks freigab. Eine Kuh auf der Seite, an der es ins Ländliche ging, ein Pferd am Pfeiler in die Innenstadt.

Sie sagte nichts, sondern wies nur mit einem kurzen Kopfnicken zur Brücke, als sie aus dem Wald heraustraten. Dabei kräuselte sie ihre Lippen fast unmerklich. Das war unter ihrer Würde.

»Richtig«, sagte er unverdrossen, stellte sein Rad an einen Baum, nahm seine Trainingsjacke vom Gepäckträger, wies auf ein sonniges Plätzchen und schaute sie erneut mit seiner unwiderstehlichen Zuversicht an. »Hier ist es schön. Du bist dran.«

Während er die Jacke für sie ausbreitete und sich daneben im Gras niederließ, sagte sie: »Ich sehe was, was du nicht siehst, und das ist blau.«

Franz riet und riet, schnell und mit Begeisterung – das Wasser, ein Auto auf der Brücke, Agnes' Hose –, und sie setzte sich zu ihm.

»Gleich ist es weg«, sagte sie, und da kam er auf den blauen Randstreifen des kleinen Schiffes, das gerade unter der Brücke verschwand.

Sie rieten abwechselnd Blüten auf der Wiese vor ihnen, die Schnürsenkel von Franz' braunen Schuhen und Agnes' Jackenknöpfe.

»Ich sehe was, was du nicht sehen kannst, und das sieht im Sonnenlicht eher grün als waldfarben aus«, sagte Franz. »Und wenn du es sofort errätst, darf ich es küssen.«

Agnes sah ihn an, und in den zuversichtlichen Blick war etwas Bittendes geraten und Begehren.

»Meine Augen«, flüsterte sie heiser.

»Ja«, sagte er, nahm ihren Kopf ganz zart in seine warmen breiten Hände und küsste erst das rechte, dann das linke Lid. Danach fasste er beinahe unmerklich fester zu, was Agnes ein Kribbeln im Unterleib bescherte, und drückte seine Lippen auf ihre.

Sie küsste zurück, bemerkte sein Ungeschick und führte ihn sanft. Er schlang seine Arme um sie, zog sie an sich und öffnete sich ihr mit zärtlichem Geflüster zwischen den Küssen.

Irgendwann schob er sie ein kleines Stück weg und sagte: »Ich bin bei der Werkfeuerwehr, in Wolfen, bei der Chemie. Und du?«

Agnes holte tief Luft. Sie verstand, dass die Frage ernst gemeint war. Er wollte nicht bloß ein Techtelmechtel auf der Wiese, er wollte mehr von ihr. Ihr Beruf löste bei den meisten leider wenig Begeisterung aus. »Ich arbeite in der Bezirksverwaltung des Staatssicherheitsdienstes hier in Halle.«

Er machte Kugelaugen. »Du bist eine Agentin.«

»Kann man so sagen.« Sie forschte in seinem Gesicht.

»Stark«, sagte er. Und alles, was sie heraushörte, war Bewunderung.

Seine Mundwinkel zuckten. »Dafür bist du aber ganz schön blind.«

Sie boxte ihn gegen den Arm, und vor Erleichterung fiel der Hieb viel stärker aus, als sie vorgehabt hatte.

Er fing ihre Faust ein. »Kampftraining, was? Hab ich auch. Bin bei der Betriebskampfgruppe.«

Dann küsste er sie wieder, und in ihrem Bauch kribbelte nun auch die Freude darüber, dass er ihren Beruf offenbar selbstverständlich fand. Und wenn er bei der Betriebskampfgruppe war, passte er ideologisch zu ihr. Sie wurde mutiger und fuhr mit der Hand unter sein Hemd. Seine Muskeln waren göttlich.

Sie spürte, wie ihn eine Gänsehaut überlief, vermutlich weil sie wie stets kalte Hände hatte, sogar nach dem Küssen. Aber er ließ sich davon nicht beirren, sondern stand ihr nicht nach. Bis irgendwann Agnes' Magen vernehmlich knurrte. Gleich zweimal.

»Ach du Schreck«, sagte Franz. »Warte.«

Er stand auf und ging zu seinem Fahrrad. Auf dem Gepäckständer klemmte ein geblümter Beutel. Agnes sah die Beule in seiner Hose, aber die kümmerte ihn offenbar nicht. Er holte den prallgefüllten Beutel zu ihrem Plätzchen, setzte sich wieder neben sie und öffnete ihn.

Da knurrte Agnes' Magen ein drittes Mal, denn der Duft von Jagdwurst und Äpfeln war überwältigend.

Franz reichte ihr ein dickes Brot. »Meine Tante gibt mir immer Wegzehrung mit. Und Äpfel und Birnen. Die haben wir in Wolfen nicht.«

Agnes nahm das Brot und bedankte sich. Er griff nach einem Apfel. Dann saßen sie da und aßen.

»Wo kommst du eigentlich her?«, fragte er. »Aus Halle nicht, oder?«Offenbar hatte er erkannt, dass sie nicht das breite Hallisch, sondern klassisches Sächsisch sprach.

»Ich bin in Dresden geboren«, sagte sie.

»Schön da. Leben deine Eltern noch dort?«

»Die leben gar nicht mehr.«

»Oh. Das tut mir leid.«

»Ich glaube, ich bin ein bisschen älter als du«, sagte sie. »Ich bin 1945 geboren, am 14. Februar.«

Franz sah sie erwartungsvoll an. Klar, dachte Agnes, er weiß nicht, was für ein Datum das ist. Trotzdem stand in seinen Augen eine solche Zuneigung, dass ihr Damm brach und sie erzählte.

»In der Nacht vom 13. auf den 14. Februar war der britische Bombenangriff – der, der die ganze Innenstadt zerstörte. Meine Mutter war auf die Elbwiesen geflüchtet. Aber dort fielen in der zweiten Angriffswelle auch Bomben. Meine Mutter trug noch ihr Faschingskostüm. Weil sie mit mir hochschwanger war, hatte sie sich als Biene Maja verkleidet. Das passte so gut, weil der dicke Bauch die Arme und Beine so schön dünn wirken ließ, hat sie mir später erzählt. Die Flügel auf dem Rücken waren aus einer Art Folie, und die hat Feuer gefangen, als sie nicht schnell genug in die Elbe flüchten konnte.«

Franz atmete zischend ein, griff nach ihren Händen und drückte sie fest. An seinem Blick sah sie, dass er verstand. Schließlich war er Feuerwehrmann.

»Ihr ganzer Rücken ist verschmort«, flüsterte Agnes. »Dann bekam sie Wehen. Und während am 14. Februar mittags die dritte Angriffswelle geflogen wurde, kam ich zur Welt. Einen Monat zu früh. Ich bin wohl fast verhungert, weil sie nach der Geburt in eine Art Verbrennungsschock fiel und fast gestorben ist.«

Franz schwieg, streichelte aber ihre Hände.

»Meine Mutter hat das, glaube ich, nie verwunden«, sagte Agnes. »Ihre Eltern sind im Feuersturm umgekommen. Mein Vater kehrte nicht von der Ostfront zurück. Und von der Verbrennung haben ihre Nieren was abgekriegt. Daran ist sie gestorben, als ich in der sechsten Klasse war. Bis zu meinem Studium hab ich dann bei Oma und Opa gewohnt, den Eltern meines Vaters. Aber die waren alt.«

»Mein Vater hatte Glück. Der war noch so jung, dass er erst 1943 eingezogen wurde. Er ist in Nordafrika in französische Kriegsgefangenschaft geraten. Das war zwar nicht lustig, aber er war aus der Schusslinie. Meine Mutter hat in der Chemie gearbeitet, auch während des Kriegs. Sie sagt, das habe ihr gegen die Angst vor den Bomben geholfen. Mein Vater kam erst 1948 zurück, 1950 wurde ich dann geboren. Von meiner Familie hat es nur meinen Großvater an der Ostfront erwischt.« Franz machte eine Pause. »Und wie war sie so, deine Mutter?«

Agnes zuckte mit den Schultern. »So genau weiß ich das gar nicht.« Sie sah Franz hilflos an. Sie hatte nie richtig über ihre Mutter nachgedacht. »Sie hat immer gearbeitet und gearbeitet, sie war Verkäuferin und kam abends spät nach Hause. Ich hab immer Abendbrot für uns gemacht, schon als ich ganz klein war.« Mehr wusste sie nicht zu sagen.

»Du hattest nicht viel von ihr, oder?«, fragte er.

Agnes schüttelte gleichzeitig den Kopf und zuckte wieder mit den Schultern.

»Vielleicht hast du deshalb so kalte Hände«, sagte Franz. »Und nichts zuzusetzen.« Ehe sie sich schämen oder beschweren konnte, redete er schon weiter. »Ich würde dich gern wärmen. Nicht nur deine Hände.«

Agnes antwortete nicht, aber sie lehnte sich an ihn. Irgendwie war ihr danach. Ihr war selten nach etwas, und wenn, dann überlegte sie immer, ob sie dem nachgeben sollte. Diesmal überlegte sie nicht.

Franz zog sie auf seinen Schoß, sodass sie in Richtung Sonnenuntergang und Brücke blickten. Die Sonne versank saaleaufwärts, und es wurde kühl.

»Wusstest du, dass die Kuh und das Pferd als Eisbrecher dienten? Hat mir meine Tante erzählt«, sagte Franz irgendwann unvermittelt. »Darf ich es versuchen und dein Eisbrecher sein?«

Agnes fand das etwas theatralisch, aber irgendwie auch schön. Und es wirkte gar nicht übergriffig oder von oben herab, sondern ernst und offen. Deshalb nickte sie.

Später fuhren sie – Agnes auf der Stange sicher zwischen seinen kräftigen Armen – nach Halle-Neustadt, wo sie eine kleine Wohnung hatte.

»Schick«, sagte Franz, als er eintrat. Ein Lächeln umspielte seine Mundwinkel. »Zwei Zimmer. Sicher nicht von Nachteil, dass du bei der Staatssicherheit arbeitest.«

»Nein.« Sie machte Licht. Immerhin hatte er nicht »Stasi« gesagt.

»Ich finde das okay«, sagte er und trat ins Wohnzimmer, während sie in die Küche ging, die durch ein Glasregal mit Schiebetüren und Durchreiche vom Wohnzimmer her beleuchtet wurde. Dieses Detail der Plattenbaureihe P2 liebte sie am meisten an ihrer Wohnung, und sie putzte das Glas immer blitzblank.

»Ich mach uns Bratkartoffeln«, sagte sie. »Du hast bestimmt Hunger, ich hab dir ja dein Brot weggegessen.«

»Ich schäle mit«, sagte er und trat zu ihr.

Agnes machte Bratkartoffeln mit Ei, wärmte Eberswalder Würstchen, garnierte mit saurer Gurke und Schnittlauch vom Balkon, und anstatt alles auf den schlichten dunklen Holztisch im Wohnzimmer zu stellen, an dem artig zwei rote Kunstlederstühle standen, fütterte Franz Agnes mit einem Würstchen, das er mit bloßen Händen aus dem heißen Wasser fischte und in Senf tauchte. Die Kartoffeln spießte er gleich aus der Pfanne auf die Gabel.

»Du hast wirklich ganz schön Hunger«, stellte sie fest.

»In mehrfacher Hinsicht«, sagte er schlicht, nahm ein Gürkchen zur Hälfte in den Mund und hielt es ihr so hin.

Sie zögerte nur kurz, dann biss sie es von seinen Lippen ab und genoss den Essigkuss danach.

Hinterher im Bett bewies er, dass an dem Spruch »Liebe geht durch den Magen« offenbar etwas dran war. Denn beim Sex war er so aufmerksam wie keiner vor ihm. Er spielte mit Agnes' kleinen festen Apfelbrüsten, streichelte und kitzelte sie an versteckten Stellen und schien sich um sein erigiertes Glied kein bisschen zu kümmern. Irgendwann sehnte sie sich danach, ihn in sich zu spüren, was ihr vorher noch nie passiert war. Sie griff zu und wandte voller Begehren all das an, was sie sich bisher als rein funktionelles Wissen angeeignet hatte. Das Begehren machte sie beweglich und biegsam, und sein Überraschtsein sowie seine Ungehemmtheit ließen sie zum ersten Mal in ihrem Leben die Beherrschung verlieren, was einem Vulkanausbruch gleichkam.

Danach, als die Nachtluft die ungefilterten Abgase der Buna-Werke herantrug, sie das Fenster schloss und sich an ihn kuschelte, erzählte er von Wolfen. Von seinen Eltern, die beide in der Chemie dort arbeiteten, und ihrem Haus mit Garten.

»Ich wohne auch dort, aber meine Eltern wollen in eine Werkswohnung ziehen. Meine Mutter sagt, ihr reicht das jetzt mit dem Garten, in dem immer alles eingeht bei dem Dreck, sie will lieber öfter nach Halle ins Theater.« Er spielte mit Agnes' braunem Haar, das selbst unfrisiert immer noch elegant um ihr schmales Gesicht fiel. »Dann krieg ich das Haus.«

Agnes lächelte, sagte aber nichts, obwohl es ihr so vorkam, als hätte er sie am liebsten gleich dorthin mitgenommen, schicke Wohnung in Halle hin oder her.

Am nächsten Morgen brach er in aller Frühe auf, um rechtzeitig zur Arbeit in Wolfen zu sein. Sie machte ihm Toast mit Marmelade, und er ließ ihr seinen schönsten Apfel da.

3

Berlin, Juni

Navid lief mit Milla vom Bus zum Haus ihrer Eltern. Es war der Tag der Gartenparty zu ihrer Verlobung. Navid schlenderte in Jeans, T-Shirt und Sneakers über den Gehsteig, und auch Milla hatte sich wegen der Abendkühle im Zehlendorfer Garten schweren Herzens für Hosen entschieden. Darüber flatterte immerhin ein Spaghettiträgertop mit bunten Blumen.

Zwischen sich trugen sie ein Netz mit zwei Glasbehältern, die aus Millas Labor ausgemustert worden waren. In dem einen waren afghanische Elefantenohren, eine mit Kardamom gewürzte frittierte Süßigkeit, die mit Puderzucker und Pistazien bestreut war. Navids Mutter hatte nie Elefantenohren zubereitet, weshalb sie für Navid keine schmerzhafte, sondern tatsächlich eine süße Erinnerung an sein Heimatland waren. Der andere Behälter enthielt eine Sahnecreme mit schwarzen Johannisbeeren. Am frühen Nachmittag hatte es einen kleinen Küchenkampf gegeben, bei dem Milla die Creme heldenhaft – und nur wegen der Erfordernisse der Party halbwegs erfolgreich – gegen ihn verteidigt hatte. Dabei war es zu einer Puderzuckerexplosion gekommen, und gerade als sie am Gartentor von Millas Großeltern angekommen waren, entdeckte er noch eine weiße Klebespur hinter ihrem Ohr.

»Warte mal, du hast da was«, sagte er, zog sie am Netz zu sich und leckte sie ab. »Hmmm«, machte er und schleckte gleich noch ein bisschen weiter.

»Nehmt euch ein Zimmer!«, erklang vom Haus her eine fröhliche Stimme. Dirk, das war klar, er hatte immer solch abgedroschene Sprüche auf Lager. »Ihr seid spät dran.«

»Ich kann nichts dafür, Navid hat mich vorhin in der Küche tätlich angegriffen«, petzte Milla mit einem sprühenden Seitenblick auf Navid, der sein Herz hüpfen ließ. Sie trat durch das Gartentor und gab dem ihnen entgegenkommenden Dirk einen Kuss auf die Wange. Dafür musste sogar sie sich recken, denn Dirk war ein weißblonder Riese.

»So, hat er das.« Dirk richtete einen finsteren Blick auf Navid, und weil er ein guter Schauspieler war, musste Navid im ersten Augenblick an sich halten, um nicht zurückzuweichen. Er wusste, dass Dirk den vernichtenden Blick nur spielte, denn Toni, Dirk und er hatten einander beim ersten Aufeinandertreffen sofort in ihre weichen Herzen blicken können. Die beiden Männer waren – mit Ausnahme von Milla – sowieso die Ersten, die Navid ins Herz hatten schauen dürfen, nachdem er es seit seiner Flucht ein paar Jahre unter Verschluss gehalten hatte.

»Ja, danach musste ich noch mal duschen. Er wollte die Johannisbeercreme rauben«, erklärte Milla.

»Was mit mindestens drei Tagen Hungern im Keller bestraft werden sollte.« Dirk warf einen Blick auf das Netz. »Och«, machte er und fixierte dann Navid. »Wenn ich dich jetzt nicht in den Keller stecke, gibst du mir dann so eine Schweinerei aus dem anderen Glas? Das sieht ja richtig gut aus, und Franz wollte den Grill erst anschmeißen, wenn ihr auch da seid. Ich hab Hunger.«

Ehe Navid antworten konnte, kam Toni um die Hausecke. »Hier, deine Sonnencreme.« Er winkte mit einer Fünfzig-plus-Tube aus der Apotheke.

Wenn sein geliebter Toni rief, reagierte Dirk sofort, und auch jetzt wandte er sich um. »Danke. Wenn ich dich nicht hätte, wäre ich schon ein Schmorbraten.«

»Tja, kann ja nicht jeder so ein hübscher Itaker sein«, neckte Toni, der ein Enkel italienischer Einwanderer war und nie einen Sonnenbrand bekam.

Während Dirk sich eincremte, begrüßte Toni Milla und Navid. »Apropos Schmorbraten«, sagte er dann und verwischte eine Spur Sonnencreme in Dirks Nacken. »Lasst uns nach hinten gehen und endlich mit Franz den Grill anwerfen. Dirk, du bist der erste Knecht. Und du«, er wies auf Navid, »bist Nummer drei.«

Navid warf Milla einen fragenden Blick zu.

»Opa ist der Chefgriller. War er immer. Wird er immer sein. Wahrscheinlich stirbt er mal mit der Grillzange in der Hand. Untergebene Männer haben Handlangerdienste zu verrichten.«

»Da kann ich mit leben.« Navid schmunzelte, denn er mochte Millas fröhlichen Opa sehr.

Sie folgten, frohgemut ihr Netz zwischen sich schwenkend, Toni und Dirk nach hinten in den Garten.

»Da seid ihr ja«, rief Franz von der Kellertreppe her. Er trug Sommerhosen mit Bügelfalte, ein beigefarbenes Hemd mit aufgekrempelten Ärmeln sowie eine Grillschürze und hielt eine riesige Flasche Brennspiritus in der Hand. »Komm mal her, Navid, ich muss dir was zeigen.«

»Okay«, raunte Toni Navid zu. »Du Knecht eins, Dirk Knecht drei.«

»Nöö«, sagte Dirk.

»Wieso ›nöö‹?«, fragte Navid.

»Der Letzte muss den Grill säubern und den Rost vorschrubben und einweichen«, sagte Dirk.

»Ach, und dafür wolltet ihr einen Dummen finden«, sagte Navid empörter, als er war.

»Einen Anfänger«, korrigierte Dirk und hob den Finger. »Aller Anfang ist schwer.«

»Naviiid!«, rief Franz.

»Ich geh in die Küche«, sagte Milla, küsste Navid auf die Nasenspitze, nahm ihm seinen Netzhenkel aus der Hand und steuerte die Terrasse an, deren Flügeltür ins Haus einladend offen stand.

Navid ging über den Rasen zu Franz. In Herthas großem Garten hatte Franz es wegen Agnes' Widerstand zwar nicht zu einem gemauerten Grill mit richtiger Esse gebracht – von dem großelterlichen Tauziehen um den »Prollkamin« hatte Milla ihm erzählt –, aber immerhin zu einem gepflasterten Rondell für einen teuren aufstellbaren Grill. Wenn nicht gegrillt wurde, stand hier im Sommer ein Oleander, im Winter eine Schale mit Christrosen. Das Rondell fügte sich zwischen Kellertreppe und Terrasse in den Steingarten ein.

»Komm, mein Junge«, sagte Franz und haute Navid zur Begrüßung kräftig auf die Schulter. »Wer unsere Milla kriegt, muss grillen können. Weißt du, wie das geht?«

Navid kannte sich bestens damit aus, wie man Fleisch am Spieß briet, aber er schüttelte den Kopf. Erstens erinnerte es ihn schmerzlich an die Feste seiner Kindheit, und zweitens wusste er zu schätzen, dass Franz ihn in die Familie aufnahm. Das wollte er ihm nicht verderben.

Franz sprenkelte Brennspiritus über die Holzkohle, die bereits in der großen Grillschale lag. »Fehler Nummer eins: Die Leute nehmen Kohleanzünder. Was da alles für Dreck drin ist, willst du nicht wissen. Das Fleisch soll ja Holzkohlearoma haben und nicht nach Paraffin schmecken. Der Spiritus verbrennt schnell und fast restlos.«

Franz musste gesehen haben, wie sich Navids Nasenflügel blähten, denn er setzte hinzu: »Stinkt ätzend, ist aber vollkommen ungefährlich.« Er hob die Hand. »Fehler Nummer zwei: Die Leute überlegen nicht, dass Grillgut unterschiedliche Wärme und Verweildauer auf dem Rost benötigt. Deshalb musst du mischen: Holzkohle und Briketts. Briketts brennen länger, Holzkohle entwickelt schneller mehr Hitze.«

Franz deutete auf die Kohle, und Navid fiel auf, dass es zwei unterschiedliche Kohlesorten gab. Er bekam einen Seegrasfächer in die Hand gedrückt.

»Der ist noch von Hertha. Irgendeine Thailanderinnerung. Hing über ihrem Bett«, sagte Franz. »Mit dem kannst du prima Luft ins Feuer fächeln. Und genau das ist jetzt deine Aufgabe, damit die Kohle ins Glühen kommt. Bist du bereit?«

Navid nickte.

Franz zündete ein Streichholz an und warf es auf die Kohle. Der Brennspiritus sorgte für eine Stichflamme, bei deren Anblick Navid beinahe aufgeschrien hätte. Unwillkürlich wedelte er den Schrei und seine Erinnerungen an eine andere Feuersbrunst, eine viel größere, wie ein Verrückter in die Flammen.

»Na, na«, brummte Franz. »Du musst ja nicht gleich den ganzen Fächer kaputtwedeln.«

Aber Navid wedelte und wedelte. Franz legte ihm sachte die Hand ins Kreuz. »Du hast einmal in Flammen geblickt. In schlimme Flammen«, sagte er leise.

Navid wedelte und wedelte.

»Ich bin Feuerwehrmann. Ich kenne diesen Blick. Wenn etwas unwiderruflich niederbrennt …«

Franz' große breite Hand blieb sachte auf Navids schmalem, noch jungenhaftem Rücken liegen, und nach und nach wurde dessen Wedeln ruhiger, stetig und effektiv. Er redete nie über diesen Tag. Selbst Milla, die genauso einträchtig schweigen konnte wie ihr Großvater jetzt, hatte er nur das Nötigste berichtet. Vielleicht sollte er anfangen, darüber zu reden. Vermutlich würde es ihm guttun.

»Wusstest du, dass meine Familie in Afghanistan niedergemetzelt wurde?«, fragte er.

»Ja«, sagte Franz. »Milla hat es erzählt.«

»Danach haben sie unser Haus angesteckt«, sagte Navid. »Das habe ich von ferne gesehen.«

Er blickte auf. Vor ihm stand das Haus von Millas Großeltern. Groß, im gelblichen Ton des festsandigen Gesteins des Hindukuschs verputzt und mit weißen Sprossenfenstern ausgestattet.

Auf der Terrasse mit den Bruchsteinplatten waren die fröhlich bunten Spaghetti-Gartenstühle von Hertha um den runden Tisch gruppiert, die sechzig Jahre alt waren und wieder absolut in.

Gerade kamen Jola und Milla aus dem Haus, beladen mit Tellern, Gläsern und Erdbeerbowle.

»Es beginnt meistens mit ganz kleinen Flammen«, sagte Franz. »Eine Dummheit, unmerklich.«

»Ja«, sagte Navid. »Zum Beispiel, wenn man die Achtung und den Respekt untereinander vertrocknen lässt. Dann zerbröseln die feinen Fasern, die ein Volk verbinden, zu Zunder.«

»Oder eine Freundschaft«, murmelte Franz.

Navid sah ihn überrascht an.

Franz lächelte. »Asche ist fruchtbar. Aber ich bin sicher, du wirst nicht so dumm sein und mit dem Feuer spielen. Im Gegenteil: Du machst aus der Asche deines Elternhauses fruchtbaren Boden. Das sieht man Milla an – ich bin zwar vielleicht manchmal plump, aber ich meine jetzt nicht nur, dass sie schwanger ist.«

Navid bedankte sich für das Kompliment, aber Franz sagte nichts mehr. Er schien ganz weit weg zu sein, als er in die Glut schaute, die durch den Fächerwind angefacht wurde.

* * *

Wolfen, 1976

Als Franz von der Arbeit nach Hause kam, lag Jola auf dem Sofa und nuckelte hingebungsvoll an ihrem Fläschchen. Ein Kissen verhinderte, dass sie herunterrollen konnte. Agnes stand in der Küche und wusch ab.

Franz stellte seine Stullenbüchse neben das Becken, gab Agnes einen Kuss und ging schnell hinüber ins Wohnzimmer. Er nahm seine Tochter hoch, legte sie sich in den Arm, hielt ihr die Flasche, und dann trank sie Aug in Aug mit ihrem Vater. Eine kleine Hand schob sich zwischen die Knöpfe seines Hemdes, und er öffnete es und bettete Jolas Kopf und Schulter an seiner nackten warmen Brust.

Sie gab einen zufriedenen Seufzer von sich und nuckelte erneut drauflos.

Franz verstand nicht, wie Agnes sich das entgehen lassen konnte, diesen Moment des Stillens, dieser tiefen Befriedigung, sein Kind im Arm zu haben und zu nähren. Das ging mit der Flasche doch fast genauso gut wie mit der Brust.

Agnes hatte gesagt, sie habe nicht genug Milch, aber ihre kleinen Apfelbrüste waren in der Spätschwangerschaft und den ersten Wochen nach der Geburt derart angeschwollen gewesen, dass er das kaum glauben konnte.

Sie waren fast genauso groß wie die von Renate Hader gewesen, und das wollte was heißen. Die Betriebsärztin hatte einen guten Monat vor Agnes einen Jungen entbunden und stillte immer noch, zumindest abends, wie er von ihren Besuchen bei Agnes wusste, bei denen er die Augen kaum von ihren prallen Brüsten abwenden konnte.

Die beiden Frauen hatten einander näher kennengelernt, weil Jola und der kleine Raik kürzlich zusammen in die Krippe gekommen waren. Renate war nun öfter zu Besuch, und es schien so, als hätte Agnes in ihr eine Freundin gewonnen.

Seine Frau kam zu ihm ins Wohnzimmer, setzte sich ihm gegenüber in einen Sessel. Franz mochte ihre elegante Haltung, ihr stets hochaufgerichteter Rücken war anbetungswürdig – und er war das Erste gewesen, was er von ihr gesehen hatte, vor zwei Jahren am Saalehochufer. Manchmal jedoch beschlich ihn die Ahnung, dass diese Haltung eine innerliche Versteifung nach außen trug. Eine Starre, die aus ihrer Kindheit rührte und auch verhinderte, dass seine Frau ihre Tochter beim Nähren an sich schmiegte.

Als Agnes ihm von den Umständen ihrer Geburt erzählt hatte, war Franz erschrocken. Ein älterer Kollege bei der Werkfeuerwehr hatte ihn über traumatische Folgen schwerer Verbrennungen unterrichtet, lebenslangen. Wenn man bedachte, dass Agnes' Mutter in der Nacht vor ihrer Niederkunft, in der sie selbst schwerste Brandverletzungen davongetragen hatte, ihre Eltern im Feuersturm verloren hatte, konnte man sich an drei Fingern abzählen, dass das nicht gutgegangen war. Und dass die kleine Agnes vielleicht so alleingelassen gewesen war, wie sie jetzt ihr eigenes Baby alleinließ. Emotional jedenfalls. Seine Frau sorgte ansonsten penibel für Jola. Konnten sich diese lebenslangen psychischen Verletzungen fortsetzen? Konnten sie weitergegeben werden an Kinder und Kindeskinder?

»Warum siehst du mich so komisch an?« Agnes klang irgendwie alarmiert.

»Wie sehe ich dich denn an?«, fragte Franz, aus seinen Gedanken auftauchend, zurück. Tatsächlich hatte er seine Frau angestarrt, ohne sie zu sehen.

»Böse«, sagte sie.

»Böse? Nein. Wieso?«, fragte Franz. Er war doch nicht böse.

»Das weiß ich nicht. Deshalb frage ich ja«, sagte Agnes in der ihr eigenen Gründlichkeit.

Er schüttelte den Kopf und sah auf Jola hinab, die den Sauger aus dem Mund hatte gleiten lassen, nach Franz' Nase griff und gluckste, als er die Flügel blähte und damit wackelte. »Setzt du dich zu mir?«, fragte er.

Agnes nahm neben ihm Platz. Er legte ihr Jola in die Arme, griff dann hinter ihrem Rücken um sie herum und schloss seine Arme um Frau und Kind.

Jola quengelte.

Agnes machte sich los. »Sie muss Bäuerchen machen«, sagte sie, stand auf und hängte sich Jola über die Schulter.

Also schnitt Franz wieder Grimassen, und Jola gluckste und hickste zugleich, was eine feuchte Angelegenheit wurde.

»Macht nichts. Wasche ich sowieso.« Agnes lächelte über die

Schulter hinweg, und er wischte mit einer Windel ihre dezent gemusterte Bluse halbwegs trocken.

»Also, warum hast du gerade so böse geguckt?«, wiederholte sie ihre Frage von eben.

»Hab ich nicht.« Dann rutschte ihm heraus: »Ich will mit dir schlafen.«

Sie beugte sich zu ihm und küsste ihn auf den Mund. »Und ich mit dir.«

Aber ihr Blick war dabei viel zu aufmerksam, und er merkte auf einmal, dass er gar nicht wusste, wie sehr sie ihn liebte. Er war tief verunsichert, spürte nach und bemerkte so etwas wie ein Abstoßungsfeld, das sie umgab. Ein Feld, wie wenn zwei gleich gepolte Magneten aneinandergehalten wurden. War das schon immer da gewesen? Ja, dachte er leicht verstört, ja.

Als sie dann miteinander schliefen, tauchten zum ersten Mal Renates Brüste vor seinen Augen auf und ihr runder Hintern, den man bestimmt herrlich packen konnte.

* * *

Berlin, Juni

Navid holte ein kleines Döschen mit bräunlichem Pulver aus seiner Jackentasche, öffnete es und hielt es Franz unter die Nase. »Riech mal.«

Franz schnüffelte. »Interessant.«

Navid zeigte auf die Fleischspieße mit Zucchinis. »Darf ich ein oder zwei davon damit würzen? Da sind Zimt, Kardamom, Kreuzkümmel und Pfeffer drin. Char heißt das in Afghanistan.«

»Zimt?«, fragte Franz. »Den machen wir an Milchreis.«

Navid sagte nichts.

»Mach mal zwei damit … ach was, alle. Sonst können wir ja gar nicht testen, wie es allgemein ankommt. Wir haben schließlich noch genug anderes«, sagte Franz.

»Gut.« Navid machte sich ans Würzen und hoffte, dass das nicht schiefging.

Mittendrin hielt er die Luft an, denn Franz langte mit bloßen Händen in die glühenden Kohlen. Blitzschnell warf er sie hoch, sodass sie gewendet landeten.

»Kohle ist ein schlechter Wärmeleiter, und die feine Ascheschicht isoliert«, erklärte er Navid den Trick. »Ehe ich mir die Hand verbrennen kann, ist schon alles passiert.«

»Du warst gern Feuerwehrmann, oder?«, fragte Navid.

»Ja, bis vorletztes Jahr. Bei der Freiwilligen hier in Zehlendorf.«

»Was macht eigentlich eine Werkfeuerwehr? Es hat doch nicht ständig gebrannt, oder?«, fragte Navid.

Franz lachte. »In Wolfen schon. Also quasi. Aber eigentlich sind die Leute von der Werkfeuerwehr dafür da, den Brandschutz sicherzustellen. Die meisten machen das neben einer anderen Tätigkeit im Werk. In der Chemie gibt es immer auch Leute, die hauptberuflich dabei sind, die wissen, was brennt, wenn irgendwo was passiert, und deshalb sofort sagen können, womit gelöscht werden muss und was nicht verwendet werden darf. Gib mir mal drei Nackensteaks. Und dann vier Würstchen. Die Spieße kommen dahin.« Franz zeigte auf den Brikettbereich, der fürs längere und nicht ganz so heiße Grillen vorgesehen war.

»Diese Bratwürstchen hier in Deutschland«, Navid kicherte unreif, »die sehen schon ein bisschen verboten aus, oder?«

Franz legte sie dicht zusammen auf den Grill und öffnete den Mund, als wollte er etwas sagen, schloss ihn dann aber wieder und schwieg.

Merkwürdig, dachte Navid. Franz war doch sonst eher von der deftigen Sorte. Aber egal. In diesem Augenblick kam Toni und übernahm die zweite Knechtschaft. Navid machte sich auf ins Haus, um nach Milla zu sehen. An der Terrassentür warf er einen Blick zurück und sah, wie Toni das Grillgut mit Bier bespritzte, während Franz tatenlos mit hängenden Armen danebenstand und in die Ferne schaute.

* * *

Wolfen, 1979

Franz warf einen begehrlichen Blick auf Renates Dekolleté. Dass sie ihn bemerkte, sah er an der aufsteigenden Röte, die es prompt überzog. Heiß und prickelnd. Ein Anblick, der dem vor einer halben Stunde täuschend ähnelte, als ihre Haut vor Zorn auf ihren Matthias geglüht hatte. Die beiden hatten vor dem Reinhoff'schen Gartentor gestritten und Franz nicht bemerkt, der die Grillkohle aus der Garage holen wollte.

»Lass uns nicht so lange bleiben«, hatte Matthias gesagt, was Franz dazu bewog zu lauschen. Er fühlte sich in seiner Grillmeisterehre gekränkt. Aber der Grund lag nicht bei Agnes oder ihm, wie er gleich darauf erfuhr, als Matthias weiterredete. »Raik ist schon drei, es wird wirklich Zeit für ein Geschwisterkind«, drängte er und zog seine Frau an sich.

Aber Renate hatte sich frei gemacht. »Ich will nicht noch ein Kind. Erst mal jedenfalls nicht. Ich will mein Leben genießen, will im Rilagebirge wandern. Oder in der Hohen Tatra. Oder wenigstens mal wieder mit der Schwalbe in den Sommer fahren, eine Tour mit dem Moped haben wir seit Raiks Geburt nicht mehr gemacht. Er allein ist meinen Eltern schon fast zu anstrengend. Zwei Kinder würden sie niemals hüten, wenn wir wegfahren wollen.«

»Wir können doch auch mit Kindern Urlaub machen. Auf dem Betriebszeltplatz auf Usedom. Da ist das Meer ganz flach, und Raik kann nach Herzenslust buddeln.«

»Ich will aber nicht im Sand hocken, das kann ich auch zu Hause. Ich will in den Tag hineinleben. Ohne Kind, das spätestens um halb sieben morgens wach wird. Ausgeschlafen Morgensex haben.« Renate war laut geworden.

»Morgensex«, hatte Matthias gesagt, als sei das etwas Unanständiges. Woraufhin Renate vom Dekolleté her die Röte ins Gesicht gestiegen war, genau wie jetzt, da sie vor seinem Grill stand, Franz' Blick auffing, hielt und den Kopf schräglegte.

»Lass die Steaks nicht anbrennen«, sagte sie.

»Ich lasse nichts anbrennen. Nie«, murmelte Franz und wendete die Steaks.

Renate wickelte sich eine blonde Locke um den Finger und sah zu Matthias hinüber, aber der hatte Raik auf einem Knie und Jola auf dem anderen und schaute mit den beiden in ein Bilderbuch.

Beinahe hätte Franz aufgelacht. Matthias war geradezu verboten arglos. Aber eigentlich mochte Franz das beharrliche Gemüt des Anlagentechnikers, es korrespondierte mit seinem eigenen Vertrauen in die Welt.

Agnes war gerade im Haus und holte ihren bewährten Kartoffelsalat, wie Franz mit einem prüfenden Rundblick feststellte. Gut so, denn seine Frau hatte einen Verstand, der scharf und eisig war wie die Kanten eines Schuhabdrucks im verharschten Schnee. Sie würde alles mitbekommen, wenn sie im Garten wäre.

Franz blickte erneut auf Renates Dekolleté. Auf diesen himmlischen, vollen Busen.

Die Nachbarin sah ihm in die Augen, und ihre Lippen kräuselten sich trotzig. Genau das hatte sich Franz erhofft. Renate hatte Temperament. Sie ließ ihn gucken, weil sie wusste, dass Agnes es nicht sehen konnte, Matthias aber sehr wohl. Und auf den hatte sie schließlich einen Rochus. Tja, wenn zwei sich streiten, freut sich der Dritte, dachte Franz.

Doch dann kam Agnes mit dem Kartoffelsalat, einem Brötchenbeutel und Besteck aus dem Haus, und Renate ging ihr entgegen, um ihr etwas abzunehmen.

Franz wendete die Würstchen. Er wäre nie auf die Idee gekommen, nicht bei seiner eleganten Frau zu bleiben, er betete sie an, und tief im Herzen wusste er, dass er genau deshalb der Richtige für sie war. Agnes brauchte einen Mann, der sie auf Händen trug. Manchmal hatte Franz das Gefühl, dass Agnes nur mit dem Kopf lieben konnte, nicht mit dem Körper, so steif, wie sie innerlich war. Beim Sex war sie biegsam und geschickt, doch es war eine intelligente Geschicklichkeit, keine emotionale, das hatte Franz bald gemerkt. Es dauerte, bis er es schaffte, dass sie sich ihrer Körperlichkeit hingab, und seit nach Jolas Geburt ihre Apfelbrüste an Form eingebüßt hatten, war es noch mühsamer, wenngleich nach wie vor lohnend. Wirklich erotisch war es nur, fand Franz, wenn beide sich fallenließen.

Trotzdem, er wollte einfach einmal richtig zupacken, und das traute er sich bei Agnes nicht so recht. Renate war eine zum Anpacken, das sah ein Blinder mit Krückstock. Und auch wenn Franz viel kleiner als Matthias war, Hände zum Anpacken hatte er.

Eine Affäre. Nur eine Affäre. Genau das brauchte er. Und Renate?

Die hatte Agnes inzwischen den Beutel mit den Brötchen abgenommen und kam damit zum Grill. Vor Franz' Augen schnitt sie eines auf, klappte es auseinander, wobei sie ihm einen tiefen Blick schenkte, und sagte: »Ich hab Hunger. Ich will das längste.«

Franz legte ihr das längste Würstchen in das Brötchen und antwortete leise: »Lang und dick.«

Woraufhin Renate das Würstchen hingebungsvoll mit Senf beschmierte, ein Ende in den Mund nahm und – mit dem Rücken zum Gartentisch, wo Matthias mit den Kindern saß und Agnes den Kartoffelsalat nachmischte – obszön daran saugte. So heiß, wie das Würstchen war, musste sie sich die Lippen dabei verbrennen, aber sie ließ es sich nicht anmerken.

Franz schaute zu und lächelte.

* * *

Berlin, Juni

Navid fand seine Liebste in der Küche, wo sie mit Jola plauderte und Paprika für einen gemischten Salat schnitt.

»Wie war das eigentlich, als du klein warst?«, fragte Navid Jola. »Da haben deine Eltern auch schon oft gegrillt, oder?«

»Ständig. Ich hab immer Jägerschnitzel gekriegt, mit Brötchen. Ich glaube, wir haben mehr Fotos von Grillabenden als von Weihnachtsfesten.«

»Wo denn?«, fragte Navid. »Auch in den Fotoalben, die da im Wohnzimmer stehen?«

»Bestimmt«, sagte Jola, ohne aufzusehen.

»Ich guck mal.« Navid küsste Milla, ging ins Wohnzimmer und zog das kunstlederne Album heraus, das er vom letzten Mal schon kannte.

»Was ist ein Jägerschnitzel?«, hörte er Milla in der Küche fragen.

»In der DDR war das eine daumendicke Jagdwurstscheibe, die von beiden Seiten gebraten wurde, eigentlich mit Panade, aber ich mochte es ohne lieber. Hat Oma oft gemacht, wenn sie spät von der Arbeit aus Halle kam. Ging schnell«, antwortete Jola und goss die Sauce über den Salat.

»Und warum hab ich das nie gekriegt?«, fragte Milla.

»Weil die Jagdwurst in Wolfen irgendwie anders geschmeckt hat als die im Westen, weil es nicht sonderlich gesund ist und weil Hähnchenbrust fast genauso schnell geht.«

Wenig später gesellten sich alle drei auf der Terrasse zu Agnes und Dirk. Milla mit Baguette, Jola mit dem gemischten Salat und Navid mit dem Fotoalbum.

»Erste Runde ist fertig«, rief Franz vom Grill und schickte Toni mit einer Fleischplatte zum Tisch. Agnes, Jola und Toni rissen sich um Navids Fleischspieße, sodass Dirk, Milla und Franz in Steaks und Bratwurst schwelgen konnten. Navid selbst aß von allem.

Später, als Franz hinter seinem Grill hervorgekommen war und alle zusammen satt in der Runde saßen, zog Navid das kunstlederne Fotoalbum zu sich heran. Agnes reichte ihm eine saubere Serviette, und er wischte sich noch einmal ordentlich die fettigen Finger ab, ehe er es aufschlug.

»Hier«, sagte Jola, die neben ihm saß, und zeigte auf ein Gartenfoto, in das eine Rauchwolke hineinwehte, offensichtlich von einem Grill. Darauf war sie selbst zu sehen, neben einer Frau mit wilden blonden Locken, die, wie Navid bemerkte, seiner Milla zum Verwechseln ähnlichsah. Sie schien genauso drall zu sein, nur kleiner. Er hatte sie schon auf einem anderen Grillfoto gesehen, mit Millas Großvater. Die Frau und die vielleicht elfjährige Jola beugten sich über eine Zeitschrift.

»Renate hatte immer die *Sibylle*, das war die tollste Modezeitung in der DDR«, sagte Jola und zeigte darauf. »Die Klamotten sahen alle aus wie aus dem Westen, und sie hatte auch einen Kulturteil, sogar mit Gedichten. Man kriegte sie nicht so leicht, aber Renate konnte sich als Ärztin immer eine zurücklegen lassen. Mutti hatte die *Pramo*.«

»Weil da Schnitte drin waren«, warf Agnes trocken ein. »Ich hab uns fast alles selbst genäht. In Halle gab es einen guten Stoffladen, wenn es auch sonst nichts gab.«

»Zeig mal«, sagte Franz.

Navid drehte das Fotoalbum zu Franz, der ihm gegenübersaß.

Der schaute das Foto an und versank in dessen Anblick. »Ja, die hübsche Renate, das war eine Rakete«, murmelte er.

Agnes zog ihm das Album weg und schlug eine andere Seite auf. »Hier, guck mal, Navid, das war die Mannschaft von Millas Opa.«

Navid sah auf dem Foto Klapptische, auf denen sich dicht an dicht Bierflaschen reihten und um die herum auf bunt zusammengewürfelten Stühlen an die zwanzig Männer in khakifarbener Arbeitskluft saßen, Franz stand daneben an einem Grill, der vor Fleisch geradezu überquoll. Im Hintergrund waren vor einer rotbraunen Backsteinwand zwei aufgerollte Feuerwehrschläuche zu sehen.

»Sieht nach Betriebsfest aus«, sagte Navid nachdenklich. Er musste die Ähnlichkeit Millas mit der Frau auf dem anderen Foto, dieser Renate, erst einmal verdauen. Sah das denn keiner außer ihm?

Er wollte Milla das Foto zeigen, aber Agnes behielt das Album fest in der Hand und präsentierte verschiedene Fotos aus Franz' Zeit bei der Werkfeuerwehr. Sie erzählte von seinen Heldentaten, von den ständigen Havarien, und Jola sprang mit ihrem chemischen Wissen auf. Toni und Dirk hingen an den Lippen der Wolfener, denn was sich vor ihnen entfaltete, stand Dantes Inferno in nichts nach. Offenbar waren ständig Rohre geplatzt, Kessel mit hochexplosiven Flüssigkeiten leckgerostet oder geborsten, und giftige Dämpfe hatten für die Evakuierung ganzer Werkhallen gesorgt.

»Wir waren wie eine Familie«, sagte Franz und blätterte zu einem Foto, auf dem einige seiner Kollegen in seinem Wolfener Garten saßen. Es musste Spätherbst gewesen sein, denn alle waren in dicke Wattejacken gemummelt, gelblicher Dunst stand über dem Rasen, aber gegrillt wurde trotzdem, und natürlich hatte das wie immer Franz übernommen. »Die Brigaden und Kollektive haben zusammengehalten, und wir haben oft gemeinsam gefeiert, stimmt's, Agnes?«

Seine Frau nickte lächelnd.

Auf dem Foto entdeckte Navid auch wieder diese Renate, deren blonde Locken unter einer dicken Strickmütze hervorlugten.

Aber ehe er Milla darauf aufmerksam machen konnte, blätterte Agnes schon weiter. Kurz darauf klappte sie das Fotoalbum zu und stand auf. »Ich hole die süßen Sachen.«

»Ich helfe dir«, sagte Toni. »Ich mache Espresso.«

»Bringt den Klaren mit«, erinnerte Franz, und dann nickte er in den hinteren Gartenteil, wo er die Tischtennisplatte aufgebaut hatte. »Chinesisch? Bis die Espresso gemacht haben, habe ich euch dreimal besiegt.«

»Ha!«, sagte Milla und erhob sich. »Aufschneider.«

»Falls das psychologische Kriegsführung sein soll, Vati, war das schwach«, sagte Jola und stand ebenfalls auf.

Auch Navid und Dirk machten mit. Navid sorgte dafür, dass er vor Milla lief, und schanzte ihr leichte Bälle zu. Trotzdem kam Jola in beide Endmatches mit dem für sein Alter unglaublich präzise spielenden Franz. Was er an Geschwindigkeit eingebüßt hatte, machte er mit Zielsicherheit wieder wett. Es endete eins zu eins, und Franz sagte stolz: »Du bist eben meine Tochter. Gelernt ist gelernt.«

Jola grinste, gab ihm einen Kuss, und dann knufften sie sich ein bisschen, wobei Navid feststellte, dass Vater und Tochter eine sehr zärtliche Beziehung zueinander hatten. Das nahm er sich für sein Kind auch vor.

Franz ließ sich auf seinen Platz fallen und tat sich umgehend eine große Portion Johannisbeercreme auf, die er mit zwei von Navids Elefantenohren krönte. Dann schenkte er allen Klaren ein, gab einen Toast auf das Verlobungspaar aus und nahm den ersten Löffel von der Creme.

»Hmmm«, machte er. »Schwarze Johannisbeere.« Er schloss die Augen, und Navid stellte erstaunt fest, wie sich auf seinem Gesicht höchster Genuss und tiefster Schmerz zugleich abzeichneten.

* * *

Wolfen, 1979

Renate zog Franz mit sich. »Wir bringen noch Johannisbeercreme mit!«, rief sie über die Schulter zu Matthias. »Eine Patientin hat mir heute eine ganze Schüssel frischer Beeren mitgebracht.«

Franz war ganz benommen, als er an diesem Grillabend Anfang Juni durch seinen Garten stolperte. Seine Benommenheit hatte zwei Gründe. Erstens hatte Renate ihn wirklich gucken lassen. Und nicht nur das. Wie sie ihr Würstchen gelutscht hatte, war dermaßen aufreizend gewesen, dass Franz sie am liebsten gleich in die Büsche gezogen hätte.

Er hatte krampfhaft überlegt, wie er an Renate herankommen konnte, und als es fast zu spät war, war es ihm eingefallen. Er schnitt sich so kräftig in den Daumen, als wolle er eine Scheibe Wurst absäbeln.

Nach seinem Aufschrei griff Renate nach seiner Hand. »Du Blödmann«, sagte sie und presste eine Serviette darauf, die sofort durchweichte – der zweite Grund für Franz' Benommenheit. »Komm, das näh ich schnell zu Hause. Wenn du da mit einem Pflaster rumdokterst, wird das nie wieder ordentlich.«

Ehe Agnes und Matthias reagieren konnten, waren sie schon halb durch den Garten. Auf dem kurzen Weg zum Hader'schen Haus sagte er zu ihr: »Das muss belohnt werden.«

»Ja«, sagte sie. »Aber zuerst verarztet. Und da wird stillgehalten.«

Doch nachdem sich die Haustür hinter ihnen geschlossen hatte, hielt Franz keineswegs still. Er nutzte aus, dass sie beim Nähen des tiefen Schnittes mit beiden Händen beschäftigt war, er jedoch eine frei hatte. Und damit griff er ihr umstandslos zwischen die Beine. Sobald die Hand verbunden war, umfasste er ihren Hintern mit beiden und tauchte mit dem Kopf zwischen ihre himmlischen Brüste. Auch sie hatte wieder beide Hände frei, und obwohl sie nicht so geschickt war wie Agnes, waren ihre Berührungen warm und weich, und das genoss er.

Sie machten schnell, und Franz sah, wie bei seiner Frau, zu, dass Renate zuerst auf ihre Kosten kam, ehe er sie nahm. In diesem Fall von hinten, sodass er dabei ihre Brüste packen konnte.

Drei Minuten später waren sie mit der Johannisbeercreme, die

Renate schon für den nächsten Tag zubereitet gehabt hatte, auf dem Rückweg.

»Matthias weiß nicht, dass die Creme schon fertig war. Wir sagen, dass du mir geholfen hast«, sagte Renate.

»Prima. Du denkst an alles.«

Kurz darauf aßen sie zu viert Johannisbeercreme, und für Franz war der leicht bittere, unglaublich aromatische Geschmack der schwarzen Johannisbeere fortan der Inbegriff der süßen Sünde.

* * *

Berlin, Juni

Während die anderen sich an Johannisbeercreme und Elefantenohren träge aßen, verschwand Navid im Haus. Eilends lief er ins Wohnzimmer, zog das Album noch einmal heraus und fotografierte das Foto von Renate ab, auf dem sie Milla am ähnlichsten sah. Dann schob er das Album zurück, suchte kurz die Toilette auf und ging wieder in den Garten. Agnes trat gerade zu den üppig blühenden Rosen, und Navid sah, wie sich ihr Brustkorb kräftig hob und senkte. Ihre Schale Johannisbeercreme stand unberührt auf dem Tisch.

Millas Großmutter ließ die Rosenblätter und Knospen durch ihre schlanken, knochigen Finger gleiten, als suche sie nach Blattläusen, aber dafür war es inzwischen definitiv zu dämmrig. Offenbar wollte sie irgendwie unauffällig allein mit ihren Gedanken sein.

* * *

Wolfen, 1988

»Weißt du noch, damals, der kleine weißblonde Thomas? Der aus der Krippe?« Renate rückte den Riemen ihrer großen Ledertasche zurecht, die sie aus der Tschechoslowakei hatte.

Sie hatte Agnes sprechen wollen, in einer »wichtigen Angelegenheit«, und Agnes hatte sich vorsichtshalber mit ihr zu einem Spaziergang am Gondelteich in der Fuhneaue verabredet. Sie wollte nicht in Renates Raum im Ambulatorium abgehört werden, und Renate hatte sie nicht zu sich nach Hause eingeladen. Vermutlich dachte sie, sie würde dort abgehört, wurde sie aber nicht, das hatte Agnes verhindert. Sie könnte in ihrer Dienststelle einpacken, wenn herauskäme, dass ihr Mann ein Verhältnis mit Renate hatte. Und das würde es, denn Franz war ein Brunftgeschrei-Typ. Agnes wusste schon lange von der Affäre, spätestens seit sie bei einem Grillabend vor neun Jahren festgestellt hatte, dass die Johannisbeercreme, die die beiden angeblich bei einem Abstecher zu Renate angerührt hatten, keineswegs frisch zubereitet war, dazu war sie viel zu gut durchgezogen gewesen.

Jetzt war Februar. Gelblich grauer Schneematsch lag auf den Rasenflächen, die kohlegeschwängerte Luft stand zum Schneiden dick zwischen den kahlen Bäumen.

»Der Junge, der 1978 gestorben ist«, sagte Agnes, die nie etwas vergaß, was bedrohlich werden könnte. Zwei Jahre erst jung, erstickt, Pseudokrupp, und Renate war sehr aufgebracht gewesen, weil sie Thomas' Tod mit der schlechten Luft und kontaminiertem Buddelkastensand und was auch immer die Chemie in die Umwelt absonderte in Verbindung gebracht hatte. Nicht zu Unrecht, wie Agnes vermutete. Aber zu beweisen war das natürlich nie.

»Ich habe gesammelt«, sagte Renate und wies auf ihre offensichtlich schwere Tasche. »Von 1978 bis '87 einschließlich, genau zehn Jahre. Für dich.«

Sie klang stolz und warf einen Seitenblick auf Agnes. »Das weißt du, nicht wahr?«

»Ich habe es vermutet«, sagte Agnes. »Du hast es ja damals angekündigt.« Sie hatte Renate nach deren ersten Recherchen berichtet, dass die Krankheitsfälle den Zuständigen in ihrer Dienststelle nicht neu gewesen seien und als Handlungsgrundlage nicht ausreichten. Es gebe schließlich eine arbeitsmedizinische Begleitung samt Schutzmaßnahmen, die ihresgleichen suchte. Sie hatte gehofft, dass Renate nicht weitermachen würde. Aber das hatte sie. Renate hatte irgendwann bei einem Kaffeetrinken mit ihr und Matthias in ihrem Garten verkündet, dass sie Untersuchungen über Umweltgifte in Blut und Urin anstellte, die nachweislich ursächlich für bestimmte Krankheiten waren.

»Ich wollte dich da nicht reinziehen«, sagte die Freundin jetzt. »Aber nun ist es Zeit.« Sie machte einen Bogen um eine Schneematschpfütze.

Agnes stockte der Atem. Was sollte das? Sie betrachtete Renate immer noch als ihre Freundin, trotz der Affäre mit Franz. Sie wusste, dass es der Sex war, Renates üppige Rundungen. Vielleicht zusätzlich ihre Frische und Lebenslust. Letztere schätzte auch sie an Renate. Agnes spürte jedoch, dass Franz sie selbst in tiefer Ernsthaftigkeit in seinem Herzen hatte, während Renate ein Spiel war. Sie hatte die ganze Zeit angenommen, bei Renate sei es dasselbe, sie wisse, was sie an der schlichten und steten Liebe ihres Mannes hatte, der immer zur Stelle war, wenn sie ihn brauchte. Der naive Matthias ahnte vermutlich nicht mal was von der Affäre seiner Frau.

Aber nun das. *Ich wollte dich da nicht reinziehen* – was war das für ein beschissener Satz! Als sei sie ein kleines Dummchen, das sich betrügen ließ und bei den Umweltschäden wegguckte. Doch Agnes wäre nicht Agnes gewesen, wenn sie sich nicht zu beherrschen gewusst hätte. Unterschätzt zu werden war strategisch immer eine gute Position.

»Häufung von Lungenerkrankungen, besonders bei Löserbedienern, Spinnern, Arbeitern an den Rastentraufen und Schneiden, Herz-Kreislauf, Gemüt, und ständig werden die Ausnahmeregelungen verlängert«, betete Renate herunter.

»Du weißt aber schon, dass deine Sammelei seit dem Ministerratsbeschluss zur Geheimhaltung von Umweltdaten heikel ist«, warf Agnes ein.

Diese Verordnung hatte sie desillusioniert, aber nicht erschreckt. Es hatte so kommen müssen. Die Umweltbewegung aus dem Westen war in die DDR übergeschwappt, und das Waldsterben im Erzgebirge, die katastrophalen Zustände in der Oberlausitz und im Raum Bitterfeld-Wolfen waren für jeden unübersehoder -riechbar. Der Staat, eingeklemmt zwischen wirtschaftlichen Erfordernissen und verkrusteten Strukturen, die ihre Geschichte in den schlechten Startbedingungen der DDR im Verhältnis zur BRD hatten, stand mit dem Rücken an der Wand. Das begriffen Menschen wie Renate nicht. Solche, die Ehen brachen, aber auf die Umweltverschmutzung, die den Staat vor dem Bankrott und damit auch sie selbst finanziell rettete, mit dem Finger zeigten.

»Du meinst diesen Ministerratsbeschluss von Ende '82, oder?«

Agnes nickte.

Renate winkte ab. »Problematisch war das Sammeln doch vorher schon. Mir ist bis heute nicht gesagt worden, was genau in dem Beschluss drinsteht, so geheim ist der. Vermutlich ist das Kalkül, damit keiner sich traut. Kranke zu untersuchen ist aber nach wie vor nicht verboten, und ich will ja mit den Daten gar nicht an die Öffentlichkeit, jedenfalls nicht, wenn sie dort etwas bewirken, wo sie hingehören – im Ministerrat.«

»Im Ministerrat«, wiederholte Agnes und wartete ab.

»Ja«, sagte Renate. »Ich habe alle Daten beisammen. Ich brauche vielleicht noch bis zum Sommer, um alles auszuwerten und einen Bericht zu verfassen. Kannst du den dann nicht als Recherche deiner IMs ausgeben? Sie könnten ja meine Einzelerhebungen ausspioniert haben, und dann haben sie das zusammengetragen und ausgewertet, das muss ja nicht ich gewesen sein.«

»Nein, das kann ich nicht«, sagte Agnes und machte nun ihrerseits einen Bogen um eine graue Matschpfütze. »Dazu warst du nicht verschwiegen genug.«

»Wie …« Renate blieb stehen. Mitten in einer Pfütze. »Hast du mich verraten?«

»Nein, natürlich nicht«, sagte Agnes ruhig und in einem Ton, als bemerke sie die Anschuldigung gar nicht. Die beste Strategie, wirklich unschuldig zu wirken. »Deine Stiefel weichen durch«, fügte sie mit Blick auf die Pfütze hinzu.

Renate rückte erneut den Henkel ihrer Tasche zurecht und stapfte aus der Pfütze.

»Du hast einfach zu viel gemeckert. Und Eingaben geschrieben. Jeder wird wissen, von wem die Daten kommen. Und dann hast du ein Problem. Das möchte ich nicht. Tu mir das nicht an«, sagte Agnes. Zack, der Spieß war umgedreht. Renate war engagiert, aber schlau war sie nicht.

»Musst du dann gegen mich vorgehen?«

»Kann sein«, sagte Agnes. »In meinem Beruf darf ich keine Freunde haben. Mir hat der Mantel wichtiger zu sein als das Hemd. Und das ist er mir auch. Ich bin dem Staat verantwortlich, an erster Stelle. Erst dann einer Freundin.«

Renate verstellte ihr den Weg, schüttelte eindringlich den Kopf und griff nach Agnes' Oberarmen. »Agnes, du bist verrückt! Hier stehen wir beide. Wir beide wissen, was los ist. Wir wissen, wie schlimm das ist. Du fährst jeden Tag mit dem Zug nach Halle und kannst auf der Strecke durchs Chemiekombinat nicht die Fenster öffnen, so viel Dreck und Gestank würde hereinwehen. Wir haben eine moralische Pflicht, etwas zu machen.«

Moralische Pflicht. Jetzt hatte Agnes wirklich Mühe, nicht die Beherrschung zu verlieren. Wie bigott Renate doch war! Andererseits, zum Betrug gehörten immer drei, neben Franz und Renate auch sie selbst. Dass sich die beiden miteinander vergnügten, war praktisch. Renate war das Instrument, das Franz bei ihr hielt. Denn sie wollte nicht mehr als seine Geliebte sein, und Agnes machte sich nichts vor: Einen Mann wie Franz, einen Mann, wie sie ihn brauchte, wirklich allein zu halten, hätte sie nie gekonnt.

Dazu fror sie im Herzen zu sehr. Franz wärmte es, nach wie vor. Renate wiederum war der Ofen, der ihn warm hielt.

Nur – das wusste Renate nicht, das konnte sie nicht wissen, oder?

»Moralische Pflicht, schön und gut. Aber so eine Sache muss Erfolgsaussichten haben, und die sehe ich nicht«, sagte Agnes trocken, machte sich los und ging weiter.

Renate blieb stehen. »Agnes!«, rief sie.

Agnes drehte sich um. »Denk an euren Bericht von vor zwei Jahren zu den arbeitshygienischen Bedingungen in der Faser. Der war sehr allgemein. Trotzdem ist die Schwefelkohlenstoffkartei prompt unter Verschluss genommen worden.« Sie winkte ab. »Du stehst schon wieder in einer Matschpfütze.«

»Der Matsch ist mir egal!«, rief Renate. »Meine Füße sind sowieso schon nass.« Dann beugte sie sich hinunter, formte einen feuchten Schneeball und warf ihn nach Agnes. »Wach auf!«

Agnes wich zur Seite aus, und der Schneeball flog an ihr vorbei. Mit einem schmatzenden Geräusch fiel er hinter ihr auf den Weg.

»Ey!« Aber da kam schon der nächste, und Agnes musste sich ducken. Na gut, dachte sie, denn sie wusste aus der Erfahrung mit Franz, dass Spielereien nützlich waren, sie entspannten die Lage und dienten der Verbrüderung. Jedenfalls anderen. Bei ihr funktionierte das nicht, aber darauf kam es nicht an. Also griff sie ebenfalls in den dreckigen Schnee und lieferte sich mit Renate eine kleine Schlacht.

Am Ende war Renate außer Atem, sie nicht. Dazu war sie zu drahtig, außerdem trug sie keine schwere Tasche mit wer weiß was für Dokumenten und Akten mit sich herum.

»Frieden«, japste Renate.

»Gut«, sagte Agnes und ließ ihren letzten Schneeball fallen.

»Und was machen wir jetzt?«, fragte Renate und trat auf sie zu.

»Weiß ich nicht. Ich muss nachdenken.«

»Mensch, wir machen tausend Reihenuntersuchungen und immer noch eine und noch eine. Wir entfernen immer mehr Leute aus der Produktion, die länger dort gearbeitet haben, wo die Schadstoffbelastung am höchsten ist. Im Chemiekombinat drüben in Bitterfeld und bei uns in der Faser. Wir setzen dafür Soldaten ein, weil wir keine Leute mehr für so was haben. Aber es wird nichts geändert!« Renate musste durchatmen. »Ich lass dir den Durchschlag der Einzelerhebungen da. Ich muss die Untersuchung noch zusammenschreiben, aber –«

»Nein«, sagte Agnes. »Ich will das nicht sehen und schon gar nicht haben, ehe ich nachgedacht habe. Zu unserem Schutz. Ich will nichts davon wissen.« Sie lächelte Renate an. »Ich bin nicht blöd, ich kann mir ausrechnen, was drinsteht. Und ich nehme an, es ist eher schlimmer, als ich denke.«

Renate hob kurz die Schultern und ließ sie wieder sinken.

»Ich wüsste einen Weg«, sagte Agnes.

»Und welchen?« Renate strich sich die schneenassen Locken aus dem Gesicht.

»Du lässt dich von mir anwerben.«

»Agnes, ich bin Ärztin. Ich bin meinen Patienten verpflichtet. Da komme ich mit meiner Verschwiegenheitspflicht in Konflikt. Das habe ich dir vor zehn Jahren schon gesagt.«

»Sehr diplomatisch, aber ehrlich gesagt weniger fein, als es klingt«, sagte Agnes trocken. Das Wort »verlogen« traf es besser, aber das auszusprechen wäre kontraproduktiv gewesen.

»Nimm es mir nicht übel, ich glaube, du weißt, dass ich manches anders sehe als du.«

Ja, das wusste Agnes. Renate war einer von den Gutmenschen, die es mehr und mehr im Land gab. Leute wie sie wollten einfach nicht wahrhaben, dass man Feinde auch nach innen bekämpfen musste.

»Ich melde mich bei dir, falls mir was anderes einfällt«, sagte Agnes. Dann wies sie auf den Weg zur Straße, wo Renates Trabant parkte. »Und jetzt wollen wir mal sehen, dass wir deine Füße ins Trockene kriegen.«

»Ist das eigentlich alles, was du dazu sagst, dass ich zehn Jahre lang fast jeden Abend nach dem Dienst Auswertungen gemacht habe? Dass ich akribisch Laborwerte gesammelt und in Verbindung mit Schadstoffmessungen gebracht habe, im Werk und außerhalb? Ich hab das ja nicht nur im stillen Kämmerlein gemacht.«

Agnes wurde hellhörig, sie erinnerte sich an die Reihenuntersuchungen, über die Renate mit Matthias und ihr einmal im Garten geredet hatte, ganz am Anfang. Deren Ergebnisse hatte sie für ihre Langzeitstudie sammeln wollen. Agnes hatte damals versucht, sie zu bremsen, wie immer. Sie ließ sich aber nichts anmerken und stieg auf der Beifahrerseite ein. »Du bist hoffentlich die Einzige, die weiß, wozu die Werte und Messungen erhoben worden sind.«

Renate ließ den Motor an. »Die Laborwerte erhebe ich ja sowieso im Rahmen der Reihenuntersuchungen. Aber bei den älteren Faserleuten sieht es über zehn Jahre hinweg nicht gut aus, das kann ich dir sagen. Wenn das anerkannt würde, könnte man denen eine Seite in den Ausweis für Arbeit und Sozialversicherung kleben, auf der Belastungen und Gesundheitszustand vermerkt werden. Damit könnten dann auch Ärzte beim Arbeitsplatzwechsel oder wenn sie Rentner sind was anfangen.«

»Was macht eigentlich Raik?«, wechselte Agnes das Thema.

»Ist noch recht brav«, sagte Renate und lächelte. »Eure Jola ist schon ein bisschen weiter, oder? Sehe ich das richtig, kriegt die Busen?«

»Kriegt sie«, sagte Agnes. »Und Pickel auch. Gut, dass ich immer schon so früh nach Halle fahre. Franz sagt, er kommt morgens gar nicht mehr ins Bad, so lange doktert sie da rum.«

»Ich kann ihr ein Rezept zum Anmischen geben. Ammoniumbituminosulfonat hilft gut. Riecht eklig, aber abends –«

»Was auch immer das ist«, sagte Agnes. »Nehmen wir.«

»Ist so was Ähnliches wie Teer, aber es ist vor allem Schwefel enthalten. Bei dem Schwefel hier in der Luft sollte man meinen, Pickel kämen bei uns nicht vor. Aber irgendwie muss es doch eine Salbe sein.«

»Danke«, sagte Agnes und hütete sich, auf den Schwefel in der Luft einzugehen.

Also schwiegen sie noch ein bisschen, bis Renate Agnes vor ihrem Haus absetzte.

An diesem Abend hatte Agnes keine Zeit mehr nachzudenken, sie musste Jola bei Mathe helfen, dann Abendbrot machen, und danach saß sie mit Franz zusammen.

Am nächsten Morgen aber setzte sie sich in ihrer Hallenser Dienststelle an ihren Schreibtisch und starrte aus dem Fenster auf die elegant gefalteten Spannbetondächer der niedrigen Funktionsbauten des Geländes.

Was geschah, wenn sie Renate ans Messer lieferte? Was passierte, wenn sie nichts unternahm? Würde Renate dann andere Wege suchen? Vermutlich. Woraufhin sie gefragt werden würde, warum sie von alldem nichts mitgekriegt hatte. Und natürlich käme heraus, dass Renate und sie befreundet waren und vermutlich auch die Affäre – nicht auszudenken!

Agnes griff in ihre unterste Schreibtischschublade und förderte ein Fläschchen Möbelpolitur zutage. Sie pflegte den alten Holzschreibtisch akribisch, und er hatte seine einfache Schönheit in all den Jahren bewahrt, die sie an ihm schon arbeitete. Sie tränkte das beiliegende Läppchen und machte sich ans Werk. Als sie fertig war, hatte sie zwar nicht die Lösung gefunden, aber eine Idee. Sie griff nach dem Telefon und wählte eine Nummer in Dresden.

»Erler«, meldete sich am anderen Ende ein Mann mit einer tiefen weichen Stimme.

»Hallo, Horst, hier ist Agnes. Ich lade dich zu einem Spaziergang ein. Saale oder Elbe?«

»Saale. Bin übermorgen in Leipzig, da mache ich einen Abstecher.«

So knapp wie vertraut und ohne weiteres Nachfragen Horst Erlers machten sie Treffpunkt und Uhrzeit aus, und dann legte Agnes auf.

* * *

Berlin, Juni

Agnes stand am Rosenbeet und sah fahl im Gesicht aus. Milla trat zu ihr. »Oma, du hast gar nichts von meiner Johannisbeercreme und Navids Elefantenohren gegessen.«

»Mir ist ein bisschen schlecht«, sagte Agnes.

»Willst du dich hinlegen?« Milla nahm die Hand ihrer Oma. Sie war ganz kalt.

»Ich glaube, ja«, sagte Agnes, und Milla geleitete sie ins Haus. Sie rechnete kurz nach. Siebenundsiebzig war ihre Oma im Winter geworden. Sie hatte sich gut gehalten, aber auf einmal wirkte sie wie zehn Jahre älter.

Milla wurde in diesem Augenblick bewusst, dass sie gerade im Begriff stand, eine Generation weiterzurutschen, schwanger, wie sie war. Sie würde bald nicht mehr zur jüngsten Generation gehören, der alles offenstand, deren Leben frei war und unendlich schien. Sie würde zur mittleren zählen, zur ernsthaften, zur wirtschaftlich verantwortlichen. Sie war froh, Navid bei sich zu haben und sich alldem, was damit verbunden war, nicht allein stellen zu müssen.

Als sie aufsah, kam er ihnen aus dem Haus entgegen und steckte sein Handy weg.

Merkwürdig, dachte Milla. Navid war eigentlich nicht der Typ, der auf einer Feier mit anderen chattete oder Anrufe entgegennahm. »Ich bin da, wo ich bin«, hatte er mal gesagt, nachdem sie sich mit einem Bekannten getroffen hatten, der ständig an seinem Handy war. »Das ist eine Unsitte. Wie sollen sich denn die Leute fühlen, wenn ich ihnen gegenübersitze und in Gedanken bei irgendwelchen anderen bin.«

Ja, Navid war ganz da, wo er sich entschlossen hatte zu sein, und das war in diesem Augenblick, in dem Milla sich verloren fühlte und verzagt, ein überwältigender Trost.

»Alles in Ordnung?«, fragte er mit einem forschenden Blick auf Agnes.

»Ja, ja«, sagte die. »Ich muss nur mal kurz die Beine hochlegen.« Dann zog sie Milla ins Haus.

Agnes ließ sich auf dem neuen Sofa mit dem Fußteil nieder, legte die Beine hoch und griff nach der sündhaft teuren Kaschmirdecke, die Milla als Kind nie hatte nehmen dürfen. »Ich wollte schon immer eine Chaiselongue haben, wie es sie nur in alten Filmen gibt«, sagte sie und breitete die federleichte Decke über sich. »Man kann die Beine hochlegen und sieht dabei trotzdem elegant aus.«

Milla lächelte. »Du bist immer elegant, Oma.« Das war sie auch heute, an einem Grillabend, mit ihrer beigefarbenen weiten Hose, dem schmalen Twinset in Apricot und einer Perlenkette.

Agnes schaute versonnen zu Milla, die sich neben sie gesetzt hatte. »Am Anfang, als ich jung war, war das meine Rüstung. Und vielleicht ist es immer noch so.« Sie machte eine Pause, während Herthas alte Standuhr in Eiche rustikal vor sich hin tickte. Das hässliche Stück hatte Franz unbedingt behalten wollen, und Agnes hatte es kurzerhand zwischen zwei weißen Bücherregalen eingekeilt. »Du dagegen hast deinen eigenen Stil, der wird dich stärken und durchs Leben tragen. Bewahre ihn dir.«

Milla spürte das Lächeln ihrer Oma auf sich. Auf den ersten Blick wirkte es warm, aber irgendwie war es das nicht.

»Ist noch einer von Navids Schießdrachen da?«, wechselte Milla das Thema. Navid hatte ihrem Opa kürzlich ein paar ganz einfache Drachen für den Schützenverein gebastelt, als bewegliche Zielscheiben in der Luft.

»Bestimmt«, sagte Agnes.

»Dann leihen wir uns den, ja? Ich will noch auf den Teufelsberg.«

»Es ist schon spät«, sagte Agnes.

»Es ist bald Mittsommer, Oma. Es ist ewig hell. Und dir schicke ich jetzt Franz rein«, antwortete Milla.

Wenig später stieg sie mit Navid die Treppen zum Teufelsberg hinauf. Toni hatte sie schnell hingefahren, während Dirk als Knecht drei den Grill schrubbte, Jola alles aufräumte und die Küche klarmachte und Franz sich zu Agnes ins Wohnzimmer gesellt hatte.

Navid ließ den Drachen in den Himmel steigen, und Milla übernahm, während er sich neben ihr ins Gras hockte.

»Das hab ich gebraucht.« Milla seufzte glücklich und ließ den Drachen tanzen. »Diese Leichtigkeit.«

»Mit dem Drachen steigen deine Sorgen zu Gott hinauf«, antwortete Navid. »Aber du kannst sie auch mir sagen.«

Milla schaute in den Abendhimmel, der an diesem Tag besonders durchsichtig war. »Eigentlich habe ich gar keine. Aber als ich Oma so ansah vorhin, wurde mir bewusst, dass meine Jugend gerade zu Ende geht.« Dann berichtete sie von ihren Gedanken über das Weiterrutschen in der Generationenfolge.

Navid trat hinter sie, legte seine Unterarme ganz leicht an ihren Körper, von der Hüfte bis in die Achseln, umfasste ihr Schultergelenk von unten und ging mit ihren Bewegungen mit.

»Weißt du, es ist irgendwie beängstigend, dass die Leichtigkeit der Jugend vorbei ist. Dass ich nicht mehr wie dieser Drachen frei in der Luft tanzen kann, sondern durch unser Kind geerdet bin.«

Er strich mit der Nase über ihren Nacken, und sie spürte auch seine Lippen und dass er lächelte.

»Der Drachen hängt an einer Schnur, und sogar die Vögel sind gebunden durch das Magnetfeld der Erde, das sie auf ihren Wegen über Kontinente hinweg leitet.« Navid machte eine Denkpause. »Ich weiß auch nicht, Freiheit ist für mich nichts Loses. Eher die freie Entscheidung für oder gegen etwas.«

»Ja, vielleicht.« Sie schmiegte sich an ihn. »Du hast dich sofort für unser Kind entschieden.«

»Da musste ich nichts entscheiden. Dafür habe ich mich viel zu sehr gefreut.« Er streichelte ihren Bauch über dem Hosenbund und öffnete dann den Knopf. »Das spannt schon.«

»Das sind die Würstchen, oder?«

»Das ist bestimmt unser Kind«, sagte Navid. Er legte seine Hand mit ausgebreiteten Fingern über ihren Leib, und sie spürte, dass diese Geste eine behütende war.

»Ich bin so froh, dass ich dich habe.«

»Und ich dich«, sagte Navid und küsste ihren Nacken.

»Was war eigentlich mit Agnes?«, fragte er nach einer Weile.

»So was wie ein Schwächeanfall vielleicht«, sagte sie. »Sie sah aus wie eine Leiche, als sie da an den Rosen stand.«

»Oder als hätte sie eine im Keller und als wäre die gerade rausspaziert«, sagte Navid.

Milla drehte sich abrupt um, wobei die Schnüre übereinander gerieten und der Drachen einen Sturzflug hinlegte.

»Wie bitte?«, fragte sie.

»Milla, in eurer Familie stimmt was nicht«, sagte er.

Im selben Moment prallte der Drachen auf den Boden.

Franz lief hinüber ins Wohnzimmer, wo Agnes auf dem Sofa in sich zusammengesunken war, stöhnte und brabbelte. Er rüttelte sie.

»Schießen!«

»Agnes!« Franz ließ sich ungelenk neben seiner Frau nieder und schloss sie fest in die Arme. »Wach auf!«

Ein Ruck ging durch ihren schmalen Leib, und sie schlug die Augen auf. »F-franz.«

»Agnes.« Er lockerte seine Umarmung, damit sie sanfter wurde. »Du hast geträumt.«

Agnes schüttelte den Kopf und schien sich in ihren Traum zurückzudenken, so angestrengt sah sie aus.

»Hab ich wohl«, sagte sie nach einer Weile und versank wieder in Gedanken. Schließlich schmiegte sie sich an ihn und bat: »Wärmst du mich noch ein bisschen?«

»Immer«, sagte er und schaute durch die offene Terrassentür in den Zehlendorfer Juniabend, an dem es gar nicht dunkel werden wollte. »Was macht dir Sorgen?«

Agnes schüttelte den Kopf. »Hörst du die Nachtigall?«, fragte sie leise, als eine im Birnbaum anfing zu schlagen.

»Ja«, flüsterte er und begriff, dass sie nichts mehr sagen würde. So war sie nun mal, seine Frau. Also stopfte er die Kaschmirdecke um sie herum fest, damit sie gewärmt ihren Gedanken nachhängen konnte, und dann saßen sie noch lange da und hörten die Nachtigall schlagen und klagen.

* * *

Dresden, 1964

»Du hast ein gutes Auge, Genossin Agnes. Und Haltung. Du denkst strategisch und trägst dein Herz nicht auf der Zunge.«

Agnes stand mit Horst Erler am Zwingerteich. Im Hintergrund ragte der altmodische Hausmannsturm in den Himmel, neben ihr die hünenhafte Gestalt des altgedienten Genossen. Zu ihrem achtzehnten Geburtstag war Agnes Kandidatin der SED geworden und seit diesem Märztag, ein gutes Jahr danach, nun richtige Genossin. Horst Erler war ein hohes Tier aus dem Kader der Partei. Er hatte sie nach der feierlichen Aufnahme um »ein paar Schritte« mit ihm gebeten.

Agnes stand da und wartete ab. Weil sie tatsächlich strategisch denken konnte, war ihr erstens klar, dass der Genosse Horst etwas von ihr wollte, zweitens, dass andere das nicht wissen sollten – deshalb der Spaziergang –, und drittens, dass es sich um den Staatssicherheitsdienst handeln würde – wegen des »guten Auges« und ihrer Verschwiegenheit. Letzterer machte sie deshalb auch alle Ehre.

Horst Erler wertete ihr Schweigen offenbar als Zustimmung fortzufahren und sagte: »Hättest du Lust, dich an der Hochschule für Staatssicherheit als Tschekistin ausbilden zu lassen?«

»Wie du einer bist?«, fragte Agnes ins Blaue.

Horst Erler lächelte. »Komm, deine Nase ist ganz rot. Wir gehen noch ein Stück.«

Agnes war nicht überrascht. Irgendwie passte es. Vor ihrem Eintritt in die SED war sie in der FDJ aktiv gewesen, sie hatte sich nach dem Tod der Mutter dort engagiert, war die ganze Oberschulzeit FDJ-Sekretärin gewesen. Die FDJ-Gruppe war ihr Familienersatz, denn ihre alten Großeltern waren zwar lieb, verstanden eine Heranwachsende jedoch nicht besonders gut. An der TU hatte sie ein Studium der Elektrotechnik begonnen. Es interessierte sie nicht besonders, aber ihre Seminargruppe mochte sie. Es waren fast alles junge Männer von der stillen Sorte, und mit denen war sie schon immer gut klargekommen.

Sie schaute wieder durch die kahlen Äste zum Hausmannsturm. Das Gebäude der Bezirksparteileitung im Stil der neuen Sachlichkeit gefiel Agnes besser als Zwinger und Hausmannsturm. Sie mochte das Gerade. Seine Sicherheit und Klarheit. Sie mochte auch die schlichten Arbeiterwohnungsbaugenossenschaftsbauten, die in der komplett zerstörten Dresdner Altstadt standen. Deshalb bog sie in das Wohngebiet ein. Nur die Bürgersteige mit den alten Granitplatten und den kleinen Pflastersteinen störten dort. Sie waren nach den Bombardierungen zur Zeit ihrer Geburt als Einziges übrig geblieben. Die neuen Häuser schienen damit zu fremdeln, ein Rasenstreifen sorgte für Abstand.

Horst Erler schritt ruhig neben ihr dahin. Sie zeigte nach unten. »Den Fußweg hätten wir auch neu machen sollen. Vielleicht ein bisschen breiter«, meinte sie.

»Eine gute Idee, früher war es ganz schön eng hier«, sagte der Genosse Horst.

»Und jetzt haben die Bewohner Luft und Licht.«

* * *

Berlin, Juni

»Navid!« Milla stand im Abendwind auf dem Teufelsberg vor ihrem Bräutigam und blitzte ihn an. »Warum soll meine Oma eine Leiche im Keller haben? Spinnst du?«

»Milla. Meine Süße.« Navid sah erschrocken aus, aber er stand gerade da, hoch aufgerichtet, sicher.

»Der Drachen ist kaputt«, sagte sie mit einem Blick auf das Fluggerät, dessen Querstrebe gebrochen war.

Navid winkte ab. »Macht nichts. Besser als zerschossen. Ein ehrenwerter Sturz war ihm garantiert lieber.«

Wider Willen musste Milla lächeln. »Tut mir leid.«

»Ich hab dich erschreckt.«

»Hast du. Was ist denn nun mit meiner Oma?«

»Zeig ich dir«, sagte Navid und holte sein Handy heraus.

Im letzten Abendlicht hielt er Milla das Foto hin, auf dem Renate ihr so frappierend ähnlich sah.

»Oh«, machte Milla.

»Die Frau heißt Renate. Und sie ist, wenn ich mich recht an Jolas Fotos erinnere, die Mutter von Raik. Der genau solche Grübchen in den Mundwinkeln hat wie du beim Lächeln. Und Halbmondaugen. Auch wie du.«

Milla spürte geradezu, wie ihr das Blut aus den Wangen wich.

»Ist das aus dem Fotoalbum von Oma? Hast du das heimlich abfotografiert, als du im Haus warst?«, fragte sie.

»Ja«, sagte Navid.

»Spinnst du?« Milla war aufgebracht. Was wollte Navid? Was bildete er sich ein? »Du kannst doch nicht einfach hinter dem Rücken von Oma –«

Navid hob die Hand und trat einen Schritt zurück. »Doch, Milla, ich kann. Unser Kind wächst in deinem Bauch heran.«

Milla hörte genau, wie er das »unser« betonte, und es klang bedrohlich.

»In deiner Familie wird etwas verschwiegen«, fuhr er fort. »Ich spüre das. Verschwiegenes setzt sich ungut fest, über Generationen. Es sickert ein wie das Sickerwasser in den Deponien rund um Wolfen und Bitterfeld. Es vergiftet die Familie, es schwächt sie.«

Navid trat einen Schritt auf Milla zu, und fast ängstigte sie sich, so fremd wirkte er auf einmal. Sie fröstelte, denn mittlerweile war das durchsichtige Blau des Abendhimmels dem viel tieferen Dunkelblau der Nacht gewichen, und der Wind hier oben war empfindlich kühl geworden.

»Milla«, sagte Navid eindringlich, nahm die Griffe der Drachenschnüre aus ihren Händen, ließ sie achtlos fallen und schob seine Finger zwischen ihre, Handrücken an Handrücken. »Eine geschwächte Familie kann zum Spielball von Machtinteressen werden – wie die Stämme Afghanistans, die nichts anderes sind als große Familien. Und das führt in den Untergang.«

Navid holte tief Luft, hob ihre Hände mit seinen an und wechselte den Griff auf Handfläche an Handfläche in Höhe ihrer Herzen. »Ich kann das nicht zulassen. Denn nun wird unser Kind Teil dieser Familie.«

Milla war schockiert. Sie stand da mit halb erhobenen Händen wie vor einer auf sie gerichteten Pistole. Freundinnen hatten sie gewarnt, als sie Navid kennengelernt hatte. Er sei traumatisiert, und das schlage garantiert irgendwann durch und sei unberechenbar. Ob sie das wirklich wolle. Milla hatte die Warnungen in den Wind geschlagen. Doch jetzt schien es so weit zu sein. Sie atmete tief durch. »Navid, du siehst Gespenster. Die Gespenster deiner Vergangenheit.«

Navid ließ sie los, und seine Arme fielen herab. »Das kann sein«, sagte er nach einem Weilchen. »Das kann durchaus sein. Aber sie machen mich hellsichtig. Und das ist gut so.«

Milla schwieg und verschränkte die Arme vor der Brust.

»Ich halte das nicht aus«, sagte Navid. »Ich habe Angst. Ich will wissen, was da ist.«

»Komm, wir gehen nach Hause und reden auf dem Weg weiter«, sagte Milla. Sie wollte ein wenig die Spannung herausnehmen, und der lange Weg zum S-Bahnhof Heerstraße war genau das Richtige dafür.

Navid nickte, umarmte sie kurz, gab ihr einen Kuss auf die Wange und holte den kaputten Drachen. Dann machten sie sich schweigend an den Abstieg. Erst unten auf der Straße nahm Milla den Faden wieder auf.

»Ich hatte bis jetzt das Gefühl, in einer heilen Familie zu leben«, sagte sie. »Es war leicht, es gab nie einen wirklich schlimmen Streit. Mama, Toni, Dirk, Oma und Opa, alle verstehen sich und ziehen an einem Strang, wenn nötig.«

Navid schwieg.

»Warum soll ich diesen Familienfrieden stören? Auf welch morastigem Boden auch immer er aufgebaut ist, er hat mich zeit meines Lebens getragen.«

»Morastiger Boden?«

»Na ja«, sagte Milla widerwillig und ärgerte sich, weil sie sich Navids Misstrauen offenbar zu eigen gemacht hatte. Dafür gab es jedoch einen Grund. Leider. Sie holte tief Luft. »Erinnerst du dich noch, wie ich in Bitterfeld in der Notaufnahme war? Der alte Arzt dort hat von einer Renate geredet, der ich angeblich so ähnlich sehe. Ob das die von dem Foto ist, das du mir vorhin gezeigt hast?«

»Das hatte ich ganz vergessen«, sagte Navid und schaute wie elektrisiert zu Milla hinüber. Sie las Hoffnung in seinem Blick.

»Vergiss es, Navid«, sagte sie. »Ich respektiere meine Mutter. Ich muss das nicht wissen. Es fehlt mir nicht zu wissen, wer mein leiblicher Vater ist.«

»Es wird dir irgendwann fehlen. Und dann ist es vielleicht zu spät, um noch zu fragen.«

»Also wirklich …«

Navid blieb stehen, trat vor sie, griff nach ihren Schultern und legte seine Stirn an ihre. »Ich verspreche dir, Milla, ich werde so vorgehen, dass sich keiner vor den Kopf gestoßen fühlt, wenn das irgend möglich ist. Meiner Meinung nach geht das nur, wenn wir dahin zurückgehen, wo alles begann. Und wenn du mich fragst, begann es mit dieser Renate.«

Milla stöhnte genervt. »Ich frage dich aber nicht.«

»Bitte, Milla. Dann lass wenigstens mich fragen. Ich übernehme das, für unser Kind und für dich. Wir wollen doch heiraten.« Er hielt inne und hob die Hand. In seiner Stimme, die eben noch drängend und gequält geklungen hatte, schwang unverhoffte Freude mit. »Hörst du die Nachtigall?«

Milla horchte und hörte tatsächlich das langgezogene seufzende Pfeifen. »Sie klagt«, flüsterte sie.

Der Vogel setzte zu seinem schönsten Triller an.

»Und frohlockt gleich darauf«, flüsterte Navid zurück. Er zog Milla in seinen Arm und setzte sich am Straßenrand ins Gras, sie auf seinem Schoß. Er holte ihre Jacke aus ihrer großen Tasche und legte sie ihr um. Dann hörten sie dem Gesang zu.

»In Afghanistan gibt es die auch, oder?«, fragte Milla nach einer Weile leise.

»Ja«, sagte Navid. »Viele. Und wir haben oft lange abends

vor dem Haus gesessen und ihnen zugehört. Ihr Gesang hat den Krieg aus unseren Seelen vertrieben.«

Milla drehte sich zu ihm, setzte sich dicht vor ihn ins Gras. Sie schlangen Arme und Beine umeinander und legten den Kopf auf die Schulter des anderen. So beschirmten sie sich gegenseitig, saßen noch lange da und hörten die Nachtigall klagen und frohlocken.

4

Berlin, Juli
Dass Millas Opa im Sommer Geburtstag hatte, passte zu dem lebensfrohen Mann, fand Navid. Franz war immer gern an der frischen Luft und trug dabei einen Knopf zu weit offene Hemden, die seine mittlerweile weiße Brustbehaarung proletenmäßig präsentierten. Dagegen kam nicht mal seine Frau an, die ansonsten dafür zu sorgen schien, dass Franz gut angezogen war. Anders konnte sich Navid die Farbharmonie zwischen den beiden nicht erklären. Als sie das Paar an diesem ersten Samstag im Juli morgens abholen wollten, erschien Franz in dunkelblauen Sommerhosen und einem zartblau-beige gestreiften Hemd, und dieses Zartblau und Beige wiederholte sich in Agnes' Kleid. Sie lag im Wohnzimmer auf ihrem neuen Sofa und schreckte auf, als er und Milla eintraten.

Blass sieht sie aus, dachte Navid, und Milla musste dasselbe festgestellt haben, denn sie setzte sich auf die Sofakante und fragte besorgt: »Geht es dir gut, Oma?«

Bevor Agnes etwas sagen konnte, schnupperte Milla an der Teekanne und beantwortete sich ihre Frage selbst. »Nee, oder? Du trinkst Kamillentee.«

Agnes griff nach der Hand ihrer Enkelin. »Mir ist ein wenig übel und schwindlig. Das passiert jetzt manchmal. Der Kreislauf. Ich werde eben nicht jünger. Fahrt mal ohne mich heute.«

»Nö«, sagte Milla entschieden.

»Doch«, sagte Agnes sanft. »Aber dass du mir nicht wieder irgendwo im Schlamm rumstapfst.«

»Keine Angst. Ich will nur ein bisschen Wasser aus der Mulde holen.« Milla kramte in ihrer Tasche und hielt eine leere Sprudelflasche hoch.

Agnes verdrehte die Augen.

Franz, der neben Navid an der Tür stand, sagte: »Hast du noch eine zweite Flasche?«

»Nein, wieso?«, fragte Milla.

»Franz!«, protestierte Agnes.

»Du solltest auch was vom Spittelwasser nehmen. Das stank früher immer am meisten«, bemerkte Franz unbeirrt.

»Mach ich. Habt ihr noch eine leere Mineralwasserflasche?«

»Nein«, sagte Agnes.

»Klar.« Franz hockte sich vor seine Frau. *»Ich* nehme die Proben. Damit wir unsere Enkeltochter nicht wieder irgendwo rausfischen müssen.« Vorsichtig strich er ihr eine aschblonde Strähne aus der Stirn. Navid hatte auf den wenigen alten Fotos, auf denen Agnes zu sehen gewesen war, den Schwung ihres ehemals dunklen Haars bewundert, und selbst jetzt noch rahmte es ihr schmales und mittlerweile hager gewordenes Gesicht gefällig.

»Ich hab euch einen Picknickkorb gemacht. Steht auf dem Küchentisch. Fahrt los, sonst geratet ihr in die Mittagshitze«, sagte Agnes.

»Willst du wirklich nicht mit?«, fragte Milla.

Agnes schüttelte den Kopf. »Es wird mir guttun, einfach auszuruhen. Ich setze mich nachher auf die Terrasse.«

»Ich spann den Sonnenschirm schon mal auf«, sagte Franz und ging nach draußen.

Navid folgte ihm und stellte eine Liege unter den Schirm. Milla trug ein Sofakissen hinaus, und jetzt sah es wirklich einladend aus auf der Terrasse. Die durch die Obstbäume scheinende Morgensonne sprenkelte den Rasen davor.

Durch die offene Flügeltür sah Navid, wie Franz seine Frau zum Abschied küsste. »Ruf an, wenn was ist. Dann kehren wir um.«

Wenig später saßen sie im Seniorengolf mit Kurs auf die Autobahn, und wiederum kurz darauf erfüllte der Jagdwurstduft von Agnes' Broten den Innenraum.

Zuerst säumten Brandenburger Kiefern die Strecke, Legionen strammstehender preußischer Soldaten. Dann öffnete sich das Land zu Weiden und Feldern, es gab zunehmend Laubbäume. Franz musste Navids Blick aus dem Fenster im Rückspiegel gefolgt sein. »Sehen nicht gut aus, die Bäume. Was bei uns damals die schlechte Luft nicht umgebracht hat, schafft jetzt der Klimawandel.«

»Mama hat erzählt, dass es in der Windschneise der Filmfabrik überhaupt keine Bäume gab.«

»Na ja«, sagte Franz. »Dafür gab es Arbeit.«

»Wohin fahren wir zuerst?«, fragte Navid.

»Zur Feuerwache«, sagte Franz.

Das taten sie.

Von der Autobahn ging es wie beim vorigen Mal, das unrühmlich im Schlamm des Silbersees geendet hatte, eine Weile über flaches Land, dann durch zersiedeltes Gebiet. Mehrfamilienhäuser mit großzügigen Rasenflächen und Wäscheplätzen aus verschiedenen Jahrzehnten des 20. Jahrhunderts, dazwischen ein alter Dorfanger, Plattenbauten und immer wieder Brachen. Einmal zeigte Franz nach rechts, wo unter großen Bäumen viele spitze Dächer zu sehen waren.

»Das ist Steinfurth, unsere Siedlung. Dort haben wir gewohnt.«

Da sind wir im April auch schon vorbeigekommen, erinnerte sich Navid. Aber Agnes hatte gemeint, dass sie erst mal den »Silbersee abfrühstücken« sollten. Was Milla etwas zu ausgiebig getan hatte.

Schließlich bog Franz schwungvoll auf das Gelände einer Feuerwehr ein. Eine solide, schlicht-schöne Dreißigerjahre-Wache aus rotem Klinker mit hohem Turm, auf dem eine Sirene stand.

Navid hatte sich gewundert, dass sie in Steinfurth erneut nicht abgebogen und zum Wohnhaus gefahren waren, aber die Selbstverständlichkeit, in der Franz auf den für Feuerwehrleute reservierten Parkplatz rauschte, machte ihm klar, dass Millas Großvater hier zu Hause war.

»Franz? Franz! Das ist ja ein Ding«, wurde er von einem älteren Herrn in blauer Arbeitshose begrüßt, der aus der Halle trat, in der mehrere Einsatzfahrzeuge standen.

»Udo –« Franz stockte. Navid merkte, dass der leutselige Mann nicht wusste, was er sagen sollte. Das kam so gut wie nie vor. Angesichts dessen, dass Agnes und Franz mit Jola klammheimlich abgehauen waren, konnte Navid Franz' plötzliche Unsicherheit nachempfinden.

»Wo bist du gelandet, damals?«, fragte der Mann.

»Westberlin«, sagte Franz und schob hinterher: »Werkfeuerwehr Schering.«

Der Feuerwehrmann nickte und schaute auf Milla.

»Und jetzt will er uns zeigen, wo er früher gearbeitet hat.« Milla hatte den Blick offenbar aufgefangen. »Ich bin die Enkelin, und das ist mein Verlobter.« Sie zeigte auf Navid. »Die Wache ist richtig schick.«

»Aber vereinsamt«, sagte Udo, und Navid sog scharf die Luft ein, weil er dachte, das sei eine Spitze in Richtung Franz. War es aber nicht, wie er gleich darauf feststellte, als Udo fortfuhr: »Stell dir vor, wir sind hier nur noch zu dritt statt wie früher einundzwanzig in der Schicht. Ach, Franz, wir waren eine tolle Truppe!« Er sah seinen ehemaligen Mannschaftskollegen an, und eine tiefe Verbindung im Schmerz über vergangenes Glück glomm in seinen Augen auf. »Komm, wir haben noch einen LO und einen S 4000. Die willst du den jungen Hüpfern bestimmt zeigen.«

»Die bin ich nur ganz am Anfang noch gefahren. W 50 habt ihr nicht mehr, oder?«, fragte Franz, als er Udo in die Halle folgte, in der verschiedene Einsatzfahrzeuge aufgereiht waren.

»Nee, die sind alle weg.«

Franz führte Milla und Navid durch seine alte Wache, und als Navid vom Schichtsystem der Werkfeuerwehr hörte, begriff er, warum Franz hier zu Hause gewesen war. Die Männer hatten Vierundzwanzigstundenschichten gehabt, jeder hatte ein eigenes Bett in den Schlafsälen oben, sogar eine Kegelbahn hatte es entlang des Fahrradschuppens im Hof gegeben. Den Platz erkannte Navid von einem Grillfoto wieder. Es musste für Franz hart gewesen sein, hier sang- und klanglos zu verschwinden.

Irgendwann landeten sie wieder auf dem Vorplatz, und Milla zeigte auf ein halbrundes Gebäude jenseits einer großen Rasenfläche, auf der nur eine Statue stand. »Das ist ein schickes Haus.«

»Wo jetzt *Rathaus Bitterfeld-Wolfen* zu lesen ist, stand früher *ORWO*«, sagte Franz und zeigte auf den Schriftzug unter einer großen Uhr, die oben auf dem Turm über dem Hauptportal angebracht war. »Da waren die Werksverwaltung und die Forschungsabteilung. Ist jetzt also das Rathaus. Personenakten müssen die nicht viel hin und her getragen haben, denn früher arbeitete eigentlich ganz Wolfen in der Filmfabrik. Fünfzehntausend Mitarbeiter.«

Milla ging über den Rasen zu der Statue. Franz folgte ihr langsam mit Navid. Dabei schaute er sich immer wieder um. Navid fand, dass er irgendwie befremdet guckte.

»Diese Leere hier. Und der blaue Himmel ...« Franz schüttelte den Kopf. »Der war früher selten blau, hatte immer einen gelbgrauen Schleier. Da vorn, wo die Zufahrt von der Hauptstraße abging, war ein Tor. Zu Schichtwechsel zog ein unendlicher Menschenstrom zu Fuß hindurch oder mit Rädern durch andere Pforten und verteilte sich auf dem riesigen Gelände. Es war immer voll hier. Das Gelände ist so groß wie zweihundert Fußballfelder.«

»Das ist ja eine Bronze!«, schallte ein überraschter Ausruf Millas zu ihnen. Sie stand vor der Plastik, einer überlebensgroßen Frau in einem lockeren Kleid.

»Ja«, sagte Franz, als er und Navid herangekommen waren. »Das ist unsere *Chemiearbeiterin*.«

»Die ist ja vollkommen verwittert.« Milla kratzte daran. »Oder ist das ein Belag?« Sie zeigte auf eine abgeplatzte Stelle mit einem kupfergrünen Rand. »Ich meine, Bronzen sind doch eigentlich goldbraun.«

Franz strich der Frau über den Rocksaum und das angewinkelte Knie. »Ja, meine Hübsche«, sagte er. »Du bist noch eine von der alten Garde. Rußig, wie alles hier war. Ruß, der nicht abgeht. Du bewahrst unser dreckiges, ehrliches Arbeiterleben auch noch dreißig Jahre danach.« Er legte den Kopf schief. »Wenn ich meine Frau nicht hätte, könnte ich mich glatt in dich verlieben.«

Milla lachte. Navid nicht. Er spürte, dass der Witz nur ein halber war und dass Franz sich an diesem Tag zurückliebte in seine alte Welt.

Sie fuhren kreuz und quer über das Gelände, und Franz zeigte auf die wenigen Gebäude, die noch von früher da waren. »Da, die Film. Das ist jetzt also ein Museum. Da waren die Dunkelarbeitsplätze drin.«

»Dunkelarbeitsplätze?«, fragte Milla.

»Tja, du weißt gar nicht mehr, was ein Film ist. Schon komisch. Früher wurde eine mit Silbernitrat beschichtete Folie belichtet, wenn Fotos gemacht wurden, vorher durfte da kein Licht drankommen. Deshalb mussten die Filmrollen im Dunklen gefertigt werden. Im Winter kamen die Frauen der Frühschicht – hier waren fast nur Frauen – im Dunkeln her, arbeiteten im Dunkeln, und wenn die Schicht zu Ende war, war es draußen nicht mehr lange hell.«

»Warum haben die das gemacht?«, fragte Milla.

»Weil es gebraucht wurde. Weil sie gebraucht wurden. Ganz einfach.«

Navid lächelte. Franz klang, als hätte ihn Millas Frage verwundert. Ja, dachte Navid, Menschen wollen arbeiten, sie wollen etwas beitragen, sie möchten sich ihrer Gemeinschaft versichern. Jetzt verstand er auch den befremdeten Blick von Millas Großvater: Das ehemals belebte und nun so stille Gelände verstörte ihn zutiefst.

»Wollen wir in eure Siedlung fahren?«, fragte er deshalb.

Franz nickte, und sie fuhren Richtung Feuerwehr zurück, wo ehemals das große Werktor gewesen war. Hinter der Wache stand ein halb verfallenes Backsteingebäude, offenbar aus derselben Zeit. Franz zeigte darauf. »Da war das Casino und am Anfang auch das Ambu 1.«

»Ambu 1?«, fragte Milla.

»Ambulatorium«, erklärte Franz. »Wir hatten drei. Da waren die Betriebsärzte drin.« Er stöhnte und gab Gas. »Kommt, wir machen, dass wir hier wegkommen.«

Sie fuhren wieder ein Stück Richtung Autobahn zurück und bogen dann links in eine Siedlung kleinerer Ein- und Zweifamilienhäuser ein.

»Die sehen ja alle gleich aus«, sagte Milla.

Auch Navid waren die einheitlichen spitzen Dächer aufgefallen, die über einem Windfang an der Seite leicht abknickten.

Franz kurvte langsam durch die Siedlung. »Die Siedlung hier wurde in den Dreißigern gegründet und hochgezogen von Mitarbeitern der Agfa-Filmfabrik. Einer davon war mein Großvater. Wer nicht kinderreich war, musste stramm nationalsozialistisch sein, und das war er. Es gab Fahnenmasten in jedem Vorgarten, und die Siedlung wurde als nationalsozialistische Mustersiedlung ausgezeichnet. In manch einen Giebel war ein Hakenkreuz gemauert, da kriegte dann zu DDR-Zeiten schon mal einer ein Problem.«

»Groß sind die nicht gerade«, sagte Milla.

»Na ja, nicht groß, aber wir hatten es gut.« Leise murmelte

Franz hinterher: »Ich vielleicht zu gut.« Dann räusperte er sich. »Aber jetzt haben wir Herthas Haus, und das ist nun wirklich eine andere Liga.«

Er hielt vor einem schmucken weißen Haus, das Navid nur mit Mühe als das graue von den Fotos wiedererkannte, und stieg aus. »Sieht ja alles schick aus jetzt. Hübsch angestrichen und so. Aber wenn du mich fragst«, sagte Franz, nachdem er die Straße auf und ab geguckt hatte, »mir waren der Lärm und das Leben früher lieber als die Totenstille hier. Jola und die anderen Kinder waren immer irgendwo in den Gärten oder auf der Straße und deshalb natürlich auch wir Erwachsenen.«

»Ja, wie ausgestorben«, warf Navid ein und dachte: Als ob die Taliban hier durchgezogen wären, bloß in Schön. In Berlin fiel es nicht so auf, dass nur wenige Kinder im Straßenbild zu sehen waren, es liefen ansonsten reichlich Menschen herum. Aber hier, in einer Siedlung, in der die Gärten nach Schaukeln schrien und der Himmel nach Drachen, war die Stille gruselig.

Franz warf einen prüfenden Blick auf sein Elternhaus, und Navid sah, wie sein Gesicht verfiel. Millas Großvater wirkte normalerweise eher jünger, als er war, doch in diesem Augenblick bemerkte Navid, dass er ein alter Mann war. Zweiundsiebzig war er in der letzten Woche geworden. Schlaff lehnte er sich an sein Auto.

»Das ist nicht mehr das Haus meiner Familie. Das ist kein Haus mehr, bei dem Generationen liebevoll darum gekämpft haben, es mit wenig Mitteln ansehnlich zu halten und zu modernisieren. Mein Vater und ich haben die guten Holzkastenfenster die ganze DDR-Zeit durch erhalten – und jetzt: widerliche Plastefenster, bloß weil man die nicht streichen muss! Es hat gar kein Gesicht mehr.« Er schüttelte den Kopf und wies unauffällig mit dem knochigen Zeigefinger auf den Hauseingang. »Guck, Navid, die Tür: Das ist irgendeine Nullachtfünfzehn-Baumarkttür, auch aus Plaste, die Öffnung wurde einfach angepasst, und jetzt stimmen die Proportionen nicht mehr mit dem Fenster an der Seite überein. Wie sieht denn das aus? Gut, dass Agnes nicht mit ist. Ach …«

Er verstummte und knetete den eben noch ausgestreckten Zeigefinger mit der anderen Hand, als hätte er ihn sich gestoßen. Navid sah ihn hilflos zum Haus starren. Milla trat zu ihm und legte ihm den Arm um die Schulter. Franz' Augen wurden feucht.

* * *

Wolfen, September 1989

Es war spät geworden, weil eine Leitung geborsten und Schwefelsäure in eine Werkhalle getropft war.

Franz fuhr mit dem Rad durch seine Siedlung nach Hause, in der es nachtstill war. Bei Matthias brannte noch Licht. Der große, durch den Schmerz des letzten Jahres hager gewordene Mann saß auf dem Sofa, das konnte Franz durchs Fenster sehen. Sein Gesicht war bläulich gesprenkelt, er schaute offenbar fern. Bestimmt Westfernsehen, dachte Franz und hielt an, weil ihn Matthias' zusammengesunkene Haltung ins Herz traf. Er wusste, dass sich manche Kollegen fragten, wieso er nicht längst abgehauen war wie so viele. Es hielte ihn doch nichts mehr hier nach Renates Tod, meinten sie hinter vorgehaltener Hand.

Auch Franz wäre es lieber gewesen, wenn Matthias verschwunden wäre, denn der ehemalige Freund war ein lebendes Mahnmal für Franz' Todsünde. Doch Matthias war geblieben, und Franz kannte ihn gut genug, um zu wissen, warum.

Er und Matthias hatten sich vor vielen Jahren angefreundet, weil sie einander erkannt hatten in ihrem stetigen, bodenständigen Gemüt. In ihrer Verbundenheit mit dem, in das sie hineingeboren waren und das sie ihrerseits geprägt hatten. Und ja, auch in der Liebe zu ihren Frauen, obwohl Franz etwas mit Renate angefangen hatte. Er hatte nie das Gefühl gehabt, Matthias seine

Frau wegzunehmen. Renate brauchte sich ja nicht auf durch den Sex. Nie hätte sich die Betriebsärztin zum Beispiel in der Mittagspause von ihm abholen lassen, um zusammen ins Casino zu gehen. Das machte Matthias ab und zu, und die beiden sahen glücklich und zufrieden aus, wenn Franz sie Arm in Arm über das Werksgelände laufen sah.

Zu spät hatte er begriffen, dass seine Liebschaft mit Renate nicht spurlos geblieben war, nicht spurlos bleiben konnte. Dass sich immer irgendetwas festsetzte und eine Spurrinne im Leben schuf wie die Schwefelsäure heute im Boden der Werkhalle. Die Spurrinne seiner Fehltritte war zu einem Graben geworden, aus dem beißende Dämpfe stiegen, die ein Überschreiten unmöglich machten. Franz stand da mit seinem Fahrrad und traute sich nicht, Matthias zu trösten. Das hatte er verwirkt.

Er stieg auf und fuhr weiter nach Hause. Die Septembernacht war ungewöhnlich mild, beinahe hochsommerlich. Und weil es windstill war, duftete es nach Heu und nicht nach Chemie – in irgendeinem der Gärten musste am frühen Abend der Rasen gemäht worden sein.

Vor seinem eigenen Haus zögerte er an der Gartentür. Oben im Schlafzimmer war die Gardine zugezogen, aber es brannte Licht, und Franz sah Agnes' Silhouette. Sie lief zwischen Schrank und Bett hin und her. Mit vollen Händen vom Schrank zum Bett, mit leeren vom Bett zum Schrank. Wäsche einräumen geht doch umgekehrt, dachte Franz und erstarrte. Packte sie?

Sie packte.

Auch im Wohnzimmer waren die Gardinen zugezogen, was Agnes selten tat. Sie hatte es gern offen und luftig.

Franz wurde kalt, obwohl die Nacht lau war. Er fror selten; seine Maschine lief immer auf Touren, er hatte stets Wärme übrig, vor allem für seine Frau, die ständig fröstelte.

Er schaute sein Haus an und prägte es sich ein. Der zurückgesetzte Windfang an der Seite mit der schönen alten Tür mit der eingelassenen Scheibe. An der vorderen Giebelwand das Küchenfenster, dann das vom Wohnzimmer. Mittig darüber das Schlafzimmerfenster. Jolas Zimmer lag ebenfalls oben und ging wie das Bad unten auf den Garten hinaus. Äußerlich sah das Haus von der Straße aus wie in seiner Kindheit, doch innen hatten sie es verändert. Hinter dem Wohnzimmer, neben dem Bad, hatte es noch ein kleines Zimmer gegeben, das einmal ihr zweites Kind bekommen sollte. Franz hatte es jedoch nicht mehr gewollt – aus Furcht, Agnes, deren Liebeskraft kaum für Jola ausreichte, könne zusammenbrechen. Zwischen diesem Raum und dem Wohnzimmer hatten sie eine gläserne Flügeltür eingebaut, sodass tagsüber das Licht entlang der Fensterachse durch das ganze Haus flutete. Das Fenster dieses kleinen Zimmers hatten sie später zu einer Tür umgebaut, von der ein Treppchen in den Garten führte.

Agnes hatte diesen Umbau angeregt, und nachdem er voller Vertrauen auf ihren Geschmack über seinen Schatten gesprungen war, in einer Brandruine eine passende Zwischentür entdeckt, sie dort aus- und bei ihnen eingebaut hatte, war auch er Feuer und Flamme gewesen und hatte eine zweite baugleiche Tür aus der Ruine zwischen Küche und Wohnzimmer eingesetzt, sodass unten alles ganz offen gestaltet war. Das kleine Siedlerhaus wirkte seitdem viel großzügiger, fast mondän wie seine Frau.

Das Licht im Schlafzimmer ging aus, und Franz öffnete das Gartentor. Es quietschte. Er musste es ölen. Und obwohl er spürte, dass er es nicht mehr für sich selbst tun würde, holte er das Ölkännchen aus der Garage und gab im Licht, das aus den Fenstern des Hauses drang, ein paar Tröpfchen auf die Scharniere. Zwei-, dreimal quietschte es noch, während er das Tor in den Angeln hin- und herbewegte, dann war nichts mehr zu hören.

Dafür ging das Wohnzimmerfenster auf.

»Franz«, sagte Agnes leise in die Spätsommernacht.

Er schaute auf. Mit einer Hand hielt sie den Fensterflügel, mit der anderen hatte sie sich an den Hals gegriffen. Die kleine

Lampe auf der Fensterbank beleuchtete ihre Züge. Agnes hatte sie dort hingestellt, denn ein Licht zwischen Gardine und Passanten sorgte dafür, dass man nicht durch den Vorhang ins Zimmer sehen konnte, das musste sie in ihrer Ausbildung gelernt haben.

»Franz«, sagte sie noch einmal, und Erschrecken klang in ihrer Stimme mit. »Franz, das …« Tränen der Liebe und Verzweiflung standen in ihren Augen.

»Schon gut. Ich kann nur nicht anders«, antwortete Franz, schloss das Ölkännchen sorgfältig und ging zurück in die Garage.

An Agnes' feuchten Augen hatte er abgelesen, dass sie seine Heimat verlassen würden und sie damit rechnete, dass es ihm das Herz brach. Er stellte das Ölkännchen ins Regal an den Platz, den ihm schon sein Vater zugewiesen hatte, vielleicht sogar dessen Vater. Es war ein sehr altes Metallkännchen.

Agnes und er hatten in den letzten Wochen so viel abends im Bett geflüstert wie zu ihrer Kennlernzeit, als sie sich gegenseitig von ihrer Kindheit und Jugend erzählt hatten. Damals hatte er mehr zu berichten gehabt, diesmal redete vor allem sie. Über den Staatsbankrott: unabwendbar. Über die Auflösung der Machtstrukturen. Über Schild und Schwert der Partei, die zerbrechen würden. Und über Schild- und Schwertträger wie sie, die zu Gejagten werden würden. Franz bewunderte in diesen nächtlichen Stunden im Stillen Agnes' Weitsicht und ihre unbestechliche Kaltblütigkeit in der Analyse, und wenn sie nicht seine Frau gewesen wäre, hätte er sich vielleicht vor ihren geradezu maschinell scharfen Schlüssen gefürchtet.

Jetzt ging er zurück zum Gartentor und holte sein Fahrrad herein. Agnes stand am Fenster mit hängenden Armen, schmal, mit tiefen Kerben neben dem Mund, in die das Licht auf dem Fensterbrett nicht vordrang. Dafür glitzerten zwei Tränenspuren auf ihren Wangen. Tränen wegen seines Schmerzes, denn sie selbst schmerzte der Abschied von Wolfen wenig, für Heimatgefühle reichte ihre Liebeskraft nicht aus. Aber offensichtlich für ihn, und ihre Empathie rührte Franz tief.

Er wusste, dass er auf sie bauen konnte. Ihm war klar, dass es ein Desaster werden würde, wenn sie hierblieben, schlimmer als der furchtbare Schmerz des Abschieds von seiner Heimat, auch für ihn. Denn er liebte seine Frau, und wenn sie zu einer Geächteten würde, könnte er sich nicht mehr ins Gesicht sehen und den Menschen hier auch nicht. Er vertraute Agnes, und er würde mit ihr gehen, durch dick und dünn. Das war seine Aufgabe als Ehemann, und es war Zeit, sie ohne Wenn und Aber wahrzunehmen. Er war es ihr schuldig. Mehr als schuldig.

An ihrer üppigen Rose vorbei, deren betörenden Duft er nie wieder würde riechen dürfen, schob er das Rad hinein.

* * *

Wolfen, Juli

»Agnes' Duftrose haben sie nicht rausgerissen. Immerhin.« Franz räusperte sich, befreite sich mit einer drehenden Bewegung seiner Schultern von Millas Arm. Offenbar war ihm der Trost seiner Enkelin peinlich. Er deutete auf die wuchernde Rose gleich neben dem Gartentor. »Die blüht nur einmal, Anfang Juni, in warmen Jahren schon im Mai. Aber die duftet! Agnes hat immer gesagt: ›Wenn die blüht, eröffnen wir die Grillsaison, und alle freuen sich über diesen Willkommensgruß.‹ So war es auch. Unverwüstlich, das Ding. Konnte man von anderen Blumen nicht gerade sagen.«

»Wieso?«, fragte Milla.

»Wenn der Wind aus der falschen Richtung kam, fielen über Nacht schon mal alle Blätter von den Blumen ab«, sagte Franz. »Steigt ein, wir fahren weiter.«

»Willst du nicht wenigstens klingeln?«, fragte Milla.

Franz schüttelte den Kopf. »Wer weiß, was die drinnen alles angestellt haben. Das will ich gar nicht sehen. Agnes hatte es uns so schön gemacht, obwohl wir nichts hatten damals – oder jedenfalls nicht viel. So will ich es in Erinnerung behalten.« Dann fiel sein Blick auf Navid. »Junge, guck nicht so. Manchmal ist es gut, einen Schlussstrich nicht zu überschreiten. Den hat man ja nicht umsonst gezogen.«

Franz wandte sich ab, und es kam Navid vor, als flüchtete er geradezu hinter das Lenkrad. Also stieg auch er wieder ein, statt zu fragen, warum genau Agnes und er damals einen Schlussstrich gezogen hatten. Sie waren wegen Franz hier, es war sein Geburtstagsgeschenk, und diese Frage wollte er nicht hören, das hatte er deutlich gemacht.

Franz fuhr zügig los. Hundert Meter weiter nahm er dann aber doch noch einmal den Fuß vom Gas und rollte ganz langsam an einem Haus vorbei, das aussah wie aus der Zeit gefallen. Der Ruß von vor vierzig Jahren haftete trotzig im Putz, aber die alten Holzfenster waren frisch gestrichen, und die Haustür war nicht ausgewechselt, sondern bestand aus stark nachgedunkeltem Holz. Im akkurat gepflegten Vorgarten stand ein Fahnenmast mit einer halb aufgezogenen Flagge. Sie war hellblau, weiß, gelb und rot gestreift, wobei der weiße Streifen breiter war. Navid machte vier schwarze Buchstaben darauf aus. Oben *OR* und unten *WÖ*, wobei die Ö-Punkte irgendwelche Tierköpfe waren, vielleicht Schäferhunde. Sie sah neu aus oder gewaschen.

»Ach, du lieber Himmel«, sagte Franz, während er zu dem Grundstück starrte.

»Kennst du die Leute?«, fragte Milla.

»Zumindest die, die früher hier gewohnt haben«, antwortete er. »Waren Freunde von uns. Der Junge ist mit Jola in die Klasse gegangen.«

»War das vielleicht dieser Raik, der auf manchen Fotos drauf ist?«, fragte Navid.

»Ja«, sagte Franz, »das war Jolas Schwarm damals, bevor wir abgehauen sind.« Er beugte sich nach vorn und zeigte übers

Lenkrad auf das Haus daneben. »Und da wohnte Sandra, ein Mädchen aus Jolas Klasse.«

»Hat Mama den später einmal wiedergesehen?«, fragte Milla.

»Glaub nicht. Sie ist jedenfalls nach der Wende nie nach Wolfen gefahren. Sie war damals dreizehn, hatte bald neue Freunde.« Er trat aufs Gas. »Wir fahren zum Friedhof. Milla, ich zeig euch die Gräber deiner Urgroßeltern.«

Am Rand des alten Ortskerns von Wolfen hielten sie vor einem Friedhof, stiegen aus und schlenderten an der hohen Grabkapelle vorbei. Gräber waren nur vereinzelt zu sehen, was Navid wunderte. »Wieso sind hier so wenig Grabsteine?«

Franz blieb stehen und sah sich um. Nur der Sommerwind rauschte leise in den alten Bäumen. »Du hast recht. Hier ist es genauso leer und verlassen wie auf dem Werksgelände. Wahrscheinlich können die Leute das nicht bezahlen. Sind doch alle arbeitslos oder gar nicht mehr da. Die werden die Gräber aufgegeben haben.«

Als sie weitergingen und Navid über die wie hingestreuten Grabsteine schaute, hätte er Franz beinahe angerempelt, denn der war plötzlich stehen geblieben und starrte einen Mann ein Stück weiter an, der wie zusammengefaltet vor einem Grab hockte, auf dem mehrere frische Blumensträuße standen. Er hatte akkurat gescheiteltes weißes Haar, das am Hinterkopf schütter war, und trug einen abgeschabten schwarzen Anzug. Die Unterarme hatte er auf die Knie gestützt, und dazwischen hing in seinen Händen eine Schnapsflasche. Der Grabstein war aufpoliert, die Schrift darauf leuchtete wie frisch nachgezogen.

Der Mann blickte auf und schoss gleich danach in die Senkrechte, wobei er ins Torkeln kam.

Franz machte ein paar Schritte auf ihn zu, blieb dann aber zwei Gräber entfernt stehen.

Der Mann, eine auffällig große, hagere Gestalt, die Navid irgendwie bekannt vorkam, streckte den langen Arm mit der

Schnapsflasche in Richtung Franz und sagte: »Dass du dich hertraust. Ausgerechnet heute.«

»Matthias«, sagte Franz und trat einen weiteren Schritt auf den Mann zu.

Der Wind frischte auf. Milla drängte sich an Navid vorbei und stellte sich neben ihren Großvater. Navid sah, wie sie kurz die Hand vor seine Hüfte hielt, als wollte sie ihn zurückhalten.

Der Blick des Hageren fiel auf Milla und die Schnapsflasche auf die Erde. Einen Moment war nur ein Gluckern zu hören, der Rest Fusel lief ungestört aus.

»Ich hab schon Halluzinationen«, murmelte der Mann, aber weil Betrunkene nicht besonders gut flüstern können, verstand es Navid, der hinter Franz und Milla stehen geblieben war.

Dann straffte sich der große Hagere und trat mit zwei langen Schritten auf Franz zu. Der Wind fuhr unter sein weißes Haar und verwehte den akkuraten Scheitel. »Dass du dich hierhertraust«, wiederholte er. »Und dann auch noch an Renates Todestag. Die deine feine Frau auf dem Gewissen hat.«

Bei dem letzten Satz hatte er die Zähne zusammengebissen, sodass bei den F-Lauten von »feine Frau« Speichel in Richtung von Franz und Milla sprühte.

»Wie bitte?«, fragte Milla und wischte sich das Gesicht ab.

Navid schob sich leicht vor sie, was auf dem schmalen Weg zwischen den Gräbern gar nicht so einfach war, wenn er nicht auf eines treten wollte. »Guten Tag«, sagte er.

Der Hagere streifte ihn mit einem abfälligen Blick, den er umgehend auf Franz zurückschweifen ließ. »Und einen von diesen hergelaufenen Schmarotzern hast du auch dabei. Abschaum seid ihr!« Jetzt spuckte er richtig, und zwar Navid vor die Füße. Der hielt an sich.

»Matthias«, sagte Franz noch einmal. »Renate hatte einen Unfall.«

»Einen Unfall. Einen *Unfall!*« Bei der Wiederholung kippte

die Stimme des Mannes. »Ich hab einen Vermerk gesehen. In ihrer Stasiakte. Von Agnes. Deiner Sauberfrau.«

»Was?«, fragte Milla, und der Mund blieb ihr offen stehen.

Navid griff hinter sich nach ihrem Handgelenk und drückte es.

»Ha!« Der Mann, der Raiks Vater sein musste, wie Navid sich zusammenreimte, lachte irre. »Der biedere Franz«, sagte er hohntriefend, riss die Augen auf und zog eine Grimasse. Eine Böe fegte durch die Baumkronen und dem Mann das weiße Haar ins Gesicht. »Er ist seiner vornehmen Stasischickse in den Westen hinterhergedackelt. Warum nur?« Dann machte er noch einen Schritt auf Franz zu, der nach wie vor wie angenagelt dastand.

Der Schritt fiel kleiner aus als geplant. Navid merkte, dass Matthias es vermied, auf Tuchfühlung mit ihm zu kommen. Und seine feinen Antennen sagten ihm, dass das an seiner Hautfarbe lag.

»Heimatverräter. Hau ab! Hau bloß ab hier!« Matthias schaffte es, Franz an Navid vorbei kräftig vor die Brust zu stoßen. »Du Waschlappen.«

Franz, dessen Brustkorb nach wie vor muskulös war, fing den Stoß ab, als wäre es nichts.

»Opa, komm«, sagte Milla leise, aber sehr bestimmt, und zog ihn am Arm. »Bitte.«

Franz legte die freie Hand auf ihre, die ihn festhielt, drückte sie beruhigend und trat den Rückzug an.

Navid machte die Nachhut.

»Lass dich hier nie wieder blicken!«, schrie Matthias ihnen über das Rauschen des Windes hinterher.

Franz schüttelte den Kopf, wandte sich aber nicht dem Ausgang zu, sondern ging mit schweren Schritten einen Umweg nehmend dahin, wo er ursprünglich hingewollt hatte – zum Grab seiner Eltern.

»Opa«, sagte Milla mahnend, als sie merkte, dass er nicht den Weg zum Ausgang einschlug.

»Matthias Hader tut nichts.« Franz klang, als spräche er von einem Hund.

Navid sah aus dem Augenwinkel, wie der Hagere, der inzwischen zu dem Grab mit den Blumensträußen zurückgegangen war, sich hinabbeugte, die rechte Hand auf dem Knie abstützte und mit der linken die Schnapsflasche aufhob. Er wischte sie ab, setzte sie an, legte den Kopf in den Nacken und trank den letzten Schluck, der nicht ausgelaufen war. Dann kauerte er sich wieder vor das Grab, stellte die Flasche neben sich, schlug die Hände vors Gesicht und weinte, was deutlich am Beben seines Rückens zu sehen war. Der Mann war Linkshänder, wie Milla, registrierte Navid.

Die letzte Ruhestätte von Albert und Else Reinhoff, die beide nur wenig älter als sechzig geworden waren, lag außer Hörweite von Renates Grab. Gesträuch versperrte die Sicht. In seinen Blättern wisperte der Wind leise und vielstimmig. *Heimatverräter. Auf dem Gewissen. Schmarotzer*, schienen die Büsche zu flüstern. Navid blieb wachsam.

Franz rüttelte an einem alten Bänkchen, das vor dem mit Efeu, Stechpalme und einem tränenden Herzen bewachsenen Grab stand, und befand es offenbar für stabil genug. Er ließ sich nieder, zog Milla neben sich und schaute eine Weile still auf den Stein.

Navid hockte sich auf den Kiesweg neben Milla, die ihre Finger in sein Haar schob. Nicht gerade entspannt und mit den Gedanken woanders, wie er daran merkte, dass es trotz seiner nicht sonderlich empfindlichen schwarzbraunen Wuschelhaare ziepte. Und er erfuhr auch gleich, wo sie mit ihren Gedanken war.

»Oma war nicht bei der Bezirksverwaltung? Sie war bei der Stasi?«, fragte sie, kaum dass sie neben ihrem Großvater saß.

»Ja, ja, ich höre deiner Frage schon an, dass sie bei dir jetzt unten durch ist. Sie war bei der Bezirksverwaltung des Staatssicherheitsdienstes in Halle.«

Milla klappte den Mund auf, aber Franz fuhr sie so barsch an, wie Navid ihn bisher noch nicht erlebt hatte: »Moment. Ehe du Grünschnabel hier deine Besserwisserei der Spätgeborenen loslässt, bin ich erst mal dran.«

Besserwisserei der Spätgeborenen, dachte Navid. Diese für Franz merkwürdig gestelzte Formulierung klang nach eingelernter Kampfhaltung.

Milla klappte den Mund wieder zu.

»Die Verhältnisse in Wolfen und Bitterfeld waren nicht lustig, das sangen die Vögel von den Dächern, und die gab es hier trotz maroder Industrieanlagen und Braunkohle. Bitterfeld und Wolfen waren zusammen mit Buna und Leuna das wirtschaftliche Rückgrat der DDR. Fast alles, was es zu kaufen gab, trug Stoffe und Materialien in sich, die hier hergestellt wurden. Wir waren außerdem die Devisenbeschaffer für das Land, und ohne Devisen wäre die DDR untergegangen.«

»Devisen?«, fragte Milla.

»Westgeld. Hartes Geld. Das Geld, das auf dem Weltmarkt zählte. Mit DDR-Mark konnte man da nicht einkaufen.« Franz schnaubte leise. »Na ja, jedenfalls standen hier Woche für Woche die West-Lkws und holten die Diafilme und alle möglichen anderen Produkte ab, die für billiges Geld in die BRD gingen. Wir waren so was wie eine Kolonie, gleich nebenan, sehr praktisch.« Franz schnaubte noch einmal, kräftiger diesmal. Der Wind schien ihm zu antworten und beugte die Baumkronen.

»Aber vor allem, und das war für die Leute hier wichtig, sorgten wir dafür, dass bei uns im Land alles lief, so gut es eben ging. Darauf war auch deine Großmutter stolz. Und sie wollte die Bedingungen verbessern. Sie wollte eine Erneuerung veralteter Produktionsanlagen erreichen, sie wollte besseren Arbeitsschutz, und dafür musste vertraulich aus den Werken heraus an die zuständigen Ministerien berichtet werden. Agnes hat dem hiesigen Generalmajor der Staatssicherheit zugearbeitet, der wiederum über die SED-Bezirksleitung der Generaldirektorin der Filmfabrik Berichte lieferte, mit denen die dann Forderungen an die Minister in Berlin stellen konnte. Leider nicht besonders erfolgreich.«

Franz drehte sich zu Milla um, und Navid sah, wie es in seinen Augen loderte. »Und warum? Weil die in Berlin Angst hatten! Weil der Westen Stimmung gemacht hat! Weil Kalter Krieg war! Die konnten nicht sagen: ›Schnallt den Gürtel enger, Leute. Wir müssen erst mal sanieren.‹ Während im Westen die Gürtel Loch um Loch gelockert wurden. Die durften nicht sagen: ›Die Sowjets haben viel mehr Produktionsanlagen aus ihrer Besatzungszone als Reparationszahlung nach dem Krieg abtransportiert als die anderen Alliierten aus dem Westen.‹ Da hätten sie ja den großen Bruder angezählt. Und schon gar nicht durften sie sagen: ›Guckt nicht in den Westen, in den Ruhrpott. Die haben den Marshallplan, während wir hier für die Sowjets produzieren – in Wolfen bis 1952 übrigens – und deshalb kein Geld für den Wiederaufbau erwirtschaften können.‹ Das hätte den Sozialismus brüskiert.«

Milla zog ihre Hand aus Navids Haar zurück, während sie gleichzeitig die andere auf die von Franz legte, die vor Aufregung zitterte. Eine Rede mit so einem langen Atem, wie ihn der Wind hatte, der nach wie vor kräftig durch die Blätter rauschte, hatte Navid noch nie von Franz gehört.

»Marshallplan, das haben wir mal in Geschichte gehabt, aber ich weiß nicht mehr genau, was das war«, sagte Milla.

»Das war ein Aufbauplan für den Westen«, erklärte Franz nun merklich ruhiger. »Von den Amerikanern. Damit die Bürger in den sozialistischen Staaten sehen, dass der Kapitalismus besser ist. Die USA haben knapp vierzehn Milliarden Dollar, vierzehn Milliarden«, wiederholte er, »in die westeuropäischen Länder gesteckt zum Wiederaufbau, davon ein Zehntel in die BRD. Das waren dann«, er nickte vor sich hin, während er eine Rechenpause machte, »ungefähr fünf Milliarden D-Mark, eine unvorstellbare Summe damals.«

Er horchte seinem Rechenergebnis nach und sammelte sich. »So viel Geld haben die der BRD zum Wiederaufbau zur Verfügung gestellt. Natürlich nicht selbstlos. Die wollten den Sozialismus plattmachen. Und das ist ihnen ja nach vierzig Jahren auch geglückt. Wenn ihr mich fragt, mit unlauteren Mitteln. Geld reinstecken und sagen: ›Hier bei uns im Westen läuft die Produktion, der Lebensstandard steigt, bei euch ist alles grau.‹ Das ist billig. Aber wirksam.« Franz drückte Millas Hand und hob dann seine beiden, hielt die Handflächen nach oben wie bei einem Offenbarungseid. »Agnes wollte verhindern, dass die DDR plattgemacht wird. Dafür hat sie gearbeitet.«

Milla schaute auf den bröckeligen Grabstein und ließ das offenbar sacken. »Mama hat es gewusst, oder?«

»Jola wusste es.«

»Und warum ich nicht?«, fragte Milla.

Franz strich sich die Locken, die zwar größtenteils weiß waren, aber immer noch einen rötlichen Stich hatten, aus dem Gesicht. Er besah sich den Grabstein seiner Eltern. Navid folgte seinem Blick. Die Sonne zeichnete unbarmherzige Schatten in die Risse des Steins.

»Es gibt eine alte Kriegsregel«, sagte Franz nach einer Weile, in der Navid dem Wind gelauscht hatte. »Der Sieger hat recht. Der Sieger im Kalten Krieg war der Westen. Und der sagt, in der DDR war alles schlecht. Oder jedenfalls fast alles. Sonst könnte man sich im Sieg nicht sonnen, nicht wahr?«

Navid nickte. Das kam ihm bekannt vor. Dieses rigorose Schwarz-Weiß-Denken, das Fundamentalistische. Das kannte er auch aus dem Bürgerkrieg in seiner Heimat.

»Gegen den Sieger kommst du nicht an, wenn du verloren hast«, sagte Franz bitter. »Das brauchst du gar nicht erst zu versuchen. Vielleicht mit der Zeit. Aber die war nicht gekommen, als du kleiner warst. Erst wenn es keine Sieger und Verlierer mehr gibt, nach Generationen, wenn sich alles eingeebnet hat, kann man darüber reden. Agnes und Jola haben das gewusst. Und sie hatten recht. Das hat deine Reaktion gezeigt.«

»Ihr hättet es mir erklären können«, sagte Milla trotzig.

»Hab ich ja jetzt.«

Navid tippte Milla an, sodass sie zu ihm hinübersah. Er schloss kurz die Augen, ein stummes Zeichen für »Nicht jetzt. Lass ihn«.

Milla nickte, dann sah sie zum Grabstein hinüber und fragte: »Und was haben meine Urgroßeltern so gemacht?«

Da erzählte Franz von der Braunkohle, denn sein Vater Albert hatte im Tagebau gearbeitet, und den in Zucker getunkten Möhren, die ihm seine Mutter Else immer zugesteckt hatte. Er beschrieb seinen Teddy Fridolin mit dem Streifenhemd, den sie ihm genäht hatte, und seine Seifenkiste, die sein Vater mit ihm gemeinsam in der Garage zusammengezimmert hatte, mit den Rädern seines alten Kinderwagens daran. Jahre vorher hatte Albert bereits an das Fahrrad seiner Frau eine kleine Stummelstange geschweißt, auf der er Franz' Kindersitz befestigte, den Sattel eines Vorkriegskinderfahrrads, das Franz später bekam, rot angestrichen und repariert. Mit dem angeschweißten Sattel konnte Else Franz zum Kindergarten fahren und dann zur Arbeit, was Franz viel schöner fand als den Werksbus, in dem ihm immer schlecht wurde.

Milla fragte geschickt nach und ließ ihren Großvater in seinen Jahren blättern, den ersten seiner zweiundsiebzig, und mit der Zeit wurde Franz ruhiger, seine kompakte Gestalt erdete sich, sein Rücken richtete sich wieder auf.

Navid setzte sich auf dem Kiesweg nieder und streckte die Beine aus. Er schaute sich an diesem Ort der Ruhe um und ließ sich von dem warmen Sommerwind streicheln, der den Duft des üppigen Grüns auf diesem Friedhof mit sich trug. Sah, wie die Schatten der Bäume und Sträucher auf den Gräbern hüpften, und dachte an die kargen Gräber seiner Familie, die er eins nach dem anderen in den staubigen Boden des Gottesackers von Kundus gehackt hatte. Sah auf einmal diesen hageren Mann vor sich, der geifernd gezischt hatte: *Die deine feine Frau auf dem Gewissen hat.* Sah den verzweifelten Schmerz in dessen Augen, die offene Wunde, sah die hängenden Arme, die es zu mehr als einem Stoß vor Franz' Brust nicht gebracht hatten, weil seine tote Frau im Grab ihn zurückgehalten hatte.

Navid kannte diesen Blick. Die afghanischen Friedhöfe waren voll von diesen Blicken. Die Toten hielten die Lebenden im Zaum, aber jenseits dieser Friedensorte loderte der große Bruder der Verzweiflung, der Hass, in den Augen. Navid hatte nicht gewollt, dass der Hass ihn zerfraß, das war einer der Gründe für seine Flucht gewesen. Erst hier, auf diesem Friedhof in Deutschland, erkannte er, dass die Toten, ginge ihr Einfluss über ihren letzten Ruheort hinaus, verhindern würden, dass sie gerächt wurden. Das tröstete ihn.

Er sah zu Milla und ihrem Großvater hinüber. Franz hatte gerötete Wangen, und vor Navids Augen erstand in seinen Anekdoten die Welt seiner Kindheit und Jugend mit seinen Eltern. Navid erkannte, dass Franz ein geliebtes Kind gewesen war wie er selbst. Er wurde von einer Glückswelle nahezu überschwemmt, weil ihm das, genau wie Franz, niemand nehmen konnte, auch wenn ihm sonst alles genommen worden war.

Navid rechnete es seiner Braut hoch an, dass sie Franz dieses Geschenk machte, dass sie ihn in Erinnerungen schwelgen ließ, obwohl sie gerade erfahren hatte, dass ihre Oma bei der Stasi gewesen war. Die Stasi, das hatte Navid im deutschen Geschichtsunterricht gelernt, war abgesehen von den Nazis so ziemlich das Schlimmste, wo einer gewesen sein konnte. Früher, als das Land noch geteilt gewesen war.

Irgendwann sah Navid Matthias zum Ausgang gehen. Er drehte sich um, blickte zu ihnen hinüber, schüttelte den Kopf, als müsste er etwas abschütteln, und torkelte auf seinen langen Beinen davon, so schnell er konnte. Navid hatte gute Augen und war sich sicher, dass er sich nicht getäuscht hatte. Der Blick, der Matthias hatte die Flucht ergreifen lassen, hatte nicht auf Franz gelegen, sondern auf Milla.

Auf Milla, die Matthias' verstorbener Frau offenbar so ähnlich sah, dass ein Kollege sie für eine Wiedergängerin gehalten hatte und Matthias die Schnapsflasche aus der Hand gerutscht war. Warum flüchtete er vor dieser Ähnlichkeit? Weil Millas Großmutter angeblich seine Frau auf dem Gewissen hatte?

»Was war das eigentlich für ein Unfall, bei dem eure Freundin Renate gestorben ist?«, platzte Navid heraus.

»Ein Autounfall.« Franz' barscher Tonfall machte klar, dass er keine weiteren Nachfragen wünschte. Er erhob sich so schnell, dass er schwankte, und Milla stützte ihn geistesgegenwärtig. Dann trat er den Rückweg zum Ausgang an, ohne sich darum zu kümmern, ob die beiden Jüngeren ihm nachkamen. Navid fand, es sah genau wie bei Matthias nach einer Flucht aus.

»Du Blödmann«, sagte Milla ärgerlich und folgte Franz in einigem Abstand. Dann drehte sie sich um und wartete auf Navid. »Du bist wie ein Elefant im Porzellanladen. Dabei hast du mich doch gerade noch zurückgehalten. Schließlich ist der Ausflug Opas Geburtstagsgeschenk.« Ihre dicken braunen Haare wehten ihr ins Gesicht wie vorhin Matthias die weißen.

Darauf wusste Navid nichts zu sagen. Natürlich hatte Milla recht. Aber trotzdem … Hatte sie wirklich recht? Hatte er nicht eben noch über den Frieden an diesem Ort nachgedacht? Navid horchte in sich hinein. Sie hatte recht, er war wie ein trampeliger Elefant gewesen, aber wo bitte, wenn nicht an einem Ort wie diesem, sollte friedvoll nachgedacht werden? War diese friedliche Stimmung nicht auch dazu da, sich und anderen zu vergeben? Dinge zu vergeben, die ganz offensichtlich nach Jahrzehnten noch im Argen lagen? Er war vielleicht ein Elefant, aber ein Friedhof war kein Porzellanladen.

Milla nahm sein Schweigen offenbar als Einverständnis. Sie

legte ihm den Arm um die Hüfte und schob ihn in Richtung Ausgang. »Opa will in sein altes Leben schauen«, sagte sie verträglich, »in das fruchtbare Tal jenseits des Tals, in dem er heute lebt. Aber er will nicht auf der Wasserscheide stehenbleiben, dem Grat dazwischen. Das musst doch gerade du verstehen.«

Ja, das verstand Navid. Aber er fand auch, dass es mit zweiundsiebzig langsam mal Zeit wurde, sich dem Wind auf dem Grat zwischen dem alten und dem neuen Leben entgegenzustellen. Immerhin war es eine Ewigkeit her, dass dieser Grat überschritten worden war. Und wenn man den Grat als Wasserscheide sah, wie es Milla so schön formuliert hatte, war auf ihm der Ursprung beider Lebensteile zu finden, die Quelle, die beide Leben speiste. Das im Osten und das im Westen. Ein Lebenskern, ohne den ein Rückblick im Alter eigentlich nicht gelingen konnte.

Wenn Navid diesen Grat erklomm – den Grat zwischen seinem Leben in Afghanistan und dem in Deutschland –, dann nahm er Milla mit auf den Teufelsberg und ließ seine Gedanken mit einem Drachen in den Himmel steigen, und Milla erdete ihn auf der neuen, der deutschen Seite. Franz und Agnes hatten sich auf ihren Grat zwischen Ost und West nicht zurückgewagt, und Jola auch nicht.

Als sie am Friedhofstor ankamen, sahen sie Franz verloren am Auto stehen. Milla kramte schnell in ihrer großen Fransentasche, holte die beiden leeren Wasserflaschen hervor und hielt sie hoch. »Was ist«, fragte sie aufgeräumt, »fahren wir in die Mldeauen?«

»Fahren wir.« Franz strahlte seine Enkelin erleichtert an.

»Fahren wir«, sagte auch Navid.

Im Auto brachte er das Gespräch aufs Grundwasser und erfuhr von den Deponien in den Gruben Antonie, Greppin und Freiheit, gegen die der Silbersee klar wie ein Bergsee gewesen sei.

»Wo gehobelt wird, fallen Späne«, sagte Franz. »Irgendwo mussten die Abfälle ja hin. Heute werden die nach Indien und

Bangladesch verschifft, habe ich gehört. Und dort bekommen die Anwohner keine Fernleitungen für Trinkwasser und Gartengeld.«

»Was ist Gartengeld?«, fragte Milla.

»Haben wir damals bekommen, weil wir wegen der Bodenbelastung kein Obst und Gemüse anbauen sollten, sondern alles kaufen, was von irgendwo anders herkam. Aber natürlich hatten viele trotzdem Tomaten und Beeren im Garten.«

»Kann ich bei den schlimmen Gruben auch Proben nehmen?«, fragte Milla und rutschte auf ihrem Sitz hin und her, wie Navid verliebt von der Rückbank aus bemerkte.

Franz schüttelte den Kopf. »Soweit ich weiß, sind die inzwischen gedeckelt, da kommst du an nichts mehr ran. Dafür an die nahen Flüsschen.« Er schaute zu seiner Enkelin hinüber und wackelte mit den Augenbrauen.

»Das Spittelwasser«, sagte Milla.

»Zum Beispiel.« Großvater und Enkelin grinsten sich breit an. »Im Kofferraum sind noch ein paar leere Schraubgläschen«, ergänzte Franz unschuldig. »Deine Oma wird sie beim Pflaumenmusmachen hoffentlich nicht vermissen.«

»Bis dahin stehen sie wieder im Keller, als wäre nichts gewesen«, sagte Milla.

»Iiiih«, machte Navid von hinten.

Doch Franz und Milla lachten nur, und er musste auch lächeln. Natürlich würde Milla die Gläser so akribisch auswaschen, dass sie selbst Babynahrung würden einfüllen können.

Den Rest des Tages fuhren sie kreuz und quer im Raum Bitterfeld-Wolfen herum und nahmen Wasser- und Schlammproben aus allen möglichen Flüsschen, wobei Navid darauf bestand, die Flaschen und Gläschen für Milla zu füllen. Zum Schluss fuhren sie zu den Muldeauen und wanderten los. Die Sonne stand schon tief und schien durch sattgrünes Erlenlaub, der Wind war fast eingeschlafen, und so raschelten die kleinen harten Blätter nur leise.

Franz zeigte auf einen Haufen Äste und dünne Stämmchen im Wasser, der aussah, als habe sich Schwemmholz gesammelt. »Könnte ein Biberstaudamm sein«, meinte er.

Milla blieb sofort stehen und schaute den Flussarm hinauf und hinunter. Navid trat neben sie und legte den Arm um ihre Schultern. Franz ging vorsichtig näher an den Holzhaufen heran und wies auf einen spitz abgenagten Stamm. »Tatsächlich, das waren Biber«, sagte er. »Vielleicht kommt ja einer.«

Sie setzten sich zu dritt ins Gras und warteten. Franz verteilte die letzten Brote, die er aus Agnes' Korb mitgenommen hatte.

»Irgendwie stinkt es«, sagte Milla nach einer Weile, als der Jagdwurstduft verflogen war.

»Das ist Phenol«, sagte Franz. »Wirst du in deiner Probe garantiert nachweisen können. Es wird aus den Altdeponien ausgewaschen.«

Es wurde dämmrig. Zuerst kamen nur Mücken. Aber dann sah Navid im Zwielicht im stillen Flusswasser einen Wellenkeil näherkommen, an dessen Spitze nichts zu sein schien, jedenfalls keine Ente. Er legte den Finger an die Lippen und wies darauf.

Milla öffnete stumm den Mund, und Navid verspürte kurz den heftigen Wunsch, sie zu küssen. Aber er hielt sich zurück und nahm nur ihre Hand.

Der Wellenkeil kam näher, und jetzt sahen sie es. Ein breiter Schädel pflügte wie ein Schiffsbug den Muldearm. Tatsächlich, ein Biber! Das Tier drehte ab auf die gegenüberliegende Uferseite und wuchtete sich aus dem Wasser.

Navid spürte, wie Milla den Atem anhielt. Der Biber watschelte hinter einen Busch, und dann wackelten dessen satt beblätterte Zweige, und einer nach dem anderen verschwand von der Bildfläche. Irgendwann, als der Busch ziemlich gerupft war, kam der Biber wieder hervor, ließ sich ins Wasser gleiten, schwamm auf sie zu und tauchte ab.

»Vermutlich ist er jetzt in seinem Bau«, sagte Franz nach einer

Weile, in der die Wasseroberfläche still geblieben war. »Der Eingang liegt unter Wasser.«

»Ich bin völlig zerstochen«, sagte Navid und kratzte sich am Oberarm.

Milla stand auf. »Ist doch total verrückt. Es stinkt nach Phenol, und dann kommt da ein Biber angeschwommen.«

Auch Franz erhob sich ächzend. »Sind schon robuste Viecher. Aber Agnes wird sich langsam Sorgen machen.«

Sie gingen zum Auto zurück, und diesmal setzte sich Navid hinters Steuer, während Milla von der Rückbank aus ihre Großmutter anrief und mitteilte, dass sie gegen halb elf sicherlich zu Hause wären.

Nachdem sie aufgelegt hatte, berichtete sie: »Oma hat sich gut erholt. Und sie sagt, wir sollen anrufen, wenn wir bei Drei Linden sind. Dann setzt sie Tee für dich auf, Opa.«

Franz nickte und lehnte sich zufrieden zurück, wie Navid mit einem Seitenblick bemerkte.

Als er und Milla gegen Mitternacht in ihrem Bett lagen, er sich den ersehnten Kuss von vorhin abgeholt hatte und einiges mehr dazu, konnte er nicht einschlafen.

»Was ist?«, fragte Milla in die Dunkelheit.

»Wie mit dem Phenol ist es mit allem, was vergraben wird«, antwortete Navid leise. »Es ist eine tickende Zeitbombe. Es sickert in die Familien ein, blubbert irgendwann an die Oberfläche und vergiftet das Klima. Manchmal in den schönsten Momenten.«

Milla schnaubte leise. »Ich werde Oma nach der Stasi fragen. Wenn die Gelegenheit günstig ist.«

»Nach Renate auch?«

Milla seufzte. »Ich finde nicht, dass das sein muss. Das geht uns echt nichts an.«

Navid dachte an Millas Begeisterung beim Probennehmen, an ihren Wissensdurst im Studium und ließ es gut sein. Wenn Milla erst mal angebissen hatte und der Stein ins Rollen kam, würde sie alles wissen wollen.

»Ich werde meiner Familie keinen Strick aus ihrer Vergangenheit drehen, Navid«, setzte Milla ärgerlich nach.

Aha, dachte er zufrieden. Schon angebissen. Immerhin hatte Milla eben indirekt ausgesprochen, dass es da vielleicht etwas gab, aus dem man ihrer Familie »einen Strick drehen« könnte. Mehr konnte er jetzt beim besten Willen nicht verlangen.

»Sollst du auch nicht«, sagte er, drehte sie auf die Seite und schmiegte sich eng an ihren Rücken.

Nicht lange nach seinem letzten Seufzer war sie eingeschlafen.

Wie konnte ich das nur vergessen, dachte Agnes. Sie lag neben Franz im Bett und ärgerte sich über sich selbst. Ausgerechnet an Renates Todestag hatte er mit den Kindern einen Ausflug nach Wolfen gemacht und war Matthias über den Weg gelaufen.

Wenn dieser Navid nicht wäre, wäre es nie so weit gekommen. Der Junge schnüffelte in ihrer Familie herum wie ein Trüffelschwein, das sich in die wonnig duftende Erde hineinwühlt. Es war ihm nicht zu verdenken, Waisenkind, das er war. Sie verstand ihn, denn auch sie war ja verwaist gewesen. Und doch ging er für ihr Gefühl ein bisschen zu weit.

Agnes lag ausgestreckt auf dem Rücken, weil das ihren alten Knochen guttat, neben ihr schlief Franz nach dem anstrengenden Tag tief und fest. Sie wandte ihm den Kopf zu. Seine Haare müssten mal wieder geschnitten werden, dachte sie. Sie lockten sich über das beigefarbene Kopfkissen, das ihrer altersgeblichenen Haut schmeichelte. Eine breite Hand lag auf ihrem dünnen Arm, als müsste er sich im Schlaf versichern, dass sie an seiner Seite war. Knorrig war die Hand geworden, aber immer noch kräftig.

So lange gingen sie jetzt schon gemeinsam durchs Leben, sogar einen Urenkel sollten sie bekommen. Dabei war Franz noch gar nicht besonders alt, aber Jola und Milla waren anders als sie selbst früh dran mit den Kindern.

Als sie damals in Franz' Familie gekommen war, hatte sie bescheiden danebengestanden, hatte nur zugegriffen, wo es etwas zu helfen gab. Sie war immer so fern geblieben, dass Else und Albert ihr Beziehungsdreieck mit Franz nie verändern mussten, ein Viereck war es nicht geworden. Allerdings hatten sie es ihr auch nicht schwergemacht. Sie vertrauten ihrem Franz und seiner Wahl. Agnes hatte dieses Vertrauen nicht enttäuscht. Oder doch?

Sie drehte sich auf die rechte Seite, auf der linken wollte sie lieber nicht liegen, weil ihr Herz nicht mehr so recht mitmachte und sie es nicht quetschen wollte. Mit Franz im Rücken blickte sie aus dem Fenster in die Nacht. Nach dem windigen Tag war es still geworden. Das Vertrauen hatte nicht sie enttäuscht, nein, Franz hatte die Sache mit Renate ins Rollen gebracht.

Was er nach seiner Rückkehr von Matthias erzählt hatte, war bedauerlich. Der Mann schien vor drei Jahrzehnten steckengeblieben zu sein. Ziemlich gruselig. Da war es klug von ihr gewesen, die beiden Welten – die der DDR und die westliche – hübsch getrennt voneinander zu halten, zu unterschiedlich waren die Maßstäbe und Bedingungen. Sie musste an die raren ORWO-Farbfilme denken, auf denen das Blau immer Pionierhalstuchblau, das Rot Arbeiterfahnenrot und das Grün ein Froschgrün gewesen war. Diese Filme hatten eine plakative, klare, moderne und frohe Sprache gehabt. Die Westfarbfilme hingegen, egal ob von der Wolfener Ursprungsfirma Agfa oder von Kodak, waren pastellig-gefällig bis hin zu einer Sepiaanmutung. Altmodisch, romantisierend. So wie auf den Farbfotos hatten sich die Menschen in Ost und West auch in einem anderen Licht gesehen. Und von der anderen Seite betrachtet jeweils im falschen.

Agnes seufzte. Sie würde Milla das mit der Staatssicherheit erklären müssen, bezweifelte allerdings, dass das gutgehen konnte.

Sie würde Milla dabei beschäftigen, und sie wusste auch schon wie.

Drei Tage später war es dann so weit. Sie trafen sich vor dem Schützenverein, in dem die Reinhoffs seit mehr als dreißig Jahren Mitglied waren.

Agnes führte ihre Enkelin in den Clubraum, begrüßte zwei Vereinskollegen, die dort beim Bier saßen, und stellte ihre große längliche Sporttasche in die Ecke.

»Willst du was trinken?«, fragte sie.

Milla nickte.

»Bionade?«

»Sehr gern.«

Während Agnes für Milla eine Bionade und sich selbst ein Wasser holte, sah sie im Augenwinkel, wie Milla zu den Vereinsfotos trat, die an einer Wand hingen.

»Da bist du aber oft drauf«, sagte Milla, als Agnes sich mit den Getränken zu ihr gesellte.

»Weil sie seit Jahren bei Wettbewerben die ganzen Pokale abräumt«, sagte der dickere der beiden Männer.

Milla schaute genauer hin. »Stimmt, du hast immer einen Pokal in der Hand, und jedes Mal einen anderen.«

»Wir setzen uns nach draußen«, sagte Agnes zu den Männern und nickte Richtung Tür. Das Vereinsgeplauder überließ sie Franz, und weil der immer aufgeschlossen war und Spaß daran hatte, fiel nicht so sehr auf, wie kurz angebunden sie selbst war. Die Vereinsmitgliedschaft war ihr Zugeständnis an Franz gewesen, ihr Dank dafür, dass er seine Heimat mit ihr verlassen hatte. Und diesem Dank kam sie auch drei Jahrzehnte später treu nach. Im Vorbeigehen griff sie nach ihrer Sporttasche.

Großmutter und Enkelin ließen sich auf einer Bank vor dem Schützenhaus nieder. »Ich habe auch eine sehr gute Schießausbildung.«

»Die hast du bei der Staatssicherheit gemacht, stimmt's?«, knüpfte Milla sofort an, wie Agnes erwartet hatte.

»Mhm«, machte sie und trank einen Schluck Wasser.

»Du bist wirklich eine harte Nuss«, sagte Milla. »Musstest du bei der Stasi schießen? Sind wir deshalb hier?«

»Nein«, sagte Agnes. »Auch wenn du mich wie versprochen mit Fragen löchern darfst. Dass wir hier sind, hat einen anderen Grund. Den verrate ich dir aber nur, wenn du dichthältst.«

»Klar«, sagte Milla.

Ihre Augen leuchteten. Damit hatte Agnes gerechnet, denn mit ihrer Enkeltochter konnte man Pferde stehlen. Und zusammen Pferde zu stehlen schuf bei den meisten ein Zusammengehörigkeitsgefühl, und das brauchte Agnes jetzt bei Milla.

»Wir haben zu viele Krähen, die vergraulen die Singvögel im Garten. Das gefällt mir nicht.«

»Moment, du willst Krähen schießen?«, fragte Milla, und Agnes sah, wie sich Abscheu auf ihr Gesicht malte. Oje.

»Es gibt in der Stadt viel zu viele Rabenvögel, weil deren Lebensräume auf dem Land durch Pestizide und Flurbereinigung zerstört werden«, erklärte sie also geduldig und trug dann bei den Singvögeln, von denen sie wusste, dass ihre Enkelin sie genauso mochte wie sie selbst, noch etwas dicker auf. »Dummerweise fehlen in den Städten die größeren Greifvögel, die die Krähenpopulation in Schach halten. Und leider stehen auf deren Speiseplan Singvögel, also Junge oder Eier.« Agnes blickte ihrer Enkelin ins Gesicht. »Letztes Jahr haben sie das Rotkehlchennest in der Hecke ausgeräumt.«

Milla schien hin- und hergerissen zu sein. »Darfst du das denn? Also, im Garten, meine ich?«

»Ach, putzen darf ich mein Luftgewehr zu Hause schon. Und wenn sich da dummerweise ein Schuss löst, wenn eine Krähe –«

»Oma!«

»Fliegende Objekte zu treffen will geübt sein«, fuhr Agnes

fort, wobei sie verschwieg, dass echte Vögel im Flug kaum zu treffen waren, höchstens mit einem Schrotgewehr. »Außerdem ist so ein Luftgewehr etwas ganz anderes als meine Pistole. Mit dem muss ich trainieren. Sonst verletze ich die Krähen unkontrolliert, und die quälen sich. Das will ja keiner, oder?«

»Nee, Oma, das will keiner«, sagte Milla, und neben ihrem rechten Mundwinkel erschien der Ansatz eines Grübchens.

Sehr schön, dachte Agnes. »Und hier kommen Navids Schießdrachen und du ins Spiel.« Sie wies auf die Sporttasche neben sich. »Ich brauche jemanden, der sie krähenmäßig fliegen lassen kann, und Navid hat dir doch schon einige Kunststückchen beigebracht, oder?«

»Ja«, sagte Milla. »Wildgewordene Krähen krieg ich hin.«

»Fein. Dann machen wir das jetzt. Und wenn die da drinnen fragen, üben wir fürs Tontaubenschießen im September. Da nehmen Opa und ich an einem Turnier teil.« Sie sah auf die Uhr. »Hast du ausgetrunken? Wir gehen auf unseren Bouleplatz. Da geht das. Du kriegst für alle Fälle eine schusssichere Weste. Und wir müssen noch die Drachen startklar machen.«

Milla trank den Rest ihrer Bionade, und dann kam sie mit. Als sie auf dem weitläufigen Gelände ankamen und die Drachen auspackten, wies Agnes auf einen Kreis und zwei Striche, die davon wegführten. Sie hatte sie mit Textmarker auf die Drachen gemalt. »Das sind Kopf und Hals. Die muss man bei Vögeln treffen, dann gehen sie auf der Stelle zu Boden.« Dazu zeigte sie Milla eine Rolle Tesakrepp. »Ich hoffe, damit können wir die Drachen ein paarmal kleben, damit wir sie mehrfach verwenden können. Wir haben nur noch drei.«

»Das geht bestimmt«, sagte Milla. Dann erklärte sie Agnes, wie sie den ersten Drachen hochwerfen musste, damit sie ihn in die Luft steigen lassen konnte.

Agnes hörte sich die Ausführungen ihrer Enkelin lächelnd an. Sie wusste zwar, wie man das machte, weil sie als Mädchen im

Herbst auf den Dresdner Elbwiesen mit Klassenkameradinnen oft hatte Drachen steigen lassen, aber das verschwieg sie.

Milla sorgte für die wildesten Loopings, während Agnes schoss – allerdings immer erst dann, wenn der Drachen wieder ruhig stand, was der auf die Loopings konzentrierten Milla offenbar nicht auffiel. Die beiden Männer aus dem Clubraum fanden sich am Rand des Platzes ein und feuerten Milla an.

»Ist doch was anderes als diese Simulatorenübungen fürs Tontaubenschießen«, meinte der Dicke, und der andere, eher Bullige sagte mit Blick auf die Tesakreppstreifen, die die Hälse und Köpfe der gedachten Vögel verpflasterten: »Agnes, du wirst es scheppern lassen im September.«

Sie lächelte bescheiden und packte wenig später die Drachen zurück in die Sporttasche. Gemeinsam verließen sie den Bouleplatz.

»Und, Kleine, wann kommst du zum Probeschießen?«, fragte der Dicke an Milla gewandt.

»Ich glaub, ich bin beim Yoga besser aufgehoben«, sagte Milla diplomatisch.

»Wenn die ruhige Hand deiner Oma erblich ist, nicht«, meinte der Dicke.

»Olaf, wir müssen. Ich hab versprochen, meine Enkeltochter noch auszuführen, als Dank für die Hilfe«, sagte Agnes und hängte Millas schusssichere Weste weg.

»Na dann …« Der Dicke hob die Hand zum Gruß, und die Männer verschwanden in der Waffenkammer.

»Die Krähen müssen sich warm anziehen«, sagte Milla, als sie ins Auto stiegen.

»Drei Fehlschüsse sind drei zu viel«, erwiderte Agnes. »Auf unsere Nachbarn links und rechts kann ich zählen, aber es muss nur eine verletzte Krähe mit einer Kugel im Bauch schräg gegenüber im Garten liegen, dann habe ich die Polizei am Hals – und dich.«

»Du bist ganz schön streng mit dir«, sagte Milla.

»Ja«, gab Agnes zurück. »Ich hatte eine verantwortungsvolle Tätigkeit bei der Staatssicherheit damals. Wenn ich da nicht streng mit mir gewesen wäre, hätte ich leicht Menschen schaden können, nicht nur Krähen.« Sie fuhr vom Parkplatz.

»Was genau hast du da eigentlich gemacht? Hast du Oppositionelle bespitzelt?«, fragte Milla.

Agnes lächelte. »Leute bespitzelt habe ich erst hier in Berlin, als Privatdetektivin. Allerdings keine Oppositionellen, sondern Betrüger jeder Art. Aber wie das Schießen habe ich das Beschatten bei meiner Ausbildung auch gelernt.«

»Was lernt man da?«

Agnes winkte ab. »Im Großen und Ganzen, sich unsichtbar zu machen und durch Wände zu gehen, also märchenhafte Fähigkeiten. Fahren wir zum Schlachtensee in den Biergarten?«

Milla nickte.

»Spaß beiseite«, sagte Agnes und schaltete hoch. »Meine Aufgabe war es, die Standorte der chemischen Industrie in Wolfen und Bitterfeld zu schützen. Dazu zählten mehrere Dinge. Erstens die Analyse des Zustands der Anlagen im Hinblick auf ihre Produktivität, zweitens die Verhinderung gezielter Sabotageakte im Vorfeld, drittens die allseitige Aufklärung der Arbeiter und Angestellten.«

»Was bedeutet das: ›allseitige Aufklärung‹?«, fragte Milla.

»Die Kenntnisgewinnung über Arbeitsmoral und Versorgung der Mitarbeiter sowie ihre Zufriedenheit, darüber hinaus die Entdeckung subversiver Kräfte, damit sie unschädlich gemacht werden können.«

»Wie bitte?«, fragte Milla.

»Wie bitte was?«, fragte Agnes zurück und bog in die Fischerhüttenstraße ein. Im ersten Augenblick verstand sie nicht, worauf sich Millas Rückfrage bezog.

»Was sind subversive Kräfte?«

»Leute, die die Moral untergraben, im wirtschaftlichen Bereich zum Beispiel die Arbeitsmoral der Arbeiter und Angestellten. Wichtigtuer und Spinner, die unter der Hand Halbwahrheiten verbreiten, die geeignet sind, die Produktion zu stören, und damit dem Volk Schaden zufügen.« Agnes war überrascht, wie flüssig ihr die Erklärungen über die Lippen gingen. Das Langzeitgedächtnis, das in Fleisch und Blut Übergegangene, war wirklich ein verlässlicher Begleiter. Sie bremste. »Die Parklücke nehmen wir.«

»Das hört sich zwar alles merkwürdig an, aber irgendwie auch nicht ganz verkehrt«, sagte Milla ein Weilchen später nachdenklich, als sie mit Bratwürsten und Bier beziehungsweise Apfelschorle am Schlachtensee saßen. »Nur das mit den subversiven Kräften ... Ich meine, wenn das Spinner sind ... Die sind doch meistens eher ungefährlich. Und wenn nicht, was heißt denn dann ›unschädlich machen‹?«

Agnes lehnte sich mit ihrem Bierglas zurück, schaute über die Bäume am Ufer, deren Kronen gerade von der Abendsonne geküsst wurden, und genehmigte sich einen kräftigen Zug. Das tat sie selten, aber sie machte es Milla nach, ein weiteres verbindendes Element. Verbindlich musste sie jetzt auch weiterreden; reden, nicht antworten.

»Es ist immer was im Argen in der Industrie«, begann sie. »Es ist auch nicht immer falsch, was solche Leute sagen. Aber wenn es alles andere als hilfreich ist, wenn es nach hinten losgeht, ist es dumm und kann durchaus gefährlich sein.«

»Und subversiv war, wenn man auf die Umweltverschmutzung hingewiesen hat wie diese Renate, der ich irgendwie ähnlich sehe und die auf euren Fotos drauf ist?«

Agnes tat, was sie schon Hunderte Male getan hatte und was ihr ebenso wie ihre ehemaligen Aufgaben in Fleisch und Blut übergegangen war: Sie setzte ein entspanntes Lächeln auf, das die auf Hochtouren laufende Denktätigkeit hinter ihrer Stirn verbarg.

»Renate hat wertvolle Daten gesammelt.« Agnes schnitt ein Stück von ihrer Bratwurst ab und kaute, um Zeit zu gewinnen, ihre Strategie auszufeilen. Sie entschied sich, die Frage ihrer Enkelin ins Leere laufen zu lassen. »ORWO war zwar vor allem ein Reinraumbetrieb – in der Filmfertigung wurde mit weißen Kitteln gearbeitet –, aber in den angegliederten Werken wurde zum Beispiel Kunstseidengarn für synthetische Strickstoffe hergestellt, Wolpryla hieß einer davon, Wol wie Wolfen. Wer in der Faser arbeitete, war verpesteter Luft ausgesetzt. Und natürlich tat der schlecht gefilterte Qualm aus den Schloten der Werke und Kraftwerke sein Übriges. Das führte zu Lungen- und anderen Krankheiten bei der örtlichen Bevölkerung – was übrigens im Ruhrgebiet zu der Zeit nicht sehr viel anders war. Renate hat darüber Daten erhoben, und ich habe sie an die zuständigen Stellen weitergegeben – allerdings diplomatischer, als sie es sich gewünscht hätte.«

»Ihr Mann hat gesagt, dass du sie auf dem Gewissen hast.«

»Ach, Matthias …« Agnes nahm noch einen Schluck Bier, weil sie fand, dass das bei einem entspannten Essen wieder dran war. »Das hat er nach Renates Unfall auch schon gesagt. Von dem Unfall hast du auf dem Friedhof gehört, oder?«

Milla nickte.

Agnes redete weiter. »Matthias wusste, dass Renate und ich wegen der Geheimhaltung von Umweltdaten unterschiedlicher Meinung waren, und hat sich daran festgebissen. Dabei hat er übersehen, dass wir Frauen ganz offen miteinander diskutiert haben und beide das Bestmögliche erreichen wollten. Er brauchte einfach einen Schuldigen und hat überall rumerzählt, dass der Staatssicherheitsdienst die unbequeme Renate beseitigt habe. Kann man verstehen. Renate war noch jung, und mit ihrem Tod brach für den steifen Matthias die Welt zusammen.«

»Hm.«

Agnes spürte Millas Blicke auf sich, während sie seelenruhig ein weiteres Stück Bratwurst abschnitt und es mit Senf bestrich. »Die nehmen hier auch Bautzener, außer für die Weißwürste«, sagte sie. »Köstlich. Ein sehr unauffälliges DDR-Produkt, das sich im Westen klammheimlich durchgesetzt hat. Subversiv sozusagen.« Sie schaute hoch und zwinkerte Milla zu. Ablenken und verbrüdern, dachte sie.

Milla lächelte gequält. »Und warum gehörte Schießen zu eurer Ausbildung?«

Meine Enkelin wäre nicht meine Enkelin, wenn sie mich so leicht vom Haken ließe, dachte Agnes mit gewissem Stolz. »James Bond«, sagte sie. »Agentenfilme. Die beste Werbung, um Mitarbeiter für den Geheimdienst zu rekrutieren. Im wahren Leben wurden die Dienstpistolen nicht eingesetzt.« Oder jedenfalls ausgesprochen selten und diskret, dachte sie und trank ihr Bier aus.

»Gehen wir noch schwimmen? Ich hab Handtücher dabei«, fuhr sie fort und zeigte auf ihre elegante roséfarbene Umhängetasche, die nach allem aussah, nur nicht nach Badetüchern fürs erdige Schlachtenseeufer. Die Sonne war hinter den Bäumen verschwunden, die Stand-up-Paddler angelandet, und den Leuten nach zu urteilen, die an ihnen vorbei abgezogen waren, dürfte eine leere Badestelle zum schnell Reinspringen nicht weit sein.

Sie standen auf und schlenderten den Uferweg entlang. Nach zweihundert Metern fanden sie eine gerade verlassene Stelle, bei der sie durch ein wenig Gebüsch vom Weg abgeschirmt waren. Agnes hatte sie längst gesehen, ließ sie aber Milla auch entdecken, so wie sie es einst bei Jola getan hatte. Ihrer Familie kleine Glückserlebnisse zu schenken war ihr immer wichtig gewesen. Sie mochte nicht viel Wärme in sich haben, aber dafür war sie eine meisterliche Strategin, und Millas Ausruf: »Guck mal, Oma, das ist doch eine tolle Stelle!« machte sie stolz.

Sie entkleideten sich, und Agnes begutachtete mit einem schnellen Blick Millas Körper. Der Busen war noch praller geworden und der Bauch vielleicht eine Idee weniger flach, aber wer es nicht wusste, bemerkte die Schwangerschaft nicht. Beinahe wäre Agnes herausgerutscht, dass sie nicht fand, dass Milla der drallen Renate ähnlich sah – dafür war sie zu groß und ihr Rücken zu gerade. Aber dann verzichtete Agnes lieber darauf. Bloß keine schlafenden Hunde wecken! Wenn man über etwas redete, auch wenn man es abstritt, grub sich die Kerbe dieses Umstands tiefer ins Hirn ein, und das wollte Agnes in diesem Punkt auf keinen Fall.

Bevor sie ihre Baumwollbluse, die den Schnitt eines Männerhemds hatte und ihr über den faltigen Po reichte, auszog, hängte sie zwei ultraleichte Mikrofaser-Badetücher griffbereit über einen Ast. Agnes hatte ein Faible für moderne Materialien, und diese Handtücher ließen sich so klein zusammenfalten, dass sie beide sich nachher hineinkuscheln können würden, ohne dass dafür eine sperrige Badetasche notwendig gewesen wäre.

Da sie den Schlachtensee eingeplant hatte, trug sie einen trägerlosen BH, den sie wie auch den Slip unter der Bluse aus- und anziehen konnte, und so war ihr alter Körper nur Sekunden zu sehen, ehe sie ihn im tiefen Wasser des Sees verbarg. Und zwar die Zeitspanne, in der Milla selbst ins Wasser ging und sie deshalb nicht ansah.

Eitel durfte man sein, fand Agnes, aber merken sollte es niemand. Sie hatte seinerzeit versucht, das Jola beizubringen, war aber gescheitert. Auch wenn es vielleicht keine wichtige Sache war, so war es doch ein Scheitern, das sie bis heute als großes Versagen wahrnahm.

* * *

Wolfen, 1989

Kurz vor ihrem dreizehnten Geburtstag hatte Jola einen Schuss getan. Sie würde dennoch nie so groß und schlank werden wie sie selbst, erkannte Agnes, dazu blieb das Mädchen auch nach dem

Wachstumsschub zu kompakt. Das Stämmige hatte es von Franz, aber was sollte man machen.

Im Sommer erschien Jola eines Tages mit Nagellack an den Fingern, den sie von ihrem Taschengeld gekauft hatte. Glücklicherweise war es ein Sonntag, sodass Agnes den hässlichen knallroten Lack gebührend bewundern konnte und erst am Abend durchsetzen musste, dass der am Montag in der Schule verschwunden zu sein hatte. Die unbedarfte Jola hatte natürlich keinen Nagellackentferner besorgt, und so folgte sie zeternd Franz in die Garage, wo sie Nitroverdünnung dafür nahmen.

Wenig später war Agnes' roséfarbener Lippenstift an der Hülle verschmiert gewesen, und bevor Jola an einem heißen Tag ins Freibad aufbrach, summte oben im Bad Franz' elektrischer Rasierer. Kein Haar war mehr an den Waden zu sehen, als Jola sich in einem kurzen Röckchen aufs Rad schwang.

Agnes freute sich darüber. Ihre Kolleginnen sprachen manchmal darüber, dass sich ihre Töchter ihnen freundschaftlich annäherten, seit die Pubertät vorüber war, und das stellte sich Agnes mit Jola auch schön vor. Ihre Tochter entwickelte sich zu einer fröhlichen und leichtfüßigen Pubertierenden, sie zog sich unmöglich an, schminkte sich ungeschickt und zu viel, aber Agnes ließ es ihr durchgehen.

Franz fand fast alles schick, egal wie ordinär es war, und Agnes dachte schon, ihre eigene, mit den wenigen ostdeutschen Mitteln schwer erarbeitete elegante Erscheinung wäre bei ihrem Mann Perlen vor die Säue. Aber dann sagte Franz eines Abends, als Jola mit dem Rad zu irgendeiner Mucke in Wolfen aufbrach und sie ihr vom Gartentor aus hinterhersahen: »Da rollt sich ja jeder Farbfilm ein.«

Agnes stutzte. »Ich dachte, dir gefällt, was sie anzieht.«

»Weil ich ihr das sage?«

»Und weil du sie jedes Mal dabei verliebt ansiehst.«

»Natürlich sehe ich sie verliebt an.« Franz' Kopf rückte vor

Unverständnis nach hinten. »Sie muss sich finden, und je mehr Irrwege sie jetzt ausprobiert, desto weniger geht sie, wenn es ernst wird. Ich bin stolz auf ihren Mut, sich auszuleben.«

»Ach«, machte Agnes überrascht und gleichzeitig erleichtert. Sie hatte Franz zwar falsch interpretiert, aber nicht verkehrt eingeschätzt. Seine Blicke waren nicht vorgespielt gewesen, sie hatte sie nur falsch gedeutet.

Er nahm sie in den Arm und küsste sie. »So eine Schönheit wie meine Frau wird sie vielleicht nie, aber die jungen Männer werden ihr nachlaufen.«

»Weil sie deinen Esprit hat«, flüsterte Agnes und dachte an das Märchen von Schneewittchen. *Frau Königin, Ihr seid die Schönste hier, aber Schneewittchen ist tausendmal schöner als Ihr.* Sie begriff, dass der Spiegel nur dann tiefe Eifersucht säen konnte, wenn keine Liebe im Spiel war, und dass Franz sie liebte, zeigte sein Blick, in dem Bewunderung lag, die sich gerade in Begehren wandelte.

»Wir haben sturmfrei«, flüsterte er ihr zu.

Agnes wurde vom Glück schier überwältigt und beschloss, diesen Moment, den sie als einen der glücklichsten ihrer Ehe empfand, in ihrem Herzen zu bewahren. Einen, in dem sich der Lohn der Sorge um ihr sich abnabelndes Kind bereits abzeichnete und ihre Zweisamkeit wieder an Bedeutung gewann.

Während sie einander küssend hoch ins Schlafzimmer liefen, kam ihr kurz der Gedanke, dass sie diesen Moment vielleicht auch Renates Tod zu verdanken hatte – jedenfalls das Begehren –, aber Franz' Lust war immer stark genug für sie und Renate gewesen. Und die Bewunderung war ihr sowieso teurer.

* * *

Berlin, Juli

»Oma!«, rief Milla. »Willst du bis ans andere Ufer schwimmen?«

Agnes sah auf. Tatsächlich, sie war schon fast an der gegenüberliegenden Seite angekommen. Ein Stück neben ihr schwamm Milla, deren dicke nasse Haare wie ein Helm auf ihrem Kopf saßen.

»Wir können zurückschwimmen«, sagte Agnes. »Sonst wird es vielleicht zu kalt.« Sie wendete.

»Du hast ganz schön Ausdauer«, sagte Milla und schwamm näher zu ihr heran.

Agnes lächelte. »Man sieht fast gar nicht, dass du schwanger bist. Nur, wenn man's weiß.«

»Die engen Jeans kneifen«, sagte Milla.

»Wollen wir ein paar neue Klamotten zusammen kaufen gehen? Ich zahle.«

»Danke, aber ich hab mich schon mit Mama verabredet.«

»Das ist schön, so soll es sein.« Agnes spürte dennoch einen Stich im Herzen. Es tat richtig weh, und fast wäre sie untergegangen. Sie mühte sich um gleichmäßige Schwimmzüge, konnte aber nicht verhindern, dass sie Seitenstechen bekam. Und zum Ufer war es noch weit. Mist!

Sie legte sich auf den Rücken und machte toter Mann. Dass ihre Haare nass wurden, ließ sich nicht vermeiden. Aber wenigstens ebbte der Schmerz ab.

»Die Wolke da oben sieht aus wie ein Hund«, sagte sie, um von ihrer Unpässlichkeit abzulenken.

Ihre Enkelin drehte sich sofort ebenfalls auf den Rücken. »Ein afrikanischer Löffelhund. Ein Welpe. Und über ihm schwebt ein Raubvogel. Guck, Oma!«

»Ja«, sagte Agnes. »Ich seh's.«

»Schnell in den Bau!« Milla tauchte unter.

Als sie wieder hochkam, sagte Agnes: »Du wirst eine wundervolle Mutter werden.«

Milla kicherte. »Hoffentlich.«

Sie schwammen ans Ufer, und Agnes schaffte es, sich ungesehen ins Handtuch zu wickeln, weil sie zum Ausstieg den Moment abpasste, in dem Milla ihre Haare trockenrubbelte.

Eine gute halbe Stunde später, nachdem sie Milla nach Hause gebracht hatte und über die Avus zurückfuhr, gestand sie sich ein, warum ihr Herz ihr einen Stich versetzt hatte: Es war ein Stich der Einsamkeit, aber gleichzeitig auch der Freude gewesen. Denn dass Milla mit ihrer Mutter Schwangerschaftskleidung kaufen gehen wollte, zeigte, dass es Jola gutging, besser jedenfalls als vor vielen Jahren.

* * *

Berlin, 1989

In Berlin wurde schlagartig alles anders mit Jola, die ihrer Mutter die Flucht nicht verzieh. Die Trennung von ihren Freundinnen und Freunden und, wie Franz vermutete, von Raik Hader.

»Es war Raik, mit dem sich Jola in der letzten Zeit immer getroffen hat?« Agnes richtete sich auf. Sie brachten gerade Herthas Rosenbeet in Ordnung, denn der alten Dame fiel das Unkrautjäten zunehmend schwer. Dieser Umstand war Agnes und Franz eine willkommene Gelegenheit, sich für das Obdach wenigstens ein bisschen zu bedanken. Geld hatten sie in den ersten Wochen noch keins, nur Sozialhilfe.

»Ich dachte, das wüsstest du.« Franz war erstaunt und rupfte einen Löwenzahn ab.

»Du musst die Pfahlwurzel auch rausziehen«, sagte Agnes, die sich schnell wieder hinuntergebeugt hatte, »sonst wächst der sofort nach.« Sie wollte von ihrem Versäumnis ablenken, das sie erschreckte. Und konnte nicht verhindern, dass ihr die Naziparole vom »Ausrotten mit Stumpf und Stiel« einfiel, die in der DDR übernommen worden war – dort wurde revanchistisches Gedankengut mit Stumpf und Stiel ausgerottet. Da war also ein zarter Stiel gewesen, den sie übersehen hatte.

»Direkt vor meinen Augen«, murmelte sie.

»Was ist?«, fragte Franz.

»Ach nichts, ich dachte nur, ich wär fertig mit dem Stück hier, und dann wuchs direkt vor meinen Augen noch fröhlich ein ziemlich großer Giersch.« Sie hielt eine Pflanze hoch, die sie gerade aus dem Boden gezogen hatte.

Sie arbeiteten einträchtig nebeneinander weiter.

Agnes wurde heiß und kalt, als sie daran dachte, dass Jola sich in ihren Buddelkastenfreund verliebt hatte. Wahrscheinlich hätte das sowieso nicht lange angedauert. Andererseits hörte man immer wieder, dass solche Beziehungen ein Leben lang hielten. Bloß gut, dass sie weg waren! Horst Erler, der Einzige, der Spuren verwischen konnte, war schon vor ihr verschwunden, und zwar nicht in die BRD, sondern gleich nach Chile zu irgendwelchen Freunden bei der Unidad Popular.

»Kommt ihr? Es gibt Mittag!«, rief Hertha ihnen zu, die auf die Terrasse getreten war.

Franz hörte sofort auf und klopfte sich die Erde von den Händen.

Agnes säuberte noch schnell das Beet um die letzte Rose vom Unkraut, warf alles in einen Metallkorb und brachte ihn zum Komposthaufen.

»Ach, es ist wie früher«, sagte Hertha, »als Herrmann noch gelebt hat. Wenn ich mittags für euch kochen kann, bin ich wenigstens zu was nutze.«

Schrecklich, dachte Agnes bei sich. Sie konnte sich beim besten Willen nicht vorstellen, eine westdeutsche Hausfrau zu werden, deren einziger Nutzen die Reproduktion war – und die Hausarbeit, mit der man nichts aufbaute, sondern lediglich dafür sorgte, dass alles so blieb, wie es war, und nicht herunterkam.

Wäre ich eine Hausfrau gewesen, hätte ich gemerkt, in wen

sich Jola verknallt hat, dachte sie, als sie ein paar kleine Pflänzchen aus den Maschen des Korbs zupfte. Aber eigentlich ging das eine Mutter nicht sonderlich viel an. Sie hatte sehr wohl gesehen, dass Jola herumgeknutscht hatte, der verschmierte Lippenstift sprach Bände, aber sie wäre nie auf die Idee gekommen nachzufragen. Sie hatte ihr eigenes Leben, und ihre Tochter hatte gerade die ersten Schritte in ihres getan. Da störte man als Mutter nur, fand sie. Dass die Westberliner Mütter das ganz anders sahen, hatte sie auf dem ersten Elternabend hier gemerkt; die hatten jede nicht angefertigte Hausaufgabe gekannt und lückenlos gewusst, wann ihre Kinder mit wem zusammen gewesen waren.

Das hatte Agnes furchtbar gefunden, und es widerstrebte ihr, sich einzugestehen, dass sie es sich vielleicht zu leicht gemacht hatte, indem sie zugelassen hatte, dass Jola eine Vatertochter geworden war. Die Flucht hätte Jola ihr so oder so übelgenommen – ihr, nicht ihrem Vater, der bei Lichte betrachtet auch nicht ganz unschuldig daran war.

Agnes ging ins Haus und begegnete ihrer Tochter auf dem Weg zum Händewaschen im Flur. »Wie siehst du denn aus?«, rutschte ihr heraus, als ihr das Sweatshirt mit den ausgeleierten Bündchen auffiel, das Jola trug.

»Wieso? Muss dich doch nicht interessieren«, antwortete Jola pampig.

»Woher hast du das?«

»Flohmarkt.« Jola verschwand in die Küche.

Mehr als sie gedacht hätte, litt Agnes in den folgenden Wochen und Monaten darunter, dass Jola sich verschloss. Dass sie Kapuzenshirts und Schlabberjeans trug statt Miniröckchen mit knallengen Pullovern, vorzugsweise weißen. Dass sie sich nicht an Herthas reichhaltigem Nagellackarsenal vergriff. Dass sie ihre dicken rötlichen Haare einfach nur durchkämmte, statt wilde Frisuren zu zaubern – auch wenn sie glattgekämmt eigentlich besser aussahen.

Agnes ahnte, dass Jola und sie in absehbarer Zeit nicht freundschaftlich miteinander shoppen gehen würden, wie das hier im Westen hieß. Dass sie sich nicht über Frisuren, Schuhe oder Taschen beraten würden.

Auch Franz schaute seiner Tochter traurig hinterher, wenn sie zur Schule aufbrach. Das Blitzen in seinen Augen war verschwunden. Doch seinen Kummer bekam Agnes in den Griff. Sie ging mit ihm aus, während Hertha dankenswerterweise bei Jola blieb. Sie tanzte sich die Füße wund und probierte mit ihm in Herthas Garten Marihuana, wobei sie allerdings schummelte. In ihrem Joint war kein bisschen davon enthalten, sie hatte sich eingelesen und gab sich berauscht. Sie kaufte Reizwäsche und überraschte Franz damit, und dann hatte Hertha glücklicherweise die Idee mit dem Schützenverein, der die Rettung war. Franz blühte wieder auf.

Jolas Beziehung zu ihrer Mutter nicht. Das Mädchen hielt sich an seinen Vater und an Hertha, und Agnes gab vor, das nicht zu bemerken. Ihre Tochter schloss neue Bekanntschaften, hatte Freundinnen. Aber Agnes täuschte all das nicht darüber hinweg, dass die Seele ihres unbeschwerten Teenagers einen Knacks bekommen hatte und sich bei ihrem Anblick kein Farbfilm mehr aufrollen würde. Vielleicht nie mehr, und das beschwerte ihr mütterliches Herz mehr als alles, was bisher in Agnes' Leben geschehen war.

Drei Wochen nach dem Abitur zog Jola in eine WG nach Berlin-Schöneberg. Danach war sie nur noch selten in Zehlendorf zu Besuch. Erst seit Milla auf der Welt war, waren Mutter und Tochter einander etwas nähergekommen, aber auch nicht besonders, denn zum Babysitten hatte Jola Toni und Dirk, da brauchte sie ihre Mutter nicht.

* * *

Berlin, Juli

»Hallo, Mama!« Milla kam in einem ihrer Blümchensommerkleider und klobigen Plateausandalen die Treppe hinaufgehüpft.

Jola lächelte. Wunderschön war ihre Tochter mit den wippenden Haaren, in deren helles Braun sich jetzt im Sommer wieder blonde Strähnen hineingemogelt hatten. Wie bei ihrem Vater, dachte sie bei sich und drückte den unerfreulichen Gedankengang sofort weg. Toni hatte immer ganz verliebt »Sonnenküsschen« zu den blonden Strähnen gesagt, als Milla noch klein gewesen war. Und jetzt würde sie selbst ein Kind bekommen. Vermutlich allerdings eins mit dunkleren Haaren. Auf jeden Fall keins mit dünnen, denn Navid hatte auch ordentlich Wolle auf dem Kopf.

Milla war inzwischen an ihrer Etage angekommen, umarmte ihre Mutter und gab ihr einen Kuss. »Ich muss schnell aufs Klo, dann können wir los«, sagte sie und schlüpfte an Jola vorbei in die Wohnung und ins Bad.

Dirks Zimmertür öffnete sich. »Hab ich eben unsere Sprotte gehört? Wo ist sie denn?«

Jola wies mit dem Kopf aufs Bad. »Kommt gleich.«

»Trinken wir noch Kaffee zusammen?«, fragte Dirk.

»Nee, lass uns gleich los, Mama«, kam es aus dem Bad. Dann rauschte die Toilettenspülung, und der Wasserhahn ging an.

Jola schlüpfte in ihre Riemchensandalen.

»Na gut«, murmelte Dirk verträglich.

»Sie wird wieder mehr hier sein, wenn das Kind da ist«, flüsterte Jola ihm zu, »wart's ab.«

Da ging auch schon die Badtür auf. »Hallo, Dirk«, sagte Milla fröhlich und umarmte ihn.

Er drückte sie an seine Brust und schob sie dann ein Stück weg. »Also, wofür du mit deiner Mutter Schwangerschaftsklamotten kaufen willst, ist mir schleierhaft. Aber ihr werdet schon wissen, was ihr tut.«

»Guck mal!« Milla zog ihr locker sitzendes Kleid um ihren Bauch herum fest.

»Tatsächlich«, sagte Dirk. »Da ist wirklich ein Bäuchlein.« Er zog Milla noch einmal an sich. »Ich freu mich auf unser Sprottenspröttchen.« Dann gab er sie frei und wünschte Jola und ihr einen schönen Mutter-Tochter-Nachmittag.

»Ich hab mal gegoogelt«, sagte Jola, als sie vor dem Haus in den Sommersonnenschein traten. »Inzwischen haben ja sogar ganz normale Modeketten Bereiche mit Schwangerschaftsmode.«

»Ich brauche erst mal größere BHs«, sagte Milla. »Ich meine, bis zum Stillen ist doch eigentlich noch reichlich Zeit, aber meine Brüste haben mir die Schwangerschaft als Erstes gemeldet.«

»War bei mir auch so«, sagte Jola und öffnete das Auto, das sie sich mit Toni und Dirk teilte. »Wir fahren in den Prenzlauer Berg. Da ist ein richtig schickes Geschäft für Schwangerenklamotten. Ich will das mit dir genießen.«

»Wenn das so ist, sag ich nicht Nein.« Milla stieg ein. »Du hast auch noch studiert, als ich kam, oder?«

Jola nickte. »Geld hatte ich genauso wenig wie du.«

»Haben Oma und Opa dir unter die Arme gegriffen?«

»Wollte ich nicht.«

»Warum nicht?«, fragte Milla.

»Unser Verhältnis war damals nicht das beste … Idiot!« Jola hupte eine Protzkarre an, die sie geschnitten hatte. »Na warte!« Sie scherte bei der nächsten Gelegenheit links aus und gab Gas.

Milla drehte das Radio – und damit vier im Bassbereich besonders leistungsstarke Boxen – bis zum Anschlag auf und zeigte im Vorbeifahren den Finger durchs geöffnete Fenster. Mit dieser vollen Dröhnung aus Motor und Boxen hatten die Zuhältertypen in der Protzkarre nicht gerechnet; sie glotzten blöd.

»Hey, Mama, cool!«

Jola lächelte. »Dirk hat den Wagen ein bisschen frisiert.«

»Sieht man ihm nicht an«, sagte Milla.

»Wem, Dirk oder dem Auto?«

»Beiden.«

Sie kicherten, und Jola genoss es. Das Auto war ein unspektakulärer, aber hübscher kleiner Alfa Romeo, in den Dirk kaum hineinpasste, den er aber dennoch für Toni ausgewählt hatte, damit er »wenigstens ein bisschen Italien« in der Stadt hatte. Dass Toni das Licht der Welt im Berliner Wedding erblickt hatte, zählte für Dirk nicht. Für Toni auch nicht, für den zählte der Liebesbeweis. Das hatte Jola deutlich gesehen, als Dirk mit dem neuen Gebrauchtwagen vorgefahren war und das »Schnuckelchen« in Kaffeebraun-Metallic seinem Liebsten präsentiert hatte.

Wenig später fand Jola gar nicht weit von dem Laden einen Parkplatz. Drinnen ließen sie sich die neuesten Raffinessen der Schwangerenkleidung zeigen, und Milla verschwand mit einem geblümten Schlauchkleid, dessen Bauchteil ausgearbeitet war, einem Siebenmonatsbauch zum Anschnallen und einer Bluse für den fünften und sechsten Monat in der Umkleidekabine. Für die letzten Monate wollten sie noch einmal herkommen.

Jola hatte krampfhaft überlegt, ob sie mit in die Kabine gehen sollte, aber es dann doch gelassen und sich auf einen Hocker zwischen den Kleiderständern gesetzt. Sie war schließlich nicht die Freundin ihrer Tochter, und der Kindheit, in der Jola ihr geholfen hatte, war Milla seit zehn Jahren entwachsen. Sie war stolz darauf, dass Milla so locker und vertraut mit ihr shoppen ging. Ihr selbst war das nach der Pubertät mit Agnes unmöglich gewesen. Sie hatte ihre Mutter gehasst, die sie aus Wolfen herauskatapultiert hatte. Die sie von Raik getrennt hatte, von seinen Küssen, die die Wärme einer neuen Welt versprachen. Ihr hätte eine neue Welt mit Raik gereicht. Der Westen, die goldene Welt, in die damals so viele wollten, interessierte sie weniger. Fast zehn Jahre hatte es gedauert, bis sie Raik wiedergesehen hatte.

* * *

Berlin, Herbst 1998

»Jola?«

Die Stimme war tief, tiefer noch als gegen Ende des Stimmbruchs. Aber obwohl Jola sie da das letzte Mal gehört hatte, erkannte sie sie sofort. Sie fuhr herum.

»Du trägst immer noch so gern Weiß.«

Da stand er.

»Raik«, flüsterte sie. Für mehr reichte ihre Stimme nicht aus, denn ihre ganze Kraft schien sich in ihrem Bauch zu sammeln, in dem ihr ganz heiß wurde. Sie sah an sich hinab und schaute ihn hilflos an.

»Ich war mir fast sicher, obwohl ich dich eben nur von hinten gesehen habe. Die weiße Jeansjacke hat den Ausschlag gegeben.«

Jola lächelte, jetzt war der Groschen gefallen. »Ja, Weiß war in Wolfen schick, weil es höchstens einen Nachmittag lang weiß war und dann schon einen Grauschleier hatte.«

»Siehst du?« Er zeigte auf sein weißes Shirt, und dann mussten sie lachen.

»Hallo, Jola«, begrüßte er sie nun innig, und seine tiefe Stimme bekam ein weiches Timbre, das ihr eine Gänsehaut bescherte.

»Hallo, Raik«, grüßte sie ihn ebenso, und zum ersten Mal seit neun Jahren kehrte in ihre Stimme unwillkürlich ebenfalls das Weiche zurück, das seit dem letzten Nachmittag in Wolfen verschwunden gewesen war. Ein Nachmittag, den sie und Raik mit Küssen verbracht hatten.

Jetzt standen sie an einem trüben Herbsttag hinter der Humboldt-Uni, und Jola hatte gerade ihr Rad aufgeschlossen, um nach Schöneberg in ihre WG zu fahren.

»Studierst du hier auch?«, fragte sie.

Raik nickte. »Medizin.«

Jola stockte der Atem.

»Ich weiß«, sagte er. »Wie meine Mutter.«

»Du hast ihren Beruf gemocht.«

»Vor allem die Art, wie sie ihren Beruf ausgeübt hat.«

Sie wusste gleich, was er meinte. Ihr Gespräch war wie eine Lampe in der Dunkelheit, man knipste sie an, und sofort strahlte sie hell. »Ja, sie hat immer ohne Federlesen und mit der Autorität ihres Könnens losgelegt, und hinterher hat man sich geholfen und getröstet gefühlt.« Jola dachte an diverse Abschürfungen, Splitter und sogar eine Verrenkung, die sie sich beim Spielen im Hader'schen Garten oder der Fuhneaue zugezogen und die Raiks Mutter so liebevoll wie bestimmt verarztet hatte.

»Vati hat ihren Tod bis heute nicht verwunden.« Raik zuckte mit den Schultern. »Und du? Studierst du auch hier?«

»Ja, Lebensmittelchemie.«

»Stimmt, in Chemie warst du schon immer gut. Da quäle ich mich durch.«

»Ich kann dir vielleicht helfen.«

»Da sag ich nicht Nein. Hast du ein bisschen Zeit?«

Sie sah in seinen wasserblauen Augen, dass er über ihren irritierten Blick überrascht war, dann offensichtlich blitzschnell überlegte und sich verbesserte: »Natürlich nicht zum Chemielernen. Ich wollte fragen, ob du mit mir was essen gehst.« Seine Augen waren jetzt tief wie die Mulde bei Hochwasser, und seine Grübchen erschienen, genau wie früher, wenn er sie angelächelt hatte, weil ihm irgendwas an ihr gefiel.

Sie nickte, und auf einmal bekam sie kein Wort mehr heraus.

Aber das musste sie auch gar nicht, denn das übernahm er für sie. »Mein Rad steht dahinten. Kennst du das Sophieneck? Da sind wir in zehn Minuten, und vielleicht schaffen wir es noch vor dem Regen.«

»Kenn ich«, sagte sie. Das Sophieneck war eins jener Kiezlokale, die es schon in der DDR gegeben hatte, etwas abseits vom Rummel um den Hackeschen Markt.

Sie schafften es nicht vor dem Regen, der in diesem Oktober reichlich fiel. Aber das machte nichts, denn im Sophieneck war es ein bisschen schäbig, gemütlich, voll und deshalb warm. Unsere Sachen und Haare werden schnell trocknen, dachte Jola erleichtert, als sie Raik in den Gastraum folgte, wo er mit einem schnellen Rundumblick einen Zweiertisch am Fenster erspähte, an dem sich gerade eine Frau einen langen Schal mehrfach um den Hals wickelte.

»Da«, sagte er und steuerte auf den Tisch zu. Jola folgte ihm, und sie kamen genau in dem Moment dort an, als er frei wurde.

»Du bist ganz schön gewachsen«, sagte Jola beim Hinsetzen. »Und breite Schultern hast du auch bekommen.«

»Die Größe hab ich von meinem Vater.«

»Ich weiß«, sagte sie und schüttelte ihre Haare auf.

Er guckte. »An der Haarfarbe hab ich dich zuerst erkannt. An diesem Rotstich. Wie ein neues Kupferdach.«

»Ich hab dir nach dem Mauerfall nicht geschrieben«, platzte Jola heraus und stockte. Sie wollte sich entschuldigen, aber sie wusste nicht, wie sie ihre Scham, ihr Ausgeliefertsein an ihre Eltern und ihre Zehlendorfer Mitschüler erklären sollte. Ihre Unfähigkeit, die neue mit der alten Welt zu vereinen.

Er schüttelte leicht den Kopf. »Lass. Wir waren dreizehn.«

Dann kam die Kellnerin, und sie bestellten jeder eine Boulette mit Brot und Bier.

»Ihr seid damals wegen deiner Mutter abgehauen, oder?«, fragte Raik.

»Ja, klar, der ging der Arsch auf Grundeis«, sagte Jola, froh, dass er keine Erklärung von ihr erwartete. »Meine Eltern haben eigentlich nie so richtig darüber geredet. Sie haben nur gesagt, dass die DDR bankrott ist, und zwar wirtschaftlich. Das wusste die Stasi damals schon, war aber streng geheim. Spätestens gegen Jahresende wäre sowieso alles zusammengebrochen. Und da wollten sie ›über alle sieben Berge sein‹, wie Vati gesagt hat, damit sie bessere Chancen im Westen haben. Ehe alle kommen.«

Raik seufzte. »Nicht dumm. Hätte mein Vater mal auch machen sollen.«

»Wieso?«

Das Bier kam, und gleich darauf die Bouletten.

»Ich sterbe vor Hunger«, sagte Raik, und dann schnitten sie sich synchron ein großes Stück ab, schoben es sich in den Mund, kauten und grinsten sich mit dicken Backen an.

»Wir hätten gleich jeder eine doppelte Portion bestellen sollen«, sagte er.

Sie nickte. »Wäre klug gewesen.«

»Aber die rote Grütze ist hier auch gut.«

»Du warst bei deinem Vater. Wie geht es ihm?«, fragte Jola.

»Beschissen«, sagte Raik schlicht.

»Arbeitslos?«

Er nickte. »Und total verbittert. Er hat überhaupt keine Chance. Er will nicht weg, er sagt, Wolfen ist sein Zuhause. Aber als Anlagentechniker brauchst du Anlagen, und die gibt's nicht mehr. Weder in Wolfen noch in Bitterfeld. Alles abgebaut. Buna und Leuna sind mittlerweile so gut wie weggesprengt. Und die kleineren Klitschen im Raum Halle-Leipzig sind sowieso alle tot. Er hat einen Heimatverein gegründet. ›Original Wölfe‹ heißt er. Ziemlich weit rechts.«

Jola verschluckte sich. »Ach, du Scheiße.«

Am Nebentisch drehte sich jemand um.

»Musst du nicht ganz so laut sagen, aber du sprichst mir aus der Seele«, sagte Raik und grinste schief.

»Entschuldige. Tut mir leid.« Jola schluckte. »Mit deinem Vater, meine ich.«

Er winkte ab.

Keiner von beiden aß weiter.

»Ich verstehe das nicht«, sagte Jola nach einer Weile. »Dein Vater war doch auf den Montagsdemos. Da lebte er doch eigentlich wieder auf.«

»Das ist es ja gerade. Was damals gefordert wurde, ist nur rein theoretisch eingetroffen. Wir sind ein Volk, aber nur auf dem Papier. In Wahrheit sind die Ossis die Dummen, die Hinterwäldler, die jetzt mitgezogen werden müssen, weil sie angeblich faul waren, die keine Ahnung von Wirtschaft und Demokratie haben. Die, auf die man genüsslich herabsehen kann, weil sie sich über den Tisch haben ziehen lassen.« Raiks Nasenflügel blähten sich.

Wenn er so redet, sieht er seiner Mutter ähnlich, stellte Jola fest. Besonders das Gefühlvolle in seinen wasserblauen Augen war genau wie bei ihr. Blaue Augen empfand Jola sonst nie als weich, aber bei diesen strahlte die Empfindsamkeit dermaßen verletzlich von innen durch die kühle Farbe hindurch, dass sie tief gerührt war. Sie langte über den Tisch nach seinen Händen, und er erwiderte den Griff sofort.

»Ich kann ihn verstehen, und wenn die friedliche Revolution und die Diskussionen an den runden Tischen nicht demokratisch waren, was denn dann? Das Kohlgekungel? Aber egal, statt zum Befreiungsschlag auszuholen, hat er es sich im Jammertal eingerichtet«, sagte er.

»Und das ist nicht zum Aushalten«, ergänzte Jola.

»Genau.« Er schaute auf seinen Teller, auf dem noch eine Viertelboulette übrig war. »Die Portion reicht doch«, sagte er und hielt ihre Hände weiter fest.

Sie wiegte den Kopf. »Nur, wenn es noch rote Grütze hinterhergibt.«

Er seufzte, ließ ihre Hände los und griff nach seiner Scheibe Brot. »Dann müssen wir wohl doch erst mal aufessen.«

»Ja«, sagte sie, klaute ihm ein Gürkchen, kaute knackend und verdrehte genüsslich die Augen.

Da lächelte er und biss von seinem Brot ab. »Und deine Eltern?«

»Vati hat es gut getroffen. Er ist bei der Werkfeuerwehr von

Schering. Mutti arbeitet in einem Detektivbüro. Als Privatdetektivin.«

»Echt jetzt?«

»Ja. Ich glaube, der Inhaber schätzt sie. Und sie sagt, dass sie im Osten genug Karriere gemacht hat, das könnten jetzt andere machen. Meine Eltern haben ein Riesenhaus in Zehlendorf geerbt, von Vatis Großtante. Hertha hat uns damals aufgenommen und keine Kinder, weil ihr Mann nach dem Krieg keine mehr zeugen konnte. Meine Eltern und ich haben noch mal Leben in die Bude gebracht, sie hat uns quasi adoptiert. Mutti hat nach ihrem Tod angefangen, das Haus modern herzurichten, und darin geht sie halbwegs auf.«

»Das hat sie ja schon immer gern gemacht. Sie hat auch bei euch in Wolfen die Durchbrüche veranlasst, oder? Die in der unteren Etage.«

Jola nickte.

»Die waren schick«, sagte Raik. »Aber dass deine Mutter als Privatdetektivin arbeitet, ist kaum zu glauben. Sie war so ehrgeizig.«

Jola schob ihr letztes Stück Boulette auf dem Teller hin und her, bis Raiks Gabel sich blitzschnell wie eine Harpune hineinversenkte, er seine Beute im Mund verschwinden ließ und ihr außer ein paar Krümeln nichts mehr blieb.

»Ey.« Sie schaute auf. Er ließ seine Grübchen sehen und kaute.

Sie schüttelte den Kopf, lächelte ebenfalls. »Ich weiß nicht, warum sie all die Jahre Privatdetektivin geblieben ist. Wahrscheinlich weil sie mit dem Stasi-Lebenslauf nicht so einfach eine bessere Stelle bekommen hätte. Ihrem Chef war das wohl egal. Mutti ist fleißig und gewissenhaft, und Spitzeln hat sie gelernt, ich meine, was will so einer mehr?«

»Auch wieder wahr. Und besser als Jammertal.« Raik verzog den Mund. »Rote Grütze?«

Jola schaute aus dem Fenster. Es war dunkel geworden, aber

die Wolken schienen sich verzogen zu haben, die Bürgersteigplatten waren fast trocken.

Sein Blick musste ihrem gefolgt sein, denn er sagte: »Wir können noch ein bisschen gehen. Ich wohne hier in der Nähe. Und ich hab zwar keine rote Grütze, aber Schokolade.« Er hob den Zeigefinger. »Nussschokolade.«

»Das weißt du noch?«

»Klar«, sagte er.

Jola liebte Nussschokolade, die hatte es aber in der DDR so gut wie nie gegeben, und bei einem ihrer letzten Treffen im Sommer '89 hatten sie Haselnüsse vom Vorjahr aus dem Hader'schen Garten geknackt, eine Tafel Schokolade zum Weichwerden in die Sonne gelegt und sie dann hineingedrückt. Es hatte gar nicht schlecht geschmeckt.

Er bezahlte – »Ich hab dich angequatscht, ich zahle« –, und dann gingen sie hinaus und holten ihre Fahrräder. Ohne darüber sprechen zu müssen, stiegen sie beide nicht auf, sondern schoben sie nebeneinander durch die schmalen Straßen des alten Scheunenviertels. Sie ihr Rad links, er seins rechts, und so berührten sie sich immer wieder, denn die Bürgersteige waren eng.

»Schon merkwürdig, wir haben uns ewig nicht gesehen und unterhalten uns als Erstes über unsere Eltern«, sagte Raik.

»Wir waren noch Kinder, als wir uns das letzte Mal gesehen haben. Da waren unsere Eltern wichtig für uns«, sagte sie nach einer kleinen Denkpause.

»Als wir uns das *letzte* Mal gesehen haben, waren sie nicht besonders wichtig für uns, wenn ich mich recht erinnere.«

Als Jola ihn von der Seite ansah, blickte sie im Licht einer funzligen Laterne auf seine Grübchen, die sich in einem stillen Lächeln gebildet hatten.

* * *

Berlin, Juli

»Mama?« Milla wackelte mit dem umgeschnallten Siebenmonatsbauch, der nun in dem geblümten Schlauchkleid steckte, vor Jolas Gesicht herum.

Jola schreckte auf.

»Wo warst du denn mit deinen Gedanken?«

»Huch?« Jola riss die Augen auf.

Milla hielt still, griff sich liebevoll mit beiden Händen an den Anschnallbauch und schürzte die Lippen.

»Sieht täuschend echt aus«, sagte Jola.

»Täuschen tut da nichts, Mama. Jedenfalls grundsätzlich nicht«, sagte Milla. »In drei Monaten seh ich wirklich so aus.«

»Ja, und zwar genauso. Das Kleid steht dir hervorragend. Ist wirklich schick. Das nehmen wir, oder?« Jola verspürte auf einmal so viel Freude und gleichzeitig so viel Schmerz in ihrem Bauch, dass diese nicht mal dann in Millas Anschnalldummy gepasst hätten, wenn es der für den neunten Monat gewesen wäre.

Sie selbst war nach dem Debakel mit Raik eine tief verunsicherte Schwangere gewesen. Erst gegen Ende der Schwangerschaft, als Toni und Dirk in ihr Leben getreten waren, hatte sie sich sorglos in das Glück der werdenden Mutter fallenlassen können, das sie heute in Millas Augen sah. Sie hatte sich erst dann behütet gefühlt, obwohl sie die ganze Zeit gewusst hatte, dass ihre eigene Mutter ihr nach Kräften beistehen würde. Bei Agnes war ein solches Beistehen allerdings immer von einer spürbaren inneren Kraftanstrengung getragen, während es bei Toni und Dirk aus leichtem Herzen kam.

Milla nickte, dass ihre Haare wippten. »Ja, ich hol mir noch eine abgeschrappelte Männerlederjacke vom Flohmarkt, die im«, sie rechnete mithilfe ihrer Finger, »Oktober über den Bauch geht, dann ist es perfekt.«

Die Verkäuferin, die hinter Milla in Jolas Sichtfeld stand, zog die Augenbrauen zusammen.

Jola schlug auf ihrem Hocker die Beine übereinander und genoss es, werdende Großmutter zu sein und sich die Schwangerschaft ihrer Tochter mit genug Geld auf dem Konto versüßen zu können. »Ganz dein Stil. Was ist mit den Blusen?«

»Die passen auch, also ich meine, die sind eben noch ein bisschen zu weit, aber nicht so viel. Die mit diesen Fältchen im Brustbereich sieht richtig gut aus.«

»Will ich sehen«, sagte Jola.

Also ging Milla wieder in die Kabine und rief kurz darauf nach ihrer Mutter.

Jola guckte hinein. Milla stand in Slip und Bluse vor dem Spiegel in der Kabine.

»Ja«, sagte Jola. »Die wird passen.« Millas Busen war wirklich groß, ganz anders als ihrer und der von Agnes. In diesem Moment kam ihr die junge Frau fast fremd vor. Ihre Tochter war eben wirklich ein eigener, selbstständiger, erwachsener Mensch. Manchmal fiel es Jola schwer, sich auf diesen Abstand einzurichten.

»Die ist auch lang genug, um sie über Leggins zu tragen.« Milla drehte sich vor dem Spiegel hin und her und zupfte am Saum der Bluse.

»Na, dann haben wir es, oder?«

»Danke, Mama. Cool. Du bist die Größte.«

Jetzt klang Milla wieder wie ein junges Mädchen, und Jola zog zufrieden den Vorhang hinter sich zu.

Wenig später traten sie mit einer schicken Papiertüte aus dem Laden und setzten sich gleichzeitig ihre Sonnenbrillen auf. Millas war eindeutig vom Flohmarkt, ein riesiges Siebzigerjahremodell, rechteckig mit abgeschrägten Ecken. Die hatte es auch im Osten gegeben, und Jola hatte dunkel ein Gesicht mit einer ähnlichen Brille vor sich, das dem ihrer Tochter beinahe glich. Ihre eigene hatte einen fast runden Goldrand und verspiegelte Gläser, das machte jünger.

»Gehen wir noch zum Helmholtzplatz in ein Café?«, fragte Jola. Der war ganz nah, da konnten sie das Auto stehen lassen.

»Klar. Ich hab Hunger«, sagte Milla.

»Wie war es eigentlich mit Opa in Wolfen?«, fragte Jola, als sie sich auf den Weg machten.

»Gemischt«, antwortete Milla. »Wir sind auf dem Friedhof einem alten Nachbarn von Oma und Opa begegnet, und der hat Opa wüst beschimpft.«

»Was?«, fragte Jola. »Wer denn?«

»Matthias hieß der.« Ihre Tochter schaute sie von der Seite an, und Jola beglückwünschte sich innerlich, die Brille mit den verspiegelten Gläsern aufgesetzt zu haben. So dürfte Milla ihr Schreck entgangen sein. Sie schwieg. Den Teufel würde sie tun und das kommentieren.

»Du hast mir nie gesagt, dass Oma bei der Stasi war.«

»Ach, komm.« Jola ließ es so klingen, als mache Milla aus einer Mücke einen Elefanten.

»Mama, das ist ein dickes Ei«, sagte Milla unwillig und blieb stehen. »Außerdem hat dieser Matthias gesagt, dass Oma seine Frau auf dem Gewissen hat. Die lag da auf dem Friedhof.«

»Oje.« Jola war notgedrungen zwei Schritte weiter stehen geblieben und seufzte. »Komm, das besprechen wir im Café, aber nur, wenn wir einen Tisch irgendwo am Rand bekommen.«

»Gut.« Milla nickte und stapfte auf ihren Plateaus los.

Jola musste unwillkürlich lächeln. Sie selbst war einmal genauso energisch und forsch gewesen, allerdings nur als Teenager. In allen sonstigen Lebensphasen hatte sich die Erziehung ihrer eleganten, kühlen Mutter bemerkbar gemacht. Sie wusste sich gegenüber anderen Menschen zu kontrollieren, und das hatte viel für sich. Nur einen hatte es gegeben, bei dem sie sich einfach hatte fallenlassen, und das war im letzten Jahrhundert gewesen.

* * *

Berlin, 1998

Vom Sophieneck bis zu Raiks Wohnung war es wirklich nicht weit. Raik öffnete ihr eine uralte Durchfahrt, die zwischen den neuen Designerläden des mittlerweile hippen Scheunenviertels deplatziert wirkte. Sie schoben die Räder hindurch und kamen auf einen Hof, in dem es Laubengänge aus Holz gab.

»Unglaublich«, sagte Jola. »Sieht aus wie auf dem Dorf.«

»Das Haus ist noch aus dem 18. Jahrhundert, als das hier ein jüdisches Viertel wurde.«

»Ist alles neu gemacht, oder?«

Raik nickte. »Ein Freund von Vati hat hier in den Achtzigern gewohnt und es geschafft, sich das Haus in der Wendezeit unter den Nagel zu reißen. Er vermietet die erste Etage über der Kneipe zum Spottpreis an sechs Studenten, an Kinder von ehemaligen Mitstreitern aus der Opposition, die jetzt ins Abseits geraten sind und kein Geld haben wie die Wessi-Eltern, die den Prenzlauer Berg schon halb aufgekauft haben und ihren Sprösslingen großzügige Altbauwohnungen in der Hauptstadt finanzieren.«

»Däsch isch scho doll in där Haupschdad«, schwäbelte Jola mehr schlecht als recht. »Die kenn ich, hab mehrere davon in meiner Seminargruppe.«

Kichernd stellten sie ihre Räder ab und stiegen auf einer Holztreppe zum Laubengang der ersten Etage hoch. Hier gab es sechs Türen. Raik schloss die zweite auf, machte Licht, und Jola fand sich in einem Mini-Appartement wieder.

Raik zeigte auf die Tür gleich rechts neben dem Eingang. »Das ist das Bad, das teile ich mir mit dem Nachbarn, sechs Zimmer und sechs Bäder hätten in die Etage nicht reingepasst. Über dem Lichtschalter siehst du ein rotes Lämpchen. Ist jetzt aus. Wenn es brennt, ist Licht im Bad, und das heißt, mein Nachbar ist drin. Im Umkehrschluss musst du das Licht immer ausmachen, wenn du das Bad verlässt.«

»Klar«, sagte Jola und war unangenehm berührt. Wie vielen

Frauen Raik das wohl schon erklärt hatte? Er klang ganz schön routiniert. Überrascht war sie über diesen Anflug von Eifersucht nicht. Raik war nie ganz aus ihren Gedanken verschwunden, all die Jahre nicht.

Das Appartement war ansonsten offen, ein schmaler Schlauch mit wenig Platz links und rechts des Fensters. Das Bad sprang in den Raum hinein, an seiner Rückseite stand eine Miniküchenzeile, gleich davor das Bett und hinter einem halbhohen Regal, das als Raumteiler fungierte, am Fenster Raiks Schreibtisch.

»Klein, aber mein«, sagte er, öffnete umstandslos einen Oberschrank der Küche und holte eine große, dicke Tafel Milchschokolade mit ganzen Nüssen heraus. Dann kratzte er sich am Kopf. »Und zu trinken? Für Kaffee ist es ein bisschen spät, oder?«

Das klang jetzt weniger routiniert.

»Wasser«, sagte Jola deshalb bescheiden.

»Whisky.« Raik hob einen Zeigefinger. »Whisky und Nussschokolade, das schmeckt bestimmt.«

»Ich hab noch nie Whisky getrunken.« Jola beäugte misstrauisch Raiks erneuten Griff in den Oberschrank.

»Den hab ich von einem Kommilitonen, den ich durch die Anatomieprüfung geschleift habe. Alte Hannoveraner Arztfamilie. Inzestuöser Schwachsinn. Schottischer Whisky.«

Jola lachte.

»Ich hab auch noch nie Whisky getrunken«, sagte Raik.

»Dann auf jeden Fall Whisky.« Bei dem Gedanken, mit Raik noch einmal eine erste Erfahrung gemeinsam zu machen – wie früher, als sie beim Schweinebaumeln in vollem Schwung von den Kniekehlen in die Kerbe über der Ferse gerutscht waren, Pfennigstücke auf den Bahnschienen hatten plattfahren lassen, als sie jeder eine Tollkirsche gegessen hatten, und nicht zu vergessen ihren ersten Kuss –, begann ihr Herz schneller zu klopfen.

Sie verteilten die Schokolade, zwei Gläser Wasser, zwei Eierbecher und die Whiskyflasche auf dem Fensterbrett. Raik stellte den Schreibtischstuhl und einen Klappstuhl nebeneinander davor, knipste eine kleine Lampe auf dem Regal an und zeigte auf den Schreibtischstuhl. »Setz dich.«

Das tat Jola, er setzte sich daneben, winkelte die Knie an, stellte die Füße auf die Heizung und bedeutete ihr, dasselbe zu tun.

Einen Moment saßen sie still nebeneinander. Es war gemütlich, fand Jola. Von der Scheibe perlte der Regen, und der Whisky schimmerte im Licht der kleinen Lampe golden wie in der Werbung.

Irgendwann wies Raik auf die Flasche. »Achtzehn Jahre alt. Da haben wir vermutlich gerade im Buddelkasten mit dem Bau größerer Burgen begonnen.«

»In unsere schönste bist du rückwärts reingestolpert …«

»Und mein Hintern war die Riesenabrissbirne …«

»Und dann haben wir beide geheult wie die Schlosshunde.«

»Darauf trinken wir«, sagte Raik und entkorkte die Flasche.

Jola wickelte inzwischen die Schokolade aus und hielt ihm dann die Eierbecher hin.

Raik goss ein, stellte die Flasche weg, nahm Jola seinen Becher aus der Hand und sah ihr mit einem leicht verwaschenen Blick in die Augen. »Auf uns.«

»Auf uns.« Jola nippte an ihrem Whisky. »Scharf. Aber irgendwie auch weich. Nussig!«

Raik grinste und reichte Jola ein Stück Nussschokolade. »Ich glaube, wir haben einen Volltreffer gelandet.«

Jola aß das Stück und trank einen Schluck Whisky hinterher. »Haben wir.«

»Wie ist es dir ergangen?«, fragte Raik.

»Ich fand's beschissen.«

»Du wusstest vorher nichts, oder?«

Jola schüttelte den Kopf. »Die haben einfach gesagt, ich soll mich umziehen und brauche feste Schuhe. Dann haben sie mich ins Auto verfrachtet.« Eigentlich erstaunlich, dachte sie, dass Raik gleich wusste, was sie »beschissen« gefunden hatte, aber irgendwie auch wieder nicht. Ihre Eltern hatten nie wirklich darüber mit ihr geredet, wie sie die Flucht in den Westen verkraftete, auch nicht ihr Vater, der bestimmt nicht ganz freiwillig gegangen war. Irgendwie war es ihr damals in ihrem Zorn gar nicht aufgefallen. Jetzt, da sie Schulter an Schulter neben Raik saß und seine tröstliche Körperwärme spürte, da sie auf die Regentropfen an der Scheibe guckte, die herabrannen wie Tränen, war es ihr zum ersten Mal bewusst.

»Als wir in Zehlendorf ankamen, hatte jeder mit sich zu tun und Mutti mit Vati, den hat sie über sein Heimweh hinweggebracht. Ich hatte dafür Hertha, Vatis alte Großtante, und mit der habe ich es nicht schlecht getroffen. Ich war wie ein spätes Kind für sie. Aber dass ich Wolfen nachweinte, konnte ich ihr beim besten Willen nicht sagen, das hätte sie nie verstanden. Ihr Geschichtsverständnis hat bei der sowjetischen Besatzungszone aufgehört, also bei den Russen. Und von diesen ›Barbaren‹«, Jola machte Luftgänsefüßchen, »konnte man ihrer Meinung nach nur wegwollen.«

Raik goss Whisky nach und hielt Jola erneut die Schokolade hin. Sie aß und trank.

»Und du?«

»Auch beschissen. Meine Freundin war verschwunden und Vati zwischen Wendetaumel und Trauer, ab 1990 dann zwischen Wendefrust und Trauer.«

Jola leckte sich die Schokolade von den Fingern der linken Hand und griff nach seiner rechten. Sie drückten gleichzeitig leicht, dann zog er ihre Hand auf sein Bein.

»Nach dem Abi bin ich gleich zur Armee. Ich wollte nur noch weg. Und weil meine Mutter in ihrem Arbeitsvertrag eine Sonderklausel gehabt hatte, dass ihr Kind Medizin studieren darf, und ich in meiner Verzweiflung gelernt hatte wie ein Irrer, habe ich einen Studienplatz bekommen.«

»Was für eine Klausel?«, fragte Jola.

»Damit haben sie Ärzte nach Wolfen und Bitterfeld gelockt. Ich hätte ja sonst gar nicht auf die Penne gedurft als Arztsohn. Egal. Jedenfalls die Bundeswehr … Da war ich einfach nur weg. Aber seit ich hier in Berlin bin, wird es besser. Hier komme ich langsam wieder an. Ich darf nur Vati nicht in Wolfen besuchen.« Raik verstummte und gönnte sich einen großen Frustschluck.

»Ich bin auch gleich nach dem Abi ausgezogen«, sagte Jola und trank sich Mut an. »Hast du eigentlich eine Freundin?«

Er wandte sich ihr zu, schüttelte den Kopf und zog dann die Augenbrauen hoch.

Jola verstand die Frage, die darin lag, und schüttelte ihrerseits den Kopf.

Da erschienen seine Grübchen in den Wangen. »Der letzte Stand ist, dass wir für den nächsten Tag verabredet waren.«

»Mit Brombeersahneeis«, sagte sie.

»Gilt die Schokolade als Ersatz?«, fragte er.

»Westschokolade? Na klar.«

Da wurden seine Grübchen noch tiefer. Er stellte seinen Eierbecher aufs Fensterbrett und strich Jola mit der freien Hand sanft das Haar aus dem Gesicht. Ganz kurz bekamen seine Augen wieder diesen leicht verwaschenen Blick, bevor Begierde in ihnen aufstieg. Dann küsste er sie, und sie küsste zurück. Weil sie das Küssen miteinander erlernt hatten, passte es auch nach neun Jahren noch wie bei keinem anderen, stellte Jola fest.

Beim Ausziehen musste sie den ersten Schritt machen, das wagte er offenbar nicht, aber Jola fand, dass das egal war. Wer sich traute, zog den anderen nach, das hatte früher immer gewechselt. Und auch jetzt wechselte es, denn als sie ihm das Shirt über den Kopf gezerrt hatte, zog er sie vom Stuhl und drängte sie in Richtung Bett. Was sie sich mit dreizehn nicht getraut hatten, wagte er jetzt.

Als sie nackt waren, streichelte er ganz sanft über ihre Haut, ihren kleinen festen Busen, küsste ihn andächtig, dann ihren Bauch und darunter, bis sie sich aufrichtete, ihn auf den Rücken drehte, sich umstandslos auf ihm niederließ und seinen muskulösen Oberkörper bewunderte. Dessen Hügel und Täler durchwanderte sie mit ihren geschickten schmalen Fingern, sodass sie ihn in sich zucken spürte. Sie mussten keinen Rhythmus suchen, sie fanden ihn in ihren Blicken, die sie nicht voneinander abwandten. Jola öffnete ihr Herz und Raik das seine. Sie führte seine Hand, was sie sich vorher nie bei einem Mann getraut hatte, und er ließ sich neugierig leiten.

Es bedurfte keiner Verabredung, damit Jola danach blieb, am nächsten Morgen Kaffee kochte, den Tisch deckte und sein Besteck links neben den Teller legte, während er Brötchen holte. Nur zwei Wochen später hatte sie Kleidung in dem Kasten unter seinem Bett deponiert, während er in ihrem Schöneberger Schrank ein Fach bekommen hatte. Und natürlich lernte sie mit ihm Chemie.

* * *

Berlin, Juli

Sie hatten tatsächlich einen Tisch ganz am Rand der Bürgersteigbestuhlung eines Cafés gefunden, in dem es auch Kleinigkeiten zu essen gab.

Jola schob ihren Stuhl so, dass sie neben Milla saß, und wählte einen Avocadosalat, in dem sie notfalls unauffällig herumstochern konnte, wenn ihre Tochter schwierige Fragen stellte. Milla bestellte sich Quiche und vorher ein schnelles Brot mit Ziegenkäse und roter Bete, dazu einen Ingwer-Minze-Tee, wobei Jola sich anschloss, obwohl sie sonst wegen des vielen mütterlichen Kräutertees in ihrer Kindheit kaum noch Tee trank.

»Ich komme vor Hunger schier um.« Milla seufzte in genüsslicher Vorfreude.

Okay, dachte Jola. Auch wenn sie schwierige Fragen stellt, ist ihr Leben weit weg von diesen Schwierigkeiten, so richtig betroffen hat sie nicht, was über Mutti rausgekommen ist. Es war also die richtige Entscheidung gewesen, zwischen der Vergangenheit und ihrer Tochter eine Grenze zu ziehen.

Sie saßen ein Weilchen einträchtig nebeneinander und hielten ihre Gesichter in die Sonne. Da das Café nach Süden gelegen war, schien sie bis unter die Markise und auf ihren weißen runden Tisch. Gegenüber umgrenzte eine hohe Hecke den Helmholtzplatz, die Durchfahrtsstraße lag auf der anderen Seite, sodass sie es lauschig hatten.

Milla hatte ihre Sonnenbrille hochgeschoben, Jola nicht, egal wie unhöflich es war.

Der Ingwer-Minze-Tee und Millas Brot kamen. Jola ließ Honig in ihr Glas laufen. Belebenden Tee mit Zuckerbooster konnte sie jetzt für die Konzentration brauchen. Sie rechnete mit der ersten Frage, sobald Milla ihren größten Hunger gestillt hatte. Und nach drei Bauarbeiterbissen, die vom Brot nur noch ein Eckchen übrig ließen, stellte Milla die auch: »Hat Oma wirklich was mit dem Tod dieser Renate zu tun?«

»Du hast sie doch gefragt, was hat sie denn gesagt?«, fragte Jola zurück.

»Dass dieser Matthias spinnt.«

»Diese Renate, dieser Matthias … ich verstehe überhaupt nicht, wieso du dir über Uraltstreitigkeiten deiner Großeltern Gedanken machst.«

Milla ging nicht darauf ein, sondern fragte weiter. An irgendetwas musste sie sich festgebissen haben. »Dass Oma bei der Stasi war, ist schon ein Hammer. Und dass du es mir nie erzählt hast.«

»Da war ich mir mit Oma einig.« Wenn auch aus unterschiedlichen Gründen, dachte Jola. Agnes wollte nicht, dass ihre Enkelin ein negatives Bild von ihr bekam, sie selbst wollte an die schmerzhaftesten Stunden ihrer Jugend, als sie an einem warmen

Septemberabend 1989 wegen ihrer Mutter mit lediglich einem kleinen Rucksack im Kofferraum ihr Zuhause aufgeben musste, nicht erinnert werden. Nicht daran, dass sie ihre Jugendliebe Raik mir nichts, dir nichts hatte verlassen müssen. Ihre Jugendliebe, die sich als Liebe ihres Lebens entpuppt hatte und von der sie ihrerseits zehn Jahre später sang- und klanglos sitzengelassen worden war. »Du hättest das nicht verstanden. Nicht verstehen können.«

Milla schüttelte unwillig den Kopf. Doch ehe sie etwas sagen konnte, kam die Kellnerin mit ihrer Quiche und Jolas Salat.

Jola nahm den Teller mit dem Brot und hielt Milla den letzten Bissen hin, damit die Kellnerin den dritten Teller gleich mitnehmen konnte, denn auf dem kleinen Tisch war nicht viel Platz.

Milla aß, und während sie kaute, sagte Jola: »Nach Renates Tod hat sich das Verhältnis zwischen Matthias und deinen Großeltern verändert. Matthias wurde eigenbrötlerisch und kam nicht mehr zu Opas Grillabenden. Aber dass er so feindselig war neulich …« Jola machte sich über ihren Salat her.

»Irgendeine Vermutung?«, fragte Milla mit vollem Mund. »Die Quiche ist gut.«

»Lass mich mal kosten.«

Milla schob Jola den Teller hin und mopste sich ihrerseits ein Stück Avocado.

»Wirklich gut«, sagte Jola.

»Deins auch. Was meinst du, was da war zwischen denen?«, hakte Milla nach.

»Keine Ahnung.« Jola zuckte mit den Schultern. »Irgendwann habe ich mal gehört, wie sich Mutti und Vati wegen Renate gestritten haben, aber worüber genau habe ich nicht mitgekriegt. Ich hab damals gedacht, Vati hat vielleicht was mit Renate, gern hatte er sie, das weiß ich. Aber wahrscheinlich ist das Quatsch. Vati liebt Mutti wirklich.«

»Hast du mal mit Raik darüber gesprochen?«

»Raik? Wieso?«

»Na, du hast ihn doch später wiedergesehen, der war doch hier in deiner Uni-Clique.«

Das kann doch nicht wahr sein, dachte Jola. Sie legte ihre Gabel hin, setzte ihre Sonnenbrille ab und wandte sich Milla zu. »Sag mal, du fragst das doch nicht aus eigenem Antrieb. Da steckt doch Navid dahinter mit seinem Familienfimmel.«

Milla aß weiter. Mit ihrem krummen Rücken wirkte sie eher überfordert als trotzig, stellte Jola fest.

»Ich nehme dein Schweigen mal als Ja«, sagte sie und versuchte, ihren Unwillen gegen den Verlobten ihrer Tochter zu zügeln. Sie legte den Arm um Millas Schulter und zog sie kurz an sich. »Ich will dir mal was sagen: Unsere Eltern waren nie ein Thema zwischen Raik und mir. Wieso auch? Ich habe immer mein eigenes Leben gelebt, und das solltest du auch.« Sie griff nach ihrem Tee. »Statt in deiner Familie herumzubohren, soll dich dein Navid mal lieber heiraten, ehe du zum Standesamt watscheln musst.« Jola trank einen Schluck und leckte sich die Lippen. »Einen Termin habt ihr noch nicht, oder? Den musst du mir auf jeden Fall rechtzeitig sagen.«

»Nee, haben wir nicht.«

Jola spürte ihr Unbehagen, und Milla tat ihr leid. Sie schluckte ihren Ärger hinunter. »Ich sponsere dir auf jeden Fall ein schickes Brautkleid mit Empiretaille.«

»Was ist eine Empiretaille?«, fragte Milla.

»Wenn das Kleid unter dem Busen gerafft wird und dann weit nach unten fällt.«

»So eins habe ich neulich in einem Brautmodenladen gesehen«, sagte Milla.

»Was meinst du, wie viele Frauen schwanger heiraten.« Jola lächelte. »Ich bin da nicht so, aber mir gefällt trotzdem, dass Navid dich gefragt hat, bevor er wusste, dass was unterwegs ist. Da kannst du sicher sein, dass er dich wirklich will.«

»Ja, will er.« Milla sah wieder glücklicher aus. »Und ich will ihn auch.«

»Das ist das Wichtigste.« Jola drückte ihrer Tochter einen Kuss auf die Wange. »Guck nach vorn, und genieß es.«

In der folgenden Woche stand Milla jeden Abend im Labor. Sie analysierte zusätzlich zu ihrem normalen Studienpensum die Wasser- und Schlammproben aus Fuhne, Spittelwasser und Mulde, um für das nächste große Seminarprojekt vorzuarbeiten. Da würde sie mit ihrem Säugling zu Hause sein, was sie voller Elan ans Werk gehen ließ. Sie telefonierte mehrmals mit Franz, der begeistert erzählte, welche Chemikalien durch die weitverzweigten Wolfener und Bitterfelder Werksrohre geflossen waren und was entsorgt worden war. Wo Chlor, wo Schwefelkohlenstoff, wo Schwefelsäure und viele andere Verbindungen angefallen waren, die im Grundwasser nichts zu suchen hatten, deren Eigenschaften zu kennen aber zum Repertoire eines guten Werkfeuerwehrmanns gehörte, der zu wissen hatte, was er wo mit welchen Mitteln bekämpfen musste.

Franz blühte in diesen Telefonaten auf. Anders als in der traurigen Realität des ausgeweideten Werksgeländes konnte er sich nun in die Zeit damals zurückfinden und in seinen Gedanken »die Film«, »die Folie«, »die Aufarbeitung«, »die Faser«, die Darm- und die Borstenfabrik wiederauferstehen lassen, mit all ihrem Dreck und Gestank, dem Lärm und wabernden Dünsten, vor allem aber den Arbeitern.

»Es war die glücklichste Zeit unseres Lebens«, sagte Franz, als Milla ihm wie so oft von einem Treffer berichtete.

»Echt?«, fragte sie. »Wie habt ihr das überhaupt ausgehalten dort in all dem Dreck und Gestank?« Sie hatte inzwischen alte DDR-Fotos der Bitterfelder und Wolfener Chemieanlagen gegoogelt. Viele wirkten wie Bilder eines Infernos, die Luft musste sich wie ein Schmierfilm auf die Schleimhäute gelegt haben.

»In dem Dreck und Gestank?«, fragte Franz zurück, als hätte Milla eine völlig absonderliche Frage gestellt.

Sie saß auf ihrem Laborhocker, schwenkte einen Erlenmeyerkolben und hörte in die Pause hinein, die zwischen ihnen entstand.

»Gerade in dem Dreck und Gestank vielleicht«, sagte Franz. »Man wusste, dass man gebraucht wurde. Man wusste, dass man gemeinsam durchhalten musste. Der Staat brauchte die Produktion.«

Da war es wieder, dieses merkwürdige »man«, das Agnes und Franz oft gebrauchten. Irgendwie ein vergemeinschaftender Ausdruck. Aber auch einer, hinter dem das individuelle »Ich« verschwand. Ein richtiger Ossi-Ausdruck.

»Natürlich hatte es auch noch einen anderen Grund, dass es die glücklichste Zeit unseres Lebens war«, fuhr Franz fort. »Jola wurde geboren, wir hatten ein Kind, an dem wir uns gemeinsam erfreuen konnten, das wir großgezogen haben. Wir waren jung verheiratet. Wann heiratet ihr eigentlich?«

»Oh«, sagte Milla und fühlte sich auf einmal unangenehm erwischt. »Das hat Mama auch schon gefragt. Das müssen Navid und ich jetzt wohl mal besprechen.«

»Macht das«, sagte Franz. »Agnes ruft, ich muss in den Garten. Sag Bescheid, wenn ihr einen Termin ausgesucht habt. Wir geben was dazu. Tschüss dann.«

»Danke. Tschüss, Opa.« Milla ließ ihr Handy auf den Labortisch gleiten und schaute gedankenvoll auf die gelbliche Flüssigkeit in dem Erlenmeyerkolben.

In der Stille des Labors gestand sie sich ein, dass es merkwürdig war, dass Navid und sie nach seinem Antrag gar nicht mehr über die Hochzeit gesprochen hatten. Sie hatte angenommen, er würde es vorantreiben, wie es sonst immer seine Art war, wenn er sich etwas vorgenommen hatte. Aber das war nicht geschehen.

Sie musste herausfinden, warum. Und sie wusste auch schon,

wo und wie. Milla setzte den Kolben in eine Halterung, notierte auf einem Post-it *Laufender Versuch Reinhoff*, und klebte es darauf. Dann nahm sie ihr Telefon und verabredete sich mit Navid auf dem Teufelsberg.

Als sie auf ihrem Rad dort ankam, saß er schon am Fuß der Holztreppe, neben ihm lehnte sein Rucksack, aus dem ein Drachengestell ragte.

Er ging auf sie zu, und sie nahm seine jungenhafte Gestalt, sein markantes Gesicht mit dem geschwungenen Mund deutlicher als sonst wahr und merkte, dass fast so etwas wie Angst in seinen Anblick gemischt war. Er ist wirklich hübsch, mein Verlobter, dachte sie, und dann küsste er sie auch schon, wobei ihr Fahrrad zwischen ihnen nach wenigen Sekunden mächtig störte.

Navid nahm denn auch seine Finger von ihrem Hintern und griff nach dem Rad. »Ich schließ es an meins an«, sagte er.

Hand in Hand und im gleichen Tritt stiegen sie danach die Treppe zum Plateau des Trümmerbergs hinauf.

»Ich war noch schnell beim Vietnamesen, du hast bestimmt Hunger, oder?«, fragte Navid.

»Hab ich, danke«, sagte sie. Sie hatten zwei Straßen weiter einen vietnamesischen Gemüseladen, und dort gab es immer Becher mit mundgerecht fertiggeschnippeltem, asiatisch angemachtem Salat und solche mit ebenfalls vorgeschnittenem Obst. Mit etwas Brot und Käse wurde daraus ein bekömmliches Mahl.

In der ihm eigenen Gründlichkeit stellte Navid die Becher und Schalen des Gemüsehändlers auf, tat Gabeln hinein und legte Aufbackbaguettes mit Kräuterbutter daneben. Milla saß ihm gegenüber auf der Picknickdecke und schaute gedankenverloren auf seine feingliedrigen Hände. So richtig wusste sie nicht, wie sie ihn nach der Hochzeit fragen sollte. Schließlich beschloss sie, ihre Mutter und ihren Großvater vorzuschieben.

»Mama und Opa haben gefragt, wann wir heiraten.«

Navids Hand mit einem Schälchen voller Stachelbeeren

schwebte einen Moment reglos in der Luft, bevor er es auf die Decke neben den Salat mit Bambussprossen stellte.

Milla, die den Blick gesenkt hielt und sich damit beschäftigte, ein Stück Kräuterbaguette abzubrechen, sah, wie Navids Hand noch einmal verharrte, bevor er sie auf ihre legte. Sie blickte auf.

»Ich liebe dich, Milla«, sagte er. »Du musst das Baguette nicht zerbröseln. Wir werden heiraten.« Er zog die Augen ein wenig zusammen, als brannten sie.

»Aber?«, fragte Milla alarmiert.

Er schaute kurz in den Himmel, an dem ein paar lichte Sommerwölkchen standen. »Ich möchte ein Fest, über dem keine Wolken der Vergangenheit hängen.«

»Wieso Wolken der Vergangenheit?«

»Das, was da ist in deiner Familie«, sagte Navid.

»In jeder Familie ist was«, gab Milla ärgerlich zurück und zog ihre Hand unter seiner hervor.

»In eurer ist aber etwas«, Navid überlegte kurz, »Gedeckeltes. So gedeckelt wie die Deponien, von denen Franz dir erzählt hat. An der Oberfläche sieht alles schön sauber aus, und unten suppt es umso schlimmer raus.«

»Ja, und sickert ein in Generationen«, sagte Milla genervt. »Ich hab's verstanden.«

Navids Hände lagen jetzt auf seinen Oberschenkeln. Er kniete aufrecht vor ihr.

»Es betrifft uns doch überhaupt nicht. Wir leben unser Leben.« Milla schlug einen vermittelnden Ton an.

»Aber nicht neben deiner Familie her, sondern mit ihr.«

»Hast du dich in meine Familie verliebt oder in mich?«, fragte Milla, und ihr Herz pochte.

Navid antwortete nicht, und sie sah, wie die Farbe aus seinem Gesicht wich. Aufgebracht, wie sie war, konnte sie nur daran denken, dass meistens ein Körnchen Wahrheit enthalten war, wenn sie mit etwas herausplatzte wie eben. »Ehrlich gesagt habe ich langsam den Eindruck, dass du eine Familienmacke hast«, setzte sie nach. »Einen verklärten Blick, dem keine lebendige Familie standhalten kann.« So, jetzt war es raus.

Navid zog seinen Rucksack näher an sich und griff nach dem Drachen, der herausragte, hielt dann aber inne. »Mist, es ist windstill.«

Milla lag auf der Zunge, dass Drachensteigenlassen da auch nicht half, aber sie schwieg. Sie hatte gesagt, was sie dazu dachte, jetzt musste sie seine Reaktion aushalten. Und Drachensteigenlassen half Navid sehr wohl beim Denken.

Er stand auf und ging weg, bis an den Rand des Plateaus. Milla nahm die Gabeln aus den Schalen und setzte die Deckel wieder darauf. Mit dem Essen würde es erst einmal nichts werden. Aber sie war sowieso zu aufgewühlt, um etwas runterzukriegen.

Navid stand nach wie vor am Plateaurand. Nicht an ihrer Lieblingsstelle mit dem Blick auf die Havel und dorthin, wo die Sonne sich herabsenkte, sondern Richtung Stadt gewandt. Nach Osten. Dahin, wo Afghanistan und die Gräber seiner Familie lagen?

Milla überlief es kalt. Hatten ihre Freundinnen doch recht gehabt, als sie sie vor einer Beziehung mit dem traumatisierten Navid gewarnt hatten? Er hatte selbst zugegeben, dass er Gespenster sah, als sie im letzten Monat hier auf dem Teufelsberg gewesen waren. Diesem Trümmerberg. Dieser Deponie der Vergangenheit. Langsam ging sie zu ihm hinüber.

Er musste sie kommen gehört haben, denn er drehte sich abrupt um, als sie nur noch einen Meter von ihm entfernt war. Sie prallte zurück, als sie seinen harten Blick sah.

»Ich weiß, dass ich dir nicht solchen Kummer machen darf«, sagte er mit rauer Stimme. »Ich bin in einem Dilemma. Denn ich habe recht, das weiß ich genau. Mein Bauchgefühl belügt mich nicht. Aber ich mache dich unglücklich. Ich mache meine Braut unglücklich. Die Mutter meines Kindes.«

»Navid …«

»Meine Braut ist aber eine kluge und starke Frau. Und das muss sie jetzt wohl beweisen.«

Eben hatte Milla noch einlenken wollen, doch nun kam der Ärger erneut hoch. Sie musste gar nichts beweisen, fand sie. »Weißt du was? Ich bin immerhin so klug, dass ich nicht zum Standesamt watscheln will wie eine fette Ente, deren beknackter Typ sich *vielleicht* im allerletzten Moment herablässt, die Mutter seines Kindes zu heiraten. Und ich habe auch keine Lust, von meiner Familie mitleidig angeguckt zu werden. Meine Familie, die bis jetzt immer zu mir gestanden hat, wohlgemerkt.«

»Ich stehe auch zu dir.«

»Und wann heiraten wir dann?«

Navid schwieg.

Millas Wangen brannten, sie wollte nur noch weg. »Siehst du?«, sagte sie schnippisch, drehte sich um und stapfte zurück zur Decke. Dort hielt sie einen Moment inne, doch dann wandte sie sich der Treppe zu. Navid war stur. So schnell würde er nicht zur Vernunft kommen. Sie würde ein wenig Abstand zwischen sich und ihn legen.

Auf der Treppe beschloss sie, noch einmal ins Labor zu fahren. Sie hatte den Schlüssel, und die Arbeit würde sie beruhigen.

Es war noch nicht dunkel, als sie dort ankam, denn die Juliabende waren lang. Aber die Räumlichkeiten waren verlassen. Kaum zwei Stunden, nachdem sie das Post-it *Laufender Versuch Reinhoff* auf den Erlenmeyerkolben geklebt hatte, riss sie es wieder ab. Dann machte sie sich daran, diverse Chlorverbindungen nachzuweisen. Wie so oft wurde sie fündig.

»Was für ein Dreck«, murmelte sie, während das Abendrot eine neue Probe Spittelwasser, die sie ans letzte Tageslicht hielt, orange färbte. »Was für ein Dreck.« Und dieses zweite Mal meinte sie nicht das Chlor.

Erst gegen Mitternacht fuhr sie nach Hause. Leise schloss sie auf. Die Schlafzimmertür war angelehnt. Sie schaute hinein und sah Navid im Bett liegen. Von seinem gleichmäßigen Atem ließ sie sich nicht täuschen. Er stellte sich schlafend.

Navid entging kein Geräusch in der Nacht, er wachte auf, wenn Nachbarn an ihrer Tür vorbeigingen, wenn die Katze aus dem Vorderhaus im Hof leise miaute, einfach immer. »Das ist nun mal so in mir«, hatte er gesagt. »Das ist vom Krieg und von der Flucht, mich kannst du als Wachhund benutzen.« Er hatte angestrengt gelächelt dabei, und sie hatte ihn in den Arm genommen, ihm gesagt, dass er in Sicherheit sei, und die Anstrengung aus seinem Lächeln geküsst.

Jetzt schloss sie die Tür möglichst leise. Wenn er sich schlafend stellte, wollte er das so. Und im Gegensatz zu dir, dachte sie, gehe ich nicht einfach über den Willen eines anderen hinweg.

Mittlerweile war sie ziemlich hungrig und trat in die Küche. Dort erwarteten sie ein großer Pizzateller mit Salaten, ihren Lieblingsteigtaschen, die Navid noch gemacht haben musste, und daneben ein sorgfältig gelegtes Stachelbeerenherz.

Sie seufzte und war froher, als sie vor sich zugeben mochte.

Eine halbe Stunde später schlüpfte sie neben ihm unter die Decke.

Er griff nach ihr, zog sie zu sich und drückte ihren Rücken an seine Brust. »Bitte«, sagte er. »Hab Geduld.«

Sie versteifte sich. Geduld hatte sie nicht und wollte sie nicht haben. Aber was sollte sie machen? Was würde eine gute Ehefrau tun? Was für eine blöde Frage, schalt sie sich. Das war ja genau der Punkt.

Was würde Navid machen, wenn es umgekehrt wäre? Das immerhin wusste sie. Sie hatte es an dem Stachelbeerherz gesehen. Ob stachlig oder nicht, er versuchte, ihr beizustehen. Also versuchte sie es auch, nahm seine Hand in ihre und legte sie auf ihren leicht gewölbten Bauch. Er kitzelte ganz kurz mit dem kleinen Finger das Kind, wie er es öfter tat. Und dann dauerte es nicht lange, und sie spürte, dass er schlafschlaff wurde. Auch ihr fielen die Augen zu.

Gefühlte drei Sekunden später wachte sie auf, schweißgebadet. »Mein Baby!«

Navid hatte sie längst im Arm. »Schschsch, alles ist gut. Nichts passiert.«

Milla kam langsam zu sich. Der Morgen dämmerte bereits. »Ich hatte wieder diesen Traum mit dem Fruchtwasser.«

»Mit der Trübung?«

Milla nickte.

Er sagte nichts, drehte die Decke so um, dass sie seine trockene Seite bekam, er ihre nassgeschwitzte. Die tröstlich warme Decke wurde um sie herum festgestopft, dann streichelte er sie weiter.

Auf einmal musste Milla kichern. »So ein Dreck.«

»Wie bitte?«, fragte Navid.

»Ach, das habe ich gestern Abend gedacht, als ich die verseuchten Wasserproben aus Wolfen untersucht habe.«

»Wenn es mal nur das wäre«, sagte Navid.

»Aber das ist es nicht.«

»Nein, das ist es nicht.« Navid drückte sie an sich, krampfhaft fest.

»Du tust mir weh«, sagte Milla.

»Verzeih.« Er keuchte und ließ sofort locker. »Verzeih.« Seine Stimme zitterte. Und dann spürte Milla, wie eine Träne auf ihre Schläfe tropfte.

»Entschuldige. Ich kann einfach nicht anders.« Navid weinte bitterlich.

Diesmal nahm sie ihn in den Arm, und als sein Schluchzen verebbte, sahen sie gemeinsam zu, wie es hell wurde.

5

Berlin, August

»Hallo, Toni.«

Mist! An Tonis Gesichtsausdruck sah Navid, dass bei ihm mindestens eine Alarmlampe angegangen sein musste. Kein Wunder. Er hatte selbst gemerkt, wie dünn seine Stimme war.

Toni wedelte mit der Tüte vom Franzosen an der Ecke. Der fabrizierte die besten Croissants weit und breit, obwohl auch er nur einen Aufbackofen hatte. Er musste die Rohlinge direkt aus Frankreich beziehen, anders konnten sich Milla und Navid das nicht erklären.

»Hallo, Navid. Frühstück.«

»Super«, sagte Navid. »Milla hat schon wieder alles weggegessen. Manchmal glaube ich nicht, dass sie schwanger ist, sondern dass sie sich mästet.«

»Du jedenfalls bist ein Hungerhaken geworden.« Toni trat ein und stellte eine kleine Packung des besten italienischen Espressos auf das alte Küchenbüfett.

Doppelmist, dachte Navid. Toni war nicht auf seinen Scherz eingegangen. Und leider stimmte es: Das Tauziehen mit Milla um ihre Familie war ihm auf den Magen geschlagen. Seit zwei Wochen hatte er so gut wie nichts gegessen.

Toni hatte vor zehn Minuten angerufen und gefragt, ob er »kurz hereinschneien« dürfe. Er sei auf dem Weg nach Charlottenburg, zum Verein alleinerziehender Mütter und Väter. Den unterstützten Dirk und er seit vielen Jahren.

Toni griff nach dem Espressokocher, ehe Navid dazu kam, was ihm wieder einmal zeigte, wie sehr Jolas Mitbewohner zur

Familie gehörten. Milla war schon in der Uni, er hatte an diesem Tag Spätdienst. Und er hatte den Verdacht, dass sich Toni den Morgen bewusst ausgesucht hatte, um nur ihn anzutreffen.

Navid holte die Butter aus dem Kühlschrank und stellte Kirschgelee von Agnes dazu.

»Was ist eigentlich los?«, fragte Toni, während er mit dem Espressokocher hantierte. »Man bekommt euch gar nicht mehr zu Gesicht, Jola ist so fahrig, dass ihr ständig was aus der Hand fällt, und von Heiraten keine Spur.« Toni drehte sich nicht um, während er sprach.

Er lässt mir Zeit, mich zu sammeln, dachte Navid. »Es geht um Millas Vater«, sagte er bockiger als beabsichtigt.

Jetzt drehte sich Toni doch um. »Aha.«

»Hat euch Jola mal was erzählt?«

»Will Milla auf einmal wissen, wer ihr Vater ist?«

Navid schüttelte den Kopf.

Toni schloss die Espressopackung mit einer Klammer aus der Kramschublade und stellte sie in das Büfett. Dabei war sein Blick offensichtlich auf die Kehrschaufel mit Holzspänen verschiedener Größe gefallen. »Schnitzt du was?«

Navid nickte. »Die Pfosten vom Babybett.«

»Zeig mal«, sagte Toni.

»Ist eine Überraschung, ich mache es immer, wenn Milla nicht da ist.« Navid führte Toni ins Wohnzimmer, wo noch sein Schnitzwerkzeug lag. Einer der Bettpfosten, der fast fertig war, lehnte am Daybed vom Flohmarkt, das ihnen als Sofa diente.

Toni nahm ihn in die Hand und strich vorsichtig über eine Reihe von quadratischen Feldern, die Navid mit verschiedenen grafischen Mustern, Palmblättern und Blüten versehen hatte. »Das sieht ja toll aus.«

»Mein Onkel war Schnitzer, und ich habe ihm als Junge in der Werkstatt geholfen. Wir hatten auch ein geschnitztes Kinderbett. Die Harmonie der Muster hilft einem in die Träume.«

»Ja, das kann ich mir gut vorstellen«, sagte Toni nach näherer Betrachtung.

Der Espressokocher in der Küche begann zu gurgeln. Diesmal sah Navid zu, dass er der Erste war und seinen Gast bediente.

»Setzen wir uns«, sagte Toni.

Navid konnte sich gerade noch davon abhalten, den Kopf zu schütteln. Wenn das jetzt kein Milla-Ziehvater-Platzhirschgehabe war, was dann? Er füllte zwei Gläser mit kaltem Leitungswasser und stellte sie und den Espresso auf den kleinen Küchentisch. Dann setzte er sich Toni gegenüber, der in den grauen Hof hinausgesehen hatte, ihm nun den Blick zuwandte und ihn musterte. Navid musste sich anstrengen, seine Hände ruhig neben dem Teller liegen zu lassen, statt sein Croissant zu zerrupfen.

Toni nahm seinen Espresso, lehnte sich zurück und trank einen Schluck, wobei er Navid fixierte. Der fühlte sich wie als Schüler vor seinem strengen Mathelehrer in Kundus.

»Es geht um Millas Erzeuger, aber Milla will nicht wissen, wer das ist«, kam Toni ohne Umschweife auf das anfangs Gesagte zurück und zog die Augenbrauen hoch.

Navid griff nach seinem Croissant. Abwarten, sagte er sich.

Toni stellte seine Tasse ab, gab etwas Butter und Kirschgelee auf eine Spitze seines Croissants und biss hinein. »Dass Milla kein Bedürfnis hat, ihren leiblichen Vater kennenzulernen, hat Dirk und mich im Stillen immer gefreut und bestätigt. Wir waren sehr glücklich, an erster Vaterstelle zu stehen und sie so auszufüllen, dass offensichtlich keine Leerstelle blieb.«

»Ihr habt das toll gemacht, glaube ich«, sagte Navid schnell.

»Das haben wir, und das machen wir immer noch. Denn daraus ergibt sich eine Verantwortung, und die hört nicht einfach mal so auf.«

»Milla hängt an euch.«

»Wissen wir.«

Navid blickte überrascht auf. Das war schon auffallend direkt, fand er.

»Und deshalb hast du es jetzt mit uns zu tun. Ob es dir gefällt oder nicht.«

»Es ge–«

»Warum ist Jola so fahrig? Warum hört man nichts von euch? Und wieso geht es um Millas Vater?«

Okay, jetzt komme ich mit Abwarten nicht mehr durch, dachte Navid. »Ich glaube, Jola weiß, wer Millas Vater ist.«

»Das glaube ich auch«, sagte Toni in aller Seelenruhe.

»Wie bitte?« Navid war entsetzt.

Toni kniff die Augen zusammen. »Dirk und ich vertrauen Jola. Sie wird einen guten Grund haben, Millas Erzeuger außen vor zu lassen.«

»Ich glaube auch, dass sie einen Grund hat, aber keinen guten.«

»Ich höre«, sagte Toni und tat wieder Butter und Gelee bissgerecht auf sein Croissant.

Jetzt kam sich Navid nicht mehr vor wie in der Schule, sondern eher wie bei Gericht. Aber er war keiner, der kniff. Er dachte an Milla, seine bis vor Kurzem unbesorgte und fröhliche Milla, und konnte Tonis Sorge nachfühlen. Er erzählte ihm von den Fotos von Raik und Renate, von den Begegnungen in Wolfen, von dem Arzt, der Milla untersucht und im ersten Augenblick für so etwas wie eine Wiedergängerin gehalten hatte, von Matthias Hader und seinen Anschuldigungen.

Jetzt zerbröselte Toni den Rest seines Croissants. »Dirk und mir war immer klar, dass Jola den leiblichen Vater nicht umsonst verschweigt. Irgendwas Unerquickliches musste geschehen sein, sogar etwas sehr Unerquickliches, sonst hätte sich Jola schon mit dem Mann arrangiert.« Er sah erneut aus dem Fenster in den Hof, und als er weitersprach, war seine Stimme weicher, so wie sie Navid vertraut war. »Jola hatte nie eine wirklich ernste Liebesbeziehung, seit wir sie kennen. Was uns sagt, dass sie tief verletzt worden sein muss. Wir haben Jola unterstützt, wenn sie mal mit jemandem was angefangen hat, sie hat trotzdem immer wieder einen Rückzieher gemacht. Sie ist, über was immer damals passiert ist, nicht hinweggekommen. Aber wer sind wir, irgendeine alte Eiterblase aufzustechen und das stinkende Sekret in Millas warmes Nest fließen zu lassen? Gegen den Willen ihrer Mutter? Für uns kam das nicht infrage, wir haben nach vorn geschaut und ihnen eine gute Zeit geschaffen, damit ihre Wunden heilen konnten. In Bezug auf Milla ist uns das gelungen, in Bezug auf Jola haben wir viel erreicht, würde ich sagen.«

»Das ist sicher richtig«, sagte Navid. »Und –«

»Pass mal auf.« Toni lehnte sich nach vorn, und jetzt war sein Tonfall scharf. »Du scheinst das offenbar anders zu sehen und gehst in deinem jugendlichen Leichtsinn vor wie ein Bulldozer. Du hast diese Eiterblase mal eben so aufgestochen. Ohne Rücksicht auf Verluste. Was Jola betrifft, ist das vielleicht gar nicht falsch, es wird Zeit, dass sie sich dem Schmerz ihrer Vergangenheit stellt. Was aber Milla betrifft«, er schob seinen Zeigefinger so schnell vor Navids Gesicht, dass der zurückzuckte, »ist es der ungünstigste Moment überhaupt. Eine Schwangere ist sehr verletzlich, sie sollte vor allem Übel geschützt und auf Händen getragen werden.«

»Ich wusste ja nicht …«, sagte Navid hilflos.

»Stell dich nicht dumm! Natürlich musste da irgendwas sein. Aber jetzt ist es sowieso zu spät, jetzt müssen wir sehen, wie wir damit umgehen.« Toni erhob sich und lief ein paarmal hin und her. Dann blieb er vor Navid stehen. »Schritt eins: Du schlägst Milla endlich einen Hochzeitstermin vor.«

»Nein«, sagte Navid. »Wir heiraten, wenn alle glücklich sind.«

»Was für ein Quatsch«, erwiderte Toni und machte eine wegwerfende Armbewegung. »Es sind nie alle glücklich. Sorge dafür, dass das Glück überwiegt. Wenn das Glück überwiegt, werdet ihr auch mit schwierigen Verhältnissen fertig. So wird daraus ein Schuh.«

Toni goss beiden Espresso nach und setzte sich wieder.

Navid überlegte. Der Krieg in Afghanistan, die Auslöschung seiner Familie und seine Flucht hatten ihn ein scharfes Auge für Merkwürdiges und Bedrohliches entwickeln lassen und ihn gelehrt, Schlimmes zu vermuten und es abzuwenden. Was ihm in den letzten Monaten aufgefallen war, hatte ihn zu der Überzeugung geleitet, dass es in Millas Familie ein dunkles, bedrohliches Geheimnis gab, dass sowohl Agnes als auch Jola und vielleicht sogar Franz etwas verbargen, was wie ein Damoklesschwert über ihnen hing. Ein Schwert, das fallen konnte, wenn das Familiengefüge durch die Heirat und ein neues Kind in Bewegung kam.

Aber er sah ebenso ein, dass Toni recht hatte. Sein Ziel, dieses Geheimnis zu lüften und für leichte Herzen zu sorgen, würde er nicht aus den Augen verlieren, seine Strategie würde er jedoch ändern. Er hatte Milla versprochen, alle mitzunehmen, aber bei der Wichtigsten, nämlich seiner Braut, hatte er versagt.

»Hilfst du mir beim Kauf eines Hochzeitsanzugs? Ich hab von so was keine Ahnung«, sagte er.

Toni gab ein zufriedenes Grunzen von sich und nickte ihm zu. »Ich helfe dir nicht nur, Dirk und ich sponsern ihn. Du hast Glück. Jola lässt es sich nicht nehmen, Millas Hochzeitskleid zu kaufen. Das hätten wir auch gern gemacht, aber da müssen wir ihr den Vortritt lassen. Zähneknirschend. Also bist du unser Opfer. Nächste Woche?«

Navid nickte.

»Gut, dann geh ich jetzt zu unserem Verein. Ich will nicht, dass Milla den irgendwann mal braucht, das sag ich dir.«

Navid nickte noch einmal. In diesem Punkt war er mit Toni absolut einer Meinung.

Jola schloss ihr Rad neben dem Tor des Prinzenbades an. Sie griff sich ihre geflochtene Tasche aus dem Korb, hängte sie sich um und steuerte auf den Eingang zu.

Das Kreuzberger Sommerbad war knallvoll, aber immerhin war sie so spät dran, dass sie nicht mehr anstehen musste. Sie fand ein Plätzchen nicht weit vom Schwimmerbecken und zog sich um. Als sie ihren lindgrünen Slip zusammen mit dem gleichfarbigen Sommerkleid in ihre geflochtene Tasche gleiten ließ, musste sie lächeln. Ich bin schon genau wie Mutti, dachte sie, farblich immer alles passend. Dann ging sie zum Becken und glitt mit einem eleganten Hechtsprung ins Wasser.

Die erste Bahn diente der genussvollen Eingewöhnung. Sie fühlte das kühle Wasser, sah in den blauen Sommerhimmel und zu den dichtbelaubten Bäumen und Büschen am Rand. Bei der zweiten Bahn kam ihr die mit krummem Rücken im Café sitzende Milla in den Sinn, die von Navid angestiftet worden war, nach ihrem leiblichen Vater zu suchen. Jola sah, wie ihre Arme das Wasser teilten, und dachte, dass sie Navid gern mal ordentlich untergestukt hätte, damit er wieder zur Vernunft kam. Der Junge war einfach zu hartnäckig.

Sie wendete und dachte an die Fotos von ihr und Ingo, die Navid ihr gezeigt hatte. Fotos, die sie noch nie zuvor gesehen hatte. Die ihre Mutter gemacht hatte. Das im Garten war ja noch erklärlich, wobei sie sich in der Kühle des Wassers entsann, dass Agnes diese Gartenschlauchspritzaktion im April mit Ingo ausgeheckt hatte, als es eigentlich viel zu kalt dafür gewesen war. April 1999. Sie war schon schwanger gewesen, und kurz danach hatte Raik sie verlassen.

Wieso war ihre Mutter, die nie gern gespielt hatte und sich nur Franz zuliebe mitziehen ließ, auf so eine Aktion verfallen?

Jola wendete erneut. Das Foto an der Humboldt-Uni war noch viel rätselhafter. Ihre Mutter musste sie dort abgeholt und dabei das Foto geschossen haben. Eine Kamera hatte sie von Berufs wegen meistens dabei. Nur – ihre Mutter hatte sie nicht von der Uni abgeholt. Jedenfalls nicht an diesem Tag. Dann wäre sie mit der U-Bahn gefahren, es war aber der Platz, wo sie immer ihr Rad abgestellt hatte, und sie hatte das Schloss in der Hand. Und wieso hatte sie das Foto nie zu Gesicht bekommen? Hatte Agnes einfach vergessen, es ihr zu zeigen?

»Wallah, Alte, pass auf, ey!«

Jola sah erschrocken hoch. Sie war aus ihrer Bahn geraten und einem jungen Muskelprotz ins Gehege gekommen.

»Sog und Wellenschlag vermeiden«, sagte sie ungerührt.

»Was?«

»Ist ein Schifffahrtsausdruck. Wenn sich zwei Boote zu nahe kommen, drosselt man die Geschwindigkeit, um den anderen nicht durch Sog oder Wellenschlag zu gefährden. Kannst du das nächste Mal bei den Mädchen dahinten anwenden.« Sie machte einen Wink mit den Augen zu ein paar knapp bekleideten und hochgepushten Teenagerinnen am Beckenrand, die ihr Gespräch tuschelnd beobachteten. »Dann denken die, du hast eine Jacht.«

»Hä?«

Jola trat Wasser. Muckis und Geist vertrugen sich leider, leider selten.

»Wie heißt das noch mal?«

»Sog und Wellenschlag vermeiden.«

»Cool.«

»Gern geschehen. Aber ohne ›Alte‹ wäre es mir lieber gewesen.«

»'tschuldigung.«

Jola nickte gnädig und schwamm ihres Wegs. *Sog und Wellenschlag vermeiden.* Sie kicherte. Die Wendung hatte sie aufgeschnappt, als sie bei einem ihrer Beziehungsversuche in Millas Kindheit an einen angehenden Jollenkapitän geraten war, den sie für seinen Bootsführerschein abgefragt hatte.

Als sie wenig später aus dem Wasser stieg, lachte sie nicht

mehr. Sog und Wellenschlag vermeiden war jetzt leider nicht das Thema. Ihr war etwas eingefallen, etwas, das die Ingo-Fotos in einem ganz anderen Licht erscheinen ließ als eben noch. Und das konnte hohe Wellen schlagen. Sie stakste zu ihrem Handtuch, trocknete sich ab, cremte sich mit Sonnencreme ein, obwohl die Sonne längst nicht mehr brannte, legte sich hin und sortierte sich.

* * *

Berlin, 1998

Als Raik von den freien Tagen über Weihnachten aus Wolfen zurückkam, war er verändert. Jola hatte ihn vom Zug abgeholt, sie saßen in der S-Bahn nebeneinander. Er hielt ihre Hand, aber er küsste sie nicht wie sonst bei einem Wiedersehen und zog sie schon gar nicht mit den Augen aus. Er stierte vor sich hin.

»Was hast du?«, fragte Jola.

»Nichts.« Raik starrte weiter auf den Boden.

Die S-Bahn hielt, es gab ein Gerangel an der Tür, dann fuhr sie wieder los.

»Raik, du hast doch was.«

»Hier nicht. Nachher«, sagte Raik.

Jola drückte seine Hand, die kalt war. Ungewöhnlich für Raik, dachte sie, und nahm sie in ihre beiden Hände. Doch seine Hand wurde nicht warm, stattdessen begannen ihre zu frieren, als strahle seine Kälte aus. Jola wurde beklommen zumute.

Am Hackeschen Markt stiegen sie aus. Doch Raik tauchte nicht ins Scheunenviertel ein, wo er wohnte, sondern zog Jola in Richtung Museumsinsel. Er strebte den Kolonnaden an der Alten Nationalgalerie zu. Dort stellte er seine Reisetasche auf einen trockenen Fleck und lehnte sich an die Brüstung zur Spree.

Jola trat neben ihn und wartete. Es war kalt und dunstig. Der Fluss wirkte breiig und stumpf. Sie fror jetzt wirklich, denn sie hatte nicht viel an unter ihrer Jacke. Sie hatte Raik mit einem kurzen Kleid und halterlosen Strümpfen überraschen wollen, die zu rutschen begannen. Wahrscheinlich weil ihre Beine vor Kälte einschrumpelten.

»Mir ist kalt«, sagte sie und nestelte an den Strümpfen herum. Da sie sich schlecht unter den Rock fassen konnte, ging das nicht besonders gut. Sie fühlte sich immer unwohler.

»Entschuldige, ich brauchte frische Luft.«

»Ist was mit deinem Vater?«, fragte sie.

»Er war in Halle. Hatte Einsicht in seine Stasiakte beantragt.«

»Oh«, machte Jola und ahnte Böses.

»Bei ihm sind vor allem seine Aktivitäten im Sommer und Herbst 1989 dokumentiert.«

»Die Montagsdemos.« Jola lächelte.

Raik sah sie kurz an, und auch über sein Gesicht flog ein Lächeln. Es galt ihrem ersten Kuss in dem Leipziger Treppenhaus, da war sich Jola sicher. Er nahm sie in den Arm, drückte sie wärmend an sich und flanierte mit ihr die Kolonnade entlang.

Jola merkte jedoch, wie steif sein Griff um ihre Schultern war. Mehr formell als liebevoll.

»Über Mutti gab es auch eine Akte. Die sei merkwürdigerweise größtenteils vernichtet, haben sie Vati gesagt. Wenn er bestimmte Sachverhalte nennt und dazu etwas da ist, darf er es trotzdem einsehen. Er sagt, er hat ein Blatt bekommen, und da steht etwas drin, was Renate seinerzeit ihm und deiner Mutter im Garten erzählt hat. Meine Mutter hat über ein Jahrzehnt Patientendaten gesammelt, um nachzuweisen, wie gesundheitsgefährdend die Arbeitsbedingungen in der Filmfabrik waren, besonders in der Faser. Vati hat ihr mit seinen Werkskenntnissen geholfen. Diese Auswertungen wollte sie deiner Mutter geben, damit sie sie über ihre Kanäle an den Ministerrat in Berlin weitergibt. Damit sich was ändert. Deine Mutter hat das wohl abgelehnt, aber sie muss von den Bemühungen meiner Mutter berichtet haben.«

»Na toll«, sagte Jola sarkastisch.

»Es kommt noch viel schlimmer. Vati sagt, deine Mutter war außer ihm die Einzige, die wusste, dass sich meine Mutter am Tag ihres Unfalls mit westdeutschen Umweltaktivisten treffen wollte. Und merkwürdigerweise waren nach dem Unfall die Akten, die sie mit im Auto hatte, weg und sind bis heute verschollen.«

»Das ist also der Grund, warum er meinen Eltern nach Renates Tod aus dem Weg gegangen ist. Es war kein Rückzug aus Trauer, sondern weil er glaubte, meine Mutter habe was damit zu tun.«

Raik nickte, schwieg aber.

»Unsere Mütter waren befreundet. Wenn meine das nicht weitergeben wollte, dann vielleicht zu Renates Schutz. Ich meine, dieses Datensammeln war doch bestimmt illegal.«

Raik zuckte mit den Schultern und sah unglücklich aus. »Immerhin hat sie wohl über meine Mutter berichtet, vorher meine ich. Das Blatt ist von 1979.«

»Offensichtlich nicht so, dass deiner Mutter daraus ein Schaden erwachsen ist.«

Raik und Jola waren am Ende der Kolonnade angekommen. Er ließ sie nicht aus seinem Arm, lief einen kleinen Bogen und schlug mit großen Schritten den Rückweg ein. Jolas linker Strumpf rutschte in ihren Stiefel. Sie löste den rechten auch, damit nicht ein angezogenes und ein ausgezogenes Knie zu sehen waren.

Raik merkte es gar nicht, so energisch schritt er voran. »Mein Vater glaubt, dass deine Mutter meine hat umbringen lassen. Das hat er schon damals angenommen, nur hat er mir gegenüber nie was gesagt, ich war ihm noch zu klein.«

»Wie bitte?«

Raik verlangsamte sein Tempo, als sei mit dem zuletzt Gesagten alle Luft aus seiner Lunge entwichen.

»Und was glaubst du?«, fragte Jola, als er nichts mehr sagte.

»Ich sehe, dass mein Vater frustriert ist. Glauben tue ich gar nichts.«

»Deine Mutter muss meiner Mutter vertraut haben.«

Raik nickte. »Wo ist deine Strumpfhose?«, fragte er auf einmal und blieb stehen.

»Da war keine Strumpfhose.« Jola spürte, wie sie rot wurde.

»Doch«, sagte er mit Nachdruck und stutzte dann. »Hä?«

»Es waren Strümpfe. Halterlose. Ich wollte dich überraschen. Sie sind runtergerutscht.«

Raik warf einen Blick in ihre Stiefel, die unter dem Knie locker saßen. Dann erschienen die Grübchen in seinen Wangen. Er schaute einmal rundum zur Alten Nationalgalerie hinüber und Richtung Brücke.

»Dir muss ganz schön kalt sein. Das geht natürlich nicht.« Er schob sie zur Brüstung, hockte sich vor sie und zog erst den einen, dann den anderen Strumpf aus den Stiefeln. Mit seinem Körper schirmte er sie Richtung Nationalgalerie ab. Auf der Straße, die von der Brücke auf die Insel führte, war gerade niemand zu sehen.

Das nutzte Raik, um ihre Strümpfe mit aller Sorgfalt auf der Mitte ihres Oberschenkels anzupappen.

»Du hast arschkalte Finger.« Jola wusste auf einmal nicht mehr, ob ihre Gänsehaut von der Kälte kam oder davon, dass diese kalten Finger weiter aufwärts auf Erkundung gingen.

»Und du bist heiß.« Er erhob sich und küsste sie. Küsste sie endlich so, wie sie geküsst werden wollte. Irgendwann öffneten sie die Augen und bekamen beide einen hysterischen Kicheranfall.

Ihre Eltern und das Ungeheuerliche, das zwischen ihnen stand, waren für einen Moment ganz weit weg gewesen. Eben waren sie schlicht Raik und Jola und Jola und Raik gewesen, so wie in ihrer Kindheit. Auch da hatten ihre Eltern praktisch keine Rolle gespielt, weil sie alle vier voll berufstätig gewesen waren, sodass Jola und Raik im Zauber ihrer Kinderwelt ungestört waren.

Das hysterische Kichern bewies Jola jedoch, dass ihre Eltern nun in ihre Welt eingebrochen waren und Raik das klar war. Er war, das begriff Jola ebenfalls, weniger wegen der Anschuldigung seines Vaters, sondern vor allem wegen ihrer Reaktion darauf dermaßen unruhig gewesen. Sie beglückwünschte sich im Stillen dafür, dass sie halbwegs ruhig geblieben war. Trotzdem stand die Anschuldigung im Raum.

Nach dem Lachanfall umarmten sie sich fest, hielten sich aneinander und gingen dann zu Raik, wobei die Strümpfe erneut herabrutschten, aber glücklicherweise erst kurz vor seinem Haus.

Bei ihm in der Wohnung waren sie ganz Raik und Jola und Jola und Raik. Sie wärmten sich unter der Bettdecke auf und überreichten einander feierlich ihre Weihnachtsgeschenke. Jola bekam eine Fahrradklingel, weil ihre kaputt war. Raik packte einen Kugelschreiber einer Nobelmarke aus – ein Flohmarktschnäppchen –, damit er beim Mitschreiben in der Uni nicht gar so gegen die Hannoveraner Inzestarztfamiliensöhne abfiel.

Er hatte nichts Besseres zu tun, als sie an allen möglichen und unmöglichen Stellen damit zu bemalen und anschließend die Probe zu machen, ob der Kuli kussfest war. Danach war es so leicht zwischen ihnen, dass Jola wie nebenbei erklären konnte, sie wolle ihre Mutter auf das, was Matthias gesagt hatte, ansprechen. Mal sehen, wie sie reagieren würde. Raik nickte nur, und dann stöberten sie in seinem Küchenschrank nach irgendetwas, was zu einem Nachtmahl taugen könnte. Sie fanden Buchstabensuppe und verloren sich in Koseworten, die sie auf ihre Löffel legten und sich gegenseitig in den Mund schoben.

* * *

Berlin, August

Die Baumschatten im Prinzenbad waren länger geworden, und einer war inzwischen auf Jola gefallen. Sie fröstelte und zog sich an. Sie erinnerte sich noch genau, was ihre Mutter gesagt hatte, als sie ihr von Raiks Vater erzählt hatte.

»Du bist mit Raik zusammen?«, hatte Agnes als Erstes gefragt. Als ob dies das einzig Wichtige wäre.

Jola hatte damals gedacht, dass ihre Mutter Matthias' Anschuldigung als so absurd ansah, dass man sie mit ein paar Sätzen nebenher abtun konnte.

Aber jetzt musste sich Jola eingestehen, dass sie es sich seinerzeit vielleicht zu leicht gemacht hatte. Dass zwar ihre Beziehung mit Raik tatsächlich das Wichtigste für Agnes gewesen war, aber nicht, weil er ihr Kinderfreund war, sondern weil Raiks Vater recht hatte und ein Zusammensein von Raik und ihr deshalb höchst bedrohlich für ihre Mutter war.

Agnes war zu der Zeit Detektivin gewesen und hatte ständig kompromittierende Fotos als Beweise für ihre Klienten gemacht. Was, wenn …

Jolas Telefon klingelte. Sie schreckte auf. Es war Millas Klingelton. Sie zog das Gerät aus ihrer Tasche. »Hallo, meine Süße.«

»Mama?« Milla klang jämmerlich.

»Ist was passiert?«

»Für den neunten Monat gibt es keine Hochzeitskleider. Auch keine Empirekleider.« Sie hörte ihre Tochter schniefen.

»Wie bitte?«

»Ich war eben in einem Brautkleidladen.«

»Das wollten wir doch zusammen machen«, sagte Jola verwirrt.

»Ja, das will ich auch. Aber Navid …« Milla atmete tief durch. »Mama, weißt du wirklich nicht, wer mein Vater ist?«

In Jola kochte die Wut hoch. »Dein Navid will dich also erst heiraten, wenn ich ihm einen Schwiegervater vorstelle?«

»So ungefähr.« Milla schniefte.

»Wenn das so ist, solltest du ihn gar nicht heiraten, jedenfalls nicht, bevor er zur Vernunft kommt, Kind hin, Kind her.«

»Mama …«

»Schönen Gruß von mir: Das ist Erpressung. Und einen Erpresser heiratet meine Tochter nicht. Und schon gar nicht aus Not in der Spätschwangerschaft. Das hast du nämlich nicht nötig. Dein Kind wird genug Familie haben, die es aufzieht.« Jola sagte das mit Nachdruck, aber überrascht merkte sie, dass diese Vehemenz ihrer Wut geschuldet war, nicht wirklich ihrer Überzeugung. Dabei stimmte es doch, oder? Was Navid machte, war Erpressung.

»Ich will, dass das Kind seinen Vater hat«, sagte Milla.

Ihr Satz traf Jola ins Herz. Was Milla wollte, hatte auch sie einmal gewollt, und ihre Welt war zusammengebrochen, als sie in der Schwangerschaft verlassen worden war. In diesem Augenblick kehrte jener Schmerz mit Macht zurück.

»Süße, wir werden das schon richten. Toni und Dirk haben gemerkt, dass irgendwas nicht stimmt, weil wir nichts von euren Hochzeitsplänen hören. Toni wollte mit Navid reden, das hilft vielleicht. So von Mann zu Mann.«

»Ach, Mama.«

»Wart's ab. Toni wird ihm schon den Kopf waschen.«

Milla schwieg.

»Was war denn in dem Brautkleidladen?«

»Na ja, ich hab nach Empirekleidern gefragt und gesagt, dass es mit der Heirat vielleicht noch dauern kann. Die Verkäuferin hat gemeint, es gebe schon Hochzeitskleider für Schwangere, aber doch eher für die erste Zeit, denn die Entscheidung würde, wenn ein Kind unterwegs sei, ja in der Regel schnell getroffen.« Millas Stimme verlor sich.

»Und die dumme Tusse hat dich schrecklich mitleidig angesehen und wollte wahrscheinlich eine herzzerreißende Geschichte über eine schon fast Sitzengelassene hören, was ja in ihrem Laden selten geschieht. Lass mich raten: aufgeklebte lackierte Krallen?«

»Falsch. Perlenkette«, sagte Milla.

»Abgehungert und Bob in Hochglanz.«

»Loafer. Ebenfalls Hochglanz.«

»Knöchelhose mit Schlitzchen unten. Blusenkragen hochgestellt. Uhr oder Armreifen?«

»Äääh, so eine viereckige goldene Uhr, glaub ich.«

»Bestimmt die Tank von Cartier. Die klassische Geldanlage fürs Suggar-Daddy-Geschäftsmodell.«

»Hä?«, machte Milla.

Jola schlüpfte in ihre Sandalen. Nach ihrem Typen-Klischee-Lästerspiel, das sie schon zu Millas Gymnasialzeit gern gespielt hatten, klang ihre Tochter wieder besser.

»Das ist etwas, das dir niemals im Leben passieren wird. Diese Frauen sind zu faul und zu blöd, um selbst ordentlich Geld zu verdienen, wollen aber mindestens eine Liga höher mitspielen. Sie lachen sich eklige alte reiche Männer als Liebhaber an und lassen sich mit Uhren und Schmuck der teuersten Markenhersteller quasi bezahlen. Werden sie gegen eine Neue ausgetauscht, verhökern sie die Sachen und finanzieren sich damit die Auftritte in teuren Hotels oder Golfclubs, wo sie den nächsten Kandidaten aufgabeln.«

»Echt?«

»Echt.«

»Das ist ja furchtbar.«

»Genau. Deshalb hatte es deine frustrierte Tusse nämlich nötig. Sie war bestimmt fünfzig plus.«

»Kann gut sein.«

»Tja, da ist man in dem Geschäft ausgemustert. Und was sagt uns das? Hänge dein Glück nie, niemals an einen Mann.«

»Hab verstanden.«

»Kommt aber nicht so gut an, weiß ich. Versteh ich. Ich wünsche dir alles Glück der Welt mit deinem Navid. Wir rücken ihm den Kopf schon zurecht.«

»Weil wir nicht solche Tussen sind«, sagte Milla.

»Genau. *Solche* nicht.«

Da musste Milla kichern. Endlich, dachte Jola. Sie brachte das

Gespräch noch auf Millas Studium, und nachdem ihre Tochter begeistert von ihren Probenanalysen aus den Gewässern rund um Wolfen berichtet hatte, verabschiedeten sie sich.

Jola wickelte ihren nassen Badeanzug in ihr Handtuch und steckte beides in ihre geflochtene Tasche. Auch wenn sie Milla ein wenig hatte trösten können, war die Kuh nicht vom Eis. Im Gegenteil: Sie stand mitten darauf, und das Eis war durch Navids Schnüffeleien und die Tatsache, dass ein Baby unterwegs war, dünn geworden. Milla hatte ihr eben nicht die Frage nach ihrem Vater gestellt, so eine mit »Hand aufs Herz«. Das hatte Jola umschiffen können, aber diese Frage lag in der Luft. Was sollte sie machen, wenn Milla sie stellte?

Erst mal Licht ins Dunkel bringen, so weh das tun würde, und wenn sie nicht alles täuschte, würde es sehr wehtun.

Sie rief bei ihren Eltern an und verabredete sich mit Agnes für den nächsten Abend zum Unkrautrupfen. Da hielt sich Franz immer hübsch fern, und sie würde die Gelegenheit haben, ein ernstes Wort mit ihrer Mutter zu sprechen.

Jola will einfach so zum Unkrautrupfen vorbeikommen. Wer's glaubt, wird selig, dachte Agnes und drehte sich im Bett um. Sie konnte nicht schlafen, wie immer, wenn ein Problem strategisch ungelöst war.

Dass Jola mit ihr reden wollte, hatte bestimmt etwas mit Milla zu tun. Damit, dass sie alle nichts mehr von der Hochzeit hörten, die doch eigentlich geplant werden sollte.

Agnes starrte aus dem Fenster, vor dem das erste Morgenlicht die Baumkronen vom Himmel löste. Navid, dachte sie. Navid, der in Milla verliebt war wie Franz in sie, und Milla, die in Navid viel mehr verknallt war als sie jemals in Franz, bekamen ein Kind. Die beiden hatten heiraten wollen, und jetzt geschah gar nichts. Navid, dachte sie noch einmal und ließ ihre Beobachtungen ihn betreffend Revue passieren.

Hatte sie ihn unterschätzt? Verbiss er sich nicht wie ein Blutsauger in ihre Familie? Vorsichtig schlug sie die Decke zurück, um Franz nicht zu wecken, der neben ihr leise schnarchte. Sie mochte zwar nie in ihren Mann verliebt gewesen sein, aber sie liebte ihn. Und liebte ihn immer mehr, je länger sie zusammen waren. Franz war der Sonnenschein in ihrem Leben, und auch wenn Agnes sonst nicht zu romantischen Vergleichen neigte, dieser traf es. Er hatte ihr Wärme und helle Tage geschenkt, solche wie den Sommertag, der gerade heraufzog und den eine Mönchsgrasmücke mit ihrem Ziepstürülü begrüßte.

Agnes ging hinunter ins Wohnzimmer. Noch eine Dreiviertelstunde bis Sonnenaufgang. Sie zog eines der alten Fotoalben aus dem Regal. Darin steckten die beiden Ingo-Fotos. Sie waren da. Allerdings hinten. Agnes erinnerte sich genau an den Nachmittag, an dem sie Milla und Navid die Fotos gezeigt hatte. Die Ingo-Fotos hatte sie vorn ins Album gelegt, damit sie beim Aufklappen irgendwann herausrutschten. Hinten rutschte selten etwas aus einem Buch. Dafür musste man es vorn hineinstecken, und das hatte Agnes getan. Sie hatte die Fotos auch wieder vorn hineingeschoben, sie war sich ganz sicher. Jetzt steckten sie hinten. Da, wo sie chronologisch hingehört hätten.

Sie seufzte. Offensichtlich hatte sie ein Eigentor geschossen. Sie wurde alt und unvorsichtig. Sie schob das Album wieder ins Regal und erhob sich ächzend. Auf ihrer Chaiselongue lag ihre Strickjacke, die zog sie an, ging in die Küche und setzte Kaffeewasser auf. Franz' neue Kaffeemaschine war viel zu laut, er würde aufwachen, wenn sie die anstellte. Also nahm sie Herthas guten alten Porzellanfilter aus dem Schrank.

Sie öffnete das Fenster und hörte im Nachbargarten das Tüdelüdelü eines Grünfinks. Sie bereitete den Kaffee zu, raffte ihre Jacke um sich und setzte sich an den Küchentisch. Noch zwanzig Minuten, dann ging die Sonne auf. Die Vogeluhr war ein vermutlich fakultativer Bestandteil ihrer Agentenausbildung gewesen, doch sie hatte sie bei ihrem Mentor Horst Erler durchgenommen. Auch ohne Uhr am Handgelenk konnte ein Agent im Frühling und Sommer mit ihrer Hilfe die Zeit in der zweiten Nachthälfte zwar nicht im Auge, aber im Ohr haben.

Die Augustnacht war warm gewesen, sie ließ das Fenster offen stehen und hörte zu, wie immer mehr Vögel in den morgendlichen Gesang einstimmten. Es waren nicht mehr so viele wie im Juli, die Reviere waren längst abgesteckt, und die zweite Brut war langsam flügge.

Ihre Jola war auch gerade flügge geworden, als sie an einem der letzten Dezembertage 1998 bei ihr erschienen war. Wie sie ins Haus gestapft kam, hatte Agnes allerdings eher an die trotzigen Zeiten der Pubertät erinnert, und sie hatte sich entsprechend gewappnet.

* * *

Berlin, 1998

Oje, war das Erste, was sie dachte, als sie Jola im Sturmschritt hereinkommen hörte. Gut, dass Franz im Schützenverein ist und alles für die Silvesterparty vorbereitet, ging ihr als Nächstes durch den Kopf. Aber schön, dass sie einfach hereinkommt und nicht klingelt wie die vornehmen Zehlendorfer Nachbarskinder. Die läuteten, wenn sie ausgeflogen waren, an den Gartentoren ihrer Elternhäuser, als wären sie Fremde. Der dritte Gedanke zauberte ihr das Lächeln ins Gesicht, mit dem sie ihre Tochter begrüßte.

»Das ist aber eine Überraschung. Lust auf Stollen?« Das Rezept hatte Agnes von ihrer Mutter geerbt, die hatte es auswendig gewusst, und es war das Einzige, was ihr von ihrer Familie nach den Bombenangriffen auf Dresden geblieben war. Agnes' Mutter hatte jedes Jahr bis zu ihrem Tod einen Stollen zubereitet und ihrer Tochter das Familienrezept weitergegeben, und auch Agnes hatte es auswendig gelernt. Andere aus ihrer Klasse repetierten damals Hadschi Halef Omar Ben Hadschi Abul Abbas Ibn Hadschi Dawuhd al Gossarah, den legendären Namen einer Figur bei Karl May, des berühmten Schriftstellers aus dem nahen Radebeul. Sie lernte: ein Pfund Mehl, zweihundert Gramm Butter und fünfzig Gramm Butterschmalz, hundertsiebzig Milliliter Milch, hundert Gramm Zucker, siebzig Gramm süße Mandeln – ohne Schale –, zwanzig Gramm bittere Mandeln, fünfzig Gramm Zitronat, die Schale einer halben Zitrone, ein halber Teelöffel Muskatblüte, ein großer Würfel Hefe, ein Esslöffel Rum, eine Prise Salz. Und Puderzucker zum Einstäuben.

»Gern.«

Dem Stollen hatte Jola nie widerstehen können. Das Rezept gelernt hatte sie allerdings nie, und Agnes beschloss, es später einmal ihrem Testament beizulegen.

»Gut, ich setze Kaffee auf.«

Jola folgte ihr in die Küche, und Agnes stellte die Kanne Kräutertee beiseite und brühte Kaffee.

Jola lehnte sich an die Küchenzeile. »Mutti, wie war eigentlich dein Verhältnis zu Renate?«

»Renate?« Agnes wartete, dass der Kaffee durch Herthas Melitta-Kannenfilter aus Porzellan lief, goss einen Schuss heißes Wasser nach und stellte sich dumm. »Meinst du etwa Renate Hader?«

»Wieso ›etwa‹?«

Aufpassen, dachte Agnes. »Weil es schon so lange her ist. Wie kommst du auf sie?« Sie goss den letzten Schuss Wasser in den Filter.

»Ich habe Raik wiedergetroffen.«

Agnes wandte sich ihrer Tochter zu und hob die Augenbrauen. Immer schön kommen lassen.

Jola schwieg, aber eine zarte Röte zeichnete sich auf ihren Wangen ab. War ja klar.

»Du bist mit Raik zusammen?«, fragte Agnes, obwohl die Antwort Jola ins Gesicht geschrieben stand.

»Bin ich.«

»Das ist ja eine Überraschung«, sagte Agnes. »Erzähl mal, wie habt ihr euch wiedergetroffen?« Sie reichte Jola das Messer und wies auf das letzte Viertel Stollen, das von Weihnachten noch übrig war.

Jola schnitt zwei Stücke ab und sagte mit Blick auf die Arbeitsplatte: »Hast du über Renate eigentlich auch berichtet?«

Ablenkung fehlgeschlagen. Das sah nicht gut aus. »Warum fragst du das?«

»Hast du, oder hast du nicht?«

»Ich habe niemanden bespitzelt.«

»Ich weiß, das haben andere für dich gemacht. Du hast ja in Halle im Büro gesessen.«

»Niemand hat für mich Renate bespitzelt. Wie kommst du auf so was?«

»Matthias hat Anhaltspunkte dafür gefunden.«

»Oje.« Agnes stellte Tassen auf den Küchentisch, goss ein und bedankte sich für den Teller mit einem Stück Stollen, den Jola ihr reichte. Sie nahmen einander gegenüber Platz, Jola auf dem Stuhl, auf dem meistens Franz saß. Das musste ihr bewusst geworden sein, denn sie fragte: »Wo ist eigentlich Vati?«

»Im Schützenverein. Bereitet die Silvesterparty vor.«

Jola nickte, brach ein Stück Stollen ab, aß es aber nicht. »Matthias meint, du seist außer ihm die Einzige gewesen, die wusste, dass Renate sich an ihrem Todestag mit westdeutschen Umweltaktivisten treffen wollte. Und dass sie brisante Erhebungen über Patienten bei sich hatte, die belegten, wie gesundheitsschädlich alles war in der Chemie. Und dass du Renate umgebracht hast. Und die brisanten Dokumente hast verschwinden lassen.«

»Jola!« Agnes riss die Augen auf und hoffte, dass sie schockiert wirkte.

Ihre Tochter zuckte mit den Schultern.

Agnes legte ihre Kuchengabel hin und rüstete sich innerlich. »Ich habe von Renates Studie gewusst, und zwar von Anfang an. Sie lief über zehn Jahre. Ich habe ihr davon abgeraten, weil ich unsere Politiker in Berlin so einschätzte, dass sie weder etwas ändern wollten noch konnten und der Überbringer der schlechten Botschaft – also letztlich Renate – das Nachsehen haben würde. Wie bei Sparta.«

»Bei Sparta?«, fragte Jola.

»Ja, der Bote, der die Spartaner um Schützenhilfe für die Athener bitten sollte, brach nach dem Ausrichten des abschlägigen Bescheids tot zusammen. Wahrscheinlich hat man ihm nicht mal was zu trinken angeboten. Wer Hiobsbotschaften überbringt, wird nicht dankbar aufgenommen.«

»Hast du das in deiner Ausbildung gelernt?« Jola klang abfällig.

»Die jetzt offensichtlich auch in deinen Augen igitt ist.« Agnes starrte ihre Tochter nieder, es ging schnell. »Ja, habe ich. Aber wie auch immer, die Chemieproduktion musste laufen und laufen und laufen. Sonst hätte es keine Devisen gegeben und noch mehr Engpässe in der Versorgung als ohnehin schon. Es wurde nur repariert, was unbedingt sein musste. Ich habe in der Tat von dem Treffen gewusst, aber natürlich habe ich es nicht weitergeleitet. Ich habe Renate gewarnt – wie in den zehn Jahren davor.« Agnes schnaubte leise. »Ich hätte mir ins eigene Fleisch geschnitten, wenn ich es weitergeleitet hätte.«

»Wieso?«, fragte Jola.

»Weil ich dann lauter heikle Fragen kaum glaubhaft hätte abwehren können. Wie lange ich schon davon wisse, wieso ich nicht viel früher eingegriffen hätte, wieso ich Renate nicht agitiert hätte und so weiter.« Agnes zwang sich, wegen der entspannenden Wirkung auf Jola einen kleinen Bissen von ihrem Stollen zu nehmen. Danach fuhr sie fort: »Renate war eine gute Sozialistin, eine kritische, eine, die im Land etwas erreichen wollte. In diesem Punkt war sie bewundernswert, aber leider nicht realistisch, und das hat zu einer solchen Enttäuschung geführt, dass sie sich an diese westdeutschen Umweltaktivisten gewandt hat, die sie instrumentalisiert haben.«

»Inwiefern?«

»Für eine reißerische Berichterstattung über den Osten, ohne jeden politischen Weitblick. Vielleicht haben die sie ja auch umgebracht. Um die Sache so richtig zu dramatisieren.«

»Das ist jetzt aber eine Räuberpistole«, sagte Jola.

»Ja, genau wie die Behauptung, dass jemand – ich – Renate umgebracht haben soll. Renate hatte einen Unfall. Wenn sie die Unterlagen nicht mehr hatte, war sie vielleicht schon auf dem Rückweg von ihrem Treffen. Was weiß ich. Ich war für die Sicherung der Volkswirtschaft, nicht für die Verhaftung von Personen zuständig. Renate war meine Freundin. Es kränkt mich, dass du überhaupt in Erwägung ziehst, dass ich ihr was angetan haben könnte. Frag doch mal Raik, ob seine Mutter je wegen ihres Sammelns von Patientendaten vorgeladen worden ist, von dem ich, wie gesagt, zehn Jahre lang wusste. Ob sie je verhört wurde. Wurde sie nämlich nicht. Das habe ich verhindert.«

Sie schob mit einer unwirschen Geste ihren Teller weg. »Matthias driftet in seiner Trauer in den Wahn ab. Er hatte Renates Tod ein Jahr später, als wir in den Westen gingen, noch nicht mal im Ansatz verarbeitet. Was sagt denn Raik, wie geht es ihm?«

»Abgedriftet ist Matthias wohl wirklich. Aber nicht in den Wahn, sondern nach rechts.«

»Kommt aufs Gleiche raus«, beschied Agnes ihre Tochter, zog ihren Teller wieder heran, nahm einen großen Bissen Stollen, zwang sich zu einem Lächeln und einem neugierigen Tonfall und fragte: »Jetzt erzähl doch mal, wie hast du Raik wiedergetroffen und wo? Ich freu mich für dich.«

Damit hatte sie die Kurve gekriegt, fürs Erste. Jola erzählte von Raik, und Agnes steuerte Kindheitserlebnisse der beiden bei. Aber ihr war klar, dass das nicht gutgehen durfte. Auf gar keinen Fall.

***

Berlin, August

»Milla will wissen, wer ihr Vater ist«, sagte Jola am Abend beim Unkrautrupfen.

»Navid will wissen, wer Millas Vater ist«, verbesserte Agnes. »Mist, ich hätte mich wirklich schon eher an dieses Rosenbeet machen sollen. Die Vogelmiere sät sich schon wieder aus.«

Sie hatten, als Jola hungrig von der Arbeit gekommen war, einen Eintopf gegessen, weil Agnes den halben Tag übel gewesen war wie häufiger in letzter Zeit. Franz hatte deshalb geduldig vom Grillen Abstand genommen und war gerade zum Nachbarn hinübergegangen, dessen Rasenmäher kaputt war. Inzwischen war es schick, etwas zu reparieren und nicht alles gleich neu zu kaufen, und da war Franz' handwerkliche Erfahrung immer öfter gefragt.

Nun knieten Jola und sie einträchtig vor dem Rosenbeet.

»Wie findest du ihn eigentlich?«, fragte Agnes.

»Navid? Will Spätdienste machen, damit Milla weiterstudieren kann, wenn sie mit Stillen durch ist.«

»Na dann …«, sagte Agnes und lockerte mit einem Handgrubber die Pfahlwurzel eines Löwenzahns.

»Wieso hast du im Frühjahr 1999 Fotos von Ingo und mir gemacht?«, fragte Jola.

Agnes richtete ihren Rücken auf und griff sich ins Kreuz. »Frühjahr 1999? Von Ingo? War das nicht so ein Sommersprossiger?«

»Das wusstest du vor Kurzem noch ganz genau. Diese Fotos hast du nämlich Milla und Navid gezeigt.«

»Ach die. Die waren aus dem Album gerutscht, und Navid,

der ja in jedem, der nicht gerade eine tiefschwarze Hautfarbe hat, Millas Vater vermutet, hat sich draufgestürzt. Ist Ingo der Vater?«

Jola hörte auf, Unkraut zu rupfen, und sah ihre Mutter an. »Ich glaube, du weißt sehr genau, wer der Vater ist. Aber du wolltest nicht, dass ich mit ihm zusammen bin. Und deshalb gibt es die Ingo-Fotos. Fotos, die ich nie in meinem Leben gesehen habe. Fotos, die mich mit einem Typen zeigen, mit dem ich nie was am Hut hatte. Detektivfotos, die gemacht werden, um jemanden der Untreue zu überführen.« Jola war laut geworden.

Agnes spürte einen Stich im Herzen. Gefühlsaufwallung eindämmen, befahl sie sich. Sie hatte so etwas befürchtet, seit sie am Morgen die Fotos an der falschen Stelle im Album gefunden hatte, und sie wäre nicht sie selbst gewesen, wenn sie sich nicht eine Strategie zurechtgelegt hätte. Dass ihre Tochter einen derart guten Riecher hatte und dann auch noch in der logischen Gedankenkette vorging, überraschte sie dennoch. Wäre sie nicht arg in Bedrängnis gewesen, hätte sie den Stolz auf Jola ausgekostet.

Navid hatte die Fotos offenbar abfotografiert und sie Jola gezeigt. Wie sie vermutet hatte. Der Junge war wirklich eine Zecke. Jetzt hieß es klug vorgehen.

Sie stützte sich mit den Händen auf den Knien ab und sah Jola an. »Wenn ich deiner Meinung nach wissen sollte, wer der Vater ist, musst du es zuallererst wissen. Interessant. Wieso hast du dann das Märchen von deinem ›bewegten Leben‹«, sie machte mit Hand und Grubber Luftgänsefüßchen, »erfunden?« Hoffentlich hatte sie entrüstet genug geklungen.

»Das sage ich dir, wenn du mir erzählst, was du mit den Ingo-Fotos gemacht hast.«

»Dann werde ich es nicht erfahren. Ich habe nämlich gar nichts mit den Ingo-Fotos gemacht. Ich habe dich einfach in einem glücklichen Moment fotografiert.«

»Du hast an einem scheißkalten Apriltag eine Gartenschlauchspritzerei angezettelt. Ausgerechnet du. So was hast du nicht mal gemacht, als ich Kind war. Du hast mich an der Humboldt-Uni fotografiert, ohne dass ich wusste, dass du überhaupt da warst.«

»Du hast ein schlechtes Erinnerungsvermögen. Ich habe dich damals abgeholt, weil ich sowieso in der Stadt war. Hinterher haben wir, glaube ich, gegrillt. Aber egal, wer ist denn nun der Vater meines Enkelkindes?«

»Du hast ihn von mir weggebracht. Und dafür gibt es nur einen Grund. Du bist wirklich eine Mörderin, Mutti.«

Auf dem Nachbargrundstück ging der Rasenmäher an. Satt surrend. Franz hatte offenbar Erfolg gehabt.

Agnes hackte energisch einen Wegerich weg. »Du bist ja völlig übergeschnappt. Ich erfahre, dass meine Tochter ihrer eigenen Tochter den Vater seit einundzwanzig Jahren bewusst vorenthält, und werde gleichzeitig auch noch beschuldigt, eine Mörderin zu sein.« Sie hielt mit dem Hacken inne, als wäre ihr etwas eingefallen. »Ich erinnere mich. Des Mordes hast du mich schon einmal verdächtigt. Und warte … Nicht lange danach musst du schwanger geworden sein. Damals warst du mit Raik Hader zusammen. Ist er der Vater?«

Sie wollte sich ihrer Tochter zuwenden, aber Jola war aufgesprungen, und Agnes sah nur noch ihre Knie vor sich, an denen Erde klebte. »Weißt du, warum deine Geschichte mit dem Abholen nicht stimmt? Nicht stimmen kann? *Niemals* stimmen kann?« Jola schrie, und Agnes hörte, wie drüben der Rasenmäher ausging. Ihr wurde eng in der Brust. Franz sollte das nicht hören. Auf keinen Fall.

»Jola!« Es sollte abkanzelnd klingen, aber es kam nur kratzig heraus.

»Ich hatte eine Bluse mit Spitzenkragen an. Meine Lieblingsbluse mit dreizehn. Sandras Oma war gestorben, und die hatte noch altes Leinen- und Baumwollzeug. Sandra hat sie mir geschenkt. Die Bluse war mir damals noch zu groß, aber sie war weiß, und weiß war schick. Man konnte sie kochen. Sie wurde immer wieder blütenweiß. Selbst in Wolfen. Erinnerst du dich?«

Agnes richtete sich nun auch auf. Ächzend. Mühsam. Ihr war schon wieder übel. Und schwindlig war ihr auch.

Sie nickte, sie erinnerte sich an die Bluse. Aber sie wusste nicht, warum sie nickte, und dachte, dass das vielleicht ein Fehler war.

»Ja, Mutti, genau diese Lieblingsbluse. Die ich nicht mit in den Westen nehmen durfte, weil es nur das Nötigste sein durfte und etwas Weißes beim Schleichen über die grüne Grenze schon gar nicht. Diese Bluse hat Raik in meinem Zimmer gefunden, als wir verschwunden waren und er sich ins Haus geschlichen hat. Er hat sie mitgenommen, als Andenken an mich. Er hat sie all die Jahre behalten und mir zurückgeschenkt, als wir ein Liebespaar geworden waren. Ich wusste, dass weder du noch Raiks Vater wollten, dass wir zusammen sind.« Jola zeigte mit dem Finger auf Agnes, und ihre Stimme schnappte über. »Nie, *niemals* hätte ich diese Bluse getragen, wenn du mich zum Grillen abgeholt hättest.«

Aus dem Augenwinkel sah Agnes, wie Franz über die Hecke lugte, die den Nachbarsgarten von ihrem trennte. Seine Augen waren groß.

»Du lügst«, fuhr Jola voller Verzweiflung fort. »Und das sagt mir, dass mit den Ingo-Fotos etwas nicht koscher ist. So schlimm, dass du Navid damit auf eine falsche Fährte locken musstest.« Jola schluchzte. »Was hast du noch getan, Mutti? Was hast du getan, dass Raik aus meinem Leben verschwunden ist? Dass er sich nicht mal gemeldet hat, als ich ihm geschrieben habe, dass ich unser Kind erwarte?«

Jola griff nach Agnes, und Agnes hielt sich an ihrem Arm fest, weil ihr schwarz vor Augen wurde. Sie merkte noch, dass Jola sie schütteln wollte, aber da sackte sie schon zusammen.

»Agnes!« Franz' Schrei war das Letzte, was an ihr Ohr drang. Dann umfing sie Dunkelheit.

Jola strich sorgfältig die Erde von Agnes' Handgrubber, sammelte die Vogelmiere zusammen, den Wegerich, den Löwenzahn. Die Vogelmiere war schon eine halbe Stunde nach dem Herausrupfen welk geworden. Starb unwiderruflich. Jola überlief es kalt. Sie brachte alles zum Komposthaufen nach hinten und schaute nicht nach rechts oder links zu den Hecken, die den Garten ihrer Eltern von denen der Nachbarn trennten. Es war ihr peinlich. Das war das einzige Gefühl, was sie verspürte. Ansonsten war sie wie ein Eisblock.

Sie hatte den Notarzt gerufen und ihre Mutter beatmet, als sie blau anlief. Franz war gerannt gekommen, hatte sie weggeschoben und Herzdruckmassage und Beatmung im Wechsel übernommen. Er war wieder zum Feuerwehrmann geworden, der das gelernt und geübt hatte und in welcher Situation auch immer besonnen ausführte.

»Wie konntest du nur – deine Mutter – so – aufregen? – Ich – will dich – nicht sehen. – Geh. – Hol die Sanitäter – in den Garten«, hatte er während einer Druckmassageneinheit herausgepresst.

Jola war wie ein geprügelter Hund zum Gartentor gegangen, hatte die Sanitäter empfangen und war nicht mitgefahren.

»Du hörst von mir«, hatte Franz nur kühl gesagt, als er in den Rettungswagen einstieg. Sie hatte weder ihm noch ihrer Mutter die Hand drücken können, und nun räumte sie mechanisch den Garten ihrer Eltern auf. Sie trug die Auflage von Agnes' Gartenliege in den Keller, schloss die Terrassentür, stellte die Suppenteller in den Geschirrspüler.

Ob es der letzte Suppenteller ihrer Mutter war? Sie war nicht wieder zu sich gekommen. Es war still, bis auf ein paar Vögel, die sangen.

Sie füllte den Rest der Suppe in eine Vorratsdose, wischte die Arbeitsflächen sauber und stellte den Geschirrspüler an. Dann ging sie durchs Haus und schloss die Fenster. Als alles so war wie vor einer Reise, zog sie die Tür hinter sich zu und schwang sich in der Dämmerung aufs Rad. Sie fuhr ein Stück, bis sie an einen kleinen Park kam. Dort stieg sie ab, setzte sich auf eine Bank und rief Milla an. Es war inzwischen menschenleer auf der schmalen Grünfläche zwischen den Zehlendorfer Bürgerhäusern.

Sie ließ es ewig klingeln, aber Milla ging erst beim dritten Versuch dran.

»Was ist denn, Mama? Wir sind gerade auf einer Party.« Stimmengewirr und Musikfetzen im Hintergrund bestätigten das.

»Kleines, such dir mal eine stille Ecke, bitte.«

»Mama!«

Jola hörte Lachen, undefinierbare Geräusche und dann eine Tür klappen.

»Bin ins Bad gegangen«, meldete sich Milla. »Sitze jetzt auf dem Klo.«

Unwillkürlich musste Jola lächeln. Glück überkam sie, dass sie so eine lebensfrohe und praktische erwachsene Tochter hatte. »Oma ist im Krankenhaus. Sie hatte vorhin einen Herzinfarkt oder einen Schlaganfall.« Sie zögerte. »Ich war da. Opa hat sie beatmet und Herzdruckmassage gemacht, bis der Notarzt kam. Er ist jetzt bei ihr.«

»Und du?«, fragte Milla. Dann, ohne die Antwort abzuwarten: »Es ist sehr schlimm, oder?«

»Ich fürchte, ja.«

»Ist es einfach so passiert?«

»Ihr ging es schon den ganzen Tag lang nicht so gut. Wir haben Unkraut gerupft.« Jola fuhr mit den Zähnen auf ihrer Unterlippe hin und her. Es hatte keinen Sinn, Milla den Streit zu verschweigen. Besser, sie erfuhr es von ihr als von Franz. »Wir haben uns gestritten. Ich fürchte, sie hat sich zu sehr aufgeregt.«

»Ach, Mama«, sagte Milla voller Mitgefühl. »Mach dir keine Vorwürfe. Oma ist alt, und ihr Herz macht ja schon eine Weile nicht mehr so mit.«

»Danke, lieb von dir«, sagte Jola, und jetzt kamen ihr die Tränen vor Scham. Peinlichkeit und Scham, das waren ihre Gefühle jetzt, da ihre Mutter vielleicht im Sterben lag oder schon tot war. Sie verabscheute sich deshalb. »Opa war richtig sauer.«

»Einen Moment noch!«, rief Milla irgendwohin. »Ich blockiere hier das Klo«, sagte sie ihrer Mutter.

»Ich melde mich, sobald ich was höre.«

»Du musst dich mit Opa wieder vertragen.«

Jola starrte in die Dunkelheit und dachte an ihren Vater. Was sollte sie ihm sagen, wenn er fragte, was los gewesen war?

»Gleiheich!«, rief Milla über das Telefon weg. Offenbar wartete sie, dass ihre Mutter etwas sagte.

»Ich werde Opa beistehen, so gut ich kann«, antwortete Jola. »Und jetzt mach das Klo frei. Wird schon werden.«

»Hab dich lieb, Mama. Ich komme morgen mit, wenn du ins Krankenhaus fährst. Auch wenn es morgens um acht ist.«

»Danke, meine Süße.«

Sie legten auf. Jola ließ die Hand mit ihrem Handy auf ihren Schoß sinken und blickte in die anbrechende Sommernacht. Einen Sommer hatten Raik und sie nicht mehr gehabt, nachdem sie als Liebespaar zusammengekommen waren. Es war das Winterhalbjahr gewesen. Nur eine warme Woche hatten sie genossen, und es war eine der schönsten in Jolas Leben gewesen, definitiv die schönste vor Millas Geburt. Und wenn sie nicht alles täuschte, war Milla in dieser Woche gezeugt worden.

* * *

Venedig, April 1999

»Das ist ja unglaublich!« Jola konnte nur hauchen bei all der Schönheit. Raik und sie fuhren mit dem Vaporetto vom Flughafen durch den Canal Grande, ihr Ziel war ein Haus im venezianischen Stadtteil Dorsoduro. Es war der 1. April, in Berlin war es noch kalt, aber hier, jenseits der Alpen, war der Frühling längst eingezogen. Sie hatten draußen einen Platz ergattert, und Jola saß auf Raiks Schoß.

Raik hatte seinen Nachhilfeschüler aus der alten Hannoveraner Arztfamilie durchs Physikum gebracht, trotz inzestuösem Schwachsinn. Der Vater seines Kommilitonen hatte vor vielen Jahren in Italien Medizin studiert, wie viele Westdeutsche, deren Noten für den geforderten Numerus clausus nicht ausgereicht hatten. Von dort hatte er seine italienische Frau mitgebracht, die standesgemäß ebenfalls aus einer alten Arztfamilie stammte, wobei sich, wenn Jola Raiks Erzählungen über die Nachhilfestunden bedachte, vermutlich Schwachsinn mit Schwachsinn gepaart hatte.

Die Italienerin war die Alleinerbin des Hauses in Dorsoduro, das die Familie inzwischen als Feriendomizil benutzte. Allerdings nicht über Ostern, da war es den Hannoveranern in Venedig zu voll. Deshalb hatte Raik den Schlüssel bekommen, als Dank für das bestandene Physikum und mit dem ausdrücklichen Hinweis, dass Bar und Weindepot zu seiner freien Verfügung stünden. Jetzt legte er andächtig schweigend seinen Kopf an Jolas Schulter, während sie an einem Palazzo nach dem anderen vorbeischaukelten.

In Giglio stiegen sie aus, liefen über die Accademia-Brücke hinüber nach Dorsoduro, wo das Haus an einem recht breiten Durchstichkanal Richtung Giudecca lag.

Raik war noch nie in Venedig gewesen, dafür hatte sein Geld nicht gereicht, und Jola auch nicht, obwohl ihre Eltern finanziell bessergestellt waren als der arbeitslose Matthias in Wolfen. Franz hatte Agnes zum ersten Hochzeitstag im Westen eine Kurzreise in die Lagunenstadt geschenkt, doch da hatte Jola bei Hertha bleiben müssen.

»Das ist es«, sagte sie jetzt aufgeregt und zeigte auf ein ockerfarbenes Haus mit einem Balkon im ersten Stock, auf den vier schmale hohe Fenstertüren mit geschlossenen Läden hinausgingen. Diese vier Fenster wiederholten sich in der zweiten Etage, nur nicht so hoch. Im Erdgeschoss zeigte sich das Haus abweisend, es gab nur eine große schwere Holztür und hoch angesetzte vergitterte Fenster.

Raik stellte seine Tasche ab, schloss auf, öffnete die Tür einen Spalt und hielt Jola zurück, die eintreten wollte. Er nahm ihr die Tasche von der Schulter, hob sie hoch und trug sie über die Schwelle. »Mein erstes Haus für dich. Wenn auch nur über Ostern«, flüsterte er ihr zwischen zwei Küssen in der stockdunklen Diele zu.

»Immerhin in Venedig«, gab Jola mit pochendem Herzen zurück. »Da will ich mal nicht so sein, dass es nur für ein paar Tage ist.« Danach landete sie unsanft auf dem Steinboden, weil Raik sie mit einem lauten »Ey!« praktisch fallen gelassen hatte. Er stürzte hinaus und erwischte gerade eben noch einen schmächtigen jungen Dieb, dem er ihre Taschen entriss. Er rettete sich ins Haus und schlug die Tür hinter sich zu.

Es war stockdunkel und sehr kühl. Jola tastete nach Raik, umarmte ihn und murmelte ein Danke in den Kuss. In der Dunkelheit und Kühle spürte sie seine Körperwärme besonders, und das machte sie glücklich und gleichzeitig erregt. Raik musste es ähnlich gehen, denn er hob sie erneut hoch, diesmal aber so, dass sie die Beine um seine Hüften schlingen konnte. Er lehnte sie an die Tür und schob den Slip unter ihrem hochgerutschten Jeansrock zur Seite, den sie in Vorfreude auf den Frühling am Morgen in Berlin angezogen hatte, egal wie sehr sie im Flugzeug frieren würde.

Raik war normalerweise nicht draufgängerisch, und das beflügelte Jola, zwischen sie zu greifen und seine Hose zu öffnen. Das Ganze endete mit einem lauten Klopfen an der Tür, die offenbar doch nicht so dick war, dass sie das innige Stöhnen der beiden verschluckte.

Nach einer Schrecksekunde dachte Jola zufrieden: Wenigstens hat der da draußen die Sache bis zum Höhepunkt ausgekostet. Dann musste sie kichern, und Raik auch.

»Erkunden wir die Höhle?«, fragte er, ließ sie hinab und tastete neben dem Türrahmen nach einem Lichtschalter. Als er ihn gefunden hatte, erhellte ein Kronleuchter aus Glas die großzügige Diele. Jola strich ihren Rock nach unten und zeigte dann darauf. »Bestimmt Muranoglas.«

»Was für Glas?«

»Murano ist eine kleine Insel, die zu Venedig gehört und auf der seit Jahrhunderten Glas geblasen wird. Meine Eltern haben Hertha damals eine Vase mitgebracht. Vati meinte, dass die Glasbläser irgendwann vor ein paar Hundert Jahren auf die Insel verbannt wurden, sei kein Wunder bei dem bis heute nicht vorhandenen Brandschutz für die Glasöfen.«

Raik schüttelte den Kopf. »Irgendwie können die Menschen nicht aus ihrer Haut, oder?«

»Nee, damit muss man leben«, sagte Jola und öffnete die der Eingangstür gegenüberliegende Tür. Sie führte in eine große Wohnküche, die vier Sprossenfenstertüren hatte. Als sie Fenster und Holzläden davor öffnete, zeigte sich, dass sie auf einen kleinen Garten hinausgingen. Raik stieß einen Pfiff aus, schnappte sich die Taschen und stieg eine Treppe, die seitlich aus der Diele nach oben führte, ins erste Geschoss hinauf.

»Krass!«, hörte ihn Jola gleich darauf rufen und folgte ihm. Er öffnete gerade die Läden der beiden deckenhohen Fenstertüren, die auf den Kanal hinausgingen. Sonne flutete ein Zimmer, das von der Fassade bis zum Garten durchreichte und auf der gegenüberliegenden Seite ebenfalls zwei hohe Fenster hatte. Ein großes Bett zum Garten hin, ein Kamin mit einem Sofa davor, ein gemütliches Tischchen mit Sesseln und Blick auf den Kanal, ein dicker Wollteppich auf dem Terrazzoboden und prächtige Muranoglas-Kronleuchter an der Balkendecke ... »Fünf Sterne«, sagte Jola.

Raik drehte sich zu ihr um. »Wozu brauchen wir da noch Venedig?«

»Falsche Frage. Wozu brauchen wir Schlaf?«, gab Jola zurück.

Sie eroberten die Stadt, und mithilfe der mit handschriftlichen Notizen versehenen Visitenkarten, die am Kühlschrank hafteten und sie zu den besten Bistros und einem preiswerten studentischen Lokal zum Abendessen führten, schufen sie sich zwischendrin die schönsten Inseln der Ruhe. Im Dogenpalast machte Raik Jola darauf aufmerksam, wie Eltern ihr Kind in einem kleinen vergitterten Verlies fotografierten. Jola glotzte fasziniert auf den Jungen, dem nicht ganz wohl zu sein schien, und auf die begeisterten Eltern.

Raik zog sie weiter. »Das hätten unsere niemals mit uns gemacht.«

»Nee, so fixiert waren die nicht auf uns.«

»Ein Glück«, sagte Raik und versank in Gedanken.

Ungute Gedanken, das sah Jola ihm an. Drei Säle weiter bemerkte sie: »Und wir nicht auf sie.«

Raik verstand sofort, woran sie anknüpfte, was ihr sagte, dass er an ihre Eltern gedacht hatte oder vielleicht auch nur an seinen Vater, dessen Anschuldigung noch immer im Raum hing.

»Sehr richtig.« Er zog zwei Visitenkarten aus seiner Gesäßtasche. »Gehen wir zuerst hier«, er hob eine davon hoch, »ein paar Cicchetti holen und dann«, er zeigte die zweite vor, »den hübschen kleinen Platz mit dem besten Tiramisu suchen?«

»Gute Idee.« Jola nahm seinen Arm, sie verließen den Palast, traten auf den Markusplatz und tauchten in das enge Gassengewirr der Altstadt ein. Das Bàcaro mit den leckeren Cicchetti war schnell gefunden, es lag am Touristenpfad vom Markusplatz zur

Rialtobrücke und war deshalb gnadenlos überfüllt. Für den besser versteckten Platz brauchte Raik etwas länger, aber auch den fand er. Jola verstand nicht, wie er das machte, und Raik lächelte nur bescheiden, als sie sich an einen der drei Tische vor das Café setzten. »Das ist der Technikblick, den mir Vati beigebracht hat. Jede Anlage, ob es nun eine Produktions- oder Stadtanlage ist, hat eine innere Logik und Schönheit, die sich aus ihrer Funktionsweise ergibt. In einer Stadt musst du einen Blick für die Größenordnungen entwickeln, dann klappt das.«

»Bei dir und deinem Vater. Bei mir … tja.« Jola zog gespielt traurig die Mundwinkel herunter. Aber dann blieben sie unten, weil sie an Matthias dachte, an den sie sich noch aus ihrer Kindheit erinnerte. Vor allem aber entsann sie sich an das letzte Jahr – vom Sommer 1988 bis zum Herbst 1989, als sie abgehauen waren. Matthias, der immer im Einklang mit sich und der Welt und vor allem mit seiner Renate gelebt hatte, war nach dem Tod seiner Frau ein Zerrbild seiner selbst geworden. Sie hatte ihn kaum noch im Garten gesehen, höchstens stoisch den Rasen mähend. Er musste immer drinnen gesessen haben.

Sie erinnerte sich auch daran, wie sie einmal mit Raik von einer FDJ-Versammlung gekommen war, als Renate noch lebte. Sie hatte ihren Vater damals aus dem Hader'schen Haus treten sehen, und er hatte sich umgewandt, zwei Finger an die Lippen gelegt und sie dann umgedreht der Tür entgegengestreckt – sein Zeichen für einen Abschiedskuss für seine Frau. Die war aber gar nicht bei Haders gewesen, dort war nur Renate, und ihre blonde Lockenpracht hatte an diesen Tag besonders ungebärdig ausgesehen. Das hatte Jola tief verunsichert, und sie hatte fortan heimlich auf ihren Vater und Renate geachtet und auch geglaubt, verschwörerische Blicke zwischen den beiden aufzufangen, aber sicher war sie sich nie gewesen.

»Was ist los?«, hörte sie Raik fragen. »Dein Tiramisu hängt jetzt schon mindestens eine Minute in der Luft.«

Natürlich patschte es auf Jolas Rock, als sie aufschreckte.

»Mist«, sagte sie und versuchte sich in Schadensbegrenzung.

Raik sah sie forschend an.

»Du hast deinen Vater ziemlich lieb, oder?«

»Wieso fragst du?« Jetzt schwebte sein Bissen Tiramisu in der Luft.

Sie wies ihn mit einer Kopfbewegung darauf hin. »Weil du dir Sorgen machst, was passiert, wenn ich ihm wiederbegegne.«

Raik ließ sich sein Tiramisu auf der Zunge zergehen und leckte sich dann die Oberlippe. »Ich habe vor allem dich lieb, Jola. Dich.«

Sosehr sie sich über diese Antwort freute, so sehr lähmte sie sie auch. Das Gefühl war bittersüß wie der Amaretto im Tiramisu, mit dem der Koch nicht gespart hatte. Über ihre restlichen Venedig-Tage legte sich ein melancholischer Schimmer, der den morbiden Charme der Lagunenstadt begleitete. Sie liebten sich am Kamin, vor dem sie die Bettdecken auslegten und nackt mit einem echten Barolo anstießen, aber nicht mehr so ausgelassen wie am ersten Tag.

Sie waren nie wieder so ausgelassen gewesen.

* * *

Berlin, August

Jola fror. Sie rief ihren Vater an, aber der ging nicht an sein Handy. Vermutlich hatte er es gar nicht ins Krankenhaus mitgenommen, denn er war so, wie er war, in Gartenhosen, in den Krankenwagen gestiegen.

Also fuhr Jola noch einmal zurück zum Haus ihrer Eltern und packte das Nötigste für beide in eine Tasche. Bestimmt war ihre Mutter ins nahe Krankenhaus Waldfriede gebracht worden.

Agnes war tatsächlich dort eingeliefert worden und wurde gerade am Herzen operiert, wie Jola erfuhr, als sie aufkreuzte. Die

Rezeptionistin telefonierte mehrfach, dann wurde Jola gebeten, die Tasche in der Anmeldung zu deponieren, man werde sie ihrem Vater übergeben, sobald klar wäre, auf welcher Station Agnes landen würde. Franz sei nicht bereit, sich vom Flur vor dem OP-Trakt wegzubewegen, und lasse ausrichten, er wolle allein bei seiner Frau sein.

Schamrot, aber froh darüber, ihrem Vater nicht begegnen zu müssen, stahl sich Jola davon.

»Mama, du siehst scheiße aus«, rutschte es Milla heraus, als sie am nächsten Morgen zu ihrer Mutter und Dirk ins Auto stieg. Jolas rötliche Haare, in die sich erste weiße Strähnen mischten, wirkten stumpf, und ihre Unterlippe war leicht geschwollen, weil sie ständig darauf herumbiss, was sie aussehen ließ, als fange sie gleich an zu weinen. Geweint hatte sie wohl auch, denn ihre Augen waren rot gerändert.

»Deshalb habe ich darauf bestanden, dass sie nicht allein ins Krankenhaus fährt«, sagte Dirk. »Ich lade euch da ab. Deine Mutter ist die halbe Nacht durch die Wohnung gewandert. Wie geht es dir denn?«

»Kommt darauf an, wie es Oma geht. Gibt es was Neues?«

Jola, die vorn neben Dirk saß, schüttelte den Kopf, ohne sich umzudrehen.

Dafür wandte sich Dirk kurz zu ihr um. »Keine Nachrichten sind gute Nachrichten in so einem Fall.«

»Dann geht es mir gut«, sagte Milla tapfer. Ihre Mutter, die steif wie ein Besenstiel vorn im Auto saß, war ihr irgendwie nicht geheuer. Wenn sie es recht bedachte, war Jolas Beziehung zu Agnes immer kühl gewesen. Das war auch Toni aufgefallen. Milla erinnerte sich an einen Geburtstagsbesuch ihrer Großeltern bei ihnen zu Hause. Es musste Jolas Vierzigster gewesen sein.

* * *

Berlin, 2016

Sie hatten an diesem Abend zusammen geschlemmt. Milla hatte mit Toni gekocht, die Küche sah aus wie ein Schlachtfeld, und ihre Großeltern waren gerade nach Hause gegangen. Alle vier Bewohner der Chamissoplatz-WG beseitigten das Chaos.

»Wenn ich es nicht besser wüsste, würde ich nicht glauben, dass Agnes deine Mutter ist«, sagte Toni zu Jola und kratzte einen Rest von einem Teller in den Mülleimer.

Milla beobachtete, wie Jola hingebungsvoll ein Weinglas polierte. »Mutti ist, wie sie ist, weil sie vom Krieg ein Ding weghat«, erklärte sie. »Dazu kann ich was erzählen. Eines Nachmittags, ich war vielleicht sechs und hatte gerade Radfahren gelernt, geriet ich in ein Schlagloch. Ich landete auf dem Asphalt, hörte es quietschen und sah unmittelbar vor meinen Augen die Scheinwerfer eines Autos und meinen Fuß drei Zentimeter vor dem Rad liegen. Der Fahrer stieg aus und schimpfte wie ein Rohrspatz. Wahrscheinlich hatte er selbst den Schreck seines Lebens bekommen. Ich habe mein Rad aufgesammelt und bin mit blutenden Knien nach Hause geflüchtet. Meine Mutter hat mich auf einen Stuhl verfrachtet und meine Knie sorgfältig verpflastert. Ich habe wohl wie am Spieß geschrien, weil ich den Tod noch vor Augen sah, ich weiß es gar nicht mehr so genau. Jedenfalls kam in diesem Moment mein Vater nach Hause. Er hat gesehen, dass ich völlig außer mir war, hat mich in die Arme gerissen und getröstet.«

Jola räumte das Weinglas weg, das sie wie besessen poliert hatte, und nahm das nächste zur Hand. Das trocknete sie nun etwas entspannter ab, stellte Milla fest.

»Als ich wieder etwas zu mir gekommen war, erzählte mir Vati von Muttis Geburt in den rauchenden Trümmern Dresdens. Sie ist am 14. Februar 1945 geboren worden, nach den furchtbaren Bombennächten, ihre Mutter hatte selbst schwerste Brandverletzungen, war Waise geworden und erfuhr kurz darauf, dass ihr Mann gefallen war. Deiner Uroma«, sie wies mit dem Weinglas auf Milla, »kamen daraufhin wohl ihre Gefühlsäußerungen abhanden, und deshalb hat auch deine Oma bis heute Schwierigkeiten zu sagen, was sie fühlt, oder sich in andere hineinzufühlen. Mein Vater sagte mir, ich müsse nachsichtig mit Mutti sein. Auch wenn sie es manchmal nicht angemessen zeigen und mich deshalb nicht habe trösten können, habe sie mich sehr lieb. Mich, ihre Jola, und ihn, ihren Franz.«

Als sie das erzählt hatte, stellte Jola das Glas behutsam in den Schrank, als sei es ein wertvoller Pokal.

»Mein Gott.« Dirk nahm Jola in den Arm.

»Ist ja gut«, sagte Jola. »Ist meiner Mutter passiert, nicht mir.«

Aber Milla merkte an dem Blick, den Dirk und Toni sich über Jolas Kopf hinweg zuwarfen, dass sie da anderer Meinung waren.

* * *

Berlin, August

Daran musste Milla denken, als sie ihre Mutter stocksteif schräg vor sich im Auto sitzen sah. Damals war sie sechzehn gewesen und hatte dem Blick der Männer nicht so viel Bedeutung beigemessen.

Wenig später setzte Toni sie vor dem Krankenhaus ab. Jola ging zögerlich auf die Eingangstür zu. Milla legte ihrer Mutter einen Arm um die Schulter und schob sie zur Anmeldung. Dort erfuhren sie, wo Agnes lag.

Sie gingen gerade auf die Fahrstühle zu, da öffnete sich einer, und Franz trat heraus.

Jola stockte der Schritt, und Milla bekam einen Schreck. Franz sah erbarmungswürdig aus. Seine Wangen waren eingefallen, seine Augenlider geschwollen. Der rötliche Stich seines fast weißen Haars leuchtete unnatürlich über seiner von Sommersprossen durchsetzten Blässe. Und er wirkte auch nicht stämmig wie sonst, sondern verhärmt, und seine großen Arbeiterhände hingen an ihm wie Fremdkörper.

Kaum hatte er Jola erblickt, kam jedoch Leben in ihn. »Du … du!« Er zeigte mit einem zitternden Finger auf seine Tochter. »Du wagst dich hierher?« Seine Stimme war alles andere als erbarmungswürdig. Die Leute, die mit ihm aus dem Fahrstuhl gekommen waren, guckten befremdet. »Das ist alles deine Schuld!« Jetzt schrie er, und die Rezeptionistin hob den Kopf, wie Milla aus dem Augenwinkel sah.

»Opa, pscht …«

Doch Franz scherte sich gar nicht um sie. Er funkelte Jola an, die ebenfalls ganz blass geworden war. »Du mit deinen dämlichen Anschuldigungen! Dass Agnes dich observiert haben soll! Du bist doch nicht mehr ganz bei –«

»Sie dürfen hier nicht so rumschreien.« Ein Sicherheitsmann war neben sie getreten.

Jola schien ihn gar nicht wahrzunehmen, denn sie keifte zurück: »Nicht mehr ganz bei Trost? Oh nein, bin ich nicht! Mutti hat mir mein ganzes Leben versaut. Und warum? Weil sie Dreck am Stecken –«

Mit Entsetzen bemerkte Milla, dass sich verzweifelte Tränen unter die Stimme ihrer Mutter schlichen.

»Hey!«, sagte der Sicherheitsbeamte jetzt sehr laut. »Sie verschwinden hier. Alle beide.«

»Ich nicht«, sagte Franz. »Meine Frau liegt todkrank dort oben.« Er machte eine vage Geste an die Raumdecke.

Der Sicherheitsmann schnappte sich ungerührt seinen Arm und redete dann ruhiger weiter: »Sie beide sprechen sich erst mal aus. Danach können Sie gern auch wieder Ihre Angehörige besuchen. Jetzt wird das die junge Dame für Sie übernehmen.« Er schaute Milla fragend an. »Nicht wahr?«

»Ja. Ja, natürlich«, sagte Milla, nicht ganz im Hier und Jetzt. Da musste wirklich etwas erheblich schiefgelaufen sein. Sonst hätte ihre Mutter nicht so schwerwiegende Vorwürfe gegen die Oma erhoben.

»Dreck am Stecken! Wenn eine Dreck am Stecken hat, bist das ja wohl du! Hab ich das richtig gehört? Belogen hast du uns die ganze …«

Mehr bekam Milla nicht mit, denn der Sicherheitsmann hatte Franz und Jola sanft, aber bestimmt aus ihrer Hörweite bugsiert und schleuste sie bereits durch den Ausgang.

Milla sah ihnen nach und erkannte am Zucken der Schultern ihrer Mutter, dass diese weinte. Sie überlegte einen Moment hinterherzugehen, aber dann blieb Franz im Sonnenlicht draußen stehen und schlug die Hände vors Gesicht. Da beschloss Milla, sich nicht einzumischen. Weinen machte einen weich, die beiden würden sich schon wieder einkriegen. Denn wenn sich zwei in der Familie innig liebten, dann ihre Mutter und ihr Opa.

Entschlossen trat Milla in den Fahrstuhl und drückte auf die Nummer der Etage mit der Station ihrer Großmutter.

»Gehen Sie ruhig hinein, setzen Sie sich zu ihr, und halten ihre Hand. Sie schlummert gerade, aber sie wird spüren, dass ein lieber Mensch bei ihr ist, und das wird ihr guttun«, sagte die mollige Schwester, die sie zu dem Einzelzimmer geleitete.

Milla trat ein. Klein sah Agnes in ihrem Bett aus, sie war an verschiedene Schläuche angeschlossen und wirkte wie irgendeine alte Frau, nicht wie die immer elegant und modern gekleidete Dame, die sie eigentlich war.

Milla setzte sich an ihr Bett und nahm Agnes' Hand. Sie war knochig und kühl, aber das war sie schon immer gewesen.

Eine Weile saß sie so da, dann verkrampfte sich die großmütterliche Hand in ihrer, und Agnes murmelte: »Ich hätte es ihm nicht sagen dürfen. Renate, ich hätte es ihm nicht sagen dürfen.«

Dann wurde ihr Murmeln unverständlich.

* * *

Halle, 1988

Zwei Tage, nachdem Renate ihr in der Fuhneaue eröffnet hatte, dass sie ihre Zehnjahresstudie durchgezogen hatte und dabei war, sie zusammenzuschreiben, traf sich Agnes wie verabredet mit Horst Erler an der Saale. Im Amselgrund in Kröllwitz, nicht weit von der Stelle, an der sie Franz kennengelernt hatte.

Horst Erler hatte etwas für idyllische Plätze übrig, das wusste Agnes seit ihrem Anwerbegespräch am Zwingerteich vor vierundzwanzig Jahren, und an diesem sonnigen Februartag war es an dem felsigen Hochufer wirklich schön.

»Wo drückt der Schuh?«, fragte der massige Mann, nachdem sie einander die Hände geschüttelt hatten. Er war alt geworden, aber immer noch von kräftiger Statur. Agnes' Hand war zwar fast in seiner kräftigen verschwunden, aber ihr drahtiger Händedruck stand seinem nicht nach.

»Ich will dir reinen Wein einschenken«, sagte Agnes, obwohl sie genau das nicht tun würde. Jedenfalls würde sie ein Schlückchen zurückhalten. »Franz und ich sind mit einem Paar aus der Nachbarschaft befreundet. Renate und Matthias Hader. Er ist Anlagentechniker, sie arbeitet als Ärztin im Ambu 1, dem Ambulatorium, das für die Mitarbeiter der Faser zuständig ist. Da, wo es wirklich dreckig ist.«

»Weshalb deine Renate besonders viele von den Lungenkrankheiten und sonstigen bedauerlichen Erkrankungen, die in eurer Region grassieren, diagnostiziert.«

»Genau.« Agnes nickte und blinzelte dann in die Sonne, die hier in Halle von einem recht blauen Himmel schien, während sie sich in Wolfen kaum durch den Dunst kämpfte. *Bedauerliche Erkrankungen, grassieren, diagnostiziert*, das klang distanziert, und genau diese emotionale Distanz war nötig. Sie fehlte Renate, die vor zehn Jahren vermutlich den kleinen toten Thomas vor sich gesehen hatte, als sein ausgezehrter Vater bei ihr im Arztzimmer gesessen hatte.

Sie erzählte Horst Erler davon, wie Renate nach dem Tod des Spielkameraden ihrer Kinder beschlossen hatte, die Erkrankungen zu dokumentieren. »Ich war außer ihrem Mann die Einzige, die davon wusste, und ich konnte sie nicht davon abhalten.«

»Du wolltest es wohl auch nicht«, sagte der Genosse neben ihr knapp.

»Den Ministerratsbeschluss darüber, Umweltdaten nicht weiterzugeben, gab es damals noch nicht.«

Horst Erler blieb stehen und sah sie spöttisch an. Als sie sich die Haare zurückstrich, wurde sein Blick weicher. »Wenn dieser tote Junge der Spielkamerad deiner Jola war, warst du befangen. Und du hattest ein Problem, weil diese Frau Hader gewusst hätte, wer die Information über ihre Sammelwut weitergegeben hat, wenn jemand gekommen wäre und sie zur Ordnung gerufen hätte. Es hätte eure Freundschaft gefährdet und vielleicht sogar in eurer Siedlung die Runde gemacht.«

»Und das konnte ich Franz nicht antun«, sagte Agnes.

»Es hätte auch jemand ›zufällig‹ etwas bei ihr finden können.«

»Mir war die Gefahr zu groß, dass Renate denkt, ich stecke dahinter«, sagte Agnes mit fester Stimme.

Horst Erler nickte einmal. »Und warum genau treffen wir uns heute?«

»Weil Renate ihr Vorhaben wirklich durchgezogen hat. Sie hat mir erzählt, dass sie eine Zehnjahresstudie zu Blutwerten, Krankheitsbildern und was weiß ich noch angefertigt hat. Sie will, dass ich die hier in Halle vorlege, damit sie über mich in die richtigen Kanäle kommt. Nach Berlin, in den Ministerrat.«

»Und das machst du nicht, weil?«

»Weil die Konsequenz die wäre, dass Wolfen und Bitterfeld komplett runtergefahren werden müssten, was unrealistisch ist. Und weil ich wegen nichts und wieder nichts als völlig unfähig dastehen würde. Zehn Jahre nichts gemerkt, mit Renate befreundet …«

Horst Erler winkte ab.

»Ich habe versucht, sie zu werben, zwei Mal, aber sie wollte nicht.«

»Nee, solche wollen nie«, sagte ihr Begleiter.

Agnes atmete unmerklich durch. Damit hatte sie Erler wieder auf ihrer Seite. Auf der Seite derer, die Realisten waren, die die Verhältnisse kühl analysierten und taten, was getan werden konnte. Die keine naiv-forschen Luftschlösser bauten oder bei den grauen Eminenzen in Berlin Porzellan zerschlugen.

»Du arbeitest dem Bericht des Generalmajors über die Zustände in der Filmfabrik zu, nicht?«, fragte Horst Erler.

»Dem für den ersten Sekretär der SED-Bezirksleitung, ja.« Agnes nickte. Erler war gut informiert. Sie hatte keine Ahnung, wie hoch er inzwischen in der Hierarchie der Staatssicherheit gestiegen war. Es musste sehr hoch sein, wenn er darüber informiert war. Sie selbst war als Referatsleiterin schon in einer außergewöhnlichen Position, denn Frauen waren bei der Staatssicherheit normalerweise als Sekretärin oder in der Postkontrolle beschäftigt, und sie wusste, dass er stolz auf seine Schülerin war. Sie und ihr Referat waren dabei, die SED-Bezirksleitung mit vertraulichen Informationen im Zusammenhang mit den Emissionsdaten der Filmfabrik zu versorgen. Wenn die es wusste, durfte auch die Generaldirektorin der Fabrik nach außen hin damit argumentieren. Agnes war nämlich sehr wohl an einer Verbesserung der Zustände interessiert, damit es nicht zu Sabotageakten oder, noch schlimmer, einem Aufstand kam. Allerdings auf konstruktivem Weg, und nicht mittels einer aller Wahrscheinlichkeit nach akribisch erstellten Dokumentation furchtbarer Krankheiten, die in Berlin nur für Ärger und Ablehnung bis hin zu Sabotagevorwürfen sorgen würde.

»Renate wird einen Weg suchen, ihre Arbeit von zehn Jahren öffentlich zu machen«, sagte Agnes.

»Und du kannst sie nicht bremsen«, ergänzte ihr Mentor.

Agnes nickte.

»Lass uns umkehren«, sagte Horst Erler. »Wie geht es deinem Mann und deiner Tochter?«

Agnes erzählte von ihrem Familienleben, von Franz' letztem Havarieeinsatz, Jolas Erfolgen in der Schule und davon, dass das Mädchen seinem Vater beim Zaunstreichen richtig gut geholfen hätte, weil es auf dem Bürgersteig die Kegel aufgebaut hatte und nach einem komplizierten Rechensystem entschied, wer nach dem Wettkampf wie viele Latten mehr als der andere zu streichen hatte.

Danach waren sie fast wieder an ihrem Ausgangspunkt, der Brücke an der Burg Giebichenstein, angekommen.

»Ich verstehe, warum du deinem Mann keinen Kummer machen willst. Das nächste Mal trennst du privat und Beruf besser. Gleich im ersten Moment.«

Agnes nickte, froh, so glimpflich davongekommen zu sein.

»Ich kümmere mich«, sagte er. »War ein schöner Spaziergang.« Dann schüttelten sie einander wieder die Hände, und er ging zu seinem Lada, der in der Talstraße stand.

* * *

Berlin, August

Agnes war wieder ruhiger, aber nach wie vor nicht bei Bewusstsein. Milla saß im Krankenhauszimmer an ihrem Bett und fand es schön, bei ihrer Oma zu sein. Sie fühlte sich wie aus der Zeit gefallen. Neben der alten Frau erschienen ihr die Erfordernisse des Alltags unwichtig. Das Einzige, was ihre Oma jetzt brauchte, war jemand, der sich Zeit nahm, bei ihr zu sein. Mehr war nicht nötig. Agnes hatte nichts vor, sie musste nirgendwohin, sie konnte einfach da sein. Die damit verbundene Ruhe strahlte sie auch auf Milla aus. Bis ihre kühle Hand sich auf einmal wieder um Millas krampfte. Fester diesmal, wie ein Schraubstock, sodass es wehtat.

Was Agnes jetzt sagte, verstand Milla genau, denn sie rief es laut ins Zimmer, obwohl ihre Augen geschlossen blieben: »Ich wollte schießen. Ich wollte schießen, aber dann … Warum? Horst!«

* * *

Autobahnböschung bei Leipzig, 1988

Agnes saß in einem Busch an der Autobahnböschung Richtung Leipzig. Er war dicht belaubt, sie trug ihren tannengrünen Hosenanzug, den Franz besonders mochte. »Er passt unglaublich gut zu deinen waldfarbenen Augen«, hatte er gesagt, als sie ihn fertiggenäht und ihm vorgeführt hatte.

Jetzt passte er vor allem gut zu dem Busch, in dem sie auf einer aufgefalteten Ausgabe des *Neuen Deutschland* saß, um sich den Hosenboden nicht in der Sasse dreckig zu machen, die sie sich gegraben hatte wie ein Feldhase. Sie konnte durch die Zweige gerade eben über die Böschung blicken, ihre Augen auf Reifenhöhe der vorbeifahrenden Autos. Eine Tarnmütze verbarg Haar und Gesicht.

Sie zog ihre Dienstwaffe aus der Handtasche, entsicherte sie und hielt sie griffbereit. Sie hielt nach einem himmelblauen Trabant mit einem bestimmten Kennzeichen aus dem Kreis Bitterfeld Ausschau. Sie wartete auf ihre Freundin Renate, die auf keinen Fall zu den westdeutschen Umweltaktivisten gelangen durfte, mit denen sie sich in Jena bei einem Medizinprofessor treffen wollte.

Wenn sie es doch schaffte, war sie, Agnes, dran. Sie würde einen Haufen Ärger bekommen. Eine ganze Abraumhalde voll. Sie würde dem Generalmajor der Bezirksverwaltung Auskunft geben müssen, warum sie von der brisanten Untersuchung nichts erfahren hatte. Weil sie ihre Freundin über die Interessen der Staatssicherheit stellte? Renates Sachen würden durchsucht werden, die

Nachbarn befragt. Sehr wahrscheinlich würde irgendeiner ihrer Kollegen auf ihre Treffen mit Franz stoßen. Die Affäre käme heraus. Und Agnes wäre das Gespött der Hallenser Bezirksverwaltung.

Renate, die dumme Pute! Weit denken war nicht ihre Stärke. Kein Wunder, wenn man so wie sie mit dem Herzen dachte. Ein Stich des Neids durchzuckte Agnes. Sie selbst dachte mit dem Kopf. Ausschließlich.

Da! Das war er, oder? Agnes hatte es im Gefühl, obwohl das Nummernschild noch nicht zu erkennen war. Ein himmelblauer Trabant kam auf der rechten Spur näher. Aber er fuhr merkwürdig, in leichten Schlangenlinien und ziemlich langsam. Ein Škoda überholte und hupte, als der Trabant einen Linksschlenker machte und ihm gefährlich nahe kam.

Es wirkte ganz so, als sei der Fahrer betrunken. Aber Renate trank nie, sie mochte keinen Alkohol. Jetzt konnte Agnes das Nummernschild erkennen. Es war Renates Auto. Der Škoda rauschte an ihr vorbei, und sie brachte ihre Waffe in Anschlag, um vorn in den Reifen zu schießen. Es war die einzige Möglichkeit, einigermaßen sicher zu treffen. Da heulte der Motor des Trabis auf, und er schoss nach vorn.

Zwei Dinge sah Agnes im nächsten Moment, und weil sie ausschließlich mit dem Kopf dachte, kombinierte sie den blonden Lockenschopf auf dem Lenkrad des Trabants und den Lada mit Dresdner Kennzeichen, der hinter dem Trabant herankam und in dem eine hünenhafte Gestalt am Steuer saß, kühl auf richtige Weise.

Sie duckte sich weg, als Renates Trabant schon halb auf dem Randstreifen an ihr vorbeirauschte, und noch ein Stück tiefer, als der Lada kam.

Als es hinter ihr furchtbar krachte, wusste sie, dass sie einen Fehler gemacht hatte. Sechzig Meter weiter stand eine Brücke mit einem soliden steinernen Brückenpfeiler. Sie hätte schießen sollen. Renate hätte nicht bis zur Brücke kommen dürfen. Jedenfalls nicht frontal. Auch wenn sie selbst dann in Teufels Küche gekommen wäre und sehr wahrscheinlich ins Gefängnis.

Sie hörte den Lada bremsen, wappnete sich und sah sich um.

Der Trabant war gegen den Pfeiler gekracht. Mehr als ein Blick war nicht nötig, um festzustellen, dass Renate unmöglich überlebt haben konnte – wenn sie zum Zeitpunkt des Aufpralls überhaupt noch gelebt hatte. Bei Bewusstsein war sie vermutlich nicht mehr gewesen, so wie sie über dem Lenkrad gehangen hatte. Der vordere Teil des Trabants war komplett zerquetscht.

Aus dem Lada stieg Horst Erler. Agnes stockte der Atem.

Er ging zum Unfallwagen, guckte flüchtig auf der Fahrerseite hinein und hielt dann ein Auto an, das vor der Unfallstelle abgebremst hatte. Er beugte sich ins Beifahrerfenster, zog den Kopf kurz darauf wieder heraus und hob grüßend die Hand, als das Auto weiterfuhr.

Wahrscheinlich hat er gebeten, an der nächsten Notrufsäule die Polizei zu alarmieren, dachte Agnes. Sie musste hier weg. Nur wie?

Horst Erler wandte sich Renates Kofferraum zu, der aufgesprungen war. Er holte einen Karton heraus und trug ihn zu seinem Lada. Da sind bestimmt Renates gesammelte Untersuchungsergebnisse drin, dachte Agnes, und trotz allem war sie erleichtert. Horst Erler hielt seine schützende Hand über sie.

Dennoch durfte er sie hier keinesfalls entdecken. Denn dass sie sah, was geschah, bedeutete, dass sie ihn in der Hand hatte, nicht nur er sie. Das würde einer wie Erler nicht hinnehmen, und wozu er fähig war, zeigte der himmelblaue Trabant, der am Brückenpfeiler klebte und höchstens noch halb so lang war wie im unversehrten Zustand, sehr deutlich.

Als ihr alter Lehrer und Mentor den Karton in seinem Lada verstaute, wandte er ihr den Rücken zu und hielt in der Bewegung inne. Offenbar betrachtete er irgendetwas, das obenauf gelegen hatte.

Das war ihre Chance. Wie eine Schlange wand Agnes sich aus dem Gebüsch, stopfte das *Neue Deutschland* in ihre Handtasche und ihre Tarnmütze dazu. Dann huschte sie die Böschung hinunter und in deren Schatten bis zu einem Wäldchen, das ein Stück weiter an die Autobahn grenzte und in dem ihr Auto stand. Kaum war sie zwischen den Bäumen angekommen, hörte sie eine Sirene.

Ihre Position hatte sie am gestrigen Abend ausgekundschaftet. Auch Renate hätte sie nicht verschwinden sehen, wenn sie, wie es eigentlich geplant gewesen war, mit einem zerschossenen Reifen – und einem Ersatzrad ohne Luft – liegengeblieben wäre. Jedenfalls so lange, bis sie selbst zufällig angefahren gekommen wäre und den Bericht, den Renate seit Agnes' letzten Warnungen vor ihr versteckt hatte, sichergestellt hätte.

Ja, ihre Freundschaft zu Renate wäre vorbei gewesen, wenn sie ihr den Karton abgenommen hätte, aber sie hätte die Ärztin wegen ihrer Liebschaft mit Franz in der Hand gehabt. Es wäre an diesem einsamen Autobahnrandstreifen alles unter ihnen beiden geblieben, selbst wenn die emotionale Renate laut und handgreiflich geworden wäre. Waffengleichheit wie das Gleichgewicht des Schreckens beim Wettrüsten zwischen UdSSR und USA.

Agnes stieg ins Auto und holte tief Luft. Im Fahrgastraum roch es leicht nach Franz' Rasierwasser. Was sie sonst mochte, ertrug sie jetzt nicht. Sie kurbelte beide Fenster hinunter und fuhr langsam aus dem Wäldchen heraus auf die Landstraße.

Sie versuchte, das Bild des himmelblauen Trabants, der gefaltet wie ein Akkordeon am Brückenpfeiler klebte, vor ihrem inneren Auge abzuwehren, und ließ die letzte Woche Revue passieren, während sie Richtung Norden nach Wolfen fuhr.

Seit sie wusste, dass Renate sich mit den westdeutschen Umweltaktivisten treffen wollte, hatte sie die »Operation Notbremse«, wie sie sie bei sich nannte, eingefädelt.

Alle Alarmglocken waren bei ihr angegangen, als Renate bei ihrem letzten Spaziergang in der Fuhneaue gesagt hatte: »Ich muss das machen, Agnes. Ich muss meine Untersuchungen bekanntmachen, und wenn es nicht über deine Kanäle geht, dann eben über die westdeutsche Presse. Ich hab jetzt alles zusammengeschrieben und werde meinen Bericht Umweltaktivisten aus der BRD geben.«

»Du weißt aber schon, dass dann aller Wahrscheinlichkeit nach herauskommt, wer diese Umweltaktivisten aus dem Westen informiert hat«, sagte Agnes.

Renate zuckte mit den Schultern. »Agnes, ich habe zehn Jahre daran gearbeitet. Du wolltest dir die Hände damit nicht dreckig machen.«

»Weil es umsonst gewesen wäre«, sagte Agnes sanft. »Der Ministerrat weiß auch ohne deine Untersuchung, wie es hier aussieht.«

»Die wissen vielleicht, wie viel Schwefeldioxid, Schwefelwasserstoff und Schwefelkohlenstoff die Faser aus ihrem Schornstein bläst, aber nicht genau, was es für die Menschen bedeutet. Nicht schwarz auf weiß.« Renate bückte sich und probierte, ob die Samen des Springkrauts schon so weit waren, dass die Hülsen bei Berührung zersprangen. Waren sie nicht.

»Renate, darüber haben wir doch schon geredet.« Agnes hatte ihrer Freundin wieder und wieder klargemacht, dass eine solche Untersuchung einer Betriebsärztin anmutete wie Sabotage, dass mehr als schwammige Informationen über niedrigere Lebenserwartung und gehäufte Bronchialinfekte der Ministerriege einfach nicht vermittelbar waren, weil die Menschen, die Tag für Tag zu Tausenden zum Schichtwechsel durch die Werktore strömten, für das wirtschaftliche Überleben der DDR an den maroden Anlagen gebraucht wurden. Dass im Chemiedreieck Bitterfeld-Halle-Merseburg nur repariert, nicht saniert werden konnte, weil Sanierung Stillstand und Produktionsausfall bedeutet hätte. »Ich werde dich nicht schützen können. Du wanderst wegen Spionage mindestens fünf Jahre, eher zehn oder zwölf, in den Knast. Weil du geheim zu haltendes Material gesammelt und zum Schaden der DDR an eine fremde Macht weitergegeben hast.«

»Du wirst mich doch nicht verraten?« Renate blieb stehen, und Ungläubigkeit malte sich auf ihr rundes Gesicht.

Agnes war schon einen Schritt weitergelaufen und drehte sich nun um. Renate stand da auf dem Trampelpfad in der zerrupften Wiese wie ein blondes Engelchen. Das sie irgendwie auch war.

»Natürlich nicht.« Agnes konnte den Ärger in ihrer Stimme nicht ganz verbergen, und da Renate mit dem Herzen dachte, musste sie ihn wahrgenommen und richtig interpretiert haben. Denn sie trat auf Agnes zu, nahm ihre Hände und sagte sanft: »Ich werde die Akten gut verstecken, auch damit dir keiner einen Vorwurf machen kann.«

Agnes sah in die wasserblauen Augen ihrer Freundin und begriff, dass Renate wirklich dachte, sie könne sie, Agnes, schützen, wenn sie dafür sorgte, dass bei ihr nicht so leicht etwas zu finden war. Sie zwang sich, mit ihren knochigen Fingern Renates weiche Hände zu drücken und »Lieb von dir« zu murmeln. »Lass uns ein paar Blumen pflücken.«

Das war der Beginn der »Operation Notbremse« gewesen: Einlullen der Zielperson. Jede hatte schnell ein Sträußchen Schafgarbe, Ackersenf, Leimkraut, Rotklee, Rainfarn und Sandnelke zusammen. Das Blumenpflücken entspannte die Stimmung, und Agnes hoffte, dass es bei Renate den Eindruck eines leichten Sommernachmittags hinterließ.

Danach war es ganz einfach gewesen. Sie war Renate gefolgt, zwei Minuten, nachdem sie sich am Reinhoff'schen Gartentor verabschiedet hatten. Sie war mit einer Einkaufstasche an Renates Haus vorbeigegangen und hatte gesehen, wie Renate neben der Vase mit frischen Wiesenblumen einen großen Stapel Altpapier auf dem Küchentisch zusammenschnürte, in dem garantiert nicht nur alte Zeitungen steckten. Sie wusste von ihren Besuchen, dass die Haders das Altpapier im Windfang sammelten. Und genau dort fand sie am nächsten Morgen, nachdem alle Haders zur Arbeit beziehungsweise in die Schule aufgebrochen waren und sie mit einem Dietrich die Haustür geöffnet hatte, auch den Durchschlag von Renates Bericht. Immer zehn Seiten in einen Zeitungsbogen gesteckt. Gut, dass Franz in seiner Schichtwoche auf der Feuerwache und nicht zu Hause war. Jola hatte sie etwas von einer abendlichen Dienstbesprechung erzählt, weshalb sie nicht wie sonst einen frühen Zug nach Halle nehme.

Hoffentlich hat sie bloß einen Durchschlag gemacht, dachte Agnes später, als sie Seite für Seite im Schredder ihrer Dienstbehörde zerschnipselte. Aber Renate hatte im Park von *dem* Durchschlag gesprochen, das hatte so geklungen, als gäbe es nur einen, und ließ hoffen. Das Original hatte sie nicht gefunden.

Deshalb machte sie am Abend mit Renate eine Kaufhallentour aus. Die Kaufhalle auf dem Gelände der Bezirksverwaltung der Staatssicherheit in Halle führte einiges, was sonst Mangelware war: Ketchup, Räucheraal, Melonen, frisches Gemüse, und es gehörte zur Freundschaft der beiden Paare, dass Agnes die Haders mit solch begehrten Dingen mitversorgte. Sie ließ an ihrem eigenen Auto über Nacht die Scheinwerfer brennen und lieh sich unter dem Vorwand der leeren Batterie Renates Trabant aus. In Wolfen nahmen sie ohnehin zumeist Fahrräder, um die Autos zu schonen, damit sie länger hielten.

Als sie die Einkäufe in Halle in den Kofferraum lud, ließ sie die Luft aus dem Ersatzrad. Am Abend fuhr sie schließlich bei Renate vor und trug mit ihr Kaffee, Ketchup, Radeberger Bier, guten Käse und Zucchinis, ein Bratgemüse, das es in der DDR sonst nicht zu kaufen gab, ins Haus. In der Küche warf sie einen unauffälligen Blick auf Renates Dienstkalender und merkte sich den freien Tag mitten in der nächsten Woche. Da Renate höchst selten freinahm, ahnte Agnes, wofür dieser Tag reserviert war. Damit war die Vorbereitung der »Operation Notbremse« beendet gewesen.

Mit diesen Gedanken bog Agnes in ihre Siedlung ein. Anders als sonst fuhr sie einen Umweg, um nicht bei den Haders vorbeizumüssen. Sie stellte das Auto in die Garage, stieg aus und ging in ihr stilles Haus, das außen baugleich mit Renates war. Jola war noch in der Schule, Franz auf der Wache. Sie selbst hatte sich am Morgen in Halle krankgemeldet, und da das so gut wie nie geschah, würde es problemlos durchgehen. Sie drehte den Hahn an der Badewanne auf, öffnete das Fenster zum Garten und ließ die warme Sommerluft herein. Geschützt im Haus und gleichzeitig an der frischen Luft, die heute wegen der günstigen Windrichtung tatsächlich einigermaßen frisch war, glitt sie ins Badewasser.

Es wurde lauwarm, während ihr die Bilder des zusammengefalteten Trabis an der Brücke und von Renates dichten blonden Locken über dem Lenkrad abwechselnd vor Augen standen. Ihre Tränen flossen und flossen, bis sie es irgendwann schaffte, Renate auf dem Trampelpfad der Fuhneaue vor sich zu sehen, mitten in der zerrupften Wiese. Renate, das blonde Engelchen, das sie nun vielleicht wirklich war.

* * *

Berlin, August

Milla war in einen Zustand zwischen Schlafen und Wachen hinübergeglitten, ein entspanntes und kraftspendendes Dahindriften. Die Hand ihrer Großmutter, die sie hielt, war wie eine Steckdose, die ihre Akkus auflud.

Bis zu dem Moment, als Agnes die Augen aufschlug. Da schreckte Milla hoch.

»Oma!«, sagte sie froh.

»Ich bin an allem schuld«, flüsterte Agnes.

»Du bist eine starke Frau.« Milla war noch ein wenig benommen. Sie spürte die Kraft, die ihre Oma ihr gab. Der Händedruck war unruhig gewesen, aber voller Energie. Vielleicht war es die

Lebenserfahrung – welche auch immer, eine friedliche Erinnerung konnte es eben kaum gewesen sein –, die Milla mit Kraft versorgt hatte.

Sie hatte, als ihre Oma etwas von »schießen« gesagt hatte, angenommen, sie erinnere sich an ein Erlebnis im Schützenverein. Aber jetzt blickte sie in deren todunglückliche Augen und war nicht mehr so sicher.

»Wieso hättest du schießen sollen?«, fragte sie daher so sanft wie möglich.

»Was?« Agnes riss die Augen auf.

»Du hast vorhin im Traum gesagt, dass du schießen wolltest. Und einen Horst hast du erwähnt.«

»Und dann?«, fragte Agnes.

»Dann hast du unruhig geschlafen.« Milla blickte auf ihre Hände, die immer noch ineinanderlagen. Der Schreck in dem »Und dann?« war nicht zu überhören gewesen.

Agnes sah an die Decke und schwieg.

»Das Schießen war nicht im Schützenverein, nicht wahr, Oma?«, fragte Milla. Sie wusste nicht, woher sie den Mut dazu nahm. Vielleicht weil Navid ihr von den Schüssen in Kundus erzählt hatte. Nicht sportlichen, sondern tödlichen Schüssen. In seinem Blick hatte derselbe Ausdruck gelegen wie in dem, den ihre Großmutter an die Decke warf. Es war ein Blick in den Tod.

»Ich habe nicht geschossen. Und schon gar nicht habe ich auf jemanden geschossen. Trotzdem habe ich große Schuld auf mich geladen.« Agnes sah weiter an die Decke.

»Willst du darüber reden, Oma?«, fragte Milla, ehe sich ein längeres Schweigen zwischen ihnen ausbreiten konnte.

Agnes wandte sich Milla zu. »Nein, mein Kind, das will ich nicht. Ich werde meine Schuld mit ins Grab nehmen.«

»Und wenn du damit dein Herz erleichterst? Du musst nicht sterben. Du hast deine OP überstanden.«

Jetzt lächelte Agnes schmerzlich. »Mein Herz ist meinen Fehlern nicht gewachsen. Das Herz war immer mein Schwachpunkt. Ich wusste es schon als junges Mädchen. Die Herzensbildung fehlte mir von Anfang an.«

Wie vorhin im Auto dachte Milla unwillkürlich an das, was Jola ihr einst über Agnes' Geburt und Kindheit erzählt hatte.

Ihre Oma atmete zittrig ein. Mit rauer Stimme fuhr sie fort: »Das entschuldigt nicht, was ich denen angetan habe, die mir am liebsten waren.« Sie legte ihre rechte Hand auf Millas, die ihre Linke hielt. »Du weißt gar nicht, was mir dein Lächeln bedeutet.« Sie kämpfte deutlich mit Atemnot. »Die Halbmondaugen, die du dabei machst. Ich …«

Agnes befeuchtete mit der Zunge ihre trockenen Lippen. »Werde mit deinem Navid glücklich. Macht Franz zum Uropa, das wird ihm darüber hinweghelfen, dass ich nicht mehr bin. Ihr seid eine gute Familie: Franz und Jola, Toni und Dirk, du und Navid. Eine richtige Großfamilie. Und nun kommt ein Baby. Du wirst es besser machen als ich. Dein Herz ist stark.« Sie befeuchtete noch einmal ihre Lippen. »Sag deiner Mutter, dass ich immer nur ihr Glück wollte. Immer nur ihr Glück. Hörst du?«

»Ja, Oma.«

Agnes schloss die Augen, und kurz darauf ging ihr Atem heftig.

* * *

Wolfen, Mai 1976

»Pressen!«

Agnes wusste schon nicht mehr, wo oben und unten war vor Schmerz. Sie lag im Kreißsaal des Betriebskrankenhauses Wolfen und hechelte. Mit dem schweren Bauch zu liegen tat zusätzlich weh. Es kam Agnes für die Angelegenheit nicht richtig vor.

»Pressen!«, mahnte die Hebamme.

Und Agnes presste. Presste wieder und wieder. Der Schmerz verschwand. Etwas flutschte aus ihr heraus. Greinte.

»Sie haben eine Tochter«, sagte die Hebamme und zeigte flüchtig ein schmieriges kleines Püppchen.

Die Nachgeburt kam, und kurz darauf wurde ihr ein Baby in den Arm gelegt, das einen Strampler trug, den Franz' Eltern ausgesucht hatten.

Das ist meine Tochter, dachte Agnes und sah ihr ins Gesicht. Das Baby blickte sie mit einer so unschuldigen Erwartung an, dass ihr schlecht wurde.

»Ich kann das nicht.« Agnes hätte ihre Tochter am liebsten gleich wieder abgegeben.

»Das lernen Sie schon«, sagte die Hebamme. »Das meiste kommt ganz von allein. Ihre Tochter hilft Ihnen beim Stillen, sie weiß instinktiv, was zu tun ist.«

»Und das mit dem Wickeln haben Sie ratzfatz raus«, ergänzte die Schwester, die das Waschbecken ausspülte.

Agnes riss sich zusammen. Die beiden würden nicht begreifen, was sie nicht konnte. Nämlich diesen unschuldigen erwartungsvollen Blick mit tätiger Liebe erwidern.

Der Blick ihrer Tochter wandelte sich. Sie fing an zu weinen. Agnes schaukelte sie ratlos. »Können Sie bitte meinen Mann holen?«, fragte sie.

»Gleich, wenn Sie auf Station sind«, sagte die Hebamme und nahm Agnes das Baby ab, das sofort aufhörte zu weinen.

»Ich richte Sie noch ein bisschen her.« Die Schwester nahm den frischen Baumwollschlüpfer aus Agnes' Tasche, zog ihn ihr an und klemmte dabei eine übergroße Damenbinde zwischen Agnes' Beine. Dann wurde ihr Haar ein wenig zurechtgeschoben, und ab ging's auf die Wöchnerinnenstation.

Agnes bekam das Bett in der Mitte, zwischen zwei Müttern, die in den Tagen davor entbunden hatten. Die eine las, die andere löste Kreuzworträtsel. Agnes lag da und spürte nach. Nichts. Sie strich über ihren Bauch. Flach. Ein bisschen schwabbelig.

Die Tür ging auf, und Franz kam in seiner blauen Dienstuniform herein. Er steuerte mit einem Strauß Pfingstrosen auf sie zu. Sie hatten Knospen, rund und prall wie Agnes' Bauch an diesem Morgen noch gewesen war. Wenn sie aufgingen, würden sie unverhältnismäßig groß sein, so groß wie eine geöffnete Faust, während die Knospen kaum mehr als drei Zentimeter Durchmesser hatten. Ein Wunder der Natur, dachte Agnes, wie auch das Baby, das auf einmal da war und nicht so ausgesehen hatte, als hätte es jemals in ihren Bauch gepasst.

Franz küsste sie vorsichtig auf die Wange, und die Kinderschwester brachte eine Vase. Er richtete sich auf. »Wo ist Jola?«

Agnes brauchte einen Augenblick, um zu schalten. Jola war der Mädchenname, den sie zusammen ausgesucht hatten.

»Es bedeutet Veilchen«, hatte Franz mit einem Namensbuch aus der Bibliothek vor der Nase gesagt. »Schön, oder?«

»Elegant«, hatte Agnes geantwortet. »Und modern.«

»Jola. Nehmen wir«, hatte Franz kurzerhand entschieden.

»Ihre Tochter ist im Kinderzimmer. Ich zeige sie Ihnen gleich«, antwortete die Schwester, als Agnes nichts sagte.

Franz fragte höflich, wie es Agnes ergangen sei, aber sie lächelte und scheuchte ihn hinaus. »Geh schon zu ihr.«

»Einen feschen Mann haben Sie«, bemerkte die Frau mit dem Kreuzworträtsel, als Franz das Zimmer verlassen hatte.

»Gleich Stillzeit«, sagte die andere. »Ich platze fast.«

Da wurde es draußen laut, eine Auseinandersetzung war im Gange. Agnes konnte nur ein paar Wortfetzen von Franz' wohltönender Stimme verstehen.

»Glasscheibe? … in den Arm nehmen … weint … sofort zu meiner Frau … nee!«

»Ein Draufgänger ist er auch«, sagte die Frau mit dem Kreuzworträtsel. Dann war vom Flur her ein dröhnendes »Raus!« zu hören, und die Stimme klang in Agnes' Ohren eindeutig nach Stationsdrachen.

Sie erfuhr, dass Väter ihre Kinder in dieser ersten Woche nur einmal durch die Glasscheibe sehen durften, damit die Babys nicht gestört wurden, und dann wurde ihr Jola auch schon zum Stillen gebracht.

Die Kinderschwester half, und doch war es für Agnes befremdlich. Jola nuckelte erst zögerlich, dann aber freudig an der Brust, und es schien sie zu stören, als Agnes ihr vorsichtig über die Wange strich. Also hörte sie damit auf und ließ ihre Tochter einfach machen.

Gegen Abend wurde Jola ihr erneut gebracht. Dieses Mal mühte sie sich allein mit dem Stillen und diesem fremden Wesen, das ihr Kind war. Am liebsten hätte sie geweint.

Vor dem Haus ertönte Motorenlärm. Dann das Geräusch einer starken Winde, kurz darauf sah Agnes das obere Ende einer Feuerwehrleiter an ihrem Fenster und nur Sekunden später ihren Mann in der khakifarbenen Arbeitsuniform vor der Scheibe.

»Ein Schwerenöter.« Die Kreuzworträtselfrau rückte ihr Baby an der Brust zurecht.

»Machen Sie schon auf«, sagte die andere. »Wir halten die Klappe.«

Agnes trat mit Jola an der Brust zum Fenster und öffnete es. Als sie Franz das Kind reichen wollte, schüttelte er den Kopf und flüsterte: »Lass sie erst trinken.«

Agnes tat wie geheißen, obwohl sie sich schämte, als sie den Blick ihres Mannes auf ihrem geschwollenen Busen spürte, der fast so groß war wie das Köpfchen ihrer Tochter.

»Ich habe den Plan mit den Stillzeiten gesehen«, flüsterte Franz ihr zu, und da genierte sie sich gleich nicht mehr ganz so sehr.

Erst als Jola losließ, streckte er die Arme aus, und Agnes legte ihre Tochter hinein. Die schaute ihren Vater an und lächelte zum ersten Mal. Er lächelte überwältigt zurück.

Jola und Franz, Franz und Jola, dachte Agnes. Egal, was sie selbst empfand, es würde immer gut sein, und das tröstete sie. Es war mehr, als sie je zu bekommen geglaubt hätte. Jola und Franz, Franz und Jola und dieses innige Lächeln auf einer Feuerwehrleiter zwischen Himmel und Erde. Agnes wurde es leicht ums Herz.

* * *

Berlin, August

Agnes' Atem war ruhiger geworden, die Lider, die anfangs geflattert hatten, lagen entspannt auf den Augen. Die Pausen zwischen den einzelnen Atemzügen wurden immer länger. Und dann kam kein Atemzug mehr.

»Oma!«, rief Milla und sprang auf. »Oma!«

Da piepte auch schon irgendetwas unter dem Monitor, an den ihre Großmutter angeschlossen war, und eine Schwester stürzte in den Raum.

Milla wurde vom Bett gedrängt und hinausgebeten.

»Die Operation war geglückt, aber das Herz wollte nicht mehr«, erklärte die Schwester, nachdem der Arzt weg war, der recht geschäftlich von plötzlichem Herzstillstand, allgemeiner Schwächung, Alter und Beileid gefaselt hatte.

Was die Schwester sagte, war zwar hart für Franz, sehr hart sogar, aber er verstand es. Er erfasste, warum seine Frau tot war.

»Die Schwester hat mir gesagt, dass ich einfach bei ihr sitzen und ihre Hand halten solle, sie würde es spüren, selbst wenn sie nicht bei sich sei. Das hab ich gemacht«, flüsterte Milla ihm zu.

»Sie versteht was von ihrem Beruf«, sagte Franz und blickte ihr hinterher, als sie leise die Tür des Krankenzimmers schloss, das nun ein Sterbezimmer war, in dem sich Milla, Jola und er am Bett der toten Agnes aufreihten.

Jola stand mit ausgetrockneten, rot geränderten Augen da wie ein Ölgötze. Vollkommen hilflos. Franz sah von ihr zu seiner Frau und wieder zurück. Er erinnerte sich daran, wie er es das erste

Mal getan hatte, und musste lächeln. Er hatte auf der Feuerwehrleiter gestanden, weil er das Warten nicht ausgehalten hatte. An Agnes' tapferem Blick bei seinem Besuch hatte er gesehen, dass sie und seine neugeborene Tochter ihn brauchten. Und da in seiner Mannschaft *Einer für alle, alle für einen* galt, war ein Kamerad mit ihm ausgerückt. Nicht auszudenken, wenn ausgerechnet in diesen zwanzig Minuten ein Brand ausgebrochen wäre! War es aber nicht.

Franz erinnerte sich daran, wie ihn Jola angesehen hatte, satt und zufrieden, glücklich über die Welt, in die sie gerade hineingeboren war, neugierig und ohne alle Angst mitten in der Luft zwischen Himmel und Erde. In diesem Augenblick hatte er ihr still versprochen, immer für sie da zu sein, egal, was geschah. Weshalb er jetzt den Arm um sie legte und sie an sich zog. Egal, was geschehen war.

Er sah hinunter auf seine Frau, die schmal und vertraut dalag, und erinnerte sich auch an ihren Blick damals am Fenster. In dem hatte vieles gelegen. Panik zuerst, Hilflosigkeit, Scham. Dann Erleichterung und Trost und Liebe für ihn. Unwillkürlich sah er auf ihre Brust unter dem Krankenhaushemd. Er hatte auf ihren prallen Busen blicken müssen, an dem Jolas Köpfchen lag, und seine Begeisterung war mindestens so prall gewesen wie der Busen. Er hatte die festen Apfelbrüste seiner Frau geliebt und diesen Stillbusen vergöttert, und dann? Dann war Agnes' Busen schlaffer geworden und er undankbar.

Er hatte Jolas verzweifelte letzte Fragen an Agnes noch genau im Ohr, die er gehört hatte, als er an der Hecke gestanden und in seinen Garten gespäht hatte. Fragen, an denen er schuld war.

Was hast du noch getan, Mutti? Was hast du getan, dass Raik aus meinem Leben verschwunden ist? Dass er sich nicht mal gemeldet hat, als ich ihm geschrieben habe, dass ich unser Kind erwarte?

Er hatte Agnes in ihren Untergang laufen lassen. Natürlich war sie für ihr Tun selbst verantwortlich gewesen. Und nie im

Leben hätte er gedacht, dass wahr sein könnte, was er jetzt ahnte, doch er hatte ihr vor vielen, vielen Jahren den ersten Stich ins Herz versetzt, das nun den Folgen erlegen war, und das verstörte ihn tief. Er schlug die Hände vor die Augen und weinte bitterlich.

Er spürte, wie Jola tröstend die Arme um ihn legte, und weinte noch mehr.

Navid packte das Suppengrün, die zwei Kartoffeln und den Fenchel aus, die er auf den Rat einer Kollegin gekauft hatte. Sie hatte ihm ihr Rezept für eine »Trostsuppe« diktiert, und die wollte er jetzt zubereiten. Die Verkäuferin in ihrem asiatischen Gemüseladen hatte noch eine Büchse Kokosmilch dazugestellt. »Schmeckt gut«, hatte sie mit ihrem dünnen Stimmchen gesagt. Das äußerte sie immer, und es stimmte jedes Mal.

Milla hatte ihn auf der Arbeit angerufen und ihm erzählt, dass Agnes im Krankenhaus gestorben war. Dass sie noch mithelfe, alles Nötige zu erledigen, weil Franz ziemlich durch den Wind sei und Jola sich um ihn kümmere. Und dass sie ihren Verlobten am Abend brauche.

Navid schnitt das Gemüse klein und versenkte es im Topf. Als die Suppe gerade zu blubbern anfing, hörte er Milla die Treppe hochkommen. Er stellte den Herd auf klein, ging zur Wohnungstür und öffnete sie, sodass Milla nicht erst den Schlüssel aus den Tiefen ihrer riesigen Fransentasche herauskramen musste.

Sie warf sich in seine Arme. »Oma ist tot.« Sie schluchzte auf. »Jetzt ist Opa ganz allein, und Mama ist wie paralysiert, weil sie sich zuletzt mit Oma gestritten hat und Oma dann den Herzinfarkt gekriegt hat und …« Der Rest ging im Schluchzen unter.

Navid stieß die Wohnungstür mit dem Fuß zu und zog Milla mit sich ins Schlafzimmer. Er hob die Weinende hoch, ließ sie aufs Bett gleiten, legte sich neben sie, schloss sie in die Arme und schob auch noch ein Bein über sie, sodass sie ganz und gar von ihm umfangen war.

Milla weinte sich aus, und Navid fiel ein, dass Millas Oma ihre erste Tote war. Eine alte Frau, die an Herzversagen gestorben war. Er merkte, dass es ihm schwerfiel, Millas herzzerreißendes Schluchzen auszuhalten, weil seine Toten sich mit Macht in dieses Schluchzen hineindrängten, seine vielen Toten, seine jungen Toten. Seine Geschwister. Kinder. Dahingemetzelt. Aber er hielt es aus. Milla war Milla, und er war in dieses Land geflüchtet, weil hier eine Enkelin um ihre Großmutter weinen durfte, die eines natürlichen Todes gestorben war. Nichts anderes wünschte er sich für seine Kindeskinder.

Irgendwann verebbte Millas Schluchzen, und sie murmelte: »Ich habe Hunger.«

Navid lächelte in ihr Haar und sagte: »Und ich eine vermutlich ziemlich verkochte Trostsuppe.«

Er nahm ein wenig Abstand, schaute ihr ins Gesicht, strich ihr die tränenfeuchten Strähnen von den Wangen und küsste flüchtig ihre weichen, vom Weinen heißen und geschwollenen Lippen. Millas Herzmund hatte immer eine anziehende Wirkung auf ihn, aber jetzt, so heiß und geschwollen …

Sie fing seinen Blick auf und zog seinen Kopf erneut zu sich herab.

Als sie endlich in die Küche gingen, war die Suppe wirklich verkocht. Milla wickelte sich in eine Strickjacke, Navid tat auf, und dann setzten sie sich an ihren kleinen Esstisch am Küchenfenster.

»Dass alles weichgekocht ist, tut dem Geschmack keinen Abbruch«, sagte Milla nach dem ersten Löffel. Und nach dem dritten: »Hilft.«

Navid ließ sie noch ein wenig löffeln, denn wie er sie kannte, würde sie irgendwann von selbst anfangen zu erzählen. Und so geschah es auch.

Milla aß langsamer, und irgendwann sagte sie: »Ich habe bei Oma am Bett gesessen. Am Schluss hat sie alles Mögliche vor sich hin gemurmelt. ›Ich wollte schießen‹, zum Beispiel, und es war nicht der Schützenverein gemeint, sondern eine echte Gelegenheit, bei der sie besser hätte schießen sollen, es aber nicht gemacht hat.«

»Puuh«, machte Navid.

»Na ja, sie hat, wie gesagt, nicht geschossen. Aber sie meinte, sie habe große Schuld auf sich geladen. ›Ich bin an allem schuld‹, hat sie gesagt.«

Navid richtete sich auf.

»Sie wollte diese Schuld mit ins Grab nehmen, und das hat sie auch. Sie wollte, dass wir eine glückliche Familie werden, du und ich und«, sie zeigte auf ihren Bauch, »und Mama –«

»Nein, das –«, redete Navid ihr rein.

»Und Opa und Toni und Dirk.«

Navid legte seinen Löffel weg. »Das geht nicht.«

»Wie bitte?«, fragte Milla, und ihr Löffel schwebte über dem Teller. »Wieso können wir keine glückliche Familie werden?«

Navid schüttelte ungeduldig den Kopf. »Natürlich können wir das.« Er nahm kurz Millas Hand und sah sie eindringlich an. »Im Prinzip jedenfalls. Was nicht geht, ist, seine Schuld mit ins Grab nehmen.«

»Wieso denn nicht?«, fragte Milla.

»Weil die Schuld immer auf der Erde zurückbleibt und der nächsten Generation eingepflanzt ist.«

Milla zog die Augenbrauen zusammen. »Hör endlich auf mit dem Quatsch.«

»Wer sagt außerdem, dass Agnes die einzige Schuldige gewesen ist? Das Wesen der Schuld ist, dass eins zum anderen kommt und eine Schuld selten allein.«

»Spinnst du?«

»Nein.«

Milla ließ den Löffel in die Suppe fallen, dass es spritzte. »Willst du jetzt sagen, dass in meiner Familie alle schrecklich schuldig sind? Meine Mutter zum Beispiel, weil sie sich mit Oma wohl fürchterlich gestritten hat, woraufhin die ihren Infarkt bekam?«

»Stimmt, das hast du vorhin gleich erzählt. Interessant. Weißt du, worum es gegangen ist?«

»Nein, weiß ich nicht.« Milla wurde laut. »Und Mama ist auch nicht schuld. Sie konnte das doch gar nicht wissen.« Neue Tränen liefen ihr über das Gesicht.

»Irgendwie war zu erwarten, dass es zwischen den beiden zu einer Auseinandersetzung kommt«, sagte Navid trocken.

Milla sprang auf. »Ja! Und weißt du, warum? Bestimmt hat Mama Oma deinetwegen so aufgeregt, dass sie einen Herzinfarkt gekriegt hat. Du willst immerzu wissen, wer mein Vater ist, und machst alle verrückt. Du bist paranoid wegen deines Schicksals oder was weiß ich. An meinem bekloppten Vater scheint ja alles zu hängen. An einem, der nie da war!« Milla stampfte auf und lief in den Flur. »Mama hat sich nicht versteckt. Sie hat fertigstudiert, ist in Berlin geblieben, hat ihren Namen nicht geändert oder so …« Sie stieß einen Arm in den Ärmel ihrer Kreuzbergjacke. »*Ich* will nicht wissen, wer mein Erzeuger ist.« Sie wurstelte unwirsch mit dem zweiten Ärmel herum. »Sollte ich das je gewollt haben, jetzt will ich es nicht mehr.«

Die Jacke saß, wenn sie inzwischen auch nicht mehr zuging. Milla schnappte sich ihre Fransentasche und schlüpfte in ihre Plateausandalen. »Ich geh zu Mama und Toni und Dirk.« Und weg war sie.

Navid stand am Küchentisch und starrte in seinen Teller Trostsuppe. Dann schüttete er den Rest in den Topf, den Topfinhalt ins Klo und spülte den ganzen Trost weg.

»Was machst du denn hier?«, fragte Dirk wenig einfühlsam, als Milla am späten Abend die Tür aufschloss. Er war gerade nur mit einer Unterhose bekleidet auf dem Weg ins Bad.

»Kann ich hier pennen?«

»Natürlich«, sagte Dirk und stutzte. »Oje.« Er trat auf Milla zu und nahm sie in den Arm. »Toni, komm mal, unsere Sprotte.«

Milla fand sich an Dirks behaarte Brust gepresst, bekam kaum Luft und fühlte sich geborgen.

»Erdrück sie nicht«, sagte Toni hinter ihr.

Dirk ließ sie los.

»Wo ist Mama?«, fragte Milla.

»Die hat gerade angerufen. Sie schläft bei deinem Opa. Sie will ihn nicht alleinlassen.«

Milla nickte. Das hätte sie sich denken können.

»Couchdrücken?«, fragte Dirk.

Milla nickte wieder.

»Ich zieh mir nur schnell was an.«

»Und wir machen heißes Kaba.« Toni winkte Milla mit dem Kopf in die Küche.

Sie schlüpfte schnell aus den Sandalen und folgte ihm. Couchdrücken mit heißem Kakao hatten sie in ihrer Schulzeit öfter gemacht, wenn sie irgendwelche Probleme wälzte. Das heiße Kaba hatte Toni beigesteuert, weil es das Sonntagsgetränk seiner Kindheit gewesen war. Das Couchdrücken wiederum bestand darin, dass sie ganz eng auf der Couch zusammenrückten, Milla in der Mitte wie das Dotter im Ei. Und dann wurde geschwiegen, Kakao getrunken und das jeweilige Problem in Angriff genommen.

Wenig später fanden sich alle drei im Wohnzimmer ein. Toni und Milla stellten drei Pötte mit heißem Kakao auf den Couchtisch und setzten sich. Dirk zündete noch eine Kerze an und ließ sich dann dicht neben Milla aufs Sofa plumpsen, dass sie an Toni gequetscht wurde.

So muss es sein, dachte Milla glücklich und zog ihren Arm aus der Klemme, um nach ihrem Kabapott zu greifen. Das taten auch die beiden anderen, und ein Weilchen saßen sie da und nippten an dem heißen, süßen, stimmungsaufhellenden Getränk.

»Ich nehme mal an, du bist abgehauen. Navid hat dich nicht rausgeschmissen, oder?«, fragte Dirk nach einer Weile.

»Ich bin abgehauen.«

»Weil Navid am Todestag deiner Oma was genau gemacht hat?«, fragte Toni nicht ohne eine gewisse Schärfe in der Stimme.

»Also, erst mal hat er mich in den Arm genommen und weinen lassen, und außerdem hatte er eine Trostsuppe gekocht.« Trotz allem, stellte Milla erstaunt fest, hatte sie das Bedürfnis, Navid zu verteidigen.

»Gut«, sagte Toni, und dann nippten sie wieder alle an ihrem Kakao.

»Jola hat am Telefon gesagt, dass du bei deiner Oma gesessen hast, als die gestorben ist. Sie sei mit Franz draußen gewesen. Wieso warst du allein bei Agnes?«, fragte Dirk.

»Weil Mama und Opa so aufeinander losgegangen sind, dass sie aus dem Krankenhaus geworfen wurden. Mama hat sich gestern Nachmittag mit Oma gestritten, und dann bekam sie den Herzinfarkt.«

»Was für eine Scheiße«, sagte Dirk.

»Aber sie wurde doch erfolgreich operiert«, warf Toni ein.

Milla zuckte mit den Schultern und rieb sie dabei an den Oberarmen ihrer Ziehväter, die nach wie vor dicht bei ihr saßen. »Sie war schon länger nicht mehr richtig fit. Nicht mal auf Opas Geburtstagsausflug nach Wolfen ist sie mitgefahren. Da fühlte sie sich schon zu schwach. Und sie hätte bestimmt gern mitgewollt.«

»War es sehr schlimm für dich?«, fragte Toni.

Milla dachte nach. »Nein, eigentlich nicht«, sagte sie dann. »Es war schön mit Oma. Sie hat ein paar merkwürdige Sachen gesagt, aber ich glaube, sie ist dann friedlich eingeschlafen. Und sie wusste, dass sie stirbt. Sie hat gesagt, wir sollen alle glücklich werden. Ihr beide und Jola und Franz und Navid und ich.«

»Ja, die Agnes, die war schon eine Granate«, sagte Dirk anerkennend.

»Vom Schießen hat sie auch irgendwas gesagt.«

»Was?«, fragte Toni entsetzt.

»Irgendwann wollte sie mal schießen, hat aber wohl nicht. Als sie einen wachen Moment hatte, meinte sie, dass sie zwar nicht geschossen habe, und schon gar nicht auf jemanden, aber sie habe große Schuld auf sich geladen.«

»Na, da tun sich ja Abgründe auf«, bemerkte Dirk.

»Wir wussten übrigens auch nicht, dass sie bei der Staatssicherheit war. Das hat uns Jola erst erzählt, nachdem du es in Wolfen erfahren hast«, sagte Toni.

Sie lehnten sich wieder zurück und tranken Kaba. Nach einer Weile sagte Dirk: »Auf jeden Fall war deine Oma eine Frau mit Schneid und eine hervorragende Strategin. Eine, die wesentlich mehr draufhatte, als sie bei dem Detektivbüro einsetzen konnte, bei dem sie gearbeitet hat. Ich kann mir gut vorstellen, dass sie was auf dem Kerbholz hatte. Aber eine Verbrecherin? Nee.«

»So hat sie sich aber zum Schluss gefühlt«, sagte Milla.

»Eins steht mal fest«, sagte Dirk. »In eurer Familie ist dieses Jahr eine Menge ins Rollen gekommen. Allem voran natürlich das Sprottenspröttchen, das wollen wir jetzt mal nicht vergessen. Und damit das Sprottenspröttchen in ein glückliches Elternhaus hineingeboren wird, müssen wir da Ruhe reinbringen. Weshalb also bist du abgehauen?«

»Ich hab Navid erzählt, dass Oma irgendeine Schuld mit ins Grab nehmen wollte, und er meinte, das gehe nicht, weil die Schuld den nächsten Generationen *eingepflanzt* sei.« Sie betonte Navids Begriff verzweifelt. »Und dass eins zum anderen käme und so.«

»Oje.« Toni schüttelte den Kopf.

»Na ja, ganz unrecht hat er nicht.« Dirk kratzte sich am Kopf. »Seit ihr im Frühjahr in Wolfen gewesen seid, wo du im Schlamm gelandet bist, hat sich einiges getan.«

»Seit Navid nach deinem Erzeuger sucht«, sagte Toni.

»Woher weißt du das?«, fragte Milla.

»Weil ich mit ihm geredet habe. Und ich dachte eigentlich, wir wären uns einig gewesen.«

»Was?« Milla wandte sich Toni mit aufgerissenen Augen zu. Dann fiel ihr ein, dass Jola irgendwann so etwas erwähnt hatte.

»Wir haben gemerkt, wie nervös Jola geworden war. Und dass man von Navid und dir gar nicht mehr recht was hörte«, übernahm Dirk. »Also hat Toni deinem Typen mal auf den Zahn gefühlt.«

»Hinter meinem Rücken!«, entrüstete sich Milla.

»Nach Lage der Dinge hätten wir uns viel früher einmischen sollen. Stimmt es, dass du einer Freundin deiner Großeltern wie aus dem Gesicht geschnitten bist? Und dass deren Sohn mit Jola zusammen aufgewachsen ist und sie sich später in Berlin wiedergesehen haben? Als die Mauer weg war?«

»Ja, das stimmt wohl«, sagte Milla. »Raik Hader heißt der. Könnte mein Erzeuger sein. Aber ich will mit ihm nichts zu tun haben.«

»Und warum nicht?«, fragte Toni.

»Das fragst ausgerechnet du?«

»Wieso nicht?«

»Weil der Typ offenbar einfach verschwunden ist. Weil er sich nie um mich geschert hat. Das habt ihr gemacht.«

»Vielleicht hat er gar nicht gewusst, dass du unterwegs bist«, gab Dirk zu bedenken.

Milla zog die Augenbrauen zusammen. »Glaubt ihr das?«

»Eigentlich nicht«, sagte Dirk nach einer Pause. »So wie ich deine Mutter einschätze.«

»Ich auch nicht. Aber es ist die wahrscheinlichste Erklärung«, sagte Toni.

Dann schwiegen sie wieder eine Weile. Das Kaba wurde langsam kalt, aber dem Geschmack und der Wirkung tat das keinen Abbruch.

»Das ist ein ganz schönes Ding«, sagte Milla irgendwann. »Ihr habt die ganze Zeit nicht daran geglaubt, dass meine Mutter ein wildes Leben geführt hat und nicht weiß, wer mein Vater ist. Ihr habt gedacht, sie hätte es gewusst und dem Vater auch gesagt.«

»Der sich dann scheiße benommen hat«, vollendete Dirk den Gedankengang. »Da fanden wir das ›wilde Leben‹ auch für dich irgendwie besser.«

»Einfacher.« Toni seufzte. »Wir haben es uns allen leichtgemacht.«

»Und dann kam Navid um die Ecke«, sagte Milla, und ehe der Zorn auf ihn wieder hochkam, war sie fast ein bisschen stolz auf ihn.

»Und dann kam Navid um die Ecke«, bestätigte Toni.

»Und unser Sprottenspröttchen«, fügte Dirk hinzu. »Nicht zu vergessen.«

Milla musste lächeln. Dabei merkte sie, wie müde sie war. Sie gähnte.

»Danke«, sagte sie. »Wir können das Problem jetzt nicht lösen, aber irgendwie …«

»Sehen wir schon mal klarer«, sagte Dirk.

»Ihr seid toll. Aber ich muss jetzt, glaube ich, ins Bett«, sagte Milla. »Ich schlaf einfach in Mamas.«

»Ich stell die Pötte in den Geschirrspüler«, sagte Toni.

»Und ich geh endlich aufs Klo«, schloss Dirk.

6

Berlin, September

Jola stützte ihren Vater auf dem Weg über den Friedhof. Eigentlich war das jedoch gar nicht nötig, denn Franz schritt rüstig und aufrecht hinter dem Sarg seiner Frau her. Jola bewunderte ihn dafür.

Nach Agnes' Tod hatte er die Fahrer des Leichenwagens gebeten, sie für die Nacht noch einmal nach Hause zu bringen, erst dann ins Beerdigungsinstitut. Es war eine der ersten etwas kühleren Nächte gewesen, und so war Agnes auf ihrer Seite des Ehebetts in Zehlendorf erkaltet, während das Fenster geöffnet war. Am Morgen begrüßte eine gute Stunde vor Sonnenaufgang ein Hausrotschwanz den neuen Tag, und Jola schlüpfte leise das letzte Mal zu ihren Eltern ins Schlafzimmer. Sie fand Franz neben seiner Frau im Bett lagernd vor, betrunken, aber wachend. Er machte Platz für Jola. Sie hörten, wie ein Rotkehlchen einfiel, dann eine Amsel, und als sich die Sonne schon fast zeigte, die Finken.

»Deine Mutter kannte die Vogeluhr«, sagte Franz.

»Sie hat mir ein paar Vogelstimmen beigebracht, aber ich weiß nie, wer wann singt«, sagte Jola.

»Ich hab das immer verschlafen. Aber es ist erstaunlich, ein Wunder. Ich werde sie jetzt lernen, wenn ich wachliege und Agnes vermisse.«

Er goss noch einen Schnaps ein und reichte Jola das Glas. Sie nippten abwechselnd daran und schauten zu, wie der Himmel sich zum ersten Mal sommerhell färbte, ohne dass Agnes es sah.

Als der Leichenwagen wenig später wieder vorfuhr, verabschiedete Franz seine Frau leicht schwankend, aber aufrecht an der Haustür.

Wie auch immer Vati das in dieser Augustnacht gemacht hat, dachte Jola jetzt auf dem Friedhof, er hat gewusst, wie er sich von seiner Frau verabschiedet.

Er hatte eine ordentliche Beerdigung organisiert, das sah sie an den vielen Menschen, die ein Stück ihres Lebenswegs mit ihrer Mutter geteilt hatten und sich nun am Grab aufreihten.

Milla stellte sich auf Franz' andere Seite, Navid daneben. Jola wusste von Dirk, dass es zwischen den beiden kriselte, aber sie hatte kategorisch entschieden, sich erst damit zu beschäftigen, wenn ihre Mutter unter der Erde war. Milla trug ein schwarzes Sportshirt, etwas anderes in der Farbe hatte sie nicht, das noch passte. Darunter zeichnete sich der Babybauch deutlich ab. Jola hatte ihr ein schwarz-weißes Tuch von Agnes gegeben, das sie sich um die Hüften geschlungen hatte. So sah man nicht, dass ihre schwarzen Jeans mit einem Zopfgummi geschlossen waren. Milla hatte darauf bestanden, ihrer eleganten Oma zu Ehren Schwarz zu tragen, aber sonst lehnte sie die Farbe in der Schwangerschaft ab. »Ich will fröhlich aussehen und mich für mein Kind auch so fühlen«, hatte sie gesagt. Deshalb die Notlösung.

Navids jungenhafte Gestalt wirkte neben der ohnehin eher drallen Milla nun noch schmaler. Seine gerade Haltung und seine markanten, ernsten Züge machten das jedoch wett. Auch er trug Schwarz, vermutlich Milla zuliebe.

Der Sarg wurde in die Erde gesenkt, der Familie kondoliert, und dann ging es zum Leichenschmaus. Franz hatte sich ein letztes Grillen mit Agnes erbeten, die in den Erzählungen der Gäste dabei sein sollte. Dazu standen zwei Kameraden aus dem Schützenverein und ein Ehemaliger von der Werkfeuerwehr Wolfen im Zehlendorfer Garten bereit, als alle eintrudelten.

»Gut, dass wir heute nur die Getränkeknechte sind«, hörte Jola

Toni sagen, der Agnes' Lieblingssekt in Gläser goss, die Dirk auf einem großen Tablett bereithielt.

»Wart's ab«, entgegnete Dirk, »wenn du die ganzen Bierkästen im Keller siehst, die wir gleich hochwuchten müssen, denkst du anders darüber. Außerdem glaubst du doch wohl selbst nicht, dass der alte Mann aus Wolfen und die beiden Schützenkönige dahinten die dritte Knechtschaft übernehmen.«

»Die beiden Schützenkönige vielleicht nicht«, mischte sich Jola ein und nahm Dirk das erste große Tablett ab, um damit herumzugehen. »Aber der alte Mann ist von anderem Schrot und Korn. Der gehörte zur Werkfeuerwehr, und die hielt ihre Gerätschaften in Ordnung. Auch den Grill.«

»Wo ist das Riesending überhaupt her?«, fragte Dirk.

»Aus dem Geräteschuppen in Wolfen. Braucht da heute kein Mensch mehr. Sind immer nur drei Hanseln auf der Wache, nicht einundzwanzig wie früher. Gibt ja nichts mehr, was brennen kann«, sagte Franz, der zu ihnen getreten war. »Macht mal hinne mit den Getränken.« Dann war er wieder weg.

Also machten sie hinne.

Es wurde keine Rede gehalten. Franz wies lediglich auf den Kartoffelsalat hin, den Jola peinlich genau nach dem klassischen Rezept ihrer Mutter zubereitet hatte: Kartoffeln, Äpfel, Zwiebeln, Gewürzgurken, Schmand, Mayo, einen Schuss Gurkenwasser, Salz, Pfeffer und Petersilie – ein unspektakulärer altmodischer Begleiter zum Grillfleisch. »Bis eben noch ist meine Frau pünktlich, wenn das erste Stück Fleisch auf dem Grill gewendet wurde, mit der großen gelben Schüssel aus dieser Tür« – Franz zeigte auf die Terrassentür – »getreten und hat den Salat auf den Tisch gestellt. Nun wird sie nie mehr durch diese Tür kommen. Das ist der Gang der Welt. Deshalb lasst euch in ihrem Gedenken den Salat schmecken, den heute an ihrer statt Jola zubereitet hat. Das hätte sie gefreut. Auf Agnes!« Er hob das Glas, und die Gesellschaft tat es ihm gleich.

Jola sah, wie Milla Tränen über die Wange kullerten und Navid, der wie ein Schatten an ihrer Seite ausharrte, ihr ein Taschentuch in die Hand schob. Eine ältere Dame, in der Jola beim zweiten Hingucken Sandras Mutter erkannte, trat auf Milla und Navid zu.

Alarmiert gesellte sich auch Jola zu der Runde.

»... siehst ihr unglaublich ähn–«, hörte sie, als sie zu den dreien trat.

Schnell unterbrach sie Sandras Mutter. »Frau Nowak, wie schön, dass Sie gekommen sind! Wie geht es Ihrem Mann? Und was macht Sandra? Wir haben ewig nichts mehr voneinander gehört.«

Frau Nowaks Kopf ruckte zurück. Offenbar war sie erschrocken über Jolas Wortschwall. »Mein Mann ist schon lange tot. Lungenkrebs.«

Jola spürte Navids forschenden Blick auf sich. Er strich Milla sanft über die Hand, die sie um das Taschentuch geballt hatte.

»Mein Beileid. Was macht Sandra?«

»Sie ist in Braunschweig. Gab ja bei uns keine Arbeit. Ist Tischlerin. Du hast Raik damals nach der Wende in Berlin wiedergetroffen, nicht?«, fragte sie.

»Ja, kurz, er ist dann irgendwo anders hingegangen. Sandra ist bestimmt eine gute Tischlerin«, versuchte Jola, das Gespräch wieder auf sicheres Terrain zu bringen. »Handwerklich hatte sie schon immer richtig was drauf.«

Frau Nowak sah sie prüfend an. Sie hatte schon damals, als sie Kinder gewesen waren, immer alles durchschaut. Sie hatte gewusst, dass ihre Sandra im Verbund mit Jola und Raik das dritte Rad am Wagen gewesen war. »Es wohnen drei gleichaltrige Kinder aus derselben Klasse in unserer Straße. Wenn zwei davon eins mit Nichtachtung quälen, wird das eine entweder stark oder geht ein. Die beiden anderen handeln schamlos, und das macht sie zu hässlichen Menschen, die später gemieden werden«, hatte sie ihr eines Tages gesagt, als Raik und sie Sandra wieder einmal außen vor gelassen hatten.

Jetzt entgegnete Frau Nowak mit einem beinahe unmerklichen Nicken zu Milla hin: »Nur kurz also.« Sie sagte es genauso unbewegt wie die Sätze damals. Andere wären süffisant, bissig; diese alte Wolfenerin in einer billigen elastischen schwarzen Hose und einem Paillettentop, das nach Wühltisch aussah, stellte trocken fest.

Jola war bewusst, dass in dem »Nur kurz also« viel mehr steckte: *Freut mich, dass es nicht gehalten hat. Immerhin hat es so lange gedauert, dass ein Kind entstanden ist. Das offenbar nichts von seinem Vater weiß.* Frau Nowak hatte Format, das musste Jola ihr zugestehen. Sie ließ die anderen machen, aber nicht im Unwissen. Sie jammerte nicht wegen Unabänderlichem. Das hatte Sandra auch nie gemacht, und Jola wurde jetzt erst bewusst, was für eine menschliche Größe das angesichts des Doppelpacks Raik-Jola gewesen war.

»Wie auch immer, wir waren gerade bei den Haders«, fuhr Frau Nowak fort. »Deine Tochter und ihr Freund haben Matthias ja kürzlich kennengelernt. Der hat übrigens in unserm Stammlokal eine Runde auf ihr Ableben ausgeben wollen, als rum war, dass Agnes gestorben ist. Ist aber nicht gut angekommen.«

»Was? Kommen Sie, ich hole Ihnen erst mal eine Bratwurst. Oder lieber ein Steak?« Jola führte Frau Nowak sanft am Arm von Milla und Navid fort.

»Na ja, du weißt doch, nach Renates Tod war ein Knacks in der Freundschaft zwischen Matthias und deinen Eltern.«

»Ach, die alten Kamellen«, sagte Jola unwillig. Offenbar wusste die Nowak mehr, als sie gedacht hatte. Aber hier waren einfach zu viele Leute, um sie auszufragen. Mittlerweile hatte sie die Wolfenerin zum riesigen alten Feuerwehrgrill gelotst. »Bratwurst oder Steak?«

»Bratwurst«, sagte Frau Nowak, und die bekam sie und auch einen großen Schlag Kartoffelsalat dazu. Sie setzten sich an einen der Biertische, die auf dem Rasen aufgebaut worden waren.

»Schmeckt«, verkündete Frau Nowak, als sie den Salat probiert hatte, und zeigte mit der Gabel auf Jola. »So einen bodenständigen urdeutschen Salat bräuchten wir auch in unserem Stammlokal. Zur Bockwurst.«

»Ich schreibe Ihnen das Rezept auf«, erbot sich Jola, die bei den Worten *bodenständigen urdeutschen Salat* fast von der Bierbank gefallen wäre. Sie erinnerte sich daran, dass Raik seinen Vater und dessen Verein einmal kummervoll als »ziemlich rechts« bezeichnet hatte.

Frau Nowak kaute, und Jola überlegte gerade, mit wem sie die alte Nachbarin ihrer Eltern bekanntmachen könnte, vielleicht einer der Damen aus dem Schützenverein, da kicherte diese. »Matthias sage ich aber nicht, von wem das Rezept ist. Wir treffen uns in dem Lokal nämlich immer mit dem Heimatverein. Den hat Matthias gegründet.«

So stolz, wie die Witwe Nowak klang, hegte Jola den Verdacht, dass sie ein Auge auf Matthias geworfen hatte. Sie ließ sie weiterreden.

»Wir nennen uns ›Original Wölfe‹. Nach ORWO – Original Wolfen. Matthias hat viel getan für die Stadt. Er hat gegen die ganzen Absahner aus dem Westen mobil gemacht und gegen die scheiß Treuhand damals. Hat nur leider nicht viel genützt.«

»Nach Renates Tod ist er politisch aktiv geworden, ich weiß. Ich war mal auf einer Montagsdemo mit ihm mit.« Jola strengte sich an, nicht an ihren ersten Kuss zu denken, sondern lieber etwas über Matthias in Erfahrung zu bringen.

»Er ist in Renates Fußstapfen getreten, die die vielen Haut- und Krebs- und Atemwegserkrankungen anprangern wollte. Wegen dem ganzen Dreck. Die Deponien lecken bis heute. Gemacht wird nichts. Stattdessen werden Unterkünfte für Flüchtlinge, die uns die wenigen Jobs wegnehmen, vom Feinsten ausgestattet. Da macht Matthias ordentlich Stimmung. Die kriegen alles reingeschoben, während der Dreck aus den Deponien immer noch ins Grundwasser sickert.«

Ruhig bleiben. Es hat keinen Sinn, ermahnte sich Jola innerlich, fokussier dich auf das Wichtige. »Renate wollte diese Krankheitshäufungen anprangern?«, fragte sie. Sie konnte sich noch gut erinnern, dass viele ihrer Mitschüler Hautausschläge gehabt hatten, oft auch wandernd. Während Millas ganzer Schulzeit in Berlin hatte im Unterschied dazu nur ein einziges Mädchen Neurodermitis gehabt.

»Ja. Sie hat eine richtige Untersuchung gemacht, über viele Jahre. Richtig wissenschaftlich.« Die Witwe kaute ausgiebig an ihrer Wurst. »Deine Mutter hat davon gewusst. Eigentlich kann nur sie verhindert haben, dass Renate abwandert. Aber dann kam der Unfall. Ich versteh bis heute nicht, was da passiert ist.«

Jola schwieg. Doch mehr kam nicht. Frau Nowak biss noch einmal in ihr Würstchen. »Bist du eigentlich Chemikerin geworden?«

Jola nickte. »Bin ich tatsächlich.«

»Ich weiß noch, wie du Sandra bei den Hausaufgaben geholfen hast. Chemie war immer dein Ding. Hättest zurückkommen sollen. Inzwischen haben sich wieder ein paar Chemiebetriebe angesiedelt. Dann wär dein Mädel jetzt bestimmt nicht mit einem Ausländer zusammen. Der hat ihr das Kind gemacht, oder? Geschickter Schachzug, um sich in ein feines Nest zu setzen.« Frau Nowak ließ den Blick über Herthas Villa schweifen.

»Hier hat keiner was gegen Ausländer, Frau Nowak. Und mein Enkelkind haben Navid und Milla zusammen gemacht. Ich freue mich sehr darauf.« Jola stand auf. »Jetzt muss ich mal weiter in der Runde.« Mit den Damen vom Schützenverein würde sie Frau Nowak nicht bekanntmachen. Die waren zwar konservativ, aber dieses rechte Gerede, was würden die von Franz denken!

»Grüß Raik von mir, wenn du ihn siehst. War lange nicht zu Hause.«

»Danke, wir haben keinen Kontakt mehr«, sagte Jola und machte, dass sie wegkam. Kein Wunder, dass Raik nicht mehr nach Wolfen fuhr, wenn sein Vater mittlerweile rechts außen angekommen war. Wo er wohl wohnte?

»Jola!«, wurde sie von der Seite angesprochen.

»Erhard!« Sie freute sich, als einer der Kollegen ihrer Mutter aus dem Detektivbüro zu ihr trat. Der Chef war ein Altachtundsechziger gewesen, und alle hatten sich durch die Bank geduzt. Für Agnes war das fast ein Grund gewesen, dort nicht anzufangen, das wusste Jola, denn ihre Mutter hatte sich mächtig darüber aufgeregt. Aber sie hatte es sich nicht aussuchen können.

»Mein Beileid.«

»Danke. Hast du alles, was du brauchst?«

»Aber sicher.« Er hob seinen Teller, auf dem neben einem Knochen ein zweites Steak lag.

»Arbeitest du noch?«

»Hin und wieder, aber eigentlich bin ich Rentner. Nachdem deine Mutter aufgehört hat, hat es sowieso nur noch halb so viel Spaß gemacht.«

»Wirklich?«, fragte Jola interessiert.

»Deine Mutter war mit Herz und Seele Detektivin. Sie hat nicht einfach nur was rausgefunden. Das Tollste für sie war, wenn sie etwas in Ordnung bringen konnte. Bei Seitensprüngen, zum Beispiel, wenn sie die ans Licht gebracht hatte. Sie hat sich dann oft lange mit ihrem Klienten ins Büro gesetzt und mit ihm oder ihr geredet.«

»Wusste ich gar nicht«, sagte Jola.

»Sie hat sogar eine Mediationsfortbildung gemacht. Ist dann manchmal hinterher zu dem Paar gefahren und hat dafür gesorgt, dass sich die Sache zur einen oder anderen Seite hin friedlich entwickelt.«

»An diese Fortbildung kann ich mich erinnern«, sagte Jola. »Vati fand die ganz toll.« Als sie mit fünfzehn oder sechzehn einen heftigen Streit mit ihrer Mutter gehabt hatte, in dem es um irgendwelche flippigen Klamotten ging, die sie nicht zur Schule anziehen sollte, hatte ihr Vater ihr hinterher zugeraunt: »Mutti lernt jetzt, wie man sich einfühlt, das wird bestimmt besser.« Und tatsächlich, ob nun die Pubertät abflaute oder Agnes ihren Weiterbildungsstoff auch zu Hause anwendete, die heftigen Streits wurden seltener.

Erhard nickte vor sich hin und sah dann zu Franz hinüber, der es nicht hatte lassen können und am Grill fertiges Fleisch austeilte. »Als wir kurz vor ihrer Rente mal zu zweit eine nächtliche Beschattung vornahmen und lange zusammen im Auto saßen, sagte sie, dass sie mit den konfliktträchtigen Aufträgen eine alte Schuld abarbeiten wolle und hoffe, es gelinge ihr. Aber deine Eltern hatten doch keinen schlimmen Ehekrach, oder?«

»Nein«, sagte Jola überzeugt. »Hatten sie nie.«

»Dachte ich mir. Den Eindruck machten sie auch nicht. Und als Detektiv merkst du, wenn irgendwas im Busch ist. Muss was anderes gewesen sein.« Er prostete Jola mit seiner Bierflasche zu. »Jedenfalls war Agnes' helfende Art die beste Werbung für unsere Detektei, die man sich hätte denken können.«

»Danke für das Kompliment, es ist schön, so was über meine Mutter zu hören.«

»Dafür ist die Veranstaltung hier da.« Erhard und sie stießen ihre Bierflaschen aneinander, dann ging jeder seines Weges.

Eine alte Schuld abarbeiten, dachte Jola. *Ich bin an allem schuld.* Das hatte Agnes auf dem Sterbebett zu Milla gesagt. Sie konnte sich keinen Reim darauf machen. Nie und nimmer hatte Agnes Franz betrogen, oder doch? Franz und Renate, das hatte sie immer vermutet, aber dann musste nicht ihre Mutter eine Schuld abarbeiten. Ratlos begann sie, schmutzige Teller einzusammeln.

Milla gesellte sich zu ihr und auch ihr Schatten Navid.

»Sag mal, was hat diese Schrulle aus Wolfen eben über Ausländer gesagt?«, fragte Milla leise. »Ich hab da im Vorbeigehen was aufgeschnappt.«

Jola verdrehte die Augen. »Dass ich hätte nach Wolfen zurückgehen sollen, dann wärst du nicht mit einem Ausländer zusammen, der dir ein Kind macht und sich in ein feines Nest setzt.«

»Nee!«, sagte Milla entrüstet.

»Doch. Aber ich hab ihr gesagt, dass hier keiner was gegen Ausländer hat und ich mich auf mein Enkelkind freue.«

»Das reicht nicht«, sagte Milla, nahm sich ein halbvolles Bier, einen Teller mit einem großen Senfklecks, der darauf verblieben war, und stapfte los. Unmittelbar vor der Bank mit Frau Nowak tat sie so, als würde sie stolpern, und dabei ergoss sich ein Schwall Bier über deren Busen, und der Senfteller schmierte umgedreht ihre ganze Hose entlang, als Milla sich »abfing«.

Jola und Navid sahen einander in die Augen und drehten sich schnell um, damit Frau Nowak ihr Grinsen nicht bemerkte. »Sie liebt dich, Navid«, sagte Jola. »Mach das nicht kaputt.«

»Sie steht zu mir. Ich bin stolz auf sie. Und weil du sie so erzogen hast, bin ich dir dankbar«, sagte er.

»Aber?«, fragte Jola, weil das Dankbar in der Luft hängenblieb. Es kam schärfer heraus als gewollt.

Navid warf einen Blick in die Runde. »Kein Aber. Ich weiß nicht so genau, was mir zusteht. Ich finde nur, du solltest –«

»Dringend die Teller in die Spülmaschine bringen und die Feier ausklingen lassen. Mein Vater ist völlig erschöpft.« Sie wies auf den bequemen Gartenstuhl, in dem Agnes in letzter Zeit oft geruht hatte. Irgendjemand hatte ihn neben den Grill gestellt, und Franz saß darin. Gerade war sein Kinn auf seine Brust gesunken, und er hatte im letzten Augenblick vor dem Einnicken mit einem Ruck den Kopf gehoben.

»Einverstanden«, sagte Navid und machte sich wieder ans Aufräumen.

»Mädchen, das war zwar nicht schlecht, aber nicht gut genug«, sagte Frau Nowak.

»Entschuldigen Sie, das war keine Absicht«, entgegnete Milla und wollte den Senf mit einer Serviette von der Hose wischen.

»Doch, war es«, sagte Frau Nowak. »Zeig mir das Bad.«

»Selbstverständlich. Kommen Sie.« Milla, der die Röte ins Gesicht geschossen war, geleitete Frau Nowak die Treppe ins Obergeschoss hinauf.

»Wie ich Agnes kenne, hat sie Kernseife im Haus«, sagte Frau Nowak, als sie das Bad betrat und sich in dem sauberen Raum umblickte.

Milla überlief es kalt, als ihr die Gegenwartsformulierung bewusst wurde. Doch irgendwie war es noch Agnes' Haus. Es hatte sich nichts verändert, nur in ihrem Zahnputzbecher steckte keine Zahnbürste mehr, dafür stand Jolas elektrische auf dem Waschbeckenrand.

»Hilf mir mal suchen«, sagte Frau Nowak und öffnete umstandslos das Schränkchen unter dem Waschbecken.

Mist, dachte Milla voller Unbehagen und griff nach einem Korb auf dem Bord über der Waschmaschine. Sie fand ein gelbliches Stück Seife in einer Plastikbox. »Die hier?«

»Genau«, sagte Frau Nowak und zog sich die Hose aus. »Geht alles mit raus. Musst du dir merken, kriegst ja jetzt ein Kind.«

»Von einem Schmarotzer«, sagte Milla trotzig.

Frau Nowak schnaubte, zog sich auch das Oberteil aus und hielt es Milla hin.

Die rührte sich nicht.

»Spül das mal im Waschbecken aus, ich geh mit der Hose über die Wanne.«

Milla nahm der Frau, die in altmodischer, ausgeleierter Unterwäsche vor ihr stand, mit spitzen Fingern das Oberteil ab. Da war sie ja schön reingerasselt!

Sie spülte das Bier vom Ausschnitt, wobei es sie Überwindung kostete, die hässlichen Pailletten, die sich dort aufreihten, nicht zu zerknicken.

Frau Nowak reinigte ihre Hose geschickt und zügig über der Wanne. »Wo ist der Föhn?«, fragte sie, als sie das Hosenbein auswrang.

Milla öffnete den Spiegelschrank und reichte ihn ihr.

Frau Nowak steckte ihn ein, stellte ihn an und föhnte ihre Hose, während Milla das Oberteil in den Restwindstrahl hielt. »Bist genauso frech wie deine Eltern.«

Milla ließ beinahe das Oberteil fallen.

»Wie meine Mutter vielleicht. Einen Vater hab ich nicht«, sagte sie.

»Ach«, machte Frau Nowak. »Wenn deine Großeltern nicht in einer Nacht-und-Nebel-Aktion in den Westen abgehauen wären, weil Agnes der Arsch auf Grundeis ging, hättest du wahrscheinlich einen. Dann wären die Turteltäubchen Raik und Jola bestimmt fürs Leben zusammengeblieben, statt nur noch mal für eine folgenreiche Romanze zusammenzufinden.« Sie schaute kurz aus dem Fenster, wo Jola Seite an Seite mit Navid den Garten aufräumte. »Vermutlich war deine Mutter aber da schon so ein Multikultimädchen, und das passte dann nicht mehr zu einem echten Ossi.«

»Wie kommen Sie darauf, dass Raik Hader mein Vater ist?«, fragte Milla.

»Kindchen, du siehst aus wie Renate, nur ein bisschen größer und kräftiger. Und du hast Raiks wasserblaue Augen.« Sie stutzte. »Sag mal, hat Jola dir etwa nicht erzählt, wer dein Vater ist?«

»Natürlich hat sie das«, log Milla. Sie setzte sich auf den Wannenrand. »Warum mussten meine Großeltern überhaupt in einer Nacht-und-Nebel-Aktion in den Westen gehen?«

»Tja«, Frau Nowak föhnte eine andere Stelle ihrer Hose und setzte sich auf den Klodeckel. »Erst hab ich gedacht, weil Agnes bei der Stasi war. Das wusste ich nämlich, weil … egal. Aber dann,

Jahre später, als ich mich mit Matthias über den merkwürdigen Tod seiner Frau unterhalten habe, fiel mir etwas ein. Matthias sagte, der Durchschlag von diesen Patientenuntersuchungen, die Renate wegen dem Dreck und den vielen Krankheiten bei uns gemacht und wohl versteckt hatte, sei verschwunden gewesen. Ich habe deine Oma ein paar Tage vor Renates Tod ins Hader'sche Haus gehen sehen. Am Morgen, wo sie sonst längst auf Arbeit war. Die Haders mussten um die Uhrzeit eigentlich auch schon alle weg sein, trotzdem hab ich mir nichts dabei gedacht. Deine Eltern und die Haders waren dicke miteinander. Aber Agnes kam nicht lange danach wieder aus dem Haus und hatte einen Papierstapel im Arm. Durchschlagpapier.«

»Was ist Durchschlagpapier?«, fragte Milla.

»Das gab es früher, als wir noch Schreibmaschinen hatten. Da wurde Kohlepapier hinter das erste Blatt gelegt und dann ein dünneres, grünliches Durchschlagpapier darunter. Das konnte man mehrfach hintereinandermachen – also Kohlepapier, Durchschlagpapier, Kohlepapier, Durchschlagpapier – und so quasi Kopien herstellen. Drei, vier waren gut lesbar.«

Milla verdaute das Gehörte einen Moment, und nur der Föhn summte. »Haben Sie sich das aufgeschrieben, dass Sie das noch so gut wissen, nach Jahren?«, fragte sie dann schnippisch.

Frau Nowak schwieg und föhnte weiter.

»Offensichtlich gab es nicht nur eine Agentin in dieser Siedlung«, sagte Milla, weil sie die unsympathische Frau provozieren wollte.

»Doch«, erwiderte Frau Nowak seelenruhig. »Es gab nur eine wirkliche Agentin. Der zu Ehren bin ich heute hier. Ich war nur ein Spitzel, ein kleiner Fisch, und habe mich gehütet, einer wie deiner Großmutter ins Gehege zu kommen. Das war wohl eine sehr gesunde Entscheidung.«

»Was soll das heißen?« Milla fuhr auf.

»*De mortuis nihil nisi bene* – über die Toten nichts als Gutes.

Und weil du und ich unterschiedliche Sachen gut finden, werde ich mich darüber nicht auslassen.« Frau Nowak stellte den Föhn ab. »Der Rest trocknet auf der Haut.« Sie gab Milla im Austausch mit ihrem Oberteil den Föhn, zog sich an und trat zur Tür. »Mädchen, wir werden zwar keine Freundinnen werden, aber dass du deinen dahergelaufenen Typen mit Senf und Bier verteidigst, gefällt mir.«

Sie machte eine kleine Pause, bis Milla lächelte, und setzte nach: »Hoffentlich läuft er dir nicht weg. Dann stehst du nämlich ganz allein mit einem Kind mit vermutlich nicht ganz weißer Haut da, und das wird schwierig.« Damit verschwand sie.

»Bitch!«, zischte Milla ihr hinterher und pfefferte die Seife in die Wanne. Die glitschte an der nassen Innenwand hoch und machte einen fröhlichen Looping auf den Vorleger.

Die Tür öffnete sich leise, und Milla fuhr herum. Navid trat ein.

»Ich habe das Letzte mitgehört«, sagte er und wurde rot. »Ich hab mir Sorgen gemacht, als du gar nicht wiederkamst.«

»Hat sie dich gesehen?«

Navid schüttelte den Kopf. »Ich bin schnell in die Nische hinter der Tür ausgewichen.«

»Und weil du einer dieser dunkelhäutigen Verbrecher bist, hat sie dich nicht wahrgenommen.«

Navid hob den Finger. »Frauenschänder.«

Milla lag schon ein Lächeln auf den Lippen, da fiel ihr ein, worüber sie vorher mit Frau Nowak gesprochen hatte. »Und was hast du noch gehört?«

»Sonst nichts, wieso?«

»Ach …«

Er trat auf sie zu und nahm sie fest in die Arme. »Danke, meine Liebste, dass du mich so heldenhaft verteidigt hast.«

»Sie hat gemerkt, dass ich das mit dem Bier und dem Senf absichtlich gemacht habe.«

Navid hielt sie noch fester. »Das war das Erste, was ich mitgehört habe.«

Milla nickte und wand sich aus seinen Armen, um die Seife aufzuheben, aber er war schneller.

»Bitte.« Er reichte sie ihr.

»Ist Omas gute Kernseife. Geht alles mit raus. Brauchen wir, wenn wir ein Kind kriegen. Sagt Frau Nowak.«

Navid nahm ihr die Seife wieder aus der Hand. »Dann erben wir die.« Er sah sich nach etwas um, worin er sie einwickeln könnte.

»Okay«, sagte Milla und langte in den Korb, in den sie die Plastikdose zurückgelegt hatte. »Irgendwas Gutes muss die Sache ja haben. Opa weiß bestimmt genauso wenig wie ich, was und wozu eine Kernseife da ist.«

»Da täuschst du dich«, kam es von der Tür.

Milla zog den Arm schnell vom Korb zurück. Im Türrahmen war Franz aufgetaucht. Milla kam er schrecklich klein vor, so gebeugt, wie er dastand, während er sich mit einer Hand am Rahmen festhielt. Aber seine Stimme war kräftig wie eh und je. »Ich war Feuerwehrmann, was meinst du, wie meine Arbeitskleidung manchmal aussah. Und Agnes war voll berufstätig. Da musste ich schon auch mal selbst ran.« Er trat ins Bad. »Die Seife sollst du trotzdem haben. Das finde ich schön. Ich bin ja kein Feuerwehrmann mehr. Agnes hätte es gefreut.«

Milla trat auf Franz zu und umarmte ihn. »Danke, Opa. Und verzeih, dass wir sie stibitzen wollten.«

»Ach, meine Kleine. Agnes hat sich auf ihr Urenkelchen gefreut. Schade, dass sie es nicht mehr wird im Arm halten können.«

»Aber du«, sagte Navid.

»Ja, das werde ich hoffentlich. In meinem Kopf war ein Bild, wie ich Agnes mit dem Kind zusammen im Arm halte und beide wärme. Das hätte mich sehr stolz gemacht.«

»Das verstehe ich«, sagte Navid.

»Wie kommt ihr eigentlich zu der Seife? Habt ihr irgendwas dreckig gemacht?«

»Kann man so sagen.« Milla erzählte ihm die Geschichte.

»Ach, die Nowaksche! Es gibt so Menschen, die haben immer das Gefühl, in zweiter Reihe zu stehen. Und dann fahren sie mit angezogener Handbremse durchs Leben. So eine ist sie. Jutta hat eigentlich einen brillanten Geist, aber sie hat sich nie aus der Deckung gewagt. Ihre Tochter ist genauso. Eine Liebe und Geschickte, aber fad. Man muss sich schon was trauen im Leben.«

»Na, ich weiß nicht, brillanter Geist … Die ist doch eine rechte Dumpfbacke«, entgegnete Milla.

Franz überlegte und richtete sich dabei aus seiner gebeugten Haltung auf. »Die in Wolfen haben eine Menge mitgemacht. Ihr habt es ja gesehen. Deren ganzes Leben wurde gesprengt und plattplaniert. Wenn du deine eigene Werkhalle ausräumen und abreißen musst, wenn deine jahrzehntelange Arbeit, deine Arbeitsstätte einfach nichts mehr wert sind, nur noch eine dreckige Last, da leidet der Geist.«

»Trotzdem«, sagte Milla.

»Trotzdem. Richtig«, sagte Franz. »Ja, sie ist offenbar eine rechte Dumpfbacke geworden. Ich wollte nur, dass du verstehst, warum das vielleicht passiert ist, warum so eine hier eingeladen worden ist.« Er wandte sich an Navid. »Ich muss mich für meinen Gast bei dir entschuldigen.«

»Bitte. Ich versteh das«, sagte Navid. »Ich begreife, dass man Angst bekommt, wenn einem etwas Schlimmes widerfährt, dass die Angst sich in einem festsetzt und man sich von ihr leiten lässt.« Er drückte Milla die Hand.

»Wer, wenn nicht du.« Franz klopfte ihm auf die Schulter. »Und jetzt muss ich euch aus diesem Bad scheuchen. Das brauche ich alter Mann nämlich nun für mich. Und vergesst die Kernseife nicht.«

Milla griff ganz in Gedanken zu der Plastikdose im Korb und gab sie Navid, der die Seife hineintat. Er bedankte sich und schob sie aus dem Bad.

Warum hatte er ihr eben die Hand gedrückt, und was hatte er gemeint? Sich? Das glaubte sie eigentlich nicht. In Navid hatte sich keine Angst festgesetzt, oder doch? Er war geflohen, bevor die Angst einsickern konnte. Fliehen konnte man immer. Das hätte vielleicht auch Frau Nowak nach dem Zusammenbruch der DDR-Chemieindustrie tun sollen, und aus Wolfen wegzugehen war ja wohl einfacher, als aus Afghanistan zu fliehen. Vielleicht hatte sie deshalb auch so einen Rochus auf Flüchtlinge wie Navid. Weil sie es sich selbst nicht getraut hatte.

»Ach, Kinder …« Franz hatte die Badtür noch mal einen Spalt geöffnet. »Sagt Jola, sie soll ruhig nach Hause fahren. Ich komme allein klar. Ich brauche morgen einen Tag für mich, um alles sacken zu lassen.«

»Mach ich«, rief Milla von der halben Treppe hoch. »Und Opa?«

»Ja?«

»War gut, dass ihr aus Wolfen abgehauen seid.«

»War es, wir hätten nichts machen können. Das hat meine kluge und beherzte Frau vorausgesehen«, sagte Franz und schloss die Badtür.

* * *

Auf der Straße, September 1989

Sie fuhren und fuhren im Wechsel nach Süden, hielten nur an, um zu tanken. Tschechoslowakei, Ungarn, und dann … Gerade saß Agnes am Steuer. Sie schaute in den Rückspiegel und musste gesehen haben, dass Jola eingeschlafen war.

»Danke, Franz. Das werde ich dir nie vergessen«, sagte sie in das nächtliche Dunkel im Auto hinein.

Franz drückte sanft ihren Oberschenkel. »Ich bin dein Mann. Und du konntest nicht bleiben.«

»Ich habe kurz überlegt, allein abzuhauen, Jola und dich nicht rauszureißen. Aber –«

»Bist du verrückt? Weißt du, was die mit uns gemacht hätten? Wir wären so was von rausgerissen gewesen! Jola wäre niemals auf die EOS gekommen, und ich hätte irgendwo Klärschlämme beseitigen müssen.« Er sah sich um, weil er laut geworden war, aber Jola schlief tief und fest.

»Die hätten gar nichts mit euch gemacht. Die machen nichts mehr, Franz. Die sind am Ende.«

»Na, ich weiß ja nicht«, sagte er. Er konnte nur hoffen, dass sie an der Grenze zu Österreich nichts machen würden, wie es in den Westnachrichten hieß.

»Ich bin davon abgekommen, weil ich im Fernsehen Bilder von der BASF gesehen habe. Ludwigshafen. Da kam neulich ein Bericht, du warst auf der Feuerwache. Alles wie geleckt, kilometerweite Rohre wie bei uns, aber es blitzt und blinkt in der Sonne. Das ist eine andere Welt, Franz. Für unsere Chemiekombinate ist in dieser Welt kein Platz. Und damit auch nicht für euch Werkfeuerwehrmänner. Diese Welt wird kommen. Und zwar zuallererst nach Wolfen und Bitterfeld, Leuna und Buna. Nach Schwedt. Und an die Stahlstandorte. Eisenhüttenstadt. Hennigsdorf. Brandenburg. Burg. Thale. Riesa. Freital. Gröditz. Unterwellenborn. Sie werden die petrochemische und die Stahlindustrie – das Herz unseres Landes – zum Stillstand bringen, und dann werden sie ihre eignen Produkte in die Lebensadern pumpen. Sie werden die DDR unter sich aufteilen wie ein Rudel Wölfe eine Herde kümmerlicher Schafe. Du wärst eingegangen, Franz. Du wärst verzweifelt.«

Agnes schwieg, und ihr Škoda fraß Kilometer für Kilometer. Saharasand hieß seine Farbe. Ob sie es wohl einmal bis dorthin schaffen würden? Nach Afrika? Franz lehnte sich zurück. *Sahara-*

sand. Ein absurder Name für den Ostblock. *Saharasand.* Ebenso wie die Trabifarben Caprigrün, Nilbraun, Gletscherblau, Atlasweiß. Märchenhafte Namen, unerreichbare Ziele für die Pappe.

Dieses Auto mochte er nicht besonders, die Vorgänger umso lieber. Sie hatten davor zwei Kombis gehabt, Škoda Octavia, bei denen sich die Sitze so weit hinunterkurbeln ließen, dass eine Liegefläche entstand, auf der man bequem schlafen konnte. Agnes war mit ihm mehrmals zum Camping gefahren und hatte hinten auf der Kofferraumklappe den Frühstückstisch gedeckt. Das Rückfenster hatte sich nach oben aufklappen lassen, der Rest nach unten, sodass ein Tisch entstand. Er wusste, dass sie es ihm zuliebe tat, sie hätte im Urlaub lieber irgendwas mit Bad gehabt. Aber er hatte immer dafür gesorgt, dass sie an einem sauberen See in Mecklenburg oder im Erzgebirge nächtigten und tagsüber einen schwarzen Schlauch von der Feuerwehr mit Wasser gefüllt in die Sonne gelegt, sodass sie sich abends warm waschen konnte. Sogar Jola hatte anfangs hinten noch quer ins Auto gepasst. Sie hatten ihre kleine Welt weit zu machen gewusst, die schönsten Plätzchen gefunden und sich auf verschwiegene Waldlichtungen oder an einsame Ufer gestellt. Und als sie einmal im Westfernsehen eine Reportage über Hippies gesehen hatten, hatte Jola gesagt: »Die machen das wie wir. Nur bunter.«

Ja, der Octavia Kombi war schon ein tolles Auto gewesen. Bis die Tschechen ihn nicht mehr bauen durften, damit die Russen ihren Lada Kombi loswurden. Das hatte der Rat für gegenseitige Wirtschaftshilfe beschlossen.

Franz seufzte. Es konnte einfach nicht gutgehen, wenn die besten Sachen nicht mehr produziert werden durften. Na, wenigstens würde er dem Auto nicht hinterhertrauern, wenn sie es irgendwo kurz vor Österreich zurücklassen mussten. Schon verrückt, ein Auto, auf das sie vierzehn Jahre hatten warten müssen, einfach so stehen zu lassen.

Er warf einen Seitenblick auf Agnes. Die fuhr und fuhr und

schien die Ruhe selbst zu sein. In ihrem Ausschnitt entdeckte er im Scheinwerferlicht eines entgegenkommenden jugoslawischen Lkw zwei Ketten, die er ihr geschenkt hatte.

»Ich wäre vielleicht verzweifelt«, griff er ihre Bemerkung auf, die schon einige Kilometer zurücklag. Das war das Schöne bei einer nächtlichen Autofahrt: Zeit spielte in der vertrauten dunklen Kapsel, die sich auf dem sicheren Band der Straße durch einen unbestimmten Raum bewegte, keine Rolle. »Aber eingegangen wäre ich deshalb nicht. Eingegangen wäre ich, wenn du mich wirklich verlassen hättest.«

»Das hätte ich nicht geschafft.«

Er lächelte, griff hinüber und zog die Gliederstränge auf ihrer Haut sanft mit dem Finger nach. Eine so große Liebeserklärung hatte sie ihm noch nie gemacht.

Sie lächelte auch, schaute nach vorn und fuhr.

* * *

Berlin, September

Als Milla und Navid nach unten kamen, stiegen Toni und Dirk gerade ins Auto. Navid rannte schnell hinaus. »Halt! Wartet.«

Milla ging zu Jola in die Küche, die gerade zum letzten Mal die Spülmaschine bestückte. »Opa sagt, du kannst ruhig nach Hause fahren. Er braucht mal einen Tag, um alles sacken zu lassen.«

Ihre Mutter sah sie erschrocken an. Da wurde Milla zum ersten Mal bewusst, dass nicht nur ihr Opa seine Frau verloren hatte, sondern auch Jola ihre Mutter. Sie hatten sich in diesen Tagen alle um Franz gesorgt, an Jola hatte wohl kaum einer gedacht – vielleicht wegen der ungünstigen Umstände, wegen des Streits, der Auslöser des Infarkts gewesen war. Dabei hatte Jola ihre Mutter verloren, die sich die ersten zwei Jahrzehnte ihres Lebens um sie gekümmert hatte. Und offenbar brauchte Franz weniger Jola, als Jola ihren Vater nötig hatte.

Milla, die sich wegen des Babys in ihrem Bauch gerade zunehmend Gedanken machte – sollten sie umziehen in eine größere Wohnung? Wie sollte sie Studium und Kind zusammenbringen? Was war gesund für ein Baby? –, wusste mittlerweile besser zu schätzen als je zuvor, was für eine schöne Kindheit ihr ihre Mutter beschert hatte.

»Ich komme mit«, sagte sie. »Kissenkuscheln.«

Jola lächelte und schloss den Geschirrspüler.

»Und Navid?«

Es war gerade schön gewesen, ihn zu verteidigen. Aber … »Ist grad nicht so.«

Jola wischte die Arbeitsplatte ab, warf einen prüfenden Blick durch die Küche und fing dabei Millas auf. »Mutti hat nach den Grillabenden immer nachts alles abgewaschen und gesäubert. ›So kann man morgens nach dem Gelage das traute Familienleben noch mal so gut genießen‹, hat sie immer gesagt.«

»Oma und traut.« Milla fand, das passte nicht zusammen.

»Sie hat es für Opa getan. Und jetzt mach ich es«, sagte ihre Mutter.

»Oma hat übrigens gesagt, sie wollte immer nur dein Glück. Das soll ich dir sagen. Merkwürdig.«

»Wieso?«, fragte ihre Mutter und trocknete das Letzte von Herthas alten Weingläsern ab, die nicht in den Geschirrspüler kamen.

»Na, ist das nicht selbstverständlich?« Milla wollte ihrer Mutter ins Gesicht sehen, aber deren Kopf war hinter der Tür des Küchenschranks verborgen, in den sie das Glas stellte.

»Was man eben vor dem Tod so sagt.«

Es muss mit dem Streit zu tun haben, dachte Milla.

Navid trat in die Küche. »Jola, kommst du?«

»Ich fahr auch mit nach Kreuzberg«, sagte Milla.

»Wir setzen dich an der U-Bahn ab, okay?« Jola schloss die Schranktür.

»Gut«, sagte Navid kurz angebunden und verschwand wieder nach draußen.

Jola hängte das nasse Geschirrtuch auf. »Ich hol schnell noch meine Nachtsachen von oben.«

Milla löschte das Licht in der Küche und ging vor nach draußen. Sie fröstelte in der Zehlendorfer Abendkühle. In der Innenstadt gaben die Hausmauern noch viel Wärme ab, während hier draußen die Abendluft schon feuchtkalt wurde.

Sie quetschten sich zu fünft in den kleinen Alfa. Es war seltsam still, bemerkte Milla. Normalerweise unterhielten sie sich immer wie die Wasserfälle, wenn sie zu viert oder fünft im Auto saßen. Jetzt schien ihnen die vermaledeite Vaterfrage die Luft zu nehmen.

Am U-Bahnhof Fehrbelliner Platz hielt Dirk an. Navid nahm Millas Kopf in seine warmen feingliedrigen Hände, die ihre Wangen sanft, aber nicht weich umschlossen. Er sah ihr in die Augen und küsste sie kurz, jedoch zärtlich. »Gute Nacht, Liebste«, sagte er an ihren Lippen und stieg aus.

Die anderen vier fuhren weiter nach Kreuzberg. Das Schweigen blieb.

Toni und Dirk zogen sich am Chamissoplatz sofort in ihre Räume zurück, Jola verschwand im Bad. Milla sammelte alle Kissen im Wohnzimmer ein, derer sie habhaft werden konnte, verteilte sie in Jolas Bett und warf einen prüfenden Blick darauf.

Die Matratze war eins vierzig breit. Eine Zwischenbreite, dachte Milla. Breiter als für eine Person, ein Liebhaber würde immer Platz haben, aber zu schmal für ein Paar, das jede Nacht darin schlief. Es passte zu Jolas Leben. Doch passte es wirklich zu ihrer Mutter?

Die kam ins Zimmer. »Kannst.«

Also ging Milla ins Bad, putzte sich die Zähne, überlegte kurz, stellte fest, dass sie das Gefühl hatte, sie würde noch nach Senf oder vielmehr Frau Nowak riechen, und sprang unter die Dusche.

Beim Kissenkuscheln wollte sie es wohlig frisch haben. Als sie unter dem Wasserstrahl auf ihren runden Bauch herabsah, dachte sie, dass sie das Couchdrücken und das Kissenkuscheln für ihr Kind unbedingt übernehmen musste. Wobei zum Couchdrücken definitiv Navid gehörte. Sie drehte das Wasser ab. Wenn Navid die Kurve nicht kriegte, musste sie das in Ordnung bringen. Und zwar schnell.

Ihre Mutter lag bereits in den Kissen, als sie hereinkam. Nur das Nachttischlämpchen brannte, und darüber hing ein rotes Tuch, das für schummriges, warmes Licht sorgte. Jola hatte auch noch eine zweite Bettdecke bezogen, sodass ein fluffiges Daunenlager für sie beide entstanden war. Sie sah auf, tippte etwas auf ihrem Handy fertig und legte es dann neben sich auf den Nachttisch. »Hast du gesehen, wie schnell Opa am Grill gelandet ist?« Ihre Lippen umspielte ein Lächeln.

Milla schlüpfte unter die Decke, und beide machten es sich einander zugewandt bequem. »Als er nicht mehr stehen konnte, hat er sich extra Omas Sessel hintragen lassen, und da hat er dann Hof gehalten. Fand ich super.«

»Ja, auch wenn er kaum noch krauchen konnte nach dem ganzen Stress, bei Geselligkeiten hat er den Dreh raus, dass sich alle ganz entspannt wohlfühlen.« Jola machte eine kleine Pause. Offensichtlich dachte sie nach. »Wobei Oma unerlässlich dazugehört hat. Das habe ich heute gemerkt, als ich in ihre Fußstapfen getreten bin, oder vielmehr wir alle, Toni, Dirk und du auch. Oma war der unsichtbare Wichtel, der die ganze Zeit dafür gesorgt hat, dass alles bereitstand und es auch bei fortgeschrittenem Gelage immer einladend aussah und niemand auf dem Trockenen saß. Ohne das hätte dein Opa nicht die Seele vom Ganzen sein können, was er übrigens gewusst und geschätzt hat.«

»Opa war die Seele vom Ganzen und Agnes bloß der Wichtel?« Das kam Milla bitter vor.

Jola zog sich die Decke über die Schultern. Seit Milla denken konnte, schlief ihre Mutter in uralten Leinennachthemden, wie sie die Frauen früher mit in die Ehe brachten. Sie fand sie in der Regel auf dem Flohmarkt, und wann immer irgendwo eine alte Aussteuertruhe aus einer im Krieg nicht ausgebrannten Wohnung auftauchte, schlug Jola zu. Meistens schnitt sie unten ein Stück ab und nähte den Saum neu um. Wie man das machte, hatte sie bei Agnes gelernt.

»Vielleicht eher so: Oma wirkte wie eine Begleiterin. Nur in entscheidenden Momenten stach sie hervor, in anderen führte sie im Hintergrund die Fäden, die Opa in der Hand hatte.«

»Zu haben glaubte also«, sagte Milla.

»Nein, nein, er hatte sie schon in der Hand. Oma hat feinjustiert. In Opas Sinn. Er hat gewusst, wie gut sie das kann, und dafür hat er alles getan, was sie sich gewünscht hat. Zum Beispiel hat er Luft und Licht in das beengte Wolfener Haus gebracht, obwohl ihm das schwergefallen sein muss, weil es sein Elternhaus war. Wir hatten das schönste Haus der ganzen Siedlung.«

»Deswegen hat sich Opa so aufgeregt, als wir mit ihm dort waren. Es hat jetzt Plastikfenster und eine hässliche Baumarkttür.«

»Das hat er mir erzählt. Wie einfach, solide, ehrlich, aber doch etwas piefig das Haus 1935 gebaut worden war. Wie Mutti es in der DDR-Zeit mutig geöffnet und weit gemacht hat. Wie kleinbürgerlich muffig deutsch und eng es jetzt wirkt. Er hat zwar vielleicht ein einfaches Gemüt, dein Opa, aber er ist offen für Geistvolles, und beides zusammen hat ihn zum perfekten Mann deiner Oma gemacht – und vor allem auch zu einem wunderbaren Vater.«

»Und mein Vater?«

»Was?« Jolas Augen flackerten, das sah Milla selbst in dem gedämpften Licht.

»Und mein Vater? Was ist der für einer?«

»Milla –«

»Du weißt, wer mein Vater ist, Mama«, sagte Milla leise und viel zu zittrig für ihren Geschmack.

Jola drehte sich auf den Rücken und sah an die Decke. »Ich weiß, dass neuerdings Theorien umgehen, dass Kinder ein Trauma wegkriegen, wenn sie nicht wissen, wer ihr leiblicher Vater ist. Das ist der größte Quatsch aller Zeiten! Erstens, und das ist mittlerweile wissenschaftlich belegt, gibt es eine große Anzahl von Kuckuckskindern, die das nie in ihrem Leben erfahren und keinerlei Schaden –«

»Was sind Kuckuckskinder?«, fragte Milla.

»Solche, die einem falschen Vater untergeschoben werden, einem, der im Glauben gelassen wird, er sei der leibliche. Diese Kinder leiden erst in dem Moment darunter, in dem sie erfahren, dass ihr Vater nicht ihr leiblicher ist.«

»Okay«, sagte Milla. »Verstanden. Und zweitens?«

»Zweitens ist ein Vater kein Vater, nur weil sein Samen eine Eizelle erobert hat.«

Milla schwieg.

Jola fuhr mit den Zähnen über ihre Unterlippe und wandte sich Milla wieder zu. Ihr Blick wurde zärtlich. »Ein Vater ist ein Vater, wenn er sich dazu bekennt. Ich habe nach einer großen Enttäuschung unversehens zwei Väter für dich bekommen, ohne dass ich es darauf angelegt hätte. Diese beiden würden zwar niemals für sich in Anspruch nehmen, deine Väter zu sein, sie sind es aber im besten Sinne.« Sie strich ihrer Tochter mütterlich das dicke, am Ende des Sommers wie immer fast blonde Haar aus der Stirn.

Aber so leicht ließ sich Milla nicht einlullen. »Was für eine Enttäuschung?«

Jola stützte sich auf den Ellbogen. »Ich habe mir vorgenommen, nie, niemals etwas Schlechtes über deinen Erzeuger zu sagen. Er wäre es nicht, wenn er nicht ein guter Mann wäre. Punkt. Fertig. Ich werde dir kein Trauma verpassen, und ich bin sauer ohne Ende auf deinen Navid, dass er das bei seiner dummen Rumbohrerei nicht bedenkt.«

Milla beobachtete ihre Mutter genau und sah den verbitterten Zug um ihren Mund. Die Enttäuschung musste wirklich groß gewesen sein. Ihre Mutter hatte ihren Vater offenbar sehr geliebt, dass sich eine solche Bitternis noch nach zweiundzwanzig Jahren auf ihrem Gesicht abmalte. Was die Theorie vom »wilden Leben« ad absurdum führte.

»Habt ihr euch gestritten?«, fragte Milla vorsichtig.

»Nein«, sagte Jola hart. »Und jetzt Schluss. Ich bin todmüde. Schlaf, mein Kind. Du brauchst deinen Schlaf jetzt, und zwar nicht nur für dich.« Sie küsste Milla auf die Nasenspitze, was weniger leicht geriet, als es offenbar sollte, und drehte sich um.

Milla starrte auf den Rücken ihrer Mutter und sah, dass ihre Schultern bebten. Also rückte sie an sie heran und nahm sie in Löffelchenstellung in den Arm, wie Navid es oft bei ihr tat. »Ist gut, Mama. Schlaf schön.«

Was hätte sie auch sonst tun sollen? Ihre Mutter hatte gerade ihre eigene Mutter verloren und war offenbar als Schwangere verlassen worden, was sie, Milla, ausgerechnet heute aufs Tapet gebracht hatte. Wie herzlos! Schlafen konnte Milla nicht. Und ihre Mutter, das merkte sie an deren unruhigem Atem, offenbar auch nicht.

* * *

Berlin, 1999

Deine Mutter war bei dem Gespräch dabei. Ich will dich nie wiedersehen. Ich bin weg. Raik.

Das war alles, was Jola auf einem sonst weißen Blatt in einem Umschlag, der noch aus DDR-Zeiten stammen musste, in ihrem

Briefkasten fand, als sie von der Studienfahrt nach Leverkusen zurückkehrte. Die Schrift wirkte zittrig. Dabei lag ein zweites Blatt. Eine Kopie. Oben über der Schrift der Stempel *BStU*, der des Bundesbeauftragten für die Unterlagen des Staatssicherheitsdienstes der DDR. Auf der Seite stand:

Samstag, 14. Juli 1979
Gespräch im Garten: Dr. Renate Hader/Matthias Hader

Dr. R. Hader berichtet über die in Reihenuntersuchungen gewonnenen diagnostischen Erkenntnisse durch Blut- und Urinproben, die sie ohne Wissen der Patienten in eine Langzeitstudie überführt.
Neben pathologischen Blutfettwerten treten gehäuft chronische Magenleiden und Bluthochdruck auf.
In Urinproben findet sie sog. Metabolite, Folgestoffe (?) von Schwefelkohlenstoffen.
Sie misst Langzeitschäden.
Sie prüft Missempfindungen in den Füßen und aufsteigend – chronische Neuropathie.
Abgeschwächte Muskeleigenreflexe weisen auf eine Schädigung des peripheren Nervensystems hin.
Sie fragt ab: Potenzverlust, Angstzustände, Schwermut, Erblindung bzgl. Schädigung zentrales Nervensystem.
Hat gehäuft festgestellt:
Infarkte, Störung der Blutgerinnung, außerdem Bronchi–

Jola sackte im Treppenhaus, wo sie den Brief erwartungsvoll geöffnet hatte, auf eine Stufe. Sie dachte an ein anderes Treppenhaus, allerdings nicht mit Kokosläufer, sondern mit abgetretenem Linoleum, und an ihren ersten Kuss. Danach glaubte sie an einen schlechten Scherz. Es musste eine verlorene Wette gewesen sein, dass er so etwas abschickte. Aber dann hätte er sie vorgewarnt, oder? Sie stand auf, ging hoch in ihre WG, begrüßte ihre Mitbewohnerinnen flüchtig und verzog sich in ihr Zimmer. Dort griff sie zu ihrem Handy und wählte die Kurzwahl eins. Sie hörte ein Freizeichen und dann den Besetztton. Dasselbe noch mal.

Sie wartete einen Tag ab, rief erneut Raik auf seinem Handy an, wieder dasselbe. Am darauffolgenden Tag fuhr sie nach ihrer letzten Vorlesung ins Scheunenviertel. Sie klingelte. Kein Raik. Sie wartete. Und wartete. Sie fuhr zum Sophieneck. Kein Raik. Es wurde spät, war längst dunkel. Sie fuhr wieder zurück zu seiner Wohnung. Sein Fenster ein schwarzes Loch.

Der DDR-Briefumschlag … Er musste aus Wolfen geschrieben haben. Sein Vater hatte bestimmt noch solche Briefumschläge. Jola hatte nicht auf den Poststempel gesehen, warum auch.

Sie biss die Zähne zusammen, wollte nicht nachdenken, sondern handeln, wollte, dass alles ein schlechter Scherz war. Sie rief auf der Straße unter Raiks Fenster die Auskunft an und besorgte sich die Nummer von Raiks Vater in Wolfen. Zu DDR-Zeiten hatten die Haders kein Telefon gehabt, obwohl Renate als Ärztin gut eins hätte brauchen können. Aber für ihre Straße war nur ein Anschluss gelegt, und den hatten sie, wegen ihrer Mutter, die war wichtiger.

»Hader?« Die Stimme von Raiks Vater. Nicht so tief wie die Raiks und eher dünn seit dem Tod seiner Frau. Als hätte sie seine stimmliche Kraft mit ins Grab genommen.

»Hier ist Jola. Guten Abend, Herr Hader, kann ich bitte –«

»Nein. Und ruf hier nicht wieder an.«

Es klickte in der Leitung. Die Verbindung war unterbrochen. Das konnte doch nicht wahr sein. Sie wählte erneut Raiks Nummer. »Die gewählte Nummer ist nicht vergeben.« Eine Bandansage.

Jola wurde eiskalt. Sie fuhr nach Schöneberg und schaute in den Briefkasten. Nur Werbung.

Sie gab sich eine Woche. Es würde sich aufklären. Irgendwann würde sich Raik melden.

Jola war stolz genug, um diese eine Woche zu verbringen wie eine Maschine. Zu studieren, zu lernen, sich mit Freundinnen zu treffen. Am Ende stellte sie zwei Dinge fest: Raiks Anschluss war immer noch »nicht vergeben«, und ihre Periode war seit über drei Wochen überfällig. Sie kaufte sich einen Schwangerschaftstest und wartete ab, bis ihre beiden Mitbewohnerinnen am Samstagabend ausgegangen waren.

Dann ging sie ins Bad und blickte in den Spiegel. Ihre rötlichen Haare wellten sich kräftig und gesund um ihr blasses Gesicht, in dem ihre grün-braunen Augen verdächtig glänzten. Sie wandte sich ab und packte den Test aus.

Die ersten Tränen fielen auf die Verpackung, und Jola achtete beim Auspacken des Stäbchens darauf, es wegzuhalten. Einen Schwangerschaftstest durchzuführen war etwas, auf das sie sich gefreut hatte. Irgendwann einmal hatte sie einen machen wollen und dann mit Raik zusammen auf das Feld starren. Hand in Hand. Und hoffen, dass zwei Streifen für *Schwanger* erschienen.

Nun hockte sie sich allein über das Klo, und in der Wohnung war es still. Der Urinstrahl traf den Testbereich. Sie legte das Stäbchen auf den Wannenrand, zog die Hose hoch, wusch ihre Hände und verließ das Bad.

In der Wartezeit tigerte sie durch die Wohnung, erreichte zweimal »nicht vergeben«, und bei Raiks Vater lief das Klingeln ins Leere. Vielleicht hatte er ihre Nummer blockiert.

Zweimal ging sie an der Badtür vorüber. Wenn ich da jetzt allein reingehe, ist es vorbei. Dann ist der Zauber unwiederbringlich weg, dachte sie.

Sie holte in der Küche die Brötchentüte vom Morgen aus dem Müll, schüttelte die Brösel heraus, glättete sie, hielt sie oben offen in der Hand und ging zum Bad. Sie schloss die Augen, trat zur Wanne, ertastete das Stäbchen und ließ es in die Tüte fallen.

Sie rollte das Papier um das Stäbchen zusammen und öffnete die Augen.

Jetzt ging es ihr schon viel besser. Sie hatten noch eine Chance.

Jola verstaute die Stäbchentüte in ihrer Handtasche, zog sich etwas Hübsches an und stieg aufs Rad. Sie fuhr zu Raik, atmete tief die Mailuft ein, die nun selbst am Abend eindeutig nach Frühling roch, und trat kräftig in die Pedale.

Sie klingelte, ohne am Haus emporzuschauen. Der Summer ging. Das Herz schlug ihr bis zum Hals. Er war da! Sie rannte mit ihrem Rad durch den Durchgang, stieß sich das Schienbein schmerzhaft am Pedal, merkte es kaum, warf das Rad mehr an die Hofwand, als dass sie es anlehnte, und hastete die Treppe des Laubengangs hinauf. Erst oben sah sie auf. In Raiks Tür stand ein junger Mann. Groß wie Raik, Locken wie Raik. Aber nicht Raik.

»Hallo?«, sagte er und klang dabei wie siebzehn.

Jolas Herz, das ihr eben noch bis zum Hals geschlagen hatte, rutschte ihr in die Hose.

»Ich bin Jola«, brachte sie heraus und merkte erst jetzt, dass ihr Schienbein vor Schmerz pochte.

»Ich bin Heiko.«

»Wo ist Raik?«, fragte Jola.

Heiko guckte sie an.

»Der wohnt eigentlich da.« Hilflos zeigte sie auf die offene Tür hinter Heiko.

»Ach so, das muss der sein, der vor mir hier gewohnt hat.«

»Wie, vor dir …« Jola merkte einen Augenblick zu spät, dass sie auf dem Schlauch stand. »Du bist hier gerade eingezogen?«

»Ja.« Heiko zuckte mit den Schultern.

»Und du weißt nicht, wo Raik …« Hin ist, wollte sie sagen, aber sie stockte gerade noch rechtzeitig. Dieses Heikobaby musste sie für minderbemittelt halten.

Ob Heiko sie für minderbemittelt hielt, erfuhr sie nicht, denn er entzog sich der Situation, indem er kräftig an die Nachbartür klopfte. »Andreas ist da. Und der wohnt schon länger hier. Er weiß bestimmt, wo Raik ist.« Er hob grüßend die Hand und verschwand genau in dem Moment in seinem Appartement, in dem Raiks Nachbar seine Tür öffnete.

»Jola«, sagte Andreas überrascht und zögerte dann. Offenbar war er unangenehm berührt.

Kein Wunder, dachte Jola, wenn die Frau vor einem steht, die bis vor Kurzem noch die Freundin des Nachbarn gewesen ist, der die Flatter gemacht hat.

»Weißt du, wo Raik hin ist? Ich will ehrlich sein. Es ist was passiert, und ich weiß nicht, was.«

Andreas kniff prüfend die Augen zusammen. »Das wundert mich. Als Raik ohne jede Vorwarnung seine Sachen zusammengepackt hat, sah er aus, als hätte ihn eine Granate getroffen. Ich dachte, die Granate seist du gewesen. Aber das müsstest du ja wissen.«

»Ich war die Granate nicht«, sagte Jola. »Wo ist er denn hin?«

»Er hat gesagt, er hat eine Zusage für sein Auslandssemester in Frankreich.«

So ein Quatsch, dachte Jola, dafür läuft das Sommersemester schon zu lange, außerdem hätte Raik erzählt, wenn er ein Auslandssemester beantragt hätte.

»Danke für die Auskunft«, sagte sie.

»Tut mir leid.« Andreas schloss seine Tür.

Wenigstens hat er mir keinen schönen Tag gewünscht, dachte Jola dankbar. Dann humpelte sie die Treppe hinunter, bugsierte ihr Fahrrad aus dem Hof und fuhr weg. Sie wusste nicht, wohin, also radelte sie nach Hause.

Eine ihrer Mitbewohnerinnen war zurück, und zwar mit ihrem Freund, was deutlich an dem Stöhnen im Zimmer zu hören war. Jola machte, dass sie in ihr eigenes kam. Sie setzte sich aufs Bett und stellte ihre Tasche mit der Stäbchentüte neben sich.

Die lange Radfahrt von Schöneberg nach Mitte und zurück hatte ihren Geist geklärt. Sie nutzte das analytische Denken, das ihre Mutter ihr beigebracht hatte. *Du hast einen Kopf, mein Kind. Wenn du nichts mehr zu haben glaubst, hast du noch deinen Kopf. Nutze ihn, und vertraue dich ihm an. Schalte deine Denkmaschine ein und alles andere ab. Das hilft immer.*

Genau das tat Jola jetzt.

Raik war weg.

Blieben die Möglichkeiten, das Stäbchen zusammen mit einer Freundin aus der Tüte zu holen oder allein. Ihre Eltern schloss Jola aus. Sie war erwachsen, und das mit Raik hatte zumindest ihrer Mutter sowieso nicht gepasst, auch wenn sie versucht hatte, es nicht zu zeigen. Agnes hatte sich klar von Wolfen und Halle losgesagt und wollte nichts mehr damit zu tun haben, mit niemandem dort. Verständlich, wenn man bedachte, was und wer sie in ihrem Leben in der DDR gewesen war und was sie jetzt war, nämlich eine kleine Privatdetektivin.

Jola dachte an ihre beste Freundin. Gabi war tough und nach vorn gewandt, sie würde garantiert zur Abtreibung raten. *Du wirst dir doch keine Altlast von so einem Schwein ans Bein binden*, hörte Jola sie vor ihrem inneren Ohr sagen. Vielleicht hatte sie recht, aber eine Entscheidung musste sie selbst treffen. Für sich allein. Und Gabi würde sie dabei behindern. Ihr Pragmatismus war super, aber eben nicht immer.

Nebenan war es ruhig geworden, ein Glück.

Jola griff nach ihrer Tasche, holte die Brötchentüte heraus und gestattete sich kein weiteres Zögern. Nur den Kopf benutzen, mahnte sie sich. Nur den Kopf.

Sie holte das Stäbchen heraus und guckte darauf. Zwei Streifen. Obwohl sie eher damit als mit nur einem gerechnet hatte, setzte ihr Kopf bei dem Anblick aus, und ihr Herz übernahm.

Jola weinte bitterlich, die ganze Nacht. Sie zog sich schnell Hose und Pullover aus, als es losging, und versteckte sich unter der Bettdecke, damit ihr Heulen nicht aus ihrem Zimmer drang. So weit setzte ihr Denkvermögen vorübergehend immerhin wieder ein.

Am Morgen dämmerte sie erschöpft weg, und als sie eine Stunde später aufwachte, spürte sie, dass sie das Baby behalten würde. Dass Raik sich abgewandt hatte, war dermaßen verrückt, unglaublich, falsch. Was auch immer da nicht stimmte, es würde sich irgendwann aufklären.

Sie schrieb einen nüchternen Brief an Raik nach Wolfen, in dem sie ihm mitteilte, dass sie schwanger war, schob ihn in einen Umschlag – einen festen, schönen Westumschlag – und steckte ihn in den nächstgelegenen Briefkasten.

Dann wartete sie ab, ließ die Frist, in der sie hätte abtreiben können, verstreichen, wartete weiter. Sie stieß auf Dirk und Toni, und das Warten geriet mehr und mehr in den Hintergrund. Milla wurde geboren, ihr vertrauensvoller Babyblick machte sich in Jolas Herzen breit, und irgendwann war das Warten bloß noch ein Hintergrundrauschen, das nur in den Vordergrund trat, wenn sie sich anschickte, sich auf eine neue Beziehung einzulassen. Dann wurde es zum unüberwindlichen Störgeräusch. Irgendwann hatte Jola sich damit eingerichtet. *Du kannst eben nicht alles haben*, sagte ihr Kopf. *Wer kann das schon.*

Ihr Herz sagte etwas anderes. Aber was nützte das, wenn keiner es hörte?

* * *

Berlin, September

Milla hatte wider Erwarten tief und fest geschlafen. Jedenfalls kam es ihr so vor, als sie am Sonntagmorgen aufwachte und sich frisch und erholt fühlte. Jola war schon aufgestanden.

Milla kuschelte sich in ihre Decke, schob sich ein zweites Kissen unter den Kopf und ließ den Morgen auf sich wirken. Sie sah sich um. Das Tuch, das gestern Abend vergeblich für ein anheimelndes Licht gesorgt hatte, hing noch über der Nachttischlampe ihrer Mutter. Daneben lagen zwei Sachbücher zu Ernährungsfragen – Jola beschäftigte sich über ihre Labortätigkeit hinaus mit Lebensmittelzusammensetzungen und -verträglichkeiten. Ihre Mutter liebte ihre Arbeit im Lebensmittelprüflabor. *Weil sie einerseits so nah am Menschen dran ist, weil wir uns ansehen, was bekömmlich und gesund ist und was nicht, und weil wir andererseits klar evaluierte Ergebnisse erzielen*, hatte sie Milla einmal gesagt.

Mein Faible für Chemie und für den Umgang mit Reagenzgläsern und Zentrifugen habe ich eindeutig von ihr, dachte Milla. Jola hatte sie manchmal ins Labor mitgenommen, wenn der Schülerladen geschlossen hatte. Milla hatte dann kleine Gegenstände wie Glasperlen, einen Barbieschuh oder Legosteine abgewogen, um vorher eingeholte Schätzungen von sich, ihrer Mutter und deren Kollegin zu bewerten. Oder sie hatte beobachtet, wie wenige Körnchen Kaliumpermanganat aus ihrem eigenen Chemiebaukasten, der in einer Schublade verstaut war, Wasser tiefweinrot färbten. Später hatte sie auch echte Laborergebnisse in Tabellen eintragen dürfen.

Millas Blick schweifte von den Sachbüchern auf dem Nachttisch zu dem uralten Schrank, der im Zimmer ihrer Mutter stand. Robust und ziemlich hässlich. Den hatte Jola schon in ihrer ersten Wohnung gehabt, hatte sie einmal erwähnt; ihre Vorgängerin hatte ihn dort stehen lassen. Und da Jola beim Umzug an den Chamissoplatz knapp mit dem Geld und hochschwanger gewesen war, hatte sie ihn mitgenommen. Den Schrank wogen ein schicker Korbsessel, eine stylishe Sixties-Stehlampe und ein schmaler moderner Schreibplatz am Fenster sowie eine passende Kommode auf. Ihre Mutter hatte es schön mit ihrer Mischung aus modern und gemütlich, aber sie hatte sich nie konsequent eingerichtet, als sei sie es sich nicht wert. Der hässliche, abgestoßene Schrank war einfach geblieben.

Milla horchte. In der Wohnung war es still. Sie schnupperte. Kein Kaffeeduft. Merkwürdig. Also stand sie auf und taperte in die Küche. Dort lagen eine Brötchentüte und ein Zettel auf dem Tisch. *Nehmt euch Croissants*, stand in Tonis Handschrift darauf. *Wir machen einen Ausflug.*

Toni und Dirk hatten wahrscheinlich genug von der Reinhoff-Familie und mussten mal wieder ein bisschen für sich sein. Aber auch von Jola war keine Spur zu sehen. Oder doch, vor der Kaffeemaschine lag ein zweiter Zettel, bemerkte Milla. *Helfe Gabi auf dem Flohmarkt* stand darauf. Jolas Freundin sammelte immer Trödel zusammen, und alle paar Wochen verkaufte sie den auf dem Mauerpark. Jola half ihr manchmal.

Also machte sich Milla einen Milchtee, weil ihr Kaffee jetzt, in der fortgeschrittenen Schwangerschaft, nicht mehr schmeckte, und lugte in die Bäckertüte, die außen schon fettdurchweicht war. »Mjammi«, sagte sie laut, um wenigstens ein bisschen Leben in die Küche zu bringen. Aber es klappte nicht, es war nur merkwürdig.

Wenig später verzog sie sich mit einem Tablett mit Milchtee und Croissant in den Erker im Wohnzimmer, von dem aus sie auf den Platz schauen konnte. Sie schnappte sich ein paar Sofakissen aus dem Schlafzimmer ihrer Mutter, polsterte den kleinen Stuhl am Erkertisch aus, holte noch die Bettdecke, um sich einzuwickeln, und nahm den Milchtee in beide Hände.

Die Ruhe in der Wohnung, in der sie ihre Kindheit verbracht hatte, war ungewöhnlich. Trotzdem hatte Milla das Gefühl, hier richtig zu sein. Hier war sie zu Hause, hier wurde sie geliebt, hier war immer Platz für sie, auch wenn ihr Kinderzimmer ein Arbeitsraum für Toni und Dirk geworden war. Sie war willkommen, alle verstanden sie, nahmen sich Zeit für sie, waren für sie da, wenn sie Kummer hatte. Milla sah auf den Spielplatz hinunter, auf dem die ersten kleineren Kinder im Sand herumkrabbelten.

Moment, dachte sie und prüfte ihren Gedankengang. Es war

ein kindlicher Gedankengang gewesen. Ihr Zuhausegefühl in dieser Wohnung war das Gefühl eines Kindes, das umsorgt wurde, um das sich die Erwachsenen bemühten. Dieses Heim am Chamissoplatz war ihre Kinderstube, ein Rückzugsgebiet, wie neulich beim Couchdrücken, aber es konnte nicht das Zuhause der erwachsenen Milla sein. Das durfte sie nicht einreißen lassen, egal wie verführerisch es gerade schien. Ihr Zuhause war in Charlottenburg, in ihrer und Navids kleinen Wohnung. Wo in der Küche ihr Büfett stand, das sie vom Sperrmüll gerettet und gemeinsam abgeschliffen hatten. Neben dem Navid jetzt vielleicht am kleinen Tisch am Fenster saß und einsam hinausschaute. Während sie sich in das Nest ihrer Familie kuschelte. Das war mies.

Milla stellte den Milchtee beiseite, wurstelte sich unter der Decke hervor und holte ihr Handy aus ihrer Fransentasche, die im Zimmer ihrer Mutter stand. Dann setzte sie sich wieder ans Fenster, wickelte sich erneut in die Decke und legte das Handy darauf. Sie schaute hinaus und überlegte, was sie Navid sagen könnte. Ihr fiel nichts ein. Navid war stur, ihre Mutter war es ebenfalls. Sie verstand beide, was allerdings kein bisschen nutzte.

Während sie so dasaß, spürte sie auf einmal etwas in ihrem Leib. Fast wie ein Magengluckern. Aber nur beinahe, und vor allem nicht da, wo der Magen war, sondern weiter unten. Sie erstarrte. Da war es wieder. Das war kein Gluckern. Das war eine inwendige Bewegung, jemand stieß von innen an sie an. Eindeutig.

Sie grabschte nach ihrem Handy und tippte Navid an. Als er abnahm, sagte sie atemlos, denn sie hatte vor Aufregung die Luft angehalten: »Es bewegt sich! Es hat sich bewegt.«

»Milla, Liebste.« Seine Stimme klang dünn.

»Unser Baby hat sich bewegt.«

»Ich will meine Hand auf deinen Bauch legen«, sagte er.

»Ich will auch, dass du deine Hand auf meinen Bauch legst«, antwortete sie.

Weiter äußerte Navid erst einmal nichts. Aber ehe sich das

Schweigen zwischen ihnen ausbreiten konnte, sagte Milla: »Ich sehe, wie der Wind durch die Bäume auf dem Platz geht. In zwei Stunden auf dem Teufelsberg?«

»Ja.«

Navid war zuerst da. Diesmal wartete er nicht unten auf Milla. Er musste hoch auf den Trümmerberg, den weiten Himmel über sich sehen mit Drachenschnüren in der Hand. Er hatte von seinem Großvater geträumt. Der war in diesem Traum ein kleiner Junge gewesen, die Straße entlanggelaufen und hatte Steine geworfen. Er war herumgehüpft wie ein Derwisch und hatte so gellend gelacht, dass es Navid kalt überlief. Dann hatte sein Kopf auf einmal abgetrennt im Staub gelegen. Und es war der echte, alte Kopf seines Großvaters gewesen.

Navid wusste, warum er das geträumt hatte. Er hastete die Holztreppe hoch auf das Plateau des Teufelsbergs, unter dem die Trümmer des Zweiten Weltkriegs aufgehäuft waren, eines Kriegs, der inzwischen fast vergessen war. Anders als der afghanische, dessen Schatten nach wie vor über dem Land lagen.

Oben auf dem Berg packte er seinen Adler-Drachen aus, der kräftig an den Schnüren zog und ruhig im Wind stand. Die oberen Kanten waren leicht gebogen und ihr Winkel sehr stumpf, was dem Fluggerät eine recht große Fläche verlieh. Die seitlichen Ecken zeigten im Wind etwas nach oben, wie auch die Schwungfedern großer Vögel sich beim Segeln aufwärtsbogen. Ein weißes Viereck an der Spitze symbolisierte das helle Kopf- und Brustgefieder eines Adlers, während der Rest dem Ockerton vieler Raubvogelarten nachempfunden war. Der Drachen ließ sich nur schwer allein in die Luft bringen, aber Navid stellte sich, obwohl er aufgewühlt war, geschickt an. Der große Flieger stieg auf und stand bald darauf majestätisch im Wind.

Navid schaute in den Himmel, der sich über die Welt spannte, ob in Deutschland oder Afghanistan. Der Blick in das unendliche

Blau und sein Drachen darin führten ihn weit nach Osten, hin zu einer der letzten Zusammenkünfte seiner Familie.

* * *

Kundus, 2015

Sie hatten gegessen, und Navids Schwestern räumten die Platten mit den Resten von Pakaura – frittierten Kartoffeln –, Badenjan Borani – Auberginen mit Quark – und Qorme Bania – Okraschoten in Tomatensauce – weg, während er als Fünfzehnjähriger bei den Männern saß.

»Besar ist in die Berge verschwunden«, sagte sein Onkel.

»Was?« Sein Vater stellte sein Teeglas vor sich ab, als widere ihn das Getränk auf einmal an.

»War zu erwarten«, sagte sein Großvater, woraufhin sich ihm die Gesichter seiner Söhne zuwandten. Navids sowieso, denn Navid vergötterte seinen Opa und schaute sich alles von ihm ab, was er konnte. Jetzt zum Beispiel, wie er ruhig seinen Tee trank, ehe er von Besar erzählte, dem Erzfeind von Awrang, einem entfernten Verwandten.

»Tariq, der Vater von Besar, wollte Wahida heiraten, die schönste Frau der Stadt. Fariad, der Vater von Awrang, hat sie ihm vor der Nase weggeschnappt, die schöne Wahida. Alle wussten, dass Tariq Wahida wollte, aber Fariad hatte einfach mehr zu bieten. Ich war damals noch klein und fand es lustig, Tariq zu verspotten. Wir Jungs sind ihm auf der Straße hinterhergelaufen und haben ihn ausgelacht.

Tariq sann auf Rache, was allerdings keiner ahnte. Zunächst ging er fort, stieg in den Opiumhandel ein und verdiente eine Menge Geld. Dann kam er zurück und warb um Fariads jüngste Schwester, und weil er reich geworden war, bekam er sie auch. So ging er im Haus seiner Schwägerin Wahida ein und aus. Deren drittes Kind sah ihm vom Tag seiner Geburt an so ähnlich, dass es Getuschel gab. Und schon bald war Fariad Ziel des Gespötts. Seitdem bekriegen sich die Familien.«

»Wahida«, sagte Navids Onkel nachdenklich. »War das nicht …«

»Die letzte Frau, die hier gesteinigt wurde. Ja, das war sie«, sagte Navids Großvater. »Und es ist ungesühnt. Besar, Wahidas Neffe, hat seine Tante geliebt, aber deren Familie hat die Schande nicht toleriert. Er hat Rache geschworen, doch seine Hände waren gebunden, solange seine Mutter, Tariqs Frau, noch lebte. Nachdem sie im letzten Monat gestorben ist, ist Besarin in die Berge zu den Taliban gegangen. Weil Awrang sich auf die Seite der Regierung geschlagen hat.«

Navids Vater seufzte. Er hatte verstanden, worauf es hinauslief.

Navids Großvater nickte ihm zu. »Besar, der beim Opiumhandel in die Fußstapfen seines Vaters getreten ist, wird den Taliban Geld anbieten, und die werden Awrangs Familie auslöschen.«

»Bis hin zu uns?«, fragte Navids Vater.

»Ich hätte damals nicht spotten sollen«, sagte der Großvater. »Unser dummer Spott hat Tariqs Seele zerstört. Er wurde ein böser Mann. Er hat das Böse seinen Söhnen eingepflanzt, und Fariad den seinen die Wut. Aber ich war damals noch ein Kind. Es war ein Zeitvertreib.«

»Ach, wir sind doch viel zu weit entfernt von denen«, sagte Navids Onkel.

Doch das waren sie nicht gewesen.

* * *

Berlin, September

Navid hielt die Schnüre, eisern. Die Tränen liefen ihm übers Gesicht, während sein Drachen im steten Wind über ihm wachte wie ein stiller Kamerad.

»Navid!«

Milla stand auf einmal neben ihm. Er war so weit weg gewesen, dass er sie gar nicht kommen gehört hatte. Ihre wasserblauen Augen waren groß und rund, ihr Herzmund erschrocken geöffnet. Navid spürte die Tränennässe auf seinen Wangen, aber ehe der Wind sie trocknen konnte, strich Milla sie sanft weg. Die letzten mit ihren Lippen. Dann stellte sie sich hinter ihn, legte ihm ihre Arme um den Leib und bettete das Kinn auf seiner Schulter.

»Der Adler«, sagte sie.

»Der alles sieht.«

»Der den Weitblick hat, den wir jetzt brauchen.«

Navid neigte den Kopf und strich mit seiner Wange über ihre. Dann machte er sich frei, übergab ihr die Schnüre, stellte sich hinter sie und legte die Hände auf ihren Bauch.

Der Drachen segelte am Himmel, leicht, biegsam und deshalb stark. Navids Hände strichen über Millas Bäuchlein, sanft, schmiegsam und geduldig.

Nach einer Weile spürte er eine zarte Bewegung unter seinen Fingern, während Milla mit in den Himmel gestreckten Armen still dastand. Eine Bewegung unter der Bauchdecke, die, das fühlte er als Physiotherapeut, nicht von Millas Muskeln verursacht wurde. Eine Bewegung ihres Kindes. Dann noch eine, noch eine, und dann ruhte das Kind wieder.

In Navid stieg unbändige Freude auf, das raue Gefühl in der Brust war dem beim Weinen ganz ähnlich, aber die Freude gab seiner Lunge Raum, während die Tränen des Schreckens ihm die Luft abgeschnürt hatten.

»Hast du es gemerkt?«, fragte Milla und holte den Drachen ein Stück ein.

»Ja. Unglaublich.« Navid lehnte seinen Kopf wieder gegen ihren. »Wie spürst du das?«

»Ein bisschen wie ein Magengluckern, nur weiter unten, und dann auch ein inwendiges Tasten.«

Navid nahm Milla den Drachen ab und ließ ihn kreisen. Der

Adler zog langsam und majestätisch über ihnen seine Bahnen. So stetig, wie Millas Schwangerschaft ihren Lauf nahm. Wie das Leben floss, wenn es nicht gekappt wurde. Doch die Schnüre, an denen das Leben hing, waren dünn. Das mussten sie sein, um beweglich zu bleiben und Gegenwind abzufedern. Wenn die Schnüre, an denen das Leben hing, sich verhärteten, gelang das Fliegen nicht mehr frei und schwingend.

»Deine Mutter hat sich verhärtet«, sagte Navid.

»Stimmt«, antwortete Milla. »Du hast recht. Sie ist enttäuscht worden, und das steckt irgendwie fest. Gestern Nacht hat sie deswegen geweint.«

»Gesagt hat sie nichts?«

»Nein.«

Navid ließ den großen Drachen weiter kreisen. Ruhig, einen Kreis nach dem anderen. Wie ein Raubvogel segelte er mühelos durch die Luft und harrte auf den rechten Augenblick. Navid wartete ebenfalls und schwieg.

»Ich weiß auch nicht«, sagte Milla nach einer Zeit, und ihre Stimme klang gepresst. »Ich stehe zwischen meiner Mutter und dir, das ist kein gutes Gefühl. Ich gehöre zu dir, nicht mehr zu Mama. Aber …« Sie verstummte, und der Drachen zog seine Kreise.

»Ich darf nicht bewirken, dass du zwischen uns stehst«, sagte Navid. »Ich muss bewirken, dass wir alle zusammenrücken.«

Milla schnaubte.

»Ich bin inzwischen ziemlich sicher, dass dieser Raik dein Vater ist«, sagte Navid.

»Ja, ist er wohl. Mama hat gesagt, sie haben sich nicht gestritten, also mein Vater und sie.«

»Was darauf hinweist, dass irgendwas Merkwürdiges passiert sein muss. Vielleicht tatsächlich zwischen den Familien. Ich meine, was dieser Matthias da auf dem Friedhof gesagt hat, war schon eine Bombe.«

Milla schwieg.

»Wollen wir gucken, ob wir einen Raik Hader irgendwo finden? Bei Facebook oder so?«, wagte sich Navid vor.

Milla schüttelte den Kopf. »Er will nichts von uns wissen. Er muss einen triftigen Grund haben, warum er nichts mit meiner Familie zu tun haben will. Und ehe ich den nicht weiß, werde ich nicht angekrochen kommen.«

Navid fand zwar, dass von »angekrochen kommen« in Bezug auf Milla nicht die Rede sein konnte, aber darüber wollte er sich nicht streiten. »Und wenn wir einfach mal mit Matthias sprechen?«

»Na, du bestimmt nicht, der killt dich, du dahergelaufener Schmarotzer.« Millas Tonfall war wieder lebendiger.

»Da hast du recht.«

Der Drachen zog weite Bahnen.

»Vielleicht kann ich mit Dirk fahren«, überlegte Milla.

»Der ist schön blond und deutsch«, sagte Navid nüchtern. »Da muss man strategisch denken.«

»Soll ich ihn fragen?«

»Klar.«

»Und Mama?«

»Da sollten wir auch strategisch denken.«

»Also erst mal nichts sagen.«

»Erst hinterher.« Navid holte den Drachen in einem halsbrecherisch steilen Bogen ein.

Milla fing ihn ab und kam damit zu ihm. »Es fühlt sich richtig an, mit dir einen Plan auszuhecken«, sagte sie, und Navid frohlockte innerlich, als er einen Anflug ihrer Grübchen entdeckte. Er nahm ihr den Drachen ab, hielt ihn mit einem Arm zur Seite und zog Milla mit dem anderen an sich. Dann küsste er sie und hauchte ein »Danke« hinein. »Danke, dass du mir vertraust.« Und dann: »Ich bin der glücklichste Mensch der Welt.«

7

Wolfen, Oktober

»Die Tochter der Mördertochter«, begrüßte Matthias Hader Milla und Dirk. Er schloss die Haustür hinter sich und blieb davor stehen, sodass die Ankömmlinge einen Schritt zurücktreten mussten. Am Gartentor war keine Klingel gewesen, und so waren die beiden bis zum Haus gegangen und hatten dort an der Tür geschellt. Der Windfang hatte das gleiche leicht abgeknickte Dach wie das ehemals Reinhoff'sche Haus hundert Meter weiter. Milla hatte es Dirk gezeigt, ehe sie zu dem mit der Fahnenstange gefahren waren. Diesmal hing die Flagge nicht auf Halbmast, sondern knatterte im kräftigen herbstlichen Wind.

»Na, na«, machte Dirk und dämpfte seine Stimme. »Aber genau deshalb sind wir hier. Gut, dass Sie es gleich ansprechen, Herr Hader. Dirk Bär, mein Name.« Er wies auf Milla. »Das ist Milla. Milla Reinhoff.«

Matthias kniff die Augen zusammen. Milla sah, dass er zwar von Dirks unerschrockener Antwort überrascht war, aber wirklich beeindrucken ließ sich dieser große schlaksige Mann, der vielleicht ihr anderer Opa war, nicht.

»Und was haben Sie mit der da zu tun?« Matthias' Kopf mit dem akkurat gescheitelten weißen Haar ruckte kurz zu Milla hinüber. Milla hatte sich heute extra eine ihrer schicken neuen Blusen angezogen, die sie mit ihrer Mutter gekauft hatte. Die brauchte sie inzwischen, ihre lockeren Sommerkleider spannten über ihrem Leib.

»Ich bin die Schützenhilfe«, sagte Dirk.

Matthias Hader verschränkte die Arme vor der Brust. »Ach,

jetzt, da die feine Agnes tot ist, kommt eine Abordnung, um Abbitte zu leisten? Jetzt, da Agnes für ihre Tat nicht mehr büßen kann? Schämen Sie sich nicht?«

»Wenn wir wüssten, was zwischen den Familien vorgefallen ist, wären wir einen Schritt weiter«, sagte Dirk ruhig.

»*Zwischen* den Familien ist gar nichts vorgefallen.« Matthias' linker Zeigefinger schnellte nach vorn und wies auf Milla. »Deine Oma hat meine Frau umgebracht. Weil sie eine miese Opportunistin war.«

»Sie sind ja –« Milla wollte »komplett übergeschnappt« hinzufügen, wurde aber von Dirk abgewürgt, der laut genug, um sie gegebenenfalls zu übertönen, und doch in verbindlichem Ton sagte: »Ein furchtbarer Gedanke, Herr Hader, mit dem Sie da leben. Sie haben Frau Reinhoff nie angeklagt, soweit wir wissen. Ich nehme also an, Sie sind sich sicher, können es aber nicht beweisen. Das muss schrecklich sein.«

Die Unterlippe von Herrn Hader bebte leicht. Milla schaute ihm ins Gesicht. Er hatte eine schmale, gerade Nase, auseinanderstehende grünliche Augen, hohe Wangenknochen, eine anmutig geschwungene Oberlippe und ein kantiges Kinn. Trotz seiner Tränensäcke war sein Blick offen und klar.

Milla merkte, dass dieser Mann vor Verzweiflung um sich schlug, was ihr Herz erweichte.

Er fing ihren Blick auf, und da veränderte sich seiner. Seine Augen schwammen auf einmal in Tränen. Er drehte sich abrupt um und öffnete die Haustür. »Kommen Sie rein.«

Diese Augen. Dieser unternehmungslustige Blick. Der Herzmund. Die dicken Haare, die zwar nicht blond und lockig, sondern dunkler und glatter waren, aber einen widerspenstigen Wirbel in der Stirn aufwiesen, der dem seiner Frau ähnelte. Er hatte es geliebt, seine Nase hineinzustecken, um ihren Duft einzusaugen. Renate hatte immer ein wenig nach Mohrrübe gerochen, süß und gleichzeitig animalisch. Das hatte ihn ganz verrückt gemacht.

Er konnte diese junge Frau, die ihn so schmerzlich an Renate erinnerte, einfach nicht vor der Tür stehenlassen.

Matthias wusste, dass es ein Fehler war. Als Anlagentechniker besaß er einen Zahnradverstand, wie Renate manchmal liebevoll bewundernd gesagt hatte. Er sah etwas und wusste sofort, wie es ineinandergriff. Wie ein In-Bewegung-Setzen an einer Stelle Vorgänge ganz woanders auslöste. Er wusste daher in demselben Moment, in dem er diesen blonden Siegfried-Typen und seine Enkeltochter eingelassen hatte, dass er damit Zahnräder in Bewegung gesetzt hatte, die er nicht mehr würde stoppen können.

Warum auch immer er diesen Fehler sehenden Auges beging: Er wirkte wie Schmieröl in einer eingerosteten Maschinerie, Schmieröl in der Maschinerie seines Lebens. Der Fehler würde ihn in den Abgrund rattern lassen. Doch er war alt, und er hatte zu lange stillgestanden. Sein eingerostetes Herz tat weh, von Jahr zu Jahr mehr. Der mitfühlende Blick seiner Enkelin, den er eben aufgefangen hatte, linderte den Schmerz, wie der Blick seiner Frau ihn früher jeden Schmerz hatte vergessen lassen.

Er war schwachgeworden. Aber er war irgendwie froh darum.

Er öffnete die Tür, die vom Windfang ins Haus führte, und hörte es hinter sich poltern. Das Geräusch ging ihm durch und durch. Bei einem Blick über die Schulter sah er, wie seine Enkelin gerade ihren zweiten klobigen Schuh auszog und auf den Boden fallen ließ. Zwei Dinge gingen ihm durch den Kopf: *Osten* und *Renate*.

Milla war zwar im wiedervereinigten Deutschland geboren und ihre Mutter gerade mal dreizehn gewesen, als ihre Eltern mit ihr abgehauen waren, aber daran, dass sie sich beim Betreten einer privaten Behausung automatisch die Schuhe auszog, war zu erkennen, dass sie aus einer Ostfamilie kam. Dieser Herr Bär wäre einfach mit seinen Dreckbotten durchgelatscht, er machte es Milla nur nach. Allerdings ohne Poltern, er stellte seine Schuhe leise nebeneinander.

Renate hatte es genau wie Milla gemacht. Beim Nachhausekommen hatte sie ihre Schuhe auf den Boden fallen lassen, und an der Art des Geräuschs hatte Matthias drinnen gehört, wie ihr Tag gewesen war. An fröhlichen Tagen – den meisten – waren Renates Schuhe mit Schwung auf dem Boden gelandet. An Tagen mit hoffnungslosen Fällen im Ambulatorium war das Geräusch gedämpfter und der Abstand zwischen erstem und zweitem Schuh größer gewesen.

* * *

Berlin, 1973

Es polterte an der Tür, und Matthias sah von *Buridans Esel* von Günter de Bruyn auf, das es einfach so in einem Buchladen auf der Chausseestraße zu kaufen gegeben hatte. Die X. Weltfestspiele der Jugend und Studenten füllten nicht nur die Kaufhallenregale in der Hauptstadt auf wundersame Weise, sondern offenbar auch die Auslagen der Buchläden. Sie waren die perfekt verlängerte Abschlussfete seines Maschinenbaustudiums in Dresden. Rund um den Alexanderplatz herrschte Tag und Nacht ein reges Treiben. Jugendliche aus aller Welt lungerten in Grüppchen herum, tanzten, diskutierten, hörten Musik- und Volkskunstgruppen auf vielen Freilichtbühnen zu, die aufgebaut worden waren. Sprachen, die Matthias noch nie vernommen hatte, wie Spanisch zum Beispiel, mischten sich mit Deutsch, schlechtem Russisch und Englisch.

Das Poltern an der Tür kam von den Sandalen, die ein Mädchen dort fallen ließ. Bei ihrem Anblick legte Matthias das Buch weg. Blonde Locken umrahmten wild ein rundes Gesicht, und sein erster Gedanke war: Das passt genau in meine Hände. Ihren

Busen würde er geradeso umgreifen können. Sie war was zum Anfassen, und das gefiel Matthias. Ihre wasserblauen Augen sprühten vor Unternehmungslust.

»Das ist Erika«, sagte sein Zimmergenosse Erwin, der ebenfalls eingetreten war, und zeigte auf ein zweites Mädchen, das Matthias gar nicht wahrgenommen hatte. Eine schlanke Gestalt mit braunen Haaren, die ihr bis zum Po reichten.

»Ich bin Renate«, sagte die Blondgelockte im schönsten Sächsisch. »Und du?« Sie richtete ihren Blick auf Matthias. Der rappelte sich auf und stieß sich dabei an der Kante des oberen Schlafplatzes des Doppelstockbetts.

»Au«, entfuhr es ihm.

»Warte«, sagte Renate, griff in das Einkaufsnetz, das Erwin in der Hand hielt, holte ein Eis am Stiel heraus und drückte es Matthias an die Stirn. »Eine halbe Minute reicht schon. Wenn du Glück hast, kriegst du keine Beule.«

Perplex tat Matthias, was sie ihm riet, und presste das verpackte Eis an die schmerzende Stelle. Erwin und Erika ließen sich auf dem gegenüberstehenden Doppelstockbett nieder, und Erwin verteilte die restlichen drei Eis.

Renate setzte sich neben Matthias. Sie passte problemlos zwischen die beiden Bettetagen.

»Wir wollen auf den Alex«, sagte Erwin.

»Da ist richtig Stimmung«, ergänzte Erika.

»Ich komme mit«, sagte Matthias sofort, nahm das Eis, das sich durchzubiegen begann, von der Stirn und wickelte es vorsichtig aus.

»Besser?«, fragte Renate neben ihm mit vollem Mund.

»Besser könnte es nicht sein. Ich bin übrigens Matthias.«

Nach ihrer Eispause verließen sie zu viert das Studentenwohnheim, in dem sie für die Dauer der Weltfestspiele wohnen durften. Erwin und Matthias hatten sich in der zusammengewürfelten Jugendbrigade kennengelernt, die dieses Wohnheim und zwei weitere mit zusätzlichen Armeebetten ausgestattet hatte. Erika und Renate kamen aus Leipzig, wie Matthias erfuhr, Erwin hatte sie am Fernsehturm aufgegabelt.

Es bedurfte nicht mehr als eines kurzen einvernehmlichen Blicks zwischen den beiden Männern, um klarzumachen: Erwin war scharf auf Erika und Matthias auf Renate. Und da das offensichtlich den Vorlieben der Frauen nicht widersprach, waren Erwin und Erika in dem Gewühl auf dem Alexanderplatz bald außer Sicht.

Es war heiß an diesem 29. Juli, dem zweiten Tag der Weltfestspiele, und Renate steuerte auf den Brunnen der Völkerfreundschaft zu, auf dessen Rand lauter junge Leute saßen und die Beine ins Wasser hängen ließen.

»Komm«, sagte sie, und – plumps, plumps – landeten ihre Sandalen auf den großen Bodenplatten davor, die das Spiralmuster aus dem Brunnenboden schwungvoll über den Platz weiterführten. So schwungvoll wie Renates Bewegungen und ihre Locken.

Renate trug ein Sommerkleid mit großen Blüten und schwingendem Rock, es war knielang, und weil das Wasser im äußeren Brunnenbecken kaum kniehoch war, sprang sie einfach hinein und spritzte Matthias übermütig nass, der noch dabei war, seine Schuhe ordentlich neben den Rand zu stellen und Renates dazu. Die vielen Leute würden sonst über die hübschen weißen Riemchensandaletten latschen und vielleicht sogar versehentlich einen wegkicken.

Als er die erste Ladung Wasser abbekam, ließ er jedoch Schuhe Schuhe sein und sprang mit zwei großen Schritten auf die breite Brüstung und zu Renate in den Brunnen. Dass seine neue Hose dabei nass wurde, nahm er in Kauf. Er spritzte zurück und versuchte, Renates Busen zu erwischen, vielleicht wurde das Kleid ja durchsichtig, wenn er es dort durchnässte. Dass sie keinen BH trug, hatte er schon im Wohnheim gesehen.

Das Kleid wurde nicht durchsichtig, was auch daran lag, dass

Renate ausgesprochen wendig war. Er bekam wesentlich mehr Wasser ab als sie, obwohl seine großen Hände viel mehr schöpfen konnten. Ihre Augen blitzten.

»Ich ergebe mich«, sagte Matthias irgendwann, als er das Gefühl hatte, nicht nasser werden zu können, und hob die Hände.

Renate ließ das eben geschöpfte Wasser zurückfließen und stand mit hängenden Armen und wogendem Busen vor ihm. Ihre runden Schultern reizten Matthias, seinen Arm darumzulegen, und in der strahlenden Sonne in diesem Brunnen mit den fröhlichen Farben auf dem emaillierten Mittelrund traute er es sich auch.

Er gab seiner Bewegung einen unschuldigeren Sinn als den eigentlichen und drehte Renate sanft zu diesem Rund. »In deinem Kleid bist du wie ein Blütenmeer zwischen all diesen Pflanzen«, sagte er und zeigte auf das florale Muster der Umrandung.

Sie lächelte zu ihm hoch. »Und du siehst aus wie der Gärtner, dem der Wasserschlauch geplatzt ist.«

Dann schlug sie eine Hand vor den Mund und wurde rot. Matthias verstand die versehentliche Anspielung erst durch ihren Schreck. Er grinste, nutzte die Gunst des Augenblicks dazu, sie enger an sich zu drücken, und führte sie dann ohne eine weitere Bemerkung zum Rand des Brunnens, dessen breite Brüstung fast voll besetzt war. Neben einem Pärchen – sie mit hellgrünen Schlaghosen und einem grün-weiß gestreiften Pullover, er mit schwarzen Locken und dunkel getönter Haut, eindeutig ein Festivalgast aus südlicheren Breitengraden – war noch eine Lücke. Der Junge nutzte die Chance und rückte, um Platz zu machen, näher an das Mädchen heran, und Matthias hörte, dass sie sich in gebrochenem Englisch über irgendwelche Rezepte unterhielten. Die beiden waren schätzungsweise noch jünger als Renate, bestimmt gerade mal zwanzig.

»Was machst du in Leipzig?«, fragte er seine Begleiterin, als sie nebeneinander auf dem Brunnenrand saßen.

»Studiere Medizin«, sagte Renate und schüttelte ihre feuchten Haare, wobei eine Strähne an ihrer Wange kleben blieb.

Matthias wischte sie sanft zur Seite und zog die Hand gleich wieder weg, als wäre es nichts. »Ich bin gerade fertig geworden mit Studieren«, sagte er. »Maschinenbau. Ich bin nach Wolfen gelenkt worden, als Anlagentechniker in der Filmfabrik.«

»Kommst du da an Farbfilme ran?«

Matthias zuckte mit den Schultern. »Kann sein. Ich fang erst im September an.«

»Hast du schon 'ne Wohnung?«

Matthias nickte. »Ich krieg bei einer Rentnerin ein Zimmer. Die wohnt in einer alten Werkssiedlung allein in einem Haus, kann aber kaum noch krauchen. Sie braucht Hilfe im Garten und beim Kohlenschleppen, und zum Einkaufen kommt sie auch nicht mehr selbst, glaube ich. In der Personalabteilung haben sie mir davon erzählt. Da bin ich gleich hin.«

»Toll«, sagte Renate. »Ich hab ein Wohnheimzimmer, Zweibett. Wäre in Ordnung, wenn meine Zimmergenossin auch ab und zu lernen würde und nicht immer nur Radio hören.«

»Dann kommst du eben mal zu mir. Ist ja nicht weit.« Matthias hatte keine Ahnung, warum ihm das rausgerutscht war. Es war absolut unpassend, aber irgendwie erschien es ihm selbstverständlich.

»Warum nicht?«, sagte Renate unbekümmert sächselnd, und überrascht sah er sie an. »Wie – machste jetzt 'n Rückzieher?«

»Nein«, sagte er und spürte, wie es in seinem Bauch kribbelte vor Glück. Er stupste ihre Nase mit seiner an. Und als sie nicht zurückwich, küsste er sie, Lippen auf Lippen, kurz. An ihrem Mund sagte er: »Und mein Gartenschlauch auch nicht.« Ehe sie sehen konnte, dass ihm dieser Vorstoß die Röte ins Gesicht trieb, küsste er sie richtig. Und sie schloss die Augen und küsste zurück.

Danach wollte Matthias Renate nicht mehr loslassen. Er wollte ihre weichen Hände überall spüren, pausenlos. Ein schneller Rundumblick ergab, dass unweit des Brunnens gerade eine afrikanische Musikgruppe eine provisorische Bühne betrat. »Lass uns tanzen«, sagte er und griff, ohne Renates Antwort abzuwarten, hinter sich nach ihren Sandalen.

Während sie einträchtig nebeneinander ihre Schuhe anzogen, begannen die Afrikaner zu spielen. Matthias nahm Renate an die Hand und ging mit ihr zur Bühne. Zuerst hörten sie den fremden Klängen nur zu. Besonders eine Art Xylophon hatte es Matthias angetan. Unter den Holzstäben saßen ausgehöhlte Kürbisse, die für ein warm ploppendes Klangvolumen sorgten, wie er mit seinem technischen Verstand sofort feststellte.

»Wie Regentropfen«, flüsterte Renate, der das Instrument offensichtlich ebenfalls gefiel.

»Die langsam und unregelmäßig beginnen zu fallen«, sagte Matthias, legte seine Arme um Renate und machte erste Tanzschritte, »und die sich zu einem leichten Tröpfeln verdichten.« Sie fanden gleichzeitig mit dem Musiker spielerisch in einen Rhythmus. »Und dann zu einem fröhlichen, erfrischenden Schauer werden«, fuhr er fort, zog Renate an sich, wirbelte sie herum, führte sie und ließ sich nahtlos auch von ihr führen. Sie sahen einander ins Gesicht, Renate nach oben, er zu ihr hinab. Anders als viele hochgewachsene schlaksige Männer konnte Matthias tanzen. Hatte ein Gefühl für das freie Spielen in dem Führgerüst des Taktes, das die Afrikaner, die laut einem Transparent hinter ihnen aus dem Senegal kamen, perfekt beherrschten.

Die Mischung aus scheinbarer Unregelmäßigkeit und einem verlässlichen Grundtakt, aus Harmonien voller Quarten und Sexten, die überraschender waren als die Terzen und Quinten europäischer Melodien, gefiel Matthias. Freiheit durchwehte diese Musik ähnlich wie die Blue Notes beim Jazz, nur fröhlicher.

Auch Renate wiegte sich hinein, und so kam es, dass der große schlaksige Mann und die dralle kleine Frau harmonierten wie sonst kein Paar auf dem weit geschwungenen Spiralpflaster des Alexanderplatzes – abgesehen vielleicht von dem blutjungen, das auf dem Brunnen neben ihnen gesessen und sich inzwischen ebenfalls zu den Tanzenden gesellt hatte. Die beiden hatten sich ineinander und in eine Gefühlsspirale versenkt, aus der sie wohl erst herausfallen würden, wenn der junge Mann wieder zu seinem Breitengrad abreiste. Sie gaben sich dem Zauber des Einmaligen hin, einmalig wie die zweifellos frei improvisierten Klänge auf diesem Kürbisxylophon.

Matthias fand das faszinierend, aber gleichzeitig befremdlich, er selbst wollte etwas von Dauer. Am besten einen fest verabredeten Grundtakt, der überraschende und spielerische Noten innerhalb seines Gerüsts nicht ausschloss. Und weil er selbst solche Überraschungen nicht so gut initiieren konnte, genoss er umso mehr, dass Renates Finger zwischen ihnen unter seinen Hosenbund wanderten und in einem unvorhersehbaren, aber mit dem Kürbisxylophon korrespondierenden Rhythmus auf seine Lende klopften.

Er merkte, dass er aus dem Pulk hinauswollte. Matthias hielt es nie allzu lange zwischen so vielen Menschen aus. Vielleicht war das eigenbrötlerisch, bei diesem speziellen Fall jetzt jedoch zielgerichtet, wobei ihm nicht sein Kopf, sondern ein Körperteil weiter unten den Weg wies. Er nahm Renates Hand aus seiner Hose, küsste sie und sagte: »Komm.«

Sie lächelte. »Du bist herrlich spröde.«

»Ich breite meine Gedanken nur nicht aus. Ich handele.« Matthias zeigte auf die Treppe zur S-Bahn. »Wir müssen zur Friedrichstraße.«

Nachdem er in der Buchhandlung gewesen war, in der er *Buridans Esel* gekauft hatte, war er nebenan auf einen Friedhof gegangen, um nach dem Schuften in seiner Jugendbrigade mit lauter aufgekratzten Leuten um sich herum ein wenig für sich zu sein. Und da war er aus dem Staunen nicht mehr herausgekommen.

Die S-Bahn war an diesem zweiten Tag der Festspiele knallvoll. Matthias stopfte Renate geradezu hinein und passte gerade noch zwischen sie und die sich schließende Tür. Ihr Hintern drückte sich an seinen Schritt, und sie blickte mit hochgezogenen Augenbrauen über die Schulter zu ihm hin. Er lächelte so unschuldig wie möglich zurück.

Sie fuhren schwarz, denn in diesen freien Tagen der Weltfestspiele kontrollierte sowieso kein Mensch. Die Kontrollettis hatten damit zu tun, mögliche Störungen der sozialistischen Feier im Keim zu ersticken. Außerdem wären sie sowieso nicht durchgekommen.

Die zwei Stationen waren schnell geschafft, Friedrichstraße war Endstation, danach kam der Westen. Sie stiegen aus und machten, dass sie die Treppe hinunterkamen, ehe der Pulk sie verstopfte.

»Ist schon witzig«, sagte Renate. »Wenn die aus dem Westen kommen und in die S-Bahn steigen, landen sie zuerst am Marx-Engels-Platz und dann am Alexanderplatz. Die Sozialismus-Philosophen und ein russischer Zar. Da müssen sich die Westler ganz schön gruseln.«

»Na ja, beim Zaren vielleicht nicht«, entgegnete Matthias und dirigierte Renate Richtung Weidendammer Brücke.

»Stimmt auch wieder Die Russen sind ja erst zu ›Barbaren‹ geworden, als sie zu Bolschewiken mutierten.« Renate zeigte auf ein Haus mit einem turmartigen Dach, auf dem sich eine kreisrunde Werbung drehte. »Guck mal, da ist das Berliner Ensemble. Meine Mutter ist nach meiner Jugendweihe extra mit mir nach Berlin gefahren. Ich sollte unbedingt Helene Weigel als Mutter Courage sehen.«

»Und?« Matthias frohlockte innerlich. Er war auf dem richtigen Weg, um Renate zu beeindrucken.

»Ich war noch zu klein. Ich hab Angst gehabt. Wie die mit dem Planwagen über die Bühne gezogen ist … Und als das erste Kind tot war, wusste ich, die anderen beiden wird es auch erwischen, und sie zieht und zieht mit dem Planwagen über die Bühne, und es hört nicht auf. Nur die Lieder waren schön.«

»Das ist ein Stück über den Krieg, oder? Wir hatten das in der Schule.«

»Ja, über den Dreißigjährigen. Es gibt einfach kein Entkommen. Mutter Courage versucht die ganze Zeit, sich mit den Umständen zu arrangieren, durchzukommen, aber Krieg ist Geld, und sie ist Händlerin.«

»Ich zeig dir was, da ist der Krieg vorbei.« Er passte die Schrittweite seiner langen Beine Renates an, wodurch sein Schritt federte, was ihm gefiel.

»Wo warst du bei der Fahne?«, fragte sie, offenbar noch gefangen in Brechts Antikriegsstück.

»In der 11. Motorisierten Schützendivision. In Halle. Hab Glück gehabt, und meine achtzehn Monate waren rum, bevor wir 1968 im Prager Frühling an die tschechische Grenze verlegt wurden. Um ein Haar hätten meine Kameraden, die noch da waren, einmarschieren müssen. Aber dann wurden sie doch nur als logistische Hilfe der Sowjets eingesetzt – damit die Deutschen nicht schon wieder bei den Tschechen einmarschieren.«

»Haben die wirklich geplant, da einzumarschieren?«, fragte Renate entsetzt.

»Ja.«

»Ich war schon in Prag. Ist so schön!«

Sie liefen die Friedrichstraße hinunter, und als diese in die Chausseestraße überging, waren sie am Ziel. Matthias führte Renate durch das schlichte schmiedeeiserne Tor des Dorotheenstädtischen Friedhofs, den Kiesweg am französisch-reformierten Friedhof entlang und dann gleich zu den Gräbern von Bertolt Brecht und Helene Weigel.

»Ach! Das ist ja toll«, sagte Renate.

Sie standen eine Weile da.

»Brecht hatte ganz schön viele Affären, hat unsere Deutschlehrerin uns erzählt«, sagte Matthias, weil er auf einmal Unsicherheit zwischen ihnen aufkommen spürte. »Aber sie sind immer zusammengeblieben.« Sofort schalt er sich für die dumme Bemerkung. Das klang ja, als würde er sich in einer Beziehung Affären leisten wollen, dabei lag ihm nichts ferner.

»Die hatten einfach was Großes. Das habe sogar ich bei *Mutter Courage* damals gemerkt. Die wollten keinen Kapitalismus. Die wollten einen friedlichen Staat, einen, in dem man kein Geld mit Krieg verdient.«

Matthias wunderte, dass Renate das mit den Brecht'schen Affären einfach abtat. Er kannte sonst keine Frau, die über so etwas hinwegginge. Es irritierte ihn.

Sie schlenderten über den Friedhof, und Renate entdeckte den Kubus von Hanns Eisler, er das Grab von Johannes R. Becher. Sie zeigten sich Georg Wilhelm Friedrich Hegel, Arnold Zweig und Karl Friedrich Schinkel.

»Das ist ja ein Ding.«

»Was?«, fragte Matthias, der genug von den Toten und nach einem ungestörten Plätzchen Ausschau gehalten hatte. Sie waren fast wieder bei Brecht und Weigel angekommen.

»Hier. Christoph Wilhelm Hufeland. Den hatte ich schon in Medizingeschichte. Er hat die Pockenschutzimpfung eingeführt. Aber vor allem hat er sich um Hygienestandards gekümmert und angeprangert, dass die Armen hier in Berlin Tuberkulose durch dreckiges Spreewasser kriegten. Er hat aufgeklärt und hatte ein Faible für Heilkräuter, ganz einfache Sachen, zu denen viele Menschen, die sich keine Ärzte leisten konnten, damals Zugang hatten. Ich hab ein Referat über ihn gehalten. Ich fand toll, dass er sich als Arzt nicht nur um einzelne Patienten gekümmert hat, sondern um die Gesundheit der Menschen überhaupt.«

Renate hockte sich vor das Grab, und er kniete sich mit gespreizten Beinen dahinter. »Ich will auch so was machen. Ich will was bewirken.«

Ihre Wangen waren vor Aufregung gerötet, das sah er, als er sie sanft auf seinen Schoß zog und die Arme ganz leicht und vorsichtig um sie legte.

Er fuhr mit der Nase ihren wuscheligen Haaransatz an der Schläfe entlang und entdeckte, dass sie dort nach Mohrrübe roch. Süß und leicht scharf.

Renate verstummte, und dann verharrten sie eine Weile aneinandergeschmiegt vor dem Grab des berühmten Arztes. Vogelgesang drang an ihre Ohren, und weil sie so stillhielten, kam ein Zaunkönig und pickte zwischen dem Efeu herum.

»Oh«, hauchte Renate, und er lächelte. Dieser kleinste heimische Vogel war wirklich süß.

Irgendwann schlief ihm ein Bein ein, er rührte sich, und der Zaunkönig verschwand mit einem erstaunlich lauten Protestzerrrr.

»War der niedlich«, sagte Renate und drehte ihm ihren Kopf zu. Er zog sie mit sich hoch und wies auf eine kleine versteckte Rasenfläche, die von einem alten Baum beschirmt wurde. Dort gingen sie umschlungen hin, legten sich einander zugewandt aufs Gras, sahen sich an, und dann begannen seine großen, feingliedrigen Hände zu wandern und ihre runden, weichen.

Ihm schoss durch den Kopf, dass ihre künftigen Patienten sie mögen würden, weil ihre Hände so angenehm weich und warm waren. Aber dann glitten ihre Finger wieder dahin, wo sie schon beim Tanzen auf dem Alexanderplatz gewesen waren, und diesmal ließ er sie gewähren und dachte nicht mehr viel.

* * *

Wolfen, Oktober

Matthias durchquerte seinen kleinen Hausflur mit zwei Schritten. Er sah sich nicht um. Die beiden Berliner würden ihm schon folgen. Aus einem Impuls heraus öffnete er nicht die Tür des Wohnzimmers, wo sie an dem alten Esstisch der Familie hätten sitzen können, sondern die des kleinen Gartenzimmers. Darin standen ein graziles Sofa und ein runder Sessel auf Spinnenbeinen, ein Tischchen sowie Renates und sein Bücherregal, ein Hängeregal, zu dem Agnes Renate und ihm vor vielen Jahren geraten hatte. »Dann bleibt der Boden frei, und das kleine Zimmer wirkt gleich größer«, hatte sie gesagt. Es war Renates Zimmer gewesen, ihr Rückzugsort, in dem er sich manchmal wie eingeladen vorgekommen war, wenn sie abends für sie beide ein Gemisch aus Apfelsaft, Selters und Fencheltee gemacht hatte. Er hatte es all die Jahre so gelassen und lud sich auch jetzt noch hin und wieder bei seiner Frau ein. Allerdings eher mit Klarem.

Er wies Herrn Bär und Milla die Plätze auf dem Sofa zu und setzte sich schräg gegenüber in den Sessel. Dann schwiegen sie einander an, während die Herbstsonne das Zimmer mit Licht flutete.

Passend, dachte Matthias, weniger unangenehm als angenommen.

Irgendwann räusperte sich der große Mann neben Milla. »Tja, darauf lief es wohl hinaus. All die Jahre. Auf das hier«, sagte er.

Matthias schwieg und ließ ihn kommen. Seine Enkelin knetete die Hände in ihrem Schoß. Sie hielt den Kopf gesenkt, und Matthias starrte auf den Haarwirbel in ihrer Stirn, den auch Renate gehabt hatte. Ob Milla wohl wie sie nach Mohrrübe roch? Sein Atem stockte.

»Mehr oder weniger«, fuhr der Mann neben ihr fort. »Unsere Milla hier sieht Ihrer verstorbenen Frau sehr ähnlich und auch Ihrem Sohn. Wir nehmen an, dass sie Ihre Enkelin ist.«

»Sie nehmen es an.«

»Und Sie?«

»Nein.« Das war die Wahrheit. Es war keine Annahme, weil er es nicht glaubte, sondern ganz genau wusste. Weil er damals den Brief an Raik aus dem Kasten gefischt hatte, in dem Jola ihm ihre Schwangerschaft mitgeteilt hatte. Dadurch hatte er eine Maschinerie stillgelegt, an der nun der Rost fraß. Oft genug gingen Briefe in der Post verloren. Warum nicht auch dieser, in dem das Kind angekündigt wurde? Er hatte ihn Raik vorenthalten und Glück gehabt, alles war still geblieben. Er hatte Jola sich festfahren lassen wie einen Motor, dem das Öl der Liebe fehlte. Aber die Stille war keine wirkliche Ruhe, wie er nach und nach erkannt hatte.

Er hätte es voraussehen müssen. Wenn man eine Maschinerie stilllegte, blieb das nie folgenlos. In der Faser mussten die Anlagen immer laufen, weil sonst die Stoffe in den Maschinen erstarrten und sie unwiderruflich verklebten. Bei einfachen Maschinerien war es dasselbe: Wenn sie zu lange stillstanden, ließen sie sich irgendwann nicht mehr in Gang bringen. Auch Menschen nahmen Schaden, wenn man sie ausbremste, aufs Abstellgleis stellte. So war es für ihn gekommen und für Raik. Vermutlich auch für Jola. Selbst Milla sah verzagt aus. Doch weinerliches Grübeln brachte gar nichts.

Matthias riss sich zusammen, lehnte sich zurück und schlug die Beine übereinander. »›Unsere Milla‹, wie soll ich das verstehen, Herr Bär?«

Sein Gegenüber lächelte mit einer Gelassenheit, bei der Matthias erschrak. Der fremde Mann hatte es nicht nötig, »unsere« Milla zu sagen, er hatte es unbeabsichtigt getan, es war ihm selbstverständlich, dass Milla auch »seine« Milla war. Das missbehagte Matthias. Er stellte fest, dass er nicht wollte, dass diese junge Frau zu einem fremden Mann gehörte, genauer gesagt zu einer fremden Vaterfigur.

Herr Bär sah ihn aufmerksam an. Dann sagte er: »Entschuldigen Sie, Herr Hader. Wie auch immer ich Ihr ›Nein‹ zu verstehen habe, nach Lage der Dinge mag Ihnen der Ausdruck übergriffig erscheinen. Nur ist es so, dass mein Mann die kleine Milla nach der Geburt gebadet hat. Ich habe sie gewickelt und angezogen und der Mutter zurück in den Arm gelegt. Wir haben sie gewiegt, wenn sie geweint hat. Wir haben sie aus dem Kinderladen abgeholt und Hausaufgaben mit ihr gemacht. Wir haben ihr nachts heimlich Autofahren beigebracht, und nun sitze ich hier an ihrer Seite.«

Wie auch immer ich Ihr Nein zu verstehen habe … Der große Blonde war nicht dumm. »Hat Jola Sie geschickt?«

Seine Enkelin schüttelte den Kopf. Sie wirkte verloren.

Die eigensinnige Jola. Hat meine Aktion also gewirkt, dachte Matthias. Doch beim Anblick seiner Enkelin wich sein grimmiges Frohlocken.

Dirk Bär holte Atem. »Herr Hader. Wissen Sie, was damals vorgefallen ist?«

Damals. Als Anlagentechniker wusste Matthias, dass man immer zum Ursprung eines Übels zurückmusste. Das hatte ihn mit seiner Frau geeint, die wie er oft nur Symptome bekämpfen, aber das Übel, das in den maroden Industrieanlagen lag, für die es kaum Filter oder Ersatzteile gab, nicht beseitigen konnte. »Damals? Ich kann Ihnen sagen, was vorgefallen ist. Damals. 1988.«

Er sah, wie Milla ihm ins Wort fallen wollte, zweifelsohne mit einer anderen Jahreszahl, aber der Mann neben ihr, einer ihrer offenbar schwulen Ziehväter, hielt sie zurück.

»1988. Wir sind gespannt«, sagte er.

»In der Julinacht vor Renates Tod habe ich da gesessen, wo Sie jetzt sitzen. Vor mir auf dem Tisch eine große Kanne Kaffee. Neben mir stand ein Karton mit mehreren Ordnern. Der Karton, wegen dem Renate sterben musste. Der Karton, der unauffindbar blieb.«

* * *

Wolfen, 1988
Matthias las alles, was Renate zusammengetragen hatte. Er las von Leberkrebs, Lungenkrebs, Leukämie, von chronischer Bronchitis, schuppigen und nässenden Hautausschlägen. Von Bluthochdruck, Apathie und Schwermut. Von Krämpfen und chronisch entzündeten Schleimhäuten.

Er fand den Diagnosen die Luftwerte der Inspektion für Arbeits- und Produktionssicherheit zugeordnet, die Renate als Betriebsärztin hatte abfragen dürfen, aber auch weitergehende, die er für sie unter dem Vorwand der Anlagenprüfung gemessen hatte, und Abwasserwerte, die ein Berliner Biologe heimlich ermittelt hatte. Irgendwann begannen die Vögel zu singen. Die Sonne ging auf, und Matthias trat zum Fenster. Er öffnete es. Sah, dass der Anstrich, den er erst vor einem Jahr erneuert hatte, schon wieder rissig war. Sah die vor sich hin mickernde Rose und den Stumpf des im Vorjahr eingegangenen Pflaumenbaums. Die Rußschicht auf dem Gartentisch. Über Nacht waren acht Tonnen Schwefeldioxid, siebzehn Tonnen Schwefelwasserstoff und Schwefelkohlenstoff aus dem riesigen Schornstein der Faser über Wolfen geblasen worden. Ganz abgesehen von den nitrosen Gasen, die aus den Schloten der Braunkohlekraftwerke kamen.

Der Himmel war gelblich, nicht graubraun, es würde ein schöner Tag werden.

Es roch nur wenig fischig-stechend nach dem Ammoniak der Amine, die Krämpfe, Bluthochdruck und Augen- sowie Schleimhautreizungen verursachten. Bloß ein Hauch des fauligen Geruchs der Merkaptane, die die Atemwege verätzten und das Zentralnervensystem schädigten, lag in der Luft. Und der Bittermandelgeruch der krebserregenden Nitroverbindungen aus dem Chemiekombinat Bitterfeld war heute nicht spürbar. Jedenfalls nicht für ihn, der an höhere Dosen gewöhnt war.

Matthias ging hinüber in die Küche, kochte neuen Kaffee für Renate und füllte auch etwas in ihre Thermoskanne, die sie immer mitnahm, wenn sie eine längere Strecke mit dem Auto fuhr. Er goss Kräutertee für Raik auf, schälte einen Apfel und eine Möhre, für die sie mittlerweile Gemüsegeld bekamen, weil sie das, was im Garten wuchs, lieber nicht essen sollten. Daran hielt sich hier kaum einer.

Dabei hörte er, wie die ersten Fahrräder über die Straße klapperten. Eins nach dem anderen. Die Werksarbeiter machten sich auf zur Frühschicht. Wie die Arme eines Flusses würden sie sich aus den kleinen Wohnstraßen der Siedlung Steinfurth kommend auf der Hauptstraße mit denen aus Wolfen-Nord vereinigen. Aus dem alten Ortskern und den Wohnblöcken rund ums Werk würden andere sich einfädeln, bis ein großer Strom entstand, der gen Werktor floss. Er selbst hatte heute Spätschicht, Renate hatte für ihre Fahrt nach Jena ihren Haushaltstag genommen.

Matthias goss Apfelsaft in den Kräutertee, wie es Raik mochte. Auf der Straße fuhr Agnes in ihrem Škoda vorbei. Merkwürdig, dachte Matthias. Ganz schön spät. Er steckte Toast in das neue Gerät, aus dem die Scheiben selbst heraussprangen, holte den Karton mit Renates Untersuchung aus dem kleinen Gartenzimmer und weckte zuerst Raik. Sein Sohn duftete nach Kind, als er sich zu ihm hinabbeugte, um ihn zu streicheln. In letzter Zeit mischte sich ein anderer Geruch hinein, der eines Mannes. Zwölf war er, ihr Raik, und bald würde er nicht mehr nach Kind duften.

»Aufstehen. Frühstück.«

Raik knurrte, und an dem Ton merkte Matthias, dass er wach genug war, um ohne weitere Aufforderung in den Tag zu finden.

Dann ging er zu seiner Frau ins Schlafzimmer, und Renate schlug die Augen auf, als er den Karton auf das Bett stellte. Sie lächelte ihn erwartungsvoll an, er setzte sich zu ihr, die Hand auf dem dicken Konvolut, und beugte sich hinunter, um sie zu küssen. »Ich bin stolz auf dich. Alles schwarz auf weiß. Alles klar gegliedert.«

»Und wie die Erzgebirgsbäche gebündelt und erneut gebündelt und in der Mulde zusammengefasst.« Sie strahlte ihn an. Er hatte ihr mit seinem technischen Verstand eine Systematik nahegebracht, mit der sie die verschiedensten Dinge wie Luftbelastung am Arbeitsplatz, Krankheitsfälle und deren Häufung, Entfernung des Wohnorts zu den abwasserführenden Gewässern sowie den Deponien ineinanderfließen lassen konnte.

Kurz dachte er an den Fluss der Fahrradströme zur Filmfabrik und wieder hinaus. »Diese Kirchenfuzzis und Umweltaktivisten haben dich gar nicht verdient. Die können sich jetzt im beschaulichen Jena ein bisschen gruseln und später mit deiner Arbeit von zehn Jahren brüsten«, sagte er.

Renate lachte und zog ihn noch einmal für einen Kuss zu sich hinunter. »Meine Patienten haben meine Arbeit verdient. Die Menschen hier in Wolfen, die jeden Tag für so viele andere ihre Gesundheit hinhalten.«

Matthias schaute seiner Frau verliebt in die Augen, die so blau waren wie normalerweise das Wasser wäre, das in Wolfen in den verschiedensten Farben schillerte. Er sorgte sich, denn Renate hatte nur Zahlen. Und Zahlen waren geduldig. Abstrakt. Klinisch rein. Und genau um das Gegenteil ging es. Darum, dass die Geduld reißen musste, dass Krankheiten immer das konkrete Leiden eines Menschen waren. Dass es hier schmutzig war wie nirgendwo sonst im ganzen Land. Das Blau von Renates Augen brachte ihn auf eine Idee.

»Ich weiß, wie wir die Leute aufrütteln.«

Matthias stand auf und lief im Eiltempo die Treppe hinunter. Er meinte, einen kühlen Luftzug zu spüren, war aber mit den Gedanken ganz bei seiner Idee, sodass er es nicht weiter beachtete. In der Küche holte er die zwei hochgesprungenen Scheiben aus dem Toaster und steckte neue hinein. Dann eilte er ins Wohnzimmer, öffnete das Sideboard und entnahm ihm eine alte Ledermappe. Darin befanden sich Raiks Kinderzeichnungen.

Renate erschien hinter ihm und gürtete ihren Bademantel.

Matthias blätterte und zog dann eine Zeichnung heraus, die Raik in der zweiten oder dritten Klasse gefertigt haben musste. *Meine sozialistische Heimat* stand in Schulausgangsschrift darauf. Zu sehen waren der hohe Schornstein der Faser und viele kleinere, das halbrunde Verwaltungsgebäude mit dem ORWO-Schriftzug und ihr eigenes Haus, daneben ein Ball und ein großer Spielzeugkipper. Der Himmel spannte sich gelb darüber, so wie heute. Matthias tippte darauf. »Für alle naiven Umweltaktivisten, die das hier als spannende Spielwiese betrachten. Die sich gern bei irgendwelchen Werten vergnüglich gruseln. Denen aber der Schreck in die Glieder fahren wird, wenn sie sich vorstellen sollen, dass ihr eigenes Kind einen Himmel gelb malt, weil er an schönen Tagen gelb ist. Bei den eigenen Kindern ist bekanntlich Schluss mit lustig.«

Er hörte Raik die Treppe hinunterkommen. Renate nahm ihm das Blatt aus der Hand, legte es umgedreht auf das Sideboard, schnappte sich die Ledermappe und verstaute sie. »Du hast recht. Geniale Idee. Muss Raik aber nicht unbedingt wissen. Er wird ja jetzt langsam komisch mit allem, was seine Kindheit betrifft.«

»Mutti? Vati?«, kam es aus der Küche.

Es klang vereinsamt, und Matthias lächelte in sich hinein. Raik wurde zwar langsam pubertär, aber beim Frühstück sollten seine Eltern da sein. Weshalb sie machten, dass sie in die Küche kamen. Das Glück würden sie wahrscheinlich nicht mehr lange haben.

* * *

Wolfen, Oktober

»Das Glück hatten wir an diesem Tag zum letzten Mal in unserem Leben«, sagte Matthias und sah seine Gäste an.

Milla senkte den Blick auf die Hände in ihrem Schoß.

Ich werde Uropa, dachte Matthias unvermittelt. Dabei war ich nicht mal Opa. Er konnte sich nicht freuen, in seinen Schmerz mischte sich wie so oft Wut. »Danach gab es keinen glücklichen Familientisch mehr. Nur noch einen verstörten Jungen und einen versteinerten Mann«, sagte er harsch.

Dirk Bär legte den Kopf schräg. Der ließ sich offenbar nicht so leicht beeindrucken.

Na warte, dachte Matthias bitter. »Als Raik zum Ferienhort aufgebrochen war, sind Renate und ich noch einmal ins Schlafzimmer gegangen und haben uns geliebt. Danach bin ich eingeschlafen, und Renate hat mir den Wecker zur Spätschicht gestellt, hat sich reisefertig gemacht und ist aufgebrochen. Ich bin aber nicht vom Wecker aufgewacht, sondern davon, dass es an der Tür klingelte.«

* * *

Wolfen, 1988

Matthias stolperte die Treppe hinunter, in Hose und Unterhemd. Er machte auf, und vor ihm standen zwei Polizisten. Sie haben Renate hopsgenommen, dachte er. Und weil er gedanklich damit beschäftigt war, wie er ihr am besten helfen könnte, sah er nicht genau hin.

»Wir würden gern reinkommen«, sagte der eine Polizist. Der Tonfall passte nicht zu einer Verhaftung und einer Hausdurchsuchung. Matthias schaute irritiert auf und sah in ein hilfloses und in ein betretenes Gesicht. Und zwei Polizeimützen, die nicht auf dem Kopf saßen, sondern in der Hand gehalten wurden.

»Bitte.« Er führte die beiden ins Wohnzimmer und bot ihnen einen Platz am Esstisch an. Weil es verbindlicher wirkte, setzte auch er sich, obwohl er lieber stehen geblieben wäre.

So erfuhr Matthias im Unterhemd am Esstisch sitzend vom Unfalltod seiner Frau, vollkommen unpassend angezogen, wie er als Erstes feststellte, weil sein Verstand sich weigerte, die Information zu verarbeiten. Anzug. Krawatte. Stehen. Matthias stand wenigstens auf, aber in dem Augenblick schaltete sein Verstand durch, und er sank taumelnd auf seinen Stuhl zurück.

»Wie konnte das passieren?«, fragte er.

Die Polizisten schwiegen.

»Meine Frau ist immer vorsichtig gefahren.« Na ja, dachte er, schon manchmal zu schnell, Renate liebte den Fahrtwind im Sommer. Aber auf der Autobahn hatte ihr Tempo hundert immer gereicht. Der Trabimotor war dann schon laut genug. War sie zu aufgeregt gewesen?

»Wir untersuchen das.«

»Wie bitte?«, fragte Matthias aus seinen Gedanken heraus.

»Wir untersuchen die Unfallursache. Frontal gegen einen Brückenpfeiler auf gerader Strecke, mit überhöhter Geschwindigkeit …«, sagte der mit dem betretenen Gesichtsausdruck. Er schien im Boden versinken zu wollen.

Matthias starrte ihn an. Irgendetwas entging ihm.

»Hatte Ihre Frau vielleicht Kummer?«, fragte der andere leise.

Jetzt verstand Matthias. *Frontal auf gerader Strecke gegen einen Brückenpfeiler. Mit überhöhter Geschwindigkeit.*

»Nein«, sagte er. »Wenn Sie glauben, meine Frau habe sich umbringen wollen – nein. Meine Frau wollte sich nicht umbringen.«

»Wo wollte sie eigentlich hin?«

»Einen Besuch machen«, sagte Matthias und dachte: Heikle Frage, schnell gegenfragen. »Wo genau ist es denn passiert?«

»Noch vor Leipzig.«

Gut, dachte Matthias. Er würde Renates Eltern Bescheid geben, dass Renate zu ihnen hatte fahren wollen.

»Wo ist meine Frau jetzt? Und wo ist das Auto?«

»Ihre Frau wird gerade ins Institut für Gerichtliche Medizin nach Leipzig gebracht. Ihr Auto hat Totalschaden. Müsste inzwischen bei uns auf der Wache stehen.«

Der Karton war also bei der Polizei. Matthias riss sich zusammen. Er setzte seinen technischen Verstand ein. Renate konnte er nicht mehr helfen. Aber Raik. Er musste den Karton sichern. Raik sollte nicht hören müssen, dass seine Mutter eine Volksverräterin war, und damit war zu rechnen, wenn ihre Untersuchungsergebnisse in die falschen Hände kamen.

»Warum ist meine Frau in der Gerichtsmedizin? Sie hat doch nichts –«

»Ihre Frau ist unter ungeklärten Umständen in der Öffentlichkeit verstorben. Es ist gesetzlich vorgeschrieben, das zu untersuchen und ein Verbrechen auszuschließen.«

»Deswegen steht auch das Auto bei Ihnen.«

»Deswegen steht auch das Auto bei uns.«

»Ich möchte zu meiner Frau. Und ich möchte ihre persönlichen Dinge aus dem Auto mitnehmen. Die brauchen Sie doch nicht, oder?«

Die beiden sahen sich an. »Eigentlich nicht«, sagte der mit dem betretenen Gesicht, das sich jetzt entspannte.

»Wo ist die Gerichtsmedizin?«

»Sie können Ihre Frau dort nicht sehen. Erst hier im Bestattungsinstitut.«

Die Vorschriften vertrugen sich nicht mit Matthias' Sehnsucht. »Ist mir egal. Ich möchte ihr nahe sein.«

Sie nannten ihm die Adresse in Leipzig.

* * *

Wolfen, Oktober

»Ich habe mir das Auto eines Kollegen geborgt und bin zur Polizeiwache gefahren. Unser schöner himmelblauer Trabant war nur noch halb so lang, an der Fahrerseite zerborsten, wo sie Renate rausgeholt haben mussten. Sie ist zerquetscht worden. Ihre Handtasche hatten die bei der Polizei schon an sich genommen und gaben sie mir.«

Jetzt sah Milla ihn an. Direkt. Mit Renates Augen. Und mit Renates Einfühlung. Mit Renates großem Herzen. Sie sagte nichts, nur sein Schmerz spiegelte sich in ihren Augen. Das Entsetzen über das Wort »zerquetscht«. Millas Arme hingen locker neben ihr hinab, die Handflächen nach außen wie in einer Ergebenheitsgeste. Ihre Hände waren größer als Renates, aber weich sahen sie auch aus.

»Sie ist nicht daran gestorben, dass sie zerquetscht wurde, sondern daran, dass ihr Schädel zertrümmert wurde. Sie muss sofort tot gewesen sein«, sagte Matthias so sanft, dass er seine Stimme kaum wiedererkannte. So sanft, wie er nur mit Raik geredet hatte, als er klein gewesen war.

Matthias verlor sich in Gedanken. Er hätte so gern eine Tochter gehabt, aber nach einer Fehlgeburt, schwerbehindert – in Bitterfeld und Wolfen gab es auffallend viele behindert geborene Kinder –, hatte Renate sich geweigert, noch mal schwanger zu werden, worauf sie sich ohnehin nur ihm zuliebe eingelassen hatte.

Und nun saß eine junge Frau vor ihm, die seine Tochter hätte sein können, aber seine Enkelin war.

»Herr Hader?«

Ihre Stimme war tiefer als Renates.

»Ja.« Matthias räusperte sich. »Der Karton war nicht im Auto. Auch nicht irgendwo dazwischengequetscht. Er war weg. Er blieb weg. Ich wurde nie belangt. Bis heute frage ich mich, wo Renates Untersuchung geblieben ist. Wo ihr Durchschlag ist, den ich auch nicht mehr in ihrem Versteck gefunden habe. Renates Arbeit, Renates umfassende Studie zur Verseuchung der Bevölkerung mit Industrieabgasen und -abfallprodukten, durch giftumwaberte Arbeitsplätze … Renates Vermächtnis, es ist weg. Spurlos verschwunden.«

»Das ist schlimmer, als wenn Sie belangt worden wären, nicht wahr?«, sagte Milla nach einer Weile.

Matthias schaute ihr erneut in die Augen. Überrascht. »Ja, genauso ist es. Es ist, als ob Renate ausgelöscht worden wäre.«

»Wer kann daran ein Interesse gehabt haben?«, fragte Herr Bär. »Doch nur jemand, der mit drinsteckte. Oder jemand, der zumindest davon wusste und Ihre Frau und Sie schützen wollte.«

»Oder beides«, sagte Milla.

»Meine Frau hat das allein gemacht. Die einzigen Mitwisser waren ich, weil ich ihr mit den chemisch-technischen Daten geholfen habe, und Agnes Reinhoff. Die – das war Renates Hoffnung – sollte die Studie als Bericht der Staatssicherheit an die Parteileitung und den Ministerrat in Berlin weitergeben. Getarnt als Ermittlungsergebnis ihrer Spitzel.«

Sie schwiegen alle.

Matthias stand auf und trat zum Fenster, hinter dem der Himmel so himmelblau war wie einst ihr Trabant. Er öffnete es, weil er frische Luft brauchte. Die bekam er. Sie roch weder faulig noch fischig-stechend noch nach Bittermandel. Sie roch nach Herbst, und draußen war es still. Totenstill.

Die Siedlung glich inzwischen den Ortschaften, die er im Westen gesehen hatte, als er das erste und auf lange Sicht letzte Mal dort gewesen war. Schönfarbig herausgeputzt, versiegelt, geschmacklos und kleingeistig, weil die Eigentümer, deren Sinn nicht ausgebildet war, ihre Häuser mit den unendlich vielen Möglichkeiten der Heimwerkermärkte selbst gestalteten. Und tot. Tot wie nun auch Wolfen-Steinfurth. Keine Kinder auf der Straße. Keine Eltern an den Gartenzäunen. Keine Radfahrer, die ihren Nachbarn etwas zuriefen. Nur hin und wieder ein leises Auto, in dem meistens nur ein Mensch saß und geradeaus guckte. Keine Frauen, die in Kittelschürze die Flugasche von der Türschwelle fegten, wie Renate und später er selbst es fast täglich gemacht hatten, damit sie nicht ins Haus getragen wurde.

»Haben Sie in Leipzig Genaueres über den Unfallhergang erfahren können?«, fragte Herr Bär hinter ihm.

Matthias drehte sich um, blieb aber am Fenster stehen, während seine Gäste brav nebeneinander auf dem Sofa hockten. Er musterte sie. »Ich mache Kaffee. Will jemand etwas anderes?«

»Ich hätte gern einfach einen Schluck Wasser«, sagte Milla.

Matthias stieß sich vom Fensterbrett ab und ging in die Küche. Ihm fiel ein, was Renate in der Schwangerschaft gern getrunken hatte: Pfefferminztee, gemischt mit schwarzem, gesüßt. Als er merkte, dass ihm seine Besucher bis zur Küchentür gefolgt waren, sagte er: »Sie kriegen auch was Warmes«, und machte sich an die Arbeit.

Wenig später saßen sie alle wieder in Renates kleinem Zimmer. Die Sonne war weitergezogen und schien jetzt nicht mehr auf Sessel und Sofa, sondern auf das Bücherregal, in dem Günter de Bruyn neben Christa Wolf stand, Christoph Hein neben Sarah Kirsch, Helga Königsdorf neben Bertolt Brecht. Große Literatur, die zur Nische verkommen war, ja, zur Fremdsprache zwischen Fantasy und Liebeskitsch.

»Wie es zu dem Unfall gekommen ist, weiß ich nicht. Ich weiß nur, wie es *nicht* dazu gekommen ist«, knüpfte Matthias an die Frage an, die ihm zuletzt gestellt worden war.

* * *

Leipzig, 1988

Institut für Gerichtliche Medizin stand in Frakturschrift über der Tür des efeuüberwucherten gelben Backsteingebäudes in Leipzig. Die Sonne schien, und es sah freundlich aus, viel zu einladend. Der Efeu erinnerte an Friedhof und Tod, aber in ihm tschilpte eine Hundertschaft Spatzen.

Matthias gelangte über ein paar Stufen und eine Glasflügeltür zum Pförtner. Als er sein Begehr genannt hatte, wurde er gebeten zu warten, und kurze Zeit später kam ein ältlicher Pathologe auf ihn zu.

»Herr Hader?«, fragte er.

»Das bin ich«, sagte Matthias.

»Kommen Sie.«

Der Mann im weißen Kittel führte ihn einen Flur entlang nach links, öffnete eine Tür und ließ ihm den Vortritt.

Matthias fand sich in einer Bibliothek mit hohen Bücherregalen, großen Fenstern und einem langen hölzernen Besprechungstisch.

»Bitte«, sagte der Arzt und wies mit einer zerknitterten Hand auf einen Stuhl.

Matthias setzte sich. Der Arzt nahm respektvoll erst nach ihm Platz. Das gefiel Matthias, es sagte so viel mehr aus als ein »Beileid«. Was war das überhaupt: ein Bei-Leid? Im besten Falle ein Beistand im Leid. In den meisten Fällen vielleicht so etwas wie ein Beifahrer. Einer, der zuschaute und gar nichts machte. »Ich habe das Auto gesehen«, sagte er. »Sie wurde zerquetscht.«

»Sie war beim Aufprall sofort tot. Ihr Schädel wurde zertrümmert«, sagte der ältere Mann. »Schwere stumpfe Gewalteinwirkung. Sie musste nicht leiden.«

Matthias sah ihm ins Gesicht. »Das sagen Sie allen.«

Der Arzt blieb sitzen und sah ihn an. Nachdenklich. Dann schaute er aus dem Fenster, als warte er auf etwas.

Er erinnerte Matthias an einen seiner Professoren. Der hatte auch immer so ausgesehen, wenn jemand an der Tafel stand, etwas analysieren sollte und nicht auf die Lösung kam. Er hatte gewartet, dass der Student selbst entdeckte, wie es richtig war.

Matthias stellte sich die Situation vor. Was hatte der Arzt gesagt? *Ihr Schädel wurde zertrümmert.* »Wie konnte das passieren?«, fragte er. »Wir hatten Kopfstützen. Renate ist immer angeschnallt gefahren.«

»Wir haben auf Herz- oder Schlaganfall getippt. Vorher. Dass sie bewusstlos über dem Lenkrad hing und ihr Kopf –«

»Verstehe.« Matthias winkte unwirsch ab. In dem Fall hätte

ihr Kopf wie ein Rammbock senkrecht zum Brückenpfeiler gestanden.

Wir haben auf Herz- oder Schlaganfall getippt. Nicht *wir tippen.* »Aber es war kein Herz- oder Schlaganfall?«

Der ältliche Mann schwieg einen Augenblick. »Ein Infarkt war es nicht. Ob es ein Schlaganfall war, ließ sich nicht zweifelsfrei feststellen, weil –«

»Schon verstanden«, sagte Matthias, der sich mit dem himmelblauen Wrack vor Augen vorstellen konnte, dass sich unter Renates zertrümmerter Schädeldecke nicht mehr viel hatte feststellen lassen. Etwas im Tonfall des älteren Mannes, der neben ihm saß, äußerlich ruhig, aber mit angespanntem Unterkiefer, ließ ihn jedoch stutzen. Er überlegte. »Meine Frau liegt hier. Ich möchte Abschied nehmen.«

Der ältliche Pathologe setzte sich aufrechter hin. »Das geht nicht. Erst im Bestattungsinstitut. Entschuldigen Sie. Es ist Vorschrift.« Er neigte den Kopf. Es sah fast wie ein respektvoller Diener aus.

Matthias schaute nun seinerseits aus dem Fenster. »Sie glauben nicht, dass es ein Schlaganfall war«, sagte er, ohne den Mann anzusehen, der über Eck zu ihm saß.

»Ihre Frau war jung, ihre Gefäße sahen gut aus.« Der Mann machte eine Pause. »Aber so genau weiß man das natürlich nie.«

Matthias dachte an Renate. An den Morgen mit ihr. Nur Stunden vorher hatte sie in seinen Armen gelegen. »Ich halte das nicht aus. Ich muss sie sehen. Wann wird meine Frau ins Bestattungsinstitut gebracht?«

»Das wird sicherlich noch eine Woche dauern.«

»Wie bitte?«

Jetzt wandte sich der Arzt Matthias zu. »Wir haben Organ- und Blutproben bei einem solchen Verkehrsunfall toxikologisch zu untersuchen. Das dauert. So lange muss der Leichnam Ihrer Frau hierbleiben.«

»Bei einem solchen Verkehrsunfall.«

»Auf gerader Strecke.«

»Sie glauben …«

»Herr Hader«, der Mann neigte sich vor und nuschelte leise und schnell: »Ich kann nicht sagen, wie lange es dauert. Der Staatsanwalt ist nicht selbst gekommen, um die Obduktion zu beaufsichtigen. Er hat ein anderes Untersuchungsorgan beauftragt.« Lauter sagte er: »Ich geleite Sie hinaus.«

»Danke«, sagte Matthias.

Ein anderes Untersuchungsorgan. Die Worte spukten durch seinen Kopf, als der Arzt ihn zurück zum Eingang führte und mit seiner zerknitterten trockenen Hand Matthias' vor Entsetzen feuchtkalte drückte.

Ein anderes Untersuchungsorgan hallte es in ihm nach, als die gläserne Schwingtür hinter ihm auspendelte. Und als er zum Auto ging. *Ein anderes Untersuchungsorgan* musste die Stasi sein. Die hatte Polizeigewalt, sie war ein Untersuchungsorgan. Die Stasi musste demnach auch den Karton haben. Wer sonst? Aber warum hatte Renate dafür sterben müssen?

Im Auto seines Kollegen ließ er den Kopf auf die Brust sinken und entspannte sich. Dabei glitt sein Fuß vom Gaspedal. Das passte nicht zur überhöhten Geschwindigkeit. Er stellte sich vor, wie er gegen plötzliche Müdigkeit kämpfen würde. Er setzte sich auf. Er fühlte sich in seine kleine Frau ein und rückte ein Stück vor. Als er jetzt erschlaffte, fiel er vornüber auf das Lenkrad, und sein Fuß drückte aufs Gas.

»Das war es«, murmelte er. »So muss es gewesen sein. Kurz vor der Brücke. Ausgerechnet kurz vor der Brücke.«

Er hing über dem Lenkrad und weinte bitterlich.

* * *

Matthias schaute auf. Er schnäuzte sich. »Zehn Tage später, an dem Tag, an dem Renate zu uns nach Wolfen gebracht werden sollte, traf ein Brief der Universität Leipzig ein. Es sei Alkohol im Blut gefunden worden. Viel Alkohol. Meine Frau sei offenbar alkoholisiert gegen den Pfeiler gefahren, hieß es. Das aber konnte nicht stimmen.«

Er bedachte seine Besucher mit einem bösen Lächeln. »Wenn ich nicht da gewesen und mit dem Pathologen gesprochen hätte, hätten sie garantiert Schlaganfall reingeschrieben, und ich hätte nichts gemerkt. Aber sie dachten sich schon, dass ich das nach der Aussage mit den Gefäßen nicht glaube. Der Arzt hat davon bestimmt berichtet, oder wir wurden abgehört. Sie dachten sich eine andere Lüge aus, um zu vertuschen, dass Renate ermordet wurde.«

»Wieso nehmen Sie das an?«, fragte Herr Bär.

»Ich nehme es nicht an, ich weiß es«, sagte Matthias scharf. »Meine Frau mochte keinen Alkohol. Er schmeckte ihr nicht. Egal ob Bier, Wein oder Schnaps. Nicht mal Likör. Sie hat nie welchen getrunken. Wenn angestoßen wurde, hat sie manierlich am Sektglas genippt und es dann unauffällig an mich weitergegeben, um nicht unhöflich zu wirken.«

Dirk Bär nickte, und zum ersten Mal spiegelte sich auch in seinem nachdenklichen Gesicht etwas von Matthias' Bedrängnis.

»Außerdem kam der Brief nicht direkt von der Gerichtsmedizin, wo er eigentlich hätte herkommen müssen. Er war auf einen Verwaltungsbogen der Universität getippt. Ich bin in der Mittagspause zu einer von Renates Kolleginnen und mit ihr in die Kantine gegangen. Auf dem Weg dorthin habe ich ihr mitgeteilt, dass etwas nicht stimme und ich Renates Tod untersuchen wolle. Sie wollte es nicht genauer wissen. ›Wenn da eine Schweinerei passiert ist, kriegen wir das raus. Ich begleite dich zu ihr.‹ Das war alles, was sie gesagt hat. Renate wurde in unserer Kapelle aufgebahrt. Ich ging mit der Kollegin hin. Sie wollte der Leiche Blut und Gewebe entnehmen, sagte, dass die meisten Gifte sich lange nachweisen ließen. Der Sarg war geschlossen. Wir hätten ihn geöffnet, aber wir kamen nicht an Renate ran. Es war die ganze Zeit einer da. Einer von Horch und Guck.«

Als Milla und Herr Bär schwiegen, schob Matthias nach: »Von der Stasi. Sie haben sie bewacht.«

Herr Bär wurde blass. Milla war es schon lange.

»Woher wissen Sie, dass der Bewacher von der Stasi war?«, fragte sie.

»Kind, das wusste jeder. Man erkannte sie. An der Kleidung. An der Haltung. Am Blick. Jedenfalls, wenn sie erkannt werden sollten. Und das sollten sie bei solchen Einsätzen. Als Einschüchterung.«

»Haben Sie das bei meiner Oma auch erkannt?«

Matthias sah sie unbewegt an. »Deine Oma war ein hohes Tier. Sie war keine, die auf der Straße Leute observierte. Keine, die irgendwo rumstand und sich mit einer Unauffälligkeit wichtigmachte, die keine war und auch keine sein sollte. Deine Oma war wirklich wichtig. Und deshalb gefährlich.«

Matthias bemerkte, wie Millas Ziehvater einen schnellen Blick auf sie warf, bereit zu deeskalieren, aber Milla ließ nichts hochkochen. Sie bewies Nerven, wie auch Agnes sie gehabt hatte.

»Und warum glauben Sie, dass meine Oma etwas mit dem Tod Ihrer Frau zu tun hat?«

»Weil ich sie am Morgen habe vorbeifahren sehen. Mit dem Auto. Viel später als sonst. Agnes fing früh an in Halle. Außerdem fuhr sie fast immer mit dem Zug.«

»Das ist alles?«, fragte Milla.

»Das ist eine ganze Menge bei einer Frau, die normalerweise wie ein Uhrwerk funktioniert. Außerdem ist es nicht alles. In der Werkstatt haben sie das Wrack ausgeschlachtet, um Ersatzteile zu gewinnen. Gab es ja nicht. Die hat man aus Schrottautos ausgebaut. Der Ersatzreifen war wohl platt, aber nicht kaputt. Ich habe ihn immer ordentlich aufgepumpt. Jemand muss also die Luft rausgelassen haben. Und Agnes hatte sich das Auto, eine Woche bevor Renate starb, geborgt. Wer weiß, was sie noch daran manipuliert hat.«

»Herr Hader«, sagte Dirk Bär in einem Tonfall, wie man mit einem Kind spricht, das sich das Blaue vom Himmel zusammenreimt.

»*Herr Hader*«, äffte Matthias ihn nach. »Warum bitte wird eine gewöhnliche Betriebsärztin in der Leichenhalle von der Stasi bewacht? Von Agnes' Verein? Warum schaltet sich die Stasi in die toxikologische Untersuchung ein und macht mir eine Todesursache weis, die nicht stimmen kann?«

»Sie glauben, Ihre Frau habe über dem Lenkrad gehangen, vielleicht betäubt, wenn ich Sie richtig verstehe«, sagte Dirk Bär.

Provozieren lässt er sich nicht, dachte Matthias. Das gefiel ihm eigentlich. Er nickte.

»Dann ist eine Manipulation des Autos eher unnötig, oder?«

Matthias zuckte mit den Schultern. »Vielleicht ist die gute Agnes ja vorsichtshalber zweigleisig gefahren?« Er schnaubte.

»1988 war das?«, fragte Milla und stellte ihre Tasse ab, die sie in der Linken gehalten hatte.

Matthias nickte. Er verstand ihre Frage nicht ganz.

»Dreiunddreißig Jahre. Da ist nicht mehr viel übrig. Aber vielleicht noch ein paar Knochen, in denen man etwas nachweisen könnte«, sagte Milla.

Matthias klappte die Kinnlade herunter. Diese junge Frau, in deren hellbraune Haare sich Sommersträhnen von Renates Blond hineinmischten, diese junge Frau, fast noch ein Mädchen, wenn auch schwanger, die war wirklich eiskalt sachlich, obwohl sie so lieblich aussah. Aufrecht saß sie da, mit geraden Schultern – das einzige Nichtliebliche an ihr.

»Mir ist eine Feuerbestattung nahegelegt worden. Es war Juli.

Es war heiß. Sie hatten Renate zehn Tage in der Kühlung gehabt, einer mäßigen Kühlung. Sie haben sich nicht gerade beeilt. Ich habe damals aufgegeben. Ich wollte Renate ein würdiges Begräbnis angedeihen lassen. Sie hätte vor ihrem Kind, ihren Eltern, ihren Kollegen keine stinkende Leiche sein wollen.«

»Das verstehe ich«, sagte Milla. »Das hätte ich auch so gemacht.«

Matthias schwieg erschöpft. Ihr Tonfall erinnerte ihn an den ältlichen Arzt in der Leipziger Gerichtsmedizin, dessen Beileid ein Beistand gewesen war. Dieses Gefühl hatte er auch bei der Tochter der Mördertochter. Er merkte, dass ihm alles zu viel wurde. »Ich möchte, dass Sie gehen. Ich will Sie nie wiedersehen.«

»Danke, dass Sie so aufrichtig waren.« Milla stand auf. »Ihr Teegemisch war übrigens sehr lecker und belebend.«

Matthias wunderte sich, dass sie einfach so zu gehen bereit war. Eigentlich hatte sie ja etwas anderes wissen wollen. Etwas, das nicht 1988, sondern 1999 geschehen war. Sie hatte sich ablenken lassen. Das war es wert gewesen.

Auch der kräftige Blonde stand auf.

»Darf ich noch auf die Toilette?«, fragte Milla.

Matthias nickte und wies auf die Tür zum Flur. »Gleich links.« Er trug das Geschirr in die Küche und ließ Millas Ziehvater im Flur stehen. Zum Verabschieden trat er bloß noch in die Küchentür.

Als die Haustür hinter ihnen zuschlug, wusch er stumpf das Geschirr ab.

»Es wundert mich, dass du kampflos gegangen bist«, sagte Dirk, als sie das Gartentor hinter sich schlossen.

»Nicht hingucken, aber im Nachbarhaus steht die Nowak hinter der Gardine«, raunte Milla.

»Ist das die mit dem Senf?«, fragte Dirk ebenso leise zurück, als sie auf den kleinen Alfa zugingen. »Hat mir Jola erzählt.«

»Genau die«, sagte Milla und trat zur Fahrertür. Diesmal wollte sie das Steuer übernehmen. »Die war übrigens auch bei der Stasi. Hat sie zugegeben.«

Sie stiegen ein, und Dirk visierte das Nowak'sche Haus im Rückspiegel an, während Milla erklärte: »Sie meinte, Oma sei ein großes Tier gewesen, sie nur ein kleiner Spitzel. Und dass Oma kurz vor Renates Tod Haders Haus durchsucht und vermutlich den Durchschlag, also eine Art Kopie von Renates Untersuchung, mitgenommen habe.«

»Da hat also die Stasi die Stasi bespitzelt.«

»Und Oma Renate geschützt, denn die Untersuchung blieb ja offenbar verschwunden.«

Milla fuhr aus der Siedlung Steinfurth hinaus. »Ich bin übrigens nicht kampflos gegangen«, sagte sie und bog auf der Hauptstraße nach rechts ein.

»Zur Autobahn geht es links.«

»Ich muss noch ein Foto machen«, sagte Milla. Sie hatte gemerkt, dass Matthias weich geworden war. Nicht richtig, aber ein bisschen. Und sie hatte beschlossen, ihn gänzlich weichzukochen. Dafür brauchte sie das Foto.

Sie fuhr durch den kleinen alten Dorfkern von Wolfen, bog in die Straße ein, die zum Chemiegelände führte, und parkte am Rande des Rasenplatzes, der früher einmal ein belebter Platz gewesen sein musste und nun verwaist war. Sie wies seitlich aus dem Autofenster. »Da ist die Feuerwache, in der Opa gearbeitet hat.«

»Ach«, machte Dirk.

»Aber ich muss dahin.« Sie zeigte auf den weiten Platz vor dem ehemaligen Verwaltungsgebäude der Filmfabrik, in dem jetzt das Rathaus Bitterfeld-Wolfen untergebracht war.

»Ein schickes Gebäude. Halbrund, wie die IG Farben in Frankfurt«, sagte Dirk.

»Ich muss nur bis zu der Frau da.« Milla zeigte auf die Statue der Chemiearbeiterin, stieg aus und zückte ihr Handy, hielt Dirk aber dann zurück. »Was meinst du, aus welchem Material die ist?«

»Irgendein dreckiger, verwitterter Stein?«

»Ja, so sieht sie auf den ersten Blick aus, so rau, wie behauen. Es ist aber kein Stein. Die Statue ist auch nicht behauen. Sie ist gegossen und müsste eigentlich ganz glatt sein und goldbraun schimmern. Es ist eine Bronze. Und sie ist völlig verrußt, verwittert, zersetzt. Siehst du die grünen Spuren?«

»Klar.« Dirk nickte.

»Das ist Kupfer, ein Bestandteil von Bronze, der sich in einer chemischen Reaktion gelöst hat. Bei Luft und Regen passiert das nicht. Da gehört mehr zu.«

Milla stiefelte los und rief über ihre Schulter: »Es ist vielleicht ein Denkmal, aber vor allem ist es ein Mahnmal, ein Mahnmal für Renate. Die *Chemiearbeiterin* bezeugt, warum Renate sterben musste, wenn ich das richtig sehe.«

Sie wartete nicht auf Dirk, der langsam hinterherkam, sondern machte verschiedene Fotos. Die ganze Figur und Teile in Nahaufnahme. Dann streichelte sie sie sanft. »Du wirst mir helfen, bestimmt.«

»Ich weiß zwar noch nicht genau, wie du dir das denkst, aber ich muss sagen, diese gebeutelte und doch aufrechte Frau mit ihren Arbeiterhänden beeindruckt auch mich.« Dirk umkreiste die Statue in einem Abstand, in dem er sie gerade noch ganz erfassen konnte.

»Na ja, wenn Matthias sieht, dass ich versuche, Renates Arbeit zu verstehen, weil ich das Leiden dieser Patientin hier diagnostiziere, wird er vielleicht zugänglicher.« Sie machte noch eine Nahaufnahme.

»Er will uns nie wiedersehen, schon vergessen?«

Milla steckte ihr Handy ein und winkte ab. »Da ist das letzte Wort noch nicht gesprochen.«

»Ich hab auch was«, sagte Dirk. »Hab ich gemacht, als du auf dem Klo warst und dein Nichtopa in der Küche.«

»Nichtopa.« Milla kicherte.

Dirk holte sein Handy hervor und zeigte Milla ein Foto, das er in Matthias' Flur von einer Korkpinnwand über dem Schlüsselbrett gemacht hatte. Er zoomte heran. Auf einem Zettel stand *Raik* und daneben eine Handynummer.

»Oh«, machte Milla.

»Also, wenn ich du wäre, würde ich da weitermachen.«

»Erst mal muss ich nachdenken«, sagte Milla. »Komm, wir fahren.«

Milla fuhr schweigend durch Wolfen zurück, das neben dem verschwindend kleinen alten Dorfkern zum großen Teil aus Wohnblöcken verschiedener Jahrzehnte des 20. Jahrhunderts mit Rasenflächen und Wäscheplätzen bestand. Diese Flächen und die Gehsteige waren menschenleer. Ein bedrückender Anblick, fand Milla. Eigentlich wie eine Apokalypse. Erst der Dreck, der schweflige Gestank der Hölle, in der die Menschen früher jeden Tag arbeiten gingen, dann der teuflische Totentanz des Werkabrisses und schließlich die Grabesstille.

Auf der Strecke bis zur Autobahn schaute sie hin und wieder über das flache, reiz- und nahezu baumlose platte Land links und rechts der Straße. Erst auf der A9, dieser rauschenden Nord-Süd-Lebensader, gewann sie so viel Abstand zu dem lieblich durchsonnten Totenzimmerchen des Siedlerhauses in Wolfen, dass sie nachdenken konnte.

Matthias hatte Agnes schwer belastet, zweifelsohne. Und ihre Oma hatte auf dem Sterbebett von ihrer großen Schuld gesprochen. »Meinst du, Agnes hatte wirklich etwas mit Renates Tod zu tun?«, fragte Milla Dirk, der still auf dem Beifahrersitz saß und sie offenbar in Ruhe denken lassen wollte.

»Zu einem Mord gehört zwingend ein Motiv. Und ich sehe keins.«

So schnell und bestimmt, wie Dirk das sagte, hatte er garantiert über die gleiche Frage nachgedacht. »Du willst mich trösten. Du willst nicht, dass ich mich als Tochter der Mördertochter fühle«, sagte Milla.

»Fühlst du dich so?«

»Nee, eigentlich nicht.« Milla überlegte. Sie dachte an ihre Mutter und an das letzte, schiefgegangene Kissenkuscheln. An Jolas Vogel-Strauß-Politik den Vater ihres Kindes betreffend, die so gar nicht zu ihrem sonstigen offenen Wesen passte. Sie dachte an das kühle Verhältnis zwischen ihrer Mutter und ihrer Großmutter. Jola hatte einmal erzählt, dass es bei der Flucht aus der DDR den entscheidenden Knacks bekommen habe, weil sie sauer gewesen sei, dass sie ihre Freunde hatte verlassen müssen. Zum Beispiel ihren Buddelkasten- und Schulfreund Raik, dachte Milla jetzt bei sich. *Turteltäubchen*, so hatte Frau Nowak die zwei bezeichnet. »Ich weiß nicht, vielleicht ein bisschen«, sagte sie schließlich.

»Wieso?«, fragte Dirk.

»Warum sind die eigentlich wirklich abgehauen?«, fragte Milla zurück.

Dirk rückte den Beifahrersitz des kleinen Alfas bis zum Anschlag zurück, um mehr Platz für seine langen Beine zu haben. »Ich erinnere mich an ein Gespräch zwischen deiner Mutter und deiner Oma, das ich mitbekommen habe, als wir 1999 zusammengezogen sind. Agnes hat deiner schwangeren Mutter beim Umzug geholfen. Beim Sachenpacken muss das Thema Flucht irgendwie hochgekommen sein. Jedenfalls fragte Jola dasselbe. Also warum ihre Eltern damals wirklich abgehauen seien. Und Agnes sagte etwas Interessantes: ›Ich wäre auch allein abgehauen, aber ich habe es nicht übers Herz gebracht.‹ Sie erklärte dann, dass sie sich ausgerechnet habe, dass die maroden Werke in Wolfen und Bitterfeld stillgelegt werden und die westdeutschen Konzerne den Kuchen unter sich aufteilen würden. Und dass ihr klar gewesen sei, dass um Jola und Franz alles zusammenbrechen würde.« Dirk wackelte mit den Füßen. Wahrscheinlich waren ihm die Beine eingeschlafen, bevor er den Sitz zurückgefahren hatte. »Wenn man das Trauerspiel da sieht, hat sie Weitsicht bewiesen. Aber interessant ist natürlich –«

»Der erste Teil. Dass sie auf jeden Fall abgehauen wäre.«

»Genau.«

»Weil sie Angst hatte, dass was rauskommt, wenn alles zusammenbricht.«

»Vielleicht. Vielleicht aber auch nicht. Dass eine wie Agnes im Sommer '89 den Zusammenbruch vorausgesehen hat, kann ich nachvollziehen. Sie hatte einen messerscharfen Verstand und vermutlich auch Zugang zu Informationen, den andere nicht hatten. Agnes wäre nicht Agnes gewesen, wenn sie nicht weitergedacht hätte. Es ist gut vorstellbar, dass sie im Westen sein wollte, ehe die vielen Arbeitslosen aus dem Osten rüberschwappten. Sie und Franz waren 1990 bei der Wiedervereinigung, als die Ostdeutschen flächendeckend in den freien Fall gerieten, in trockenen Tüchern.«

»Wenn sie so weit gedacht hat, also eine Wiedervereinigung einkalkuliert hat, musste sie so oder so damit rechnen, dass was rauskommt. Egal, wo sie lebt.« Milla haute auf das Lenkrad. Das war einfach zu vertrackt! Wie es wirklich gewesen war, was sie auf dem Kerbholz hatte und was nicht, hatte ihre Oma wohl tatsächlich mit ins Grab genommen.

Milla drückte aufs Gas, und der Alfa schoss auf die linke Spur. Sie überholte drei größere Limousinen und reihte sich dann wieder in der mittleren Spur ein.

»Kleines Frustüberholen«, kommentierte Dirk.

Milla warf ihm einen Seitenblick zu und sah ihn schmunzeln. »Mach ich gleich noch mal.«

Sie machte es die nächsten fünfzig Kilometer, bis auf dem Berliner Ring die Geschwindigkeitsbegrenzung aufleuchtete.

»Ich finde das alles sehr spannend«, nahm Dirk den Gesprächsfaden wieder auf. »Aber wenn ich an Franz denke, glaube ich, ist es gut, dass wir nie dahinterkommen werden, was wirklich war. Warum sollte er sich noch mit etwas Schlimmem rumschlagen müssen, was seine Frau vielleicht verbrochen hat? Nach ihrem Tod, wo er mit seinem Schmerz allein ist.«

Milla dachte an Navid und seine Ansicht, dass es unmöglich sei, Schuld mit ins Grab zu nehmen, weil sie immer auf der Erde zurückbleibe und der nächsten Generation eingepflanzt sei. Vielleicht war nicht nur die Schuld der nächsten Generation eingepflanzt, sondern auch die Verbitterung der Opfer. »Du willst Gnade vor Recht ergehen lassen«, sagte sie aus ihren Gedanken heraus.

»Warum nicht?«, fragte Dirk.

»Weil ich glaube, dass das nur die Opfer können. Und bei denen sehe ich wenig Wille zur Gnade, sondern viel Verbitterung. Deshalb müssen wir mit dieser Telefonnummer von Raik umgehen wie mit einem rohen Ei.« Sie bremste auf Tempo achtzig ab, als sie den alten Kontrollpunkt Dreilinden passierten.

»Schaden kann es nicht«, sagte Dirk. »Ich schicke sie dir trotzdem aufs Handy.« Er kramte sein Telefon heraus und tippte.

»Danke, dass du mitgekommen bist«, sagte Milla, als sie in ihre Straße einbogen.

»Sprotte?«

»Ja?«

»Konzentrier dich auf dich. Auf dich und Navid und euer Baby.«

Milla hielt vor dem Haus, schnallte sich ab und nickte. »Verstanden. Vor allem auf dein Sprottenspröttchen.« Sie umarmte ihren Ziehvater und küsste ihn auf die Wange. Mit »dein Sprottenspröttchen« wollte sie ihn wissen lassen, dass er immer zu ihr und ihrem Kind gehören sollte, egal, was geschah.

Dirk küsste zurück. »Da bin ich aber froh.«

»Danke noch mal. Grüß Toni und Mama.« Sie stiegen aus,

Dirk setzte sich hinters Lenkrad und fuhr nach Kreuzberg weiter. Milla ging ins Haus.

Als sie die Wohnungstür öffnete, kam ihr Navid, der den Schlüssel im Schloss gehört haben musste, entgegen und schaute ihr prüfend in die Augen. »Meine Süße«, sagte er und nahm sie in die Arme.

Milla kuschelte sich hinein. Navid war zwar eigentlich zu dünn, um kuschelig zu sein, aber er war kräftiger, als er aussah, spitze Knochen stachen nicht hervor, und vor allem war er ein geschickter Umarmer. Er schmiegte Milla in seine Schulter und Armbeuge und breitete seine großen warmen Hände wie Schirme aus, sodass sie sich immer geborgen fühlte.

»Na, wie war es?«, fragte er und küsste Millas Augen, ihre Nasenspitze, ihren Mund. Dann sah er sie an.

»Heftig. Schlimm. Wir haben in Renates Zimmer gesessen. Ich glaube, Matthias hat es so gelassen, wie es war. Es war eindeutig das Zimmer einer Frau. Heimelig irgendwie, aber wie ein Museum. Es standen nur alte Bücher im Regal. Zum Beispiel von Christa Wolf, die haben wir in der Schule gehabt. Die war berühmt in der DDR.«

»Ein bisschen creepy?«

»Ich bin jedenfalls froh, dass ich wieder hier bin.« Milla drückte sich an Navid. »Nicht nur bei Matthias ist es so. Eigentlich ist ganz Wolfen ein Friedhof. Als Opa es mit Leben gefüllt hat – altem Leben –, ist mir das gar nicht so aufgefallen. Aber diesmal ... Weißt du noch, Opa hat erzählt, dass fünfzehntausend Leute in der Filmfabrik gearbeitet haben.«

»Da, wo jetzt weitgehend Brache ist.« Navid nickte.

»Ja, aber die Wohnblocks der Arbeiter stehen noch. Die sind übrig geblieben. Und die Arbeiter auch, nur ohne Arbeit. Alles, was da ist, ist irgendwie übrig geblieben. Rest. Restdeutschland. Kann weg.« Sie stöhnte. »Lass uns irgendwo was essen gehen. Ich muss unter Leute. Unter fröhliche Leute.«

»Zum Griechen um die Ecke?«

»Genau richtig.« Milla nickte. Der Grieche war eine Institution. Die Portionen waren groß, die Kellner mit den Anwohnern per Du, und die Preise blieben moderat, das Essen solide und einfach.

Sie wurden mit einem Hallo begrüßt, Millas Bäuchlein gebührend bewundert, und natürlich bekam sie auch einen Ouzo hingestellt, ob schwanger oder nicht.

»Da muss unser Kind jetzt durch«, sagte Milla und hob ihr Gläschen.

Navid lächelte und stieß mit ihr an. Er weiß, dass ich ein Schisser bin und sowieso nur ein kleines Schlückchen trinke, dachte Milla und tat genau das. Oder fast genau, denn das Schlückchen fiel an diesem Abend doch nicht ganz klein aus. Das Aroma, die leichte Schärfe, die Wärme, sie brauchte etwas für die Sinne.

Sie aßen Lamm mit Bohnen, und Milla erzählte von ihrem Tag.

»Er hat Oma ganz schön belastet«, fasste sie zusammen, was sie erfahren hatte. Die Teller wurden abgetragen, der Ouzo nachgefüllt. »Wenn es stimmt, wenn er sich nichts zusammenreimt …«, schränkte Milla ein.

»Irgendwas muss ja passiert sein«, sagte Navid.

»Was Matthias Hader betrifft, ist es eigentlich auch egal, ob Agnes wirklich was damit zu tun hatte oder nicht. Wenn er es glaubt, handelt er entsprechend.«

»Wie meinst du das?«

»Navid, er weiß, dass ich seine Enkelin bin. Er hat zwar drum herumgeredet, aber er weiß es. Wie er mich angeguckt hat …« Milla griff zu ihrem Ouzo. Er war herrlich kräftig. Wenigstens noch mal dran riechen. »Nur – woher weiß er es so genau? Kann das wirklich nur die Ähnlichkeit sein? Ich meine, Renate hatte eine auffällige blonde Lockenmähne. Habe ich nicht. Sie war klein und drall. Bin ich nicht.« Sie beäugte erneut ihren Ouzo.

»Was, wenn er gewusst hat, dass ich unterwegs war? Als Mama mit Dirk und Toni zusammengezogen ist, war sie hochschwanger, und da war sie allein. Aber was war vorher?« Sie griff zu dem Glas.

Da legte Navid die Hand auf ihre. »Wir gehen jetzt nach Hause und ins Bett. Keine Widerrede. *Ich* will dein Ouzo sein.« Er signalisierte dem Kellner, dass er bezahlen wollte.

Auf dem Heimweg legte Navid den Arm um Milla. »Bei Jola beißen wir auf Granit. Aber bei Franz haben wir es noch nicht probiert. Wie der auf den Fotos Renate angesehen hat … Wenn du mich fragst, war da was im Busch. Vielleicht war ja auch alles ganz anders.«

»Oh nee«, machte Milla.

»Wie auch immer, mein Täubchen. Jetzt haben wir erst mal Besseres zu tun.« Er schloss die Haustür auf, zog sie über den Hof und die Treppe hinauf und ohne anzuhalten direkt ins Bett. Dort wärmte er sie und lenkte ihre Aufmerksamkeit auf sie selbst und auf ihn und sonst niemanden.

8

Berlin, November

In der nächsten halben Woche regnete es. Milla vereinbarte mit der Hochschule einen Sonderstudienplan für das Semester. Wenigstens zwei Scheine wollte sie machen und eine Prüfung ablegen, wenn das Kind schon da sein würde.

»Ich bestehe darauf, dass dein Kalender vierzig freie Tage hat«, sagte Navid, als Milla bei einer Tasse Kräutertee mit etwas schwarzem alles zurechtzirkelte. Vorgezogene Laborwochen, Lernwochen.

Sie sah auf.

Ihrem fragenden Blick begegnete er mit einem weichen. »Das ist bei mir zu Hause so üblich. Wenn eine Frau ein Kind gebiert, wird sie vierzig Tage in Ruhe gelassen. Auch Besuch kommt erst später, nur die engste Familie beglückwünscht die Mutter eher. In diesen vierzig Tagen erholt sich die Frau von der Geburt und macht sich mit ihrem Baby bekannt. Sie knüpfen das enge Band, das beide durchs Leben trägt.«

Er drehte seine Bierflasche auf dem Tisch hin und her und schaute aus dem Fenster auf den Baum im Hof, dessen bunte Blätter müde wirkten. Vor sein inneres Auge schob sich die Krone des Maulbeerbaums hinter ihrem Haus, unter der er mit seiner Mutter manchmal gesessen hatte.

»Meine Mutter hat mir erzählt, wie unterschiedlich wir alle von Anfang an waren. Dass sie in dieser allerersten Zeit sah, wie sie auf jedes ihrer Kinder eingehen musste. Sie hat es bei mir, ich war ja der Älteste, erst etwas merkwürdig gefunden, zu Hause eingesperrt zu sein. ›Aber am Ende der vierzig Tage habe ich begriffen, was für eine magische Zeit das ist‹, hat sie gesagt. Ich erinnere mich noch daran, dass ich später in dieser Zeit auf meine jüngeren Geschwister aufpassen musste. Von morgens bis abends.«

»Du willst mich jetzt aber nicht zu Hause einsperren!«, fuhr Milla auf.

»Du hast zwölf Wochen Mutterschutz, mindestens sechs nach der Geburt. Das sind zweiundvierzig Tage.«

»In denen ich mich nicht an der Hochschule blickenlassen darf.«

»Das wirst du auch nicht wollen, glaub mir. Nimm dir diese Zeit, Milla. Plane sie wenigstens ein. Ich unterstütze dich, so gut ich kann. Und natürlich sperre ich dich nicht ein. Ich wäre aber gern ein Vater, der seiner Frau diese magische Zeit ermöglicht.«

Navid merkte, wie sehr ihn diese Erinnerung zu seiner Familie zurückzog, an die er sich selten zu denken erlaubte, schon um sich zu schützen. Und er stellte fest, dass ihn bei dem Gedanken, in die Fußstapfen seines Vaters zu treten, Wärme durchströmte. Nicht das Entsetzen über die letzten Bilder, das sonst immer sofort da war. Er sah nun vor sich, wie sein Vater sich damals mit den kleineren Geschwistern abgemüht hatte, während seine Mutter irgendwo in einem ruhigen Zimmer das letzte Neugeborene stillte. Er erinnerte sich daran, wie er an der Schlafzimmertür seiner Eltern vorbeigegangen war, als eine seiner Schwestern geboren worden war. Sein Vater hatte in der Tür gestanden und hineingeschaut. Navid war seinem Blick gefolgt und hatte an der Hüfte des Vaters vorbeisehen können. Seine Mutter hatte auf der Seite im Bett gelegen, das Baby vor sich, Aug in Aug, und offensichtlich war eine Unterhaltung ohne Worte im Gang gewesen. Als der Vater ihn bemerkt hatte, hatte er die Tür leise geschlossen und war mit ihm zum Drachensteigen gegangen.

Milla sah ihn nachdenklich an und trank von ihrem Teemix.

»Ich habe einen Hochzeitsanzug«, sagte Navid. »Ich bin mit

Toni durch Läden gezogen, von denen ich nie auch nur geahnt hätte, dass es so was gibt. Herrenausstatter!«

»Echt? Mit Toni?«

»Ja, er hat ihn bezahlt. Das ist sein Hochzeitsgeschenk.«

»Toni und Dirk sind die Größten.«

»Sind sie. Wann heiraten wir?«

Milla stellte ihre Tasse auf den Tisch und faltete den Semesterkalender zusammen, den sie sich aus zwei A4-Blättern gebastelt und in dem sie alles mit Bleistift rund um den Geburtstermin eingetragen hatte. Kurz erschienen die kleinen Grübchen, als ein Lächeln über ihr Gesicht zog. »Wir heiraten, wenn wir die Familie zusammenhaben, soweit sie vorhanden ist. Wie du gesagt hast.«

Navid machte große Augen. Er hatte ein bisschen gebraucht, um zu verstehen, dass man eine Schwangere hochzeitstechnisch nicht hängenließ, und jetzt …

»Wir machen vorsichtshalber für Dezember einen Termin beim Standesamt, damit du als Vater des Kindes mit allen Rechten versehen bist, wenn es kommt. Ich möchte eine stolze Ehefrau sein. Aber du hast recht, wir feiern erst, wenn wir die Verbitterung aus der Familie entweder rausgekriegt haben oder wissen, dass es ist, wie es ist. Und deshalb«, sie holte ihr Handy hervor und tippte darauf herum, »deshalb rufen wir jetzt diese Nummer hier an.« Sie hielt Navid das Foto vor die Nase, das Dirk in Matthias Haders Flur von Raiks Telefonnummer gemacht hatte.

* * *

Frankfurt, November

Raik war gerade vom Squash nach Hause gekommen, als sein Handy klingelte. Squash war zwar ein schneller Sport, aber er erinnerte ihn immer an das Federballspielen in seiner Kindheit. Jola und Sandra hatten es geliebt, und ihm hatte es nichts ausgemacht, dass es ein Mädchenspiel war.

Wenn er mit Jola die Bälle hin und her geschlagen hatte, war das wie Meditieren gewesen. Manchmal hatten sie auch schwierige Probleme dabei gelöst. Wie sie eine FDJ-Versammlung schwänzen konnten zum Beispiel. Am besten hatte die Ausrede mit der Kotze funktioniert. Raik hatte damals vorgegeben, dass er Jola hatte abholen wollen und sie offenbar irgendetwas Schlechtes gegessen hatte. Als sie ihm die Tür geöffnet habe, habe sie in einem Schwall alles auf sein FDJ-Hemd gespuckt. Jola hatte übernommen und Konsistenz und Geruch zu schildern begonnen, da hatte ihre Lehrerin abgewinkt. Klar, dass sie erst mal die Schweinerei hätten beseitigen müssen und Jola dann schon wieder … Na ja, da habe er sie ja wohl kaum alleinlassen können.

Seufzend ging Raik jetzt dran. Seine Handynummer hatten seine Freunde, sein Vater und seine Kollegen. Patienten bekamen sie nicht. Diese unbekannte Nummer konnte also eigentlich nur der neuen Ärztin gehören, die ihn und sein Team auf der Inneren unterstützen sollte.

»Raik Hader?«, meldete er sich mit einem Fragen in der Stimme.

»Hier ist Milla Reinhoff«, kam eine recht tiefe Frauenstimme durch den Hörer. »Ich muss gestehen, dass ich mir Ihre Nummer heimlich angeeignet habe, vom Pinnbrett Ihres Vaters.«

Ach je, dachte Raik und konnte ein Stöhnen geradeso unterdrücken. Irgendeine Schnepfe vom Wolfener Blut-und-Boden-Verein, wie er den Heimatverein seines Vaters bei sich nannte. »Ich mache bei dem Verein meines Vaters nicht mit«, sagte er vorsichtshalber.

»Wie? Äh, nein, ich rufe nicht wegen des Vereins an.«

»Ist irgendwas mit meinem Vater?« Aus dem Flurspiegel schaute ihm ein entsetztes Gesicht entgegen, das von verschwitzten hellbraunen Locken mit grauen Strähnen umrahmt wurde.

»Nein. Nein, nein. Entschuldigen Sie, ich wollte Sie nicht erschrecken. Mit Ihrem Vater ist bestimmt alles in Ordnung, jedenfalls war er vor ein paar Tagen noch gesund und munter.«

Raik schüttelte seine Sneakers von den Füßen, ging in die Küche und guckte in den Kühlschrank. Bier war noch da. Er griff sich eine Flasche und stellte sie auf die Arbeitsplatte. Irgendwie war ihm unbehaglich. *Reinhoff* und das Pinnbrett in der alten Werksiedlung. Das war ein bisschen viel Zufall.

»Und was ist der Grund Ihres Anrufs?«

»Also, halten Sie mich nicht für verrückt, ich weiß auch nicht, wie ich es sagen soll, ich wollte es ganz vorsichtig machen, aber irgendwie geht das nicht.«

Raik wurde es immer unbehaglicher. Er starrte auf die Bierflasche, als sei sie eine ungesicherte Granate.

»Es könnte sein, dass ich Ihre Tochter bin«, sagte die Frau am anderen Ende der Leitung und ließ die Granate hochgehen. Allerdings nicht die Bierflasche. Die stand noch da und beschlug gerade.

»Wie alt sind Sie, Frau Reinhoff?«, fragte Raik, um irgendwas zu fragen.

»Ich bin am 1. Januar 2000 geboren.«

Raik rechnete sich flugs die vorhergehende Schwangerschaft aus, und ihm wurde heiß und kalt. Es konnte stimmen. Viel später wäre nicht gegangen, und wesentlich früher auch nicht, weil Jola dann zu einem Zeitpunkt von ihrer Schwangerschaft gewusst hätte, als sie noch zusammen gewesen waren. Trotzdem …

»Haben Sie Facetime?«, fragte er.

»Klar.«

»Ich hab ja jetzt Ihre Nummer. Ich komme gerade vom Sport. Ich gehe duschen und rufe Sie in einer halben Stunde über Facetime an.«

»Super. Danke«, sagte die Frau am anderen Ende. Sie schien zu zögern.

»Ist noch was?«, fragte Raik.

»Vielleicht. Bekommen Sie keinen Schreck. Ich sehe wohl Ihrer Mutter sehr ähnlich.«

»Hm«, machte Raik. »Bis später.« Er legte auf.

So war das also. Auf diese Weise erfuhren Männer von Kindern, die sie gezeugt hatten, ohne es zu wissen. Er starrte auf die Bierflasche, gab sich einen Ruck und öffnete sie. Er nahm einen großen Schluck und schaute hinaus auf die gegenüberliegende Hauswand. Gelblich mit den typischen Frankfurter Fensterumrandungen in der Farbe geronnenen Blutes. Er trank noch einen Schluck. Eine Goldgräberin war unwahrscheinlich. Er war zwar Arzt, hatte aber sein Verdientes immer ausgegeben. Für Reisen, für sein schnelles Auto. Dazu kamen der Name und dass sie offenbar in Wolfen gewesen war. Das Letzte, was er von dort gehört hatte, war, dass Jolas Mutter gestorben war. Eine Freudennachricht für seinen Vater. Davor hatten sie das letzte Mal 1999 über diese Frau gesprochen.

* * *

Wolfen, April 1999

Bevor er an jenem letzten Apriltag, einem Freitag, zum Zug gerannt war – er war spät dran, weil er Nachhilfe gegeben und sein Hannoveraner Schwachsinniger ewig nicht kapiert hatte, wie die Enzyme im Magen zusammenwirkten –, hatte er noch schnell einen Brief aus dem Kasten gefischt und in seine Reisetasche gestopft. Jetzt brach die Nacht herein, und er hatte sich nach einem Arbeiterabendessen aus Würstchen, Brot, Gewürzgurken und Bier in sein ehemaliges Kinderzimmer unterm Dach in Wolfen zurückgezogen, froh, seinem Vater entkommen zu sein, der wie immer über das abgehängte Wolfen lamentiert hatte.

Raik packte seine Tasche aus und stieß auf den Brief. Irgendetwas Steifes steckte darin. Er öffnete ihn, und heraus fielen zwei Fotos. Sie rutschten auf den alten gelb-weiß gestreiften Webteppich vor seinem Bett. Auf beiden war Jola zu sehen, mit einem Kommilitonen, wenn er sich recht erinnerte. Er war ihm schon aufgefallen, hatte offenbar Interesse an ihr.

Raik starrte auf die Fotos, und statt sie aufzuheben, ließ er sich daneben auf den Fußboden sinken und lehnte sich an sein Bett. Er fasste sie nicht an, als könnten sie ihn verbrennen. Mit den Fotos war eine Karteikarte herausgerutscht, so eine, wie Jola sie zum Lernen verwendete. Die nach oben zeigende Seite war unbeschrieben.

Raik spürte, dass hier etwas nicht stimmte. Er konnte sich nicht überwinden, die Karte umzudrehen. Stattdessen starrte er im lieblosen Licht der Deckenlampe auf die Fotos.

Das eine zeigte Jola bei einer Gartenschlauchspritzerei. Sie war schon ganz nass, hatte eine Gänsehaut. Er hatte sofort ihr fröhliches Kreischen im Ohr. Der Typ hielt den Schlauch und lachte, während sie offenbar versuchte, ihn ihm zu entreißen. Ihre rotblonden Haare flogen.

Das andere zeigte sie dort, wo sie immer ihr Fahrrad an der Uni abstellte. Und obwohl sie einfach nur dastand und der Typ auch, stach ihm dieses Foto viel mehr ins Herz. Jola hatte einen verliebten Blick im Gesicht, ihren Blick für ihn. Hatte er jedenfalls bis eben gedacht. Und was fast noch schlimmer war: Sie trug ihre Lieblingsbluse, die Sandra ihr an ihrem letzten Geburtstag in der DDR geschenkt hatte. Die Bluse, die er nach ihrer Flucht in den Westen aus ihrem Zimmer geholt, neun Jahre bei sich aufbewahrt und ihr dann gegeben hatte. Ein Geständnis seiner Liebe, ein Fingerzeig, dass er sie all die Jahre nicht vergessen hatte. Er konnte gar nicht richtig hinschauen, sondern drehte das Foto um und dann auch das andere.

Jetzt lagen drei weiße Papiere neben ihm auf dem ausgeblichenen Teppich, dessen Weiß wie alles Weiß, was nicht in die Kochwäsche konnte, im Laufe der Wolfener Jahre grau geworden war. Er nahm das Kärtchen in die Hand, holte tief Luft und drehte es um. Darauf stand: *Entschuldige. Ich brauche es leicht. Ohne Altlasten. Jola.*

In Großbuchstaben, Druckschrift. Es wirkte fremd. Es war auch vollkommen fremd. Merkwürdig. Abartig. Wie aus einem falschen Film.

Jola war Mitte der Woche zu einer Studienfahrt zu Bayer nach Leverkusen aufgebrochen, und dieser Typ war garantiert auch mit. Sie musste den Brief vor ihrer Abfahrt bei ihm eingeworfen haben. Raik wurde übel.

Schnell schob er die Fotos und die Karte, ohne noch einmal darauf zu schauen, zurück in den Umschlag, zog die Reisetasche zu sich und steckte ihn hinein. Dann lehnte er sich wieder an sein Bett. Am liebsten würde er jetzt die Zeit zurückdrehen. Aber das ging nicht. In seinem Brustraum tat sich ein Loch auf, das er sich schwarz vorstellte, hohler als hohl. Im nächsten Augenblick drückten Tränen in diese Höhlung. Von unten, aus Richtung Zwerchfell brachen sie sich Bahn, wurden hochgedrückt, und dann schluchzte Raik, wie er nicht mal geschluchzt hatte, als er dreizehn gewesen war und herausgefunden hatte, dass die Liebe seines Lebens unerreichbar weit weg im Westen war. Jetzt war die Liebe seines Lebens zur Enttäuschung seines Lebens geworden.

Als die Schluchzer unkontrollierbar wurden, drehte Raik sich um und grub das Gesicht in die Bettdecke. Jetzt rang er zwar zwischen den Schluchzern und den Daunen nach Luft, aber er wollte nicht, dass sein Vater ihn hörte, dem er das Jammern immer vorwarf. Und das Haus war hellhörig.

Im Weinen kroch Raik erst auf das Bett und dann unter die Decke. Er kannte Jola. Wenn sie ihm so etwas schickte, hatte sie nachgedacht. Nachgedacht, sich in eine Beziehung mit diesem Typen eingefühlt und entschieden. Es war vorbei.

Sie kannte auch ihn. Sie wusste, dass er ebenso wie sie sah, folgerte, entschied. Und sie hatte ihm etwas Eindeutiges zum Sehen,

Folgern und Entscheiden geschickt. Keine großen Worte. Zack, und ein Ende mit Schrecken. Er weinte und weinte, bis seine Augen fast zuschwollen und ihm schwindlig wurde. Irgendwann glitt er in einen Dämmerschlaf, aus dem er im Morgengrauen aufwachte.

Altlasten.

Er musste mit seinem Vater reden. Heute, wenn sie wie jedes Jahr am 1. Mai den Garten auf Vordermann brachten. Er wollte alles wissen. Er zog die Sachen von gestern aus, ging leise ins Bad und schaute in den Spiegel. Seine Augen waren dick, die Lider schienen kurz vor dem Platzen zu sein. Mist, dachte Raik, nahm sich ein Handtuch, tränkte es mit kaltem Wasser und machte sich eine Kompresse.

Er setzte sich auf den Klodeckel und fror. Aber kühlen musste er eine Weile, wenn er seinem Vater so nicht unter die Augen treten wollte. Noch einmal hochzulaufen, wagte er sich aber auch nicht, um ihn nicht zu wecken. Raik öffnete den schmalen Schrank, den Matthias zwischen Badewanne und Waschbecken eingebaut hatte und in dem Handtücher und Klopapier aufbewahrt wurden, seit Raik denken konnte. Im obersten Fach, zu dem selbst er sich recken musste, lag etwas Eingerolltes. Frottee. Dunkelblau mit irgendwas Buntem. Das war doch … Er zog es heraus, und es rollte sich auf. Es war tatsächlich der Bademantel seiner Mutter. Den hatte sein Vater also nicht weggeworfen.

Raik zog ihn an. Die Ärmel reichten ihm nicht mal bis zu den Handgelenken, und er bedeckte geradeso seine Oberschenkel, aber mit dem Gürtel konnte er ihn um sich herumwickeln. Besser als nichts. Er tränkte die Handtuchkompresse erneut mit kaltem Wasser, wrang sie aus, setzte sich wieder auf den Klodeckel und hielt sich den feuchten, kühlenden Stoff auf die Augen.

Auch wenn seine Lider geschlossen waren, sah er seine Mutter in ihrem Bademantel vor sich an der Ostsee in der Sonne stehen, die Füße in der auslaufenden Brandung. In den dunkelblauen Frottee waren bunte Segelboote eingewebt, sie bestanden aus Streifen. Orange, gelb, hellblau, weiß und grün. Angeordnet waren sie ebenfalls in Streifen, und zwischen ihnen liefen mehrfarbige Blockstreifen in derselben Kombination. Der Bademantel war zwar farbenfroh und fröhlich, aber geordnet. So wie seine Mutter es gewesen war.

Raik nahm das Handtuch weg und öffnete die Augen. Sein Blick fiel auf seine Schenkel, und für einen Augenblick sah er unter dem Saum des Bademantels statt seiner behaarten Männerbeine die runden, weichen seiner Mutter. Eine gedankliche Täuschung, die ihn schnell wieder die Kompresse vor die Augen halten ließ, um den Moment noch ein wenig festzuhalten. Er hatte es als Kind geliebt, sich an seine Mutter zu kuscheln, die überall weich gewesen war, und diese Täuschung war so bittersüß, dass er fast erneut losgeweint hätte.

Die Tür ging auf, und sein Vater stand im Schlafanzug vor ihm. »Was machst du denn da? Zieh den aus!«

Raik sah seinen Vater an. Der zog die Augenbrauen zusammen. Die Kompresse hatte offenbar noch nicht besonders gewirkt, aber das war jetzt auch egal. Raik erhob sich und hängte das feuchte Handtuch auf. »Nein. Renate war nicht nur deine Frau, sondern auch meine Mutter.«

»Ist ja gut«, lenkte Matthias ein. »Ich muss pinkeln.«

Raik verließ das Bad.

Eine Dreiviertelstunde später saßen sie beide geduscht am Frühstückstisch, der Bademantel lag eingerollt wieder an seinem Platz im Schrank.

»Mich überkommt es auch immer wieder mit deiner Mutter«, sagte Matthias und schmierte sich ein Brötchen mit Pflaumenmus.

Gut, dachte Raik. Er hat aus den verheulten Augen den falschen Schluss gezogen. Ich bleibe einfach bei Mutti, dann erfahre ich alles und muss Jola nicht mal erwähnen. »Wie bist du eigentlich darauf gekommen, dass es kein Unfall war?«, fragte er. »Abgesehen davon, ob Agnes Reinhoff ihre Finger im Spiel hatte oder nicht?«

»Ich wusste es von Anfang an, aber ich konnte es nicht beweisen. Im Schreiben der Gerichtsmedizin stand, dass Renate laut toxikologischem Gutachten alkoholisiert war. Sie sei offenbar betrunken an den Brückenpfeiler gerauscht.«

»Mutti? Betrunken? Aber sie hat nie Alkohol getrunken.«

»Ja«, sagte sein Vater. »Genau.«

Raik sprang auf und tigerte durch die Küche. »Frau Reinhoff hat das gewusst. Die hätte so einen Fehler nicht gemacht.«

»Die?« Sein Vater schnaubte. »So eine geht doch nicht selbst in die Gerichtsmedizin! Die hatte ihre Schergen. Und die waren da, das hat mir der Pathologe, der die Obduktion vorgenommen hat, zugeflüstert, bevor er mich hinauskomplimentiert hat. Normalerweise kommt bei solch merkwürdigen Todesfällen der Staatsanwalt und leitet die Obduktion.«

»Aha.«

»Er ist aber nicht gekommen. Er habe ›ein anderes Untersuchungsorgan beauftragt‹, hat mir der Pathologe erzählt.«

»Und das war die Stasi?«, fragte Raik.

»Ja, die hatte Polizeigewalt, falls du dich erinnerst«, sagte sein Vater säuerlich. »Los, wir reden draußen weiter, wir müssen Komposterde auf dem Rasen verteilen, damit er schön durchwächst, wenn es jetzt warm wird.«

Sie räumten die Reste ihres schlichten Männerfrühstücks, bestehend aus Kaffee, Toast, Eiern und Marmelade weg, und gingen hinaus. Raik holte die Schubkarre aus der Garage, während Matthias schon einmal mit dem Spaten zum Komposthaufen vorging.

Während sein Vater die Schubkarre vollschippte, nahm Raik den Faden wieder auf. »Jo–« Jetzt hätte er beinahe doch Jola erwähnt, die ihm erzählt hatte, was Agnes auf die Vorwürfe seines Vaters erwidert hatte. Er formulierte es schnell als Frage. »Warum sollte Agnes Reinhoff ihre Freundin umbringen lassen? Renate und sie waren wirklich Freundinnen, Vati.«

»Tja. Die Frage habe ich mir auch gestellt. Dabei ist die Antwort eigentlich ganz einfach. Als Renate aufs Ganze gegangen ist, musste Agnes handeln. Aus Renates Untersuchung geht hervor, dass sie zehn Jahre lang geforscht hat. Stell dir nur vor, was Agnes' Vorgesetzte gesagt hätten.« Er stützte sich auf den Spaten. »Die erste Frage wäre doch gewesen, warum Agnes von alldem keinen Wind bekommen habe. Zehn Jahre lang. Dann hätte man festgestellt, dass Agnes mit Renate befreundet war. Und dann? Das wäre nicht gut ausgegangen für Agnes, die Sauberfrau.«

Raik musste unwillkürlich lächeln. Er sah Agnes Reinhoff vor sich, im Kostüm im Garten, so war es seine ganze Kindheit über gewesen. Auch in ihrem Haus und besonders in der Küche war immer alles sauber und akkurat gewesen, ganz anders als bei ihnen zu Hause. Seine Mutter hatte es nie so genau genommen.

Er fuhr mit der Schubkarre ums Haus und verteilte die erste Fuhre mit einer groben Harke im Vorgarten, rund um den Fahnenmast herum, den Matthias in die alte Halterung aus der Nazizeit gesteckt hatte, die noch im Rasen verankert und nur überwachsen gewesen war.

Es war in der Tat merkwürdig, dass die Stasi offenbar ihre Finger beim Tod seiner Mutter drin gehabt hatte, aber nie jemand bei ihnen gewesen war und seinen Vater verhört hatte. Und es gab nur einen Menschen, der zum einen dafür sorgen würde, dass die Studie seiner Mutter verschwand, und zum anderen dafür, dass weder sie noch sein Vater behelligt wurden. Nämlich die Freundin der Familie, die hundert Meter weiter gewohnt hatte. Auch wenn er nie, niemals, gedacht hätte, dass Agnes Reinhoff zu einem Mord fähig gewesen sein sollte.

Er harkte die Erde so energisch ein, dass einige Grassoden litten.

Ob Jola mehr wusste? Und sich für ihre Familie entschieden hatte? Gegen ihn? Ihm wurde heiß.

»Raik, wo bleibst du denn?«, rief sein Vater vom hinteren Ende des Gartens.

»Komme.«

Raik fuhr die leere Karre wieder nach hinten. Der Garten war geradezu peinlich ordentlich. Die Hecke zum Nachbarn zur Linken war geradegeschnitten wie eine Mauer, auf der rechten Seite, zu Nowaks hin, war der Zaun verschwunden. Die Gärten wirkten wie einer.

»Sieht gut aus«, sagte Raik und zeigte auf die zaunlose Grenze, als sein Vater die zweite Karre vollschippte. »Großzügig.«

Sein Vater schippte mit Schmackes. »Wir sind beide arbeitslos, und ihr Mann ist schwerkrank. Krebs. Sandra ist in Braunschweig. Der alte Zaun war durchgerostet. Wir haben ihn weggenommen. Ich mähe ihren Rasen, weil ihr Werner das nicht mehr schafft, sie guckt nach meinen Beeten. Da haben wir erst mal keinen neuen aufgestellt. Sind ja keine Kinder da, die man bei sich behalten muss. – Nächste Karre auf das Geviert hinter der Garage.«

»Kommen auch keine Kinder. Jola hat sich von mir getrennt«, sagte Raik tonlos, ehe er die nächste Fuhre wegkarrte. Es auszusprechen nahm ihm den Atem und trieb ihm erneut die Tränen in die Augen. Er kippte die Karre Muttererde mit Todesverachtung auf den Rasen und harkte alles ein, sodass kaum noch was zu sehen war. Als könnte er seine Liebe wegkippen und -harken.

* * *

Frankfurt, November

Geduscht und in weißem T-Shirt setzte sich Raik aufs Sofa. Er nahm sein Telefon zur Hand und wählte die Nummer von Milla Reinhoff.

Was in der nächsten Sekunde auf dem Bildschirm erschien,

haute ihn um. Es zeigten sich hellbraune Haare, in dem gleichen Ton wie seine, aber glatt wie Jolas. Ein Wirbel in der Stirn, wie ihn seine Mutter gehabt hatte. Wasserblaue Augen, deren Form seinen und denen seiner Mutter ähnelte, und dann ein Herzmund. *Der* Herzmund. »Du trägst dein Herz nicht nur im Mund, sondern auch darauf«, hatte sein Vater früher zu seiner Mutter gesagt, wenn sie mal wieder irgendjemandem gegenüber zu nachgiebig gewesen war. Meistens hatte er sie dann verliebt geküsst.

»Hallo«, sagte die junge Frau, die unbestreitbar seine Tochter war. »Danke, dass Sie zurückrufen.«

»Du brauchst nicht Sie sagen. Die Sache ist eindeutig. Es passt alles zusammen.« *Sehen, folgern, entscheiden.* Seine Stärke, und auch die Jolas. Vielleicht war diese Stärke in ihrer beider Leben allerdings einmal ein Schwachpunkt gewesen. Ein furchtbarer Schwachpunkt. Ehe er weiter darüber nachdenken konnte, sah er, wie der Herzmund auf dem Bildschirm sich genauso formte, wie er es von seiner Mutter kannte, wenn sie ein erstauntes »Oh« von sich gegeben hatte.

»Oh«, sagte nun seine Tochter.

»Milla«, brachte er heraus. Und dann tat er etwas, was ihn seine tote Mutter gelehrt hatte. Wenn er nicht mehr weiterwisse, in Bedrängnis sei, solle er äußern, wie er sich fühle, erklären, was in ihm vorgehe, weil das die Situation öffne. Also sagte er: »Ich bin überrumpelt. Ich weiß nicht, was ich sagen soll. Ich weiß nicht, was ich außer Aufregung fühle. Ich möchte dich nicht am Telefon kennenlernen. Ich habe das Wochenende frei. Ich setze mich am Freitag ins Auto und komme nach Berlin. Am Samstag gehen wir irgendwo frühstücken. Ich lade dich ein. Passt das?«

»Toll«, sagte Milla. »Das finde ich super. Musst du lange fahren?«

»Ich wohne zwar weit weg, nämlich in Frankfurt am Main, aber ich fahre gern schnell.«

»Wie Mama.« Milla kicherte.

»Sie wird nicht dabei sein, oder?«

»Nein, erst mal nicht.«

Raik merkte, dass seine Tochter zögerte. »Gut«, sagte er schnell. »Dann weiß ich, worauf ich mich einrichte. Und wir erzählen uns alles, wenn wir uns sehen.«

»Das ist ein Wort«, sagte seine Tochter. »Aber sag mal, wenigstens eins: Habe ich Geschwister? Bist du verheiratet?«

»Zweimal nein. Hast du mütterlicherseits Geschwister?«

Milla schüttelte den Kopf.

Raik war erleichtert. Irgendwie war es schön so. »Gut. Alles andere erzähle ich dir, wenn ich dich sehe. Wo wollen wir uns treffen?«

»Vielleicht im Literaturhaus in der Fasanenstraße. Ich reserviere einen der Erkertische, da sitzt man nicht so nah an anderen Leuten.«

»Sehr gute Idee. Elf Uhr?«

Seine Tochter nickte in den Bildschirm.

»Reservier ihn auf ›Milla‹. Wenn ich vor dir da bin, kann ich sagen, dass der Tisch auf den Namen meiner Tochter reserviert ist.«

Milla grinste, und in ihren Wangen erschienen die Grübchen, die er auch hatte. »Mach ich.«

»Bis dann, mein Mädchen«, sagte Raik.

»Moment. Was du vielleicht noch wissen solltest, damit du keinen Schreck kriegst.« Aus dem Grinsen wurde ein zaghaftes Lächeln, und Raik hielt den Atem an. Er wappnete sich gegen etwas Ungutes. »Du wirst Opa, das ist nicht mehr zu übersehen.«

»Oh«, sagte Raik nun seinerseits. Er war erleichtert und spürte, wie auch seine Grübchen sich in seine Wangen drückten. »Eine Tochter und ein Enkelkind auf einmal zu bekommen, das gelingt nicht vielen. Ich freue mich.«

»Danke, dass du so unkompliziert bist«, sagte Milla.

»Danke, dass du dich gemeldet hast«, gab er zurück.

Dann beendeten sie das Gespräch.

»Das war leicht«, sagte Milla, legte ihr Handy weg und wandte sich Navid zu, der etwas abseits auf dem Daybed gesessen hatte, um nicht mit im Bild zu sein. Er hatte Milla das erste Mal mit ihrem Vater allein lassen wollen, aber sie hatte ihn gebeten, ein stiller Zuhörer zu sein.

»Ja, das war gut.« Er sah sie prüfend an, rutschte zu ihr hinüber und griff nach ihren Händen.

Jetzt erst kam Milla zu sich, erfasste die Bedeutung des Gesprächs, begriff, dass sie nun tatsächlich einen leiblichen Vater hatte, der nicht nur theoretisch da war, sondern die gleiche Haarfarbe und Grübchen hatte wie sie, in Frankfurt wohnte, ein weißes T-Shirt trug und ein graumeliertes Sofa besaß, das im Hintergrund zu sehen gewesen war.

»Oh Mann«, sagte sie. »Ich war so aufgeregt, ich hab's gar nicht gecheckt.«

»Tja, das wirst du am Wochenende.«

»Willst du mitkommen?«

»Würde ich, aber ich glaube, da solltet ihr zwei für euch sein.«

»Soll ich es Mama sagen?« Milla war ganz durcheinander.

Navid zuckte mit den Schultern. »Also wenn du mich fragst, ich würde erst mal warten. Wahrscheinlich sagt dir dein Vater, warum er deine Mutter verlassen hat. Denn so scheint es ja gewesen zu sein, so enttäuscht, wie Jola offensichtlich ist.«

»Stimmt. Es ist sicherlich gut, das zu wissen, bevor ich Mama alles erzähle.« Milla raufte sich die Haare. »Es fühlt sich trotzdem nicht richtig an. Ich meine, dass Dirk und ich heimlich nach Wolfen gefahren sind, war schon so eine Sache. Jetzt hab ich das Gefühl, ich hintergehe sie.«

»Du wirst zwar immer ihre Tochter bleiben, aber du bist erwachsen.«

»Und deswegen darf ich nicht einfach zu ihr hinrennen, sondern muss, genau wie sie es für mich getan hat, entscheiden, was ich gut und was ich schlecht für sie finde, meinst du?«

Navid zuckte nur mit den Schultern.

Milla dachte daran, dass er drei kleine Geschwister gehabt hatte, auf die er oft hatte aufpassen müssen, Samira, Amin und Miray. Er war es gewohnt, sich für andere verantwortlich zu fühlen. Sie dagegen war immer die gewesen, um die sich alle bemüht hatten.

Sie ließ sich rücklings auf das Polster fallen. Ihre Beine landeten auf Navids Schoß. Der Bauch drückte, die Rückenlage war nicht mehr das Beste. Also drehte sie sich auf die Seite.

Navid strich über ihre Waden, nahm dann einen ihrer Füße in die Hand, zog die Socke aus und massierte ihn.

»Er kann hier schlafen«, sagte Milla nach einer Weile.

Das Daybed war Navids Einzimmer-Möbel-für-alles gewesen, bevor sie sich kennengelernt hatten. Jetzt stand es mitten in ihrem Wohnzimmer; das angebaute Schrankteil, das gleichzeitig als Rückenlehne diente, war ein schicker Raumteiler zwischen Millas Schreibtisch und dem Wohnbereich mit Sofatisch und einem großen Bildschirm an der Wand. Da der Raum zwei Fenster hatte und Navid gute Kopfhörer besaß, hatten sie zwei Zimmer in einem, konnten zusammen sein und doch jeder seins machen. Das mochten sie beide.

»Wenn er will. Aber er geht bestimmt in ein Hotel.« Er nahm sich Millas zweiten Fuß vor. »Es gefällt mir, dass du gleich daran denkst, deinen Vater bei uns schlafen zu lassen. Ich finde es seltsam, wenn sich Verwandte in einer Stadt besuchen und dann im Hotel schlafen, wie es hier viele machen. Bei uns in Afghanistan rücken die Familien in solchen Fällen zusammen. Der Tag zieht sich in die Nacht hinein, und es ist immer abenteuerlich.«

»Ich ziehe mein Blümchenkleid an«, sagte Milla und gähnte. »Das, was mir Mama gekauft hat.«

Navid legte ihre Beine ab, hockte sich vors Sofa, schob seine Arme unter sie und hob sie hoch. Er ächzte. »Holla, mein Kügelchen! Ich krieg dich kaum noch hochgehoben.«

»Uns«, sagte Milla und legte die Arme um seinen Hals.

Er küsste sie und trug sie ins Schlafzimmer. »Jedenfalls ist das Blümchenkleid wirklich schick, und wenn es ihm gefällt, kannst du sagen, dass du es von Jola hast. Das kommt gut.«

»Genau das habe ich bezweckt.« Milla küsste ihn zurück, und dann ließ er sie vorsichtig aufs Bett gleiten. »Früher hast du mich geworfen und dich dann auf mich gestürzt«, sagte sie gespielt beleidigt.

»Das Auf-dich-Stürzen bleibt dir nicht erspart. Und statt Werfen …« Er setzte sich rittlings auf ihre Oberschenkel und kitzelte sie durch. Milla kreischte. »… führt Kitzeln genauso dazu, dass du vor Lust schreist.«

»Na, warte!«, sagte Milla atemlos, spannte sich an, dass es nicht gar so kitzelte, und öffnete seine Hose.

Als Navid eingeschlafen war, schweiften Millas Gedanken noch einmal zurück zu ihrem Vater.

Was sie wohl zu hören bekommen würde? Sicher Vorwürfe in Richtung ihrer Mutter. Mehr oder weniger gut versteckt. Nach der Aufregung beschlich sie leise Angst. Es war nicht einfach nur ein Kennenlernen. Sie würde auch in eine unschöne Situation eintauchen, die ihre Mutter tief enttäuscht hatte. Sie starrte in die Dunkelheit. Sie musste sich unbedingt wappnen. Irgendwann fielen ihr die Augen zu.

Als sie aufschreckte, spürte sie Navids Arme um sich. »Schsch«, raunte er an ihrem Ohr.

Sie kam zu sich. »Ich hatte wieder den Traum von dem trüben Fruchtwasser! Warum kommt der immer wieder? Navid, ich hab Angst.«

»Meine Süße. Ich bin da.«

»Kann man das nicht nachprüfen?«, fragte Milla, wand sich aus seinen Armen und stützte sich auf dem Ellbogen auf.

»Kann man. Aber dein Ultraschall war jedes Mal in Ordnung. Eine Fruchtwasserpunktion kann zu einem Blasensprung führen oder einer Infektion, außerdem kann sogar der Fötus verletzt werden.«

»Du bist ein wandelndes Lexikon.« Milla lächelte in die Dunkelheit hinein.

»Ja, wenn ich das Kind schon nicht austragen kann, muss ich mich wenigstens informieren. Und als dein medizinisches Lexikon sage ich dir: ›Sie grübeln zu viel, Frau Reinhoff. Aber trübe Gedanken machen kein trübes Fruchtwasser.‹« Er streichelte ihren Arm und geriet an ihre Brust, was ihn zu einem Umweg verleitete. »Außerdem ist eine regelmäßige Gymnastik des Geburtskanals dem Pressen sehr förderlich.« Er küsste ihren Busen und schob sie unter sich.

»Du bist unersättlich«, sagte Milla und erschauerte, als seine langen Finger fester über ihre derzeit sehr empfindlichen Brüste glitten.

»Stimmt. Ich muss ein bisschen vorarbeiten, vor der Saure-Gurken-Zeit nach der Geburt.«

Diesmal schlief Navid nicht wieder ein, nachdem sie sich geliebt hatten. Er lag auf dem Rücken, während sie den Kopf auf seine Schulter bettete und den Bauch in seine Taille schmiegte. Der Morgen dämmerte, ihr Wecker würde ohnehin bald klingeln.

»Ich finde deinen Fruchtwassertraum schön.«

»Na toll. Vielen Dank auch.«

»Nein, natürlich ist er nicht wirklich schön, er erschreckt dich. Aber er ist ein Angstanzeiger. Und wenn Angst rauskommt, ist es immer gut. Einerseits. Andererseits soll eine werdende Mutter keine Angst haben. Schon gar nicht wegen irgendeiner krassen Geschichte zwischen ihren Eltern, nebenbei gesagt.«

»Nebenbei gesagt.« Milla lächelte an Navids Schulter.

»Okay, nicht nebenbei gesagt.« Er drückte sie kurz. »Was auch immer zwischen deinem Vater und deiner Mutter geschehen ist: Lass dich davon nicht betrüben. Es hat immer zwei Seiten. Die Betrübnis und die Klarheit, die gewonnen wird.«

Milla schob ein Bein über Navids, weil es so bequemer war, und atmete tief durch. »Na hoffentlich.«

In ihren ergebenen Seufzer hinein klingelte der Wecker.

Raik hatte sich im alten Savoy-Hotel gegenüber dem Delphi eingemietet. In dem ehrwürdigen Kino war er mit Jola öfter gewesen. Unter anderem in *Lola rennt* von Tom Tykwer. Ein Film, in dem Lola zweimal in der Zeit zurückspringen kann und insgesamt drei Versuche hat, ihrem Freund aus der Patsche zu helfen. Kleine Variationen im Geschehen verändern das Schicksal der beiden und entscheiden zwischen Leben und Tod, Glück und Unglück.

Als er nun zum Treffen mit seiner Tochter ging, warf er einen Blick auf das Kino und überlegte, ob er heute zur richtigen Zeit am richtigen Ort sein würde.

Er war früh aufgebrochen, denn er wollte vorher noch auf dem Kurfürstendamm ein Geschenk für sie kaufen. Etwas Besonderes, aber nichts zu Großes, das sie verschrecken könnte. Er hatte keine Ahnung, wie es zu dem Anruf gekommen war, der ihm wie ein Traum vorkam. Vielleicht hätte er doch fragen sollen.

Raik kam auf der Westberliner Prachtstraße heraus. Schräg gegenüber entdeckte er einen Laden mit recht puristischer Damenmode. Er erinnerte sich, dass eine Kollegin einen ausgefallenen Ring hatte, der von dieser Marke war. »Nicht teuer«, hatte sie gesagt und den Namen der Kette genannt, als er ihr ein Kompliment gemacht hatte.

Genau richtig, dachte Raik und betrat den Laden. Zwischen der Kleidung fand er Schmuck, unter anderem eine schlichte Kette mit Perlen aus recyceltem Glas und Metall. Die war elegant und sah einfacher aus, als sie war. Vor allem aber wirkte sie modern und jung, nicht altväterlich. Und altväterlich wollte er auf gar keinen Fall rüberkommen. Er kaufte die Kette, schaute draußen auf die Uhr und bog in die Seitenstraße ab. Er wollte unbedingt vor ihr im Café sein.

Zwischen reichen Gründerzeithäusern und jeweils an die angrenzende Brandmauer geklebt standen zwei Villen. Die erste aus rotem Backstein mit Wintergarten und Veranda war das Literaturhaus mit dem Café, die zweite, reinlich verputzt, das Käthe-Kollwitz-Museum, wie sich Raik erinnerte.

Er erkannte die Plastik im Vorgarten sofort. Er trat hinzu und las das Schild davor: *Mutter mit Zwillingen*. Die Künstlerin Käthe Kollwitz hatten er und Jola in der Schule durchgenommen. Er konnte sich noch gut an das Plakat *Nie wieder Krieg* erinnern und daran, wie begeistert er gewesen war, dass in der Neuen Wache in Ostberlin nach der Wende ihre *Mutter mit totem Sohn* in einer vergrößerten Nachbildung aufgestellt worden war. Er war öfter hingegangen und hatte auch Jola hingeführt, es war von der Humboldt-Uni nur ein Katzensprung gewesen. Sie hatten vor dem Gebäude den Stechschritt des Wachbataillons nachgemacht, den sie in ihrer Kindheit mit ihren Eltern auf Berlinbesuch bei der Wachablösung gesehen hatten, wie sich herausstellte, beide mit schaurigem Gefühl.

Dieses schaurige Gefühl hatten sie loswerden wollen, als sie Arm in Arm den Schritt durchexerzierten, wobei er Jola bei der Neunzig-Grad-Wende vor der Wache beinahe aus der Außenbahn geschleudert hätte. Sie mussten lachen, es befreite, aber das Lachen verging ihnen sofort, als sie die Halle betraten.

Sie waren mehrmals um die Plastik herumgegangen, und ihr Stechschrittgaudi war ihnen völlig unangemessen erschienen.

Jetzt stand er vor dem Kollwitz-Museum und sah vor sich, wie Jola die Skulptur in der Neuen Wache betrachtet hatte. Er hatte ihr in Erinnerung gerufen, dass Kollwitz' Sohn gleich zu Anfang des Ersten Weltkriegs gefallen war. Sie hatte gesagt, wenn Herrscher ihre Kinder an die vorderste Front schicken müssten, würde es vielleicht weniger Kriege geben. Er hatte es bezweifelt. Machtstreben sei eine Sucht, entsprungen aus dem Instinktiven, und stärker als Verstand und Herz.

»Vielleicht ist deshalb diese Figur so bewegend. Der Mutterinstinkt ist, wenn er herausgefordert wird, auch stärker als Verstand und Herz«, hatte Jola nachdenklich geantwortet.

Raik wurde bewusst, dass Jolas Mutterinstinkt nach seinem Verschwinden herausgefordert gewesen sein musste. Sie hatte nicht abgetrieben. Der Verstand hätte sie durchaus dazu bewegen können. Und das Herz?

Er wandte sich ab und sah wenige Meter entfernt einen dicken Haarschopf, hellbraun wie seiner, nur ohne weiße Strähnen. Den Kopf hinuntergebeugt stand seine Tochter dort und schloss ihr Rad am gusseisernen Zaun des Cafés an. Raik machte unwillkürlich drei Schritte auf sie zu und erstarrte dann. Sie richtete sich auf und lächelte. Ihre zarten Grübchen erschienen, und Raik spürte, wie sich auch seine bildeten.

»Milla?«

Sie nickte.

»Ich bin Raik.«

Sie musterte ihn von oben bis unten. Und von unten bis oben. Dabei schürzte sie die Lippen.

»Sag, dass ich ein ansehnlicher Mann bin.« Noch während er es aussprach, erkannte Raik, dass es nur halb im Spaß gesagt war. Er wollte ein ansehnlicher Vater sein, wenn er schon sonst keiner war.

»Bist du.« Seine Tochter streckte den Arm aus.

Er nahm ihn und legte ihn in seinen. »Lass uns reingehen. Du hast eine ganz rote Nase. Es ist kalt heute.«

So gingen sie Arm in Arm über den gepflasterten Weg mit den kleinen Bäumchen und der benachbarten Rasenfläche die Treppe zur Veranda hoch, durch den Wintergarten, in dem die Gäste auf Korbsesseln saßen, hinein in den Hauptraum.

»Jetzt kann ich gar nicht sagen, dass meine Tochter den Tisch für uns reserviert hat«, sagte Raik.

»Soll ich noch mal rausgehen?«

Raik schüttelte den Kopf.

Ein Kellner kam. Milla nahm Blickkontakt auf, zeigte auf einen der beiden Erkertische und sagte: »Den Tisch habe ich für meinen Vater und mich reserviert. Auf Milla Reinhoff.«

Der Kellner nickte, und dann trat Milla zu dem Garderobenständer und schälte sich aus einer abgeschabten Männerlederjacke, deren Ärmel ihr viel zu lang waren, die aber über ihrem Bauch zuging. Ehe Raik darüber nachdenken konnte, dass ihm »Vater« gefiel, aber »Reinhoff« schade war, sprang er ihr bei.

»Die ist ja mordsschwer«, rutschte ihm heraus, als er seiner Tochter die Jacke abnahm.

»Ja, leider. Ich hab noch eine andere Lederjacke. Ohne die gehe ich nur im Hochsommer und im tiefsten Winter aus dem Haus. Aber sie passt gerade nicht mehr. Deshalb hab ich die hier vom Flohmarkt geholt. Ich dachte, ohne Lederjacke fühle ich mich nicht wie ich. War aber blöd. Ich brauche jetzt eher etwas Leichtes.«

Raik beschloss sofort, dass sie nach dem Frühstück genau das besorgen würden: eine leichte dicke Jacke.

Unter dem Flohmarktschwergewicht war ein romantisches Blümchenkleid mit ausgearbeitetem Vorderteil erschienen, das schon recht prall saß. Raik musste sich zwingen, nicht auf den Bauch zu starren. Es überwältigte ihn schier. »Was für eine schöne Schwangere. Und was für ein hübsches Kleid.«

Sie schlängelten sich zu ihrem Tisch durch und setzten sich.

»Den Laden, in dem es das gab, hat Mama entdeckt.«

Er merkte, dass Milla zögerte, und sagte schnell: »Jola freut sich bestimmt, dass sie Oma wird. Es ist schön, wenn Mutter und Tochter so etwas zusammen genießen können.«

Milla lächelte. Sie sah erleichtert aus.

»Ich will das auch mit dir genießen, selbst wenn es mir nicht zusteht. Kaufen wir nachher eine leichte Winterjacke? Wir können ja ein Geschäft hier in der Nähe suchen, wo es so was für Schwangere gibt. Wann hast du denn Termin?«

»Ende Dezember.«

Sie bestellten Frühstück. Raik fügte Millas Auswahl noch einen frischgepressten Orangensaft hinzu und ein Glas Champagner plus ein weiteres mit einem Schluck zum Anstoßen.

»Das muss schon mit allem Drum und Dran sein«, sagte er, als die Kellnerin gegangen war.

Milla lehnte sich im Stuhl zurück.

»So viel Tochter auf einmal«, sagte Raik. »Ich kann mich gar nicht sattsehen.«

Milla zog die Augenbrauen zusammen und schien einen Augenblick zu überlegen. »Und du bist dir auch ganz sicher?«, fragte sie dann.

»Irgendwie schon. Wir können natürlich einen Test machen«, sagte Raik. »Also, wenn du willst.« Er dachte nach. »Jola hat dir nicht gesagt, wer dein Vater ist?«

»Dann hätte ich dich längst ausfindig gemacht.«

»Stimmt auch wieder.«

Sie schwiegen eine Weile. Millas Hände lagen auf ihrem Bauch, und sie spielte nervös mit den Fingern. »Mama hat immer gesagt, sie hätte wild gelebt damals, und sie wisse nicht, wer mein Vater sei.«

»Hast –« Raik konnte sich gerade noch davon abhalten zu fragen, ob sie das geglaubt habe. Natürlich hatte sie es geglaubt.

Die Kellnerin kam mit dem ersten Schwung des Frühstücks und gleich darauf noch einmal. Sie verteilte alles geschickt auf dem Tisch und entband Raik so davon, seinen angefangenen Satz irgendwie sinnvoll zu beenden.

Als sie weg war, sagte er: »Ich habe deine Mutter geliebt, und sie hat auch mich geliebt, wenn ich das so unbescheiden sagen darf. Ich glaube nicht, dass sie damals wild gelebt hat.« Er wedelte mit der Hand. »Vielleicht danach.«

»Wonach?«, fragte Milla.

»So genau weiß ich das ehrlich gesagt nicht, ich kann es nur ahnen.« Raik atmete tief durch. »Aber das soll uns jetzt nicht bedrücken. Es gibt dich. Und das ist ein wunderbares Geschenk.« Er hob sein Champagnerglas. »Auf meine Tochter.«

Sie drehte ihres am Stiel auf der Tischplatte herum. »Wolltest du damals Kinder?«

»Wir hatten noch nicht darüber gesprochen. Eigentlich haben wir aufgepasst. Nur ein Mal nicht.« Er dachte an ihre Ankunft in Venedig. Da hatten sie sich hinreißen lassen. »Jedenfalls habe ich nie gesagt, kein Kind haben zu wollen. Ich bin in der DDR groß geworden. Da hat man einfach Kinder gekriegt, vermutlich, weil die Betreuung nie ein Problem war. Du bist ganz bestimmt nicht der Grund, warum wir getrennt sind.« Er streckte den Arm mit dem Glas zu ihr aus. »Auf meine Tochter.«

Sie hob ihres. »Auf meinen Vater.«

»Auf Tochter und Vater.«

»Auf Vater und Tochter.«

Dann stießen sie an.

»Lass uns anfangen, sonst werden die Eier kalt«, sagte er.

Sie griffen zu, und als Milla ihre ersten Bissen zu sich genommen hatte, fragte er: »Wie bist du eigentlich überhaupt darauf gekommen, nach mir zu suchen? Denn so kam es doch, dass du mich angerufen hast, oder?«

»Ja.« Milla erzählte ihm von ihrem Studium, ihrer Probenentnahme im Silbersee und der anschließend im Bitterfelder Krankenhaus das erste Mal festgestellten Ähnlichkeit mit Renate Hader. Sie berichtete von Navid und den Fotos aus der Wolfener Zeit, und dann geriet sie ins Stocken. Sie zerbröselte ihr Brötchen, ließ den Rest auf den Teller fallen und sah auf. »Mama hat weder zugegeben noch abgestritten, dass du mein Vater bist, als ich sie darauf angesprochen habe. Aber sie hat gesagt, dass sie enttäuscht worden ist. Und sie hat geweint.«

Raik stellte seine Kaffeetasse weg, die er gerade angehoben hatte, um einen Schluck zu trinken. Sie landete scheppernd auf der Untertasse. »Jola hat gesagt, dass sie enttäuscht war?«

Milla nickte.

»Deine Mutter hat mit mir Schluss gemacht, und ich weiß bis heute nicht, warum.«

»Aber du ahnst etwas.«

»Ja, aber das …« Raik schwieg. Er konnte doch seiner schwangeren Tochter nichts von den Anschuldigungen seines Vaters gegen deren Oma erzählen, Vorwürfe, die nicht ganz unplausibel erschienen und nachvollziehbar angesichts Jolas Trennungsbrief.

Jolas verzweifeltem Trennungsbrief, dachte er auf einmal. Warum hatte er nicht reagiert? Warum hatte er sich zurückgezogen? Warum hatte er sie in ihrer Verzweiflung alleingelassen?

Weil er ihren Entschluss akzeptiert hatte. Kampflos. Weil er akzeptiert hatte, dass sie aus diesem Sumpf von Stasimachenschaften und DDR-Altlasten herauswollte. Weil sie schon lange weg war. Anders als er und sein Vater hatten ihre Eltern der DDR den Rücken zugekehrt, Jola hatte in Westberlin gelebt, nicht da, wo 1990 alles im Sumpf versunken und zusammengekracht war, die chemischen Werke, die Arbeitsplätze in Wolfen. Auch wenn Jola nur Wochen vor der Maueröffnung im Westen angekommen war, war sie Ende der Neunziger ein Wessi, er ein Ossi gewesen. Und er hatte, wie es die Ossis nun mal machten, kapituliert. Kapituliert vor den Fakten. Vor der DDR, obwohl sie schon neun Jahre nicht mehr da gewesen war.

»Raik?«

Die Stimme seiner Tochter holte ihn zurück in die Gegenwart. Er sah auf.

»Navid und ich haben Opa, also Franz, zum Geburtstag zu einem Ausflug nach Wolfen eingeladen. Wir haben deinen Vater auf dem Friedhof getroffen. Der hat behauptet, dass Oma deine

Mutter – also meine andere Oma – umgebracht habe. Hat es damit zu tun?«

Raik nickte.

»Ich habe deinen Vater vor Kurzem besucht. Mit Dirk.«

»Wer ist Dirk?«

»Einer meiner Ziehväter.« Milla stieß den Atem mit einem stimmlosen Seufzer aus. »Boah, das ist jetzt alles ganz schön viel durcheinander.« Sie erzählte, wie ihre Mutter in eine WG mit Toni und Dirk gezogen war und die beiden sie quasi adoptiert hatten. »Dirk hat auch am Pinnbrett im Flur deines Vaters deine Telefonnummer gefunden und heimlich abfotografiert«, schloss sie.

Raik schmerzte ihre Erzählung, vor allem, wie viel Wärme für die Ziehväter darin gelegen hatte. Er verspürte Eifersucht, riss sich aber zusammen. »Ich glaube, ich bin Toni und Dirk zu großer Dankbarkeit verpflichtet. Sie scheinen mich würdig vertreten zu haben.«

»Das haben sie, und das machen sie immer noch. Und – Raik?«

»Ja?«

»Das darfst du ihnen nicht streitig machen. Das musst du mir versprechen.«

Er lächelte und bedeutete der Kellnerin, die gerade vorbeiging, ihm noch einen Kaffee zu bringen und Milla einen zweiten Tee.

»Kräuter diesmal«, fügte Milla der Geste hinzu.

»Ich verspreche es dir«, sagte Raik. »Aber warum hast du meinen Vater besucht? Nachdem er so etwas gesagt hatte.«

»Oma ist im Sommer gestorben. Und sie hat kurz davor von einer großen Schuld geredet, die sie auf sich geladen habe.«

»Oh.«

»Ja. Sie wollte sie mit ins Grab nehmen. Aber Navid meint, man könne keine Schuld mit ins Grab nehmen, sie sickere in die folgenden Generationen ein.« Milla hörte auf zu reden und sah ihn aufmerksam an.

»Interessant«, sagte Raik und hielt ihrem Blick stand. »Wie kommt er darauf?«

»Navid ist aus Afghanistan geflüchtet. Seine ganze Familie wurde niedergemetzelt. Er versteht was von über Generationen vererbter Feindschaft.«

Raik erschrak. »Das ist ja furchtbar.«

»Ja.«

»Dein Freund scheint mir ein kluger junger Mann zu sein.«

»Verlobter.«

»So schnell kommt jetzt echt kein Mensch mit.«

»Stimmt. Wir kommen vom Hundertsten ins Tausendste.«

»Also, das ist nicht das Tausendste. Das ist ganz vorn dran.« Raik lächelte. »Meinen Glückwunsch. Ich freue mich, dass du heiraten wirst. Habt ihr schon einen Termin festgelegt?«

Milla prustete den letzten Schluck Orangensaft über den Tisch. »Oh. Entschuldige«, sagte sie erschrocken. »Aber ›schon‹ ist nun wirklich sehr diplomatisch.« Sie wies auf ihren Bauch.

»Na ja. Ich wollte dir nicht zu nahe treten.«

»Wir wollen erst heiraten, wenn wir wissen, was damals passiert ist. Wegen der Schuld und dem Einsickern. Und nach dem, was dein Vater erzählt hat, ist eine ganze Menge passiert. Wir wollen mit Mama und dir heiraten. Wenn alles gut ist.«

»Das ist nicht dein Ernst.«

»Navids schon.«

»Den Mann muss ich unbedingt kennenlernen.«

»Du musst mit Mama sprechen.«

Raik nickte. »Ich weiß noch nicht, wie. Aber das muss ich wohl.«

»Ich bin pappsatt«, sagte Milla.

»Dann gehen wir jetzt eine Jacke für dich kaufen. Keine Widerrede.«

»Ja, Papa«, rutschte es Milla frech heraus. Sie schlug sich die Hand vor den Mund.

Raik prustete seinerseits vor Schreck den letzten Schluck Kaffee über den Tisch.

Sie blickten sich erschrocken in die Augen. Dann mussten sie beide lachen. Raik sah, wie sich Millas Augen dabei zu Halbmonden formten, und er bemerkte gleichzeitig, dass sie fasziniert in seine blickte.

»Wir haben die gleichen Augen, wenn wir lachen«, sagte Milla.

»›Halbmondaugen‹ hat mein Vater dazu immer gesagt. Mutti hatte die auch. Wenn du bei ›Papa‹ bleiben möchtest, würde mich das sehr glücklich machen.«

Milla nickte. »Mach ich.« Sie hob einen Finger. »Wenn du bei Mama warst, ihr euch ausgesprochen habt und du offiziell mein Papa bist.«

»Verstanden. Ich hab jetzt also eine Aufgabe.«

»Die hast du.« Milla holte ihr Handy heraus, schrieb zwei Nummern daraus auf ihre Serviette und gab sie ihm. »Die erste ist die von Mama. Die zweite ist die von Dirk. Du wirst Schützenhilfe brauchen. Und Dirk ist gut in Schützenhilfe.«

Raik nahm die Serviette. »Wie heißt Dirk weiter?«

»Bär. Dirk Bär.«

»Gut, danke. Ich werde zuerst ihn anrufen.«

Nachdem sie sich bei der Kellnerin für die Orangensaft-Kaffee-Fleckgemeinschaft auf der Tischdecke entschuldigt hatten und Raik gezahlt hatte, schlenderten sie zur Uhlandstraße, wo er über sein Smartphone ein Geschäft für Schwangerschaftsmode ausfindig gemacht hatte.

»Was bist du eigentlich von Beruf?«, fragte Milla.

»Ich bin Arzt und arbeite im Bürgerhospital in Frankfurt.«

»Arzt, wie deine Mutter.«

»Ja, sie war eine sehr gute Ärztin. Ihre Patienten hatten Vertrauen zu ihr. Uns hat oft jemand was aus Dankbarkeit mitgebracht, was es nicht so einfach zu kaufen gab, zum Beispiel Obst von irgendwo anders, wo die Luft sauberer war als bei uns in Wolfen.«

Milla nickte. »Die Luftverschmutzung muss unfassbar gewesen sein.«

»Ja, die war schlimm. Man hat sie viel zu selbstverständlich hingenommen. Mutti aber nicht.« Er wollte jetzt nicht weiter darüber reden. »Was macht eigentlich dein Navid?«

»Er ist Physiotherapeut. Verheiratet bist du ja nicht, aber hast du eine Freundin?«

Er schüttelte den Kopf.

Ihr Gespräch versiegte, und sie gingen still nebeneinander, Arm in Arm. Die Gegenwart zu erfühlen war viel wichtiger, als darüber zu reden, fand Raik. Er spürte den festen Schritt seiner Tochter neben sich, die ihm in ihren Plateauschuhen immerhin bis zur Nasenspitze reichte. Sie strömte Energie und Pragmatismus aus, etwas, das er von ihrer Mutter kannte. Ihr Schweigen kam ihm einträchtig vor. Er musste all das Neue sortieren, und er hatte den Eindruck, auch Milla ging es ebenso.

Im Geschäft bekamen sie tatsächlich eine federleichte, kuschelige Daunenjacke, in der noch Platz für den letzten Schwangerschaftsmonat war. Den Flohmarktfehlkauf ließen sie gleich da.

Raik begleitete Milla zum Fahrrad zurück, und dann verabschiedeten sie sich, denn schließlich hatte er eine Aufgabe, und er musste am nächsten Tag schon wieder zurückfahren.

Um sich zu sortieren, ging er ins Savoy. Auf halbem Wege fiel ihm ein, dass er in all der Aufregung ganz vergessen hatte, Milla die Kette zu schenken. Aber dann dachte er sich: Egal, das mit der Jacke war viel besser. Die Kette wird ja nicht schlecht.

In seinem Zimmer schnappte er sich seinen Weekender und stellte ihn neben sich aufs Bett. Die Tasche war wesentlich schicker als die, die er am ersten Maiwochenende 1999 in Wolfen mitgehabt hatte. Er war viel übers Wochenende unterwegs. Machte

Städtetrips, besuchte Freunde. Weekender, Sportwagen, eine Fahrt ins Blaue, das war Freiheit. Doch in das Grauen, das ihn früher oft beschlichen hatte, wenn er sah, wie Familien an Ausflugstagen ihre Kombis entluden, mit Schwimmflügeln, Handtuchbergen, Picknicktasche und Sonnenschirm, mischte sich seit Längerem ein leiser Neid. Er fühlte sich nichtsnutzig.

Warum er Jolas Abschiedsbrief behalten hatte, hätte er nicht sagen können. Aber er hatte ihn vor seiner Abfahrt aus dem Keller geholt, wo er in einer Kiste Vergangenheit lag. Mit lauter anderen Erinnerungen, die er nicht in seiner Wohnung haben, jedoch nicht wegwerfen wollte. Sein Kuschelpittiplatsch. *Grimms Märchen*, illustriert von Werner Klemke. Seine Triola und sein Stabilbaukasten. Ein Kunstseidentuch seiner Mutter.

Den Brief hatte er unbesehen in seine Tasche gesteckt, mehr aus einer Intuition als aus einem Gedankengang heraus. Seit damals hatte er ihn nie wieder in der Hand gehabt. Die Kiste hatte er 1999 in Wolfen zusammengepackt und dort untergestellt. Eine ehemalige Kollegin seiner Mutter war ein paar Jahre nach der Wende in München Professorin geworden, bezeichnenderweise eine Expertin für Lungenkrankheiten. Sie hatte dafür gesorgt, dass er mitten im Semester nach Bayern hatte wechseln können. Er war nie wieder in Berlin gewesen und auch nur, wenn es unbedingt sein musste, in Wolfen. Als er seine erste Stelle an einem kleinen bayerischen Krankenhaus bekommen hatte, war er zu seinem Vater gefahren, hatte alle alten Poster aus seinem ehemaligen Kinderzimmer entfernt, Regale und Schrank geleert, es entpersonalisiert. Er hatte die Kiste eingepackt und war in sein eigenes Leben aufgebrochen, das nun keine Hinterlassenschaften irgendwo anders mehr besaß.

Jedenfalls keine sichtbaren, dachte Raik jetzt, als er den Umschlag aus der Tasche zog wie damals vor dreiundzwanzig Jahren. Ein Stück seines Herzens war in Berlin zurückgeblieben, derzeit offenbar irgendwo in Kreuzberg in einer WG mit einem schwulen Pärchen. Er spürte den Schmerz über den Verlust fast wie damals.

Er öffnete den Umschlag und legte die Karteikarte mit den verhängnisvollen Worten auf die Bettdecke. *Entschuldige. Ich brauche es leicht. Ohne Altlasten. Jola.*

In Großbuchstaben. Was ungewöhnlich für sie war. Raik legte die beiden Fotos daneben. Das von der Gartenschlauchspritzerei und das vor der Universität, auf dem sie Sandras Bluse trug.

Sie hat gesagt, dass sie enttäuscht worden ist. Und sie hat geweint. Das hatte Milla vorhin erzählt. Es passte nicht. Er hatte sie nicht enttäuscht. Er hatte doch damals ganz klar gesagt, dass er sie liebte. Dass *sie* wichtig war, nicht seine Eltern. Oder nicht?

War er vielleicht nicht überzeugend genug gewesen? In Venedig, da, wo seine Tochter vermutlich entstanden war, hatten sich ihre Eltern wieder zwischen sie geschlichen. In den Tagen, in denen es wirklich ernst zwischen ihnen geworden war. Als sie ganz formell wie ein Ehepaar in die Wohnung der deutsch-italienischen Ärztedynastie eingeladen gewesen waren. Die Euphorie war der Melancholie gewichen, und es hatte nicht am morbiden Flair der Lagunenstadt gelegen. Er war zu jung gewesen, um das Morbide zu empfinden, er hatte bloß das überwältigend Schöne gesehen.

Er hob das Foto vor der Uni hoch und schaute es sich zum ersten Mal genau an. *Sie hat gesagt, dass sie enttäuscht worden ist.*

Es passte einfach nicht.

Und dann sah er es. Ihm wurde heiß und kalt. Jola schaute nicht diesen Typen mit den Sommersprossen an. Sie schaute an ihm vorbei. Er stand auf und trat zum Fenster ins Licht. Ja, dieser Blick, dieser verliebte Blick, den sie nur für ihn gehabt hatte, galt nicht diesem Heini. Wem sonst?

Er ließ das Foto sinken, blickte hinüber zum Delphi, dachte daran, wie bei *Lola rennt* kleine Verschiebungen in Zeit und Raum über Leben und Tod entschieden hatten. Eine Korrektur der Blickachse – was konnte sie bedeuten?

Er legte das Foto zurück aufs Bett und wählte die Nummer von Dirk Bär.

»Ihr habt *was?*« Jolas Stimme überschlug sich.

»Du hast richtig gehört. Wir haben deine große Liebe eingeladen«, sagte Toni.

»Ausgerechnet ihr!« Jola fühlte sich hintergangen. Vorgeführt sogar. Dirk hatte ihr gerade erzählt, dass er mit Milla in Wolfen gewesen war, bei Matthias Hader. Und dass sie Raiks Telefonnummer ausgekundschaftet hatten und Milla sich am Vormittag mit ihm getroffen hatte.

»Du lebst mit uns zusammen, aber du bist nicht mit uns zusammen.« Tonis warme Stimme wurde noch wärmer.

»Sprich nicht mit mir wie mit einem Kind! Wie es aussieht, haben wir die längste Zeit zusammengelebt. Ihr habt mich hintergangen. Ihr salbadert mich voll, als sei ich ein armes Dummchen, das auf den richtigen Weg gebracht werden muss.« Jola knallte Käse und Marmelade vom Samstagsbrunch der WG in den Kühlschrank, dass die Glasböden schepperten.

»Jola, rede mit ihm«, mischte sich Dirk ein. »Und sei es nur, um den alten Groll herauszulassen, der dich dein ganzes Leben lang behindert hat.«

»Oh, Herr Steuerberater! Haben wir auch einen Abschluss in Küchenpsychologie?« Jola konnte sich nicht erinnern, Dirk und Toni gegenüber schon einmal so streitlustig gewesen zu sein. Doch keiner von beiden zuckte auch nur mit der Wimper. Sie hob zwei Tassen mit Kaffeeresten hoch. »Ich hätte die größte Lust, die nach euch zu werfen.«

Toni sah kurz zu Dirk hinüber. Der zuckte mit den breiten Schultern. »Dann ducken wir uns und fegen hinterher die Scherben zusammen. Haben wir ja verdient.«

»Ihr könnt mich mal.« Jola warf die Tassen und rauschte aus der Küche. Toni hatte sich tatsächlich weggeduckt, und die Tasse war an den mehr als hundert Jahre alten Küchenfliesen hinter ihm zerschellt. Dirk hatte seine aufgefangen und war über und über mit Kaffeesatz besprenkelt worden.

Jola wurstelte sich in ihre Stiefel, nahm ihre Jacke vom Haken und ihren Schlüssel und stürzte aus der Wohnung. Dabei wäre sie beinahe über ihre Tochter gestolpert, die auf der obersten Treppenstufe saß.

»Mama, bleib da«, sagte sie.

Jola lief an ihr vorbei.

»Mama, ich kann nicht so schnell!«, rief Milla ihr hinterher.

Jola trappelte weiter.

»Unten müsste übrigens inzwischen Navid vor der Tür stehen. Der *ist* schnell.«

Mit einem lauten Stöhnen blieb Jola stehen, sah nach oben und Milla über das Geländer ins Treppenauge lugen. Sie stieg bis auf den Treppenabsatz eine halbe Treppe unter Milla wieder hoch und schaute hinauf. Da stand ihre Tochter, und von unten betrachtet sah der gerundete Leib noch dicker aus als ohnehin schon. Sie trug das hübsche Blümchenschlauchkleid, dessen Muster mittlerweile über dem Bauch verzerrt war, und eine neue Jacke, die sündhaft teuer gewesen sein musste.

»Wo hast du die Jacke her?«

»Mama!«

Jola entging selbst im Schummerlicht dieses Novembertags nicht, dass Millas Gesicht von einer leichten Röte überzogen wurde.

»Aha. Von Raik Hader. Hat sich nicht lumpen lassen. Und offenbar mag er punkige Lederjacken nicht und hat dich gleich umgemodelt.«

»Die Schwangerenlederjacke war nicht punkig. Die war ein Fehlkauf und sauschwer. Glaubst du wirklich, ich würde mir meine Kreuzbergjacke von einem dahergelaufenen Vater schlechtreden lassen?«

»Dahergelaufener Vater. Aha.«

»Ist er doch, oder?«

Jola stieg den letzten Treppenabsatz hoch und setzte sich auf die oberste Stufe. Milla ließ sich neben ihr nieder.

»Wie kommst du überhaupt hierher?«, fragte Jola.

»Ich habe Dirk nach meinem Treffen mit Raik angerufen, und der meinte, er und Toni könnten sicherlich jede Schützenhilfe brauchen. Da hab ich mein Fahrrad am U-Bahnhof abgestellt und bin hergefahren. Navid hat sich auch aufgemacht.«

»Und wieso bist du nicht reingekommen?«

Milla sah sie mit hochgezogenen Augenbrauen an.

»Verstehe.« Jola musste wider Willen schmunzeln. »Das Schlachtgetümmel war nicht zu überhören, und du wolltest nicht in die Kampfzone.«

Milla hob die Schultern. Beim Senken stieß sie vernehmlich den Atem aus.

Dann war es eine Weile still zwischen ihnen. Jola wusste dennoch, was kommen würde: Milla würde ihre Frage wiederholen. Die Frage, der sie seit nun fast dreiundzwanzig Jahren aus dem Weg gegangen war. Jola sah auf die Treppe mit dem abgelatschten Kokosläufer und erinnerte sich an die in Leipzig 1989. An ihren ersten Kuss. Ganz oben neben den Türen zum Dachboden. Auch da war es schummrig gewesen, aber es hatte nach Osten gerochen. Nach Kohlerauch und Kohl. Hier roch es nach irgendeiner indischen Gewürzmischung, die die Veggies eine Etage tiefer offenbar gerade in ihrer Pfanne verrührten.

»Ist er mein Vater?«

»Er hat mich verlassen, aus Feigheit vermutlich. Weil zwischen unseren Eltern etwas vorgefallen ist, das sie für immer entzweit. Er hat sich auf die Seite seines Vaters geschlagen. Nicht auf unsere.«

Milla zog die Augenbrauen zusammen. »Er wusste nicht, dass er ein Kind hat.«

»Ach, das hat er dir gesagt?« Jola wurde es eng ums Herz. Fast wie damals, als sie keine Antwort auf ihren Brief bekommen hatte. »Er wusste, dass ich schwanger war. Ich habe es ihm geschrieben.«

»Was?«

»Hat er dir was anderes weisgemacht?« Jola wandte sich ihrer Tochter zu. »Das mag sich jetzt egoistisch anhören. Aber letztlich kann ich froh sein, dass ihn nicht umgestimmt hat, dass ich ein Kind erwarte. Er hatte sich für seine Familie entschieden, gegen mich. So einen will man doch nicht zurückhaben, nur weil man schwanger ist.«

»Nee.« Milla klang nachdenklich. »Würde ich auch nicht wollen.«

Sie schwiegen ein Weilchen.

»Es war schon komisch, dass er mir sofort geglaubt hat, dass ich seine Tochter bin, als er mich über Facetime gesehen hat.«

»Raik war um den 1. Mai '99 herum in Wolfen, um seinem Vater im Garten zu helfen, wie es bei der Familie Tradition war. Danach ist er nicht nach Berlin zurückgekommen, sondern ist von der Bildfläche verschwunden. Deshalb habe ich ihm nach Wolfen geschrieben. Aber, tja. Die Botschaft war eindeutig.«

Sie schwiegen wieder. Zum Geruch der indischen Gewürzmischung war der von Brokkoli und Zwiebeln gekommen.

»Ach, Mama.« Milla schlang die Arme um ihre Mutter. Und Jola umarmte ihre Tochter, die so vertraut duftete, die ihr zwei Jahrzehnte lang ans Herz gewachsen war. Die nun, als Hochschwangere, körperlich fremd wirkte, die eine eigene Familie gründete und sich deshalb von ihr entfernen würde. Und sie merkte, wie weh das tat, wie schwer es ihr fiel loszulassen. Aber das musste sie nun. Sie schob Milla von sich.

»Ich gehe wieder rein. Und du gehst runter zu Navid.«

Sie stand auf, öffnete die Wohnungstür und schloss sie schnell hinter sich. »Sagt diesem Raik Hader, dass er sich verpissen soll.

Und kommt ja nicht auf die Idee, ihm meine Nummer zu geben!«, rief sie ins Wohnzimmer hinein. Dann huschte sie in ihr Zimmer.

Milla kam aus der Haustür, allein. Sie entließ die Unterlippe aus ihren Zähnen, als sie ihn sah. Offenbar hatte sie auf dem Weg die Treppe hinunter nachgedacht. Sie lächelte nicht, sah auch nicht traurig aus. Navid trat auf sie zu und umarmte sie.

Sie umarmte ihn auch, als er seinen Kuss vertiefen wollte, machte sie sich jedoch los.

»Moment«, sagte sie an seinen Lippen, drückte ihre noch einmal kurz darauf und holte ihr Handy aus der Tasche. Sie schrieb eine Nachricht, löschte sie zweimal und überschrieb sie mehrfach, dann schickte sie sie ab.

Navid schaute ihr zu. Sie hatte eine neue Jacke, die ihm sehr gefiel. Kuschelig und leicht. Die musste von ihrem Vater sein. Navid verspürte einen Stich der Eifersucht. Raik Hader hatte es offenbar aus dem Stand geschafft, Milla die schreckliche Männerlederjacke auszureden, was er sich angesichts ihrer Kreuzbergjacke nie getraut hätte. Außerdem hätte er seiner Verlobten eine wärmende Jacke lieber selbst geschenkt.

»So, jetzt«, sagte sie und küsste ihn richtig.

Er küsste zurück, obwohl er nun schrecklich neugierig war. Milla nicht zu küssen kam jedoch überhaupt nicht infrage. Millas unschuldige, vertrauensvolle, verspielte Küsse waren für ihn das Sinnbild von Frieden. Einer friedlichen Welt, in der er angekommen war. Dass sie ihn, ein Kind des Krieges und Todes, einfach so liebte, konnte er manchmal nicht fassen. Und er genoss diese Küsse, Küsse ohne jede Hemmnis, ohne eine ausgefahrene Antenne, weil von irgendwoher ein Feind kommen könnte. Sie heilten ihn, jeden Tag neu.

Irgendwann wurde sie jedoch selbst zappelig, sie wollte offenbar erzählen, was sie erlebt hatte, und sie lösten sich voneinander.

»Schicke Jacke«, sagte er. »Gefällt mir. Von deinem Vater?«

Sie nickte und wedelte mit den Vorderteilen. »Zum Küssen ist sie jedenfalls zu warm. Und wenn ich die andere noch hätte, würde ich sie jetzt der nächsten Obdachlosen schenken.«

»Oje«, sagte Navid.

»Es hat sich ausgevatert.«

»Was ist passiert?«

Milla holte ihr Handy aus der Jackentasche, in die sie es zum Küssen hatte gleiten lassen, und zeigte ihm die Nachricht, die sie eben verfasst haben musste.

Mama hat Dir damals geschrieben, dass sie schwanger ist.
Du hast gewusst, dass Du ein Kind hast. Du hast gelogen.
Du kannst uns gestohlen bleiben.
Milla

»Was?« Navid riss die Augen auf und schaute Milla an. In seinem Kopf ratterte es. »Also, wenn ich das richtig verstehe, rührt die Enttäuschung deiner Mutter daher, dass dein Vater sie verlassen hat, als sie schwanger war. Und dein Vater behauptet, er habe nichts von dir gewusst.«

»Genau«, sagte Milla, hakte sich bei Navid unter und zog mit ihm los Richtung U-Bahn.

»Weißt du etwas Näheres darüber?«

»Was gibt es da zu wissen? Jola hat einen Brief nach Wolfen geschrieben, wo Raik hin verschwunden war, und mein Herr Vater hatte nichts Besseres zu tun als abzutauchen.«

Navid blieb stehen. Nach Wolfen. In den Briefkasten seines Vaters. Und überhaupt: Wieso hatte Jola ihren Raik nicht einfach angerufen? 1999 hatte es schon Handys gegeben, oder?

»Was ist?«, fragte Milla und zog ihn weiter. »Die Sache ist erledigt. Wie gewonnen, so zerronnen. Du glaubst doch nicht im Ernst, dass ich so einen Vater haben will. Die Sache ist geklärt und Schluss. Der Mann soll bleiben, wo der Pfeffer wächst.«

Sie stapfte weiter Richtung U-Bahn. Navid blieb an ihrer Seite. Die Sache schien eindeutig zu sein, aber es war irgendwie auch merkwürdig. Warum versuchte dieser Mann, mit der Behauptung durchzukommen, dass er nichts von einem Kind gewusst habe, wenn er sich doch ausrechnen musste, dass dessen Mutter diese Lüge entlarven würde?

»Wie war er denn so?«, fragte er, als sie die Treppe zum U-Bahnhof Gneisenaustraße hinunterliefen.

Milla blieb abrupt stehen. »Vergiss ihn. Sofort. Ich will ihn auch vergessen. Ein Scheißkerl ist er.« Dann lief sie schnell weiter. »Die Bahn kommt.«

Als sie nebeneinander in der U-Bahn saßen, schob sie ihre Hand in seine. »Er hat mir ein riesiges Theater vorgespielt. Er war sehr überzeugend darin, dass er nichts von mir gewusst hat. Unfassbar. Jetzt will er mich – wo ich bequem bin, wo man mich nicht hüten und keine Windeln wechseln muss.«

»Ich freue mich total aufs Windelnwechseln!«, sagte Navid. »Auf ein Knuddelbaby. Vorgestern war eine Patientin da, der durch die Schwangerschaft ein Nerv eingeklemmt war, das ist wirklich schmerzhaft. Ich hatte die Sache wieder hingekriegt, und sie kam mit ihrem Säugling, um sich noch einmal zu bedanken. Das Baby war erst zwei Wochen alt. Ich habe es nur wieder hergegeben, weil wir auch bald eins haben.«

Er sah aus dem Augenwinkel, wie auf Millas Wange ein Grübchen erschien. Sie zog ihre Hand aus seiner und ließ sie hinter seinen Rücken, unter seine Jacke und unter den Hosenbund in seine Boxershorts wandern. Sie langte ganz um ihn herum, und ihre Finger schlängelten sich an seiner Hüfte vorbei bis in die Leistengegend. Navid sog zischend den Atem ein. Er überlegte, wie er Gleiches mit Gleichem vergelten könnte, aber im Sitzen war das schwierig. Milla saß eindeutig am längeren Hebel. Im wahrsten Sinne des Wortes.

Er flüsterte ihr zu: »Wenn du so weitermachst, steigen wir

nicht am Adenauerplatz aus, sondern am Richard-Wagner-Platz. Da ist nämlich das Standesamt, und da zerre ich dich hin. Umstands-los.« Bei jeder Silbe des letzten Wortes biss er sie ins Ohrläppchen.

»Tsss«, war das Einzige, was zurückkam.

»Na warte«, sagte Navid.

Nachdem er sich zu Hause im Bett gerächt hatte, holte er alle Unterlagen hervor, die er nach Tonis Besuch im Sommer bereits zusammengetragen hatte, um fürs Standesamt gerüstet zu sein, und legte sie vor Milla auf die Bettdecke. »Du brauchst nichts weiter. Nur einen Bescheid aus dem Geburtenregister, und dann müssen wir uns aktuelle Meldebescheide runterladen.«

Milla sah ihn aufmerksam an. »Bist du traurig, dass du keinen Schwiegervater bekommst?«

»Ich bin mit Toni und Dirk mehr als gut bedient. Das fand ich übrigens schon immer. Nur …«, Navid überlegte, wie er es sagen sollte, »ich hätte mir eine glücklichere Lösung für dich und deine Mutter gewünscht.«

Sie schwiegen, und Milla schaute auf die Papiere vor sich auf der Decke und dann im Zimmer umher, in dem ihre Sachen verstreut lagen. Nur die Schuhe waren im Flur geblieben, und Navid folgte Millas Blick zu der fluffigen Daunenjacke. Er sah, wie ihre Augen feucht wurden, schlüpfte schnell wieder zu ihr unter die Decke und nahm sie fest in den Arm.

Sie bettete den Kopf an seiner Schulter. »Ich kann es nicht fassen. Ich hätte schwören können, dass er nichts von mir wusste. Er war so … so aufgeregt und glücklich, so ehrlich.«

Navid fühlte die Tränen auf seine Haut rollen und dachte nach. »Habe ich das richtig verstanden: Jola hat den Brief mit der Nachricht ihrer Schwangerschaft nach Wolfen geschickt?«

Milla nickte an seiner Schulter. »Das hat sie gesagt.«

»In den Briefkasten von Matthias Hader.«

Milla hob den Kopf. »Vermutlich. Meinst du …«

Navid stieß den Atem aus. »Keine Ahnung. Aber weißt du was? Die Katze ist jetzt aus dem Sack. Wenn dein Vater wirklich nicht wusste, dass du unterwegs warst, weil sein Vater den Brief aus Hass auf die Reinhoffs unterschlagen hat, wird er jetzt etwas unternehmen. Und das ist definitiv seine, nicht unsere Aufgabe.«

Milla nickte. »Gut. Ich behalte die Jacke so lange.«

Navid lächelte in sich hinein. *Die Jacke!* Frauen waren wirklich der Hammer. »Wir heiraten jetzt standesamtlich und feiern, wenn du kein Tönnchen mehr bist und unser Kind auf der Welt ist. Ich richte dir die schönste und größte Feier aus, die du je gehabt hast.« Er fuhr sich durch die Haare. »Also, wenn du noch willst. Wenn du mir verzeihst, dass ich so ein Unruhestifter war. Heiratest du mich?«

»Ich heirate dich. Und wir feiern im Mai bei Opa im Garten. Und jetzt hab ich Hunger. Das Frühstück ist nämlich schon ziemlich lange her.«

Navid stand auf, ging in die Küche und öffnete den Kühlschrank. Die herausschlagende Kälte spürte er nicht, so warm war ihm ums Herz.

Mama hat Dir damals geschrieben, dass sie schwanger ist. Du hast gewusst, dass Du ein Kind hast. Du hast gelogen. Du kannst uns gestohlen bleiben.

Raik starrte auf sein Telefon. Auf die Nachricht seiner Tochter. Ihm wurde kalt und heiß und wieder kalt. Das konnte doch wohl nicht wahr sein! Jola hatte ihm geschrieben? Damals?

Sie musste ihre Schwangerschaft nach ihrem Abschiedsbrief festgestellt haben. Als er schon in Wolfen war. Oder in München. Wenn dieser Abschiedsbrief überhaupt …

»Soll der Strauß in Folie oder in Papier?«, fragte die Blumenhändlerin, in deren Geschäft er stand, um einen riesigen gemischten Strauß, in dem ein paar rote Rosen versteckt waren, für

Jola zu kaufen. Jola, die er heute Abend zum Essen hatte treffen wollen.

»Moment.« Raik ging vor den Laden und rief Dirk Bär an.

»Tut mir leid«, sagte der statt einer Begrüßung. »Das ist gründlich schiefgegangen. Ich fürchte, sie braucht noch ein bisschen Zeit.«

»Ich habe eine Nachricht von Milla, in der sie mir mitteilt, ihre Mutter habe mir damals geschrieben, dass sie schwanger sei. Aber ich habe nie einen Brief bekommen.«

Mehr als ein überraschtes Ausatmen kam erst einmal nicht von der anderen Seite. Raik wartete und dachte fieberhaft nach.

»Also, da bin ich jetzt …«, setzte Dirk Bär zaghaft an.

»Nein, warten Sie. Entschuldigen Sie.« Raik war etwas eingefallen. Außerdem ging das so nicht. Er war kein kleiner Junge, der andere in seine Angelegenheiten verwickelte, damit die für ihn die Kohlen aus dem Feuer holten. »Ich glaube, ich muss etwas klären. Ich habe Sie über Gebühr beansprucht. Ich bin Ihnen so dankbar, dass Sie mich gesucht haben, Sie glauben gar nicht, wie sehr. Ich werde das aufklären. Und dann werde ich mich melden.«

»Gut«, kam es zögerlich von der anderen Seite.

»Gut«, wiederholte Raik, verabschiedete sich und beendete das Gespräch. Dann trat er wieder in den Blumenladen.

Er blickte fahrig auf den Strauß. »Können Sie die roten Rosen bitte herausziehen und dafür irgendetwas anderes hineinstecken? Und können Sie die Blumen liefern?«

Die Floristin sah ihn an und nickte nur. Dann zog sie die Rosen aus dem Strauß und wählte ein paar Chrysanthemen. Sie wusste offenbar, wann ein Kunde reden wollte und wann nicht, und band den Stängel schweigend mit ihren kalten roten Händen neu.

»Und nehmen Sie bitte Folie«, ergänzte Raik. Der Strauß sollte richtig schön werden. Er nahm sich eine Karte aus dem

Ständer neben der Kasse und borgte sich den Kugelschreiber aus, der danebenlag.

Für Dirk Bär und Toni. In Dankbarkeit. Vorläufig.
Raik Hader

Dann nannte er der Verkäuferin die Adresse eines Steuerbüros, die er über *Dirk Bär und Toni* gegoogelt hatte, bat sie, den Strauß am Montag dorthin zu schicken, und verließ das Geschäft. Eine halbe Stunde später saß er in seinem Sportwagen und düste Richtung Wolfen.

Mama hat dir damals geschrieben.

Geschrieben. Vor dem Blumenladen war ihm klargeworden: In Berlin hätte Jola ihm die Nachricht in den Briefkasten gesteckt. Wenn schon der neue Name drangestanden hätte, hätte sie sie nach Wolfen geschickt. Oder eben gleich dorthin, weil sie festgestellt haben musste, dass er verschwunden war.

Nach Wolfen. Zu seinem Vater. Der Jolas Familie hasste.

Raik drückte aufs Gas.

Jolas Abschiedsbrief. Der Blick, der an diesem sommersprossigen Typen vorbeiging. Was hatte das zu sagen? Er schnaubte. Nichts hatte es zu sagen! Sie hatte es ihm leichtmachen wollen. Sie hatte nicht mehr behelligt werden wollen. Sie hatte sich gegen ihn entschieden, gegen den ganzen Ärger, der über ihnen hing. Gegen den Vorwurf seines Vaters. Und dann hatte sie festgestellt, dass sie schwanger war. Die schönste Nachricht im Leben einer Frau musste für sie eine schreckliche gewesen sein.

Und doch, sie hatte Milla ausgetragen. Dabei wusste er, dass sie Abtreibungen nicht grundsätzlich ablehnend gegenübergestanden hatte.

* * *

Berlin, November 1998

»Gabi treibt ab«, sagte Jola, als sie zur Tür hereinkam.

Raik schaute sie aufmerksam an, um zu ergründen, wie sie dazu stand.

Jola wickelte ihren gestreiften Strickschal von ihrem Hals. »Dev hat sie verlassen. Als sie ihm gesagt hat, dass sie schwanger ist, in einem romantischen Augenblick im Bett, hat er wohl geantwortet: ›Kannst du vergessen. Mit mir nicht.‹ Dann ist er gegangen, hat ihre Nummer blockiert und ihr die Tür vor der Nase zugeschlagen, als sie zwei Tage später bei ihm aufgetaucht ist.«

»Krass.« Raik blieb der Mund offen stehen. Dev hieß eigentlich Derrick-Volker, weil seine Eltern Fans der Krimiserie im Fernsehen waren, die seit einem Monat Geschichte war, ebenso wie ihr Sohn offensichtlich für Jolas Freundin Gabi. Raik fand beides nicht schade. Weder das Ende der Altherrenserie noch das Verschwinden von Dev aus ihrer Clique. Denn der hatte seinem Namensvorbild im Hinblick auf die Altherrenattitüde nicht nachgestanden.

Er trat auf Jola zu und küsste sie. Ihr Begrüßungskuss fühlte sich gedankenverloren an. Also zog Raik sie zum Fenster, stellte den Schreibtischstuhl und den Klappstuhl nebeneinander und holte Schokolade und Studentenfutter aus dem Küchenschrank.

»Als Gabi zu mir kam, um sich auszuheulen, hatte sie sich eigentlich schon entschieden.«

Raik reichte Jola die geöffnete Schokolade. »Kann ich mir vorstellen. Gabi ist klar im Kopf und entscheidet schnell, was sie will und was nicht.«

Jola nahm ein Stück und ließ es auf der Zunge zergehen. Sie schaute ihn nur kurz an und sah dann wieder aus dem Fenster. »Ich habe ihr angeboten, ihr zu helfen, und das habe ich ernst gemeint. Aber sie hat gesagt, dass das arme Kind sie immer an das Schwein von Vater erinnern würde und dass sie es nie allein schaffen würde mit Studium und Kind.«

Jetzt glaubte Raik zu wissen, wo der Hase hinlief. »Ich würde zu dir stehen, wenn du ein Kind kriegst. Ich wäre überglücklich. Auch wenn es jetzt ungünstig wäre, solange wir beide studieren.«

Jola blieb starr sitzen. »Würde einen ein Baby wirklich immer an das ›Schwein von Vater‹ erinnern? Ich kann mir das eigentlich nicht vorstellen.«

»Weil es bei dir kein Schwein von Vater wäre.«

Jetzt sah er Jola von der Seite lächeln. Nur kurz, dann wurde sie wieder ernst. »Ich verstehe Gabi trotzdem. Wenn es so eine Enttäuschung ist, eine solche Ungeheuerlichkeit, die einen selbst ins Wanken bringt – und Gabi ist völlig am Boden zerstört, dass sie sich so hat in Dev irren können –, dann geht es vielleicht nicht anders. Dann muss man erst einmal wieder Vertrauen in sich selbst gewinnen.«

»Gabis Eltern können nicht helfen, oder?«

Jola schüttelte den Kopf. »Die haben sich gerade hochverschuldet, weil sie einen Landmaschinenverleih aufbauen irgendwo in der Pampa bei Rostock. Die arbeiten beide von morgens bis nachts.«

Jola schwieg, und Raik zog sie zu sich auf den Schoß. »Ein Kind mit dir wäre mein höchstes Glück, weißt du das? Ich will mal Kinder, wenn auch noch nicht jetzt. Aber wenn eins kommt, dann kommt eben eins.«

Jola entspannte sich ein wenig, als er ihr sanft über die Seite strich. Dann legte sie den Kopf an seine Schulter. »Ich will auch mal Kinder. Später. Eine richtige Familie. Das will Gabi auch. Sie hat gesagt, dass das eigentlich das Schlimmste ist: dass ihr Traum davon, ihren Freund mit der Nachricht glücklich zu machen, zerplatzt ist. Sie hat gesagt, sie braucht eine zweite Chance für diesen Augenblick in ihrem Leben. Dem Augenblick, wenn aus zweien eine Familie wird.«

Raik wiegte Jola in seinen Armen, wobei der Klappstuhl bedenklich wackelte, weil sie sich immer noch ein wenig versteifte.

»Ich werde Gabi zur Abtreibung begleiten und ihr beistehen, so gut ich kann«, sagte Jola. Und dann: »Lass uns ins Kino gehen. Im Delphi läuft *Lola rennt*.«

* * *

A9, November

Der Augenblick, wenn aus zweien eine Familie wird.

Diesen Augenblick hatte es auch für Jola nicht gegeben. Für ihn ebenfalls nicht, aber er hatte nicht einmal gewusst, dass es ihn hätte geben sollen. Das zählte also nicht richtig.

Raik fuhr seinen Sportwagen auf der linken Spur voll aus. Der Abzweig Dessau-Süd war nicht mehr weit.

Für Jola musste es schrecklich gewesen sein.

Dessau-Süd wurde angezeigt, und Raik registrierte es im letzten Moment. Er zog von ganz links in die Auffahrt hinüber, schnitt dabei einen Laster, dessen Fahrer hupte. Lang, tief, ohrenbetäubend. Raik wäre fast aus der Kurve gerauscht, aber ein Sportwagen war eben ein Sportwagen und hatte andere Bremsen als ein PS-starker Kombi. Trotzdem, Raik bekam einen Schreck und fuhr auf der Landstraße gesitteter. Es war erst kurz nach vier, wurde aber schon dunkel.

Obwohl Raik die Strecke lange nicht mehr gefahren war, war sie ihm noch vertraut. Der hohe Schornstein der Faser und die der Braunkohlekraftwerke fehlten am Horizont. Sie waren aber immer noch in seinem Gedächtnisabbild, da kam er gegen seine Kindheit nicht an. Einundzwanzig hatte er als Junge beim Blick aus dem Fenster gezählt.

In Steinfurth machte er einen Umweg in die Fuhneaue. Er parkte am Ende einer Sackgasse bei den letzten Siedlungshäusern und stieg aus. Über die Wiese, die immer noch eine wilde Wiese war, ging er zum Wasser. Als er das letzte Mal mit Jola hier gewesen war, hatte er beschlossen, Flaschen und Altpapier wegzubringen, um sie zu einer Ruderpartie über den Gondelteich einzuladen. Ob es dort im Sommer überhaupt noch Boote gab?

Jola und er, dreizehn Jahre alt. Eine Welt, so zerbrochen wie die Schornsteine, die gesprengt worden waren, eingestürzt und zu Staub zersplittert.

Ihre Welt war an ihrem letzten Sommertag in der Fuhneaue dem Untergang geweiht gewesen, und als sie sich neun Jahre später wiedergetroffen hatten, war es nicht anders gewesen, sie hatten es nur nicht gewusst. Ihre Eltern hatten zwischen ihnen gestanden. Er hätte es 1999 als junger Mann besser wissen müssen. Er hätte damals Alarm schlagen sollen, Jola auch. Sie hatten es versucht, aber eher halbherzig. Sie hatten geglaubt, sie seien unverwundbar, aber das waren sie nicht gewesen.

Er ging zurück zum Auto und fuhr zu seinem Elternhaus. Unten brannte Licht. Vor dem Haus stand der Fahnenmast, an dem schlapp die Flagge des Heimatvereins hing. Die Flagge, die an das Logo des ORWO-Werks erinnerte, das es nicht mehr gab. Der einzige Unterschied war, dass auf dem O der Abkürzung von »Original Wolfen« Ö-Punkte in Form von Wolfsköpfen waren: »Original Wölfe«, so hieß der Verein.

Raik musste nicht klingeln, die Tür wurde vor seiner Nase geöffnet.

»Raik«, sagte sein Vater. »Ist was passiert?«

»Hallo, Vati. Ja, es ist was passiert.«

Sein Vater, der ihn nach wie vor um fast eine Handbreit überragte, der seine gerade Haltung auch jetzt mit über siebzig Jahren nicht verloren hatte, machte ihm Platz. »Komm rein. Hast du Hunger?«, fragte er, als Raik an ihm vorbeiging.

»Ein bisschen«, sagte Raik und zog die Schuhe aus. Er folgte dem Vater in die Küche.

Matthias holte Brot aus dem Korb, öffnete den Kühlschrank und nahm Wurst sowie ein Glas Gurken heraus. »Hätte ich gewusst, dass du kommst, hätte ich was gekocht«, sagte er und schnitt Brot ab.

Dann griff er noch einmal in den Kühlschrank und holte eine Flasche Wernesgrüner heraus, ein gutes Bier aus dem Erzgebirge, das es zu DDR-Zeiten nur selten gegeben hatte. »Ist nur noch die eine da, kannst du haben.«

»Wir teilen«, sagte Raik und holte zwei Gläser aus dem Küchenschrank.

Kurz darauf saßen sie am Esstisch im Wohnzimmer, aßen und tranken zusammen. Schweigend, wie meistens nach Renates Tod. Dabei war in seiner Kindheit gar nicht unbedingt seine Mutter die Gesprächsführerin am Tisch gewesen. Sein Vater und er hatten über Fußball geredet und über die Schule. Aber Matthias war nach dem Tod seiner Frau verstummt.

»Und was ist passiert?«, fragte er nun.

Raik stellte erschrocken fest, dass er sich keine Strategie überlegt hatte. »Erinnerst du dich noch daran, wie ich am 1. Mai 1999 hier war und Jola mit mir Schluss gemacht hatte?«

Sein Vater hörte auf zu kauen, sah ihn aber nicht an.

Raik wartete.

Matthias kaute weiter und schaute dann hoch. »Ja. Klar. Du warst total fertig.«

»Ich wollte sie nie wiedersehen.«

»Weshalb ich dir über Muttis Freundin einen Studienplatz in München besorgt habe.« Sein Vater biss von seinem Wurstbrot ab.

Ja, dachte Raik. So war es gewesen. Aber wieso gleich einen Studienplatz in München? Damals war ihm das nicht aufgefallen. Heute kam es ihm vor, als hätten sie mit Kanonen auf Spatzen geschossen. Er hätte Jola in Berlin problemlos aus dem Weg gehen können. Er wäre ihr höchstens zufällig über selbigen gelaufen in der großen Stadt … und hätte gesehen …

»Wolltest du, dass ich nicht sehe, dass sie schwanger ist?« Raik sah seinen Vater scharf an.

Der hörte wieder auf zu kauen. »Wie bitte?«

Raik glaubte, ein unsicheres Flackern in den Augen seines Vaters wahrzunehmen. »Jola war schwanger. Von mir.«

Matthias schüttelte den Kopf. »Haben sie dich also ausfindig gemacht.« Er wirkte wieder sicherer.

»Warum hast du mir nichts gesagt?« Raik verstand diese Ruhe nicht.

»Warum sollte ich? Ihr seid damals nicht mehr zusammengekommen, das ist doch eure Sache. Deine feine Jola wollte ihr Kind offenbar ohne dich aufziehen. Beschwer dich bei ihr.«

»Sie hat mir geschrieben, dass sie schwanger war. Vati, ist damals ein Brief von Jola hier angekommen?«

Matthias schob seinen Teller weg und lehnte sich zurück. »Ich will dir mal was sagen: Komm mir nie wieder mit den Reinhoffs. Nie wieder.« Er griff nach seiner Gabel und zeigte damit auf Raik. »Du solltest dich auch von denen fernhalten, Tochter hin, Tochter her. Scheiß drauf! Das Kind ist erwachsen. Such dir lieber endlich eine richtige Frau. Eine gute. Eine, die zu dir steht. Bist zwar nicht mehr der Jüngste, aber kannst noch Kinder zeugen.«

»Was?«

»Was?«, äffte sein Vater ihn nach.

Raik atmete schwer und starrte ihn an. Versuchte, in die Tiefen der grünlichen Augen unter dem akkurat gescheitelten weißen Haar zu blicken. Aber er schaffte es nicht, seinen Vater niederzustarren. In dem brannte ein Feuer, loderte Hass, und zwar, wie Raik in diesem Augenblick begriff, unüberwindlich.

»Ist damals ein Brief von Jola hier angekommen?«

Sein Vater zuckte mit den Schultern. »Weiß ich nicht mehr. Kann schon sein. Vielleicht hab ich ihn weggeworfen.«

Raik holte Luft, aber sein Vater schnitt ihm das Wort ab. »Falls sie dir hierhergeschrieben hat, dass sie schwanger ist, und keine Antwort bekommen hat, hätte sie ja nachforschen können.

Du bist schließlich nicht untergetaucht in München.« Er schaute in den Brotkorb. »Eine Scheibe ist noch da. Willst du?«

»Vati!«

»Raik! Du hast gut ohne diese Reinhoffbrut gelebt. Die haben deine Mutter auf dem Gewissen. Mach, was du willst, aber lass mich mit denen in Ruhe!«

Raik schüttelte den Kopf.

»Hab ich das richtig gesehen? Ist das ein 911er da draußen?«, fragte sein Vater.

Raik nickte. Er war verwirrt und müde.

»Dann machen wir jetzt noch eine Spritztour.« Sein Vater stand auf, und weil Raik nicht wusste, was er sonst tun sollte, erhob er sich ebenfalls. Irgendwie war die Luft raus für heute. Er musste nachdenken. Und hier konnte er es definitiv nicht.

Sein Vater war schon in den Flur vorgegangen, und Raik folgte ihm. Er gab ihm den Zündschlüssel und setzte sich auf den Beifahrersitz.

Sein Vater stieg auf der anderen Seite ein, fand ohne Suchen das Zündschloss links neben dem Lenkrad und fuhr geschmeidig los. Sie schwiegen.

Matthias bog auf die Hauptstraße ein, durchquerte Wolfen, gelangte auf die Landstraße und auf die A9. Erst fuhr er moderat, aber dann gab er plötzlich Gas. Hundertfünfzig, hundertachtzig, zweihundert, zweihundertzehn.

»Vati«, sagte Raik vorsichtig. Sein Vater hatte, soweit er wusste, einen Kleinwagen, er war ein alter Mann und aller Wahrscheinlichkeit nach so hohe Geschwindigkeiten nicht gewohnt. Er blickte Matthias von der Seite her an. Dessen Kiefer war angespannt, aber seine Hände lagen ruhig auf dem Lenkrad. Er zog das Auto auf die rechte Spur und dann auf den Standstreifen. Bei unverminderter Geschwindigkeit.

»Vati!«

Sein Vater bremste. Scharf, aber kalkuliert. Als ein Brückenpfeiler im Scheinwerferlicht auftauchte, war er schon bei Tempo fünfzig. Zwei Meter vor dem steinernen Pfeiler kam der Porsche zum Stehen.

Raik drückte auf die Warnblinkanlage. »Bist du verrückt?«, schrie er.

»Das waren die letzten Meter im Leben deiner Mutter. Vergiss das nie.« Sie saßen im Auto und starrten auf den Pfeiler. Raik spürte, wie ihm die Tränen kamen. Sein Vater setzte ein Stück zurück und reihte sich wieder in den Verkehr ein, während Raik die Tränen über die Wangen liefen. Sein Vater weinte nicht, das sah er im Licht des Gegenverkehrs. Wahrscheinlich hatte er keine Tränen mehr.

Matthias wendete bei der nächsten Ausfahrt und fuhr zurück.

In Wolfen bog er links ab, wo es einmal zur Filmfabrik gegangen war. Er fuhr auf das Werksgelände, auf dem Raik seit der Wende nie wieder gewesen war. Er erinnerte sich, dass man dort früher mit dem Auto gar nicht draufgedurft hatte. Aus den Auspuffen kam zu viel Dreck für die ORWO-Filmproduktion, was eigentlich absurd war bei dem, was aus den Schornsteinen der anderen Betriebsteile der Filmfabrik, denen der Kraftwerke und denen im nahen Bitterfeld wehte.

Matthias fuhr nun langsam kreuz und quer und machte Schlangenlinien, um die Umgebung zu beleuchten. Das helle Scheinwerferlicht des Autos traf auf Brachen, Zäune und hin und wieder ein einsames Gebäude. Niemand begegnete ihnen an diesem Samstagabend.

»Ist das tot hier«, sagte Raik unwillkürlich. In seiner Kindheit hatte das Werk nicht stillgestanden, Anlage hatte sich an Anlage gereiht, und Tausende Arbeiter hatten ihre Schichten abgeleistet. »Warum gehst du nicht weg?«

Sein Vater bremste und stieg aus.

Raik wusste nicht, was er tun sollte, und stieg ebenfalls aus.

Matthias trat vom Auto weg und wies auf die Fahrertür. »Steig ein. Du wirst ja sowieso nicht bleiben. Ich laufe nach Hause. Ein Nachtspaziergang wird mir guttun.« Damit verschwand er im Dunkeln quer über die Brache, neben der sie standen.

Raik blieb zurück und starrte noch eine Weile in die Richtung, wo die hagere, hochgewachsene Gestalt seines Vaters von der totenstillen Nacht verschluckt worden war.

»Das ist doch echt krank«, murmelte er irgendwann, stieg in sein warmes Auto und machte sich auf nach Frankfurt.

9

Berlin, Dezember

Jola konnte nicht schlafen, wie so oft in letzter Zeit. Sie hatte Raik vergrault. Sie hatte ihre große Liebe und noch größere Enttäuschung vertrieben. Dass Milla sie wie ein rohes Ei behandelte, fuchste sie. Navid hingegen schien auf etwas zu warten. Er hatte einen prüfenden Blick drauf, der einfach ätzend war. Und ihr Vater? Der war kurz angebunden, wann immer sie ihn anrief.

Sie wälzte sich herum und sah auf ihr Handy. Kurz nach fünf. Sie stand auf, hüllte sich in eine Strickjacke und ging leise ins Wohnzimmer. Dirk und Toni hatten vor ein paar Tagen einen Adventskranz besorgt, wie jedes Jahr. Ein Prachtstück, fast so groß wie der kleine Erkertisch, auf dem er lag. Diesmal mit violetten und silbernen Kugeln sowie lila Kerzen. Vor dreiundzwanzig Jahren, 1999, war er ein Traum aus Rosa und Hellblau gewesen.

»Für das Christkind, das wir erwarten«, hatte Dirk gesagt, als er den Adventskranz ins Wohnzimmer getragen hatte.

»Wir wissen ja noch nicht, ob es ein Mädchen oder ein Junge wird«, hatte Toni die wolkig-zarte Farbkombi erklärt und auf den kleinen Tisch im Erker gewiesen. »Dahin.«

Jola hatte gefunden, dass der Erker mit dem opulenten Kranz auf dem kleinen Tischchen wie ein Altar aussah, aber Toni, der katholisch erzogen worden war, hatte gemeint, dass das anlässlich der Geburt des Herrn genau passte. Deshalb war es bis heute so geblieben. Die Kaffeetasse konnte man schließlich auch auf eins der Fensterbretter stellen, wenn man im Erker sitzen wollte.

»Guten Morgen«, erklang es hinter ihr.

Jola drehte sich um. Toni stand in der Tür. »Ich mache uns Kaffee«, sagte er und verschwand in der Küche.

Jola nahm die Streichhölzer vom Fensterbrett, zündete eine Kerze an und schaute hinaus auf den Platz.

Wenig später gesellte sich Toni zu ihr.

»Milla und Navid heiraten nächste Woche, ohne jede Feier, sie gehen nur zum Standesamt«, sagte Jola.

»Das hätten wir uns anders gewünscht. Du auch, oder?«, fragte Toni.

»Na klar.«

Sie schwiegen und tranken ihren Kaffee.

»Damit das Kind in geordnete Verhältnisse hineingeboren wird«, sagte Jola und merkte selbst, wie bitter sie klang.

»Na ja, ich versteh's.« Toni klang begütigend. »Wir haben, als sich das mit Milla eingespielt hatte, eine Weile überlegt, dich zu fragen, ob wir sie adoptieren dürfen. Aber dann haben wir es gelassen.«

Jola wandte sich ihm zu. »Wieso?«

Toni zuckte mit den Schultern. »Ich hatte immer das Gefühl, das mit dem Vater sei nicht ausgestanden. Und da wollte ich nicht reingrätschen. Ich hatte beim Würfeln gewonnen.«

»Ihr habt gewürfelt?«

Toni zuckte erneut mit den Schultern. »Es hätte sie ja nur einer adoptieren dürfen.«

Jola schnaubte leise und schüttelte den Kopf. »Ihr habt um mein Kind geschachert. Pfui.«

Toni gluckste.

»Ich könnte kotzen, dass die jetzt so sang- und klanglos heiraten«, sagte Jola. »Und ich fühle mich schuldig. Deshalb könnte ich noch mehr kotzen.«

Toni schwieg.

Jola hatte in den schlaflosen Nächten immer wieder darüber nachgedacht, warum Raik Milla weisgemacht hatte, er habe nichts von einem Kind gewusst. Wieso hatte er so einen Quatsch erzählt? Er konnte sich doch ausrechnen, dass sie das bestreiten würde.

Damals war Jola der Brief mit der Seite aus der Stasiakte als eindeutiges Zeichen dafür erschienen, dass Raik die Dev-Variante fuhr, die Gabi dazu gebracht hatte abzutreiben. Er hatte gewollt, dass sie es wie ihre Freundin hielt, und es vielleicht fest angenommen.

Aus dem Schlafzimmer der beiden Männer war der Wecker zu hören.

Wieso gibt es diese merkwürdigen Ingo-Fotos, die Agnes ohne mein Wissen gemacht, mir aber nie gezeigt hat, grübelte Jola zum x-ten Mal. Diese Fotos, die Milla und Navid offenbar irreführen sollten. Agnes hatte genauso wenig gewollt, dass Raik und sie zusammen waren, wie Matthias. Damals, als die Fotos entstanden waren.

»Es passt nicht alles zusammen«, sagte sie aus ihren Gedanken heraus. »Es fehlt was.«

»Wie bitte?«, fragte Toni.

»Mein Gefühl und die Fakten – was damals passiert ist, als es mit Raik und mir aus war – passen nicht zusammen.«

»Guten Morgen und Glückwunsch«, kam Dirks Stimme, die am Morgen röhrte und kratzte, von der Tür her.

»Wieso?«, fragte Jola.

»Du hast zum ersten Mal erwähnt, dass Raik im Spiel war.«

»Freu dich«, sagte Jola pikiert.

»Nee«, Dirk kam näher.

Jola stellte ihre Kaffeetasse ab. »Eltern dürfen nicht zwischen ihr Kind und dessen Partner kommen. Und genau in diese Ecke fühle ich mich gedrängt. Darauf hab ich keine Lust. Ich weiß jetzt, was ich mache. Aber ihr«, sie fuhr mit dem Zeigefinger zwischen Toni und Dirk hin und her, »ihr lasst mich in Ruhe.« Damit stand sie auf und stapfte an Dirk vorbei ins Bad.

»Hallo, Vati!«

Franz schreckte von Agnes' Chaiselongue hoch und blinzelte. In der Wohnzimmertür stand Jola. Mit ihrem schräggehaltenen Kopf, ihrer angespannten Kinnlinie und ihren winddurchzausten rotblonden Haaren, die sie sich in letzter Zeit wieder hatte länger wachsen lassen, sah sie aus wie ein Racheengel.

Franz rappelte sich hoch. »Muss eingenickt sein.«

»Ich koche uns einen Tee.«

»Nein, nein. Dann kann ich wieder die ganze Nacht nicht schlafen«, wehrte Franz ab. Da Jola seit ihrer Kindheit keinen Kräutertee mehr trank, konnte nur schwarzer gemeint sein.

»Du schläfst auch nicht gut?«

Franz merkte auf. »Auch?«

Seine Tochter zuckte mit den Schultern. »Abendbrot hast du bestimmt noch nicht gegessen, oder?«

Franz schüttelte den Kopf.

»Dann geh ich mal in die Küche.« Und schon war sie weg.

Franz rappelte sich auf, faltete sorgsam Agnes' Kaschmirdecke und schaute auf Herthas alte Standuhr. Gleich sieben. Da war er nur kurz eingenickt. Ohne Jolas Erscheinen wäre er bestimmt erst um zehn hochgeschreckt, nicht vor drei am nächsten Morgen wieder eingeschlafen und dennoch um fünf, seine Zeit von früher, als er noch gearbeitet hatte, aufgewacht.

Er hatte immer gut geschlafen, sein ganzes Leben lang. Erst seit Agnes' Tod war es anders. Er hätte sich gern eingeredet, dass es daran lag, dass sie nicht mehr an seiner Seite schlummerte, aber so war es nicht. In Wolfen hatte er in den Schichtwochen im Schlafsaal der Feuerwehr geschlafen, zwischen schnarchenden Männern, und immer wie ein Baby. Nein, es lag an dem, was sie ihm anvertraut hatte an ihrem letzten Morgen, den sie zusammen im Krankenhaus verbracht hatten.

* * *

Berlin, August

»Der Zilpzalp singt. Es muss kurz vor fünf sein.«

Franz schreckte hoch. Seine Frau lag mit offenen Augen im Krankenbett und horchte. Dann wandte sie sich ihm zu. Er schaute auf die Uhr. »Vier Uhr siebenundfünfzig.«

Sie lächelte.

Er griff nach ihrer Hand. »Guten Morgen, meine Schöne.«

Ihre Mundwinkel kräuselten sich. »Ich sehe also schlimm aus.«

»Für mich bist du die Schönste. Ich bin froh, dass du wach bist. Wie geht es dir? Brauchst du was?«

Sie schüttelte den Kopf, schaute wieder hoch und horchte erneut. »Eine Meise.«

»Und eine Amsel, oder?«

»Ja, die singt schon seit einer Viertelstunde.«

Er nahm ihre Hand, und dann schwiegen sie gemeinsam und hörten dem morgendlichen Vogelkonzert zu, in das sich immer mehr Stimmen mischten. Als der erste Rollwagen über den Flur rasselte, drückte sie seine Hand, ließ sie los und sagte unvermittelt: »Ich habe davon gewusst. Ich habe es euch verziehen. Ich habe nur ein halbes Herz, du brauchtest auch noch eine andere Hälfte. Du hast mich immer geliebt. Von ganzem Herzen. Du bist der Mann meines Lebens. Warst es zu jedem Zeitpunkt. Es war alles richtig so.«

Franz blieb die Luft weg. Sie hatte es gewusst? Das mit Renate? Ihm wurde ganz heiß. Natürlich hatte sie es gewusst. Was hatte er sich gedacht? Seine Frau war Agentin. Sie beobachtete alles mit Adleraugen. Sie war schlau wie keine andere. Wie hatte er sich einbilden können, dass sie es nicht merkte?

Ehe er weiterdenken oder etwas sagen konnte, fuhr sie fort: »Aber ich habe nicht alles richtig gemacht. Und jetzt kommt es über mich.«

Sie schluckte trocken, und er reichte ihr mit zittriger Hand das Glas Wasser vom Nachttisch.

Sie trank einen Schluck und lächelte ihn schmerzlich an. »Über dich.«, verbesserte sie sich.

Er brauchte einen Moment, um die Verbindung zum Satz davor festzustellen. Seine Frau war hochkonzentriert, und sie glänzte in der Rede wie so oft.

»Wahrscheinlich jedenfalls. Verzeih mir, Franz. Verzeih. Bitte! Ich konnte es nicht besser.« Sie leckte sich die trockenen Lippen. »Hol mir einen Zettel und einen Stift, bitte.«

Franz stand auf, ging ins Schwesternzimmer, erbat beides und kam zurück.

Agnes saß im Bett wie eben noch. »Der Grünfink. In einer Viertelstunde geht die Sonne auf.«

Franz stellte ihr Kopfteil vorsichtig hoch, schob den Nachttisch so, dass sie eine Schreibfläche hatte, legte den Zettel darauf und gab ihr den Stift. Während sie schrieb, sah er aus dem Fenster auf einen zart geröteten Himmel.

Sie faltete den Zettel mehrmals, als sie fertig war. »Steck ihn weg. Vielleicht brauchst du ihn nie. Ich fürchte aber doch.« Sie atmete zittrig ein. »Ich habe große Schuld auf mich geladen, Franz. Unverzeihliche. Ich werde sie mit ins Grab nehmen.«

»Agnes …«

Die Tür ging auf, und eine mollige Schwester trat ein.

»Sie stören«, sagte Franz und entschuldigte sich gleich darauf für seine Schroffheit.

Die Schwester schaute kurz auf ihre Patientin. »Ich komme in zehn Minuten wieder.«

»Nein«, widersprach Agnes. »Bleiben Sie ruhig. Richten Sie mich ein bisschen her?«

Franz verstand. Seine Frau war froh über die Unterbrechung. Sie hatte alles gesagt, was es zu sagen gab.

Als er nach der Morgentoilette, während der er sich diskret zurückgezogen hatte, wieder hineinkam, plauderte Agnes mit ihm über die Vergangenheit. Über ihr Leben in Wolfen und

Zehlendorf, und sie neckte ihn, bis sie müde wurde und sagte, sie müsse kurz ein Nickerchen machen. Das Frühstück hatte sie nicht anrühren wollen.

»Ach, Franz«, sagte sie, als er an der Tür war.

Er drehte sich um.

»Du hast doch noch einen zweiten Zettel, oder?«

»Ja.« Er hatte zwei Blätter von einem Notizblock aus dem Schwesternzimmer mitgegeben bekommen.

Sie machte eine Bewegung mit dem Zeigefinger zum Tisch hin. »Schreib auf.«

Er setzte sich.

»Immer untereinander.« Sie holte tief Luft. »Ein Pfund Mehl, zweihundert Gramm Butter und fünfzig Gramm Butterschmalz, hundertsiebzig Milliliter Milch, hundert Gramm Zucker, siebzig Gramm süße Mandeln – ohne Schale –, zwanzig Gramm bittere Mandeln, fünfzig Gramm Zitronat, die Schale einer halben Zitrone, ein halber Teelöffel Muskatblüte, ein großer Würfel Hefe, ein Esslöffel Rum, eine Prise Salz. Und Puderzucker zum Einstäuben.«

Franz schrieb mit, und er bekam es nur mit Mühe so schnell hin, wie Agnes es diktierte.

Am Ende ließ sie sich mit einem Seufzer ins Kissen zurücksinken, während er die Tränen zurückhalten musste. Er wusste, was das war: das Stollenrezept ihrer Familie mütterlicherseits, die bei den Bombenangriffen auf Dresden im Februar 1945 ausgelöscht worden war – einschließlich der Gefühlsäußerungen ihrer eigenen Mutter, die zwar überlebte und Agnes gebar, während Dresden noch glühte, aber schwer traumatisiert war, wie man heutzutage sagen würde. Das Stollenrezept, das von Agnes' Familientradition als Einziges übrig geblieben war, weil ihre Mutter es auswendig gewusst hatte, wie Agnes auch. Das, was seit Generationen von der Mutter an die Tochter weitergegeben worden war.

»Gib es Weihnachten Jola.«

»Agnes …«, sagte Franz mit erstickter Stimme.

»Lass nur. Ich muss jetzt ein bisschen ruhen.«

Also ging er, und die Tränen kamen draußen auf dem Flur.

Den anderen Zettel hatte Franz erst aufgefaltet, nachdem Agnes begraben worden war. Vorher hatte er immer das Gefühl gehabt, sie könne es noch sehen und ihn für seine Neugier strafen. Es standen zwei Sätze darauf. Zittrig, kryptisch und bedrohlich.

Horst Erler hat sie betäubt.
Ich habe den Brief geschrieben.

* * *

Berlin, Dezember

Franz fuhr in seine Pantoffeln und ging in die Küche, in der er Jola herumwerkeln hörte. Sie mischte gerade einen Salat, wie Agnes ihn immer gemacht hatte. Mit Zitrone, nicht mit Essig. »Essig ist zum Putzen da und für Linsen«, hatte sie immer gesagt.

Er selbst lernte mühsam das Kochen. Die Küche in Wolfen war 1975 nahtlos von seiner Mutter in Agnes' Hände übergegangen, und die hier in Zehlendorf war immer Herthas und Agnes' Zuständigkeitsbereich gewesen. Jetzt aß er meistens Brot, Tiefkühlgerichte oder Wiener mit Senf und Gürkchen. Oder er traf sich aushäusig mit den Freunden vom Schützenverein. Ein frischer Salat war selten, und er freute sich darauf.

»Ich dachte mir schon, dass du nicht viel dahast und habe etwas mitgebracht«, sagte Jola, ohne sich umzudrehen, und hob ein Baguette an.

Beinahe hätte er sich damit verteidigt, dass immer Käse und Wurst im Kühlschrank waren und auch Brot da war, aber er ließ es. Von der Seite sah er, dass sich eine Kummerfalte neben Jolas

Mund eingekerbt hatte. »Danke, dass du mich mit Abendbrot überraschst. Das ist fein. Soll ich das Baguette schneiden?«

Sie reichte es ihm. »Ich muss mit dir reden, Vati.«

»Soso. Dickere oder dünnere Scheiben?«

»Egal.«

Diese Antwort hätte er von Agnes nie gehört. Aber seine Tochter war nicht so bestimmt, wie seine Frau es gewesen war.

»Vati, ich muss mit dir reden«, wiederholte Jola, als sie am Küchentisch saßen, jeder einen Salat mit Hähnchenbruststreifen darauf vor sich.

»Das habe ich mir gedacht.«

»Wieso?«, fragte Jola und klang dabei misstrauisch wie mit vierzehn, wenn sie ahnte, dass es um eine schlechte Note ging.

»Weil du bedrückt bist.« Und weil wir immer noch nicht über den Streit geredet haben, der deine Mutter ins Grab gebracht hat, fügte er bei sich hinzu, sprach es aber nicht aus. Agnes hatte auf ihrem Totenbett – und sie hatte gespürt, dass es ihr Totenbett sein würde – nichts zu der Auseinandersetzung im Garten gesagt. Er hatte sie nicht darauf angesprochen, um sie nicht erneut aufzuregen. Aber seine Frau musste daran gedacht haben. Wenn er seine Tochter ansah und das bedachte, lag da vielleicht mehr im Argen, als er wissen wollte.

Jola zuckte mit Schulter und Unterlippe. »Raik Hader ist Millas Vater. Er wollte damals nichts mehr mit mir zu tun haben, weil er glaubte, dass Mutti seine Mutter auf dem Gewissen hat. Deswegen habe ich Milla nie von ihm erzählt.«

Franz kaute bedächtig an einem Radieschen. Raik Hader also. Sie mussten sich in Berlin wiedergetroffen haben. Agnes hatte bestimmt davon gewusst – und ihm nie etwas erzählt. Wegen Renate, dachte er.

»Und was glaubst du?«, fragte er. *Ich habe große Schuld auf mich geladen, Franz. Unverzeihliche.* Das hatte Agnes ihm kurz vor seinem Tod gesagt. Ob das auch etwas damit zu tun hatte? Er dachte an den Wolfener Friedhof und an den verzweifelten, betrunkenen Matthias. Er musste sich langsam vortasten.

»Vati, was soll diese Frage?«

Jolas Tonfall war so scharf, dass Franz sich beinahe geduckt hätte. Stattdessen richtete er sich auf. »Wenn du das nicht geglaubt hättest, hättest du deiner Tochter dann den Vater verschwiegen?«

»Ich habe ihm damals nach Wolfen geschrieben, dass ich schwanger bin. Nachdem er sich davongemacht hatte. Es kam nie eine Antwort.«

»Glaubst du, dass deine Mutter ihre beste Freundin umgebracht hat? Ihre einzige Freundin?« Angriff ist die beste Verteidigung, dachte Franz.

Jola legte ihr Besteck beiseite. »Du kannst mir mal mit deinem anklagenden Ton! Erzähl deiner Tochter lieber, was du weißt. Milla hat mir erzählt, dass sie bei Matthias Hader war, und der glaubt, dass Renates Unfall kein Unfall war. Dass sie mit irgendwas betäubt worden sein muss und bewusstlos an den Brückenpfeiler gerast ist.«

»Dann weißt du auch, dass Renate die Krankheiten untersucht hat, die in Wolfen grassierten?«

Jola nickte. »Hat Matthias Milla alles erzählt.«

»Ich weiß lediglich, dass deine Mutter ihre Freundin für naiv gehalten hat. Dass sie Renate gewarnt und gedeckt hat. Dass sie mit Engelszungen auf sie eingeredet hat. Dass sie nicht wollte, dass Renate sich in Schwierigkeiten bringt. Das weiß ich gewiss.«

»Einmal habe ich gedacht, du hast was mit Raiks Mutter.«

»Was?« Franz wurde es ganz heiß.

Jola winkte ab. »Ich habe Mutti im Verdacht, dass sie mich und Raik auseinanderbringen wollte. Es hat ihr nicht gepasst, dass wir zusammen waren.«

»Ja«, sagte Franz langsam. »Danach sieht es aus. Sie hat also gewusst, dass ihr ein Paar wart. Mir hat sie nichts davon erzählt.«

»Warum war das so? Vati, ich muss das wissen. Ich muss wissen, was zwischen euch beiden und Raiks Eltern war.«

Franz sah seine Tochter an. Sah den verhärmten Zug im Gesicht und schalt sich. Es war seine Pflicht und Schuldigkeit, seine Tochter glücklich zu machen. Vor allem meine Schuldigkeit, dachte er, als eine dralle Frau mit wilden blonden Haaren und einem großen weichen Busen vor seinem inneren Auge auftauchte. Ihm wurde schlagartig klar, dass er jetzt die Hilfe seiner toten Gattin brauchte.

»Moment«, sagte er und ging ins ehemalige Herrenzimmer hinüber, das ans Wohnzimmer grenzte und das häusliche Büro beherbergte. Er holte den zusammengefalteten Zettel, den Agnes geschrieben hatte, aus einer Holzkassette mit Intarsien, die noch von Hertha war. Damit ging er wieder in die Küche.

Jola schaute ihm entgegen. Sie saß krumm am Tisch wie in ihren ersten Monaten in Zehlendorf, als alles neu für sie gewesen war, fremd, und sie sich zurück nach Wolfen gesehnt hatte.

Er setzte sich, schob seinen Salatteller zur Seite, prüfte, ob die Tischplatte trocken und sauber war, und faltete den Zettel auf. Einen Moment lang starrte er auf die Sätze, dann reichte er ihn Jola hinüber.

Sie las laut: »*Horst Erler hat sie betäubt. Ich habe den Brief geschrieben.* Was?«

Franz nahm den Zettel zurück und faltete ihn wieder. Erst dann sagte er: »Diesen Zettel hat deine Mutter kurz vor ihrem Tod im Krankenhaus geschrieben. Sie hat gesagt, sie habe große Schuld auf sich geladen, und der Zettel sei für mich. ›Vielleicht brauchst du ihn nie. Ich fürchte aber doch‹, hat sie gesagt.«

»Kannst du damit was anfangen?«

Franz zuckte mit den Schultern. Er wollte nicht weiterdenken.

»Weißt du, wer Horst Erler ist?«

»Ja. Das war einer der Ausbilder deiner Mutter. Ein alter Kämpe. Er hat sie unter seine Fittiche genommen, und er war später wohl ein ziemlich hohes Tier bei der Stasi. Sie hat viel von ihm gehalten. Ich habe ihn einmal gesehen, auf einem Empfang, als deine Mutter die Harro-Schulze-Boysen-Medaille bekommen hat. Aber er war nie in Halle, er kam aus Dresden, und ich glaube, dort ist er auch geblieben.«

»Vati –«

»Ich muss nachdenken, Jola. Und ich denke nach. Versprochen. Willst du noch was Süßes? Ich hab Nussschokolade. Die magst du doch besonders gern.«

Seine Tochter schnaubte leise. »Nussschokolade ist das Letzte, was ich jetzt will. *Horst Erler hat sie betäubt.* Wenn damit Renate Hader gemeint ist, und alles spricht dafür, hat Mutti ihre Freundin zwar vielleicht nicht umgebracht, aber sie hatte ihre Finger drin.« Sie schob brüsk ihren Stuhl weg und wandte sich der Küchentür zu.

Er nahm ihren Unwillen hin und stellte die Salatteller beiseite. »Mutti hatte mit Horst Erler dienstlich nichts zu tun.«

»Weißt du, ob der noch lebt?« Jola drehte sich um.

Franz schüttelte den Kopf. »Der müsste hundert sein.«

Jolas Augen verengten sich. Sie öffnete den Mund, zweifellos, um etwas Messerscharfes zu sagen.

»Jola, bitte. Ich weiß, was du sagen willst. Erspar mir das jetzt. Wirklich.« Er konnte es nicht ertragen, von seiner Tochter, die ein ähnliches Uhrwerkgehirn hatte wie ihre Mutter, nur vielleicht nicht ganz so präzise, zu hören, dass dieser Zettel, wenn denn Renate gemeint war, eine sehr praktische Ausrede sein konnte. Die Sache einfach auf einen Toten schieben. Damit Ruhe im Karton war.

Jola blickte ihn noch einen Moment an, dann drehte sie sich wieder dem Wohnzimmer zu.

Franz starrte auf ihren Rücken und wurde sich bewusst, dass sie ihn heute zum ersten Mal als alten Mann betrachtet hatte. Als einen, den sie verschonte, damit er nicht auch noch umfiel wie ihre Mutter. Er fand es schrecklich. Er fühlte sich wie ein Versager. Zum ersten Mal in seinem Leben.

Solange Agnes gelebt hatte, hatte er sich immer als ganzer Mann gefühlt. Er war einer, der seine Frau auf Händen trug. Er spürte, dass er es brauchte, jemanden auf Händen tragen zu können. Jetzt war wieder Jola dran, wie damals, als er sie an ihrem ersten Tag auf der Feuerwehrleiter im Arm gehalten hatte. Auch Milla und sein Urenkel sollten auf Händen getragen werden. Und Navid.

Herthas Standuhr im Wohnzimmer schlug die Stunde.

Als sie verhallt war, hatte Franz einen Entschluss gefasst. »Gib mir eine Woche. Dann reden wir noch einmal darüber.«

Jola drehte sich nicht um, nickte aber und blieb in der Wohnzimmertür stehen. »Du hast es ja überhaupt nicht weihnachtlich hier«, sagte sie nach einer Weile in die Stille hinein.

»Ach, so allein …«

Jola drehte sich um und hob einen Zeigefinger. »Man lässt sich niemals gehen.«

»Niemals. Das vergrößert das Unglück«, beendete Franz einen Leitsatz seiner Frau.

»Komm, wir gehen in den Keller und holen den Weihnachtskarton hoch.« Jola wandte sich der Kellertür zu.

Franz ging vor und zielgerichtet zu dem Regal, in dem der Karton stand. Es stammte fast alles von Hertha, vor allem kitschig-teure bunte Weihnachtsbaumkugeln. Agnes hatte nach Herthas Tod immer nur ganz wenige in einer Grundfarbe an den Baum gehangen. So war es halbwegs erträglich für seine elegante Frau gewesen.

»Also, hochholen müssen wir den nicht«, sagte Franz. »Wir schmücken ja keinen Baum.« Er stellte den Karton auf die Tischtennisplatte, öffnete ihn, kramte ein wenig und zog dann einen großen Strohengel heraus. »Den mochte Agnes. Den stell ich hin. Das reicht.«

»Gut.« Jola seufzte.

Franz kramte noch einmal in der Kiste und förderte eine Lichterkette mit Origami-Papierschirmchen zutage, die Jola als Teenager gebastelt hatte. »Die kommt über den Spiegel in der Diele.« Er setzte den Deckel wieder auf den Karton. »Ich hab oben noch was für dich.«

Jola nickte. »Dann muss ich aber auch langsam nach Hause.«

Sie gingen hoch, Jola hängte die Lichterkette an ihren angestammten Platz, während Franz ins ehemalige Herrenzimmer trat. Er machte nur die Lampe auf Agnes' modernem weißen Schreibtisch an, die einen eng umgrenzten Lichtkegel hatte, zog Herthas lederne Briefmappe aus einer Schublade und legte sie in die Mitte des Lichtkegels.

Das Zimmer war schmal und bis zur Hüfte holzgetäfelt. Am Fenster stand ein Art-déco-Sessel, der noch von Herthas Mann war. Agnes und er hatten die Wände über der Täfelung mit einer lindgrün-weiß gestreiften Tapete versehen, zu dem Sessel eine große Zimmerlinde mit derselben Blattfarbe gesellt und den Tisch so in den Raum gestellt, dass man ins Wohnzimmer hinüberblickte, wenn die Verbindungstür offen war. Rechts und links neben der Tür zum Flur standen zwei Regale, die genau bis zur Oberkante der Täfelung reichten. Das linke war mit Franz' Büchern zu Gefahrenstoffen, Löschmitteln und Bestimmungen zum Brandschutz in Betrieben bestückt. Im rechten war der ganze Bürokram zum Haus aufgereiht.

Jola erschien in der Tür. »Das sieht ja feierlich aus«, sagte sie mit einem Blick auf die schwere lederne Briefmappe.

»Ist es auch.«

Er öffnete die Mappe und nahm das Blatt heraus, das er im Auftrag seiner Frau im Krankenhaus vollgeschrieben hatte. Er reichte es Jola. »Es ist quasi Muttis Testament.«

Jola nahm das Blatt und las: *»ein Pfund Mehl, zweihundert Gramm Butter und fünfzig Gramm Butterschmalz, hundertsieb-*

zig Milliliter Milch, hundert Gramm Zucker, siebzig Gramm süße Mandeln …« Sie sah hoch. »Das ist Muttis Stollenrezept.« Dann stockte sie. »Wieso ist das deine Schrift?«

»Weil sie es mir diktiert hat. Im Krankenhaus, am Morgen vor ihrem Tod. Sie wollte, dass du es bekommst.«

Jola starrte auf das Blatt und murmelte: »Sie konnte es auswendig.« Lauter sagte sie: »Sie wollte immer, dass ich es auswendig lerne, aber das habe ich nie.«

»Du weißt, warum, oder?«

»Ja, das hat sie erzählt.« Jola ließ das Blatt sinken. »Ich werde es in Ehren halten, Vati. Aber ob ich den Stollen backe, weiß ich nicht. Im Moment ist mir nicht danach.«

»Gut«, sagte Franz und dachte: Immerhin.

Dann holte er einen festen Umschlag aus der Schublade, hielt ihn auf, und sie steckte das dünne Blatt sorgfältig hinein. Ihm wären dabei fast die Tränen gekommen. Wie sehr er diese vertraute familiäre Intimität vermisste! Gleich in der nächsten Woche musste er seinen Entschluss umsetzen. Unbedingt. Was auch immer es brachte. Seine Schuld, seine Liebschaft damals, war vielleicht nur ein Funke gewesen. Doch dieser Funke hatte einen Flächenbrand erzeugt. Niemand wusste besser als er, wie verheerend ein Funke sein konnte. Was er in Gang gesetzt hatte, war vernichtend gewesen.

Später im Bett dachte er an den zweiten Satz auf dem Zettel.

Ich habe den Brief geschrieben.

Agnes hatte zwischen beiden Sätzen eine Pause gemacht, Platz gelassen. Vermutlich hingen sie nicht direkt zusammen. Oder vielleicht doch, und sie hatte nur darüber nachgedacht, wie sie es formulieren sollte. Was auch immer dahintersteckte – es war nicht allzu wahrscheinlich, dass er es herausbekam, aber einen Versuch war es wert.

»Navid!«

Milla schreckte hoch, wobei sie nicht weit kam, denn ihr Bauch war mittlerweile so unfassbar dick, dass sie nur noch auf der Seite liegen konnte und sich nun ächzend auf den Ellbogen stützte.

»Süße, ist gut. Bin ja da«, murmelte Navid, schmiegte sich an ihren Rücken, legte einen Arm über sie und zog sie zu sich, bis ihr Kopf auf seinem anderen Oberarm lag. Er bohrte seine Nase in ihr Haar, schnüffelte ein wenig und streichelte ihren Bauch.

»Ich hatte wieder den Traum.«

»Den Fruchtwassertraum.«

Milla nickte im Wissen, dass er es in dieser dunklen Dezembernacht spüren würde.

»Es wird alles gut werden. Unser Kind wächst und gedeiht und bewegt sich.«

Navid kitzelte ein wenig Millas Bauch, aber sie legte ihre Hand auf seine. »Lass.«

Er schob seine Finger zwischen ihre und ließ sie ruhen.

»Der Traum mahnt mich«, sagte Milla, nahm seinen Arm weg und stand auf. »Ich muss was erledigen. Schlaf weiter.«

»Wirklich?«

»Mhm. Es ist gut, Navid.« Sie beugte sich über ihn, küsste ihn, deckte ihn zu, schnappte sich Socken und ging aus dem Zimmer. Leise schloss sie die Tür hinter sich. Im Flur war es kühl, aber weil sie Navid nicht noch einmal stören wollte, nahm sie die Daunenjacke, die Raik ihr gekauft hatte, vom Haken und zog sie über ihr Nachtshirt.

Noch immer konnte sie nicht fassen, wie sie sich so hatte täuschen können. Andererseits konnte es wirklich sein, dass Raik den Brief mit der Schwangerschaftsnachricht nicht bekommen hatte, weil Jola ihn nach Wolfen geschickt hatte. Milla traute Raiks Vater, verbittert wie er war, durchaus zu, alles sofort in die Mülltonne wandern zu lassen, was von ihrer Familie kam. Nur wieso hatte es Jola bei einem läppischen Brief belassen?

Eben im Bett hatte sie begriffen, dass der Traum sie mahnte, unterschwellige Fragen, die bedrohlich waren, die den fest geglaubten Boden ihrer Familie zu einem trügerischen Sumpf machten, nicht wegzudrücken. Welches Kind wollte in einen Sumpf hineingeboren werden?

Sie hatte gleich nach der Rückkehr aus Wolfen Recherchen angestellt. Zeit, sie auszuwerten, dachte sie, streichelte ihren Bauch und ging in die Küche.

Sie machte sich einen Tee und setzte sich dann an ihren Schreibtisch, die Beine in die Sofadecke gewickelt. Aus einer Klarsichthülle zog sie, was sie rund um das schönste Foto der Skulptur der Chemiearbeiterin in Wolfen notiert hatte.

NH_3 + NH_3 mit Luft = H_2NO_3
Dann mit Kupfer: $Cu(NO_3)_2$
$SO_2 + H_2O = H_2SO_4$
$Cu + 2H_2SO_4 = CuSO_4 + SO_2 + 2H_2O$

$Cu(OH)_2$ grün
$Cu(NO_3)_2$ grün
$CuSO_4$ bläulich
Cu_2S schwarz
Verschiedene Kohlenstoffverbindungen im Ruß – schwarz

Aus der Wolfener Luftverschmutzung mit Ammoniak, Schwefelgasen und deren Säuren sowie vielfältigen Kohlengasen war durch die Luftfeuchtigkeit ein Gemisch entstanden, das mit dem Kupfer in der Bronze der *Chemiearbeiterin* munter reagiert hatte. Eine Kunstbronze enthielt immerhin achtundachtzig Prozent Kupfer. Der Zinnanteil sorgte wiederum für einen Salzzustand, in dem das reaktionsfreudige Luft-Dreck-Gemisch in einen energiearmen Zustand übergehen konnte, wonach es, wie Milla wusste, qua Naturgesetz strebte.

Milla dachte nach und schrieb einen Brief. Er wurde ziemlich lang. Egal, dachte sie. Matthias Hader langweilte sich bestimmt in seinem einsamen Haus. Er würde ihn schon lesen. Sie beschloss, ihn später in einen Umschlag der Fachhochschule zu stecken, vorsichtshalber, damit er nicht gleich in die Tonne wanderte.

Sie pellte sich aus Decke und Jacke und schlüpfte wieder ins Bett zu Navid.

»Ich dachte schon, meine Braut ist eine Woche vor der Hochzeit abgehauen«, murmelte er im Halbschlaf und zog sie zu sich.

Milla kicherte. »Da wäre sie schön blöd. Aber ich habe mir eine Verbündete gesucht, um Matthias weichzukochen.«

»Mitten in der Nacht.«

»Ja, die arbeitet Schicht, und heute hatte sie Nachtschicht.«

»Hä?«, machte Navid und klang auf einmal wach. »Wen kennst du denn, der Nachtschicht hat?«

»Die *Chemiearbeiterin* aus Wolfen. Die vor dem Verwaltungsgebäude der Filmfabrik steht. Die Skulptur.«

Navid stöhnte.

»Wirst schon sehen. Jetzt sieh zu, dass du wieder einschläfst. Demnächst stehe ich nachts häufiger auf.«

Navid stöhnte noch einmal, aber es klang liebevoller. »Mein kleiner Flummi.«

Flummi. Das Wort hatte er vom Kind einer Patientin, das wohl das halbe Wartezimmer mit seinem kleinen Vollgummiball aufgemischt hatte. Milla schlief mit einem Lächeln auf dem Gesicht ein.

* * *

Wolfen, Dezember

Der Tag war trübe. Wie auch der gestrige und der davor. Wie haben wir das nur früher ausgehalten, als fast immer eine Dunstglocke über dem Ort gehangen hat, dachte Matthias. Wenn kein

Industrienebel, sondern echter Wolfen eingehüllt hatte, hatten sie im Werk die Filter in den Schornsteinen umgedreht, um sie durchpusten zu lassen. Da fiel das nicht sonderlich auf. Matthias schüttelte den Kopf und machte sich auf zum Briefkasten am Gartentor.

Er wusste, warum sie es ausgehalten hatten: weil sie Arbeit gehabt hatten. Weil sie zu tun hatten. Sie hatten es sich gar nicht bewusstgemacht. Es war ihre Heimat gewesen.

Er holte Werbung aus dem Kasten und einen Brief von einer Fachhochschule in Potsdam. Seine Anschrift stand handschriftlich darauf. Was das wohl sein mochte?

Er grüßte seine Nachbarin, die er im Verdacht hatte, ihn beim Gang zum Briefkasten abzupassen.

»Feuchtkalt heute!«, rief sie hinüber.

Matthias nickte und hob die Hand zum Gruß.

»Ich fahr nachher zur Drogerie. Brauchst du was?«

Matthias überlegte. »Fit vielleicht.«

»Bring ich mit.«

»Danke.«

Jutta Nowak ging wieder ins Haus, er ebenso.

Er hatte schon überlegt, ob er sich mit ihr zusammentun sollte, verwitwet, wie sie beide waren. Aber Jutta kam nicht an seine Renate heran. Um Längen nicht. Deshalb hatte er den Gedanken immer wieder verworfen.

»Du musst sie ja nicht heiraten. Aber eine Freundschaft plus …«, hatte ihm ein Freund aus dem Heimatverein neulich gesagt.

»Freundschaft plus?«, hatte Matthias verwirrt zurückgefragt. Sie hatten beim Bier in ihrer Stammkneipe gesessen.

»So heißt das jetzt«, hatte ihn der Freund belehrt. »Eine Freundschaft mit Extras. Man unternimmt was zusammen und teilt gewisse Stunden. Das ist das Plus. Ansonsten bleibt jeder für sich. Man hängt es nicht an die große Glocke. Ihr seid beide unabhängig. Passt doch.«

Matthias hatte nichts dazu gesagt, sondern das Thema gewechselt. Über so etwas musste er nachdenken, ehe er dumm quatschte.

Freundschaft plus, überlegte er jetzt. So blöd war das nicht. Er ging ins Haus, warf die Werbung auf den Stapel Altpapier, der nach wie vor im Windfang lag, und machte sich einen Tee aus Krähenfuß-Wegerich, der seiner Prostata guttat. Oder guttun sollte. Er schmeckte widerlich und ließ sich nur mit Renates altem Trick trinken, nämlich mit einem Schuss Saft.

Dann setzte er sich aufs Sofa und öffnete den Brief der Potsdamer Fachhochschule. Zwei eng beschriebene, handschriftlich verfasste Blätter kamen zum Vorschein.

Lieber Großvater Matthias!
Ich schreibe Dir, weil ich erschüttert bin von unserem Besuch bei Dir.

Schlaues Mädchen, dachte Matthias. Vielleicht hat sie gedacht, wenn *Reinhoff* auf dem Absender gestanden hätte, hätte ich den Brief gar nicht aufgemacht.

Hätte er natürlich, wie er auch den letzten … Ihn durchfuhr ein Schreck. Ob sie ihm auf die Spur gekommen war? Das lag nahe, wenn sie Raik aufgestöbert hatte. Hastig las er weiter.

Wir haben nicht nur Dich besucht, sondern auch eine Frau, die mir Hoffnung gemacht hat. Du kennst sie. Es ist die »Chemiearbeiterin« von Gerhard Markwald vor dem ehemaligen Verwaltungsgebäude der Filmfabrik. Sie hat mich tief beeindruckt und mir mitten auf der Brache ein höchst lebendiges Bild des Industriestandorts vermittelt. Sie erzählt von eurem Leben früher und meinen Wurzeln in Wolfen.

Anbiedern wollte sie sich. Na schön, mal sehen, was noch kam.

Ich studiere Siedlungswasserwirtschaft, das muss ich vielleicht schreiben, damit Du verstehst, wie ich ticke.

Aha, deshalb der Umschlag von der Fachhochschule. Vielleicht hatte sie den Brief dort geschrieben und sich einfach einen gegriffen.

Ich sehe die Welt in Atomen und Molekülen, darin, wie sie miteinander reagieren und die Welt verändern.

Der Satz gefiel Matthias. Das konnte er verstehen. Er sah die Welt mit seinem technischen Verstand, und das hatte sich immer als nützlich erwiesen. Er schlug ein Bein über das andere und las weiter.

Die »Chemiearbeiterin« hat mir von der Wolfener Welt erzählt, von damals, als alles passiert ist, was meine Großmutter Renate das Leben gekostet und Dich Deinen Heimatverein hat gründen lassen.
Als die »Chemiearbeiterin« 1964 in diese Welt gesetzt wurde, wird ihre bronzene Haut goldbraun und glatt ausgesehen haben. Dann hüllte sie die Wolfener Luft ein. Ein Reigen aus Schwefeldioxid, schwefliger Säure und Schwefelsäure, Ammoniak, Salpetersäure und vielen Kohlenstoffverbindungen zwischen den Elementen unserer Atmosphäre. All diese Moleküle umtanzten sie. Sie gingen nicht an ihr vorbei. Sie gingen ihr unter die Haut, genau wie den Menschen, die zum Schichtwechsel an ihr vorbeiliefen wie Renate und Du. Franz hatte sie immer in Sichtweite der Feuerwache.
Wolfen, dieser pulsierende, brodelnde, rauchende Industriestandort war vermutlich einer der lebendigsten des Landes, also hat das Leben dort auch besonders

deutliche Spuren hinterlassen, die sich tief in die Menschen hineingefressen und sie geprägt haben.
So ist es an der Skulptur zu sehen: Kupfersulfid hat sie schwarz gefärbt. Kupferhydroxidsulfat, Kupfersulfat, Kupfernitrat haben grüne Spuren und Sprenkel verursacht. Sie ist nicht mehr die, die sie war. Sie ist nicht mehr glatt und unschuldig wie Dein Urenkel, der bald geboren werden wird. Sie ist gezeichnet, rau, zerklüftet.
Sie mahnt mich, respektvoll über die Spuren eines Lebens nachzudenken, das untergegangen ist. Über euer Leben.
Aus der Skulptur, die dastand, um euch und all die anderen, die täglich auf dem Weg zur Filmfabrik an ihr vorbeikamen, zu erfreuen und euch zu signalisieren, dass ihr wichtig seid im Land, ist ein Denkmal geworden. Eine Erinnerung an eine erfüllte Zeit harter Arbeit, die vergangen ist, von der eine Brache und Ruinen zeugen, Gräber und ein Heimatverein.
Du bist kein Denkmal, vermutlich fühlst Du Dich eher wie ein Fossil, das von dieser untergegangenen Zeit zeugt, wenn es sonst keiner tut. Franz hat mir erzählt, wie es nach der Wende war: Dass ihr selbst eure Arbeitsstätten niederreißen musstet, weil ihr zu nichts anderem mehr nutze wart. Dass all das, was euch gezeichnet hat, viele schwer, und manche sogar umgebracht, wie Du berichtet hast, dass euer ganzer Einsatz nicht mehr wertgeschätzt wurde. Es muss fürchterlich gewesen sein, und ehrlich gesagt ist es immer noch schrecklich in Wolfen, zwischen den Brachen.
Aber, lieber Großvater, Du lebst. Du bist kein Fossil, durch und durch versteinert, kein totes Überbleibsel. Du bist wie die »Chemiearbeiterin«. Unter ihrer Patina ist die Bronze goldbraun und schimmernd. Aufrecht steht sie da. Ihr Herz ist frisch wie eh und je. Wie Deins. Es schlägt kräftig, das habe ich gesehen, als Du von meiner toten Großmutter erzählt hast. Bitte, lieber Großvater, lass Dein Herz für die Deinen

schlagen, die, die leben. Ich habe meinen Vater, Deinen Sohn, getroffen. Zwischen meinen Eltern ist ein Graben, der mit Renates Tod zu tun hat. Sie sind unschuldig, sie waren damals Kinder. Sie haben das nicht verdient. Bleib nicht da stehen, geh weiter. Hilf uns. Bitte.
Deine Milla

Matthias ließ den Brief sinken. Ein Fossil also. Ja, da lag die kleine Milla nicht ganz falsch. Und mit dem Anbiedern hatte er ihr vielleicht Unrecht getan. Klar, sie wollte was von ihm. Aber ihre Begeisterung für die Moleküle klang echt.

Es klopfte. Dam-ta-da. Lang, kurz, kurz. Schwungvoll. Das konnte nicht sein. Er kannte dieses Klopfen. Früher war danach gleich die Tür aufgegangen. Man war sich vertraut gewesen. Aber jetzt öffnete sich die Tür nicht. Sie hatte außen auch keine Klinke mehr, sondern einen Knauf. Zur Sicherheit. Damals war das nicht nötig gewesen.

Er sah hoch. Vor dem Gartenzaun parkte ein unscheinbarer weißer Golf. Matthias stand auf und schlurfte zur Tür. »Habt ihr euch verabredet?«, fragte er den Freund aus alten Zeiten, der wie vermutet davorstand.

»Wie bitte?«, fragte Franz.

»Hab eben einen Brief deiner Enkeltochter aus dem Briefkasten geholt. Komm rein.« Es half ja nichts. Wenn er Franz die Tür vor der Nase zuknallte, würde der vielleicht Rabatz machen, und das wollte Matthias vermeiden.

»Hallo erst mal. Danke, dass ich reinkommen darf«, sagte Franz und zog die Schuhe aus.

Matthias nickte knapp.

»Was hat dir Milla denn geschrieben? Davon wusste ich übrigens nichts.«

Irgendwie war Matthias froh, dass es kein abgekartetes Spiel zu sein schien. Keine wohlgeplante Reinhoff-Offensive. Er wäre von Milla enttäuscht gewesen. Er ging in die Küche. »Willst du was trinken?«

»Hast du Kaffee?«

Matthias nickte und machte welchen. »Was verschafft mir die Ehre?«

»Unsere Kinder.«

»Raik war hier«, sagte Matthias zögerlich.

»Und Jola bei mir.«

Matthias reichte Franz eine Kaffeetasse, dann stellten sie sich ans Fenster. Draußen kam Jutta Nowak angefahren, verlangsamte das Tempo kurz hinter Franz' Golf, schaute nach rechts aufs Haus. Matthias ruckte den Kopf hoch, Franz hob die Hand. Die Nachbarin grüßte zurück und fuhr weiter.

»Wusstest du, dass die bei der Stasi war?«, fragte Franz.

»Nee.« Matthias war erstaunt, aber vom Hocker haute es ihn nicht.

»Ich auch nicht. Milla hat es bei Agnes' Beerdigung erfahren.«

Matthias stellte seine Kaffeetasse scheppernd auf die Untertasse, die er in der Hand hielt. »Jetzt bereue ich, dass ich dich reingelassen habe.«

»Wenn du mich nicht rausschmeißt, wirst du es noch mehr bereuen, Matthias. Stellst du dich?«

Matthias wandte sich seinem alten Freund zu. Franz war immer noch stämmig, und sein weißes Haar hatte im unteren Bereich einen rotblonden Stich, der an seine frühere Haarfarbe erinnerte. Zu den Sommersprossen waren Altersflecken gekommen, besonders auf den breiten Arbeiterhänden, die nun knorrig geworden waren. Er hatte sich in Seniorenbeige gekleidet, bestimmt hatte das alles noch seine Frau ausgesucht. Die Mörderin.

Matthias öffnete den Mund, um Franz tatsächlich rauszuwerfen. *Sich stellen.* Was dachte der sich! Aber dann fiel ihm ein, wie Milla in Renates Zimmer gesessen hatte, dass sie Renate hatte exhumieren lassen wollen, um herauszufinden, was gelaufen war.

Er dachte an ihren Brief. Und an Raik. Daran, wie er mit ihm zur Brücke gefahren war. Und über das Betriebsgelände. Wie er ihn gequält hatte, seinen Sohn. Und wie er ihn vor langer Zeit betrogen hatte – wie sich herausgestellt hatte, um das Wichtigste in seinem Leben. Denn Raik war ansonsten kinderlos geblieben.

»Ich brauch einen Schnaps«, sagte er.

»Kann ich auch brauchen«, sagte Franz.

Sie setzten sich an den Küchentisch, und Matthias goss ein.

Sie tranken. Jeder für sich.

Matthias goss nach.

Sie tranken wieder. Diesmal hoben sie die Gläser in einem angedeuteten Prost.

Früher hatte Franz mehr vertragen als Matthias, obwohl Matthias ihn um einen guten Kopf überragte. Jetzt fühlte sich Matthias seinem alten Freund gewachsen, denn er war in Übung, viel zu gut in Übung, aber egal.

»Unsere Kinder sind unglücklich, Matthias. Sie waren füreinander bestimmt. Und wir haben das versaut.«

»Wir!« Matthias lachte bitter. »Wir.« Er trank auf ex und hob die Flasche.

Franz kippte sein Glas ebenfalls und hielt es ihm dann zum Auffüllen hin.

Als wieder zwei volle Gläser vor ihnen standen, räusperte sich Franz. »Ich weiß nicht genau, was Agnes mit dem Tod deiner Frau zu tun hat. Ich nehme jedoch an, dass sie sie nicht umgebracht hat …«

Als Matthias den Mund öffnete und sich angriffslustig über den Tisch beugte, hob Franz seine Hand, und Matthias schwieg. Erst mal reden lassen. Und dann am besten gleich zuschlagen.

»Aber ich bin mir meiner Schuld bewusst. Und Renates«, sagte Franz mit fester Stimme.

Matthias lehnte sich zurück. Er hatte keine Ahnung, worauf sein ehemaliger Freund hinauswollen könnte.

Der holte tief Luft. »Du erinnerst dich vielleicht daran, dass Agnes Renate immer davon abgeraten hat, ihre Ergebnisse zu veröffentlichen. Je länger sie forschte, desto vehementer.«

Matthias nickte knapp. »Hat mir Renate erzählt, ja.«

»Das hatte zwei Gründe. Einmal den, den Agnes auch Renate erzählt hat: nämlich dass sie dadurch ganz schnell als Saboteurin hingestellt werden konnte. Was Renate bewiesen hatte, war zu wahr, zu brisant, zu ungeschminkt. Es hätte einen Aufruhr verursachen können, denn es betraf die Menschen direkt. Und du weißt, was ihr hätte passieren können, wenn sie ihr Sabotage unterstellt hätten.«

»Roter Ochse.«

Franz nickte.

So hatte das Frauengefängnis aus rotem Backstein in Halle im Volksmund geheißen. Renate wäre höchstwahrscheinlich im dortigen Untersuchungshaftstrakt des Ministeriums für Staatssicherheit gelandet und dann im Vollzug. Für Sabotage gab es viele Jahre. Und ob jemand wie Renate die Torturen im Roten Ochsen durchgestanden hätte, von denen man damals gemunkelt hatte, wagte Matthias zu bezweifeln. »Und wieso hätte Agnes das nicht verhindern können?«, fragte er.

»Weil sie in diesem Fall in einer sehr peinlichen und schwachen Position gewesen wäre, und daran bin ich schuld.« Franz trank sein Glas leer und schob es zu Matthias hinüber, der es wieder füllte. »In solchen Fällen griffen die Genossen nicht gleich zu. Sie hätten Renate vertröstet und sie ausspioniert. Es gab etwas, das dabei aller Wahrscheinlichkeit nach herausgekommen wäre, etwas, was Renate und dich, Agnes und mich zum Gespött gemacht hätte – und sie hätten es bei einer so gravierenden Angelegenheit gegen uns eingesetzt. Sie hätten es benutzt, um Renate als verkommenes Subjekt hinzustellen. Und Agnes' Einfluss wäre futsch gewesen.«

»Wie bitte?«, fragte Matthias. Er kam nicht mehr mit.

»Du hast wirklich nie etwas gemerkt, oder?«

Matthias musterte Franz. Das konnte nicht sein. Er ballte die Faust unter dem Tisch und wartete ab.

»Ich habe jahrelang mit Renate ein Verhältnis gehabt, Matthias. Nur Sex –«

Weiter kam er nicht. Matthias hatte nur abgewartet, bis er den Kopf hob, den er bei seinem Geständnis gesenkt hatte. Sobald der Kopf oben war, fuhr Matthias seine Faust aus. Es klatschte dumpf in Franz' Gesicht. Sein Kopf wurde schräg nach hinten geschleudert.

Franz blieb sitzen. Er wehrte sich nicht. Blut aus seiner Nase tropfte auf die Sprelacart-Tischplatte.

»Agnes hat es gemerkt. Aber sie hat mir die ganze Zeit nicht gesagt, dass sie es gewusst hat.« Franz redete weiter, als wäre nichts gewesen. »Sie hat geschwiegen, weil ihr klar war, dass ihre Kollegen damit einen Hebel für Zersetzungsmaßnahmen gehabt hätten. Sie hätten es dir gesteckt, dich manipuliert … Sie hätten eure Ehe kaputtgemacht, und unsere auch. Agnes wollte uns alle schützen. Und das war weise. Denn Renate hat dich geliebt, Matthias. Und ich habe Agnes geliebt, trotzdem.«

Matthias saß da und ließ die Arme hängen. Renate … seine zärtliche, seine einfallsreiche, seine temperamentvolle Renate. Das Herz ging ihm vor heftiger Liebe und Schmerz über. Erfrischend und verspielt war seine Frau gewesen. Verspielt wie Franz.

»Du Arsch hast dich für beide Heuhaufen entschieden.«

»Was?«

»*Buridans Esel*?« Matthias starrte Franz mit zusammengekniffenen Augen an. Am liebsten hätte er noch einmal zugeschlagen, um Franz seinen Schmerz spüren zu lassen. Stattdessen wandte er sich ab, kippte mit dem Stuhl nach hinten, langte auf die Arbeitsplatte in seinem Rücken und griff sich die Rolle Küchenkrepp. Er knallte sie vor Franz auf den Tisch. »Das Buch von Günter de Bruyn.«

»Ich erinnere mich. Danke.« Franz säuberte sich notdürftig.

Matthias dachte an einen Abend, da hatten sie sich noch nicht lange gekannt, Franz und Agnes, Renate und er. Die Paare hatten einander erzählt, wie sie sich kennengelernt hatten. Franz und Agnes an der Saale, Renate und er bei den X. Weltfestspielen. Renate hatte von *Buridans Esel* erzählt, und dass sie alle vier das Buch kannten, hatte sie zusammenwachsen lassen.

* * *

Wolfen, 1973

Auf dem Tisch lag *Buridans Esel.*

»Das hast du gelesen, als ich dich zum ersten Mal gesehen habe. Bei den Weltfestspielen, in dem Wohnheim in Berlin.« Renate zeigte auf das Buch.

»Stimmt«, sagte er. »Kennst du es?«

»Ja«, sagte sie. »Das gab es in der Buchhandlung, in die meine Mutter immer geht, unterm Ladentisch. Wie findest du es?«

»Eine tolle Idee, das Gleichnis mit dem Esel, der sich zwischen zwei Heuhaufen nicht entscheiden kann und verhungert, für die Wahl zwischen bürgerlicher und sozialistischer Ehe zu verwenden.«

»Aber hoffentlich veraltet«, sagte sie und griff sich das Buch. »Erst dachte ich, ist doch toll, was Fräulein Broder will: eine Beziehung als *Nebeneinander zweier Souveräne.*« Sie griff nach dem Buch, blätterte darin, suchte eine Stelle.

Er beobachtete sie dabei, wie sie in seinem kleinen Zimmer unter dem Dach stand und sich in den Gedanken des Romans verloren hatte. Das gefiel ihm. Das könnte er nie. Er war sich immer bewusst, wo er gerade war.

»Hier«, sagte sie und fuhr mit der Hand durch den Bund. »*Zwei Mittelpunkte, deren Kreise sich ohne Komplikationen überschneiden, zwei Sonnen an einem Himmel, zwei ineinandergewach-*

sene Bäume, die sich gegenseitig kein Licht wegnehmen und gleichzeitig hoch und breit werden. Das fand ich erst schön. Aber irgendwie ist es steril.«

»Ja, das mit den Sonnen funktioniert nicht«, sagte Matthias.

»Du Techniker!«, rief Renate.

»Technik ist gut«, verteidigte sich Matthias. »Interessant wird es, wenn verschiedene Bewegungen ineinandergreifen, Zahnräder und Wellen gemeinsam für Drehungen und Stoßrichtungen sorgen. Wenn jeder in einem Universum was anderes kann und es kein Oben und Unten gibt.«

»Genau.« Ihre runde Hand fuhr durch die Luft. »Das meine ich. Nicht sich gleichberechtigt nebeneinander selbst behaupten, sondern ein Zusammenspiel erreichen, wie … wie in der Verdauung.«

Er lachte.

»Na ja, da kann kein Organ ohne das andere. Wenn eins ausfällt, ist es vorbei.«

Jetzt lachte er nicht mehr. Er verstand. »Und keins dient dem anderen.«

»Genau. Keins ist oben oder unten, also anatomisch schon, aber nicht funktionell.«

Sie schauten sich an. Und Matthias fragte: »Willst du mich heiraten?«

»Ja«, sagte Renate. »Will ich.«

Und dann gab es zwar ein räumliches Oben und Unten auf Matthias' schmalem Junggesellenbett, aber kein funktionelles; ein Miteinander, wie es nur im Zusammenspiel zweier unterschiedlicher, aber passender Teile möglich war.

* * *

Tja, Renate und er waren unterschiedlich gewesen, und doch hatte er perfekt zu ihr gepasst. Auch im Bett. Aber offenbar war ich austauschbar, dachte Matthias und merkte, dass das nicht stimmte. Jedenfalls nicht in Gänze. Sonst hätte Renate ihn verlassen. Er dachte an Renates Reaktion auf Brechts Affären an ihrem Kennlerntag, die ihn überrascht hatte. Renate und er hatten wie Brecht und Weigel etwas gehabt, was über sexuelle Abenteuer hinausging, etwas Größeres. Ein tiefes Einverständnis. Und einen Sohn.

Draußen fuhr Jutta Nowak wieder vorbei und bog auf ihr Grundstück ein. Offenbar war sie von der Drogerie zurück.

»Wenn Renate ihre Untersuchung veröffentlicht hätte, wäre Agnes ein für alle Mal weg vom Fenster gewesen«, setzte Franz dazu an, von seiner Affäre abzulenken. »Wie hätte sie erklären sollen, dass ihre beste Freundin jahrelang vor ihren Augen solch brisante Forschungen anstellt und sie selbst nichts mitkriegt?«

»Ihr Problem«, sagte Matthias angewidert und fühlte sich wie ausgehöhlt. Warum hatte Renate das getan? Warum hatte sie sich von diesem Schwerenöter verführen lassen, dessen kühle Frau wahrscheinlich auch im Bett steif gewesen war? Diesem Scheißkerl!

Matthias ballte erneut die Fäuste, aber Franz zog eine Augenbraue hoch, die über dem unverletzten Auge.

Na ja, dachte Matthias, besonders einfallsreich war ich beim Sex vielleicht nicht, aber es war innig, und es war auch leidenschaftlich gewesen. Er stützte die Ellbogen auf den Tisch und legte sein Gesicht in seine Hände. Er wollte nicht denken, er konnte nicht denken.

Irgendwann kickte Franz ihm zwei zusammengeknüllte und blutfleckige Kugeln Küchenpapier über den Tisch. Matthias nahm sie, griff diesmal schräg hinter sich und ließ sie in den Mülleimer unter der Spüle fallen.

Franz langte nach seinem Glas und trank.

Matthias leerte seins, goss nach und trank wieder. »Oh Mann.«

»Ihr hattet *Buridans Esel.* Wir hatten Heiner Müllers *Herzstück.*«

»Hä?«

»Ich kann es auswendig.« Franz rülpste.

Matthias goss beiden nach.

Franz trank, zeigte dann mit seinem leeren Glas auf Matthias. *»Darf ich Ihnen mein Herz zu Füßen legen.«*

Dann haute er sich sein Glas an die Brust, sodass er auf dem Stuhl schwankte. *»Wenn Sie mir meinen Fußboden nicht schmutzig machen.«*

Das Glas wanderte wieder zur Matthias. *»Mein Herz ist rein.«*

Das Glas wurde zurückgeschwenkt und dann wieder über den Tisch. *»Das werden wir ja sehn. Ich kriege es nicht heraus.«*

Franz stockte, offenbar war ihm das Folgende doch entfallen. »Es geht dann noch hin und her, und dann operiert der, der das Herz kriegen soll, es heraus und sagt: *Aber das ist ja ein Ziegelstein. Ihr Herz ist ein Ziegelstein.* Und dann sagt der andere: *Aber es schlägt nur für Sie.«*

Franz wackelte mit seinem Glas vor Matthias' Gesicht herum. Matthias goss nach.

»Tja, so war sie, meine Agnes«, sagte Franz. »Das Stück haben wir mal in Halle gesehen, in irgendeinem Kulturhaus. Agnes hat danach geheult wie ein Schlosshund. Sie hat es mir aufgeschrieben und in die Nachttischschublade gesteckt.« Er trank.

Es klingelte.

»Das wird Jutta sein. Hat mir Fit aus der Drogerie mitgebracht.« Matthias stöhnte.

»Ich geh mich mal waschen.« Franz nahm Kurs aufs Bad, was ihm gelang, ohne an einem der beiden Türrahmen anzuecken. Dabei murmelte er: *»Aber es schlägt nur für Sie.«*

Matthias wischte fahrig das Blut von der Tischplatte und ging zur Haustür.

Jutta Nowak stand davor und reichte ihm seine Flasche Spülmittel. »Du hast Besuch aus Berlin. Hab ich das richtig gesehen? Franz?« Sie schnüffelte.

Matthias nickte. »Du kommst gerade recht.« Er machte die Tür frei.

Sie trat ein und folgte ihm in die Küche.

»Ist noch Kaffee da«, sagte Matthias.

»Ihr seid ja offenbar zu stärkeren Getränken übergegangen«, bemerkte Jutta Nowak. Als Franz die Küche betrat, drehte sie sich um. »Wie siehst du denn aus!«

Matthias folgte ihrem Blick. Franz' linkes Auge war mittlerweile so gut wie zugeschwollen. Auch die Nase war dick. Gebrochen schien sie zum Glück nicht zu sein, jedenfalls war sie noch gerade.

Franz hielt sich am Türrahmen fest. »Hallo, Jutta.«

»Bist du sicher, Matthias, dass ich gerade recht komme?«, fragte Jutta Nowak.

»Ja, bin ich. Erzähl mal, was dir ein paar Tage vor Renates Todestag aufgefallen ist.«

Die Nachbarin sah von einem zum anderen und dann zur beinahe leeren Schnapsflasche. »Nur wenn jeder von euch ein großes Glas Wasser trinkt.« Sie ging zum Küchenschrank und holte zwei Gläser heraus. »Was essen wäre auch gut.« Sie füllte die Gläser mit Mineralwasser aus dem Kühlschrank.

»Da sind Bratwürste drin«, sagte Franz, der an ihr vorbei in den Kühlschrank geblickt haben musste. Er wandte sich an Matthias. »Hast du inzwischen einen Grill?«

»Du wirst lachen, wir haben euren geklaut, nachdem ihr abgehauen seid.«

»Was?« Franz war wie elektrisiert. »Wir grillen.«

»Bei dem Wetter?«, fragte Jutta Nowak und reichte jedem ein Glas.

»Bei jedem Wetter.« Franz trank gierig.

»Erzähl, Jutta«. Matthias wies auf sein leergetrunkenes Glas.

»Hol noch einen Stuhl aus dem Wohnzimmer.« Jutta Nowak setzte sich an den Tisch, während Matthias einen dritten Stuhl dazustellte. Jetzt war es eng in der kleinen Küche. Jutta goss ihnen Wasser nach, schnappte sich die Schnapsflasche und zog sie zu sich herüber, während sich die Männer setzten.

»Da gibt es nicht viel zu erzählen.« Jutta Nowak wandte sich an Franz und zeigte auf sein Gesicht. »Ich nehme an, ihr habt über Agnes geredet.«

Franz nickte.

»Tja, ein paar Tage vor Renates Tod habe ich morgens gesehen, wie Agnes hier reingegangen ist.« Sie deutete mit dem Zeigefinger gen Fußboden. »Das war ja eigentlich nichts Besonderes. Erst hab ich mir auch nichts weiter dabei gedacht, aber es war spät, und Renate, Matthias und Raik waren sonst um diese Zeit längst ausgeflogen. Wenig später kam sie wieder heraus, mit einem Stapel Durchschlagpapier in der Hand.«

»Dem Durchschlag von Renates Untersuchung.« Matthias lehnte sich zurück und verschränkte die Arme. »Der war weg, als ich an Renates Todestag danach gesucht habe. Außerdem habe ich deine Frau an dem Tag mit dem Auto vorbeifahren sehen. Später als eigentlich ihr Zug gegangen wäre.«

Franz lehnte sich ebenfalls zurück, griff in seine Hosentasche und zog etwas heraus. »Das kann alles gut sein, was du da vermutest.«

»Was ich *vermute?*« Matthias ballte erneut die Faust, aber Jutta Nowak legte geistesgegenwärtig ihre Hand darauf. Obwohl auch sie nicht mehr die Jüngste war, hatte sie sehr schöne oval geformte Fingernägel, bemerkte er. Weinrot lackiert.

Franz hatte aus seiner Hosentasche einen zusammengefalteten Zettel geholt. Sorgfältig, beinahe andächtig faltete er ihn auf, legte ihn auf den Tisch, strich ihn glatt und schob ihn zu Matthias hinüber. »Bevor Agnes gestorben ist, hat sie mir gesagt, sie habe große Schuld auf sich geladen«, sagte er leise. »Dann hat sie diesen Zettel geschrieben. Sie hat gemeint, vielleicht würde ich ihn einmal brauchen. Und ich glaube, der Zeitpunkt ist jetzt.«

Matthias las den Zettel.

Horst Erler hat sie betäubt.
Ich habe den Brief geschrieben.

»Wer ist Horst Erler?«

»Agnes' ehemaliger Ausbilder. Er hat immer seine Fittiche über sie gehalten. Vielleicht auch in dieser Sache.«

»Erler?« Jutta Nowak überlegte. Dann machte sie große Augen. »Dresden?«

Franz nickte.

»Der war ein ziemlich hohes Tier.« Jutta klang ehrfürchtig.

Franz nickte noch einmal. »Ein Hüne.«

»Und schon älter. Also, in den Achtzigerjahren älter«, sagte Jutta Nowak.

»Ja, ja. Da muss er kurz vor der Rente gewesen sein.«

Jetzt wurde die Nachbarin unruhig. »Wer war eigentlich an dem Morgen, als Renate weggefahren und dann verunfallt ist, bei euch zu Besuch?«, fragte sie Matthias.

Er schüttelte verständnislos den Kopf. »Wie?«

»Ihr hattet doch an dem Morgen ganz kurz Besuch.«

Matthias schüttelte noch einmal den Kopf.

»An diesem Morgen habe ich einen großen Mann durch euren Vorgarten gehen sehen. Graue Haare. Er war schon eine Weile da, saß in einem Lada mit Dresdner Kennzeichen. Er war nur ganz kurz bei euch drin. Dann ist er wieder abgefahren.«

»Was?« Matthias starrte von dem Zettel zu Jutta Nowak und zurück auf den Zettel. *Der Windhauch.* Als er die Treppe heruntergekommen war, nachdem er Raik und Renate geweckt hatte, hatte er das Gefühl gehabt, es wehe ein Windhauch durch den

Flur. Ein Zug, wie er entstand, wenn die Haustür ging. Ihm wurde heiß und kalt. *Die Thermoskanne.* Die Thermoskanne mit Renates Kaffee hatte er schon in der Küche bereitgestellt gehabt. Und die, das fiel ihm jetzt wieder auf, war nach dem Unfall nicht mehr im Auto gewesen. Er hatte dem keine Bedeutung geschenkt, er hatte gedacht, das Innenglas sei bei dem Aufprall zertrümmert worden und die Polizei habe sie weggeworfen. Doch wie es aussah, war sie auf genau demselben Weg verschwunden wie Renates Untersuchungsergebnisse.

Er hatte den Karton, in dem sie gelegen hatten, mit hochgenommen, als er Renate geweckt hatte. Wenn er …

»Scheiße.« Er riss Jutta die Schnapsflasche weg, schraubte sie auf und trank gleich daraus.

»Hey«, machte Franz.

Matthias setzte die Flasche ab. »Ich habe die ganze Nacht in Renates Untersuchung gelesen. Der Karton damit stand unten in ihrem Zimmer.« Er machte eine Kopfbewegung zum Gartenzimmer hin. »Als ich sie geweckt habe, habe ich ihn mit hochgenommen. Hätte ich das nicht gemacht, hätte dieser Erler vielleicht einfach den Karton mitgenommen.«

Er wollte die Flasche wieder ansetzen, aber diesmal war Jutta Nowak schneller. Beherzt zog sie sie ihm aus der Hand.

Matthias legte die Arme auf die Tischplatte und ließ den Kopf darauf sinken. Er hörte noch, wie Jutta die Flasche ihrerseits ansetzte, ehe sich ihm ein tiefer Schluchzer entrang.

Jutta Nowak zog den Zettel unter Matthias' Händen weg, schaute darauf und gab ihn Franz zurück. »Wie auch immer deine Frau mit von der Partie war, sie war es. Sonst hätte sie das ja wohl kaum geschrieben.« Sie zeigte auf den ersten Satz.

Franz nahm den Zettel. Das sah er anders. Agnes war nach Renates Tod tief erschüttert gewesen, sie war wochenlang nicht mehr dieselbe gewesen. Er würde die genauen Umstände nie aufklären können, doch er vertraute sich und seiner Intuition. Agnes hätte Renate nicht ans Messer geliefert. Das hätte sie nicht gewollt. Er faltete den Zettel nicht weniger andächtig zusammen, als er ihn geöffnet hatte, und steckte ihn wieder weg.

»Wieso warst du eigentlich an dem Morgen noch zu Hause?«, fragte er Matthias' Nachbarin.

»Ich hatte Spätschicht, wie Matthias. Wir hatten damals denselben Rhythmus.«

»Und wieso kannst du dich noch so genau an alles erinnern? An dem Morgen wusstest du doch gar nicht, dass es ein besonderer Tag werden würde. Dresdner Kennzeichen …«

Jutta Nowak schwieg. Dann trank sie noch einen Schluck aus der Flasche.

Matthias hörte auf zu schluchzen. »Warst du auf Renate angesetzt?« Er stierte seine Nachbarin an.

Jutta Nowak schwieg.

Sie schreckten beide zusammen, als Matthias aufsprang, ins Wohnzimmer torkelte und das Sideboard aufriss. Franz sah ihn davorhocken und hektisch in einem Ordner blättern. Dann kam er mit einer Klarsichthülle wieder in die Küche. Er knallte sie zwischen Jutta Nowak und Franz auf den Tisch. »Hier. Von wem ist das? Von dir, Jutta? Oder von Agnes?«

Jutta Nowak zog die Klarsichthülle zu sich. Franz sah nur, dass darin ein mit Schreibmaschine beschriebenes und mit *BStU* gestempeltes Blatt war. »Ist das ein Spitzelbericht?«, fragte er.

»Offensichtlich«, sagte Matthias.

»Agnes war kein Spitzel«, stellte Franz klar.

»Ha!« Matthias lachte höhnisch.

»Nein, war sie nicht.« Jutta Nowak seufzte und genehmigte sich noch einen Schluck. »Das ist von mir. Ich war tatsächlich auf Renate angesetzt. Eine MTA hat sich gewundert, was Renate in den Urinproben ihrer Patienten alles messen lässt. Da wurde ich eingeschaltet.« Sie legte den Kopf schräg, schaute zu Franz und schnaubte leise. »Ich habe nur diesen einen Bericht geschrieben. Dann wurde ich wieder abgezogen.« Sie tippte auf die beiden Namen ganz oben. »Hier hätte eigentlich noch *Agnes Reinhoff* stehen müssen.«

»Stimmt«, warf Matthias ein.

»Wenigstens war ich nicht so dumm, sie mit aufzuschreiben. Mir war klar, dass ich deiner Frau damit in die Quere kam. Dass sie Renate schützen wollte. Ich war zwischen die Fronten geraten.« Jetzt sah sie zu Matthias. »Eins kann ich dir sagen: Wenn Agnes es gewollt hätte, wäre Renate schon 1979 Geschichte gewesen. Da waren die Kinder gerade mal drei.«

Matthias öffnete den Mund und schloss ihn wieder.

»Ich gehe jetzt. Den Schnaps nehme ich mit.« Jutta Nowak hielt die Flasche schräg. »Nicht dass es sich noch lohnen würde. Mehr weiß ich jedenfalls nicht. Und mehr hab ich auch nicht zu sagen.«

Sie verließ das Haus.

Franz zog die Klarsichthülle zu sich und las.

Samstag, 14. Juli 1979

Gespräch im Garten: Dr. Renate Hader/Matthias Hader

Dr. R. Hader berichtet über die in Reihenuntersuchungen gewonnenen diagnostischen Erkenntnisse durch Blut- und Urinproben, die sie ohne Wissen der Patienten in eine Langzeitstudie überführt.
Neben pathologischen Blutfettwerten treten gehäuft chronische Magenleiden und Bluthochdruck auf.
In Urinproben findet sie sog. Metabolite, Folgestoffe (?) von Schwefelkohlenstoffen.
Sie misst Langzeitschäden.
Sie prüft Missempfindungen in den Füßen und aufsteigend – chronische Neuropathie.

Abgeschwächte Muskeleigenreflexe weisen auf eine Schädigung des peripheren Nervensystems hin.
Sie fragt ab: Potenzverlust, Angstzustände …

Matthias lachte wie irre auf.

Franz sah hoch. Es waren nur noch drei Zeilen, dann brach der Bericht ab.

Matthias verschluckte sich vor Lachen und musste husten. Aus dem Lachen und Husten wurde ein Schrei. Und dann fegte er mit einer Handbewegung Wassergläser, Schnapsgläser und Kaffeetassen vom Tisch.

Franz schreckte zurück, blieb aber sitzen.

Sie sahen sich an.

Matthias keuchte. Als sein Atem wieder ruhiger ging, sagte er: »Du bist wegen der Kinder gekommen?«

Franz nickte.

Matthias atmete tief durch, hielt sich an der Tischplatte fest, stand auf und öffnete den Kühlschrank. Er holte das Paket Bratwürste heraus. »Wir grillen.«

Franz schwankte Matthias hinterher in den Garten. Im Windfang griff der Hausherr nach einem Sixpack Bier. Sie holten den Grill aus der Garage, und Franz bestückte ihn mit einem armseligen Kohlehäufchen und Kohleanzünder, weil nichts anderes da war. Er würde jetzt nicht kleinlich sein. Außerdem war er ganz gerührt.

»Dass ich den noch mal wiedersehe«, sagte er, als die Kohle brannte und sie fröstelnd vor dem Grill standen. Es war immer noch genauso feuchtkalt wie am Morgen.

»Ich hole Jacken«, sagte Matthias.

»Meine ist im Auto.«

»Kriegst eine alte von mir. Kannst ja in deinem schicken Berlin schlecht mit Rußspuren auftauchen.«

Kurze Zeit später kam Matthias wieder, brachte Franz eine

alte Wattejacke mit, abgepacktes Brot, ein Glas Gurken und Bautzener Senf im Plastiktopf. Er stellte die Lebensmittel auf den nassen Gartentisch, neben dem sie den Grill aufgebaut hatten. Die Brottüte legte er vorsichtshalber auf das Gurkenglas.

Franz krempelte die Ärmel hoch, damit sie ihm nicht über die Hand hingen. Seine Frau hatte den Senf immer in eine Porzellandose mit Löffelchen gefüllt, damit er was hermachte. Damit ihr Mann stets seinen Bautzener bekam, den es nur in unansehnlichen Plastetöpfen zu kaufen gab, die sie verabscheute. Bei Hertha hatte sie eine ganz weiße Porzellandose gehabt, oval. Hier in Wolfen war sie bauchig gewesen, mit zartroten Ringeln. Hier, nur hundert Meter weiter. Und doch unendlich weit weg.

Er legte die Würstchen auf den Grill. Vier Stück. So wenig hatte er noch nie in seinem Leben auf einen Grill getan. »Warum bist du eigentlich nicht weggegangen? Dich hat doch nichts mehr gehalten«, fragte er Matthias.

»Das sagst du. Ich habe das anders gesehen. Und Renate auch. Wir waren hier in Wolfen immer eine Schicksalsgemeinschaft. Wir können nicht alle weggehen.«

»Das darf nicht jeder für sich selbst entscheiden?«

Matthias kniff die Augen zusammen. »Die persönliche Freiheit ist nicht die Freiheit des Einzelnen, Franz.«

Franz schwieg. Gegen diese Bitternis kam er nicht an. Außerdem fand er, dass Matthias in gewisser Weise auch recht hatte, mit dem Satz von der Freiheit jedenfalls. Er fand es manchmal ziemlich egoistisch, wie die Menschen sich heute selbst vorn anstellten, nicht das Wohl der Gesellschaft. So kam man nicht weit, das hatten sie bei Corona gesehen. Wenn man da allen regelmäßige Tests zugemutet hätte, von Anfang an, und Quarantäne in Hotels vielleicht, wie das die Chinesen gemacht hatten – das wäre effektiver gewesen. In der DDR wäre so was umstandslos bestimmt worden.

»Du weißt doch gar nicht mehr, wo du herstammst.« Die Enttäuschung und Verachtung in Matthias' Stimme schnitt Franz tief ins Herz.

»Doch, Matthias, das weiß ich noch.« Er sagte es leise und zärtlich, so wie ihm auch zumute war, hier, mitten in seinem ersten Leben, und vielleicht auch ein bisschen rührselig vom Schnaps. Er wendete die Würstchen. »Ich stamme daher, wo man was aufbaut. Wo man anpackt. Wo man was stemmt. Wo man nicht klein beigibt. Und da bin ich hingegangen. Nicht ganz freiwillig, geb ich zu.«

»Wenn keiner geblieben wäre, wär hier heute gar nichts mehr.«

»Und was ist heute hier?«

»Willst du das wirklich wissen?«

»Na klar!«

»Es gibt jetzt zwei Unternehmen, die einigermaßen stabil sind. ORWO Net macht Fotodrucke. Und ORWO Filmotec, die stellt zum Beispiel Schwarz-Weiß-Filme her. Zur Archivierung über Hunderte von Jahren. Ist ein weltweit führender Anbieter. Aber Mitarbeiter haben die nicht viele.«

Franz drehte die Würstchen erneut. »Immerhin. Und die haben wirklich unseren alten Namen gekapert?«

»Führen die im Logo, also Filmotec. In satt Dunkelblau.«

»So satt, wie bei uns keine Farbe war, vermute ich mal.«

»Außer Rot. Rot hatten wir satt.«

Matthias öffnete die Bierflaschen und reichte eine Franz. Der musste über Matthias' trockenen Witz lächeln. Einer, den man verstand, wenn man von hier stammte. Der Freund hatte ihm gefehlt.

Sie tranken.

»Würstchen sind fertig«, sagte Franz. »Halt mal zwei Brote hin.«

Matthias stellte sein Bier ab, legte auf jede Hand eine Brotscheibe, Franz tat je zwei Würstchen darauf, beschmierte sie mit Bautzener und deckte eine zweite Brotscheibe darüber. Dann stellten sie sich nebeneinander, schauten in den winterlichen Garten und bissen in ihre Doppeldecker.

»Milla hat dir einen Brief geschrieben?«, fragte Franz irgendwann.

Matthias griff ins Gurkenglas. »Ist nicht dumm, das Mädel. Romantisch veranlagt und mutig.« Er biss in eine Gurke. Es knatschte mehr, als es knackte. Dann verfiel er wieder in Schweigen und schaute über den Rasen.

»Ordentliche Spreewälder«, sagte Franz und nahm sich auch eine. »Diese Westgürkchen knacken wie ein Apfel in der Zahnpastawerbung und haben nie die richtige Mischung von süß und sauer. Und was hat Milla geschrieben?«

Matthias sah zu ihm rüber. »Du brauchst dich nicht anzubiedern. Du gehörst nicht mehr hierher, du Wessi.«

Franz schwieg. Das Wort hatte er schon lange nicht mehr gehört. Dieses Ossi-Wessi-Gerede der Neunziger hatte Agnes fürchterlich genervt. »Irgendwie muss man die Negerlein ja nennen, denen man jetzt den ganzen alten Ramsch andreht, der noch in irgendwelchen Lagern rumgammelt«, hatte sie geschimpft. »Oder die Innenkabinen auf Kreuzfahrten. Und da sie leider dieselbe Hautfarbe haben …«

»Ich kenn nur Wessiland«, hatte Hertha gesagt, und Agnes hatte fragend hochgeschaut. »Das sagen wir Berliner immer, wenn wir ausdrücken wollen, dass wir in die piefige Bundesrepublik fahren.«

»Tja, das hat sich dann wohl verschoben. Jetzt ist das piefige Wessiland geadelt«, hatte Agnes festgestellt.

Die Menschen können irgendwie nicht anders, überlegte Franz und hätte jetzt gern noch einen Schnaps gehabt. Aber er dachte an Jola und daran, was er versprochen hatte. In der Garage hatte er in einem Regal ein altes Ringwurfspiel gesehen, ein rotes Plastekreuz mit gelben Stäben in der Mitte und an den Enden, zum Zusammenstecken. Dazu Ringe in fünf Farben. Weiß, gelb, rot, blau, grün. Er stellte die Bierflasche auf den Tisch und ging es holen.

Matthias schaute schweigend zu, wie er es auf dem nassen Rasen aufbaute. Franz hielt ihm die Ringe hin. »Du zwei, ich zwei. Wenn ich gewinne, erzählst du mir, was damals bei Raik und Jola passiert ist.«

»Und wenn ich gewinne?«, fragte Matthias.

»Hol ich uns noch eine Flasche Schnaps. Drei Runden.«

Franz sah, wie sich neben den weit auseinanderstehenden grünen Augen seines ehemaligen Freundes kleine Lachfältchen einkerbten.

Matthias wählte Blau und Weiß, Franz nahm Gelb und Rot – die vier alten ORWO-Farben –, den grünen Ring legten sie auf den Gartentisch.

Matthias gewann knapp. Er hat die längeren Arme, dachte Franz und stellte das Kreuz für die zweite Runde weiter weg, um seine Chancen zu verbessern. Es nützte nichts. Am Ende stand es zwei zu eins für Matthias.

»Gibt es die Kaufhalle noch?«

Matthias nickte, Franz ging ums Haus und stieg ins Auto, sein Pegel kümmerte ihn nicht. Matthias hielt ihn auf und holte ihm noch eine Sonnenbrille. »Jetzt siehst du aus wie der Macker aus dem Westen. So sind die damals hier eingefallen.«

Franz sagte nichts dazu und war eine Viertelstunde später wieder da. Er hatte sich zusätzlich eine Flasche Wasser gekauft und die im Auto halb ausgetrunken, um bessere Ausgangsbedingungen für sich zu schaffen.

Sie tranken eine Weile schweigend im Garten aus der Schnapsflasche, die zwischen ihnen hin und her ging, dann schob Franz das Kreuz noch ein Stück weg. »Zweites Spiel. Wenn ich gewinne –«

»Weiß ich«, sagte Matthias, warf und traf.

Mist, dachte Franz. Er verlor wieder, und zwar alle drei Runden.

Danach standen sie da und tranken unschlüssig weiter.

»Ich musste früher oft mit Sandra Ringe werfen«, erklärte Matthias irgendwann. »Wenn Jola und Raik selbstvergessen zu zweit spielten und sie einfach links liegenließen. Hat mir leidgetan, die Kleine. Ringewerfen war ihr Lieblingsspiel. Lass uns reingehen.«

Sie ließen die Schuhe an, wegen der Scherben der heruntergeschleuderten Gläser und Tassen, und setzten sich wieder an den Küchentisch. Franz war froh, im Warmen zu sein. Matthias starrte auf die Scherben, die überall verstreut lagen, und trank. Es schien ihm egal zu sein, ob Franz noch mithielt.

»Unsere Jola und euer Raik, das war was Besonderes«, sagte Franz leise.

Matthias nickte. »Ja, scheiße.«

Es klingt rührselig, dachte Franz und wartete ab.

»Jola hat hierhergeschrieben, dass sie schwanger ist. Ich hab den Brief weggeworfen. Sie hatte eh schon mit Raik Schluss gemacht.«

»Jola hat *mit Raik* Schluss gemacht?«

»Hat ihm das Herz gebrochen. Ich dachte, es reicht jetzt mit gebrochenen Herzen wegen deiner feinen Familie.«

Jetzt trank auch Franz wieder mit. »Das versteh ich nicht. Sie hat gesagt, dass Raik nichts mehr mit ihr zu tun haben wollte – wegen der Sache mit Agnes und Renate damals.«

»Sache.« Matthias sprang auf und schwankte. »Mord ist also eine *Sache*, einfach eine *Sache.*« Seine Stimme überschlug sich, und diesmal versprühte er eine Menge Speichel.

Franz stand ebenfalls auf. Es drehte sich ein bisschen vor seinen Augen. »Agnes hat Renate nicht umgebracht.«

»Aber sie war beteiligt!«, schrie Matthias, und seine Faust schoss vor.

Weil er nicht mehr so schnell war, konnte Franz seinen Kopf geradeso aus der Stoßlinie bringen. »Das glaube ich kein bisschen. Sie wollte Renate schützen. Immer. Du Idiot!«

Matthias kam um den Tisch gelaufen. Die Scherben knirschten. Aber Franz schob ihm seinen Stuhl in den Weg. »Es ist schiefgegangen. Irgendwas ist da schiefgegangen.«

»Ja«, geiferte Matthias. »Und dann ist eben noch ein bisschen mehr schiefgegangen.« Er blitzte ihn an, mit so viel Feindschaft und Verzweiflung im Blick, dass Franz das Herz gefror.

Matthias stiefelte ins Wohnzimmer hinüber, faltete sich auf der Couch zusammen, die zu kurz für ihn war, und zog die Decke über sich. »Hau ab jetzt. Ich hab genug.«

Franz blieb in der Küche stehen. Ihm brummte der Schädel. Nach Hause fahren konnte er so auf keinen Fall. Außerdem hatte er das Gefühl, dass da noch irgendwas war.

Während er unschlüssig dastand, begann Matthias zu schnarchen.

Franz schloss die Tür zum Wohnzimmer, holte das Kehrzeug unter der Spüle hervor und fegte die Scherben zusammen. Dann ging er in den Garten, räumte das Spiel zurück in die Garage und säuberte seinen Grill. Er konnte nicht verhindern, dass ihm dabei die Tränen kamen. Die vertrauten Griffe … Er putzte wie der Teufel. Danach ging er in die Küche und trank weiter.

Es war dunkel, als Matthias mit einem brummenden Schädel aufwachte. Er horchte. Aus der Küche drang Schnarchen. Leise ging er hinüber. Franz schlief vornüber auf den Tisch gekippt. Die Scherben waren weg. In der zweiten Schnapsflasche war nicht mehr viel übrig.

Matthias goss sich ein Glas Wasser ein und kochte starken Kaffee. Er ging ins Bad und erleichterte sich. Das Licht fiel auf den Rasen, auf dem Franz' Grill stand, sauber geputzt, wie Franz das früher auch immer gemacht hatte. Franz, der einmal sein Freund gewesen war. Der ihn mit Renate betrogen hatte.

Während er so auf den Grill starrte, gestand Matthias sich ein, dass auch Renate ihn betrogen hatte. Trotzdem hatte er den richtigen Heuhaufen gehabt. Wenn auch nicht nur für sich. Aber vor allem für sich. Das wusste er tief in seinem Herzen. In seinem Herzen wusste er aber auch, dass er ebenfalls ein Betrüger war. Er zog sein Handy aus der Hosentasche und tippte eine Nachricht an Raik: *Sag Jola, dass ich den Brief geschrieben habe.*

Dann holte er Aspirin aus dem Schränkchen, ging in die Küche und weckte Franz. Er stellte Kaffee vor ihn hin und ein Wasserglas, in das er eine der Sprudeltabletten warf.

»Danke«, sagte Franz, trank und ging ebenfalls ins Bad.

Als er wiederkam, blieb er in der Küchentür stehen.

Matthias lehnte an der Küchenzeile. Er hatte im Spiegel gesehen, dass er genauso zerfurcht aussah wie Franz. Wenn auch nicht so zerbeult.

»Ich fahr dann wohl mal«, sagte Franz nach einer Weile.

Matthias nickte. »Ich hab Raik eine Nachricht geschrieben. Der wird jetzt nicht aufgeben. Aber er wird mich hassen.«

»Jola hasst uns schon, seit wir abgehauen sind.«

»Tja«, sagte Matthias.

»Tja«, antwortete Franz. Dann drehte er sich um, und einen Augenblick später klappte die Haustür. Matthias trat ans Küchenfenster und beobachtete, wie Franz in die Nacht hineinfuhr.

Er hatte Kopfschmerzen, aber es ging ihm besser. Besser als in den letzten dreiunddreißig Jahren.

* * *

Auf der A5

Raik saß am Steuer, der Tacho zeigte knapp zweihundert Stundenkilometer an. Es war gegen fünf am Morgen und noch stockdunkel. Aber die Autobahn war leer.

Er genoss es, zu nächtlicher Stunde loszufahren, vor allen anderen. In der Halterung seines 911ers stand der Porschebecher, den er beim letzten Reifenwechsel von seiner Werkstatt dazubekommen hatte, darin Kräutertee mit einem Schuss Saft. Er wollte in Berlin richtig frühstücken, irgendwann gegen zehn, wenn alles halbwegs gutging. Die Tee-Saft-Mischung aus seiner Kindheit machte wach und hielt einen länger frisch.

Eine Woche war vergangen, in der er seinen Dienst nicht hatte tauschen können. Jetzt endlich hatte er frei, zum ersten Mal in seinem Leben wegen familiärer Angelegenheiten, deshalb war sein Antrag auch anstandslos durchgegangen.

Nach einem längeren Telefongespräch hatte Dirk Bär ihm verraten, wo Jola arbeitete und bis wann.

Raik kam gut durch, parkte in einer ihm sehr vertrauten Straße im Scheunenviertel, holte sich den Schlüssel für sein Airbnb-Zimmer ab, stieg die Treppe hinauf, schaute hinein und dachte: Das kann nicht sein. Das kann echt nicht sein.

Was er vorhatte, konnte gnadenlos schiefgehen, aber vielleicht war es auch das einzig Richtige. Er stellte seinen Weekender aufs Bett, trat ans Fenster und schaute hinaus. Fast genauso. Nur ein paar andere Läden.

Sechs Stunden später stand er vor einem weißen Nachkriegsbau in der Nähe des KaDeWe. Er wartete und fror. Aber er war lieber ein bisschen eher erschienen, damit er Jola nicht verpasste. Er spürte, wie sein Herz klopfte. Immer heftiger. Er meinte zu fühlen, dass sie kam. Da trat sie aus der Tür. Sie hatte noch dieselbe Haarfarbe wie früher, dieses wunderschöne Rotblond, und trug wie schon als junge Frau einen langen Strickschal, den sie sich im Gehen um den Hals wickelte.

Raik trat auf sie zu. »Kommst du mit ins Sophieneck?«

Jola prallte zurück.

Damit hatte er gerechnet. »Sie haben immer noch Buletten da«, sagte er so ruhig wie möglich.

»Du Scheißkerl traust dich hierher!«, blaffte sie ihn an.

Eine Frau drehte sich im Vorbeigehen um, verhielt den Schritt, zog dann aber weiter.

»Ich habe nicht gewusst, dass du schwanger bist, Jola. Mein Vater hat den Brief abgefangen.«

Sie schnaubte. »Was macht das schon. Du warst ja eh verschwunden.«

Raik beobachtete sie aufmerksam. Neben ihren Mundwinkeln hatten sich Kerben gebildet, Kerben der Bitternis. »Jola, an der Sache stimmt hinten und vorn was nicht. Lass uns reden. Bitte.«

Sie musterte ihn, während er einfach dastand. »Du siehst genauso aus wie früher. Ruhig und gelassen. Ein bisschen wie dein Vater.«

Raik lächelte vorsichtig. »Mein Herz pocht, Jola. Ich bin sehr aufgeregt. Aber ich bin auch gelassen, weil ich weiß, dass es kommt, wie es kommt.«

»Du hast eine Stunde. Aber nicht in einer Gaststätte. Irgendwo, wo ich dich anschreien kann.«

»Dann lass uns ein Stück durch den Tiergarten laufen«, schlug er vor.

Sie nickte.

Schweigend gingen sie los, nahmen Kurs auf den Landwehrkanal und bogen Richtung Tiergarten ab. Er stellte fest, dass sie keine Handschuhe hatte, und reichte ihr seine.

Sie steckte die Hände in ihre Manteltaschen. »Nicht nötig.«

»Jola, wenn ich gewusst hätte, dass du schwanger bist, hätte ich dich nie im Stich gelassen. Obwohl du mit mir Schluss gemacht hast.«

»Wie bitte?« Ein Ausruf voller Entrüstung. Jola blieb stehen.

»Was – wie bitte?« Raik verstand nicht. Das war doch ganz eindeutig gewesen, oder?

»Ich habe mit dir Schluss gemacht? Du bist verschwunden. Wie vom Erdboden verschluckt. Oder etwa nicht?«

»Das stimmt«, sagte Raik. »Aber erst, nachdem du mit mir Schluss gemacht hattest.«

Jola blieb stehen, und ihre Augen zogen sich zusammen. Ihre schönen grün-braunen Augen, an deren Farbe sich Raik so gut erinnerte, auch wenn er sie an diesem dunklen Dezemberabend nicht sehen konnte. Offenbar dachte sie nach. Dann ging sie weiter. »Wie habe ich denn mit dir Schluss gemacht?«

»Du hast mir geschrieben.«

»Ich habe dir nicht geschrieben.« Jola blieb wieder stehen. »Hast du den Brief noch?«

Raik nickte. Das wurde immer mysteriöser.

»Den will ich sehen.«

Raik sah, dass Jola zitterte. »Willst du nicht doch meine Handschuhe?«

»Ich will nicht in den Tiergarten.« Sie lächelte schief. »Es ist arschkalt. Ich bin nur für die U-Bahn angezogen.«

»Ich hab was Verrücktes gemacht, Jola.«

»Was?«

»Wir könnten im Warmen reden. So wie früher.«

»Es ist nicht wie früher, Raik.«

»Ich hab den Brief mit. Ich zeige ihn dir. Komm mit, und nimm meine Handschuhe.«

Er reichte sie ihr wieder, und diesmal griff sie danach. Sie gingen zurück zu einer größeren Straße, und Raik hielt ein Taxi an. Als er dem Fahrer die Adresse nannte, gab Jola ein »Nee, oder?« von sich.

»Ist jetzt ein Airbnb«, sagte er.

»Du bist verrückt.«

»Sag ich doch.« Er beugte sich nach vorn. »Können Sie die Heizung bitte noch ein bisschen aufdrehen? Die Dame ist durchgefroren.«

Der Fahrer nickte und machte sich am Regler zu schaffen.

»Ich habe dir wirklich nicht geschrieben«, sagte Jola. »Wieso hast du …«

Raik wandte sich ihr zu und schüttelte leicht den Kopf. »Ich glaube, wir müssen das ganz behutsam entwirren, Jola. Ich fürchte, es ist ganz schrecklich.«

Wenn sie ihm nicht geschrieben hatte … Was musste sie von ihm gedacht haben, all die Jahre! Er hatte Angst, dass sie zusammenbrach, und das sollte nicht hier im Taxi geschehen. Wenn überhaupt, dann an einem Ort, an dem er sie in die Arme nehmen und wiegen konnte. Wenn sie ihn ließ. Was in den Sternen stand.

Sie schwiegen, bis sie ausgestiegen waren und er ihr die Tür zum Durchgang auf den Hof seines alten Hauses aufhielt, wie er es vor mehr als zwanzig Jahren viele Male getan hatte. Sie stiegen die Außentreppe zu seiner Studentenwohnung hoch, er schloss auf und ließ ihr den Vortritt.

Mit schlafwandlerischer Sicherheit fand sie den Lichtschalter. »Boah. Sogar das Regal steht noch da!«

»Hat ja auch mein Vater massiv und passgenau gebaut. Die wären blöd, wenn sie es entsorgt hätten. Hier sind nur die Wände frisch gestrichen.«

»Und der Schreibtisch ist weg, dafür gibt's zwei Sessel.«

»Ich stell sie uns vors Fenster«, sagte er. »Wenn du was Warmes willst, es gibt Kaffee.«

»Gut«, sagte Jola. »Heute Nacht kann ich sowieso nicht schlafen.«

Hoffentlich doch, dachte Raik und beschloss, sein Bestes zu tun, damit sie zumindest in den Morgenstunden einschlummern würde – in seinen Armen. Er kochte Kaffee und griff nach der Nussschokolade, die er besorgt hatte.

Jola stellte derweil die Sessel nebeneinander vors Fenster und ließ sich in einen sinken. Aber dann stand sie gleich wieder auf. »Sind viel zu tief. Man kann gar nicht rausgucken.«

Raik sah sich um und zog kurzentschlossen den Kasten unter dem Bett heraus. Den hatte sein Vater wie das Regal vor vielen Jahren gebaut, damit er mehr Stauraum hatte, und zwar ebenfalls aus massivem Holz. Er schleppte ihn zum Fenster und drehte ihn um. Jetzt hatten sie ein Podest. Sie stellten die Sessel darauf.

Jola ließ sich nieder. »Passt.«

Er holte den Kaffee und die Schokolade und stellte beides aufs Fensterbrett. Danach ging er noch einmal zum Bett und kramte in seiner Tasche. Er zog den Umschlag heraus, der mehr als zwei Jahrzehnte in seiner Wolfen-Kiste geschlummert hatte. Nachdem er sich neben Jola ans Fenster gesetzt hatte, reichte er ihn ihr.

Jola drehte ihn hin und her. »Der ist ja unbeschriftet.«

»Lag im Briefkasten. Ende April 1999. Als du nach Leverkusen gefahren warst. Zu irgendeinem Praktikum.«

»Studienfahrt, ja. Zu Bayer.«

»Ich weiß nicht, wie lange er da drinlag. Ich habe den Kasten nicht jeden Tag geleert. Aber bevor ich nach Wolfen aufgebrochen bin, um Vati wie immer zum 1. Mai im Garten zu helfen, da hab ich reingeguckt.«

Jola öffnete den Umschlag. Ganz oben war die Karteikarte. »Mit solchen habe ich gelernt«, sagte sie sofort und zog alles heraus. Dann erstarrte sie. Sie schaute kaum hin, was auf der Karte geschrieben stand, und sah auch die Fotos nur flüchtig an. Ihre Kinnlinie wurde hart. Dann nahm sie die Fotos und die Karte und schlug ihm damit ins Gesicht. »Das hast du geglaubt? Und hast mir dann deinen Rachebrief geschrieben?«

Raik griff sich ihr Handgelenk und dann auch noch das andere, als sie mit dem freien Arm zu einer Ohrfeige ausholte. »Jola, bitte!«, flehte er. »Was für einen Rachebrief? Und wer hat das da geschrieben?« Er machte eine Kopfbewegung zu der Karte mit den Fotos, die Jola nach wie vor in der Hand hielt.

Jola sah ihn an, und ihre Schultern sackten herab. Raik ließ sie los.

Sie nahm die Arme herunter und schaute nun genauer auf die Karte. »Großbuchstaben. Ich habe nie in Großbuchstaben geschrieben.« Sie schluchzte auf. »Warum hast du das nicht gesehen? Warum hast du das nicht gemerkt?«

»Es stand der Vorwurf im Raum, dass Agnes meine Mutter umgebracht hat.«

»Der steht immer noch im Raum«, flüsterte Jola. »Aber sie hat es wohl nicht getan.«

Raik schwieg.

Jola atmete tief durch. »Agnes hat vor ihrem Tod sowohl Franz als auch Milla erzählt, dass sie große Schuld auf sich geladen habe. Und sie hat einen Zettel für Franz geschrieben. Er hat ihn mir gezeigt. Es standen zwei Sätze drauf. *Horst Erler hat sie betäubt* und *Ich habe den Brief geschrieben.* Es war wohl so was wie ein spätes Geständnis. Feige. Es sagen und doch nichts sagen. Vielleicht, damit Franz sie, wenn nichts rauskommt, in guter Erinnerung behalten kann. Der erste Satz könnte darauf hindeuten, dass ihr alter Ausbilder beim Tod deiner Mutter die Finger im Spiel hatte. Der zweite Satz dürfte sich auf das hier beziehen.« Jola hielt die Fotos und die Karteikarte hoch. »Das auf den Fotos ist Ingo, ein Kommilitone von mir.«

»Ich weiß«, sagte Raik. »Der war damals scharf auf dich.«

»Aber ich nicht auf ihn.«

»Das weiß ich inzwischen auch«, sagte Raik. »Du guckst ihn nicht an auf dem Foto.« Er zeigte auf das Foto vor der Universität. »Du siehst an ihm vorbei. Das habe ich allerdings erst festgestellt, als Milla mich kontaktiert hat und ich den Brief aus meiner Erinnerungskiste geholt habe.« Er wollte ihre Hand nehmen, aber sie zog sie zurück.

»Und der Brief mit der Stasiakte? Was ist mit dem?«

Raik dachte nach. Dann holte er sein Handy heraus und zeigte ihr die letzte Nachricht von seinem Vater. *Sag Jola, dass ich den Brief geschrieben habe.*

Jola ließ ihre Lippen flappen.

»Hast du diesen Brief mit der Stasiakte noch?«

»Warte.« Jola hob ihre Tasche auf, die sie neben sich gestellt hatte, und holte ihr Handy heraus. Sie tippte auf einen Kontakt und hielt es sich ans Ohr. »Hier ist Jola … Es wird später … Kannst du mir bitte einen Gefallen tun und in mein Zimmer gehen? … Mach mal die unterste Kommodenschublade auf … Okay, und jetzt …«

Jola leitete gerade einen ihrer Mitbewohner zu ihrer Briefmappe, so viel bekam Raik mit. Zum Schluss sagte sie: »Ich brauche von beidem ein Foto. Danke, Toni. Ich erklär's dir später.« Dann legte sie auf.

»Warte«, sagte sie noch einmal zu Raik. Kurz darauf gab ihr Smartphone zweimal hintereinander das trockene Tock einer eingegangenen Nachricht von sich. Jola öffnete sie und zeigte sie Raik.

Toni hatte zwei Dokumente abfotografiert. Das eine kannte Raik. Es war das von der Bundesanstalt für Stasiunterlagen, das sein Vater ihm bei seinem Besuch in Wolfen vor den Latz geknallt hatte. Das andere kannte er nicht. Es war ein fast weißes Blatt. Außer dem Datum stand darauf nur: *Deine Mutter war bei dem Gespräch dabei. Ich will dich nie wiedersehen. Ich bin weg. Raik.*

Die Schrift war zittrig. Ein ziemlich misslungener Versuch, seine Schrift nachzumachen, fand er und fragte sich, genau wie Jola ihn eben gefragt hatte, wie sie das hatte übersehen können.

Er gab ihr das Handy zurück.

Sie schaute auf die Schrift. »Das hast du nicht geschrieben. Oh Gott!«

»Wir sind ihnen auf den Leim gegangen, Jola«, fasste Raik das Offensichtliche zusammen.

»Wir haben uns nicht genug vertraut«, flüsterte Jola. »Wie furchtbar.« Sie sah zu ihm, und ihre Augen schwammen in Tränen. »Wir haben uns einfach nicht genug vertraut.«

»Wir haben unsere Eltern zwischen uns gelassen.«

»Wenn diese Briefe zeitlich nur ein bisschen anders gekommen wären …«

Er schüttelte den Kopf. »Weißt du noch, wie wir uns *Lola rennt* angesehen haben?«

Sie runzelte die Stirn und nickte dann langsam.

»Es geht darum, dass kleine Verschiebungen in der Zeit Großes ändern können. Was sie nicht ändern, ist, dass Lola zu ihrem Manni hält. Um jeden Preis. Obwohl sie weiß, dass er Mist gebaut hat.«

»Tja, wir haben nicht zusammengehalten.«

»Und doch hast du unser Kind bekommen.«

»Ich habe gewartet«, flüsterte Jola. »Ich habe nicht geglaubt, dass du wirklich verschwunden bist.«

»Und dann war es zu spät?«, fragte Raik. Was für ein Mist! War er nur wegen Jolas Angst, sich zu entscheiden, zu seiner Tochter gekommen?

Jola zuckte mit den Schultern. »Ich wollte nicht abtreiben. Das Kind zu bekommen fühlte sich richtig an. Also im Bauch.«

Er lächelte sie vorsichtig an. Am liebsten hätte er sie vor Glück überfallen. Aber er traute sich nicht.

»Milla hat mir gesagt, bei ihr war es genauso. Also dass es sich im Bauch richtig angefühlt hat, obwohl ein Kind mitten im Studium natürlich nicht so ganz ideal ist.«

»Ich danke dir, dass du nicht abgetrieben hast.«

Jolas Magen knurrte.

»Du hast Hunger. Gehen wir noch ins Sophieneck?«

Jola schnaubte leise. »Wie früher. Aber es ist nicht wie früher. Es ist kaputtgegangen.«

»Egal. Komm. Bitte.«

Sie schaute noch einmal aus dem Fenster und erhob sich. »Auf eine Bulette. Dann gehe ich.«

Im Sophieneck erzählten sie sich, wie es ihnen in den zwei Jahrzehnten ergangen war, die sie sich nicht gesehen hatten. Die

Zeit flog dahin. Raik konnte sich an Jola nicht stattsehen. Die Liebe seines Lebens. Wie sie leicht nervös mit den Zähnen auf der Unterlippe entlangfuhr, wie ihre schmalen Finger um das Glas lagen. Ihre wippenden Haare, ihr immer noch mädchenhaft wirkender Busen, den ein schon etwas verwaschenes Shirt umspannte …

»Jola«, sagte er irgendwann aus all seinen Gefühlen heraus. »Das mit uns ist nicht kaputtgegangen. Es ist abgewürgt worden. Das ist etwas anderes.«

In Jolas Augen flackerte Furcht. »Ich muss mal aufs Klo.« Dann ergriff sie die Flucht.

Raik sah ihr nach. Sei vorsichtig, mahnte er sich, sie ist hasenfüßig. Sie hat eine Menge durchgemacht. Lass dich nicht übermannen. Aber er war längst hin und weg. Wie eh und je. Er holte sein Handy hervor. Halb elf. Da konnte er noch eine Nachricht schicken. Er schrieb an Milla:

Deine Mama wird dir bestätigen, dass ich wirklich nichts von dir wusste. Ich habe meine Seite unserer Abmachung erfüllt.

Zwei Sekunden später kam ihre Antwort:

Navid und ich heiraten morgen um 12 Uhr in der Villa Kogge in Charlottenburg. Keiner darf kommen. Nur Eltern zusammen, Papa.

Raik machte große Augen, und ein Laut des Erstaunens entfuhr ihm.

»Was macht dich so froh?«, fragte Jola, die zurückgekehrt war. Er hatte es gar nicht bemerkt.

Sie setzte sich, und er reichte ihr das Handy hinüber. »Du musst bis nach oben scrollen. Als wir uns getroffen haben, hat Milla mir gesagt, sie würde mich ›Papa‹ nennen, wenn wir beide uns ausgesprochen haben.«

Jola las auch die wütende Nachricht von Milla, und ihre Augenbrauen zuckten. »Du hast sie um den Finger gewickelt.«

»Ich musste ihr versprechen, Toni und Dirk nicht zurückzusetzen. Und das habe ich auch nicht vor. Ich habe ihnen viel zu verdanken. Das meiste aber dir. Ich kann nicht ermessen, was es heißt, ein Kind zu einer so tollen jungen Frau großzuziehen, aber es ist zum Niederknien. Ich würde dir meinen Dank gern zeigen, Jola.«

Jola sah ihn an, dann zückte sie ihr Handy, tippte kurz und hielt es sich ans Ohr. »Toni? Planänderung. Wir dürfen morgen zur Hochzeit kommen. Aber nur wenn die Eltern zusammen erscheinen. Warte mal, ich stell auf laut. Ich sitze mit Raik zusammen. Wir haben uns ausgesprochen. Ausführlich erzähl ich euch das später.« Sie stellte den Lautsprecher an und legte das Telefon auf den Tisch.

»Hallo«, sagte Raik unsicher. Er musste erst noch verdauen, dass Jola die Sache mit den Eltern etwas weiter gefasst sah, als er eben angenommen hatte.

»Hallo, Raik«, dröhnte eine ihm bekannte Stimme so laut aus dem Lautsprecher, dass sich die Leute vom Nachbartisch umdrehten. »Das sind ja mal Nachrichten! Unsere Sprotte, jetzt lässt sie uns springen.«

»Hallo, Dirk.«

»Wir stellen das Hochzeitsauto«, meldete sich Toni. »Wir schmücken es und machen heute noch alle Tomatendosen leer, die binden wir hintendran.«

Raik wollte widersprechen, aber ließ es. Porsche hin, Porsche her, er stand in der zweiten Reihe, vielleicht sogar in der dritten. »Was zieht sie eigentlich an?«, fragte er stattdessen.

»Es gibt kein Hochzeitskleid, gefeiert wird erst im Sommer, richtig groß, wenn das Kind da ist«, informierte ihn Jola.

»In dem Laden mit der Jacke hat sie ein Auge auf ein weißes Kleid mit kleinen, hellblauen Vergissmeinnicht geworfen.«

»Den Brautstrauß besorg ich«, sagte Jola.

»Reis zu streuen ist ja überflüssig!« Dirk lachte schallend.

»Die Streuerei mögen die bei den Standesämtern auch nicht«, bemerkte Toni.

Sie besprachen sich noch ein wenig. Toni kündigte an, sich bei Navid zu erkundigen, ob die beiden etwas für nach der Trauung geplant hatten, dann beendeten sie die Konferenz.

Jola hatte bei dem Gespräch rote Wangen bekommen, und Raik ging das Herz über.

Auf einmal öffnete Jola erschrocken den Mund. »Ich muss doch morgen arbeiten.«

»Ich schreib dich krank. Wegen plötzlichem Herzrasen. Und jetzt zahle ich.« Raik war klar, dass es für Jola heute genug war. Er würde sie nicht mit in sein Zimmer bitten und sie auch nicht nach Hause fahren. Er würde ihr Zeit für sich geben. Also ließ er ein Taxi rufen.

Draußen vor der Tür legte er ihr aber dann doch den Arm um die Schultern und drehte sie zu sich. »Das war ein wunderschöner Abend, Jola. Danke, dass du mit mir mitgekommen bist. Und schlaf schön. Morgen ist ein großer Tag.«

Er öffnete ihr die Tür des Taxis und bezahlte den Fahrer für die Strecke nach Kreuzberg großzügig.

Als Jola nach Hause kam, brannte überall Licht. Toni stand am Bügelbrett, Dirk hockte im Flur und putzte Schuhe.

»Ihr habt Raik gesagt, wo ich arbeite«, stellte Jola als Erstes fest.

»Guten Abend, Jola«, sagte Dirk seelenruhig. »Ich dachte, ich ertrage notfalls noch einen weiteren Kaffeetassenzielwurf.«

»Hast du schon unsere Termine für morgen abgesagt?«, rief Toni aus dem Wohnzimmer.

»Mach ich noch. Du kannst mir deine Schuhe auch gleich noch geben«, sagte Dirk und schaute hoch zu Jola. Seine blauen Augen sprühten.

Sie stöhnte. »Ich weiß noch nicht mal, was ich anziehe!«

Toni kam mit zwei frisch geplätteten Männerhemden durch den Flur. »Die Tomatensuppe ist gleich fertig. Dann kannst du uns alles erzählen.«

Tomatenbüchsen, Auto, erinnerte sich Jola. »Wisst ihr eigentlich, wie spät es ist?« Sie fühlte sich müde, ausgelaugt, wie erschlagen. Das Taxi war ein Segen gewesen. Raik hatte schon immer gewusst, was ihr guttat.

»Wissen wir. Aber Schlafen ist überbewertet«, sagte Dirk und wienerte einen schwarzen Lederschuh.

»Ohne mich.« Jola ging mit festen Schritten in ihr Zimmer. Das war jetzt definitiv zu viel. Eins nach dem anderen. Eine Devise ihrer Mutter bei schwierigen Hausaufgaben. Agnes hatte es verstanden, Fragestellungen zu gliedern und so aus großen kleinere Probleme zu machen.

Agnes … Ihre eigene Mutter hatte ihre große Liebe hintertrieben. Eiskalt.

Jola stand in ihrem Zimmer und sah sich um. Kerzen. Kuschelpullover. Kissen. Ihr Dreiklang der Harmonie. Den brauchte sie jetzt.

Sie stellte ihre Handtasche auf die Kommode und bemerkte, dass die unterste Schublade noch offen stand. Schnell packte sie den schrecklichen Brief weg, ohne ihm einen Blick zu schenken. Sie ging duschen, zog sich ihren hellgrünen Kuschelpullover an, entzündete ein paar Kerzen und setzte sich ins Bett.

Sie sah um sich. Sah ihr kleines Reich. Ihr WG-Zimmer. Den abgenutzten Schrank aus ihrer Studienzeit. Sie fühlte sich auf einmal wie ein Anhängsel. Ein Anhängsel von Toni und Dirk, auch wenn die beiden da draußen wegen der Hochzeit ihrer Tochter herumwuselten. Doch Milla wohnte nicht mehr hier. Das Gleichgewicht war weg. Ihre WG-Zeit war abgelaufen, sie hatte es nur noch nicht gemerkt.

Jola schloss die Augen. Raik. Wie er auf einmal vor ihr gestanden hatte. Einfach so. Als wäre er nie weg gewesen. Raik, dessen Schultern immer locker waren. Der gerade und offen in die Welt schaute. Na ja, ganz so offen vielleicht auch nicht, sonst hätte er eine Frau, immerhin war er eine gute Partie.

Ihre Eltern hatten ihnen ihre schönsten Jahre genommen. Mit einem Handstreich. Ihre Mutter und Raiks Vater hatten einander zugearbeitet, ohne es zu wissen.

Aber Raik und sie hatten sich diese Jahre auch nehmen lassen. Sich selbst und dem anderen. Schlimmer noch: Letztlich hatte sie Raik ihre Liebe entzogen, und er ihr die seine. Sie hatten nicht gekämpft, jedenfalls nicht genug.

Jolas Augen füllten sich mit Tränen. Sie hatten versagt. Sie ließ die Tränen fließen, bis draußen Ruhe einkehrte. Als sie sicher war, dass Toni und Dirk schlafen gegangen waren, stand sie auf und schlich in die Küche. Sie ließ Leitungswasser in ein Glas laufen und bemerkte sechs Weißblechdosen auf der Abtropffläche. Die Papierschilder drum herum waren säuberlich entfernt worden, und sie glänzten silbern vor sich hin.

Sie lächelte. *Eins nach dem anderen.* Morgen heiratete ihre Tochter, und wider Erwarten durfte sie dabei sein. Sie dachte daran, was Navid mit seiner Beharrlichkeit alles bewegt hatte. Sie mussten ihm ein Geschenk machen. Sie und Raik. Sie nahm das Glas mit in ihr Zimmer und googelte ein wenig. Es war leichter als gedacht.

Sie hatte bei der Planung im Sophieneck Raiks Handynummer eingespeichert. Jetzt schrieb sie: *Noch wach?*

Die Antwort kam postwendend. *Ja*

Jola rief an.

»Na?« Seine tiefe Stimme vibrierte durch sie hindurch. Sie drückte die Empfindung weg. »Raik, dass diese Hochzeit morgen nicht nur ein Eintrag ins Eheregister wird, weil ein Kind unterwegs ist, haben wir Navid zu verdanken.«

»Ich erinnere mich dunkel. Milla hat erzählt, dass sie erst heiraten wollten, wenn sie wissen, was damals mit uns passiert ist. Deshalb haben sie angefangen nachzuforschen.«

»Navid hat das so gewollt.«

»Weil er überzeugt ist, dass Schuld irgendwie in Generationen einsickert. Hat Milla auch erzählt.«

»Womit er recht hat. Was ich allerdings erst nicht wahrhaben wollte.« Dann erzählte sie Raik von Navids Leidenschaft, dem Drachensteigenlassen, die er aus seiner Heimat mitgebracht hatte. Und von ihrer Idee, ihm einen Drachengleitfluglehrgang zu schenken mit anschließendem Paarflug mit Milla.

Raik war sofort einverstanden. »Bastelst du morgen einen hübschen Gutschein, von uns beiden? Ich zahle den Lehrgang mit Prüfung und allem Drum und Dran.«

»Raik –«

»Du hast fast dreiundzwanzig Jahre Vorsprung, das hole ich nie ein.«

Diesmal ließ sie seine tiefe Stimme in sich einsickern und seufzte. »Danke. Ich zahle aber den Paarflug.«

»Nö. Den zahlen wir als Eltern der Braut. Jeder die Hälfte.«

Jola lächelte. Eltern der Braut. Das klang schön. »Gute Nacht«, sagte sie.

»Schlaf schön«, erwiderte er so weich wie früher, wenn sie zusammen im Bett gelegen hatten.

»Es klingelt!«, rief Milla, die vor dem Kleiderschrank stand und unzufrieden aussah, wie Navid bemerkte, als er aus der Küche trat und auf den Türöffner drückte. Ihre Schwangerschaftsklamotten für die letzten Wochen waren ausschließlich Hosen mit Elastikeinsatz und lange Shirts sowie eine Strickjacke, die schon Knötchen hatte. Sehnsüchtig hielt sie ihm ihr altes Lieblingsshirt mit dem Kräuselsaum entgegen. »Ich geh bauchfrei«, murmelte sie.

Navid trat zu ihr und gab ihr einen Kuss. »Ist mir recht.« Dann ging er zur Tür, während Milla neugierig aus dem Schlafzimmer lugte. Es klingelte zum zweiten Mal.

Navid hätte sich ohrfeigen können. Er hatte sich so auf einen Termin »Nur kurz hingehen, Ja sagen und unterschreiben« eingestellt, dass er nicht daran gedacht hatte, seiner Braut wenigstens etwas Schönes zum Anziehen zu kaufen. Das hätte ihm einfallen müssen, als er die Ringe besorgt hatte. Von denen wusste Milla nichts, und er freute sich auf die Überraschung.

Der erste Ankömmling entpuppte sich als Bote, der eine hübsche rote Papiertragetasche mit weißen Punkten brachte. »Das ist für mich!«, rief Milla entzückt, als sie ihrer ansichtig wurde. »Ich glaube, es wird nichts mit bauchfrei.«

Navid ließ sich die Tüte aus der Hand reißen und wartete an der Tür, während Milla wieder im Schlafzimmer verschwand. Ein zweiter Bote begegnete dem ersten auf der Treppe. Er händigte Navid einen wohlverpackten Strauß von einem Blumenladen in der Nähe aus. »Hält ohne Wasser den ganzen Tag frisch, soll ich sagen.« Er übergab den Strauß und polterte die Treppe wieder hinab.

Bloß gut, dass ich Tonis Anzug habe, dachte Navid, als er Millas Freudenschrei hörte. Er öffnete die Schlafzimmertür. Seine Braut stand da und hielt ein Kleid hoch, an dessen Saum sich viele hellblaue Blümchen auf weißem Grund tummelten, die nach oben hin weniger wurden. In der anderen Hand hatte sie ein Jäckchen aus weißem, glänzendem Stoff.

Sie wandte sich ihm freudestrahlend zu. Dann riss sie die Augen auf. »Oh, von unserem teuren Blumenladen. Da steckt Mama hinter. Und das Kleid ist von Raik. Es ist aus dem Laden, wo wir die Jacke gekauft haben.« Sie legte den Kopf schräg. »Und dein Anzug ist von Toni. Wir haben von allen Seiten etwas.«

Es klingelte wieder. Navid ging zur Tür, während Milla sich umzog. Die junge Frau, die nun die Treppe hochkam, kannte er gut. Es war Millas beste Freundin. Sie wollte nicht reinkommen.

»Ich weiß, dass ihr erst im Frühjahr feiert. Aber eine Braut braucht etwas Neues, etwas Altes, etwas Blaues und etwas Geborgtes. Und im Frühjahr ist Milla ja schon deine Frau. Gibst du ihr das bitte?«

Navid schaute auf das rosa Pappkästchen, das sie ihm in die Hand gedrückt hatte. »Etwas Neues, etwas Altes ...?«

»Etwas Neues für die neue Zeit als Ehefrau. Etwas Altes für die Verbundenheit mit der eigenen Geschichte. Etwas Blaues für die ewige Treue und etwas Geborgtes von einer Frau, die ihr Eheglück auf sie überträgt. Alles, alles Gute euch!« Sie umarmte Navid und sprang leichtfüßig die Treppe hinunter.

Navid schloss die Tür und lehnte sich dagegen. Ihm schossen die Tränen in die Augen. Wenn er ehrlich war, hatte er diese schmucklose Zeremonie auch gewollt, weil er wusste, dass ihn die Trauer überkommen würde, der Gram und die Verzweiflung darüber, dass seine Familie nicht mehr da war. In Kundus waren Hochzeiten rauschende Feste gewesen, voller Leben, Lärm und Lachen. Und nun brach die Freude der Menschen aus Millas Umgebung über ihn herein. Er schluchzte und barg den Kopf in den Händen.

Er hörte kaum, wie die Schlafzimmertür aufging, aber dann schlangen sich weiche Arme um ihn, und ein harter Bauch drückte sich an seinen. Milla zog ihn mit sich, bis zum Bett und darauf. Sie bettete seinen Kopf an ihrer Schulter, drückte ihn an sich und legte auch noch ein Bein über seine, wie er es bei ihr gemacht hatte, als sie um Agnes getrauert hatte.

Navid weinte sich aus. Milla streichelte ihn und murmelte zärtliche Worte. Das tat sie immer, wenn es ihn überkam. Einfach so, ohne hinterher darüber zu sprechen. Sie war da, egal wie lange es dauerte, und sie redete seinen Schmerz nicht klein.

Irgendwann wurde es besser, und Navid spürte, wie Milla kurzzeitig den Atem anhielt.

»Was ist?«, fragte er.

»Es zieht ein bisschen. Aber nicht doll.«

Sein Handy gab einen Nachrichtenton von sich. Er holte es heraus. Die Nachricht war von Dirk.

Eure Hochzeitskutsche steht drei Häuser weiter links. Schlüssel hinter dem rechten Vorderrad.

Er schaute auf die Uhrzeit. »Gleich elf. Drei viertel zwölf sollten wir da sein. Aber wir sind motorisiert.« Er zeigte Milla die Nachricht.

»Dann, mein Bräutigam, müssen wir uns jetzt vor dem Badspiegel drängeln.«

»Die Kette kommt mir bekannt vor«, sagte Raik, als Milla aus dem kleinen Auto stieg, und ihm fiel ein, dass er ihr die selbst gekaufte noch schenken musste.

Von dem Kaffeebraun-Metallic des Alfas war vor lauter weißen Schleifen und Rosenbukett auf der Motorhaube kaum etwas zu sehen. Toni und Dirk hatten ganze Arbeit geleistet. Glücklicherweise gehörte einer ihrer Klientinnen ein Geschenkeladen, aus dessen Lager sie schon um acht Uhr sämtliche weiße Schleifenbänder hatten abholen können.

Jetzt wandte sich Jola an Raik, der neben ihr stand. »Die Kette hat Vati vor Urzeiten Mutti geschenkt. Milla trägt sie als Verbindung zu ihrer Geschichte und Familie. Sie hat ihre Oma gemocht. Tut mir leid …«

»Ist okay für mich. Ich habe heute Morgen mit meinem Vater telefoniert. Franz war wohl letzte Woche bei ihm. Deine Mutter hat meine nicht umgebracht.«

»Ich weiß. Vati hat mir erzählt, dass sie sich ausgesprochen haben. Er sah total verorgelt aus. Dein Vater muss ganz schön zugeschlagen haben. Aber Vati sagte, er hätte noch viel mehr Schläge verdient. Weiß der Geier, was damals alles gewesen ist.«

Raik schwieg.

Jola legte den Kopf schräg. »Weißt du mehr darüber?«

»Ich ahne etwas, aber das soll von mir aus der Geier wissen und sich von uns fernhalten. Ich lasse unsere Eltern nicht noch mal zwischen uns.« Er hielt Jola den Arm hin. »Komm, Brautmutter, wir müssen da jetzt würdevoll hinterhergehen.« Während sie die Treppe zur Beletage der Villa hochstiegen, fragte er: »Warum hast du sie eigentlich Milla genannt?«

»Sie wurde am ersten Tag des neuen Jahrtausends geboren. Ein Milleniumskind. Ein Kind der neuen Zeit, das nicht mit dem beschwert sein sollte, was im 20. Jahrhundert war. Hat nicht ganz geklappt. Das hat sie ja in den letzten Monaten übel eingeholt.«

»So unerschrocken, wie sie mit der Last des 20. Jahrhunderts umgegangen ist – im Gegensatz zu uns allen, die wir dem verhaftet sind? Nee. Milla ist ein Kind des neuen Jahrtausends. Hundert Prozent.«

Irgendwie hatte Raik recht. Sie hatten alle gemauert, wider besseren Wissens, sie hatten sich von der Diktatur, aus der sie kamen, niederdrücken lassen bis heute. Damit, beschloss Jola, war jetzt Schluss. Sie würde ihre Zukunft ebenfalls unerschrocken planen.

Die Zeremonie in einem opulenten Erkerzimmer in Eiche rustikal war kurz und schmerzlos wie bestellt. Abgesehen davon, dass Dirk laut schluchzte und Milla offensichtlich aus allen Wolken fiel, weil es Ringe gab, war es unspektakulär.

Als sich Milla und Navid küssten, hörte Jola ein »Ui« neben sich. »Sag mal, wann hat sie denn Termin?«, fragte Raik leise.

»Am dreiundzwanzigsten«, raunte Jola zurück.

»So lange wird das nicht mehr dauern«, flüsterte er. »Der Bauch hat sich schon gesenkt. Das geschieht bei einer Erstschwangerschaft oft gar nicht, und wenn doch, dann ganz am Schluss.«

Das Brautpaar zog aus – Umarmen und Gratulieren sollte erst draußen stattfinden, weil das nächste Paar schon wartete –, und Jola bemerkte, wie Milla eilig zur Toilette abbog. Sie ging ihr nach und sah gerade noch, wie der Brautstrauß im Waschbecken landete und ihre Tochter hinter einer Klotür verschwand.

Sie musste lächeln. In den letzten Schwangerschaftswochen drückte das Kind nun einmal auf die Blase, das war bei ihr auch so gewesen. Sie ging in die Nachbarkabine und hörte Milla stöhnen.

»Alles okay?«, rief sie durch die Trennwand.

»Mama?«

»Ja, klar.«

»Boah. Das zieht heute ganz schön.«

»Wie oft denn?«

»Heute Morgen. Dann vorhin noch mal. Und jetzt. Meinst du, das könnten schon Wehen sein? Aber wenn, dann nur ganz kleine. Die sollen doch richtig wehtun. Und außerdem kommen die öfter.«

Jola überlegte gerade, wie es bei ihr am Anfang gewesen war, da hörte sie, wie Milla nebenan spülte und die Kabinentür entriegelte. »Mama, komm. Wir müssen jetzt erst mal Hochzeit feiern. Ich muss raus, Dirk trösten. Und dann müssen wir auf den Teufelsberg. Ohne geht nicht.«

Jola verließ die Kabine und wusch sich im Schnellgang die Hände, weil ihre Tochter schon an der Tür stand, den Brautstrauß wieder in der Rechten.

»Was ist mit Raik?«, fragte Milla, als sie aus dem Waschraum traten. »Heiratet ihr auch?«

»Milla!«

»Also, wie ihr so nebeneinander dagestanden habt …« Mehr sagte Milla nicht. Stattdessen rauschte sie davon, schnappte sich ihren Bräutigam und steuerte mit ihm auf Dirk zu.

»Meine Sprotte!«

Die Weißblechbüchsen schepperten, was das Zeug hielt, während Navid an Schloss Charlottenburg vorbei Richtung Teufelsberg fuhr.

»Der Lärm vertreibt garantiert alle bösen Geister, falls noch irgendwo welche sind«, sagte Milla zufrieden. »Wird Zeit.« Sie betrachtete ihren Ring, der satt gold schimmerte. »Die müssen ganz schön teuer gewesen sein. Danke, mein Mann. Sie sind wunderschön.« Sie beugte sich hinüber und küsste ihn.

Teuer waren sie gewesen. Aber die vielen Überstunden, die Navid dafür gemacht hatte, waren die schönsten in seinem ganzen Arbeitsleben gewesen. Hier saß er und fuhr mit seiner Frau zu seinem Lieblingsort, und Familie war auch dabei, wie es sich gehörte. Jedenfalls ihre vier Eltern. Seine würde er in den Lüften grüßen.

Die Treppe zum Teufelsberg hoch ging es heute langsamer als sonst. Seine Braut musste zweimal verschnaufen, versicherte ihm aber beide Male, alles sei okay, es sei nur der dicke Bauch. Doch dann waren sie oben, und über ihnen wölbte sich ein blauer Dezemberhimmel. Das Trübe der letzten Tage war wie weggeblasen.

Navid baute seinen Hochzeitsdrachen zusammen. Raik trat zu ihm und fragte ihn, ob er helfen dürfe.

Das durfte er. Toni verteilte inzwischen leckere Pastetchen aus seinem Picknickkorb.

Nur Milla lehnte ab. »Wie hat der Korb eigentlich noch mit euch in den Porsche gepasst?«, fragte sie.

»Der hat vorn einen Kofferraum«, sagte Dirk. Dann beugte er sich zu ihr und flüsterte so laut, dass es alle verstehen konnten: »Ich durfte fahren, weil ich hinten nicht reingepasst hätte. Da saßen deine Eltern und haben Händchen gehalten.«

»Das habe ich gehört!«, rief Jola. »Das war vor Rührung. Sonst nichts.«

»Milla?« Navid schaute hinüber. »Wir können.«

Sie trat zu ihm und kuschelte sich an seine Brust. »Moment«, flüsterte sie gepresst und hielt sich an ihm fest. »Muss dich nur kurz mal spüren.«

Das war bloß die halbe Wahrheit. Das merkte Navid sofort. »Zieht es wieder?«, flüsterte er in ihr Haar.

»Schon vorbei«, sagte sie.

»Wir schicken nachher sofort alle nach Hause, und du legst dich hin.«

Sie nickte. »Gut. Fang an jetzt.«

Navid legte den Arm um ihre Schultern und wandte sich zu ihrer Familie: »Danke, dass ihr alle gekommen seid. Dass ihr zusammengefunden habt. Dass, was auch immer in der Familie war, ausgesprochen worden ist. Das ist etwas, was Milla und ich einander für unsere Ehe gelobt haben. Ich danke euch von Herzen, dass ihr dem Wunsch eines dahergelaufenen Jungen entsprochen habt.«

Er hielt den Hochzeitsdrachen hoch. Er war weiß, und in vielen bunten Farben leuchteten Namen darauf: in der Mitte in Goldschrift seiner und Millas, dazwischen das Zeichen fürs Verheiratetsein, das gleichzeitig das der Unendlichkeit war. Es standen Raik und Jola darauf, daneben Walid und Mobina, Toni und Dirk. Neben Navids Namen waren die seiner Geschwister Samira, Amin und Miray eingetragen. Außenherum gruppierten sich Franz und Agnes, Kazem und Sarah, Matthias und Renate sowie Tawab und Enida.

Als Navid die Namen seiner Familie geschrieben hatte, war er froh gewesen, wasserfeste Stifte zu haben. Besonders die Namen seiner Geschwister, die er täglich gebraucht hatte, waren qualvoll gewesen, und Tränen waren auf den Drachen getropft. Es hatte die Sache nur wenig erleichtert, dass er lateinische Buchstaben gewählt hatte und die Namen deshalb fremd aussahen. Aber nun standen sie da, und er würde den Drachen in den Himmel steigen lassen.

»Ich werfe ihn, du läufst los«, sagte Milla.

»Warte!« Navid holte aus seinem Rucksack noch eine kleine Druckgasflasche mit Helium und mehrere extradicke Luftballons. »Die müssen wir noch dran befestigen.«

Milla fragte nicht, sondern schaute sich die Flasche an und hatte gleich heraus, wie man die Ballons daran aufzog. Das gefiel Navid. Sie machte mit. Sie vertraute ihm, dass es gut sein würde.

Sie bliesen drei Ballons auf, die Navid an der oberen und den seitlichen Ecken des Drachens befestigte.

Dann ließen sie ihn steigen. Mit den Ballons ging er ein wenig steil und wackelig in die Höhe, aber schließlich stand er im Wind.

Toni und Dirk applaudierten.

Raik lächelte nur. Navid sah ihm an, dass er wusste, was er vorhatte.

»Wir haben Westwind«, sagte Navid. »Wir schicken den Drachen zu den Gräbern meiner Familie nach Osten. Nach Kundus. So erfahren sie von unserem Glück.«

»Aah«, machte Milla und krümmte sich. »Mach schnell!«

Jola war schon auf sie zugesprungen und hielt sie.

»Milla!« Navid blickte auf die beiden Frauen und sah auch Raik hinzutreten. Da nahm er blitzschnell ein Messer aus dem Rucksack und kappte die Schnüre über den Spulen. Der Drachen machte einen Ruck und segelte ostwärts. Navid sah ihm nach. Es fiel ihm schwer, die Augen von dem Hochzeitsdrachen zu lösen, der immer kleiner wurde und sich hell vom Winterhimmel abhob.

Danach trat er zu seiner Frau, die inzwischen wieder aufrecht dastand.

»Ich glaube, es geht los«, sagte Milla.

»Das Kind?«, fragte Navid, der eben noch die Gräber seiner Familie vor sich gesehen hatte.

»Oh Gott«, meldete sich Dirk.

Milla legte die Hände auf ihren Bauch und presste die Arme an die Seiten, sodass ihre schönen geraden Schultern hochrutschten. Dann nickte sie.

»Ich habe die Hebamme vorhin schon angerufen«, erklärte Jola. »Sie hat gesagt, sie macht sich bereit.«

»Was?«, fragte Navid und bemerkte, wie Milla errötete.

»Das geht schon eine Weile. Aber Milla wollte unbedingt noch mit auf den Berg.«

»Meine Süße.« Navid schaute von Jola zu seiner frisch angetrauten Frau, und seine Augen wechselten von Ebenholzfarben zu einem tiefen Bitterschokoladenbraun.

Milla riss ihre auf und atmete zischend ein. »Ooh.« Diesmal stützte Navid sie, hielt sie mit einem Arm unter den Achseln aufrecht, zog sie fast in die Luft und zeichnete mit der anderen Hand eine querliegende Acht auf ihren unteren Rücken. Genauso eine wie das Verheiratetzeichen, das gerade auf dem Weg zum Hindukusch war.

Milla atmete kräftig aus, dann noch einmal ein und aus, danach entspannte sie sich. »Das hat viel weniger wehgetan.«

»Du hast einen Physiotherapeuten geheiratet, das hat Vorteile.« Freude stieg in Navid auf.

»Wir sollten zusehen, dass wir Milla vom Berg kriegen«, bemerkte Raik.

»Wir haben schon alles gepackt.« Toni und Dirk standen mit Raiks Rucksack und dem Picknickkorb abmarschbereit.

»Ich rufe die Hebamme an, damit sie ins Geburtshaus kommt«, sagte Jola.

»Ich fahre euch dahin«, bestimmte Dirk.

»Einer muss meine Tasche holen«, warf Milla ein.

»Das mache ich«, sagte Jola.

»Ich fahr dich«, erklärte Raik.

Da nahm Navid seine schwangere Frau auf die Arme und stieg die Treppe hinunter. Schnell, kraftvoll, mit sicherem Tritt.

Hinter sich hörte er Jola fragen: »Soll nicht lieber Dirk sie tragen?«

Aber Raik antwortete: »Navid ist kräftiger, als er aussieht, keine Sorge.«

Das freute Navid. Raik schien einen scharfen Blick zu haben.

Er war durch seine Arbeit tatsächlich muskulöser, als aufgrund seiner schmalen Gestalt zu vermuten war. Außerdem war er während seiner Flucht viel zu Fuß in unwegsamem Gelände unterwegs gewesen. Da war so eine in den Hang gegrabene Treppe ein Kinderspiel. Und überhaupt: Milla zu tragen war seine Aufgabe. Milla auf Händen zu tragen. Seine süße, mutige Frau, die offenbar ihre Wehen verschwiegen hatte, damit er den Hochzeitsdrachen nach Kundus zu seiner Familie schicken konnte. Zu ihrer gemeinsamen Familie, die in den nächsten Stunden wieder Zuwachs bekommen würde, wenn alles gutging.

»Oah«, machte Milla, aber da waren sie auch schon unten, und er konnte sie hinunterlassen und seinen Entlastungsgriff sowie die Acht-Massage anwenden.

»Nein«, quietschte sie auf einmal und griff sich mit der Hand in den Schritt. Ihre Augen wurden kugelrund. Als die Hand wieder hervorkam, war sie nass. »Es ist klar.« Milla schaute zweifelnd zwischen ihrer Hand und seinem Gesicht hin und her. »Das Fruchtwasser ist klar. Oder?«

So genau konnte das auf der Hand natürlich kein Mensch sehen, aber Navid nickte tapfer, obwohl ihm gerade ganz anders wurde, und schob sie zum Auto.

Kurz darauf bemerkte er Raiks erstaunten Blick, als sie auf der Teufelsseechaussee in sechsfacher Höchstgeschwindigkeit an seinem Porsche vorbeischossen. Dirk gab alles. Er hatte ganz offensichtlich mehr Respekt vor der Gebärenden neben ihm als vor irgendwelchen Blitzern.

Toni tippte etwas auf seinem Handy und reichte es Navid: *Wo ist das geschnitzte Bett? Ich stelle es auf.*

Keller. Schlüssel hängt neben der Tür. Der am roten Band. Danke, schrieb Navid darunter und gab das Handy zurück.

Toni nickte und steckte ihm die Tüte mit den restlichen Pasteten zu. »Für dich. Eine Stärkung zwischendurch kann nicht schaden.«

Navid bedankte sich, und dann kam Dirk mit quietschenden Reifen vor dem Geburtshaus zum Stehen.

Sechs Stunden später betraten sie zu dritt ihre Wohnung.

An Millas Schulter ruhte das Köpfchen von Wolf Walid Reinhoff. Wolf für die Vergangenheit von Millas Familie in Wolfen. Walid im Gedenken an Navids Vater. Um den Nachnamen hatten sie bei der Hochzeitsplanung gewürfelt.

Navid trug die Tasche mit der Geburtsausstattung. Irgendjemand hatte die Heizung aufgedreht, sodass es kuschelig warm war. In der Küche stand eine Packung Stilltee, daneben lag ein Berg leicht verdauliches Gemüse. Im Wohnzimmer prangte ein großer Korb mit Christrosentöpfen auf dem Tisch, die vor Blüten und Knospen überquollen.

Milla schaute still lächelnd in die beiden Räume und übersah auch die Windelpakete im Bad nicht, wie Navid feststellte, der ihren Blicken folgte. In der Schlafzimmertür blieb sie mit einem Laut des Erstaunens stehen.

»Was ist das denn?« Sie drehte sich zu Navid um.

»Ein Kinderbett, wie ich es hatte.« Toni hatte das Bettchen neben ihrem großen Bett aufgestellt. Millas Brautstrauß lag auf der Decke.

Milla trat näher und übergab Navid das schlummernde Baby. Sein kleiner Junge greinte einmal kurz, aber als Navid ihn mit seinen großen Händen zart an sich drückte, schlief er weiter.

Milla strich andächtig über die quadratischen Felder mit den Palmblättern, Blüten und grafischen Mustern, die Pfosten und Rahmen zierten. »Das ist toll«, sagte sie. »Da könnte man ewig hingucken. Es wiederholt sich und ist doch immer wieder ein klein wenig anders.« Dann stutzte sie. »Ich hab in den letzten Monaten ständig irgendwelche Holzspäne im Wohnzimmer gefunden und mich gewundert, woher die sein könnten. Hast du das etwa …« Sie blickte ihn fragend an.

Navid nickte. »Ich habe es bei meinem Onkel gelernt.«

Milla umarmte ihn vorsichtig um ihr Baby herum und küsste ihn. »Danke. Ich weiß gar nicht, was ich sagen soll.«

Er küsste zurück, und dann blickten sie auf ihr Kind, dessen kleines Herz zwischen ihren beiden schlug und das just in diesem Moment die Augen öffnete und seine Eltern neugierig ansah.

»Du hast ziemliches Glück«, sagte Milla zärtlich. »Du bist in eine große, bunte Familie hineingeboren worden. Da wird es nie langweilig.«

Epilog

Berlin, Weihnachten
Sie war das erste Mal wieder richtig draußen. Außer kleinen Spaziergängen hatte Milla sich in den letzten Tagen hauptsächlich mit ihrem Säugling bekanntgemacht.

Das hatte beiden gutgetan. Wolf Walid – Navid sagte immer Wolf, sie Walid, sie waren sich noch nicht einig, was der Rufname werden würde – war ein ausgeglichenes Baby, auch dank Navids Massagen gegen Bauchweh und zum Einschlafen.

Jetzt schob Milla ihren Kinderwagen über einen huckeligen Zehlendorfer Bürgersteig. Ihre Mutter, Navid, sie und ihr Baby hatten sich am Heiligen Abend bei Franz in Zehlendorf eingefunden. Sie waren in der Kirche gewesen und auf dem Friedhof bei Agnes, jetzt spazierten sie nach Hause.

Toni und Dirk waren wie immer bei Tonis Eltern im Wedding, am ersten Feiertag würden sie ins Rheinland zu Dirks Eltern fahren. Raik hatte Dienst in Frankfurt – Weihnachten bekamen nur die Kollegen mit Kindern frei.

Aus dem Kinderwagen kam ein Greinen.

»Können wir ein bisschen schneller gehen?«, fragte Milla. »Ich laufe schon aus, und Walid hat Hunger.«

Das taten sie, und kaum waren sie im Haus angelangt, zeigte ihr Wölfchen, dass er, wenn auch noch sehr klein, trotzdem stimmgewaltig war. Milla warf ihre Plateaus von sich und rauschte mit ihm ins Wohnzimmer, um ihn anzulegen.

Die anderen zündeten Kerzen an und trugen Essen auf.

Navid hatte einen kleinen Weihnachtsbaum geschmückt, und zum ersten Mal sahen Herthas kitschig-altmodische Kugeln richtig gut aus. Denn er hatte sie so verschwenderisch eng gehängt, dass sie optisch zu einem bunten Feuerwerk verschmolzen. »Wir Afghanen können mit Farben umgehen«, hatte er schlicht gesagt, als Jola sein Werk bestaunt hatte.

Sie aßen, dann stellte Jola einen Teller mit Stollen auf den Tisch, was Franz' Augen feucht werden ließ. Den hatte sonst immer Agnes gemacht, erinnerte Milla sich. Dazu folgte die Bescherung. Das meiste bekam Wolf Walid, sogar etwas von seinen Urgroßvätern: von Franz ein Kuschelkissen in Form eines Feuerwehrautos, und Matthias hatte eine altmodische Plastikklapper geschickt, an der ein Zettel befestigt war, auf dem stand, dass sie früher Raik gehört habe.

Franz reichte Milla einen Umschlag. Sie wunderte sich. Sie hatte noch nie Geld bekommen, sondern stets ein passendes kleines Geschenk. Bestimmt hat Agnes das immer ausgesucht, dachte sie und öffnete den Umschlag mit einem Anflug von Wehmut. Kein Geld. Nur eine Karte. Nein, keine Karte, eine Urkunde, *Schenkungsurkunde* stand in Franz' geschwungener Schrift darüber – rund wie ein ordentlich aufgerollter Feuerwehrschlauch, hatte Jola mal gesagt.

Liebe Milla, lieber Navid!, las Milla und rückte zu ihrem Mann hinüber, um ihn mitlesen zu lassen.

Ihr sollt Herthas Haus haben. Meine Großtante hat Agnes, Jola und mich damals aufgenommen und immer wieder gesagt, dass dieses Haus nichts für einen Menschen allein ist. Da hatte sie recht. Es ist ein Haus für eine Familie.
Ich werde mit den Nachbarn und einem weiteren älteren Herrn aus dem Schützenverein eine WG gründen. Da können wir uns im Alter unterstützen. Solange ich rüstig bin, kann ich euren Wolf hüten. Darauf freue ich mich schon. Ich hoffe, ihr seid einverstanden.
Euer Groß- und Urgroßvater

Milla klappte die Kinnlade herunter. Sie ließ die Karte sinken. »Du schenkst uns dein Haus zu Weihnachten?«

»Ja«, sagte Franz.

»Zu Weihnachten. Einfach so. Eine riesige Villa.«

»Macht jedenfalls mehr Spaß, als sie euch zu vererben. Nur den Grill kriegt ihr nicht. Den brauchen wir drüben.«

»Und Mama?« Milla wurde ganz anders. Das ging nicht. Das ging auf gar keinen Fall.

»Ich weiß schon eine Weile davon«, sagte Jola. »Vati und ich haben das besprochen.« Sie errötete. »Ich werde bei Toni und Dirk ausziehen und mir eine eigene Wohnung nehmen. In Kreuzberg, wo ich zu Hause bin. Als Raik davon gehört hat – Dirk hat es ihm natürlich brühwarm erzählt –, hat er angerufen und gesagt, er habe immer den Spruch gehört, ein Kind aufzuziehen koste so viel wie ein Ferrari, und das sei er mir ja wohl schuldig. Er findet, ein Porsche mit Sammlerwert sei schon mal ein Anfang. Er hat seinen gestern verkauft und, wenn mich nicht alles täuscht, auch noch ordentlich was draufgelegt. Jedenfalls habe ich jetzt die Anzahlung für eine eigene Wohnung zusammen. Und wie Opa schon sagt: In dieses Haus gehören Kinder.«

Milla kniff die Augen zusammen. »Und für wie viele Personen soll die Wohnung sein?«

»Das, mein Kind, ist noch offen. Ich nehme an, von meinem Spruch vom ›wilden Leben‹ hast du genug. Also werde ich dich damit nicht weiter behelligen.«

Milla öffnete den Mund, um nachzubohren, aber Navid stieß sie unter dem Tisch an. Sie machte den Mund wieder zu. Ihre Mutter wollte offenbar ihr eigenes Leben haben, wollte neue Wege einschlagen, für sich. Ob und inwieweit ihr Vater dazugehören würde, ging sie nichts an. Trotzdem war sie verunsichert. Es hatte sich in ihrer Welt im letzten Jahr so viel verschoben; es würde ein bisschen dauern, bis das sackte.

Sie sah zu Navid, über dessen Schulter ihr Baby mit einem

angestrengten Starren hing. Das Gefühl konnte sie gerade sehr gut nachempfinden.

Navid fing ihren Blick auf und nickte.

Also erhob sie sich, ging um den Tisch und umarmte ihren Großvater. »Dein Geschenk ist unermesslich. Ich verspreche dir, dass ich das mein Lebtag nicht vergessen werde.«

»Ich auch nicht«, warf Navid ein.

»Genauso ist es gedacht«, sagte Franz. »Dass man das Gute in der Familie weitergibt. Das«, er blickte Navid an, »sickert nämlich genauso ein wie das Schlechte.«

»Ja«, sagte Navid ernst. »Ja, das spüre ich.«

Quellen

Literatur

Angelika Behnk, Ruth Westerwelle: *Die Frauen von ORWO*, Leipzig 1995

Günter de Bruyn: *Buridans Esel*, Halle 1968

Ministerrat der DDR (Hg.): *Beschluß zur Anordnung zur Gewinnung oder Bearbeitung und zum Schutz von Informationen über den Zustand der natürlichen Umwelt in der DDR*, BArch, DC 20/I/4/5063, Bl. 85, 16. 11. 1982

Heiner Müller: *Herzstück*, Berlin 1983

Hans-Joachim Plötze: *Das Chemiedreieck im Bezirk Halle aus der Sicht des MfS*; Die Landesbeauftragte für die Unterlagen des Staatssicherheitsdienstes der ehemaligen DDR in Sachsen-Anhalt September 1997: Sachbeiträge (4)

Jochen Steinecke (Hg.): *Dokumente zur neueren Geschichte des VEB Filmfabrik Wolfen*, Magdeburg 2014 (Verlag Steinecke); darin:

- Information des Betriebsgesundheitswesens zu den arbeitshygienischen Bedingungen in der Chemiefaser, vom 22. 5. 1986. Arbeitshygienische Bedingungen im Bereichsdirektorat Chemiefaser des VEB Filmfabrik Wolfen, Stammbetrieb des VEB Fotochemisches Kombinat Wolfen (Stand 22. 5. 1986), Dokument Nr. 70 S.331 ff.
- Notiz zu den arbeitshygienischen Daten vom 30. 9. 1986, Dokument Nr. 71 S.335
- Staatssicherheit zu Umweltproblemen, vom 26. 9. 1988. Information über die Situation im Chemiefaserbereich des

VEB FCK Wolfen bezogen auf Umweltbelastungen sowie die Anlagen- und Produktionssicherheit, Dokument Nr. 88 S.420ff.

Strafgesetzbuch der DDR in der Fassung vom 28. 6. 1979 (Zusatz 18. 12. 1987); darin: Paragraf 97: Spionage

Filme

Bitteres aus Bitterfeld. Eine Bestandsaufnahme: Rainer Hällfritzsch, Margit Miosga, Ulrich Neumann, Deutschland 1988

Das war Bitteres aus Bitterfeld: Rainer Hällfritzsch, Ulrike Hemberger, Margit Miosga, Deutschland 2009

Lola rennt: Drehbuch und Regie Tom Tykwer, Hauptdarsteller: Franka Potente und Moritz Bleibtreu, Deutschland 1998

Musik

Werner Gneist: *Viel Glück und viel Segen*, 1930

Madonna: *Like a Virgin*, 1984, Text und Komposition: Tom Kelly, Billy Steinberg

Silly: *Paradiesvögel*, 1989, Text: Gerhard Gundermann, Tamara Danz, Komposition: Rüdiger Barton

Dank

Historischer Ausgangspunkt dieses Buches ist der ostdeutsche Industriestandort Wolfen, ein Schmelztiegel, in dem sich ein verhängnisvoller politischer Umgang mit Umweltproblemen und die Brüche der Wendezeit in Deutschland zu einer explosiven Mischung vereint haben. Ohne Hilfe von dortigen Zeitzeugen der Siebziger- und Achtzigerjahre des letzten Jahrhunderts hätte ich meinen Roman nicht in die tatsächliche Geschichte einbetten können.

Ich danke Dr. Ingrid Edner, ehemals leitende Betriebsärztin der Filmfabrik. Sie berichtete von der arbeitsmedizinischen Versorgung, krankmachenden Umständen und vom beruflichen Alltag einer Betriebsärztin in Wolfen. Renates Idee mit einer Art Pass zu Belastungen und gesundheitlichem Zustand hatte sie selbst. Manfred Gill vom Industriemuseum Wolfen führte mich aufs Schönste in die ORWO-Welt ein und gab mir wichtige Tipps zur Filmfabrik und zum Alltag meiner Figuren. Andreas Schönwitz aus Wolfen-Steinfurth zeigte mir sein Haus in der ehemaligen Werksiedlung. So erhielten meine Familien Hader und Reinhoff ein passendes Dach über dem Kopf. Eric Walter von der Feuerwehr Wolfen, ehemals Werkfeuerwehr der Filmfabrik, erzählte mir von den Dienstjahren in der DDR, was zu tun war, wie es zuging, und zeigte mir die Feuerwache. Er beglückte mich mit der Erwähnung der Kegelbahn längs des Fahrradschuppens, die prima zu seinem fiktiven Kollegen Franz passt. Michael Wegner erzählte mir von seiner Jugend in Wolfen. Ihm verdanke ich unter anderem die Gardine gegen Flugasche über Raiks Kinderwagen und die einundzwanzig Schornsteine im Sichtfeld.

Recherchepartner außerhalb Wolfens haben ebenfalls Wichtiges und Inspirierendes beigetragen.

Prof. Dr. Niels Fritsche half mir bei den Dresdner Örtlichkeiten und gab mir den Tipp mit der Farbe Weiß in Bitterfeld und Wolfen. Albrecht und Cornelia Güttler danke ich für die Erklärung chemischer Vorgänge, denen die Skulptur *Chemiearbeiterin* in Wolfen ausgesetzt war. Dr. Christian König vom Institut für Rechtsmedizin in Leipzig unterrichtete mich über das Aussehen der Räumlichkeiten 1988 und über eine mögliche Beteiligung der Staatssicherheit bei der Untersuchung von Todesursachen. Mein Vater Dr. Georg Mothes hat sich trotz Erlass von 1982 keinen Maulkorb verpassen lassen, was das Weitergeben von Umweltdaten betraf, die er als Limnologe erhob, seiner gedenke ich in der Gestalt des Biologen, der für Renate heimlich Abwasserwerte erhebt. Dr. Alexander Sperk vom Stasi-Unterlagen-Archiv in Halle half mir bei den Recherchen zur Tätigkeit von Agnes. Bruno Ustarbowski von Klinski unterrichtete mich darin, was man mit einem Luftgewehr anstellen kann – und was nicht.

Das eigentliche Schreiben haben fünf Menschen begleitet und dafür gesorgt, dass ich mich dabei sicher und behütet fühlen durfte.

Meiner Lektorin Dr. Stefanie Heinen danke ich für ihr Vertrauen in meine Idee, ihr Management sowie ihren aufmerksamen Blick auf den Text. Gabriele Borgmann und Angelika Wörthmüller versorgten mich engagiert mit kollegialer Schreibkritik. Meine Tochter Undine Mothes diente treu als nachgeborene Erstleserin, und mein Mann Manfred Treiling nahm meine ständigen Begleiter, die Familien Hader und Reinhoff, zugewandt und mit Humor auf.

So viel ermutigenden Beistand zu bekommen ist ein wunderbares Gefühl – danke!

Ein bewegender Roman über ein prägendes Kapitel der ukrainischen Geschichte

Erin Litteken
DENK ICH AN KIEW
Roman
Aus dem amerikanischen Englisch von Rainer Schumacher, Dietmar Schmidt
400 Seiten
ISBN 978-3-404-18989-2

1929. Behütet und geliebt wächst Katja in einem Dorf bei Kiew auf. Ihre Familie ist nicht reich, kann sich aber von ihrer eigenen Hände Arbeit ernähren. Als Stalins Handlanger die Dorfbewohner zwingen, dem Kollektiv beizutreten und für sie zu arbeiten, zerbricht ihr Glück. Denn wer sich weigert, wird mitgenommen und nie wieder gesehen, und auch Katjas Familie bleibt nicht verschont. Jahrzehnte später entdeckt Cassie im Haus ihrer Großmutter in Illinois ein Tagebuch. Nie hat diese über ihre ukrainische Herkunft gesprochen. Seit einiger Zeit aber verhält sie sich merkwürdig. Sie versteckt Lebensmittel und murmelt immer wieder einen Namen, den keiner aus ihrer Familie je gehört hat: Alina ...

Lübbe